RRV ▶ THRILLER

EDWIN KLEIN

DIE KANZLER-PUPPE

THRILLER

RASCH UND RÖHRING VERLAG

Dies ist ein Roman. Namen, Personen und Ereignisse sind frei erfunden. Ähnlichkeiten mit der Wirklichkeit sind zufällig und unvermeidbar.

Die Deutsche Bibliothek – CIP-Einheitsaufnahme
Klein, Edwin
Die Kanzlerpuppe: Thriller/Edwin Klein. – Hamburg: Rasch und Röhring, 1993
ISBN 3–89136–483–0

Großer Burstah 42, 20457 Hamburg, Fax 040/37 13 89
Schutzumschlaggestaltung: Peter Albers
Satzherstellung: KCS, Buchholz
Druck- und Bindearbeiten: Ebner Ulm
Printed in Germany

Sorgfältig klebte er den Brief wieder zu. Er legte ihn auf die Aktentasche, für jeden gut sichtbar. Handschuhe trug er nicht, seine Fingerabdrücke durften auf dem Umschlag, adressiert an einen nicht existierenden Carlo, zu finden sein. Bis zu diesem Punkt hielt er sich exakt an die Anweisungen. Die Kopien jedoch, heimlich von ihm angefertigt, als Rückversicherung und noch etwas mehr, schob er in den Hosenbund.

Nachdenklich setzte er sich vor den Spiegel. Ein altes Gesicht schaute ihn an, mit verbitterten Gesichtszügen und tiefen Falten um den Mund, deutlicher Ausdruck seiner bisherigen Erfolglosigkeit. Die Haare strähnig und grau, über den Ohren abstehend und im Nacken gekringelt. Bläuliche Ringe unter den Augen, ein stumpfer Blick voller Resignation. Das trostlose Bild vervollständigten magere Hängeschultern und dünne bleiche Arme, die keine Kraft mehr für die Zukunft zu haben schienen.

Es war ihm nichts im Leben geschenkt worden. Wie hatte er sich als Landesgeschäftsführer der Partei abgerackert und ins Zeug gelegt, um andere zufriedenzustellen. Immer war er für sie dagewesen, wenn sie ihn riefen. Und sie hatten ihn oft gerufen. Weil sie ihn brauchten und weil er gut war. Und zuverlässig. Was war ihm geblieben? Kein Dank, keine Anerkennung, nichts. Hin und her geschoben hatten sie ihn zuletzt wie eine Schachfigur, hatten seine Gutmütigkeit ausgenutzt und ihn, den einfältigen Trottel, der alles mit sich machen ließ, unentwegt für ihre Pläne mißbraucht. Und als er selbst einmal Freunde gebraucht hatte, die ihm aus der Bredouille helfen sollten, war er allein gewesen. Keiner hatte bei der Bank für ihn bürgen wollen, keiner war bereit gewesen, ihm privat einen kleinen Kredit einzuräumen oder bei seinen Gläubigern wegen eines Zahlungsaufschubs vorzusprechen. Nicht mal ein gutes Wort hatten sie für ihn übriggehabt, dafür um so mehr Häme und Verachtung, die sie ihn permanent hatten spüren lassen. Vielleicht wäre er damit noch fertig geworden. Was ihn jedoch über die Maßen kränkte, war die frostige Gleichgültigkeit, mit der man ihm seitdem überall begegnete.

Systematisch hatten sie ihn kaputtgemacht und, als die Aufträge für seine Firma ausblieben – heute wußte er, daß alles gesteuert und abgesprochen gewesen war –, wie von einem Logenplatz aus das Szenario seines beruflichen Untergangs verfolgt. Geweidet hatten sie sich an seiner Ohnmacht gegenüber dem Schicksal. Für einen Vergleich war es schließlich zu spät gewesen; die Kredite waren fällig geworden, zwangsläufig war der Konkurs gefolgt, der ihn total ruiniert hatte. Geld weg, Aktien weg, Haus weg, danach Frau und Kinder. Hie und da einige tröstende Bemerkungen in der schweren Zeit, ausgesprochen von scheinbaren Freunden, deren Augen sie jedoch Lügen straften und sagten: Sieh zu, wie du klarkommst. Laß mich endlich mit deinem Scheiß in Ruhe! Aber das wird jetzt alles anders. Diese Kopien, er klopfte sich auf den Bauch, verändern mein Leben. Und ich werde es diesen arroganten Pinkeln heimzahlen, schwor er sich. Ich lasse sie meinen Widerwillen spüren. Und auf den Knien werden sie angerutscht kommen, aber mit mir ist nichts zu machen. Ich kenne euch, ihr Schmarotzer, ihr Profilneurotiker, ihr Besserwisser und Intriganten! Ich kenne euch.

Er straffte sich im Vorgefühl wiedergewonnener Macht, wölbte die Brust nach vorn – spitz zeichneten sich die Knochen des Schlüsselbeins unter der fahlen Haut ab – und atmete tief durch. Für einen Augenblick lauschte er mit geneigtem Kopf der Musik, die schwach zu ihm in den kleinen Raum drang. Starke Bässe brachten die Gläser, die vor ihm auf dem Tisch standen, zum Schwingen. Entschlossen ergriff er ein Fläschchen mit Alkohol, öffnete es, kippte einige Tropfen auf einen Wattebausch und reinigte damit seine Haut. Anschließend begann er sich zu schminken. Die Augenbrauen verstärkte er mit einem schwarzen Stift zu einem Halbkreis, den Mund malte er größer und knallrot, Zwischenräume füllte er mit Weiß. Auf die Wangen dicke rote Tupfen, die Augenlider blau und darunter schwarze Perlen, die bis

zum Kinn kullerten: Fertig war der Clown. Die linke Gesichtshälfte mit dem hochgezogenen Mundwinkel lachte, die andere mit den Tränen und der hängenden Lippe weinte.
Er stand auf, zog das weite Gewand mit Rautenmuster und weißem Ziehharmonika-Kragen über, setzte sich die Perücke auf und schlüpfte in viel zu große Schuhe. Dann schnappte er sich den kleinen Flachmann aus der Jacke – Cognac Piquemont, seine Lieblingsmarke – und steckte ihn in die Hosentasche. Ein letzter Blick in den Spiegel, er war mit seiner Erscheinung zufrieden.
Als hätte er viel Zeit, trat er langsam hinaus auf den dunklen Flur und spazierte in Richtung Bühne. Heute war sein letzter Auftritt. Und es würde sein bester werden, ein würdiger Abschluß seiner Karriere. Ein gigantischer Showdown. Das war er sich schuldig, es gehörte zu seiner Rache.
»Viel Glück, Schorsch!«
»Danke«, entgegnet er, ohne den Mann anzuschauen, der ihm auf die Schulter geklopft hatte und nun in einem der Räume verschwand. Er konzentrierte sich ein letztes Mal und wartete. Zögernd, wie bisher immer, schob er den Vorhang zur Seite und warf einen Blick in den Zuschauerraum. Der große Saal füllte sich langsam, die Pause war vorbei, man hatte sich im Foyer das Essen schmecken lassen. An langen Tischreihen, darauf Weinflaschen und Sektkübel arrangiert, ließen sich die Besucher nieder. Sie waren gut gekleidet: die Herren in dunklen Anzügen, etliche trugen auch Smoking oder Frack, die Damen in schulterfreie Abendkleider gewandet und behängt mit Schmuck und Glitzerkram, die Falten im Gesicht mit starkem Make-up geebnet. Ganz unpassend zur festlichen Aufmachung die schmalen Kappen mit den wippenden Federn auf allen Köpfen.
Verdammt, wie ihn das alles ankotzte, seit Jahren schon ankotzte! Gut drei Jahrzehnte machte er den Zirkus nun schon mit, aber Spaß gemacht hatte es ihm nur in der Anfangszeit, zu Beginn der sechziger Jahre, als das Fernsehen gerade Interesse bekundete und mit den ersten Übertragungen, noch in Schwarzweiß, startete. Damals, im kurfürstlichen Schloß, war alles noch so spontan gewesen, zur Blütezeit des Till, der Hofsänger und der Gonsbachlerchen.
Unglaublich, was für eine übermütige und trotzdem seltsam

intime Atmosphäre entstanden war. Da hatte es keine Schiebereien gegeben, wer auftreten durfte und wer nicht. Intrigen hatte man nicht gekannt, gezielt lancierte Gerüchte hatten keine Chance, Cliquenwirtschaft war kein Thema. Es war noch nicht um den Proporz gegangen, darum, keine Mainzer Karnevalsgesellschaft zu verprellen. Und es waren keine Bestechungsgelder verlangt, keine Mitbewerber unfair ausgebootet worden. Keiner hatte Pointen geklaut oder ganze Reden, nur um einmal im Fernsehen auftreten zu können.

Und heute? Steril, gekünstelt, perfekt einstudiert, die Lacher vorprogrammiert. Die meisten Zuschauer glotzten unentwegt in Richtung Kamera. Jeder war bestrebt, sein bestes Gesicht aufzusetzen, Frohsinn zu demonstrieren, um, wenn das rote Lämpchen über dem Objektiv aufleuchtete, vorteilhaft ins Bild zu kommen. Geklatscht wurde schon auf Verdacht, damit ja nicht der Eindruck entstand, man habe eine Pointe verpaßt oder nicht verstanden. Stimmung, echte spontane Stimmung, suchte man vergeblich, dazu waren die Gesichter mit dem eingefrorenen Lächeln nicht mehr fähig.

Ja, die Zeiten änderten sich. Und mit ihnen der Humor. Inzwischen verkaufte man die Übertragungsrechte wie die für Tennisturniere an den Meistbietenden. Und das Fernsehen bestand auf den Zugnummern des Karnevals – wegen der Einschaltquoten. Jede der närrischen Koryphäen sah in sich *die* Attraktion. Und alle Beteiligten kämpften verbissen in einer Art Vorentscheidung, auch Qualifikation genannt, vor einer Jury um fünf oder zehn Minuten Bildschirmpräsenz, während derer sie glaubten, närrischer Mittelpunkt der Nation zu sein. Und wenn die Konkurrenten anders nicht ausgebootet werden konnten, dann zückte man das Scheckbuch. Zwanzigtausend waren ihm dieses Jahr von einem der Mitstreiter geboten worden, falls er, Schorsch, auf seinen Einsatz verzichte. Und die Preise stiegen weiter!

Die Musik hörte auf, und einige, die nichts Besseres zu tun hatten, applaudierten auch jetzt. Allmählich wurde im großen Saal des Hilton das Licht gedämpft. Erwartungsvoll schauten alle zur Bühne, in deren Hintergrund, aufgereiht wie zu einer Parade, der Elferrat saß. In der Mitte, etwas erhöht, der Sitzungspräsident, der sich die dunkle Hornbrille zurechtrückte, die Glocke

ergriff und mit wilden Bewegungen auf sich aufmerksam machte. Gewichtig erhob er sich, hantierte am Mikrofon und begrüßte die Anwesenden zum zweiten Teil des Abends. Noch stünden einige Knüller auf dem Programm. Damit man gleich wieder in Schwung komme, forderte er die Kapelle auf, ihr Können zu demonstrieren. Ein Potpourri – »Wenn das Wasser im Rhein goldner Wein wär'«, »Heile, heile Gänschen«, »Ich bin die Braut des Schin... Schin... Schinderhannes«, »Gucke mal, da bin ich« – wurde intoniert und verstärkt aus vielen Kehlen in Richtung Bühne zurückgeschmettert. Und der Sitzungspräsident dirigierte die Faschingsgesellschaft, forderte alle auf, sich unterzuhaken und kräftig zu schunkeln. Dann gab er das Kommando: Aufstehen, wieder einhaken und schunkeln! Danach mußte sich jeder frontal zur Bühne drehen, dem Vordermann die Hände auf die Schultern legen und ihn anschieben. Erschöpft durften sich die Zuschauer schließlich wieder setzen. Das Klatschen vergaßen sie natürlich nicht. Wieder die Glocke. »Und jetzt, holde Narrhalesen, etwas für die Augen, besonders für die der Männer! Beine kann ich ankündigen, schöne lange Beine, und dazu wohlproportionierte Körper. Das Hofballett des MCK wird seinen neuesten Tanz vorführen! Einen Rat noch für eifersüchtige Ehefrauen: Falls der holde Göttergatte Stielaugen bekommen sollte, nehmen Sie ihm einfach die Brille ab. Hahaha!«
Wenige Minuten später war Schorsch dran. Der Sitzungspräsident nannte ihn eine Institution des Mainzer Karnevals, einen Garanten für Humor, Laune und Frohsinn, der es immer wieder verstehe, mit seinem treffenden Witz das Wesentliche anzusprechen. »Une jätzt ä Narhallamasch fer unsere Schorsch aus Rhoihässä!«
Schlurfend, so, wie er sich fühlte, ging Schorsch auf die Bühne. Kein Muskel zuckte in seinem Gesicht, als er sich in das goldfarbene Faß stellte, auf dessen Vorderfront eine dicke Eule abgebildet war. Er tastete unter dem Umhang nach den Kopien – seine Rede hatte er einfach auf die Rückseite geschrieben – und legte sie vor sich auf die Ablage. Noch ein letzter Tusch, Ruhe. Als hätte er nichts anderes zu tun, musterte Schorsch zuerst einmal die Anwesenden im girlandengeschmückten Saal. Einige fanden bereits das gelungen und kicherten. Genau in seinem Blickwinkel

saß der Oberbürgermeister, wie immer breitbeinig und mit geöffnetem Hosenbund. Neben ihm der Innenminister, beide flankiert von ihrer Gattin, die eine gewichtiger als die andere. Und am selben Tisch gegenüber zwei Staatssekretäre, ebenfalls mit Gattinnen. Nicht weit davon entfernt sah er ihn, dem er alles zu verdanken hatte. Selbstgefällig grinsend, die Narrenkappe keck auf dem Kopf und die Hände über dem Bauch verschränkt, schaute er hoch zur Bühne. Überheblichkeit strahlte er aus, jeder Zentimeter Ausdruck krankhafter Selbstüberschätzung. Aber er hatte nun mal die Macht, und er mißbrauchte sie seit Jahren in dem Maße, in dem sie ihm zum Vorteil gereichte. Er konnte Karrieren aufbauen und zerstören, ganz wie es ihm in den Sinn kam. Und seine, Schorschs, hatte er zerstört.
Wie kann nur ein derartiges Riesenarschloch Vorsitzender der Landespartei werden, schoß es ihm durch den Kopf. Wie können sich nur so viele von diesem Hanswurst blenden lassen? Von seinem leeren Gewäsch, den nichtssagenden Phrasen. Aber an mir, mein lieber Karl, wirst du keine Freude mehr haben. Heute präsentiere ich dir die Rechnung. Und sie wird dir hoffentlich die Suppe versalzen.
In einem Anflug von Übermut winkte Schorsch mit dem Manuskript. Dann legte er los. Selbstverständlich war er ein Routinier, nach mehr als dreißig Jahren in der Bütt. Selbstverständlich beherrschte er die Kunst der Ironie, die Kunst des Zynismus und die Kunst der verzögerten, doppelbödigen Pointe, die man so besonders an ihm schätzte. Tiefgang bescheinigte man ihm deshalb, und es hieß, er sei längst nicht so platt und abgedroschen wie die anderen. Schnell hatten seine Zuhörer auch den diesjährigen Refrain gelernt. Schon bei der ersten Wiederholung sprachen sie mit ihm im Chor: »Da wärd hald äbbä ä bißje getrickst, Haubsach, äs had uns was gänitzt.«
Georg Wipper, wie Schorsch bürgerlich hieß, nahm auch in der diesjährigen Rede die Politik aufs Korn. Die Bundes- und mehr noch die Landespolitik. Süß-säuerlich lächelten die Herren in den vorderen Reihen, denn jeder im Saal wußte, wer gemeint war. Bei den überzogenen Spesenabrechnungen zum Beispiel. Natürlich konnte man dem Oberbürgermeister nichts nachweisen, aber es kursierten Gerüchte von erstaunlicher Detailfülle, als

hätte jemand Einblick in die Belege gehabt. Die Auftragsvergabe für den neuen Autobahnzubringer gegen jeden Widerstand der Umweltschützer und einer Bürgerinitiative ging auf das Konto des Staatssekretärs im Innenministerium. Auch hier nur ein Gerücht, wonach die Gutachter . . . Genau wie bei der Sanierung eines Schlosses in der Pfalz. Ein Faß ohne Boden, Millionen verschwanden auf Nimmerwiedersehen. Kostenvoranschläge wurden gemacht und nicht eingehalten, und dafür verantwortlich war der Kultusminister.
»Da wärd hald äbbä ä bißje getrickst, Haubsach, äs had uns was gänitzt.«
Der Saal tobte, als Schorsch, nach einer bewußten Pause, das Wort »Königsmörder«, es genüßlich zwischen den Lippen zergehen lassend, ins Mikrofon hauchte. Er beobachtete den Parteivorsitzenden, der zu erstarren schien, dann die Arme vor der Brust verschränkte und giftige Blicke zu ihm hochschleuderte. Aber Schorsch fühlte sich gut, denn dies war seine Sternstunde als Narr und zugleich das endgültige Ende, und diesem Augenblick wollte er die entsprechende Würze verleihen. Aus den Augenwinkeln bekam er mit, wie die Kamera in Richtung des sich mühsam Beherrschenden schwenkte und dort verharrte. Karneval konnte etwas sehr Ernstes sein. Und etwas sehr Verletzendes.
»Königsmörder haben Konjunktur«, fuhr Schorsch unter dem Applaus vieler Hände fort. »Sie drehen am Rad der Kandidatur und wählen aus, wer ihnen genehm. Doch wehe, einer ist nicht bequem, dann mordet man, zwar mit Worten nur, und aus ist es plötzlich mit der Kandidatur. Da wärd hald äbbä ä bißje getrickst . . .«
Schorsch konnte es sich nicht verkneifen, mit dem Finger auf Karl Herold, den Landesvorsitzenden, zu deuten. Alle im Saal mußten spüren, daß das hier nicht Frohsinn war, keine gewöhnliche Büttenrede. Es war eine Abrechnung. Trotzdem, Schorsch wurde mit einem Stakkato von Beifall und trampelnden Füßen für diese treffliche Variante belohnt.
Er trank einen Schluck aus dem Glas, das vor ihm auf der Ablage stand, und lächelte seinen Intimfeind an mit einer Abgeklärtheit, die beleidigend wirken sollte. Er fühlte sich in diesem Augenblick unheimlich stark, denn jeder im Land hatte ihn genau verstanden.

Schorsch aus Rhoihässä machte weiter. Er ging auf die Universitätsmisere ein, auf die Erhöhung der Wasserabgaben, den Gestank aus dem Mombacher Industriegebiet und, alle hatten darauf gewartet, auf die Mainzer High-Society. Dabei schaute er ins Publikum, bemerkte die verwelkten Hälse einiger älterer Damen, die falschen Zähne ihrer Begleiter; und die Herrschaften lächelten infantil und bekundeten Zustimmung. Keiner fühlte sich angesprochen. Steuererhöhung, Tierversuche, Ergänzungsabgabe, Schönheitsoperationen, Investitionszulage, Elektroautos, Rolltreppen als Bürgersteige: weit gestreut war die Bandbreite von Schorschs raffiniert vorgetragenen Attacken. Endlich war er fertig. Erschöpft trank er das Glas leer, raffte die Blätter seines Manuskripts zusammen und stopfte es wieder hinter den Hosenbund. Der Beifall ebbte ab, die Glocke wurde geschwenkt, es meldete sich der Sitzungspräsident. »Und wieder einmal hat Schorsch aus Rhoihässä bewiesen, daß er in unnachahmlicher Weise heiße Themen anzufassen versteht und sie exakt auf den Punkt bringen kann. Das macht ihm so schnell keiner nach. Ich glaube, unser Schorsch hat eine Rakete verdient. Die erste Stufe . . .«

Schorsch verneigte sich artig in Richtung Publikum und winkte. Er nahm eine Flasche Wein als Wegzehrung entgegen, überreicht vom Elferrat, und dazu die besten Wünsche an die Frau Gemahlin. Man sei jetzt schon gespannt, was er im nächsten Jahr zu bieten haben werde.

»Schorsch, die Pulle!« schrie einer aus dem Saal. Schorsch lächelte, darauf hatte er gewartet. Seit seinem ersten Vortrag, als er, einen Fließbandarbeiter mimend, zwischendurch immer wieder aus einem Flachmann getrunken hatte, gehörte sie als unverkennbares Requisit zu ihm. Während die Kapelle einen Marsch anstimmte, zog er den Flachmann aus der Hosentasche, schraubte ihn umständlich auf und nahm einen kräftigen Schluck von dem französischen Cognac. Er wischte sich mit dem Unterarm über die Lippen, erstarrte in der Bewegung und machte einen tapsigen Schritt nach vorn. Weit aufgerissen die Augen, ein Griff in Richtung Hals, den Mund wie zum Schrei geöffnet, die Luft wurde ihm knapp. Noch ein gurgelndes Geräusch aus verkrampfter Kehle, dann knickte Schorsch in den Beinen ein und stürzte zu Boden. Der Sitzungspräsident, der ihn sprachlos anstarrte, bekam noch sein letztes Zucken mit, dann lag Schorsch still. Zuerst klatschten einige Zuschauer – getrieben von der Angst, nicht zu den ersten zu gehören –, da sie dies für eine gekonnte Einlage hielten. Dann jedoch merkten auch sie, daß hier etwas Schreckliches vorgefallen war. Hände verharrten unschlüssig in der Luft, und hilflos rief der Präsident, nachdem er sich wieder einigermaßen gefangen hatte, ins Mikrofon: »Befindet sich unter den verehrten Herrschaften vielleicht ein Arzt?«

Seine Erwartungen, was das Leben betraf, waren nicht allzu hoch gesteckt. Vielleicht, weil er aus einfachem Elternhaus stammte und in der Jugend die Krallen der Armut gespürt hatte? Weil er in jeden Schulferien in der Autoreparaturwerkstatt seines Vaters mitgearbeitet hatte und später jede Mark für das schließlich abgebrochene Studium hart hatte verdienen müssen? Sich arrangieren, lautete seine Devise, mit den Wölfen heulen und mit den Siegern feiern. Nur möglichst nicht zu den Verlierern gehören, nicht ein Underdog sein, ein Gescheiterter, so ganz ohne Bestätigung. Und weil er keine hohen Ansprüche stellte, war er mit einem Mindestmaß an Erfolg zufrieden. Allerdings bedeutete das nicht, daß er sich, obwohl mittlerweile schon bescheidener geworden, mit allem abfand. Er wartete. Er wartete beharrlich seit Jahren auf die Chance, die einmalige Gelegenheit, die einfach nicht an ihm vorbeigehen durfte. Das war seine Motivation, und die brauchte er, denn Warten kostet Kraft. Und er würde die Gelegenheit ergreifen, sich das Stück aus dem großen Kuchen herausschneiden, das ihm zustand.
Im Augenblick sah es jedoch nicht so aus, als hätte Bodo Cullmann die Chance seines Lebens bereits zum Greifen nah vor sich. Er saß in seinem zum Campingbus umgebauten Volkswagen und schob ab und zu die Vorhänge zur Seite. Durch ein Fernglas starrte er auf ein beleuchtetes Fenster im ersten Stock der gegenüberliegenden Häuserzeile. Viel konnte er nicht sehen, sein Beobachtungsposten lag zu tief. Und hinaus in den Nieselregen wollte er nicht. Gut, er hatte seinen Job zu machen. Im Augen-

blick arbeitete er für ein Inkassobüro, war sogar Leiter der Saarbrücker Filiale, besser gesagt Leiter und einziger Mitarbeiter. Und als solcher ständig auf der Jagd nach säumigen Schuldnern. Aber den beruflichen Aufwand hielt er stets in Grenzen. Er achtete darauf, daß die Relation sich nie zuungunsten seines Einkommens verschob. Leider klappte das nicht immer. Oft war es sogar umgekehrt. Und dann hatte er wieder eine Chance vertan. Er zählte sie nicht mehr.

Cullmann packte ein Sandwich aus und biß hinein. Er trank Mineralwasser dazu; Alkohol mied er, wenn möglich, während der Arbeit. Und zwar seit dem Tag, an dem er während einer heiklen Observierung nach ein paar Bier zuviel eingeschlafen war. Vielleicht hätte er den Mord an der Person, die es zu schützen galt – ein Industrieboß, von dem man mehrere Millionen erpreßte –, in wachem Zustand verhindern können? Es hatte ihn der Polizei gegenüber sehr viel Überredungskunst gekostet, seine Unschuld zu beweisen.

Wieder ein Blick auf das erleuchtete Viereck. Zwei gestikulierende Schatten waren hinter den Vorhängen zu erkennen. Jetzt wurde ein Fenster geöffnet, ein Mann beugte sich heraus und beobachtete die ruhige baumgesäumte Wohnstraße. Kein Auto fuhr um diese Zeit, es ging bereits auf Mitternacht zu. Und Cullmann war in seinem unbeleuchteten Campingbus nicht auszumachen.

Das Sandwich hatte er aufgegessen, er fühlte Unruhe aufsteigen. Sollte er sich die ganze Nacht tatenlos um die Ohren schlagen? Oder wäre es besser, aktiv zu werden, sich die Beweise zu beschaffen, daß Friedrich Löbe, der säumige Zahler, heute das Geld ausgehändigt bekommen sollte? Zumindest hatte man ihm das gesagt. Cullmann fluchte über seine eigene Unentschlossenheit. Und darüber, die augenblickliche Situation nicht einschätzen zu können. Er mußte handeln, auf das Dach des Autos steigen und von dort aus versuchen, einige Fotos zu machen. Vielleicht war es auch nicht verkehrt, den Unbekannten, mit dem sich der Hochverschuldete heute traf, gleich mit abzulichten. Man konnte nie wissen.

Cullmann schlüpfte in eine Regenjacke, zog sich die Kapuze über den Kopf, schnappte seine Kamera, schob die Seitentür auf und verließ seinen warmen Ausguck. Er ging zum Heck des Wagens und stieg über eine Leiter auf den Dachgepäckträger, der eigentlich für das Surfbrett vorgesehen war. Aber das hatte er schon vor einiger Zeit verkauft, aus Geldmangel. Außerdem war Surfen nicht mehr in.

Als Cullmann seine Kamera ans Auge hielt, merkte er, daß sein Posten immer noch zu tief war, er konnte unmöglich in den Raum hineinfotografieren. Widerwillig blickte er hoch zum Kastanienbaum, unter dessen weitausladender Krone er seinen Bus abgestellt hatte. Dicht über ihm die ersten belaubten Äste, die genügend Sichtschutz boten. Allerdings war das Holz auch feucht und damit glitschig. »Scheißjob«, fluchte Cullmann, dachte aber sofort an die 25 Prozent, die er von der einzutreibenden Summe als Provision einbehalten durfte. Und falls sich seine Information als richtig erwies, dann waren in dieser Nacht 15 000 Mark zu verdienen.

Cullmann hängte sich die Kamera mit dem Teleobjektiv um den Hals, umklammerte den nächsten Ast und kletterte in den Baum. Vorsichtig hangelte er sich dicht am Stamm einige Meter höher, stellte seinen Fuß auf eine Astgabel und schob die Blätter zur Seite. »Könnte gehen«, murmelte er, lehnte sich mit der Schulter an und hatte nun einigermaßen sicheren Stand. Er brachte die Kamera in Anschlag, stellte die Schärfe ein und fotografierte die beiden Männer – der eine im mittleren Alter, der andere, Löbe, dem er seit zwei Tagen folgte, schon sechzig, wie er wußte –, die immer noch zu diskutieren schienen. Cullmann glaubte sogar durch das geöffnete Fenster Gesprächsfetzen zu hören und eine scharfe Entgegnung Löbes, dem seine Aufmerksamkeit galt und den er während der nächsten Stunden nicht aus den Augen verlieren durfte.

Die beiden Männer stellten sich an einen Tisch, und Cullmann bekam mit, wie der Unbekannte einen weißen Umschlag aus seiner Jacke zog und Löbe reichte. Dieser hatte nur Augen für den Umschlag, riß ihn auf, nahm das Geld heraus und zählte es. Er hob den Kopf, sagte etwas zu dem Unbekannten, gab ihm die Hand und verabschiedete sich offenbar. Cullmann war zufrieden mit seiner Ausbeute. Mit den Fotos, aber mehr noch damit, daß er gesehen hatte, wie der Packen brauner Banknoten den Besitzer

gewechselt hatte. Seine Informationsquelle schien verläßlich zu sein.
Hastig machte er sich an den Abstieg, rutschte am glatten Holz aus, stieß sich das Knie und unterdrückte gerade noch rechtzeitig einen lauten Fluch. Er kletterte vom Dach des Autos hinunter, schob die Seitentür auf – da sah er seinen Kandidaten aus der Eingangstür treten. Der untersetzte Löbe spähte vorsichtig in alle Richtungen, dann schritt er zügig auf einen in die Jahre gekommenen Peugeot zu. Nach wenigen Augenblicken setzte sich der Wagen mit auf dem feuchten Kopfsteinpflaster durchdrehenden Reifen in Bewegung. Cullmann bannte auch diese Szene auf den Film. Gern hätte er noch mitbekommen, welcher Pkw dem Unbekannten gehörte. Vielleicht einer von denen, die er zufällig abgelichtet hatte?
Cullmann nahm die Verfolgung auf, wie immer mit einem Kribbeln im Bauch. Er begann zu schwitzen, hantierte an allen möglichen Schaltern und am Radio und überprüfte ständig die Handbremse. Cullmann kannte das. Wenn er jemanden beschattete, registrierte er diese seltsame Form der Anspannung. Es war nicht Nervosität, sondern die Folge von überhöhter Adrenalinausschüttung, die seine Bewegungen abgehackter und Reaktionen hektischer erscheinen ließ.
Im Beschatten machte ihm kaum einer etwas vor. Jetzt war er in seinem Element. Hatte er erst einmal die Witterung aufgenommen, die Witterung des Geldes und des möglichen Profits, konnte ihn nichts zurückhalten. Dann war er wie eine Klette. Und allmählich bekam er auch seinen Körper in den Griff.
Obwohl er es nie gelernt hatte, war Cullmann wirklich gut. Sein Beruf verlangte es auch, denn zuerst galt es, sich zu überzeugen, ob die Verschuldeten noch Geld hatten. Er konnte Personen stundenlang observieren, ohne daß sie es merkten. In Kaufhäusern, in Kirchen, auf der Straße, auf Friedhöfen. Und in Restaurants saß er oft am Nebentisch. Ständig änderte er sein Aussehen: Mantel, kein Mantel, Jacke offen, Schal um den Hals, mit Hut, ohne Hut.
Als Cullmann aus der Wohnstraße herausrollte, ließ er einen Sicherheitsabstand zwischen Löbe und sich. Da um diese späte Stunde nur noch wenige Autos unterwegs waren, bestand nicht

die Gefahr, ihn aus den Augen zu verlieren. Die Fahrt ging durch die Innenstadt von Saarbrücken über die Saar zur Stadtautobahn und von dort weiter zum Messeparkplatz. Löbe hielt sich nicht an die Geschwindigkeitsbeschränkung, wahrscheinlich hatte er seine Gründe.

Cullmann blieb dem Verfolgten auf den Fersen. Am Hauptfriedhof vorbei, die Ampel zeigte meist Grün, weiter zur Goldenen Brem. An der Kreuzung Metzer Straße stoppte der Peugeot. Cullmann hatte für einen Augenblick die Befürchtung, es könnte rechts ab nach Frankreich gehen, die Grenze lag nur wenige Meter entfernt. Aber Löbe wählte die entgegengesetzte Richtung, beschleunigte zügig, überquerte den Autobahnanschluß und bog kurz darauf in das Industriegebiet ab. Cullmann folgte, reduzierte die Geschwindigkeit, um nicht aufzufallen. Nach wenigen Metern schaltete er die Beleuchtung seines Busses aus, die Rücklichter des Vorausfahrenden genügten ihm als Orientierung.

Cullmann hatte über den Südring und die Untertürkheimer Straße das Industriegebiet nahezu umrundet, als vor ihm Bremslichter aufleuchteten. Er sah den Peugeot in einer Einfahrt verschwinden, ließ sein Fahrzeug ausrollen und stellte es am Straßenrand ab. Er schnappte sich seine Kamera, stieg aus und ging im Schutz eines über den Zaun gespannten Transparentes weiter. Vorsichtig bog er um die Ecke, und nach wenigen Schritten sah er die Umrisse vieler Autos, Gebrauchtwagen aller Art. Er befand sich auf dem Gelände der Mercedes-Niederlassung. Er quetschte sich zwischen den Pkw hindurch, auf der Suche nach dem Peugeot. Hinter einer überdachten Ausstellfläche sah er ihn rückwärts eingeparkt und abfahrbereit stehen. Von Zeit zu Zeit leuchtete im Innern ein roter Punkt auf, der Fahrer rauchte.

Nach einer halben Stunde wurde Cullmann unruhig. Und nach weiteren fünfzehn Minuten – er hatte sich noch näher an den Peugeot herangewagt und konnte im Licht einer Laterne die Umrisse des Kopfes mit dem vorgewölbten Doppelkinn erkennen – begann er am erfolgreichen Abschluß seiner Mission zu zweifeln. Er war unentschlossen.

Cullmann überlegte: Ich könnte doch jetzt einfach hingehen und sagen: »Herr Löbe, Herr Friedrich Löbe, ich komme im Auftrag

des Inkassobüros Debita. Sie schulden meiner Gesellschaft noch 84 000 Mark. Ich weiß, daß Sie im Besitz eines größeren Geldbetrages sind, und fordere Sie hiermit auf, die Schuld zu begleichen.« Dabei würde er eine Hand in der Tasche seines Regenumhangs verschwinden lassen und so tun, als trüge er eine Waffe bei sich. Und böse dreinblicken würde er. Cullmann wußte, daß er durch seine Figur und sein proletenhaftes Auftreten Normalbürger für eine gewisse Zeit einschüchtern konnte. Vielleicht würde sich Löbe auch einschüchtern lassen und den weißen Umschlag widerstandslos herausrücken? Spätestens, wenn er ihn am Jackenaufschlag packen und zu sich ziehen würde, täte er es. Davon war Cullmann überzeugt.
Er fand seinen Plan so gut, daß er ihn sofort umsetzen wollte. Gerade noch rechtzeitig nahm er einen Schatten wahr. Fast lautlos rollte ein Wagen mit zwei Insassen auf den wartenden Peugeot zu. Fahrer- an Fahrertür standen die beiden Pkw, und wie auf Kommando glitten die Fensterscheiben herunter. Cullmann wußte, daß er seinen guten Plan vergessen konnte. Zu spät. Was folgte, war ein halbverschluckter Fluch aus Ärger über die eigene Unfähigkeit, denn wieder war eine Chance vertan. Er nahm die Kamera, und es wirkte wie eine Ersatzhandlung, als er die beiden Fahrzeuge mit den Insassen zu fotografieren versuchte. Wegen der schwierigen Lichtverhältnisse war er trotz des empfindlichen Films nicht von der Effektivität seiner Vorgehensweise überzeugt. Plötzlich sprang in dem später gekommenen Auto – es handelte sich um ein japanisches Modell, ob Nissan oder Mazda, war nicht genau zu erkennen – die Innenbeleuchtung an. Cullmann sah, wie Löbe eine Hand aus dem Wagenfenster streckte und etwas überreicht bekam. Ein zweiter Umschlag? Löbe ließ den Gegenstand behende unter der Jacke verschwinden. Gleichzeitig wanderte seine rechte Hand zum Zündschloß, um, so vermutete Cullmann, den Motor zu starten – da fiel ein Schuß. Löbe sackte zur Seite weg, der Peugeot sprang an und setzte sich ruckartig in Bewegung.
Das andere Auto wendete, aber das bekam Cullmann nur noch aus dem Augenwinkel mit. Er sprintete zu seinem Bus, denn soeben drohte sein Profit zu verschwinden. Und das mußte er verhindern. Als Cullmann den trägen 70-PS-Motor endlich auf Tou-

ren gebracht hatte, war von den beiden anderen Pkw nichts mehr zu sehen. Allerdings konnte er sich ausrechnen, in welche Richtung die Fahrt gehen würde. Zurück, am Hauptfriedhof vorbei, in die Innenstadt, denn alle anderen Wege endeten an der deutsch-französischen Grenze in unmittelbarer Nähe. Und Grenze bedeutete Gefahr für die Flüchtenden.
Cullmann, der sich als gebürtiger Saarbrücker gut in der Gegend auskannte, nahm eine Abkürzung über die holprigen Wege der Folsterhöhe. Als er auf die Straße Deutschmühlental traf, schossen die beiden Fahrzeuge gerade an ihm vorbei. Cullmann wollte hinterher, da bremste Löbe seinen Peugeot brutal ab. Die Verfolger wurden zu einem Ausweichmanöver gezwungen, ihr Auto stellte sich quer, schleuderte und rumpelte über den Bürgersteig auf unbefestigtes Gelände. Löbe riß seinen Wagen herum, beschleunigte und brauste in die alte Richtung zurück. Das japanische Auto, nachdem es wieder flottgemacht worden war, hinterher. Cullmann bildete den Schluß. Da er der Langsamere war, verlor er die Renngemeinschaft schnell aus den Augen.
Als er jedoch erneut am Hauptfriedhof vorbeipreschte und der sanften Linkskurve folgte, mußte er abrupt stoppen. Das japanische Auto stand mitten auf der Straße, Löbes Peugeot mit eingedrückter Haube und qualmendem Motor wenige Meter entfernt an einer der mächtigen Platanen. Löbe hatte die Kontrolle über das Fahrzeug verloren und war gegen den dicken Stamm geprallt. Cullmann fuhr langsam auf die Stelle zu, es war zu spät, um weiter Katze und Maus zu spielen. Aber bevor er die Insassen des japanischen Pkw, es war ein Mazda, erkennen konnte, brauste das Auto davon. Cullmann merkte sich das Kennzeichen und stieg aus.
Vorsichtig trat er an den Peugeot, dessen Licht eingeschaltet war, auch die Innenbeleuchtung. Durch das immer noch geöffnete Seitenfenster konnte Cullmann in Löbes Gesicht schauen. Es war blutverschmiert, die Nase eingedrückt. Löbe, nicht angeschnallt, war mit dem Kopf auf das Lenkrad geprallt. Zwei Zähne steckten in der Kunststoffplatte, unter der sich die Hupe befand. Löbes Augen waren weit geöffnet, sein Blick ging ins Leere. Cullmann wollte die Tür aufreißen, sie klemmte.
»Herr Löbe, sind Sie schwer verletzt?«

Löbe reagierte erst nach einigen Sekunden, drehte langsam und offensichtlich unter Schmerzen den Kopf in Cullmanns Richtung. »Wer ... wer sind Sie?«
»Ein Bekannter Ihrer Frau.« Etwas Besseres fiel Cullmann nicht ein, und die Behauptung stimmte sogar.
»Ein Bekannter meiner Frau?« Der Verletzte stutzte. »Sagen Sie mal, ich kenne Sie doch. Sie sind ...« Löbe beendete den Satz nicht, er hatte große Mühe mit dem Sprechen.
»Ich werde Hilfe holen.«
»Nicht mehr nötig. Sind sie weg?«
»Ja. Was wollten sie von Ihnen?«
Löbe ging nicht auf Cullmanns Frage ein. »Greifen Sie bitte in meine Tasche. Ich kann mich nicht bewegen.«
Cullmann war mulmig zumute. Stimme und Zustand des Verunglückten ließen keinen Zweifel. Dem Mann ging es verdammt schlecht.
»Bitte, beeilen Sie sich.«
Cullmann beugte sich über Löbe, seine Hand wanderte unter dessen Jacke. Er zuckte zurück, seine Finger waren blutig. »Sie brauchen einen Arzt ...«
Cullmann glaubte den Anflug eines Lächelns auf Löbes Gesicht zu erkennen. Und als Löbe zu sprechen begann, konnte er seine Worte mehr ahnen als verstehen. »Nehmen Sie bitte alles an sich. Grüßen Sie meine ... Frau.« Schließlich hauchte er noch: »Schwarzes Glas.«
Löbes Körper wurde wie im Fieberanfall geschüttelt, dann war Löbe tot.
Cullmann hatte es eilig. Er fühlte sich legitimiert und durchsuchte die Taschen des Toten. Alles, was er entdeckte, steckte er ein. Neben dem weißen Umschlag mit dem Geld fand er noch einen zweiten. Er war wesentlich dicker und von brauner Farbe. Das ist es also, was Löbe vor einer halben Stunde bei dem seltsamen Treff erhalten hat, überlegte er. Sich nach allen Seiten umblickend, rannte er zu seinem Auto und fuhr davon. Langsam folgte ihm ein unbeleuchtetes Fahrzeug. Es war ein japanisches Modell.

Im Fußball kommt ihm eine besondere Aufgabe zu, dem Libero, auch Ausputzer genannt. Als letzter Mann und von jeder Deckungsaufgabe freigestellt, ist er der einzige, der einen gegnerischen Durchbruch vereiteln, brenzlige Situationen bereinigen und eventuell ein Tor verhindern kann, wobei er nicht selten riskiert, daß es zu einem Elfmeter kommt. Manchmal muß er regelwidrig handeln, denn hinter ihm steht nur noch der Keeper.

Aber nicht nur im Fußball trifft man diese Liberos oder Ausputzer. Man braucht sie überall da, wo es darum geht, schnell und selbständig zu entscheiden und unauffällig zu agieren. In der Wirtschaft sind sie anzutreffen, dort bereinigen sie Unstimmigkeiten oder wie immer man es nennen mag. Sie nehmen geschickt und unter Vorspiegelung falscher Beweggründe Kontakt auf zu Bürgerinitiativen und anderen Interessengruppen, falls diese es darauf anlegen, die Verwirklichung eines profitablen und für die Allgemeinheit doch so ungemein wichtigen Projekts zu verhindern oder wenigstens zu verzögern. Manchmal greifen diese Ausputzer zu Mitteln an der Grenze der Legalität. Geld spielt oft eine Rolle, Einschüchterung kann schon mal vorkommen, Gerüchte werden in die Welt gesetzt, und man bearbeitet zielgerichtet die Presse, um mit ihrer Hilfe die öffentliche Meinung zu beeinflussen. Schließlich hat der Bürger ein Recht auf Information.

Natürlich gibt es diese Liberos auch in der Politik, vielmehr gerade in der Politik, da dort Diskretion, verglichen mit anderen Bereichen unserer Gesellschaft, wohl den höchsten Stellenwert genießt. Vieles wird schnell, ohne Aufsehen und effektiv von Ausputzern geregelt, weil sich die hohen Herren auf den wichtigen Stühlen ungern selbst die Finger mit banalen Dingen schmutzig machen. Unerkannt im Hintergrund delegieren, ja, aber in Erscheinung treten und ins Zwielicht geraten, nein.

Klaus Öhlenschläger war ein solcher Experte, ein Mann für gewisse Fälle und gewisse Aufgaben, und das schon seit einigen Jahren. Jetzt, gerade vierzig geworden, genoß er das uneingeschränkte Vertrauen seines Vorgesetzten, des Ministerpräsidenten des kleinsten deutschen Bundeslandes. Öhlenschlägers Position war nicht zu verwechseln mit der eines persönlichen Referenten, dessen Aufgabenbereich als Sprachrohr eines Ministers

transparenter ist, sich aber bekanntlich auf die Wiedergabe bestimmter Dinge und wohlverklausulierter Absichten seines Herrn beschränkt. Die persönlichen Referenten in den Staatskanzleien sind Diener im weitesten Sinne und allein zuständig für die medienwirksame Verbreitung des offiziellen und so gern als sauber ausgewiesenen Teils der Politik.
Libero Öhlenschläger stand bei seinem Herrn so hoch im Kurs, weil er auf Fähigkeiten zurückgreifen konnte, die ihn aus der Masse der Ausputzer heraushoben. Öhlenschläger hatte einen präzise arbeitenden Verstand. Eine wesentliche Bedingung in diesem Job, erst recht, wenn man sich von Zeit zu Zeit mit Größen der Unterwelt zu treffen pflegt. Im Umgang mit dem sensiblen Milieu ist, neben absoluter Diskretion, auch Fingerspitzengefühl gefragt. Mit seinem gewellten Haar und dem offenen Gesicht sah Öhlenschläger verdammt gut aus. Und er konnte, ohne mit der Wimper zu zucken, im Gegensatz zu seinem vertrauenerweckenden Erscheinungsbild das Blaue vom Himmel herunterlügen. Durch diese Gabe, gepaart mit schauspielerischem Talent, stellte er Mitarbeiter und Konkurrenten in den Schatten, die deshalb nie wußten, wie sie mit ihm dran waren. Und weil Öhlenschläger dank seiner Kontakte stets ausgezeichnet unterrichtet war und auf der Stelle »jeden Furz dem richtigen Arsch zuordnen konnte«, wie es mal jemand formuliert hatte, hielt ihn sein Ministerpräsident für unersetzlich. Dieser fragte auch nicht nach, wie Öhlenschläger an eine bestimmte Information oder an gewisse Unterlagen gekommen war, was er dafür bezahlt oder wen er dafür eingeschüchtert hatte, allein der Erfolg zählte. Und Erfolg bedeutete uneingeschränktes Handeln im Namen des Wählers, wobei man, von keinerlei Selbstzweifeln geplagt, stets dessen Zustimmung voraussetzte.
Öhlenschläger hatte einen, wenn auch unerheblichen, Schwachpunkt. Regte er sich auf oder drängte man ihn in die Enge, dann versuchte er sich zwanghaft schnell zu rechtfertigen und übertrieben pointiert zu kontern. Das gelang ihm meist, allerdings auf Kosten seiner Aussprache. Seine Rede entwickelte sich hektisch, die Worte sprudelten ihm nur so heraus, wurden richtiggehend ausgestoßen und dem vermeintlichen Feind entgegengeschleudert, das Ganze untermauert von aggressiver Körpersprache.

Öhlenschläger war in Bonn. Dort hatte er wiederholt zu tun, nicht zuletzt um sich mit den anderen Ausputzern der Partei zusammenzusetzen und gewisse Strategien zu entwerfen. Und die augenblickliche Strategie sah vor, im Vorfeld des Bundestagswahlkampfs zu eruieren, inwieweit die Christdemokraten in der Bundesregierung Munition gegen Mitglieder der Opposition hatten ansammeln können. Munition, die, zu bestimmter Zeit mit bestimmter Absicht eingesetzt, verheerende Folgen haben konnte.
Öhlenschläger und seine Kollegen durchforsteten mehrmals im Jahr Unterlagen sowie bereits archivierte oder über diverse Kanäle eingegangene Nachrichten: hier eine Gesprächsnotiz, dort einen Hinweis, eine Andeutung oder einen Zeitungsbericht mit Anspielung auf einen bestimmten Vorfall. All das fügten sie wie ein Puzzle zusammen auf der Suche nach Parlamentariern der eigenen Fraktion, die sich öffentlich danebenbenommen oder die ein Verhältnis hatten, außergewöhnliche Gewohnheiten hinsichtlich Alkohol, Tabletten, Rauschgift oder Sex an den Tag legten, übermäßig verschuldet waren oder Zweifel an Gesinnung und Verläßlichkeit aufkommen ließen. Wobei, das wußte Öhlenschläger, es nicht einfach war, die beiden letzten Aspekte zu überprüfen. Schließlich gab es die Gewissensfreiheit, auch für Politiker. Graue Kandidaten galt es demnach zu durchleuchten, alles Material auf potentielles Ausschlachten seitens der Gegenseite abzuklopfen und gegebenenfalls den Damen und Herren nahezulegen, ihren Abschied aus dem Ausschuß, der Kommission oder gar aus der aktiven Politik zu nehmen. Das war leichter gesagt als getan, denn wer läßt sich gern von den Fleischtöpfen der Macht entfernen? Wer verzichtet schon freiwillig auf all die Vergünstigungen, das vermeintliche Ansehen und das Sonnen in der Öffentlichkeit mit der allgegenwärtigen Medienpräsenz?
Öhlenschläger war geschafft, als er am Abend in sein Hotelzimmer zurückkehrte. Dazu hatten auch die diversen Martinis an der Bar beigetragen und das nervtötende Gesabbel einer alteingesessenen Abgeordneten, die sich sträubte, der Parteiräson zu folgen. Sie klebte, obwohl schon auf die Siebzig zugehend, an ihrem Mandat. Ein von Gott verliehendes Privileg, wie sie glaubte, das sie deshalb bis zu ihrem Tod in Anspruch zu nehmen gedachte. Aber Öhlenschläger wurde schnell wieder wach, als er die Papiere

auf seinem Nachttisch liegen sah. Er überflog den Inhalt des zuoberst liegenden Blattes. Leicht nervös, ließ er sich mit der Rezeption verbinden, um in Erfahrung zu bringen, wer ihm die Unterlagen habe zukommen lassen. Niemand wußte davon. Ob vielleicht ein Bediensteter des Hotels in seinem Zimmer gewesen sei? Das wurde ganz klar verneint. Öhlenschläger wimmelte die Fragen des übereifrigen Hotelangestellten ab und beendete das Gespräch. Er setzte sich auf die Bettkante. Lange starrte er die Papiere an.
Wer wollte ihn hier vor seinen Karren spannen? Daß man ihm hier etwas Bedeutungsvolles zugespielt hatte, daran gab es keinen Zweifel. Es stellte sich ihm sofort die Frage nach der politischen Tragweite dieser Informationen. Wie konnte er sie einsetzen, gegen wen konnte er sie einsetzen und zu welchem Zeitpunkt?
Öhlenschläger, die Vorsicht in Person, wenn es um Absicherung und Taktieren ging, stand auf, verschwand im Bad und kam mit seinem Necessaire zurück. Behutsam nahm er die einzelnen Blätter der Reihe nach mit einer Pinzette auf und las den Inhalt. Dann betrachtete er die aufgeklebten Fotos. Richtige Fotos, keine Kopien. Auf dem ersten war ein Mann abgebildet, Öhlenschläger erkannte ihn: Staatssekretär Wommerding aus Nordrhein-Westfalen, ein Mitglied seiner Partei. Und Öhlenschläger wußte sofort: Diese Aufnahme war auf dem Köln-Bonner Flughafen gemacht worden. Deutlich waren die Gebäude zu sehen, die er so gut kannte. Das zweite Foto zeigte, wie Wommerding eine Gangway hinaufstieg. Gleich neben seinem Kopf konnte Öhlenschläger die Buchstabenkombination eines Flugzeugs ausmachen. Wenn er sich nicht täuschte, handelte es sich um ein russisches. Aus derselben Maschine stieg der Staatssekretär auf dem nächsten Bild aus, und ein Foto weiter erkannte Öhlenschläger das Umfeld des Moskauer Flughafens Wnukowo.
Es waren nicht die Fotos, die Öhlenschläger mit Spannung erfüllten, sondern das Datum, das jeweils in der unteren rechten Ecke eingeblendet war. Auch für ihn, der sich eines hervorragenden Gedächtnisses rühmte, war der 18. August 1991 ein unauslöschliches Datum der neueren Geschichte. Es war der Tag, an dem einige russische Politiker und Militärstrategen geglaubt hatten, die Zeit für einen Putsch rechter Kräfte sei gekommen. Und Öhlenschläger erinnerte sich genau an die Meldung, die über alle

Ticker gegangen war: Gegen 16 Uhr 50 besetzten KGB-Leute auf der Krim Gorbatschows Datscha und kappten die Verbindungen zur Umwelt. Der sowjetische Reformpolitiker, seine Familie und 32 Leibwächter wurden unter Hausarrest gestellt.
Auf dem Foto, das den Staatssekretär in Köln-Bonn zeigte, war allerdings 13 Uhr 35 eingeblendet. Die Aufnahme mußte demnach, auch unter Einbeziehung des Zeitunterschieds von zwei Stunden, vor diesem historischen Ereignis gemacht worden sein. Vielleicht ist dieser Umstand bedeutend, sagte sich Öhlenschläger. Und als er das letzte Bild betrachtete, zuckte er zusammen. »Das gibt es doch nicht«, stieß er zwischen verkniffenen Lippen hervor. Was ihn so erstaunte, war der Umstand, daß Wommerding, laut Foto war es 20 Uhr 43 in Moskau, mit einem General sprach. Genauer gesagt, mit Marschall Jasow – Öhlenschläger erkannte ihn an der massigen Gestalt und dem grobschlächtigen Gesicht –, der, neben KGB-Chef Krjutschkow, maßgeblich am Putsch mitgewirkt hatte. Wie unter einem Zwang überflog Öhlenschläger die wenigen Zeilen Schreibmaschinentext.

»Wenn sich einer die Mühe macht und die Zusammenhänge zu ergründen sucht, dann wird er zu folgendem Ergebnis kommen: Ein deutscher Politiker fliegt ausgerechnet an dem Tag nach Moskau, an dem man dort versucht hat, Gorbatschow zu stürzen. Er fliegt aber nicht nach Bekanntwerden des Putschversuchs, sondern vorher. Und er trifft sich in Moskau mit einem der führenden Putschisten. Da taucht doch die Frage auf, in wessen Auftrag der Staatssekretär nach Moskau unterwegs war. Und es taucht die Frage auf, wer die deutschen Stellen vorab informiert hatte. Minuten können entscheidend sein bei einem dermaßen heiklen Unterfangen. Und unser Mann aus Bonn mußte schließlich erst noch zum Flughafen, sich das Ticket besorgen, bevor er die Reise gen Osten antrat. Schließlich taucht die wichtigste Frage auf: Hatte der Betreffende die Funktion eines Gesandten in geheimer Mission, sollte er schon in sehr frühem Stadium, auf Anweisung von oben, Kontakt zu den Putschisten aufnehmen? Deshalb etwa, weil man an eine vorzeitige Anerkennung dachte?«

Öhlenschläger zog sich aus, ging ins Bad und duschte eiskalt.

Gesetzestreue war für Cullmann ein weiter Begriff. Aber in der Todesnacht von Löbe kam er seiner Bürgerpflicht nach und informierte die Polizei. Anonym natürlich. Anschließend wanderte er in seiner mit allerhand Krimskrams vollgestopften Wohnung umher, zwischen Ritterrüstung, Skelett und aufgerollten Teppichen, als könne er allein durch die Anzahl der Schritte sein Problem lösen. Und Cullmann hatte ein gravierendes Problem: Er war Zeuge eines Mordanschlags geworden, jemand hatte auf Löbe geschossen. Zudem hatte der sterbende Löbe ihn gebeten, all seine privaten Dinge an sich zu nehmen. Zu allem Überfluß, und das vergrößerte sein Problem um ein Vielfaches, hatte er sich aus dem Staub gemacht und sich nicht bei der Polizei gemeldet. Gegen Morgen, ein paar Tassen starken Kaffees hatten ihn wieder munter werden lassen, kam Cullman zu einem vorläufigen Fazit: Das Geld würde er behalten und nicht an die Inkassogesellschaft weiterleiten. Wer sollte ihm schon beweisen, daß er es besaß? Die Insassen des Mazda hätten es ebenso an sich nehmen können.
Der Mazda! Hatten die Insassen ihn erkannt? Seine Autonummer aufgeschrieben? Wahrscheinlich, sagte sich Cullmann. Aber die Kerle würden nicht viel damit anfangen können. Sie müßten verschwinden, sie hatten immerhin auf einen Menschen geschossen. Und so fühlte er sich vorerst zumindest in dieser Richtung sicher. Alle Überlegungen, wie der seltsame nächtliche Vorfall zu werten sei, blockte er ab.
Noch etwas war von Cullmann inzwischen erledigt worden: Die Unterlagen aus dem braunen Umschlag, exakt zehn maschinenbeschriebene oder per Computer ausgedruckte Textseiten, hatte er fotokopiert und den Umschlag, den er über Wasserdampf geöffnet hatte, wieder zugeklebt. Cullmann konnte nicht ahnen, daß er ähnlich vorgegangen war wie einige Wochen zuvor Georg Wipper, der Karnevalist.

Gegen Mittag suchte Cullmann im Saarbrücker Stadtteil Rockershausen die Witwe von Löbe auf. Sie wohnte in einem Reihenhaus im zweiten Stock. Früher, so hatte sie ihm wenige Tage zuvor, als er das erstemal bei ihr gewesen war, erzählt, hätten sie in einem Bungalow in einem vornehmen Neubaugebiet gelebt.

Aber seit ihr Mann sich verspekuliert habe, seine Firma pleite gegangen sei, hätten sie mit einer Mietwohnung vorliebnehmen müssen.
Cullmann stieg aus seinem Campingbus und ging auf das Gebäude zu. Als er die Klingel betätigte, wurde die Eingangstür geöffnet. Ein etwa vierzigjähriger Mann, der nach herbem Rasierwasser duftete, drückte sich an ihm vorbei und verließ das Haus. Und dann stand Cullmann Frau Löbe gegenüber. Sie war deutlich jünger als ihr Mann und, wie Cullmann erneut feststellte, für ihre fünfzig noch sehr attraktiv. Allerdings etwas verhärmt. Aber schließlich hatte sie ja auch allerhand mitgemacht.
»Ich weiß Bescheid«, begann Frau Löbe, nachdem sie ihn begrüßt hatte. Sie war, den Umständen entsprechend, dunkel gekleidet. »Die Polizei war schon sehr früh hier und hat Fragen gestellt. Aber Sie werden bei mir keine Trauer feststellen, Herr Cullmann. Dafür ist in den letzten Jahren zuviel geschehen.«
Irritiert setzte er sich. Immerhin war Frau Löbe mit ihrem Mann 25 Jahre verheiratet gewesen.
»Was hat Ihnen die Polizei gesagt?«
Frau Löbe nahm ihm gegenüber in einem Sessel Platz. »Daß mein Mann mit seinem Auto gegen einen Baum gerast ist. Er soll jedoch an inneren Blutungen gestorben sein. Man hat auf ihn geschossen. Ich habe geahnt, daß es einmal so enden würde.«
Cullmann fühlte sich mies. Er besah sich all die unnützen Dinge im Raum, um nicht Frau Löbes Blick zu begegnen. Eigentlich hätte er ihr jetzt einiges zu erklären.
»Haben Sie Friedrich gestern noch erreicht?« fragte sie.
Cullmann nickte.
»Und auch . . . wie nennen Sie das, beschattet?«
Wieder nickte Cullmann.
»Dann waren Sie also Zeuge des Vorfalls?«
»Nein, ich kam hinzu, als er bereits gegen den Baum gefahren war«, erklärte Cullmann. »Er lebte noch. Er hat von Ihnen gesprochen.«
Darauf ging Frau Löbe nicht ein. »Haben Sie ein anderes Auto bemerkt? Die Polizei spricht von Brems- und Reifenspuren.«
»Ich sah gerade noch, wie es verschwand.«
Es war einige Sekunden still. Cullmann sah Frau Löbe verstohlen

an. In ihrem Gesicht zuckte es. Das Ganze war ihr also doch nicht so gleichgültig, wie sie tat.
»Mein Mann hat wirklich noch gelebt?«
»Ja. Aber er ist kurz darauf gestorben. Er hat mich aufgefordert, all seine privaten Dinge an mich zu nehmen. Warum er das wollte, weiß ich nicht. Aber ich habe es getan.«
»Ach, so ist das. Die Polizei hat sich schon gewundert, daß er nichts bei sich trug.«
Cullmann legte den braunen Umschlag auf den Wohnzimmertisch, daneben die Brieftasche des Toten, einen Schlüsselbund, verschiedene Zettel, meist Einkaufsbelege und Quittungen, und sein Notizbuch. Frau Löbe nahm das Notizbuch und begann darin zu blättern. »Als Sie letzte Woche zu mir kamen, wer hätte da gedacht, daß es mit ihm so schnell vorbei sein würde. Und von seinen Schulden bei Ihrem Inkassobüro hatte ich auch keine Ahnung. Hatte er Geld bei sich?«
»Nein.« Ganz glatt kam Cullmann die Lüge nicht über die Lippen.
Aber Frau Löbe schluckte sie, wie ihre Bemerkung zeigte: »Werden die anderen ihm vielleicht abgenommen haben.« Sie legte das Notizbuch auf die Anrichte und nahm den Umschlag. Unschlüssig drehte sie ihn zwischen den Fingern. »Was ist hier drin?«
»Ich weiß nicht.«
»Darf ich . . .«
»Natürlich. Er gehörte Ihrem Mann. Und jetzt gehört er Ihnen.«
Frau Löbe zog die zusammengefalteten Blätter heraus. Sie überflog das erste und schüttelte den Kopf. »Geschichte einer Jagdsaison«, murmelte sie. »Seltsame Überschrift. Jagdsaison, habe ich noch nie in irgendeinem Zusammenhang gehört. Um was könnte es sich hier handeln?«
»Tut mir leid, ich habe keine Ahnung.«
»Scheint so eine Art von . . . von Bericht zu sein. Als hätte jemand etwas niedergeschrieben für einen Dritten.«
»Schon möglich.«
Das Papier raschelte, als sie die restlichen Seiten überflog. »Von der Jagd auf Rotwild ist hier die Rede und auf Karrieren. Seltsam, wie das klingt. Dann von Partys, von wilden Partys. Und Saufgelagen. Und Mädchen, käuflichen Mädchen. Wahrschein-

lich wieder so eine Schweinerei, in die Friedrich verwickelt war. Schon seit längerem hat er sich in dubiosen Kreisen herumgetrieben. Als die Firma genügend Gewinn abwarf, konnte er das Geld nicht schnell genug unter die Leute bringen. Jedem wollte er zeigen, wie gut es ihm ging. Und später, als die ersten Schwierigkeiten auftraten, war er oft tagelang verschwunden, trieb sich in Bars und Etablissements herum. Einmal habe ich sogar Rauschgift in seiner Jackentasche gefunden. Kokain, Friedrich hat es zugegeben.« Sie legte die Blätter in den Umschlag und schob ihn angewidert an die entfernteste Ecke des Tischs. »Damit will ich nichts zu tun haben.«

Cullmann mußte sich Gewißheit verschaffen. »Weiß die Polizei von mir?«

»Ich habe nichts gesagt. Und wenn es herauskommen sollte, dann ist es auch nicht schlimm. Sie haben von mir den Auftrag erhalten, meinen Mann zu beobachten. Ich wollte mich endlich von ihm scheiden lassen. Jeder wird das verstehen.«

Cullmann nickte, obwohl er wußte, die Polizei würde ihm diese vage Interpretation nicht abnehmen. Aber vor einigen Tagen hatte sich ihm durch Frau Löbes Auftrag eine elegante Lösung angeboten. Löbe, hoch verschuldet bei seiner, Cullmanns Gesellschaft Debita und mehrfach gemahnt, sollte endlich zur Zahlung bewegt werden. Daraufhin hatte er Löbes Frau aufgesucht, um in Erfahrung zu bringen, wie es um die finanzielle Situation ihres Mannes stand. Schlecht, hatte sie ihm gesagt, äußerst schlecht. Kreditwürdigkeit gegen null, keine Rücklagen, alles unter dem Hammer. Seine Firma, früher bekannt und rege tätig im Landschaftsbau, meist für Stadt und Kommune, sei vor einem Jahr liquidiert worden, als die Aufträge ausgeblieben seien und die Schulden sich gehäuft hätten. Sie lebe allerdings schon länger von ihrem Mann getrennt. Exakt seit dem Zeitpunkt, zu dem er glaubte, sich als letzte Form sexueller Bestätigung für viel Geld exotische Frauen kaufen zu müssen. Auch ein Grund, warum die Schulden so schnell angewachsen seien, wie sie verbittert betont hatte.

Nach dieser Auskunft von Frau Löbe lag es für Cullmann auf der Hand, die beiden Aufträge miteinander zu verknüpfen. Und dann der überraschende Anruf von Frau Löbe, ihr Mann habe sie besucht und ihr zweitausend Mark gegeben. Aufgedreht sei er gewesen, richtig aufgedreht. Jetzt werde endlich alles besser, die Pechsträhne sei vorbei. Von einem Riesengeschäft habe er gesprochen, und die erste Rate sei bereits am kommenden Tag fällig. Das war gestern gewesen.

»Sie wissen auch nichts Genaueres über sein Riesengeschäft? Mit wem und um was es dabei ging?«

Frau Löbe schüttelte den Kopf. »Ich glaubte nicht daran. Friedrich war ein Träumer, ein Phantast, eigentlich nicht mehr zurechnungsfähig. Er lief jeder Chance hinterher. Es war schon krankhaft, wie bestrebt war, sich für die Blamage zu revanchieren. Alles, was er wollte, war ein bißchen Anerkennung. Im Grunde genommen tut er mir leid.«

Mir geht es genauso, dachte Cullmann. Ich laufe auch jeder Chance hinterher. Laut sagte er: »Und mit wem er sich getroffen hat, wissen Sie auch nicht?«

Wieder verneinte Frau Löbe.

»Ihr Mann war doch früher im Stadtrat. Wäre nicht das eine . . .«

Sie winkte ab. »Nur so kam er an die lukrativen Aufträge heran.« Ihre Stimme klang abfällig. »Die schustern sich doch gegenseitig alles zu, so, wie sie es brauchen.«

»Könnte das ein Hinweis sein? Deshalb vielleicht das euphorische Verhalten Ihres Mannes?«

Sie lachte. »Friedrichs ehemalige Parteigenossen? Im Gegenteil. Er hat sie durchschaut. Nicht ausstehen konnte er diese verkorksten Typen zum Schluß. Allesamt nur auf Macht versessen. Fallenlassen haben sie ihn, als es ihm schlechterging. Wie einen Aussätzigen haben sie ihn behandelt. Nein, aus der Richtung wäre nie etwas gekommen. Die denken doch nur an sich und an ihr Image. Friedrich war denen hinderlich.«

Cullmann, der keine Hoffnung mehr hatte, noch etwas Interessantes in Erfahrung zu bringen, suchte nach den geeigneten Worten, um sich von Frau Löbe zu verabschieden.

»Was bekommen Sie von mir?«

Cullmann sah sie fragend an. »Wie bitte?«

»Für Ihre Bemühungen. Sie haben doch meinen Mann beobachtet.«

Cullmann wurde verlegen und dachte an den Umschlag mit dem

Geld, den er stillschweigend behalten hatte. »Aber ich habe nichts Greifbares herausgefunden«, wiegelte er ab. Und dann mit pathetischem Unterton: »Honorar nur gegen Leistung.«
»Danke, Herr Cullmann, das ist sehr fair von Ihnen. Sie wissen, allzu üppig habe ich es auch nicht.«
Cullmann schämte sich, als er die Treppe hinunterstieg.

Am Nachmittag brachte er die Filme zum Entwickeln. Es interessierte ihn schon, wer der Unbekannte war, mit dem Löbe sich getroffen hatte. Auf der Rückfahrt machte er einen Umweg und hielt vor dem Haus, das er in der vergangenen Nacht beobachtet hatte. Im ersten Stock verharrte er vor der Eingangstür zur straßenseitigen Wohnung. Groß auf dem Glas der Hinweis, daß sich hier die Geschäftsstelle des Unterbezirks der Sozialdemokratischen Partei Deutschlands befand. Derselben Partei hatte auch Löbe angehört.
Nachdenklich stieg Cullmann in sein Auto. Was hat Löbe um Mitternacht in der Geschäftsstelle zu tun gehabt, wo er doch so schlecht auf seine Parteifreunde zu sprechen war? Hing der Besuch dort nur mit dem Auftrag zusammen, den Löbe angenommen hatte: Kurier für einen Umschlag mit zehn beschriebenen Seiten zu spielen? Und wo hatte er ihn anschließend hinbringen sollen? Cullmann fand keine Antworten auf seine Fragen. So machte er sich zu Hause noch einmal über die Kopien her, die er angefertigt und in der Nacht bereits gelesen hatte.
Aus dem Inhalt wurde er nicht richtig schlau. Wie er dem Text zu entnehmen glaubte, trafen sich mehr oder weniger regelmäßig einige Bekannte zur Jagd in der Nähe eines gewissen Lendenbergs. Seltsamer Name für einen Berg. Aber es ging bei diesen Treffen nicht nur um die Jagd im allgemeinen und um die Jagd im besonderen, zu der Frauen eingeladen wurden. Man trank viel, Pfänderspiele machten die Runde, und auf dem Höhepunkt der Party, nach reichlich Alkohol- und Kokaingenuß, verzogen sich die Pärchen in die Zimmer.
Einer der Männer hatte, laut Bericht, einen Adler auf der Brust eintätowiert, ein anderer war durch einen versteiften Zeigefinger mit abgewinkeltem letztem Glied gekennzeichnet. Der älteste war

Mitte Fünfzig, der jüngste gerade dreißig, eine bunt zusammengewürfelte Gesellschaft.
Den Bewohnern der Umgebung habe diese Art von Zeitvertreib mißfallen, des öfteren sei deswegen die Polizei gerufen worden. Aber seit dem letzten Blattschuß vor drei Monaten, so drückte sich der unbekannte Schreiber aus, habe kein Treffen mehr stattgefunden. Schließlich müsse man unbedingt Gras über die Sache wachsen lassen. Nichts könne einflußreichen Männern, die alle demselben Club angehörten, mehr schaden als Aufsehen, als in eine dunkle Geschichte hineingezogen zu werden.
Nachdem Cullmann den Text gelesen hatte, wunderte er sich wie in der Nacht zuvor über den Umstand, daß Löbe allein für das Überbringen dieser Papiere 60 000 Mark hatte erhalten sollen. Was macht den Wert dieser Informationen aus? fragte sich Cullmann. Kann ein Insider mehr damit anfangen als ich? Sind vielleicht brisante Details in den Anspielungen versteckt? Etwa der Hinweis auf den Tätowierten?
Er ging in die Küche und schaltete die Kaffeemaschine ein. Auf dem Rückweg sah er die Bereitschaftslampe des Kopierers aufleuchten. Und als er die Klappe anhob, entdeckte er auf der Glasplatte das letzte Blatt der Unterlagen, die er nachts vervielfältigt hatte. Ich werde es irgendwann bei Frau Löbe vorbeibringen, überlegte er und schenkte sich Kaffee ein.

Öhlenschläger, durch und durch Taktiker, im Übermaß gewieft und sofort bereit, den Erfordernissen entsprechend zu reagieren, konnte seinen momentanen hilflosen Zustand nicht ausstehen. Da hatte man ihm seltsame Dinge zukommen lassen, und er wußte immer noch nicht, worum es eigentlich ging, welche Absicht der Übermittler hegte. Die Zusammenhänge waren für ihn somit nicht zu durchschauen, Verbindungen konnte er nicht knüpfen, ein Fazit zu ziehen war unmöglich. Natürlich kam ihm sofort der Gedanke an Erpressung. Allerdings fehlten die Indizien dafür.
Als erstes ging Öhlenschläger am Morgen zu einer Bonner Zeitung und ließ sich das Exemplar vom 18. August 1991 und die von

den folgenden Tagen aushändigen. Zwar war er in Grundzügen noch mit den Vorfällen um den sowjetischen Putsch vertraut, aber Details, die für das Verständnis notwendig sein konnten, hatten sich im Lauf der Zeit verflüchtigt.
Interessant war die Passage, aus der er erfuhr, daß Gorbatschow bereits 1987 während seines Urlaubs und darüber hinaus sieben Wochen lang festgehalten worden war, was einer Nötigung gleichkam. Hausarrest, von höchster Stelle und in eindeutiger Absicht verhängt, konnte man das auch nennen. Und im nachfolgenden Absatz stand zu lesen, daß die Prawda 1989, während Gorbatschow in denFerien weilte, gezielt an die Verhaftung von Nikita Chruschtschow im Jahre 1964 erinnert hatte. So gezielt, daß man im Westen bestimmte Tendenzen zu erkennen glaubte. Damals dementierte Verteidigungsminister Jasow noch und behauptete, ein Putsch sei wegen logistischer Probleme überhaupt nicht möglich. Aber zwei Jahre später verkündete der Präsidentenstellvertreter Janajew im Fernsehen einfach die Hiobsbotschaft, die als Alibi genügte: das Land nähere sich einer Katastrophe. Es gelte gegenzusteuern. So neu war der Zustand doch nicht, sagte sich Öhlenschläger. Es war allgemein bekannt, daß Industrieproduktion, Export und Import seit Jahren zurückgingen und schrumpften wie die Einkünfte der Bevölkerung. Was also war der eigentliche Grund für diesen letzten Putschversuch gewesen? Fühlten sich die Hardliner der Kommunistischen Partei verprellt, weil Gorbatschow die verbleibenden neun der fünfzehn Republiken in einem losen Staatenbund vereinen wollte und im Begleittext das Wort sozialistisch fehlte? Preschte Gorbatschow zu schnell nach vorn? Konnten ihm die Betonköpfe, eingeschweißt in die verkrustete Ideologie des Leninismus-Stalinismus, nicht folgen?
Janajew, so erfuhr Öhlenschläger weiter, erpreßte Gorbatschow: Entweder der Ministerpräsident rufe den Ausnahmezustand aus, oder er erteile ihm, Janajew, alle Vollmachten.
Öhlenschläger erinnerte sich, daß Gorbatschow am zweiten Tag des Putsches von seinem Stellvertreter via Presseagentur TASS krank gemeldet worden war. Ein Zeichen dafür, wie sich später herausstellte, daß er sich nicht hatte erpressen lassen. Sobald Präsident Gorbatschow gesund sei, so verkündete Janajew zynisch, werde er die Amtsgeschäfte wiederaufnehmen. Vorerst jedoch

müsse für sechs Monate der Notstand ausgerufen werden. Aus acht Repräsentanten, Dinosauriern der sowjetischen Vergangenheit – neben Janajew unter anderem KGB-Chef Krjutschkow, der hinter der Perestroika die CIA vermutete, Premier Pawlow, für die Inflation verantwortlich, Innenminister und Polizeichef Pugo und Baklanow, Sprecher des militärindustriellen Komplexes –, setzte sich das Staatskomitee zusammen, das für einige Tage die Geschicke in die Hand nahm. Das Land sei unregierbar geworden, verkündete man, Sex und Gewalt bedrohten die Gesundheit, die Marktwirtschaft provoziere nur Egoismus. Um Stärke zu beweisen, ließen die »Nothelfer« zehn Divisionen mit über 3500 gepanzerten Fahrzeugen in Stellung gehen. Ähnlich wie schon zuvor bei historischen Umstürzen oder in Fällen sogenannter Bruderhilfe, 1956 in Budapest und 1968 in Prag, wußten auch diesmal die Streitkräfte nicht, wie der eigentliche Kampfauftrag lautete. Nun, das Ende nahte schnell, denn Janajew unterschätzte die Kooperationsbereitschaft von Jelzin. Während Gorbatschow am Schwarzen Meer unter Bewachung stand, verhandelte Janajew mit dem Präsidenten von Rußland und bot ihm die Führerschaft an. Jelzin erkannte jedoch, daß er die Führerschaft auch allein erlangen konnte: Er wußte die Massen hinter sich und verurteilte den Putsch. Bereits am Montag, einen Tag nach Putschbeginn, stieg er in Lenin-Manier auf einen Panzer, sprach zur Bevölkerung, und die Besatzung des Militärfahrzeugs solidarisierte sich mit ihm. Mut bewies Jelzin in diesem Augenblick, war er doch bedroht von anderen Panzern und Scharfschützen des KGB. Er beschimpfte die Putschisten als Verbrecher, ergriff eindeutig Partei für Gorbatschow, mit dem ihn keinerlei Sympathie verband, und rief zum landesweiten Generalstreik auf. Die Massen folgten ihm und versammelten sich vor dem russischen Regierungssitz. Geschickt dirigierte Jelzin vom Präsidentenpalast aus, dem Weißen Haus, das von entschlossenen Moskauern zu einer Festung verbarrikadiert worden war, alle Gegenaktionen. Wenige Tage später war der Spuk vorbei.

Nach diesem Exkurs in die jüngere Vergangenheit überdachte Öhlenschläger die Rolle Jelzins, des uneingeschränkten Siegers des Putsches. Und er erinnerte sich an die Demütigung Gorbatschows, als Jelzin den sowjetischen Präsidenten vor dem russi-

schen Parlament zwang, ein Dekret zur Auflösung der Kommunistischen Partei zu unterschreiben. Jelzin hatte Gorbatschow gnadenlos vor den Kameras der Weltöffentlichkeit bloßgestellt, hatte ihn, der unkonzentriert und nervlich angeschlagen wirkte und sich zu rechtfertigen suchte, häufig durch verbale Attacken unterbrochen und mit dem Protokoll der Putschisten konfrontiert. Schließlich hatte er auch noch wissen wollen, welche Rolle Gorbatschow gespielt habe.
Und jetzt gelangen Fotos in meine Hände, resümierte Öhlenschläger, die mir suggerieren wollen, auf deutscher Seite habe es vorab eine Absprache oder zumindest Kenntnis über diesen Putsch gegeben. Die kurzfristig anberaumte Reise eines Staatssekretärs nach Moskau sei allein dazu geplant gewesen, frühzeitig Kontakt mit den potentiellen Machthabern aufzunehmen. Könnte das möglich sein?
Und weil sich Öhlenschläger ausgezeichnet in der Politik auskannte, eben selbst ein Meister des Intrigierens war, mußte er die Frage mit Ja beantworten. Den Kopf voll von all diesen historischen Daten und Fakten, verabredete er sich mit Helmut Lassing, dem persönlichen Sekretär des Außenministers, im Hofgarten nahe der Universität. Ohne den eigentlichen Grund ihres Treffens zu erwähnen, wollte er versuchen, von seinem Studienkollegen Lassing in Erfahrung zu bringen, wie die offizielle deutsche Haltung zu den Putschisten gewesen war.
Lassing, auch nicht neu in dem Geschäft, konnte sich ausrechnen, daß Öhlenschläger einen triftigen Grund für seine Frage hatte. »Bundestagswahlkampf?« warf er gewichtig ein, während sie wie zwei Müßiggänger Runde für Runde um ein Blumenbeet drehten.
Öhlenschläger, der Narzissen nicht ausstehen konnte, war froh über dieses Hilfsangebot. »Ja. Meine Partei will gewappnet sein und auch dieses Thema zur Sprache bringen. Besonders die wirtschaftlichen Folgen, der Truppenabzug, die Versprechungen und das Engagement der Regierung.«
Gern hätte er das Wort Ausschlachten benutzt, genau darauf würde es im Falle eines Erfolgs hinauslaufen, aber das klang zu hart. Lassing war Freidemokrat. Und als Öhlenschläger Lassing anschaute und um seinen Mund ein verstecktes Schmunzeln

bemerkte, da ahnte er, daß quasi nebenbei eine weitere seiner Taktiken aufgegangen war. Lassing fühlte sich jetzt zumindest über einen Punkt der Wahlkampfstrategie der Opposition informiert, und das verschaffte ihm vor seinen Kollegen einen Wissensvorsprung.
Werde ich zu gegebener Zeit in der Ministerrunde einfließen lassen, nahm sich Lassing vor, in dessen Kopf es klick gemacht hatte. Wieder ein Fleißpünktchen im Hinblick auf meine Karriere. Und in der Hoffnung, noch weitere Details von Öhlenschläger zu erfahren, nahm er sich vor, ihn mit Insiderhäppchen zu ködern. Bereitwillig kam er auf Öhlenschlägers Frage zurück. »Wir in Bonn waren geschockt, über alle Maßen geschockt. Für uns kam das alles aus heiterem Himmel.«
»Wirklich keine Anzeichen vorab?«
Lassing schüttelte den Kopf. »Abgesehen von gewissen Spekulationen, wie sie immer die Runde machen, noch nicht einmal gezielte Gerüchte.«
»Und der BND? Auch von dort kein Hinweis?«
Öhlenschläger, der sich mehrfach umdrehte und andere Spaziergänger betrachtete, dauerte das alles zu lange. Und er war aufgeregt. Wie immer verhaspelte er sich, die Worte schossen nur so aus seinem Mund.
Lassing blickte ebenfalls über die Schulter. »Sag mal, hast du was? Wohl nervös. Oder . . .«, er fixierte Öhlenschläger, »oder eine besonders heikle Sache?«
»Mitten in Bonn, gefällt mir ganz und gar nicht.«
Lassing machte eine wegwischende Handbewegung. »Wer soll uns schon . . .? Da hätten sie ja viel zu tun. Und außerdem: Überparteiliche Gespräche sind in.« Er kam auf die Frage zurück. »Der BND? Nein. Obwohl man in Pullach wesentlich schneller war als die CIA. Die hat den ganzen Vorfall total verpennt und wurde erst durch das Center for Demcracy aufgeklärt.«
»Hätte es eine Möglichkeit gegeben, sich mit den neuen Machthabern zu arrangieren?«
»Für die Bundesrepublik?«
»Für wen denn sonst?«
Lassing steuerte auf eine Bank zu und beobachtete interessiert eine ältere Dame, die Tauben fütterte. Öhlenschläger setzte sich

neben ihn und sah sich um. Seit er die brisanten Unterlagen erhalten hatte, fühlte er sich ständig von tausend Augen verfolgt.
»Arrangieren? Unmöglich. Du mußt wissen, unsere ganze Außenpolitik wäre unglaubhaft geworden. Gorbatschow als Deutschenfreund im Regen stehenlassen – ging nicht. Schließlich hat er großen Anteil an der Wiedervereinigung. Für unsere innerdeutsche Misere kann der Gute nichts. Dann die wirtschaftlichen Verpflichtungen, Abkommen, Kredite, Absichtserklärungen. Nicht zu vergessen das Problem der Wolgadeutschen.«
Öhlenschläger lächelte flüchtig. »Komm, erzähl keine Opern. Ich weiß doch, wie man ein Häkchen krümmt. Brauchst nur eure Wankelpolitik gegenüber China zu betrachten. Was wart ihr alle bestürzt über die Vorfälle auf dem Platz des Himmlischen Friedens! Dabei lagen die Alternativen schon griffbereit in eurer Schublade. Einige Monate wurde abgewartet, wie bei einem Trauerfall, und schon startete man die ersten Entspannungsangebote. ›Ein Volk von zwölfhundert Millionen kann man nicht einfach links liegenlassen‹, so die offizielle Version.«
Lassing reagierte nicht auf die Anspielung. Politik mußte sich nun mal den Gegebenheiten anpassen.
»Gab es auch auf Moskau bezogen Alternativen?» hakte Öhlenschläger nach.
Lassing verneinte. »Sind mir nicht bekannt.«
Öhlenschläger ließ nicht locker. »Aber möglich wäre es, nicht? Man muß doch gewappnet sein. Jede Veränderung ins Kalkül einbeziehen, wie es heißt. Den Erfordernissen gemäß reagieren.«
Lassing schlug die Beine übereinander und betrachtete seine wippenden Schuhspitzen.
»Zu einem anderen Gesichtspunkt. Wie hat sich das Ausland verhalten? Wäre denen die Entwicklung unter Janajew recht gewesen?«
Lassing war froh, auf neutrales Terrain schwenken zu können. »Manchmal glaube ich, unsere ausländischen Freunde sind nicht sehr glücklich mit der Entwicklung in Rußland und den anderen Republiken.«
»Also wäre ein Putsch von rechts genau das Richtige gewesen.«
»Nein. Ich meine mit Entwicklung die augenblickliche Lage im Osten. Destabilisierte Wirtschaft, Produktionsrückgang, Arbeits-

losigkeit, Eskalation von Kriminalität und Bandenwesen, die immer noch ungeklärte Frage der Atomsprengköpfe, der mühevolle Weg in der Abrüstung, Machtkampf der Republiken untereinander. Na ja, du weißt, was ich sagen will.«
Öhlenschläger wußte es. Der Osten konnte sich wegen Verschuldung, Zinsstundung und zwangsläufigem Kreditnachlaß als hemmender Klotz für die westliche Wirtschaft erweisen. Erst recht, seit die Wiedervereinigung die bundesdeutschen Kassen schwer belastete. »Und wie war die Reaktion des Auslands während der heißen Moskauer Tage?«
»Unsere westlichen Freunde waren sich sofort einig. Bush sprach mit Jelzin, die Putschisten hatten vergessen, sämtliche Telefonleitungen zu kappen. Das mußt du dir mal vorstellen: Wollen Gorbatschow stürzen und lassen Jelzin die Möglichkeit, mit allen wichtigen Staatsmännern zu telefonieren. Dilettantischer geht es nicht! Auch Major und Mitterrand haben mit Jelzin gesprochen.«
»Und der Kanzler?«
Lassing hob die Schultern. »Tut mir leid, mir ist nichts bekannt.« Als Öhlenschläger nicht nachfragte, sprach Lassing weiter: »Bush verlangte die Rückkehr Gorbatschows, nannte den Staatsstreich einen Rechtsbruch. Alle weiteren Aktionen waren genau abgestimmt. Die Amerikaner setzten die Wirtschaftshilfe für das Regime aus, die Europäische Gemeinschaft blockierte ihr Hilfspaket, immerhin ging es um 1,2 Milliarden, und die Japaner fühlten sich an ihre wirtschaftlichen Zusagen auch nicht mehr gebunden.«
Öhlenschläger verschränkte die Arme vor der Brust und überlegte. Lassing musterte ihn von der Seite.
»Ich erinnere mich noch«, begann Öhlenschläger, »daß ihr damals in Bonn ganz schön rotiert seid.«
Lassing nickte. »Kann man wohl sagen. Das ging ans Eingemachte.«
»Und ein Krisenstab wurde auch einberufen.«
»Stimmt.«
»Helmut, meine große Bitte an dich«, Öhlenschläger stieß die Worte hervor. »Kannst du mir die Namen all der Personen besorgen, die damals in irgendeiner Weise etwas mit dem Krisenstab zu tun hatten?«

Cullmann kannte keine Skrupel. Zumindest behauptete er das von sich. In seinen Augen war er abgeklärt und durch nichts zu erschüttern. Weil das Leben mir so brutal mitgespielt hat, hätte er auf eine diesbezügliche Frage geantwortet. Das macht hart, das gibt dir das nötige Rüstzeug. Demnach hätte er es auch lassen können, aber dann wäre er in der Defensive gewesen: Cullmann entschloß sich also, zur Polizei zu gehen und sie über den Tod von Löbe aufzuklären. Irgendwann wären sie sowieso auf ihn gestoßen.

Nachdem Cullmann sich als anonymer Anrufer enttarnt und in geraffter Form seine Geschichte erzählt hatte, sahen die beiden Beamten einander an. Einer verließ den Raum und kehrte wenig später in Begleitung eines älteren Herrn zurück, den er als Kriminalrat Schober vorstellte. Schober setzte sich Cullmann gegenüber, überflog einen Computerausdruck und lächelte, als er auf die Berufsbezeichnung stieß: Inkassoagent.

»Nichts mehr mit dem Wachdienst?«

»War tagsüber immer so müde.«

»Und die Haushüteragentur?«

Cullmann zuckte mit den Schultern.

»Kaum Aufträge.«

»Lief nicht eine Anzeige gegen Sie? Hatten Sie nicht gewisse Vorräte ohne Genehmigung reduziert?«

»Ich mußte doch zwischendurch essen und trinken.«

»Und immer Spätlese.«

Cullmann schwieg.

»Mittlerweile sind Sie also für eine Inkassogesellschaft tätig. Debita. Oder überführen Sie immer noch Autos in den Orient?«

»Nein.«

»Nein?«

»Nur noch höchst selten. Wirklich alles einwandfreie Ware, hier in Saarbrücken gekauft und ordnungsgemäß ausgeführt. Und im Zielland verzollt.«

Der Kriminalrat schlug die Beine übereinander. »Alles einwandfreie Ware. Was bringt denn so eine Fahrt ein?«

»Drei- bis viertausend. Aber da läuft schon lange nichts mehr, die Balkanroute ist mehr als tot.«

»Mehr als tot. Und jetzt Inkassogesellschaft. Sehr bewegtes Be-

rufsbild. Debita, darunter kann ich mir wenig vorstellen. Klären Sie mich doch bitte auf.«
Cullmann kam auf die Konsumgesellschaft zu sprechen und die Folgen der unmäßigen Kreditaufnahme. Jeder wolle sich das leisten, was die Werbung anpreise. Da viele Einkommen nicht hoch genug seien, man aber unbedingt die fürs Dasein wichtigen Produkte besitzen müsse – ohne könne man nicht mehr leben –, gehe man zur Bank und leihe sich das Geld. Falls die Bank aber nicht mehr mitspiele, weil man schon zu viele Kredite laufen habe, die Verpflichtungen einem über den Kopf wüchsen, gebe es eben noch andere Vermittler. Darunter auch angesehene Agenturen, allerdings mit einem prozentualen Aufschlag wegen des Risikos. Von Kredithaien und ihren Wucherzinsen rate er jedem ab.
»Und an Ihre Gesellschaft wenden sich die Gläubiger, wenn ein Schuldner nicht mehr in der Lage ist, seine Raten zu zahlen.«
»Genau. Das übernehmen wir dann. Und es sind nur ausgezeichnete Gläubiger, die unsere Dienste wünschen. Banken, Sparkassen, Versandhäuser, Kreditkartenunternehmen.«
»Können Sie denn die Leute bewegen, ihr Minus auszugleichen?«
Cullmann schüttelte den Kopf. Er schimpfte auf die Marder, wie er die professionellen Schuldner bezeichnete, die den Verfahrensweg genau kannten. Sie seien ausgebufft, denen könne keiner Angst einjagen, die unterschrieben alles, um an Geld zu kommen. Außerdem sei derjenige, der kaufe, ohne zu bezahlen, noch lange nicht arm. Auch wenn das landläufig behauptet werde. Die meisten dieser Leute wüßten nur besser über die Bestimmungen Bescheid. Zumindest den Zinsvorteil habe so einer herausgeschunden, wenn er eine Mahnung nach der anderen verstreichen lasse und das Monate durchhalte, und wegen der Inflation obendrein einen Teil der Schuld reduziert. Halte man das ein Jahr aus, dann verbillige sich der Kredit zwangsläufig um die Geldentwertung.
»Und was passiert, wenn der Gläubiger die Nase voll hat?« fragte der Kriminalrat interessiert und rückte seine Goldrandbrille zurecht. Cullmann, der sich ganz auf den älteren Beamten konzentrierte, konnte nicht sehen, wie die beiden anderen Polizisten schmunzelten. Sie kannten die Taktik ihres Herrn und Meisters. Einlullen wollte er Cullmann und dann zustoßen.

»Die Gläubiger nehmen das nicht selbst in die Hand, sondern delegieren es an Dritte, zum Beispiel an uns, die Debita. Das sagte ich bereits.«
»Und Sie, Herr Cullmann, gehen dann das Geld eintreiben. Mit Schlagstock? Oder Revolver?«
Cullmann merkte, daß man ihn verschaukeln wollte. »Wir arbeiten seriös.«
»Interessant. Und wie seriös?«
Das Gespräch wurde Cullmann unangenehm. »Zuerst kommen alle Schuldner auf eine Black List, sie erhalten keinen Kredit mehr.«
»Sind das denn so viele bei uns in Deutschland?«
»Mehr als vier Millionen.«
Jetzt war der Beamte Schober erstaunt. Und weil er sich immer noch interessiert gab, erklärte Cullmann, die Inkassobüros hätten intern gewisse Codes, mit deren Hilfe sie die Schuldner klassifizierten. Code 77 sei zum Beispiel ein Asylant, Code 87 bedeute drogenabhängig und Code 89 psychisch krank. Und wenn einer Code 61 oder Code 63 habe, das hieße entmündigt, gebe es auch kein Darlehen mehr.
»Kommen wir nun zu Ihrem Kredit bei uns, Herr Cullmann, den Sie verspielt haben.« Schobers Stimme gewann an Schärfe. »Warum haben Sie sich in der Nacht, als Sie anriefen, nicht zu erkennen gegeben?«
»War irgendwie geschockt.«
Schober nahm ihm das nicht ab. »Weil Sie am Tod des Herrn Löbe beteiligt sind?«
»Nein, ich kam in dem Moment dazu, als es mit ihm zu Ende ging.«
»So ein Zufall. Sie haben Herrn Löbe also beobachtet.«
»Natürlich. Das sagte ich Ihren Kollegen bereits. Immerhin hatte er etliche Tausend an Schulden zu bezahlen.«
»Dann erzählen Sie uns doch mal genau, was sich an dem bewußten Abend ereignet hat.«
»Das habe ich schon vorhin Ihren Kollegen . . .«
Der Ältere lächelte verbindlich. »Bitte, tun Sie mir den Gefallen.«
Cullmann begann mit dem Tip, den er von einem Informanten bekommen habe – leider sei er verpflichtet, die Quelle zu schüt-

zen –, wonach Löbe in den Besitz einer größeren Summe Geldes gelangen sollte. Seine Geschichte endete mit dem Griff in Löbes Jacke, auf dessen Wunsch hin, wie er betonte, und dem Anruf bei der Polizei.
»Der andere Pkw, ein Mazda, wie Sie sagen, mit zwei Insassen. Können Sie uns eine Beschreibung der Personen liefern?«
»Nein, bei der Dunkelheit war nichts zu erkennen. Eine Tür, auf der Fahrerseite hinten, scheint jedoch neu zu sein. Sie hatte eine andere Farbe als der Wagen.«
»Welche?«
»Grau, wie eine Grundierung.«
»Und das Kennzeichen? Wie steht es damit?« fragte Schober ohne allzuviel Hoffnung. Cullmann nannte es, und der Beamte schaute ihn verwundert an. Er gab seinem jüngeren Kollegen einen Wink, und der verließ den Raum. Nach wenigen Minuten kam er zurück. Auf einem Tablett balancierte er vier Becher Kaffee.
»KL-CK-3548 ist natürlich gestohlen worden«, verkündete er, während er die Becher verteilte.
»Und wann?« wollte Schober wissen.
»Vor sechs Tagen. Am Bodensee.«
»Aber KL ist doch Kaiserslautern«, warf Cullmann ein.
»Es soll auch Lauterer geben, die an den Bodensee fahren«, kommentierte der Kriminalrat trocken. Schober trank von seinem Kaffee und sah Cullmann über den Tassenrand hinweg an. »Wer hat denn nun bei der Übergabe des Umschlags auf Löbe geschossen: der Fahrer oder der Beifahrer?«
»Konnte ich aus meiner Position nicht ausmachen.«
»Und aus welchem Grund wurde geschossen? Es schien doch alles glattgelaufen zu sein.«
»Zumindest sah es für mich so aus.«
»Zu einem anderen Punkt. Haben Sie eine einleuchtende Erklärung dafür, warum Löbe vor seinem Tod alle Dokumente los sein wollte?«
»Nein. Vielleicht hatte er Angst, seine Mörder könnten wiederkommen und sich die Sachen zurückholen.«
»Hm. Die haben Sie dann an sich genommen. Und am nächsten Tag haben Sie alles, was Sie gefunden haben, Frau Löbe ausgehändigt. Habe ich das richtig verstanden?«

»Genau.«
Schober las noch mal die einzelnen Dinge vor, die Cullmann genannt hatte.
»Was es mit dem Umschlag auf sich hat und den zehn Blättern, das wissen Sie auch nicht?«
Cullmann sah den Kriminalrat offen an. »Schauen Sie, Herr Schober, mein Auftrag lautete, soviel Geld wie möglich von Löbe abzukassieren. Alles andere hat mich nicht interessiert.«
»Und welchen Betrag haben Sie abkassiert?«
»Nichts. Die Geldbörse und die Brieftasche habe ich ebenfalls Frau Löbe gegeben.«
»Sehr ehrenwert.« Schober nahm seine Brille ab und fixierte Cullmann. »Und was ist mit dem weißen Umschlag, den Löbe bei sich getragen hat?«
Cullmann schluckte. Woher konnte der Beamte davon wissen? War Löbe etwa auch von der Polizei beobachtet worden? Oder kam diese Information von dem Mann, mit dem sich Löbe in der Geschäftstelle der Partei getroffen hatte? »Ein weißer Umschlag?«
Schobers Gesicht platzte vor Spott. »Ja, mit sechzigtausend Mark.«
»Sechzigtausend Mark?«
»Herr Cullmann, wenn ich ein Echo will, bestell' ich mir eins. Also, wo ist der Umschlag?«
»Keine Ahnung. Ich sagte doch bereits: Als ich zu der Unglücksstelle kam, war alles schon vorbei. Vielleicht haben die anderen das Geld an sich genommen. Zeit genug hätten sie ja gehabt.«
»Und alles andere bei dem Sterbenden gelassen?« Schober klappte demonstrativ langsam die Akte zu. »Meinen Sie nicht auch, Herr Cullmann, daß wir ein dickes Bündel Banknoten finden, wenn wir Ihre Wohnung durchsuchen?«
»Kommen Sie mit, tun Sie sich keinen Zwang an.«

Cullmann war erleichtert. Die Vernehmung war human verlaufen, und man brachte ihn nicht enger mit Löbes Tod in Verbindung. Er hatte einige Bier nötig. Falls es sich machen ließ, ging er Alkohol sonst aus dem Weg. Als sich später der Hunger meldete, suchte er in der Mainzer Straße ein italienisches Restaurant

auf und bestellte sich eine Pizza mit Knoblauch, Peperoni und Sardellen. Tödlich, die Mischung, vor allem, wenn noch eine Verabredung auf dem Plan stand. Es war gegen 21 Uhr, als er sich in seinen Campingbus setzte und nach Hause fuhr.
Am Bordstein parkte ein Taxi. Cullmann stoppte dahinter, stieg aus, ging auf das Taxi zu und öffnete die Tür. »Hallo, Schatz, du bist schon da?«
»Nenn mich nicht Schatz. Und entschuldige dich bitte, du hast mich warten lassen.«
»Entschuldigung.«
Die knapp dreißigjährige Frau mit dem strengen Pagenschnitt und der Nickelbrille, für sie das letzte Relikt der studentischen Sturm-und-Drang-Zeit, rümpfte die Nase. »Sag mal, wonach stinkst du denn?«
»War beim Italiener.«
»Geh dir bloß die Zähne putzen!«
Cullmann trottete davon, schloß die Tür auf, seine Freundin Sonja Bungert tippelte hinterher. Noch im Gehen zog sie ihre Lederjacke aus und hängte sie dann über eine Lanze, die im Schirmständer steckte. Der Pullover fand sich auf dem Griff eines Schwertes wieder, das mit einem zweiten an der Wand zu einem X drapiert war. Die hochhackigen Pumps – Cullmann war es schleierhaft, wie sie damit Auto fahren konnte – schleuderte sie von sich, ihre hautenge Hose ließ sie fallen und liegen, es folgte der Slip. Dann stand sie abwartend in Cullmanns Schlafzimmer. Sie hatten sich auf diesen Begriff geeinigt, obwohl nicht viel an ein Schlafzimmer erinnerte. Keine Schränke, nur Ablagen, vollgepfropft mit Hemden, Hosen, Poloshirts, Strümpfen und Unterwäsche. In der Ecke, wild aufeinandergetürmt, Schuhe und Stiefel, daneben die schmutzige Wäsche und gegenüber ein riesengroßer Spiegel, verschnörkelt bis zur Geschmacklosigkeit. Aber zumindest nicht blind. Und oben etwas von der Wand abgekippt, um ihn ausgiebig nutzen zu können, wenn man es sich auf der Liegestatt gutgehen ließ.
»Beeil dich, ich habe nicht viel Zeit.«
»Gleich fertig.« Sie hörte ihn gurgeln, wenig später stand er ihr nackt gegenüber.
»Du, Schatz . . . Sonja, ich habe unser Date total vergessen.«

»Das wird teuer.«
»Am Dienstag konnte ich auch nicht.«
»Das habe ich gemerkt. Komm jetzt.«
Sonja nahm sich Cullmans Körper; er wollte nicht ins Hintertreffen geraten und spielte mit. Aber mit den Gedanken war er nicht bei der Sache. Und die seltsamen Treffs, zweimal die Woche, dienstags und donnerstags, erregten ihn längst nicht mehr wie noch vor wenigen Monaten. Er hatte sich an Sonjas Feuer gewöhnt. Und sein Gesicht vergrub er auch nicht mehr so oft in ihrer ausladenden Oberweite.
»Los, nicht so verklemmt, mein lieber Romeo«, gurrte sie und drückte seinen Kopf nach unten.

Erschöpft lagen sie auf dem Bett, eigentlich nur eine doppelte Lage Matratzen, mit Laken überzogen. Sonja rauchte, Cullmann hing seinen Überlegungen nach. »Midlife-crisis?« Mit spitzen Lippen formte sie kleine Wölkchen und schaute ihn von der Seite an.
»Wieso? Hat es dir nicht gefallen?«
»Doch, sogar besser als sonst. Hat länger gedauert. Normalerweise bist du viel schneller fertig.«
»Zuviel Bier.«
»Sonst nichts?«
»Probleme mit den Kunden.«
»Hat einer nicht bezahlt?«
»Das auch. Momentan kotzt mich alles an.«
Sonja streifte die Asche ab. »Was denkst du, wie es mir mit meinem Job geht.«
»Warum beendest du nicht dein Studium?«
»Pah, Betriebswirtschaft. Was kann ich als Frau damit schon anfangen? Außerdem brauche ich die Kohle.«
Cullmann reagierte spöttisch: »Du wolltest doch immer eine Männerdomäne erobern. Und jetzt kneifst du.«
»Mit Mathe und Statistik habe ich es nicht so.«
»Eingeständnis der eigenen Unfähigkeit?«
»Eingeständnis, mich vertan zu haben. Etwas Kreatives müßte es sein. Etwas Gestalterisches, wobei ich meine Hände einsetzen kann. Meine magischen Hände.« Sie griff mit der Linken zwischen seine Beine.

»Dann geh doch auf die Kunstschule.«
»Idiot.« Sie drückte die Zigarette aus, küßte ihn auf den Bauch, wanderte tiefer. Über seinen Nabel hinweg sah sie ihn an. Ihre Augen waren verschleiert, wie immer, wenn sie miteinander geschlafen hatten.
»Tut mir leid, Bodo, ein zweites Mal wäre schön. Aber ich muß auf den Asphalt.«
Sie schwang sich hoch, verfolgte jetzt ihre Spur zurück durch die Wohnung und zog sich dabei Stück für Stück an.
»Scheiße, in meiner Lederjacke ist ein Loch.« Sie steckte einen Finger hindurch und kam zu Cullmann.
»Ich habe dir schon hundertmal gesagt, meine Lanze ist echt, die Spitze scharf wie eine Rasierklinge.«
Cullmann hatte sich mittlerweile auch angezogen und ging mit ihr hinaus. Vor dem Taxi gab sie ihm noch einen Kuß, dann beugte sie sich in den Innenraum.
»Macht sechsundzwanzig Mark.«
»Wieso sechsundzwanzig?«
Sonja zückte den Quittungsblock. »Standzeiten kosten nun mal Geld. Und ich muß jede Minute mit meinem Chef abrechnen.«
»Aber sonst komm' ich doch nie über siebzehn Mark.«
»Ich sagte schon, normalerweise bist du schneller. Außerdem mußte ich heute auf dich warten . . . Schatz.«

Die richtigen Schritte in der richtigen Reihenfolge, das war Öhlenschlägers Prinzip. Deshalb hatte er an diesem Morgen bei der täglichen Lagebesprechung im vertrauten Kreis gegenüber seinem Ministerpräsidenten noch nichts von den ihm in Bonn zugespielten Fotos, der Zeitungsrecherche und dem Treffen mit Lassing vom Außenministerium erwähnt. Zuerst einmal wollte er sichergehen, was es mit den Dingen auf sich hatte. Die Pferde scheu zu machen oder unkontrolliert vorzupreschen konnte fatal sein. Überreaktionen führten meist dazu, so Öhlenschlägers Erfahrung, daß andere aufmerksam wurden und sich für Sachen interessierten, die sie nichts angingen. Deshalb war es vonnöten, auch bei einem Erdbeben nicht zu zucken, sondern zunächst einmal an die richtigen Gegenmaßnahmen zu denken. Zwar hatte ihn der großgewachsene Landesvater intensiv mit seinen blauen Augen fixiert, so, als durchschaue er ihn. Aber nachgefragt, ob es in Bonn etwas Neues gegeben habe, hatte er nicht. Öhlenschläger verzichtete auf das Mittagessen und fuhr mit seinem Privatwagen über die Autobahn nach Trier. Er wollte sich mit einem Bekannten treffen, dessen eigentliche Funktion in Bonn keiner so recht kannte. Die einen meinten, er sei im Bundeskanzleramt Koordinator für den Verfassungsschutz, andere waren davon überzeugt, er habe ein gewichtiges Wort mitzureden, wenn es um die öffentliche Sicherheit ging. Was Öhlenschläger jedoch wußte, war, daß Hannes Karst erstaunliche Möglichkeiten hatte, wenn es darum ging, diskret Nachforschungen anzustellen und Neuigkeiten in Erfahrung zu bringen. Solch wichtige Beziehungen mußte man pflegen. Deshalb hatte er Karst bereits vor zwei Tagen in Bonn aufgesucht und mit ihm ein verschwiegenes Gespräch geführt. Und ihm anschließend einige Unterlagen ausgehändigt.

Öhlenschläger hätte sich mit Karst auch in Saarbrücken verabreden können, allerdings mit der Gefahr, erkannt zu werden. Das Treffen mit Lassing in Bonn war unbehaglich genug gewesen. Und sich in seiner Position mit einem Fremden zu zeigen konnte schon genügen, um die Gerüchteküche in Gang zu setzen. Deshalb hatten sie sich für Trier als Treffpunkt entschieden.

Öhlenschläger betrat das Café in der Fußgängerzone. Es war eingerichtet im Stil der Jahrhundertwende. Er wählte einen Tisch in der Ecke, gleich neben den hohen Fenstern, bestellte ein Stück Käsesahne und ein Kännchen Kaffee und ging auf die Toilette. Wohlgefällig betrachtete er sich im Spiegel, während er sich die Hände wusch. Er fand sich attraktiv. Und er wußte, daß er auf Frauen wirkte. Sie waren sehr von seinem leicht südländischen Typ angetan, dem Lockenkopf und den ebenmäßigen Zähnen, die er bei jedem Lächeln zeigte. Es sah ja nicht jeder auf den ersten Blick, daß sie überkront waren

Öhlenschläger hatte allen Grund, sich durch sein Spiegelbild etwas aufzubauen, denn im Vergleich zu Karst, fast zehn Jahre jünger und einen halben Kopf größer als er, sah er aus wie ein Durchschnittstyp. Auch heute fragte sich Öhlenschläger wieder, als Karst mit dem gewohnt verwegenen Schmunzeln im Gesicht durch das Café schritt, wieso der Beamte aus Bonn nicht eine bessere und lukrativere Beschäftigung hatte finden können. Sie begrüßten einander knapp, tauschten einige Banalitäten aus und gingen mäßig interessiert auf Gerüchte ein, die oft wie ein mutierender Virus kursierten. Obwohl sie ihre Gespräche immer mit diesem Geplänkel begannen, sozusagen ein verbales Vorspiel, wußten sie doch genau: Einer war auf den anderen angewiesen. So, wie Karst Öhlenschläger vielleicht in diesem Fall helfen konnte, würde der Beamte aus Bonn zu gegebener Zeit Öhlenschläger um einen Gefallen angehen. Informationen wurden in manchen Kreisen getauscht und gehandelt wie eine Ware. Oft eine sehr kostbare Ware. Und gefährlich dazu.

»Und, fündig geworden?« Erwartungsvoll sah Öhlenschläger, der auch jetzt das Treffen mit Lassing verschwieg, seinen Bekannten an. Karst bestellte ein Mineralwasser. »Mir gefällt die ganze Angelegenheit nicht. So undurchsichtig und ohne Konturen. Kein Muster zu erkennen.«

»Was ist denn faul?«

Karst überlegte einige Sekunden. »Wommerding war an dem betreffenden 18. August 1991 in Moskau, daran gibt es keinen Zweifel. Und die Tageszeiten stimmen auch.«

Das war Öhlenschläger nicht neu. »Ist ja anhand der Fotos deutlich zu erkennen.«

Karst zog die Augenbrauen hoch. »Datum und Uhrzeit kannst du bei allen Kameras manipulieren, wie du willst, Klaus. Aber abgesehen davon steht Wommerding auch auf den Fluglisten. Gebucht hat er zwei Stunden vor Reiseantritt. Er ist mit einer Aeroflot-Maschine geflogen, die ansonsten nur montags und freitags unterwegs ist. An diesem betreffenden Sonntag war der Jet für eine Delegation von Industriebossen gechartert worden, die in Moskau eine Messe besuchen wollten. Wommerding ergatterte noch einen freien Platz. Zurück nach Bonn flog er am 23. August, als der Moskauer Airport wieder geöffnet war.«

»Hat das irgendeine Bedeutung? Die kurzfristige Buchung? Mußte er nicht einen Platz reservieren?«

Karst zuckte mit den Schultern. »Die Maschine war vielleicht nicht voll belegt. Außerdem sind russische kaum gefragt.«

»Und der Text? Konntest du etwas herauspicken?«
Karst zog einen Zettel aus seiner Jackentasche. »Mit gedruckten Buchstaben, erst recht, wenn sie aus Sicherheitsgründen auch noch fotokopiert worden sind wie in diesem Fall, kann man nicht viel anfangen. Der das geschrieben hat, ist zumindest einigermaßen der deutschen Sprache mächtig. Keine stilistischen Schnitzer, orthographische Differenzen mit dem Duden auch nicht.«
»Ist das alles?«
»Dem Schrifttyp nach können die Buchstaben aus amerikanischen oder japanischen Schreibmaschinen stammen. Genaueres kann ich nicht sagen, denn auf der Kopie sieht man das Durchdrücken des für manche Geräte typischen Schlagbildes nicht mehr. Allerdings vermute ich, daß der Text per Computer erstellt wurde. Und bei diesem Schriftbild kommt nur ein Laserdrucker in Frage. Wenn dem so ist, wird es schwer sein, Rückschlüsse auf Fabrikat und Hersteller zu ziehen, denn die Schriften sind heutzutage alle mehr oder weniger genormt. Ist in deinem Fall übrigens Courier R 8.«
Öhlenschläger sah Karst schräg an, für seinen Geschmack ging der Experte zu sehr ins Detail. »Vage, das Ganze, nicht?«
»Du sagst es.« Karst trank von seinem Mineralwasser. »Übrigens eine gute Idee von dir, eine Pinzette zu benutzen. Keine Fingerabdrücke.«
Öhlenschläger tat so, als sei das eine Selbstverständlichkeit.
»Und die Fotos machen auch nicht viel her. Farbfilm der Marke Kodak, Empfindlichkeit 21 DIN, kannst du in jedem Kaufhaus erstehen. Aber es handelt sich nicht um Originalabzüge, sondern um die zweite oder dritte Ausfertigung eines Hobbyfotografen.«
»Das bedeutet also, daß . . .«
». . . daß es noch mindestens einen weiteren Satz gibt«, vollendete Karst den Satz.
Nachdem die technischen Dinge abgehandelt waren, schwiegen beide für eine Weile. Öhlenschläger kam es vor, als enthielten Karsts Informationen keine rechte Substanz, als gebe es nichts Greifbares. Zwischendurch meldete sich der Verdacht, Karst versuche ihn mit Technik einzulullen, um ihm wichtige Fakten vorzuenthalten.

»Komm, laß uns zahlen. Wir gehen ein bißchen in der Fußgängerzone spazieren. Es soll schön sein in Trier.«
Öhlenschläger willigte ein. Was wie das harmlose Vergnügen eines Schaufensterbummels anmutete, war von Karst jedoch als zusätzliche Absicherung gedacht. Auch einem noch so gewieften Beobachter würde es schwerfallen, ihre Unterhaltung draußen im Freien zu verfolgen.
Die ersten Meter schlenderten sie schweigend nebeneinander her. Vor dem Schaufenster eines Schuhgeschäfts blieb Karst stehen. Intensiv studierte er die Auslage.
»Hast du dir schon mal überlegt, was der Grund sein könnte, warum dir einer das Zeug zugespielt hat?«
»Natürlich habe ich mir Gedanken gemacht.«
Karst sah Öhlenschläger von der Seite an. »Dann laß mal hören.«
»Eine Frage vorweg: Hat Wommerding Dreck am Stecken?«
Karst schnaufte. »Nur das Übliche. Einige Spesenabrechnungen zu hoch, vor Jahren eine Liaison mit der Frau eines Managers, aber dem Alkohol spricht er nicht mehr so zu.«
»Dann legt es also keiner aus meiner Partei darauf an, ihn zu diskreditieren. Oder?«
»Das müßtest du eigentlich besser wissen. Vielleicht will jemand einen Fingerzeig geben, damit sich bestimmte Personen mit ihm beschäftigen. Möglich ist auch, daß er gewisse Leute blockiert, die es nach oben drängt.«
»Steht er auf irgendeiner Abschußliste? Hat er Zoff mit dem Ministerpräsidenten? Läßt sein Verstand nach?«
Karst schüttelte den Kopf. »Nichts von alledem bekannt. Wenn man einmal von seiner scharfen Zunge absieht, ist Wommerding fast eine graue Maus. Unauffällig, kaum Skandale.«
Sie spazierten weiter. Öhlenschläger schwenkte hinüber zu einer Eisdiele und lud Karst zu fünf Bällchen mit Sahne ein.
»Ich habe mich aber auch gefragt«, kam Öhlenschläger auf Karsts Frage zurück, »wer überhaupt in der Lage ist, mir solche Dinge zuzuspielen. Mir ist niemand eingefallen. Und wozu ausgerechnet mir? Das ist leichter zu erklären: Der Unbekannte hat gewisse Absichten und will sicher sein, daß sein Bericht an die richtige Adresse kommt. Hat er ja auch geschafft. Hast du vielleicht eine Ahnung, wer dahinterstecken könnte?«

Karst ging nicht darauf ein. Als erinnere er sich erst jetzt wieder, sagte er: »Bevor ich es vergesse. Natürlich habe ich mich in dem Bonner Hotel umgesehen, in dem du übernachtet hast. Es ist nicht einfach, an der Rezeption vorbeizukommen. Und noch weniger einfach ist es, in dein Zimmer zu gelangen. Du weißt, die arbeiten mit einer Codekarte. Eigentlich gibt es nur zwei Möglichkeiten: Der Eindringling hat sich die Karte selbst programmiert, und dazu muß er Zugang zum Scanner des Hotels gehabt haben, oder er hatte einen Helfershelfer.«
»Was ist wahrscheinlicher?«
»Jeder Helfershelfer ist eine Schwachstelle und ein unbequemer Mitwisser. Das bedeutete jedoch, falls ich richtig liege, unser Typ ist ein erstklassiger Profi. Läuft das Ganze auf eine Erpressung hinaus?«
»Auch denkbar. Aber dann müßte noch etwas nachkommen. Was meinst du?«
Karst leckte seinen Löffel ab, er hob die Augenbrauen. Sie warfen die Becher in einen Papierkorb und gingen in Richtung Hauptmarkt mit dem Kreuz in der Mitte. Karst bewunderte die schönen Fachwerkhäuser, fand allerdings die Fassadenanstriche etwas zu bunt und bezweifelte, ob man schon vor Jahrhunderten eine solche Farbenpracht zustande gebracht hätte.
»Der Unbekannte will mir doch mit seinen Informationen weismachen, es habe im Vorfeld des sowjetischen Putsches eine Absprache zwischen Bonn und den Putschisten gegeben.«
»Das sehe ich auch so.«
»Und, gab es diese Absprache?« stellte Öhlenschläger dem Gutaussehenden mit dem akkurat gestutzten Stiftekopf die gleiche Frage wie Lassing vor zwei Tagen in Bonn.
Karst wollte nicht recht mit der Antwort herausrücken, Öhlenschläger hakte nach. Karst bemühte sich, die Lage zu beschreiben. »Weißt du, Klaus, damals glühten die Drähte zwischen den Natostaaten und der EG. Auch die zu Japan und China. Du kannst mir glauben, den hohen Herren ging die Muffe gewaltig. Keiner war vorbereitet, nicht den Hauch einer Warnung hatte es gegeben. Alles durfte eintreten, nur nicht ein Putsch in der Sowjetunion. Das ganze so schön zurechtgezimmerte Gebäude wäre eingestürzt.«

»Also gab es eine Absprache.«
Karst verneinte. »Was ich mir vorstellen könnte, wäre der Umstand, daß man aus ... aus taktischen Gründen jemanden nach Moskau geschickt hat. Allein um einen Mann dort zu haben. Oder um die aufbegehrenden Jungs zu besänftigen. Ich kann mir wirklich nicht vorstellen, daß einer ernsthaft die Putschisten unterstützt hat.«
»Hör auf mit dem, was du dir vorstellen kannst. Nenn mir Fakten. Zum Beispiel: Warum Wommerding? Warum ein Staatssekretär aus einem Bundesland? Einer, der von der großen Politik keine Ahnung hat?« Karst wußte keine plausible Erklärung.
»Mensch, was gibt es hier Bettler und Säufer«, beschwerte sich Öhlenschläger und machte einen Bogen um eine Gruppe Männer, die reihum aus einer Schnapsflasche tranken.
»Äh, iahr Hautzn. Schmaißt ma mol än Schuck riewa.«
Irritiert blieb Karst vor einem Jugendlichen stehen, der auf dem Pflaster hockte und ihm eine schmutzige Hand entgegenstreckte.
»Wie bitte?«
»Has dou Tumaden uf de Oren. Aisch will bluos än Schuck han. Un en Schmärf.«
»Verstehst du, was der meint?«
Öhlenschläger schüttelte den Kopf. »Scheint ein Ausländer zu sein.«
Sie überquerten den Hauptmarkt und gelangten in die Simeonstraße. Dort gingen sie in ein Kaufhaus und fuhren die Rolltreppe hinauf.
»Welche Absicht könnte der Unbekannte außerdem haben?«
Karst atmete tief ein, weil Öhlenschläger erneut auf diesen Punkt zu sprechen kam. »Irritation zu schaffen«, vermutete er ins Blaue.
Öhlenschläger sah das anders. »Blödsinn. Dafür macht er sich doch nicht die Mühe mit den Fotos und all dem Drumherum.«
»Oder er will, daß es einen gibt, der sich sehr gut im Geschäft auskennt und die geheimsten Vorfälle in Erfahrung bringen kann. Faß es als Warnung auf.«
»Schon eher. Aber so ohne ersichtlichen Grund, das ergibt für mich keinen Sinn. Der Kerl scheint doch kein Spinner zu sein.«
Karst blieb vor einem Stapel mit Berberteppichen stehen. »Schön, nicht?« Er meinte die Farben.

Öhlenschläger verdrehte die Augen. Karst konnte unberechenbar sein.
»So ein weicher Teppich, dazu die richtige Frau, das wäre doch was. Am besten vor einem offenen Kamin.«
Öhlenschläger, ansonsten dem weiblichen Geschlecht nicht abgeneigt, drehte sich einfach um und ging weiter.
»Prüde geworden«, scherzte Karst, als er ihn eingeholt hatte. »Oder läuft es bei dir nicht mehr so wie in alten Tagen?«
Öhlenschläger tippte sich an die Stirn. »Mensch, ich bin nicht von Saarbrücken nach Trier gefahren, um mir deine doofen Sprüche und deine wenig geistreichen Bemerkungen anzuhören.«
»Fein, so mag ich dich, mein lieber Klaus. Immer aggressiv, immer ran an den Feind. Attacke.« Karst lachte. »Aber du bist leider etwas unflexibel geworden, was deine Denkweise anbelangt, sonst wärst du längst auf das Nächstliegende gekommen.«
»Und das wäre?«
»Die Regierung dreht an der Sache. Zumindest einer ihrer Freunde, der glaubt, ihr helfen zu müssen. Vielleicht ein Bonze aus der Wirtschaft? Wir haben in wenigen Monaten Wahl. Stell dir doch mal vor, dann geht so eine Rakete hoch. Nicht auszudenken.«
»Und warum schickt der Unbekannte die Fotos an mich? An einen aus der Opposition? Soll ich etwa den eigenen Kollegen bloßstellen? Oder meinst du, der Informant hat sich im Zimmer geirrt?«

Schon seit zwei Jahren verdiente sich die 65jährige Ilse Bunay etwas dazu, um ihre karge Rente aufzubessern. Sie hatte insgesamt vier Putzstellen, eine davon in einem Reihenhaus, was Seltenheitswert hatte. Aber Frau Löbe war es noch aus der Vergangenheit gewohnt, eine Haushaltshilfe zu haben, darauf wollte sie nicht verzichten. Außerdem war ihre Wohnung so klein, daß Ilse Bunay höchstens einen halben Vormittag brauchte, um alles in Ordnung zu bringen. Als sie an diesem Morgen klingelte, machte Frau Löbe nicht auf. Ilse Bunay wunderte sich nicht weiter, stieg die Treppe hinauf bis in den zweiten Stock und

schimpfte, weil es keinen Fahrstuhl gab. Die Knie taten ihr ständig weh, und der Rücken. Und bei feuchtem Wetter war es manchmal nicht zum Aushalten. Dann hatte sie ein Reißen im Kreuz und im Nacken, das ihr die Tränen in die Augen trieb.
Ilse Bunay steckte den Schlüssel ins Schloß und erschrak. Die Wohnungstür war nur angelehnt. Vorsichtig drückte sie die Tür ganz auf und machte einen Schritt in den schmalen Flur.
»Frau Löbe, ich bin's.«
Keine Antwort.
»Frau Löbe, hier ist Ilse Bunay. Ich bin da.«
Immer noch keine Antwort.
Ilse Bunay stellte ihre Handtasche auf den kleinen Telefontisch und zögerte. Dann ging sie entschlossen in die Küche und war erleichtert, Frau Löbe nicht anzutreffen. Sie schaute ins Bad, auch hier nichts. Hat wohl vergessen, die Wohnungstür abzuschließen, vermutete Ilse Bunay, während sie das Schlafzimmer inspizierte. Die Schranktüren standen offen, Schubladen waren herausgezogen, Wäsche lag auf dem Boden verstreut.
Es gab ja heute viel zu tun. Den Kopf schüttelnd wegen der ungewohnten Unordnung, stieß sie die Tür zum Wohnzimmer auf und erstarrte. Als hätte eine Bombe eingeschlagen, so kam es ihr vor. Alles, was einstmals fein säuberlich in den Schränken deponiert gewesen war, lag am Boden auf einem Haufen. Vasen waren zu Bruch gegangen, Bilderrahmen, zwei Sessel waren aufgeschlitzt.
Ilse Bunay war gerade dabei, sich über das Chaos aufzuregen, da erstarrte sie plötzlich. Hinter dem Sofa lugte eine Hand hervor. Bleich und krallenartig.
»Frau Löbe, ist Ihnen nicht gut?« wagte sie nach einigen Sekunden zu fragen. Sie versuchte, ihrer Stimme einen festen Klang zu verleihen, um die Angst zu überdecken. Ilse Bunay riß sich zusammen und umrundete das Sofa. Sie stieß einen Schrei aus, als sie das viele Blut und das Messer sah, mitten in Frau Löbes Brust. Und dann die glasigen Augen, der offene Mund! Ilse Bunay wurde schwindlig, sie stützte sich auf der Fensterbank ab. Wie eine Furie begann sie zu schreien.
So stand sie noch da, schreiend, mit hochrotem Kopf, steifen Armen und seltsam abgespreizten Fingern, als kurz darauf ein Nachbar sie entdeckte. Er reagierte ungewöhnlich abgeklärt,

führte die hysterische Frau ins Schlafzimmer und drückte sie dort in einen Sessel. Dann rief er die Polizei an.

Ilse Bunay hatte inzwischen den zweiten Cognac getrunken und fühlte sich etwas besser. Behutsam versuchte einer der Polizisten, Antworten auf seine Fragen zu bekommen. Es gelang leidlich. Aber immer wieder warf Ilse Bunay einen Blick auf die halbgeöffnete Tür zum Wohnzimmer.
Sie erzählte von ihrer Putztätigkeit einmal die Woche und worüber sie mit Frau Löbe so gesprochen habe. Aufgefallen sei ihr in letzter Zeit nichts. Frau Löbe habe sich gegeben wie sonst auch. An einen Fremden, der Frau Löbe besucht habe, könne sie sich nicht erinnern. Auch nicht an Anrufe, über die Frau Löbe erschrocken sei. Nein, sie habe nichts angerührt. Nur die Tür, die sie aufschließen wollte. Ja, sie habe bereits einen Spalt offengestanden. Das Telefon habe der Nachbar benutzt. Um die Polizei zu rufen.
Der Beamte lobte Ilse Bunay für ihre Umsichtigkeit. Ihre Personalien habe er notiert, falls noch etwas zu klären sei, werde er sich bei ihr melden. Damit entließ er sie.

Cullmann lag noch auf seinem Matratzenlager, als laut an die Tür gebollert wurde.
»Aufmachen, Polizei!«
Er schlüpfte in Jeans, warf einen Blick auf die Uhr, fast zehn Uhr. Dann öffnete er.
»Was gibt es denn um diese frühe Stunde? He, wir kennen uns doch.«
Die zwei Beamten in Zivil – sie waren dabeigewesen, als Kriminalrat Schober ihn befragt hatte – zeigten ihm ihren Dienstausweis und betraten unaufgefordert die Diele. »Willems«, stellte sich der größere vor, Hader nannte er seinen Kollegen. »Wir müssen mit Ihnen reden.«
Cullmann ging voran. Neugierig betrachtete Willems die Masken an den Wänden und die glitzernden Kleider, die daneben hingen. Hader blieb am Ende des Gangs interessiert vor einer Guillotine stehen, auf der eine Puppe festgeschnallt war.
»Funktioniert die noch?« Während er fragte, zog er an dem He-

bel. Ratschend sauste die Metallscheibe nach unten, allerdings nicht bis zum Anschlag. Die Puppe behielt ihren Kopf.
»Toll, so ein Ding wünsche ich mir auch.«
Cullmann, der den Besuch mit seiner gestrigen Vernehmung in Verbindung brachte, führte die beiden Polizisten ins Wohnzimmer. Hader machte sich wieder auf Wanderschaft und klappte das Visier der Ritterrüstung hoch. Dann schüttelte er dem Skelett die Hand. »Ein naher Verwandter?«
»Ja, mein Enkel.«
»Haha.« Unvermittelt wurden die Beamten ernst. »Herr Cullmann, wo waren Sie heute nacht zwischen zwei und vier?«
»Um was geht es denn?«
»Beantworten Sie bitte die Frage.«
Cullmann kratzte sich den Nacken und gähnte demonstrativ. »Zwischen zwei und vier? Um vier war ich zu Hause, glaube ich. Und vorher bei Charly.«
»Wer ist Charly?«
»Charly, der Transvestit. Kennt doch jeder.«
»Sagen Sie nur, Sie spielen da mit?« wunderte sich Willems mit großen Augen. »Hätte ich Ihnen gar nicht zugetraut.«
»Charly hat ein Insiderlokal, und dort bin ich gewesen. Ab und zu läuft bei ihm eine Show.«
»Ich kenne Charly«, raunte Hader seinem Kollegen zu.
»Wie, du bist auch so einer?« Dann wandte sich Willems zu Cullmann. »Gibt es Zeugen?«
»Ich glaube schon. Es waren zumindest genügend Gäste da, die mich kennen.«
»Wird sich ja herausstellen. Und auf dem Heimweg? Sind Sie jemandem begegnet?«
»Nur Autos.«
»Sehr witzig. Hat vielleicht in der Nacht noch jemand bei Ihnen angerufen? Oder haben Sie jemanden angerufen?«
Cullmann schüttelte den Kopf.
»So, dann machen Sie sich bitte fertig.«
Cullmann sah Willems erstaunt an. »Bin ich verhaftet?«
»Nein, nur eingeladen. Kriminalrat Schober will Sie sehen. Er hat Verlangen nach Ihnen.«
»Um was geht es denn?«

»Das werden Sie noch früh genug erfahren.«
Cullmann hatte ein mulmiges Gefühl, während er sich vollständig ankleidete, die Zähne putzte und mit dem Waschlappen über das Gesicht fuhr. Widerspruchslos folgte er den beiden Beamten zu ihrem Dienstwagen.
Das mulmige Gefühl verstärkte sich, als Cullmann die Gegend erkannte. Und als der Opel genau vor dem Block, in dem Frau Löbe wohnte, zum Stehen kam, Cullmann die anderen Polizeifahrzeuge, einen Krankenwagen und etliche Reporter bemerkte, da wußte er, hier war etwas Schlimmes passiert.
»Und, ist er der Täter?« begrüßte Kriminalrat Schober die beiden Beamten, die Cullmann in die Mitte genommen hatten.
»Will in einem Tuntenschuppen gewesen sein.«
»Travestie-Show«, wurde Willems von seinem Partner verbessert.
»Egal. Werden wir gleich überprüfen.«
»Können Sie noch nicht«, meldete sich Cullmann zu Wort. »Charly macht erst um achtzehn Uhr auf.« Aber es hörte ihm niemand zu.
»Was ist mit . . . na ja, du weißt schon.«
»Ob etwas fehlt, muß noch überprüft werden.« Hader deutete mit dem Kopf auf Cullmann. »Brechend voll seine Behausung mit allem möglichen. Der reinste Trödlerladen.«
Die beiden Beamten überließen Cullmann ihrem Chef. Und der führte ihn ohne Vorwarnung in das Wohnzimmer gleich hinter das Sofa, wo Frau Löbe noch immer lag. Allerdings hatte man einige Lampen um sie herum aufgebaut, die ein grelles, steriles Licht verbreiteten.
»Nur in die gelbumrandeten Felder treten. Wegen der Spuren.« Schober deutete auf den Boden.
»Mein Gott«, stöhnte Cullmann, starrte wie gebannt auf den Dolch und wandte sich ab.
»Schauen Sie sich die Frau nur sehr genau an«, forderte Schober ihn auf. »Wenn Sie mit der Angelegenheit was zu tun haben«, drohte er, »dann reiß' ich Ihnen den Arsch auf bis zum Stehkragen.«
»Wer hat das getan?«
»Im Zweifelsfall Sie.«
»Sie sind wohl verrückt? Ich bringe doch niemanden um.«

»Da bin ich mir nicht so sicher. Sie waren doch lange bei der Bundeswehr. Vier Jahre, nicht?«
»Wie viele andere auch.«
»Aber Sie reizte die GSG 9. Eine Truppe für die ganz scharfen Typen. Dort lernt man doch das Killen, oder irre ich mich?«
»Ich habe nur vier Wochen an einem Eignungskurs, oder wie die das nannten, teilgenommen, dann wollten sie nichts mehr von mir wissen.«
»Vier Wochen können genügen, mein lieber Cullmann. Ein Messer werden Sie schon noch halten können.«
Während der folgenden Minuten kümmerte sich Schober nicht um Cullmann, so daß dieser sich in der Wohnung umschauen konnte. Der Wohnzimmerschrank war mit Gewalt aufgebrochen worden. Cullmann wußte, genau dort hatte Frau Löbe, noch in seinem Beisein, den braunen Umschlag deponiert. Falls die Einbrecher und Mörder ihn gefunden hatten – für Cullmann kamen nur die zwei aus dem Mazda in Frage –, warum dann diese totale Verwüstung? Um abzulenken? Oder vermuteten sie auch das Geld in der Wohnung? Verdammt, das Geld. Die Kerle können sich doch denken, wo es ist.
Durch den Türspalt bemerkte Cullmann im Nebenraum einen Mann, den er kannte. Er unterhielt sich aufgeregt mit einem der Beamten. Cullmann hatte den etwa 40jährigen Mittelgroßen mit dem schwarzgelockten Haar und dem gutsitzenden Anzug vor wenigen Tagen aus dem Haus kommen sehen, als er auf dem Weg zu Frau Löbe gewesen war. Was hat der hier zu suchen? fragte sich Cullmann. Ist er etwa auch bei der Polizei? Wohl kaum, dazu ist er zu gut gekleidet. Und zu überheblich ist er, so, wie er sich seinem Gesprächspartner gegenüber verhält.
Unvermittelt trafen sich ihre Blicke, schnell sah der Fremde weg. Cullmann wurde abgelenkt. Einige Helfer schoben die Leiche, nachdem alle Aufnahmen gemacht und die Untersuchungen abgeschlossen worden waren, in eine Plastikhülle, zogen den Reißverschluß zu und trugen sie auf einer Bahre aus dem Zimmer.
Eine halbe Stunde später war Cullmann mit Schober allein.
»Wir haben ihn nicht gefunden.«
»Was meinen Sie?«

»Den braunen Umschlag. Sie haben ihn Frau Löbe doch ausgehändigt?«
»Das sagte ich bereits. Zusammen mit den anderen Sachen.«
»Und was drinstand . . . » Schober fixierte Cullmann so intensiv von der Seite, als könnte er mit einem Blick die Wahrheit aus ihm herauspressen.
»Keine Ahnung.« Cullmann merkte, daß ihm die Dinge entglitten. Innerhalb weniger Tage bereits mit dem zweiten Todesfall konfrontiert, durfte er unmöglich seine Aussage von gestern revidieren. Das hätte ihn verdächtig gemacht.
»Herr Cullmann, ich mache es mir einfach und gehe davon aus, daß Sie nichts mit Frau Löbes Tod zu tun haben. Ich mache es mir weiterhin einfach und nehme an, daß der Umschlag samt Inhalt eine große Bedeutung hat, denn auch ein gewisser Herr Löbe ist vielleicht schon deswegen ums Leben gekommen. Aber in dem Zusammenhang frage ich mich: Wenn der Umschlag so wichtig und so wertvoll ist, warum haben die beiden Kerle ihn nicht gleich an sich genommen?«
Cullmann wußte nicht, auf was Schober hinauswollte.
»Den weißen Umschlag mit dem Geld des Sterbenden haben die beiden eingesteckt. Zumindest behaupten Sie das, Herr Cullmann. Warum nicht auch den braunen?«
»Verbrecher handeln manchmal . . .«
Schober winkte ab. »Habe ich mir gedacht. Abgesehen von diesem Widerspruch, taucht für mich eine andere Frage auf: Wieso wußten die Insassen des Mazda, daß der Umschlag bei Frau Löbe zu suchen war?«
Jetzt konnte Cullmann dem Beamten helfen. »Vielleicht weil mich die Kerle verfolgt haben.«
Schober nickte leicht. »Klingt logisch. Übrigens, der gutgekleidete Mann um die Vierzig, der mit dem dunklen Haar, haben Sie ihn bemerkt?«
Cullmann wußte sofort, wer gemeint war. »Ja.«
»Kennen Sie ihn?«
»Flüchtig, vom Sehen.«
»Wann und wo haben Sie ihn gesehen?»
»Vor kurzem, als ich Frau Löbe besuchte, unten vor dem Haus.«
»Sagt er auch.«

Cullmann ließ seiner Neugier freien Lauf. »Wer ist der Mann?« Schober schien die Frage nicht gehört zu haben. Cullmann ließ nicht locker. »Was hat er damals hier zu suchen gehabt?«
»Er war auch bei Frau Löbe. Und zwar wenige Minuten vor Ihnen.«
»Aus welchem Grund?«
Schober grinste. »Das geht Sie zwar nichts an, aber weil Sie so fragen: Er kam, um ihr zu kondolieren. Er hatte von Löbes Tod gehört.«
»Ein Bekannter von Löbe?«
Schobers Mitteilungsbedürfnis war versiegt, er schwieg beharrlich. Wohl zwanzig Minuten. Die für Cullmann so unangenehme Situation wurde durch Willems und Hader beendet.
»Er war bei Charly. Einer erinnert sich, ihn noch um 3 Uhr 28 gesehen zu haben, auf dem Klo beim Pinkeln.«
Schober paßte die Aussage nicht ins Konzept. »Wie kommt es zu der genauen Zeitangabe?«
»Der Gast hatte sich für 3 Uhr 30 ein Taxi bestellt.«
Cullmann wunderte sich über die Geschwindigkeit, mit der die Beamten sein Alibi überprüft hatten.
»Dann kommt er kaum noch in Frage«, murmelte Schober. »Der Doc meint, Todeszeitpunkt auf keinen Fall nach 3 Uhr 30. Und fliegen wird er nicht können; die Fähigkeit der Bilokation spreche ich ihm jedenfalls ab.«
»Aber es fehlt etwas bei ihm in der Wohnung. Die Wand ist an der Stelle hell. Und es paßt.«
In meiner Wohnung waren sie also auch noch mal, sagte sich Cullmann. Ging verdammt schnell mit dem Durchsuchungsbefehl.
»Zeig ihm doch, was du meinst.«
»Ich kann es mir denken.« Cullmann kam dem Triumph des Beamten zuvor. »Es ist mein Dolch, der in Frau Löbes Brust gesteckt hat. Wie der aber . . .« . . . dorthin gekommen ist, wollte er sagen, als er abrupt mitten im Satz endete und den Zusammenhang erkannte. Die Mörder hatten zuerst seine Wohnung durchsucht, und zwar so vorsichtig, daß er davon nichts gemerkt hatte. Und den kirgisischen Krummdolch hatten sie mitgehen lassen, um . . . etwa um ihn zu belasten? Dann hatten sie also zu dem Zeitpunkt schon die Absicht gehabt, Frau Löbe umzubringen.

Cullmann lief ein Schauder über den Rücken, als er den Beamten seine Überlegungen mitteilte.
»Ich mag zwar nicht sehr von Ihnen angetan sein, Herr Cullmann, und Teile Ihrer Aussage scheinen mir auch nicht ganz der Wahrheit zu entsprechen, aber für so blöd, daß Sie den eigenen Dolch von der Wand nehmen und damit einen Mord begehen, und dann auch noch an einer Dame, die Sie kennen, halte ich Sie nun auch wieder nicht.«
Cullmann atmete auf, doch Schober stutzte ihn sogleich wieder zurecht. »Aus dem Schneider sind Sie deshalb noch lange nicht.« Er wandte sich an die beiden jüngeren Kollegen. »Habt ihr in seiner Wohnung Geld gefunden?«
Hader verneinte.
»Oder Kopien, die auf den ominösen braunen Umschlag samt Inhalt hindeuten könnten?«
Wieder verneinte Hader.
»Herr Cullmann, Sie dürfen gehen.«

Manchmal stand er sich mit seiner Logik selbst im Weg. Unbedingt mit ihrer Hilfe ein Problem lösen zu wollen konnte schon traumatische Züge annehmen. Und falls er zu keinem Ergebnis kam, konstruierte er eines, von dem er überzeugt war, daß es der Wirklichkeit sehr nahe kam. So wie jetzt.
Als Öhlenschläger sich gedanklich schon soweit vorgewagt hatte, die Fotos als Spinnerei eines Exoten abzutun, der ihn einfach verwirren wollte, da wurde ihm auf dem normalen Postweg dieses kleine Päckchen in seine Dienststelle geliefert. Weil er allein aufgrund seines Berufes vorsichtig sein mußte und weil er den Absender nicht kannte, ging er beim Öffnen sehr behutsam zu Werke. Schließlich lag eine Tonbandkassette vor ihm auf dem Tisch. Jetzt müßte ich einen der Experten vom BKA bestellen, damit er sich das Ding ansieht, überlegte Öhlenschläger. Ist irgendwas Banales drauf, kann ich mich ganz schön blamieren. Besteht aber ein Zusammenhang zwischen den Fotos, dem Rußlandflug eines Staatssekretärs und dieser Kassette, dann ist die Kiste heiß.

Als erstes ließ Öhlenschläger den Absender überprüfen. Die Anschrift in Stuttgart, Heilbronner Straße, existierte, nicht jedoch ein Anwohner, der so hieß wie der Absender. Ohne lange zu überlegen, wählte Öhlenschläger die Nummer von Karst, dem schönsten Beamten in Bonn. Nachdem Öhlenschläger die Umstände geschildert hatte, hörte er Karst am anderen Ende fluchen.
»Warum hast du das Päckchen geöffnet? Jetzt sind uns wertvolle Indizien verlorengegangen.«
»Aber ich habe nichts angefaßt.«
Für einige Sekunden war es still in der Leitung.
»Bist du heute abkömmlich?«
Öhlenschläger sah in seinem aufgeschlagenen Terminkalender nach. »Soll ich etwa . . .«
»Genau. Dann kannst du dabeisein, wenn wir die Kassette untersuchen.«

Drei Stunden später, kurz nach zwölf, führte Karst ihn in die – wie er betonte – geheiligten Hallen seiner Dienststelle. Was Öhlenschläger irritierte, war der Umstand, daß das Gebäude mitten in Bonn lag, weit ab von jedem Ministerium und vom in Köln ansässigen Verfassungsschutz.
»Hast du alles da drin?« Karst deutete auf die Tüte, und Öhlenschläger stellte sie auf den Tisch. »Komm, wir trinken einen Kaffee. In der Zwischenzeit werden meine Kollegen sich damit beschäftigen. Sind die Spuren gesichtet, dann hören wir uns an, was auf der Kassette ist.«
»Du wolltest mir doch was besorgen«, wandte sich Öhlenschläger im Hinausgehen an den hochgewachsenen Kollegen mit dem Bürstenschnitt.
»So? Was denn?«
»Die Namen der Mitglieder des Krisenausschusses, der damals während des Putsches tagte.« Öhlenschläger hatte Karst um den gleichen Gefallen gebeten wie Helmut Lassing, Sekretär des Außenministers.
»Ach ja, das dauert noch. Gar nicht so einfach ranzukommen.«

Eine halbe Stunde später, erwartungsvoll saßen sie in einem fensterlosen, schalldichten Raum voller technischer Geräte, war zu-

erst nur ein leises Kratzen zu vernehmen. In der Ecke hockte ein Mitarbeiter von Karst vor einem Mischpult und drehte an verschiedenen Knöpfen.
»Er filtert«, erläuterte Karst, und Öhlenschläger rechnete sich aus, daß störende Geräusche beseitigt werden sollten.
Klick machte es aus dem Lautsprecher, dann noch mal klick, und schließlich folgte in unregelmäßigen Abständen Rattern.
»Da wählt einer.«
Wenige Sekunden nach dem Rattern hörten sie das Freizeichen, allerdings in einer anderen Tonlage als in Deutschland.
»Telefonat kommt aus dem Ausland«, instruierte Karst seinen Besucher prompt.
Der angewählte Teilnehmer hob ab, allerdings meldete sich keine Stimme. Seltsame Töne krochen aus dem Lautsprecher, schrill, disharmonisch, ein wenig wie sphärische Musik.
»Verdammter Mist.« Klatschend landete Karsts Hand auf dem Tisch.
»Was ist denn?«
»Zerhacker. Jemand hat den Zerhacker dazwischengeschaltet.« Karst wandte sich an seinen Mitarbeiter. »Jimmy, überprüf bitte mal den Eingangscode.«
Knapp zwei Minuten später hatte Jimmy die Aufgabe erledigt: »Eindeutig hier in Bonn, zweifelsfrei nach dem Modus des Außenministeriums verschlüsselt.«
Öhlenschläger war sofort klar, daß es sich um ein äußerst brisantes Telefonat handeln mußte. »Ist jetzt nichts mehr zu machen?«
Karst runzelte die Stirn. »Keine Chance. Wir sind so perfekt, daß wir die eigenen Gespräche nicht mehr zusammensetzen können.«
Öhlenschläger überlegte. »Werden die wichtigen Telefonate aus dem Ausland an die Bundesregierung oder an andere Stellen irgendwo gespeichert?«
»Ja, werden sie«
»Und wo?«
Karst grinste spitzbübisch. »Unter anderem bei uns.«
»In welchem Zustand werden sie gespeichert: zerhackt oder für jeden verständlich?«
»Beides, sozusagen als Beweis für den Beweis.«
Öhlenschläger zog einen Kamm aus der Jacke und frisierte sich.

»Denkst du dasselbe wie ich?« fragte er, während er einen Daumennagel über die Hornzähne des Kamms ratschen ließ.
»Du meinst, daß es einen Zusammenhang zwischen den Fotos und dem Tonband geben könnte?«
Öhlenschläger nickte.
»Dem Freizeichen nach zu urteilen ist das möglich.«
Jetzt grinste Öhlenschläger. Obwohl elektrisiert, sprach er langsam und deutlich: »Dann haben wir doch die Katze im Sack. Du brauchst nur diese seltsamen Töne mit denen zu vergleichen, die in der Zeit zwischen dem dem 18. und dem 24. August 1991 von Moskau kommend in Deutschland eingegangen sind.«
»Datenschutz.«
Öhlenschläger verdrehte die Augen. »Hör auf. Als hätte deine Firma sich daran jemals gehalten.«
Karst wirkte abwesend, er schien Öhlenschlägers Worte nicht gehört zu haben. Unentwegt trommelte er mit den Fingerkuppen auf den Tisch.
»Weißt du, Klaus, was mir Sorge bereitet?«
Öhlenschläger wußte es nicht.
»Zweifellos ist dieses Tonband hier bei uns, in irgendeinem Ministerium, angefertigt worden.« Karst sah Öhlenschläger gequält an.
»Was willst du damit . . .«
»Es gibt nur ganz wenige Stellen, eigentlich nur drei oder vier, die dazu in der Lage sind. Nur die haben diesen Zerhacker. Dein unbekannter Informant muß ein verdammt hohes Tier sein.«
Öhlenschläger rief seine Sekretärin in Saarbrücken an und teilte ihr mit, er werde erst am kommenden Morgen zurück sein. Leider sei sein Aufenthalt in Bonn nicht abzukürzen.
Sie möge doch bitte alle Termine für den Abend absagen, auch die privaten. Vorsichtshalber besorgte er sich auch schon einen Termin beim Ministerpräsidenten, für den folgenden Nachmittag um 17 Uhr.

Er saß seinem Chef in dessen großem Arbeitszimmer mit Blick auf die Stadt gegenüber. Öhlenschläger war stets aufs neue irritiert, wenn ihn die blauen Augen des Landesvaters, wie der behäbige, schwergewichtige Ministerpräsident genannt wurde, fixier-

ten. Aber es gab kein Entrinnen, Öhlenschläger mußte auspacken. Das tat er in der gewohnt präzisen Form, nach einer halben Stunde hatte er seinen Bericht beendet. Die Zeit des Chefs war kostbar.
Und nachdem Hofer noch einige Fragen gestellt hatte, die wieder einmal zeigten, daß er ausgezeichnet zuhören und kombinieren konnte, wartete Öhlenschläger auf irgendeine Reaktion. Und er rechnete mit einem Vorwurf, weil er seinen Herrn nicht schon früher informiert hatte.
»Sie haben sich richtig verhalten, mein lieber Öhlenschläger«, wurde er statt dessen gelobt. »Es war gut, daß Sie sich Klarheit verschafften, bevor Sie zu mir gekommen sind. Gut gemacht. Wollen Sie jetzt schon mit Wommerding Kontakt aufnehmen?«
Öhlenschläger ließ das Kompliment auf sich wirken, so etwas kam selten vor. »Ich warte noch. Will auch nicht plump an ihn herantreten.«
Unvermittelt wechselte Hofer das Thema. »Was ist Karst für ein Mensch?«
Die Frage irritierte Öhlenschläger. Warum interessierte sich Hofer auf einmal für Karst? Der hatte ihm die Fotos doch nicht geschickt.
»Clever, intelligent, kann ausgezeichnet Schlüsse ziehen und ist bestens informiert«, antwortete er knapp.
»Weiter. Die Schattenseiten, bitte.«
»Arrogant, kennt seine Fähigkeiten, ist eitel, nachtragend und scharf auf eine steile Karriere.«
»Dann sitzt er an der richtigen Stelle«, schmunzelte Hofer. »Kann man ihm in diesem Fall vertrauen?«
»Ja, unbedingt. Ich bin noch nie von ihm enttäuscht worden. Vor knapp vier Jahren hat er uns sehr geholfen. Sie erinnern sich?«
Dem süßsäuerlichen Gesichtsausdruck nach zu urteilen, erinnerte sich Hofer nicht gern. »Karst war das also?«
»Ja.«
»Gut, wenn Sie mit ihm klarkommen. Was hat er vorgeschlagen?«
Öhlenschläger rutschte auf seinem Stuhl hin und her, die Frage war ihm unangenehm. Jetzt mußte er auspacken. »Er hat sich angeboten, bei der Regierungspartei nachzuforschen, ob bei denen schon mal etwas Ähnliches eingegangen ist.«

»In Ihrem Auftrag? Im Auftrag unserer Partei?«
»Natürlich nicht. Diskret, vorerst.«
»Und was versprechen Sie sich davon?«
Öhlenschläger wich Hofers Blick aus. »Nicht viel, wenn ich ehrlich sein soll. Zum einen würden die Christdemokraten es nicht zugeben, wenn sich ein vergleichbarer Vorfall dort ereignet hätte, zum anderen zielt die Attacke des Unbekannten eindeutig auf uns. Und davon dürfen die anderen nie und nimmer etwas erfahren.«
Hofer zupfte an seiner Weste. »Und warum hat er dann ausgerechnet Ihnen die Fotos zukommen lassen?«
Diese Frage wußte Öhlenschläger immer noch nicht zu beantworten.
»Eine Horrorvision«, sprach Hofer weiter und wählte fast dieselben Worte wie der alerte Karst, »wenn man sich vorstellt, die Gegenseite hätte die Unterlagen erhalten. Jetzt, wo es auf die Wahl zugeht. Nicht auszudenken, wie fatal sich das für uns ausgewirkt hätte.«
»Der Anruf aus Moskau ging doch an ein Bonner Ministerium«, protestierte Öhlenschläger. »Die Regierung hängt also mit drin.«
»Und wer hat angerufen? Die einzige identifizierbare Person ist unser Wommerding, vergessen Sie das bitte nicht.«
Öhlenschläger gab seinem Vorgesetzten recht. Spekulationen konnten eine Zeitlang aufrechterhalten werden und vom wahren Hintergrund ablenken, aber irgendwann setzten Fakten sich immer durch. Auch in der Politik, vor allem dann, wenn ein Untersuchungsausschuß eingerichtet wurde, was Öhlenschläger schon kommen sah. Und daß Wommerding in Moskau gewesen war, blieb ein unwiderlegbarer Fakt.
»Will Sie da einer vor seinen Karren spannen?«
»Möglich«, gab Öhlenschläger zu. »Deshalb werde ich mir auch um jeden Preis Klarheit verschaffen, im Interesse der Partei.«
»Einverstanden, meine Zustimmung haben Sie. Aber lautlos. Agieren Sie auf jeden Fall behutsam. Und ohne offiziellen Auftrag. Es ist Ihre Privatangelegenheit, Sie verstehen?«
Was für eine Frage! Natürlich verstand Öhlenschläger, dem die Gepflogenheiten absolut geläufig waren. Den Erfolg würde er mit seinem Chef und der Partei teilen müssen, ein Mißerfolg jedoch

wäre einzig und allein sein Problem. Dann müßte er den Hut nehmen. Allenfalls gäbe es eine Abfindung. Schweigegeld. Nicht zum erstenmal hatte Öhlenschläger deshalb das Gefühl, nicht auf einem Bürostuhl zu sitzen, sondern auf einem Schleudersitz.
»Nun zum Tonband. Ist sich dieser Karst absolut sicher?«
Öhlenschläger nickte. »Eingegangen ist der Anruf am 18. August 1991 um 18 Uhr deutscher Zeit, also 20 Uhr Moskauer Zeit. Der Anrufer erkundigt sich, wie weit er in dem bevorstehenden Gespräch mit Jasow gehen dürfe, was gewisse Garantien beträfe.«
»Bei wem hat er sich erkundigt?«
»Das konnte Karst nicht herausfinden. Es war jemand vom Außenministerium, aber zu dem fraglichen Apparat haben mehrere Befugte Zugang. Wer an diesem Sonntag im Ministerium war, ist anhand der Anwesenheitsliste leicht zu überprüfen. Aber das hilft uns auch nicht weiter, denn es haben sich an jenem Tag so einige dort versammelt. Immerhin war kurz zuvor in Moskau der Putsch verkündet worden. Wenn Sie mich fragen, das hat Methode. Da will jemand den Kreis der Verdächtigen möglichst groß halten.«
Hofer stopfte umständlich seine Pfeife und zündete sie an. Verträumt, wie es schien, schaute er den Rauchwolken nach. Dabei war er innerlich zum Zerreißen angespannt. Öhlenschläger wußte das.
»Wenn Staatssekretär Wommerding, und um diesen handelt es sich zweifelsfrei, von Moskau aus in Bonn anruft, dann will er bestimmt nicht mit Schmidtchen reden.«
Öhlenschläger war anderer Auffassung. »Wommerding sitzt in Nordrhein-Westfalen, hat mit der Bonner Außenpolitik nichts am Hut. Da kann er in so einem Fall auch Instruktionen von einem Ministerialdirigenten erhalten haben.«
Hofer akzeptierte den Einwand. »Sie könnten richtig liegen. Wommerding sollte ja eigentlich nur ein Schreiben abgeben. Sie liegen aber erst dann richtig, mein lieber Öhlenschläger, wenn Wommerding wirklich nur als Kurier benutzt worden ist, der schnell und auf diplomatischem Weg eine halboffizielle Note überreichen sollte. Weil er zufällig auf dem Weg nach Moskau war.«
»Über den Botschafter hätte es zu lange gedauert?«

Hofer nickte und zog an seiner Pfeife.
»Meinen Sie, man hat Bonn vorab über den Putsch informiert?«
Hofer wiegte den Kopf. »Einigen in Bonn traue ich so ziemlich alles zu, aber daß sie mit den Putschisten gewissermaßen gemeinsame Sache machen, denn doch nicht.«
»Warum dann die Fotos von Wommerding? Warum das Tonband?«
Hofer lächelte Öhlenschläger an. »Sie sind der Mann, der das herausfinden soll. Nun beweisen Sie mal, daß Sie ihr Gehalt wirklich verdienen.« Öhlenschläger wußte, wann er zu schweigen hatte. Nach wenigen Sekunden fragte Hofer: »Spielen Sie Schach?«
»Ja«, gab Öhlenschläger verblüfft zu.
»Gut?«
»Leidlich.«
»Und wie oft haben Sie Ihrem Gegner schon etwas vermeintlich Gutes angeboten, um für sich selbst etwas wesentlich Besseres herauszuholen?«
»Sie glauben, der Unbekannte verfolgt diese Taktik?«
Der Ministerpräsident stand auf und ging zum Fenster. Es wurde dunkler im Zimmer. Auch heute, dreißig Jahre nach der Studentenzeit, sah man ihm seine sportliche Vergangenheit noch an. Als Schlagmann in einem Vierer war er Hochschulmeister geworden.
»Das Ganze ergibt einfach keinen Sinn. Welche Absichten verfolgt der Informant in Wahrheit? Daß er eine ziemlich hohe Position haben muß, steht für mich außer Frage.«
»Haben Sie eine Vermutung, was in dem Schreiben, das Wommerding zu überreichen hatte, gestanden haben könnte?«
Der Landesvater warf Öhlenschläger einen Blick über die Schulter zu. »Wenn wir das wüßten, hätten wir einen Sack voller Probleme weniger.«

Auch Cullmann hatte jede Menge Probleme, wobei er die mit der Polizei gar nicht mitrechnete. Da gab es zwei Mörder, die ihn beobachtet hatten, in seine Wohnung eingedrungen waren, einen Dolch an sich genommen und damit eine Frau getötet hatten. Also wußten die Kerle genau, inwieweit Cullmann in diesen Fall involviert war.

Dann das Geld, die Sechzigtausend. Er hatte es an sich genommen – und den Umstand gegenüber der Polizei geleugnet –, ohne lange darüber nachzudenken. Und nun fühlte er sich dem Ehepaar Löbe postum auf seltsame Art verpflichtet, als hätte er einen Vorschuß erhalten, ohne zu wissen, wofür. Cullmann, wenig sentimental und in der Regel einzig auf seinen Vorteil bedacht, registrierte diesen ungewöhnlichen Wesenszug an sich mit Erstaunen. In die Verlegenheit, den Ehrenkodex, der offenbar doch in ihm schlummerte, in die Tat umsetzen zu müssen, war er noch nie gekommen.

Und schließlich die Kopien, die er angefertigt hatte. Er konnte zwar jedes Wort lesen, die richtige Bedeutung aber erschloß sich ihm nicht. Für Insider existierte diese Bedeutung, davon war Cullmann überzeugt. Und er war überzeugt davon, daß die Mörder sich in nächster Zeit erneut bei ihm blicken lassen würden, denn sie mußten davon ausgehen, daß er im Besitz der Originaldokumente war. Das gefiel ihm ganz und gar nicht.

Weil er immer noch nichts mit diesen zehn Seiten anfangen konnte, kramte Cullmann sie erneut aus ihrem Versteck – im Auto unter der Fußmatte – hervor, um sich mit dem Inhalt zu beschäftigen. Rotwild, Saufgelage, Partys, käufliche Mädchen, die Begriffe schwirrten nur so in seinem Kopf. An einer Bezeichnung biß er sich richtiggehend fest: Lendenberg. Wirklich ein ausgefallener Name für einen Berg, dachte er. Schweine- oder Rinderlende? Dann die seltsamen Ziffern 40/28 und dazu der Hinweis: Dreieck mitten im Kontinent. Welche Bedeutung hatten die Zahlen? Waren es Koordinaten?

Noch mehr verwirrte ihn der Zusatz »Herz Europas«. Diese Bezeichnung nahmen viele Regionen für sich in Anspruch, aber wie konnte man es in diesem Fall interpretieren? Dreieck mitten im Kontinent, Herz Europas, da scheint es einen Zusammenhang zu geben, kombinierte Cullmann und verfluchte seine geistige Trägheit. Er suchte in seinem kleinen Lexikon nach der Bezeichnung Lendenberg. Nichts. Dann schnappte er sich den alten Atlas, auch Fehlanzeige. Weder Lendenberg noch Herz Europas oder sonst irgendein Herz war im Register aufgeführt. Seltsam, diese verschrobene Wortwahl, dachte Cullmann. Dabei vermittelte der Text den Eindruck, als hätte es einer auf die prä-

zise, sachliche und detailgetreue Schilderung ungewöhnlicher Vorgänge abgesehen. Bestärkt wurde diese Vermutung durch die letzten beiden Seiten. Da war ausführlich nachzulesen, was es an dem betreffenden Abend, kurz bevor irgend jemand angeblich zum Blattschuß gekommen war, zu essen gegeben hatte. Hirschrücken mit Preiselbeeren, Kroketten und Apfelmus, als Vorspeise gebackene Champignons. Und dazu einen trockenen Weißburgunder. Die Räumlichkeiten waren ebenso ausführlich geschildert, große Bleiglasfenster, schwere Brokatvorhänge, ein achtarmiger Leuchter, ein langer Tisch aus Eichenholz, mit Leder bezogene Stühle und an den Wänden Bilder mit Jagdmotiven.
Das sind doch alles Fingerzeige! Cullmann hatte Feuer gefangen. Hinweise auf einen ganz bestimmten Vorfall. Einen Vorfall von einiger Bedeutung, sonst hätte der Urheber sich nicht die Mühe des Aufschreibens gemacht. Und die Mörder hätten das Ehepaar Löbe nicht so gnadenlos verfolgt. Weil er mit seiner Recherche nicht weiterkam, stellte er sich grundsätzlich die Frage, warum ihn das alles so interessierte. Nur wegen des Geldes? Seit wann flößte Geld ihm Schuldgefühle ein? Er brauchte Ablenkung, Entspannung, und dann würde er die Dinge klarer sehen. Er wählte die Taxizentrale an und fragte nach Wagen 37, Sonja Bungert. Sie sei im Dienst und komme gleich.
Cullmann hatte sich bereits ausgezogen, als Sonja vorfuhr. Diesmal achtete sie auf die Lanze und warf die Jacke über einen Stuhl. Cullmann bewunderte ihre Technik des Ausziehens immer wieder. Auf einem Weg von acht Metern kriegte sie das hin, ohne einmal stehenzubleiben.
»Heute ist nicht Dienstag«, gurrte sie. »Und nicht Donnerstag. Und es ist noch längst nicht dunkel. Die Leute essen gerade zu Mittag. Was ist mir dir? Frühlingserwachen im Mai?«
Cullmann zog den warmen Körper an sich, überprüfte den Tastsinn seiner Finger. »Mir ist nach dir. Du bist die einzige Frau, die mich versteht.«
»Ich bin überhaupt die einzige Frau für dich. Na, was wächst denn da? Wollen wir ihn reinlassen?«

Sonja war, neunzehn Mark mehr in der Kasse, weggefahren; er ging zurück in sein Schlafzimmer und suchte die Ablagen nach

geeigneten Kleidungsstücken ab. Ein weißes Hemd fand er schließlich, eine dunkle Jacke und eine graue Hose. Er zog sich an und machte sich auf den Weg.
Es waren nicht viele Trauernde vor der Kapelle des Hauptfriedhofs versammelt. Einige Damen so um die Fünfzig, wahrscheinlich Freundinnen von Frau Löbe, neben ihnen die Ehemänner. Den eleganten Vierzigjährigen, den er schon zweimal gesehen hatte, entdeckte Cullmann, der sich etwas abseits hielt, auch. Er stand allein und sah nachdenklich aus. Unter den Anwesenden war auch eine Frau, noch keine Vierzig, in dunkelblauem Kostüm und mit großem schwarzem Hut. Von ihrem Gesicht konnte Cullmann wegen des Schattens, den die Krempe warf, nichts erkennen.
Die Trauerfeier begann. Und als Cullmann, der vor der Kapelle wartete, sich einmal vorsichtig umschaute, bekam er gerade noch mit, wie ein Kopf zurückzuckte. Langsam schlenderte er in die Richtung, und hinter einem monströsen Grabstein, der die Familienruhestätte einer Industriellenfamilie zierte, entdeckte er Hader und Willems, die beiden Saarbrücker Kriminalbeamten.
»Besuchen Sie einen Ihrer Freunde?« Hader beobachtete den Flug eines Bussards, Willems stellte seine Uhr. »Na, warten auf Godot?« Keine Antwort. »Oder den Täter, den es zum Begräbnis seines Opfers treibt?«
Immer noch keine Antwort. Dafür schob Hader sich demonstrativ einen Kaugummi in den Mund. Jetzt war er beschäftigt. »Vielleicht sind die Herren meinetwegen da? Bin ich das Objekt der Begierde?« Willems grinste flüchtig, Hader kaute ungerührt weiter. »Möglicherweise ist unter den Trauergästen auch ein Serientäter? Ein Monster, das sich durch sein Alter tarnt?« Cullmann drehte sich in Richtung Grab, auf das die Beerdigungsgesellschaft wie in einer Prozession zustrebte. »Der ältere Herr in der zweiten Reihe, der mit dem Stock und dem gebeugten Rücken. Das könnte doch so ein Monster sein.«
»Mensch, warum verschwinden Sie nicht und lassen uns einfach unsere Arbeit tun?«
»Werde ich, Herr Willems, wenn Sie mir sagen, was der Zirkus soll.«
»Sie behindern unsere Ermittlungen.«

Cullmann konnte spöttisch dreinschauen, so wie jetzt. Willems, auf Besänftigung aus, zog seinen Kollegen auf die Seite, flüsterte ihm einige Worte ins Ohr und trat dann näher zu Cullmann.
»Unser Chef meint, wir sollen Sie beobachten.«
»Mich?« Cullmann tippte sich mit einem Finger gegen die Brust, als wolle er den letzten Zweifel daran ausräumen, wer gemeint war. »Und warum?«
»Mensch, überlegen Sie doch mal.«
Cullmann kam zu keinem Ergebnis.
»Schober glaubt, die Mörder könnten es jetzt auf Sie abgesehen haben.«
»Und warum?« wiederholte sich Cullmann.
»Sie sind der einzige, der sie gesehen hat.«
»Ich habe doch niemanden erkannt.«
»Das wissen die Burschen aber nicht.«
Cullmann überlegte einige Sekunden. »Sie verfolgen mich also schon eine ganze Weile, nicht?«
Willems nickte, sein Blick bat um Entschuldigung: Ist nun mal unser Job. Cullmann wußte nicht, worüber er sich mehr ärgern sollte: darüber, daß sie ihn observierten, oder darüber, daß er nichts davon mitbekommen hatte. Hielt er sich nicht für einen Profi?
»Soll ich für Sie den Köder spielen?«
»Nein, wir sind nur zu Ihrer Sicherheit abgestellt. Im Schwimmbad fänden wir es bei dem Wetter auch angenehmer.«
»Zu meiner Sicherheit. Vor zwei Jahren, als der Wachmann-Job in die Hose ging, habt ihr mir den Waffenschein abgenommen. Gebt ihn mir zurück, dann fühle ich mich sicher genug.«
»Sagen Sie nur, Sie haben keine Knarre«, ließ sich Hader vernehmen.
Cullmann ignorierte ihn und schlenderte zur Trauergesellschaft. Er ließ sich Zeit beim Mustern der Gäste. Wenn er ehrlich war, mußte er sich eingestehen, daß er nicht wußte, was er hier wollte. Frau Löbe, die er kaum gekannt hatte, die letzte Ehre erweisen? Eine Form der Dankbarkeit, weil sie der Polizei gegenüber nicht alles erwähnt hatte? Die Frau im dunkelblauen Kostüm drehte sich gerade etwas und hob den Kopf. Jetzt konnte Cullmann ihr Gesicht sehen. Blaß und mit Sommersprossen übersät. Oder

waren es Leberflecke? Eine gerade Nase und Augen in der Farbe des dunkelbraunen Haares. Wer war dieses elegante stolze Weib? Sie paßte einfach nicht zu der Trauergesellschaft.

Es war bullig heiß. Trocken. Kein Lüftchen rührte sich. Über dem Teer flimmerte die Luft. Und über den Betonflächen. Beton gab es an der Staustufe der kanalisierten Saar bei Serrig reichlich. Nicht mehr so hellgrau wie noch vor ein paar Jahren, sondern schon etwas angedunkelt und an manchen Stellen von Algen überzogen. Stille hätte auch geherrscht, wären da nicht die Wassermassen des Saar-Oberlaufs gewesen, die mehr als zehn Meter in die Tiefe stürzten. Gischt spritzte auf, ein feiner Nebel mit kleinen Tröpfchen ließ die Luft in den Regenbogenfarben schillern.

»Los, Kinder, es steht noch einiges auf dem Programm.« Ein Mann, sportlich und gedrungen, aber mit schlohweißem Haar, klatschte in die Hände.

Zögernd erhoben sich die fünfundzwanzig Sextaner eines Trierer Gymnasiums, die heute, an ihrem Wandertag, die Staustufe besichtigten. Ätzend. Das einzige, was ihnen bisher zugesagt hatte, war die riesige Fischtreppe gewesen, die Stufe für Stufe vom Unter- zum Oberlauf zu den Laichplätzen führt.

»Jetzt machen wir einen auf ganz munter und schauen uns mal da drüben den Holzstoß an. Wer zuerst dort ist, bekommt . . .«

Was es zu gewinnen gab, konnten die Kinder schon nicht mehr hören, denn sie stürmten in einem Pulk zu den wie von einem Riesen aufgestapelten Fichtenstämmen, die etwas abseits auf einer Freifläche lagerten. Der Lehrer folgte ihnen langsam, er hinkte etwas.

»Na, was meint ihr, warum diese Streichhölzchen einfach so in der Gegend rumliegen?«

Einer der Sextaner meldete sich. »Hier wird das Holz zwischengelagert, um die Preise stabil zu halten. Im Augenblick besteht ein Überangebot.«

Verdammt clever, der Kerl. »Was ist denn dein Vater von Beruf?«

»Juwelier.«

»Aha. Ja, du hast recht. Hier wird das Holz gelagert. Aber warum nicht im Wald, wo es hingehört?«
Ein Mädchen hatte die Erklärung. »Im Wald ist das Holz durch den Borkenkäfer gefährdet. Außerdem ist es dort trocken. Und hier, gleich an der Saar, gibt es genug Wasser. Und feuchtes Holz ist resistenter gegen das Verfaulen.«
»Resistenter«, wiederholte der Weißhaarige und wunderte sich nicht zum erstenmal über den Sprachschatz der Sextaner. Ihm war das Wort resistent erst im Geschichtsunterricht begegnet, in der Oberstufe.
»Alles richtig, was ihr sagt. Und damit ist auch erklärt, was diese Metallgirlanden auf dem Holz zu suchen haben.«
»Es sind Wasserleitungen«, bekam er zu hören. »Ab und zu wird das Holz geduscht.« Die Schüler lachten.
»Und warum sehen die Stämme so verwildert aus? Aufgeplatzt und mit dem vielen Grünzeug?«
Darauf wußte keiner zu antworten. Also erklärte der Erdkundelehrer seinen Sextanern, die wechselhafte Witterung lasse das Holz bis zum Kern aufplatzen, nicht nur die Rinde, und dann setze sich in den Rillen und Nischen vom Wind herbeigewehter Samen fest, der genügend Nährstoffe vorfinde und zu wachsen beginne. »Nach einem Jahr kann man schon die schönsten Gräser wuchern sehen. Und Sträucher. Sogar kleine Bäumchen, wie der hier.« Er deutete auf einen Stamm. »Scheint ein Apfelbaum zu sein. Nächstes Jahr können wir ernten.«
Der Lehrer machte eine Pause und kletterte auf den Stapel. Um einen besseren Überblick zu haben, denn die Knilche steckten voller Streiche. Gezwickt zu werden war vergleichsweise harmlos. Es konnte aber auch passieren, daß einem ein weichgekochtes Ei in die Hosentasche gesteckt wurde.
»Jetzt haben wir die ganze Zeit über das Holz gesprochen, wissen aber immer noch nicht, aus welchem Grund es hier liegt. Abgesehen von der Nähe zum Wasser.«
»Windbruch. Das ist Wurfholz.«
»Prima. Und wann war der große Windbruch?«
Die Schüler überlegten, keiner wußte es genau.
»Bereits im Frühjahr 1990. Wiebke, so nannte man den Sturm, ist für die Holzschwemme verantwortlich. Immer die Frauen.«

Der Studiendirektor ging auf die näheren Umstände ein und sprach von der Entscheidung der Waldbesitzer, alle verfügbaren finanziellen und technischen Mittel auszuschöpfen, um das Fichtenstammholz, unabhängig von kurzfristigen Verkaufsmöglichkeiten, zügig aufzuarbeiten und durch Naßlagerung zu konservieren. Dadurch seien in der Region Trier nahezu alle Fichtenstammhölzer vor dem Verderb bewahrt worden. Zudem sei die Folgegefährdung durch Borkenkäfer enorm vermindert. Außerdem habe sich gezeigt, daß durch das Konservierungsverfahren eine erstaunliche Qualitätserhaltung eingetreten sei, mit der man vorher nicht gerechnet habe.
»Wißt ihr, was phantastisch aussieht?«
Die Kinder wußten es nicht.
»Wenn ihr einmal Gelegenheit habt, im Winter bei Frost an so einem Holzstapel vorbeizufahren, dann könnt ihr ungewöhnliche abstrakte«, wenn ihnen resistent geläufig ist, werden sie dieses Wort auch kennen, sagte sich der Weißhaarige, »erstaunlich abstrakte Eisbilder sehen. Wie eine mächtige Schicht Zuckerguß sieht das aus. Und es bilden sich Zapfen, lang und dick wie in einer Tropfsteinhöhle.«
Die Sextaner stießen einander an. Hinter ihrem Erdkundelehrer tat sich was, und der bekam nichts davon mit. Zuerst tröpfchenweise, dann immer kräftiger spritzte Wasser aus den Düsen, die auf die Leitungen montiert waren. Die künstliche Beregnung begann. Irgendein Witzbold an der Staustufe hatte den Hahn aufgedreht. Und als der Weißhaarige endlich reagierte, war es zu spät. Schon nach Sekunden war er klatschnaß, und die Kinder tobten. Er ließ ihnen den Spaß und stieg langsam die glitschig gewordenen Stämme hinunter. Auf einem kam er ins Straucheln. Der Stamm bewegte sich, rutschte tiefer und kippte nach hinten. Der Lehrer, der das Gleichgewicht gerade noch hatte halten können, sah in die Öffnung, die da jetzt klaffte. Zuerst hielt er es für eine Täuschung. Aber es gab keinen Zweifel. Als er sich den Kindern zuwandte, war sein Gesicht fast so weiß wie sein Haar.
»Kommt, wir gehen rüber zum Rastplatz und machen eine Pause«, würgte er einigermaßen verständlich hervor.

Zuerst war die Polizei aus dem nur wenige Kilometer entfernten Saarburg da. Eine halbe Stunde später trafen die Kriminalbeamten aus Trier ein. Und alles wurde von den Schülern, die sich über die ungewohnt lange Pause freuten, interessiert verfolgt. Ein Mann kam auf die Gruppe zu und gab dem Lehrer zu verstehen, er wolle ihn sprechen
»Sie haben die Leiche gefunden, Herr . . .«
»Groß. Richtig. Es war ein Zufall.« Groß berichtete, wie es dazu gekommen war.
»Haben die Kinder etwas davon bemerkt?«
»Nein. Ich habe ihnen erzählt, die Polizei untersuche die Stämme ab und zu, weil manche Schmuggler ihre Ware in den Hohlräumen versteckten.«
Der Beamte schmunzelte. »Nette Erklärung. Wahrscheinlich sind Sie ein guter Lehrer, Sie können so schöne Geschichten erfinden. Wenn ich Sie jetzt bitten dürfte, mit Ihrer Klasse diesen Bereich zu verlassen. Ist nichts für die Kinder.«
»Selbstverständlich. Wer ist denn . . .«
Der Beamte zuckte die Schultern.
Die Schüler waren weg, und das Terrain war abgeriegelt, als ein Bagger mit einem seltsamen Greifarm – auf jeder Seite zwei stählerne Klauen, die sich um das Holz legten – in Gang gesetzt wurde. Vorsichtig wurde Stamm für Stamm zur Seite geräumt, bis der Hohlraum freigelegt war. Dann machten sich die Spezialisten an die Arbeit.
Eine halbe Stunde später trat einer der Experten zum leitenden Beamten und sagte, alle Spuren seien gesichert, die Prinzessin könne besichtigt werden. Dabei lachte er. Kriminaloberrat Koch aus Trier ging, gefolgt von dem Witzbold, mutig auf die Stelle zu und schaute in die aus zwei Stämmen gebildete provisorische Grabkammer. Sein Magen revoltierte, als er die Überreste einer Leiche erblickte. Ob Mann oder Frau, konnte er nicht erkennen, fast überall lagen die Knochen frei, bleich und feucht durch die Nässe. Aus der Mundöffnung mit dem schiefsitzenden Gebiß krabbelte ein Käfer, in den Augenhöhlen kringelten sich Regenwürmer. Ameisen hatten sich im Schädel eingenistet und rund um den Hinterkopf ihren Staat errichtet. Es sah aus, als ruhe der Schädel auf einem lebendigen Kissen. Anderes Getier, aufge-

scheucht aus der Idylle, befreite sich aus den Stoffetzen, die den Bauch bedeckten – oder das, was noch davon übrig war. Als Koch sich tiefer über den Fund beugte, erschrak er. Die Reste der Kleidung bewegten sich, eine Beule wölbte sich auf und begann zu wandern. Für einen Augenblick hatte es den Anschein, als sei Leben in die Leiche zurückgekehrt. Dann fand die Wühlmaus endlich den Ausgang und verschwand zwischen den Gräsern.
»Wie lange liegt sie schon hier?«
Der Angesprochene, jetzt plötzlich ernst, überlegte. »Kein Leichengeruch. Meist in totaler Finsternis, dazu Feuchtigkeit und der Witterung ausgesetzt, nicht zu vergessen die Tiere, die sich über diesen Futtervorrat freuen. Schwer zu sagen. Ich würde meinen, zwei Jahre.«
»Vier könnten es auch nicht sein, denn das Holz hat man erst vor drei hier aufgestapelt«, beschwerte Koch sich über die vage Antwort. »Und woran der oder die Betreffende gestorben ist, wissen Sie auch nicht.«
»Nein. Aber morgen kann ich es Ihnen sagen.«
»Mann oder Frau?«
»Auch morgen.«
»Sonstige Spuren?«
»Nichts, absolut nichts. Keine Fußabdrücke in dem Hohlraum, keine zusätzliche Abschabung am Holz, keine Späne.«
Koch rieb sich das Kinn. »Und wie hat man Ihrer Meinung nach den Toten hierhergebracht?«
»Mit dem Auto.«
Koch lief rot an. »Ich meine, an diese Stelle. Genau hier, wo wir jetzt stehen. Wie hat man die Leiche versteckt?«
»Vielleicht so, wie wir sie freigelegt haben. Der Bagger mit dem Greifarm steht ständig hier herum.«

Sie gaben ein seltsames Paar ab. Der Größere, athletisch und jung, zog elegant seine Kreise, setzte geschickt einen Fuß vor den anderen und drehte sogar einigermaßen akzeptable Pirouetten. Sein Partner dagegen, wesentlich älter, übergewichtig, mit einem Ring um die Hüften, folgte unbeholfen, stolperte und klammerte sich wiederholt wie ein Hilfesuchender an seinen Nebenmann, um nicht zu stürzen.

»Können Sie mir mal verraten, was der Quatsch soll?« stieß er nörgelnd hervor, als er sich wieder mal gefangen hatte und sein Gleichgewicht vorerst gesichert schien. »Ich bin doch kein Esel. Und so gut geht es mir auch nicht.« Und nach einigen Sekunden: »Vielleicht bin ich doch einer, sonst hätte ich Ihren dämlichen Vorschlag nicht angenommen. Eislaufen. Pah.«

Karst lächelte und amüsierte sich über Dollberger, der in der Regierungspartei die gleiche Funktion zu erfüllen hatte wie Öhlenschläger bei der Konkurrenz. Und er fand den Coup gelungen, diesen unsportlichen, untrainierten, biederen Familienvater zu einer Rutschpartie auf dem Eis überredet zu haben. Was ohne rechten Sinn erschien, war doch von Karst geplant: Bring deinen Gesprächspartner in mißliche Situationen, und schon hast du einen unschätzbaren Vorteil. Nachzulesen in einem internen Strategiepapier des Bundesverfassungsschutzes.

»Wie, macht es keinen Spaß? Eislaufen mitten im Sommer ist doch eine Wucht. Schön kühl hier, nicht?« Karst rauschte davon; zwei, drei schnelle Schritte, ein frostiges Schaben, gekonnt vollendete er eine Schleife und kam schließlich, wieder kratzend, neben Dollberger zum Stehen.

Der Mittfünfziger rückte seine voluminöse Hornbrille zurecht, deren massive Bügel das Hörgerat verbergen sollten. Dicht neben ihm stehend, konnte man die dünnen Plastikröhrchen sehen, die in seine Ohren führten.

»Das letzte Mal habe ich vor vierzig Jahren auf Schlittschuhen gestanden.«

»Aber wie ich sehe, haben Sie nichts verlernt.« Karst machte einen Hüpfer, balancierte auf einem Bein und schrieb in Waagehaltung einen Kreis in den harten Untergrund. Dollberger, der immer noch auf seinem Platz stand, nutzte die Gelegenheit, sich den Schweiß von der Stirn zu wischen.

»Kommen Sie, wir gehen an die Bande.« Dollberger setzte unbeholfen eine Kufe vor die andere – das Gleiten vergaß er völlig – und steuerte auf die Umrandung zu. Karst umtänzelte ihn und war immer zur Stelle, wenn seine Hand einen Halt suchte.

»Ist das die neue Form, sich diskret zu treffen?« beschwerte sich

Dollberger. Er lehnte mit dem Rücken am Geländer und verschnaufte. So fühlte er sich für das Kommende besser gewappnet.
»Sie waren doch sehr erfreut, als ich Düsseldorf für unser Treffen vorschlug. Ist doch eine tolle Stadt. Oder gefällt es Ihnen hier nicht?«
»Aber ich konnte doch nicht ahnen . . .« Dollberger verstummte und sah mit großen Augen einem Mädchen zu, das wie ein Floh in die Luft sprang, sich dabei mehrmals drehte und auch noch sicher landete. Er war fasziniert. »Also, was gibt es?«
Karst studierte Dollbergers aufgeschwemmtes Gesicht, die vielen Hautknötchen und das dominante Doppelkinn, das direkt aus dem Hemdkragen zu quellen schien. Wie hat der sich so lange halten können, wunderte er sich. In dem Job wird doch Leistung verlangt. Dann kehrte er der Eisfläche den Rücken zu und sagte: »Im Grunde genommen geht es nur um einen Erfahrungsaustausch. Vertraulich selbstverständlich, deshalb auch diese Umgebung. Wer würde Sie schon hier vermuten?«
Dollberger gaffte noch immer dem Mädchen hinterher, das gerade eine Pirouette hinlegte. Ihm wurde schon vom Zuschauen schwindelig. »Niemand, da haben Sie allerdings recht«, knurrte er. »Erfahrungsaustausch. Welche Erfahrungen wollen Sie denn mit mir austauschen?«
Karst gab sich locker und unbefangen. »Nun, ich könnte mir vorstellen, daß eine schwere Zeit auf Ihre Partei zukommt.«
»Die Christdemokraten sind gewappnet.« Sie mußten beide lachen. Dollberger fragte nach: »Inwiefern?«
»Die Wahl im Winter.«
»Aha. Und wieso schwer?«
Karst stützte sich mit einer Hand auf der Bande ab. »Ich brauche Ihnen doch nicht zu sagen, um was es geht. Die Opposition ist den Umfragen nach verdammt stark, hat ein grundsolides Programm . . .«
»Unseres ist besser«, warf Dollberger dazwischen.
». . . hat die besseren und jüngeren Leute, die sind spontaner, nicht so abgenutzt, vielleicht sogar vertrauenswürdiger.«
»Wollen Sie damit sagen, daß meine Parteifreunde . . .« Dollberger geriet in Fahrt und demonstrierte Entrüstung. Parteiräson oder, zynisch betrachtet, Kadavergehorsam.

Karst winkte ab. »Nichts will ich sagen. Nur auf gewisse Dinge zu sprechen kommen, die unweigerlich eintreten werden. Verstehen Sie es als . . . als guten Rat.«
»Weiter«, knurrte Dollberger, der das Interesse an der Eislaufprinzessin verloren hatte. Schon wieder sah er Schwierigkeiten auftauchen. Immer nur Schwierigkeiten.
»Es wird nicht ausbleiben, daß die Diskussion um bestimmte Punkte sehr erregt geführt wird.«
»Kann man doch bei Sachthemen ruhig. Das gehört nun mal zur politischen Konfrontation.«
»Es wird auch nicht ausbleiben, daß einige unter die Gürtellinie zielen.«
Dollberger verzog das Gesicht, als sei er bereits getroffen worden. Erneut wischte er sich den Schweiß von der Stirn und betrachtete anschließend ausgiebig das Taschentuch. »Läßt sich wohl nicht vermeiden«, räumte er ein. »Einige Sprücheklopfer müssen von Zeit zu Zeit zurechtgestutzt werden. So läuft das Spiel nun mal.«
»Das sehe ich ein.« Karst gab sich moderat. »Kommen Sie, wir wechseln den Standort. Braucht ja keiner auf uns aufmerksam zu werden.«
Hand über Hand hangelte Dollberger sich am Geländer weiter, während Karst einige Runden drehte und sich das eislaufende Mädchen aus der Nähe anguckte. Kaum zehn Jahre alt, höchstens eins dreißig groß – mit Schlittschuhen – und dann solche Sprünge. Auch er war beeindruckt.
»Sie ergehen sich in vagen Andeutungen, Herr Karst. Jetzt aber mal raus mit der Sprache.« Dollberger lehnte, die Unterarme aufgestützt, in der Ecke der Bande.
Karst nickte. »Wenn es um Macht und um ein hohes Ziel geht, dann sind alle Waffen erlaubt, fast alle. Aber es wird sich immer jemand finden, der die schmutzigsten und perfidesten Mittel einzusetzen versucht. Egal, welcher Partei er angehört«, kam er Dollbergers Protest zuvor. »Das hat nichts mit Ehre und Anstand zu tun, oder mit Moral und ethischen Grundsätzen. Es gibt überall Leute, die, von Neid und Mißgunst angetrieben, auf eine bemerkenswert brutale Art vorgehen können. Nach oben, lautet deren Devise, egal wie. Und das Schlimme ist, daß solche Leute, die auch noch das Wohl des Volkes als Motiv vortäuschen, sich voll

legitimiert fühlen. Schmutzige Wäsche, na ja, Sie wissen das alles. Auch alte Klamotten werden ausgepackt, längst vergessene Geschichten aufgewärmt und brandaktuell serviert. Diskrete Hinweise an die Presse, ans Fernsehen. Gewisse Papiere werden in Umlauf gebracht allein in der Absicht, einen Kandidaten oder Konkurrenten zu diskreditieren.«

Dollberger hatte interessiert zugehört. »Ihre Rede läuft doch auf eine Schweinerei hinaus. Ist da was im Anflug?«

Vielleicht war Dollberger doch der richtige Mann für den Job. Karst tastete sich vor. »Es könnte sein.«

»Erpressung?«

»Möglich.«

»Von Spitzenkandidaten?«

»Unter Umständen.«

»Von Spitzenkandidaten beider Parteien?«

»Ja, genau das vermute ich«, gab Karst zu. Er war seinem Ziel einen großen Schritt nähergekommen.

»Anhaltspunkte?«

Karst zierte sich.

»Sie haben mich heiß gemacht, junger Mann. Nun lassen Sie schon die Katze aus dem Sack.«

»Herr Dollberger, meine Mission ist heikel. Und ich will lediglich Vermittler sein.«

»Für wen?«

»Später. Eine Frage vorweg: Sind in letzter Zeit für Ihre Partei Dinge eingetreten, die auf das, das ich eben andeutete, hinweisen könnten?«

»Nein.« Demonstrativ schüttelte Dollberger den Kopf. Angriffslustig schob er das Kinn nach vorn, der Wulst darunter wurde schmaler. »Mir nicht bekannt.«

»Genauer gefragt, sind gewisse Unterlagen eingegangen, die einen bestimmten Vorgang, einen bestimmten Vorfall, der öffentlich nicht bekanntgeworden ist, anprangern?«

»Nein.«

»Verdammt, hat jemand versucht, die Christdemokraten zu erpressen?«

»N . . .«

Karst tippte Dollberger mit einem Finger auf die Brust. »Wenn

Sie jetzt nein sagen, dann vergessen Sie bitte unsere Unterhaltung.«
Der Untersetzte schluckte und blickte den Jüngeren unsicher an. »Nicht daß ich es so interpretieren würde.«
Karst atmete auf. Also doch, genau wie er vermutet hatte. »Wie interpretieren Sie es denn?«
Dollbergers Taschentuch mußte wieder herhalten. Er brauchte dringend eine Pause, um sich die nächsten Worte zurechtzulegen. »Ich würde es als das Aufwärmen einer alten Affäre bezeichnen«, antwortete er vorsichtig.
»Drücken Sie sich bitte präziser aus.«
Dollberger, von Berufs wegen um Glättung und Schlichtung heikler Angelegenheiten bemüht, antwortete schwammig: »Nun, Herr Karst, es ist eher eine parteiinterne Angelegenheit. Wirklich nicht der Rede wert.«
Karst wurde spöttisch: »Ist es das auch noch, wenn die Sozialdemokraten davon Kenntnis erlangen?«
Dollberger sah aus, als litte er plötzlich unter Magenschmerzen. Tapfer biß er sich auf die Lippen.
»Gewisse Dinge in den falschen Händen können immer einen Skandal heraufbeschwören.«
Es kostete Dollberger Überwindung zu nicken.
»Und der Regierung erheblichen Schaden zufügen.«
»Schon möglich.«
»Sind Sie sicher, daß nur Sie und Ihre Partei diese Unterlagen, oder was immer es ist, besitzen?«
Dollberger schwieg.
»Wollen Sie mir nicht sagen, um was es sich handelt?«
Dollberger schwieg beharrlich.
»Ich habe Ihnen Vertraulichkeit zugesichert. Und Ihnen gesagt, daß ich nur Vermittler sein will, in Ihrem Interesse.«
Dollbergers Stimme klang erregt, als er antwortete: »Wollen wir uns nicht ein stilles Eckchen suchen? Mir tun die Füße weh.« Er blickte zu Boden.
Fünfzehn Minuten später saßen sie in der Cafeteria. Dollberger drehte unentwegt seine Tasse hin und her; Karst amüsierte sich über den älteren Kollegen, der so unbeholfen wirkte, und verkniff sich ein Lächeln.

»Was haben Sie mir anzubieten?«
Karst zuckte mit den Schultern. »Wenn ich weiß, um was es geht, nur einen Kontakt.«
»Mit wem?«
»Zuerst muß ich wissen, um was es geht, ob Ihr Problem ähnlich beschaffen ist.«
»Wie das des Kontaktes?«
Karst nickte.
»Also brennt es auch bei der Opposition.« Das war eine Feststellung, ausgesprochen ohne jede Genugtuung.
Karst sah Dollberger nur an.
»Absolute Vertraulichkeit?«
»Absolut.«
Dollberger trank von seinem Kaffee und wischte sich den Mund ab. »Eine verhängnisvolle Affäre könnte es werden«, gab er schließlich zu und rückte endlich mit der Sprache heraus. Seit der Rechnungshof den Politikern genau auf die Finger schaue, was Aufwandsentschädigungen, Spesenabrechnungen und Pkw-Benutzung angehe, sei im großen und ganzen Sauberkeit eingekehrt. Keiner habe mehr gewagt, unlautere Dinge in Angriff zu nehmen oder irgend etwas zu vertuschen. Und da sei plötzlich, vor drei Wochen, eine sonderbare Liste in die Parteizentrale geflattert, eine Liste mit seltsamem Inhalt.
»Geht es um Dienstwagen? Wieder mal um Dienstwagen?«
»Woher wissen Sie . . .«
»Unseren Politikern sind, abgesehen von Aufsichtsratsposten und Vorstandssitzen in Konzernen, kaum noch andere Möglichkeiten geblieben, ihr spärliches Salär oder ihren Status aufzubessern.« Nun endgültig ohne Scheu, informierte Dollberger Karst über die Liste und den Begleittext. Demnach sollten Ministerialdirigenten, Staatssekretäre und zwei Minister wesentliche teurere und größere Fahrzeuge erhalten haben, als ihnen zugestanden hätten. Gelaufen sei die Transaktion offenbar vollkommen legal, betonte Dollberger, über eine Gesellschaft, die sich Car-Consultant nenne. Sie kaufe die Wagen bei einem bestimmten Konzern ein und gebe sie an die entsprechenden Bewerber weiter. Karst, der Bestechung oder zumindest Begünstigung witterte, ergänzte: »Natürlich zu wesentlich attraktiveren Konditionen.«

Dollberger bestätigte das. »An und für sich ist das Rechtens. Die Car-Consultant wird für eine gewisse Zeit Eigentümer der Pkw, und die Interessenten erwerben damit ein Modell aus zweiter Hand. Dabei helfen sie dem Staat sogar, Geld zu sparen.«
Auf den Widerspruch ging Karst nicht ein. »Für wie lange wird die Gesellschaft Eigentümer?«
Dollberger druckste herum.
»Wie lange?«
»Ein paar Tage, höchstens einen Monat.«
»Und wie viele Kilometer werden in dieser Zeit gefahren?«
Dollberger sah aufmerksam hinaus auf die Eisbahn, als interessiere ihn das sportliche Gewimmel ungemein. »Ganz wenige.«
»Wie viele?«
»Oder gar keine.«
»Dann ist doch offensichtlich, daß diese Car-Consultant eine vorgeschobene Gesellschaft ist, möglicherweise nur gegründet, um den hohen Herren wesentlich größere Dienstwagen zukommen zu lassen, als ihnen eigentlich zustehen.«
Dollberger widersprach nicht. Aber die Art, wie er schwieg, veranlaßte Karst, nachzuhaken. »Gibt es in diesem Zusammenhang vielleicht noch eine Ungereimtheit?«
»Ja. Ich habe zwei Fälle überprüft. Rechnung und Fahrzeug stimmen nicht überein.«
»Aus einem fünfhunderter Modell wird ein dreihunderter?«
»So ungefähr.«
»Extras wie Klimaanlage, Luftfederung, Minibar, Leder und elektrische Sitze tauchen nicht in der Rechnung auf?«
»So ist es.«
Karst schüttelte den Kopf. »Sind denn die Kerle inzwischen nicht schlauer geworden? Haben in den beiden von Ihnen überprüften Fällen die neuen Besitzer etwas davon gewußt?«
»Sie geben an, die Rechnung nicht so genau überprüft zu haben.«
»Bei den Fünfhundertern handelt es sich um Minister.«
»Richtig.«
»Die können sich noch am ehesten herausreden. Deren Referenten sind doch dafür zuständig.«
Dollbergers Lächeln wirkte angestrengt. »Den Bestimmungen

nach schon. Aber wer läßt sich gern nachsagen, er wisse nicht, was in seinem eigenen Laden läuft?«

»Die Geschichte könnte hohe Wellen schlagen.« Karst sagte dies in dem Wissen, daß die Öffentlichkeit, mittlerweile hochsensibel für solche Vorfälle, heftig reagierte, wenn so etwas aufflog. Ein gefundenes Fressen für die Presse, die es als ihre Pflicht betrachtete, solche Mauscheleien aufzudecken. Aufgeschreckt worden war die Nation einige Jahre zuvor durch die sogenannte Dienstwagenaffäre einer hochangesehenen Politikerin.

»Und was haben Sie inzwischen unternommen, um die Reaktion, falls der Vorfall publik wird, aufzufangen?«

»Ich werde mit den Beteiligten reden und ihnen vorschlagen, die Pkw dem Staat abzukaufen.«

»Werden Sie damit durchkommen?«

»Wenn nicht, sieht die Partei sich gezwungen, unverzüglich korrekte und überprüfbare Rechnungen über den wahren Marktwert ausstellen zu lassen. Der Differenzbetrag, in beiden Fällen mehr als 50 000 Mark, geht dann zu Lasten der Beteiligten, das Auto verbleibt beim Staat.«

»Könnte trotzdem Ärger geben, und Schlagzeilen.«

Dollberger teilte diese Auffassung. »Aber zumindest die Partei wäre dann aus der Schußlinie. Jetzt zu Ihnen, Herr Karst. Fühlen Sie sich in Ihrer Vermittlerrolle bestätigt?«

»Voll und ganz.«

»Und was schlagen Sie vor?«

»Im Boxsport würde man sagen, der Kampf sei geschoben. Der Sieger stehe von vornherein fest. Ich will keinen zum Sieger erklären, sondern verhindern, daß einer verliert. Daß die Politik noch mehr Ansehen bei der Bevölkerung verliert.«

»Sie hätten Prediger werden sollen. Sind Ihre Motive wirklich so edler Natur?«

Karst reagierte gelassen. Die Angelegenheit bot ihm verlockende Aussichten, was seine weitere Karriere betraf, darauf kam es an. »In diesem Fall bestimmt. Deshalb schlage ich Ihnen vor, Herr Dollberger, sich diskret mit Herrn Öhlenschläger zu treffen.«

Durch Dollbergers Oberkörper ging ein Zucken. »Mit diesem Lackaffen? Niemals.«

»Dann kann ich Ihnen jetzt schon garantieren, daß spätestens in zwei oder drei Wochen beide Seiten von den Schwierigkeiten der jeweils anderen unterrichtet sein werden. So, wie ich die Lage einschätze, entwickeln sich die Dinge genau in diese Richtung.«

Cullmann war seit drei Tagen nicht mehr auf der Toilette gewesen, ein untrügliches Zeichen für den sprichwörtlichen Brocken im Magen. Seine Unruhe nahm zu. Warum tat sich nichts? Warum ließ die Polizei nichts von sich hören? Als am Nachmittag die Klingel metallisch schepperte, empfand Cullmann das Geräusch wie eine Erlösung.

»Sie?« sagte er gedehnt, als er die Frau erkannte, die vor der Tür stand. »Was wollen Sie denn von mir?«

»Zunächst mal reinkommen, wenn Sie mich darum bitten.«

»Also bitte.«

Cullmann ging voran und führte seinen Besuch ins Büro. Das stand jedenfalls auf dem Metallschild an der Tür. Genaugenommen befand sich der Raum, wohlwollend betrachtet, im Zustand kreativer Unordnung: ein Computer aus den Kindertagen der Elektronik auf dem Tisch, daneben ersatzweise eine Schreibmaschine, um Jahre älter, Ordner aufgeschlagen, Papiere herausgenommen und verstreut, leere Coladosen, Apfelreste im Aschenbecher, ein überquellender Abfalleimer, blinde Fensterscheiben, an der Wand ein Kalender des Vorjahres, das Polster des Drehstuhls aufgeplatzt. Einen Besucherstuhl gab es nicht.

»Schön haben Sie es hier.«

»Mein ganzer Stolz. Wollen Sie sich setzen?«

Sie schaute ihn an und entgegnete spitz: »Und Sie wollen stehen bleiben?«

Er grinste, ging ins Wohnzimmer und kehrte mit einem Holz-Klappstuhl zurück. Den stellte er vor seinen Schreibtisch, eine ausgehängte Tür – die Klinken abgeschraubt – auf zwei Tapezierböcken. Sehr stabil.

»Sie kennen mich, Herr Cullmann?«

»Sie kennen mich ja auch. Aber Ihren Namen dürfen Sie mir ruhig verraten.«

»Valeri Surges. Surges ist mein Mädchenname.«

»Ledig?«
»Wieder.«
»Schön. Sind Sie mit Frau Löbe . . . pardon, waren Sie mit Frau Löbe verwandt?«
Sie schaute sich im Raum um.
Er interpretierte das falsch: »Verpesten Sie mir bitte nicht den Arbeitsplatz. Hier wird nicht geraucht.«
»Ja, verwandt, so kann man es nennen. Sie war meine Schwester.«
»Also war sie eine geborene Surges.«
»Toll, da sind Sie ja ganz schnell draufgekommen.«
Cullmann spürte massiven Widerwillen gegen diese Frau in sich aufsteigen. Warum, wußte er nicht. Oder vielleicht doch? Er fühlte sich unterlegen. Schon bei der Beerdigung hatte er das empfunden, als sich ihre Blicke für eine Sekunde begegnet waren. Was seine Ablehnung noch verstärkte, waren ihre Selbstsicherheit und die unverhohlene Arroganz ihm gegenüber. Allein diese unnachahmlich laszive Art, die Augenlider zu heben und, absolutes Desinteresse im Blick, irgend etwas zu betrachten, brachte ihn auf die Palme. Und die provozierend langsamen, gekünstelten Bewegungen, mit denen sie ihre Handtasche öffnete oder eine Haarsträhne aus dem Gesicht strich.
Wieder dieser Blick, begleitet von einem spöttischen Zug um den Mund. »Ihrer Putzfrau haben Sie gekündigt?«
»Sie macht Urlaub auf den Seychellen.«
»Aber über Arbeit brauchen Sie sich nicht zu beklagen.« Mit einer knappen Handbewegung wies sie auf den Schreibtisch.
»Voll bis zu den Haarspitzen. Halten Sie mich also bitte nicht unnötig auf.«
Sie senkte den Kopf. Das verschlungene Muster auf dem Teppich undefinierbarer Herkunft schien es ihr angetan zu haben. Cullmann beobachtete sie. Heute trug sie kein dunkelblaues Kostüm, sondern ein graues, schlicht und figurbetont. Die Haare von einem schwarzen Band zusammengehalten, die Lippen rosa angemalt, eine modern gestylte Brille in Grün-Violett.
»Na, genug gesehen?« Sie schaute ihn an, und Cullmann fühlte sich von ihrem Blick durchbohrt. Sie wurde ihm immer unsympathischer.
»Sie sind nun mal hier, also sagen Sie schon Ihren Spruch.«

»Mit meiner Schwester hatten Sie berufsbedingt Kontakt?«
Er antwortete nicht.
»Sie scheint Ihnen vertraut zu haben. Für mich vollkommen unverständlich.« Indigniert schüttelte sie den Kopf. »Aber Marita war in manchen Dingen eben etwas eigen. Auch, was ihren Umgang betraf.«
Er schwieg.
»Deshalb mein Besuch. Ich will wissen, wer meine Schwester Marita ermordet hat.«
»Gehen Sie zur Polizei. Die hilft Ihnen weiter.«
»Von dort komme ich.«
»Jaja, es gibt immer noch eine Steigerung.«
»Meine Schwester hat mir dies hier zukommen lassen. Dazu ein paar private Zeilen.«
Valeri Surges zog zusammengefaltete Blätter aus ihrer Handtasche und legte sie mit spitzen Fingern auf den Schreibtisch. Auch ohne den sich aufrichtenden Stapel anzuschauen, wußte Cullmann, es waren die ominösen zehn Seiten über die Jagdsaison.
»Sie kennen den Inhalt?« Mit einem rosalackierten Fingernagel tippte sie auf die Papiere.
»Nein.«
»Tatsächlich nicht?«
Cullmann verschränkte die Arme vor der Brust. Und als auch das nicht wirkte, sah er lange auf seine Uhr.
»Wie gesagt, ich möchte die Mörder von Marita haben. Ich zahle gut.«
Valeri Surges zog eine Visitenkarte aus der Handtasche und legte sie neben die Blätter. »Ich arbeite in Luxemburg, bin Vizepräsidentin einer Bank. Mir lag sehr viel an meiner Schwester.«
»Und das alles tun Sie nur, um Ihr Gewissen zu beruhigen, nicht?«
Mit einer Schärfe, die ihn zusammenzucken ließ, antwortete sie: »Gerade Sie müßten mich verstehen. Haben Sie nicht Ihren Bruder verloren?«
Cullmann biß sich auf die Lippen. Ein dumpfer Druck machte sich in seinem Kopf bemerkbar. Resigniert mußte er sich eingestehen, daß er dieser Frau nicht gewachsen war. Aus Verlegenheit

griff er unter den Schreibtisch, schnappte sich eine Büchse Cola, ratschte sie auf und trank.

»Nein danke, für mich bitte nicht.« Kalt sah sie ihn an.

»Pomery gibt es nur für angenehme Kunden.« Er konnte es sich nicht verkneifen, wählte die primitivste Variante aus seinem umfangreichen Repertoire und rülpste.

Sie schien zum erstenmal etwas aus der Fassung zu geraten. Wieder ein Griff in die Handtasche, diesmal zog sie ein kleines Notizbuch hervor.

»Bodo Cullmann, 35 Jahre, ältester Sohn der Eheleute Egon und Luise Cullmann, Bruder Gerard fünf Jahre jünger. Mutter 1980 verstorben, Vater vor sechs Jahren bei einem Verkehrsunfall ums Leben gekommen. Abitur, Noten unter Durchschnitt, vier Jahre Bundeswehr, Studium der Betriebswirtschaft nach sechs Semestern abgebrochen, danach Lehramtsstudium, ebenfalls abgebrochen. Momentaner Kontostand 2456,49 Mark im Soll. Keine regelmäßigen Einnahmen, im Augenblick für eine . . . dubiose Inkassogesellschaft tätig. Vorher waren Sie Versicherungsvertreter und Hauswart, haben Autos ins Ausland überführt, den Weihnachtsmann gespielt, ein Reisebüro auf- und noch schneller wieder zugemacht, waren einige Monate in Spanien bei einem Touristikunternehmen als Animateur tätig, hatten eine Waschstraße gepachtet. Habe ich was ausgelassen?«

»Und ob. Rausschmeißer in einer Bar«, Cullman deutete auf seine Nase, die unzweifelhaft schon mal gebrochen war, »Bodyguard im Personenschutz. Ich glaube, das wär's. Ach ja, als Student eingeschrieben bin ich immer noch. In der Mensa gibt es günstiges Essen. Schmeckt hervorragend. Ihnen wird man es bestimmt am Tisch servieren.«

Sie sahen einander an. Wie Konkurrenten, die beide noch nicht wissen, um was es eigentlich geht. Und sie taxierten einander, offen, provozierend, als hätten sie es beide darauf abgesehen, den anderen zu reizen und bloßzustellen.

»Und mit so etwas gebe ich mich ab.« Sie schüttelte den Kopf.

»Übergewichtige Frauen mit Sommersprossen kann ich nicht ausstehen.« Cullmann hatte ihren wunden Punkt getroffen. Sie lief rot an. »Viel Geld ausgeben beim Schneider, nur gedeckte Farben tragen, und alles für die Katz. Zehn Kilogramm zuviel

auf den Rippen. Mindestens.« Ihre Augen blitzten, aber sie entgegnete nichts. »Abgesehen davon, daß Ihre Informationen zum größten Teil stimmen – Kunststück für die Vizepräsidentin einer Bank –, halten Sie mich nur auf.«
»O ja, die Welt der Arbeit, von der Sie ein Lied singen können. Zahlen Sie eigentlich Steuern?« Er schlug die Beine übereinander. »Ich habe im letzten Jahr mehr als einhunderttausend gezahlt, deutsche Mark selbstverständlich, und der Steuersatz in Luxemburg ist wesentlich niedriger.«
»Ich kenne einen, der noch viel mehr zahlt.«
Sie wußte mit der Bemerkung offensichtlich nichts anzufangen. »Ich will, daß Sie sich diese Seiten einmal durchlesen«, forderte sie ihn in barschem Ton auf.
»Ich will nicht.«
»Was soll es kosten?« Sie zückte ein Scheckbuch.
Cullman stand auf und deutete auf die Tür. »Ihr Chauffeur wartet.«
Sie traf keine Anstalten, sich zu erheben. »Ihr Chauffeur wartet immer noch.« Er packte sie am Oberarm und zog sie hoch.
»Fassen Sie mich nicht an«, giftete sie und schüttelte seine Hand ab.
Als sie immer noch nicht gehen wollte, baute er sich dicht vor ihr auf und drängte sie Schritt für Schritt aus dem Raum.
Krachend warf er die Tür zu und freute sich wie ein Schneekönig. Der hatte er es gegeben. Die würde nie mehr . . . Da war wieder das metallische Scheppern der Klingel. Unwillig blickte er über die Schulter, machte jedoch nicht auf. Immer wieder die Klingel, bis es schließlich ohne Unterbrechung schrillte. Cullmann fluchte, ging zu einer in die Wand eingelassenen Klappe, öffnete sie und suchte nach der entsprechenden Sicherung. Er fand sie nicht, die Klingel benötigte nur Schwachstrom. Kochend vor Wut, riß er die Tür auf; dieser arroganten Ziege würde er es zeigen. Aber es war niemand zu sehen. Der Klingelknopf war mit einem Streichholz festgekeilt. Während er noch versuchte, es herauszuziehen, kam sie um die Ecke.
»Entschuldigung«, sagte sie leise, kaum zu verstehen. Cullmann wußte, dieses Wort auszusprechen kostete sie große Überwindung. »Sie haben mich so gereizt. Und ich bin sowieso gereizt,

das wird mir alles zuviel. Nachlaßregelung meiner Schwester, die Beerdigungsformalitäten, mein Job. Entschuldigung.«
»Und jetzt?«
Sie streckte ihm die rechte Hand hin. Unwillkürlich griff er danach und erfaßte etwas Weiches. Verblüfft betrachtete er die feine Seide und erkannte eine aufgemalte Tulpe. Und als er hochblickte, registrierte er auch, wo diese Blume herkam. Sie hatte sie irgendwie aus ihrem Schal herausgerissen.
»Guter Gag. Wollen Sie nicht hereinkommen? Leider ist meine Putzfrau im Urlaub. Stören Sie sich nicht an der Unordnung.«

Cullmann gab sich Mühe, Valeri Surges gab sich Mühe, und es gelang ihnen leidlich, sich zivilisiert zu unterhalten. Aber so ganz ohne Spitzen kamen sie nicht aus. Allerdings bewegten sie sich auf einem akzeptableren Niveau als vorher.
»Meine Schwester hat mir einen Brief geschrieben, kurz vor ihrem Tod, und die zehn Blätter beigelegt.« Sie deutete darauf. »In dem Brief äußerte sie ihre Befürchtung, Friedrichs Umgang – Friedrich war ihr Mann – könne auch ihr gefährlich werden. Sie fühlte sich beobachtet. Außerdem erhielt sie seltsame Anrufe, so als wollte jemand kontrollieren, wann sie zu Hause war. Sie, Herr Cullmann, hat sie lobend erwähnt. War meine Schwester einmal in Ihren Geschäftsräumen?«
»Wir pflegten bei Christ zu frühstücken. Sie wissen, welchen Auftrag ich für Ihre Schwester ausgeführt habe?«
Valeri Surges nickte. »Beweise für eine Scheidung zu sammeln. Hätte sie eigentlich nicht gebraucht. Sie lebten seit längerer Zeit getrennt.«
»Nun zu Ihnen: Sie sind an der falschen Adresse. Ich arbeite nicht als Privatdetektiv.«
»Spielt das eine Rolle? Brauchen Sie so einen läppischen bunten Ausweis?«
»Außerdem glaube ich, daß dieser Fall seine Tücken hat. Ich habe irgendwie das Gefühl, da steigt ein ganz heißer Ballon.«
Wieder ein spöttischer Blick und nach unten verzogene Mundwinkel. »Angst?«
»Schiß in der Hose.«
»So genau wollte ich es nicht wissen. Nehmen Sie an, oder was

ist?« Cullmann zögerte. Daß Valeri Surges all diese Details über ihn wußte, irritierte ihn. Eines aber beschäftigte ihn besonders: Wie konnte sie nur von seinem Bruder erfahren haben?
»Genügen Fünftausend als Vorschuß?«
»Pro Woche plus Spesen.«
»Sie sind teuer.«
»Experten sind immer teuer.«
»Wollen Sie mir bitte noch den Empfang des Geldes quittieren?«
Cullmann nahm ihre Visitenkarte und las die Privatanschrift. »Wenn ich mal nach Luxemburg komme, meine liebe Frau Surges, werde ich Ihnen alles quittieren.«
Sie erhob sich und lächelte. Sympathischer wurde sie Cullmann dadurch nicht unbedingt. Aber es schien, als hätten sie sich auf einen Status quo geeinigt, mit dem sie sich beide arrangieren konnten. »Kommen Sie bitte mit zu meinem Auto, Herr Cullmann. Ich möchte Ihnen noch etwas Material zur Unterstützung geben.«
Cullmann staunte nicht schlecht, als sie ihm Kopien der polizeilichen Untersuchungsberichte zu den beiden Todesfällen Löbe aushändigte. »Wo . . .«
Sie legte einen Finger auf den Mund. »Wann treffen wir uns das nächste Mal?«
»Wozu?«
»Zur Übergabe Ihres Berichtes.«
»Wir haben jetzt Mai, ich würde sagen . . .«
»Einverstanden. In fünf Tagen, also Dienstag, wieder hier bei Ihnen. Sie haben so ein wahnsinnig gemütliches Zuhause. Und erst die hohe Mauer um das kuriose Gebäude. Wirklich wunderhübsch. Sagen Sie, war das hier früher mal ein Gefängnis?«

Es war eine seltsame Dreierrunde, die sich da zusammengefunden hatte. Karst als Initiator bemühte sich redlich, ein Minimum an Konversation einzuleiten, die beiden anderen, Öhlenschläger und Dollberger, sabotierten das Unterfangen, wo es eben ging, und zeigten darin ungewohnte Eintracht.
Dabei konnte Öhlenschläger diesen biederen, übergewichtigen,

schnaufenden Dollberger nicht ausstehen. Nicht weil er der konkurrierenden Partei angehörte, sondern weil er sich in der Vergangenheit ihm gegenüber so herablassend benommen und geäußert hatte. Als unfähigen jungen Schnösel hatte Dollberger ihn während des letzten Bundestagswahlkampfs bezeichnet, als Emporkömmling, der sich auch noch die Hörner abstoßen werde und erst einmal Konturen gewinnen müsse. Und zur Krönung hatte er erklärt, Leute wie Öhlenschläger, solche dynamischen Weltverbesserertypen, kämen und gingen, noch ehe sie es zu Profil gebracht hätten.

Dollberger, ein Garant für Beständigkeit, was das Konservative anbelangte, hegte die entsprechenden Gefühle für Öhlenschläger. Ihm war der gewiefte, kaltschnäuzige Typ, der sich entgegen allen Prognosen auf dem saarländischen Schleudersitz – dem wohl explosivsten in der Republik – hatte halten können, unheimlich. Suspekt die Kontakte, die er pflegte, auch der zu Karst. Und immer informiert, aus wichtigen Quellen, wie man munkelte. Immer auf der Höhe, der Kerl. Durch nichts zu überraschen, stets in der Lage, gegenzusteuern. Da stimmte etwas nicht.

»Meine Herren«, hob Karst wieder an und beugte sich vor, »wir haben doch alle drei diesen Sonntag geopfert, um auf einen gemeinsamen Nenner zu kommen. Um zu überlegen, wie wir der sich abzeichnenden Gefahr begegnen können. Sind wir denn wirklich umsonst angereist?«

Er schaute von einem Libero zum anderen, keiner verzog eine Miene.

»Ich finde es zwar schön hier in Rüdesheim, auch die Drosselgasse mag ihren Reiz haben, und unser Erdbeerkuchen schmeckt ausgezeichnet, aber deshalb sind wir doch nicht hier.«

Sie saßen auf einer Terrasse mit Rheinblick, und Dollberger beobachtete die vorbeiströmenden Touristen. War es noch vor wenigen Tagen die kleine Eisläuferin gewesen, die ihm imponiert hatte, gingen seine Augen heute bei gutgewachsenen Frauen in kurzen Röcken auf Wanderschaft. Karst und Öhlenschläger zwinkerten einander zu. Was der wohl mit dem jungen Gemüse anstellen wollte?

Noch einen Kaffee für Karst, noch einen Mirabellenschnaps für Dollberger und einen Tomatensaft für Öhlenschläger. Aber keine

Annäherung. Karst wurde offensiv. »Wenn jetzt nicht bald was passiert, dann könnt ihr mich mit eurer Bonner Dienstwagengeschichte und der Moskauer Putschaffäre kreuzweise.«
Dollinger und Öhlenschläger zogen wie auf Kommando die Köpfe ein. Und dann blickten sie sich verstohlen um.
»Nicht so laut, verdammt«, knurrte der Übergewichtige. »Und außerdem: Sie haben mir Vertraulichkeit zugesichert.«
»Daran halte ich mich auch.« Karst war mit der Wirkung seiner angedeuteten Indiskretion zufrieden. Zumindest konnte sich jetzt jeder der Beteiligten ausrechnen, worum es bei dem anderen ging. Und jeder konnte abschätzen, ob er bereit war, das Wissen um sein Problem gegen das Wissen um das andere einzutauschen. Karst stellte sich vor, wie es in den Gehirnwindungen der beiden Parteieninsider auf der Suche nach einem Vorteil arbeitete: Was könnte das mit den Dienstwagen auf sich haben? Muß sich erst kürzlich ereignet haben; um über alte Kamellen zu reden, wird er uns nicht bestellen, so Öhlenschläger. Und Dollberger: Moskau, Putsch, da weiß ich nur von einem, und der war vor drei Jahren. Gibt es da etwas, von dem ich keine Ahnung habe?
Karst wurde kumpelhaft: »Es kann nur wie folgt laufen: Für die nächsten zwei oder drei Stunden vergessen wir alle Rivalität. Keiner tritt dem anderen gegen das Schienbein. Und hinterher versucht keiner aus dem neuen Wissen Kapital zu schlagen und dem Kontrahenten ans Bein zu pinkeln.« Klare Worte, einfach und anschaulich, die mußte jeder verstanden haben. Die Gegner nickten einträchtig. »Also treffen wir ein Gentlemen's Agreement, einverstanden?«
Wieder nickten beide. »Wer beginnt?«
Das jedoch wollte wieder keiner. Höflichkeit, im politischen Tagesgeschäft selten gepflegt, hier konnte man sich hinter ihr verschanzen.
»Das habe ich mir gedacht, deshalb schlage ich folgendes vor: Ich werde Ihnen beiden jetzt jeweils das Problem der Gegenseite servieren, fein säuberlich getippt auf zwei Blatt. Sie werden ausreichend Zeit haben, alles in Ruhe durchzulesen. Anschließend sammle ich die Unterlagen wieder ein. Kein Beweis, kein Indiz, Aussage steht gegen Aussage, falls kein Interesse an einer Kooperation bestehen sollte. Akzeptiert?«

Dollberger bat sich Bedenkzeit aus und erklärte sich nach zwei Minuten einverstanden. Karst reichte die Blätter über den Tisch, gierig wurden sie ihm aus der Hand gerissen.
Und dann lasen die beiden Parteifüchse. Zwischendurch schnappte Dollberger wie ein Fisch nach Luft, Öhlenschläger knabberte an seinen Lippen herum, und beide warfen einander schnelle Blicke zu: Na, ihr seid ja 'ne feine Gesellschaft, wer hätte das gedacht! Und uns immer wieder an den Pranger stellen wollen . . .
Nach zehn Minuten sammelte Karst die Blätter wieder ein. Er zerriß sie, legte die Schnipsel in den Aschenbecher und zündete das Ganze an. Als die Bedienung sich beschweren wollte, war schon alles heruntergebrannt.
Karst, strategisch klug am Kopfende sitzend, sagte: »Na, was ist?«
Als hätten sie einer den anderen beim Ehebruch ertappt, sahen die beiden einander an. Immer noch die alte Antipathie, dieselbe Reserviertheit. Aber gezwungenermaßen auch eine gewisse Bereitschaft, sich auszutauschen oder sogar zu arrangieren.
»Starkes Stück«, sagte Dollberger und meinte den Putsch.
»Finde ich auch«, so Öhlenschläger, der die Dienstwagen meinte.
»Na also, es klappt doch.« Karst grinste höchst zufrieden.
Und nachdem die x-te Hemmschwelle überwunden, man erneut auf das Agreement zu sprechen gekommen war, sahen die beiden Parteienvertreter ein, daß ein Mindestmaß an Zusammenarbeit unabdingbar war. »Nur wir drei wissen zu diesem Zeitpunkt von beiden Vorfällen«, sagte Karst. »Und Sie können mir glauben, ich habe alle Punkte mehrfach abgecheckt. Nicht die Spur einer Blase. Erste Frage: Kann es eine Übereinstimmung, einen Zusammenhang geben, was den Absender betrifft?«
Dollberger gestand ein, die fragliche Liste hätte auf seinem Schreibtisch mitten in einem Stapel anderer Papiere gelegen. Zu seinem Arbeitszimmer hätten alle Mitarbeiter und die Besucher Zugang. Kein Anschreiben, kein Umschlag, nichts. Die Dinge ihm, Karst, auszuhändigen, um sie spurentechnisch untersuchen zu lassen, das könne er nicht allein verantworten.
»Wird auch nichts mehr festzustellen sein«, entgegnete Karst. »Schon zu lange her. Und durch zu viele Hände gegangen. Lediglich um das Schriftbild geht es mir.«

Nach und nach gab Dollberger zu, in der Umwandlung der Kaufverträge bereits ein Stück weitergekommen zu sein. Allerdings sträubten sich auch einige und pochten auf ihr vermeintliches Recht. Weitere Fragen verbat er sich. Wenn überhaupt um etwas, dann gehe es heute um die Frage, wer hinter den verhängnisvollen Informationen stecken könne. Dollberger schaute Öhlenschläger ostentativ mitleidig von der Seite an. War aus seiner Sicht der Vorfall um den Putsch schwerwiegender?

Öhlenschläger und Dollberger waren, auf Karsts Frage hin, bereit zu schwören, keine weiteren bedrohlichen Papiere erhalten zu haben. Sie versprachen, Karst, den sie zu seiner Freude als Vermittler akzeptierten, sofort zu informieren, falls sich noch etwas täte. Und beide beteuerten, auch von ähnlichen Vorgängen in der Vergangenheit nichts zu wissen.

»Jetzt gilt es zu eruieren, meine Herren«, Karst schlug einen geschäftsmäßigen Ton an, »was die wahre Absicht des Unbekannten ist.«

»Gehen wir denn wirklich davon aus, daß es sich um ein und denselben handelt?«

Davon war Karst überzeugt und, mit etwas Verzögerung, die beiden anderen schließlich auch. Was die Interpretation der von dem Unbekannten verfolgten Taktik erschwerte, war der Umstand, daß er nicht ein und dieselbe Partei im Visier zu haben schien.

»Man erpreßt uns beide«, stellte Dollberger fest. »Warten Sie es ab, in wenigen Tagen werden uns die ersten Summen genannt.«

Natürlich liege es nahe, Erpressung zu vermuten, räumte Karst ein. Dann jedoch fragte er, ob es nicht vielleicht auf einen Denkzettel hinauslaufen könne? Eine Mahnung für die Parteien, sich zu besinnen?

»Moment, Moment«, protestierte Öhlenschläger. »Ist es irgendein Unbekannter, dann gehört er, wenn überhaupt, höchstens einer Partei an. Wieso also ein Denkzettel für die eigenen Kollegen? Nie und nimmer. Für die politischen Gegner, das wäre absolut zu verstehen.«

Berechtigter Einwand, meinte Dollberger, um einen Denkzettel oder eine Mahnung zu mehr Anstand oder was immer in der Politik könne es also nicht gehen.

Karst wollte schließlich wissen, wer von den hohen Herren in der Politik überhaupt von beiden Vorfällen gleichermaßen Kenntnis erlangt haben konnte. Mit dieser Frage waren Dollberger und Öhlenschläger eine geraume Weile beschäftigt. Es wurden erneut Getränke bestellt. Und dann diskutierten sie sich die Köpfe heiß, argwöhnisch von der Bedienung beäugt, die auf mehr Umsatz hoffte und die Eis- und Kuchenkarte mitten auf den Tisch pflanzte.

»Das können viele sein«, mutmaßte Dollberger. »Bei Ihnen, Kollege Öhlenschläger, wissen Sie, wie viele etwa bei Ihnen?«

Öhlenschläger mußte passen. Zwar spielte er in Gedanken die möglichen Verdächtigen durch, aber bevor er Genaueres dazu sagen konnte, hatte er noch Informationen einzuholen.

»Und bei Ihnen?«

Dollberger runzelte die Stirn und rückte seine Brille zurecht. »Im Prinzip könnte es jeder sein, der einen dieser vergünstigten Dienstwagen erhalten hat. Und jeder, der davon wußte. Da komme ich leicht auf zwanzig, dreißig Personen. Eher mehr.«

»Mist.« Karst rieb sich das Kinn. »Es führt kein Weg daran vorbei, daß jeder für sich abklopft, wer alles in Frage kommt. Und dann müssen wir uns erneut treffen. Die Angelegenheit muß bereinigt werden. Oder sehe ich das falsch?«

Die beiden stimmten ihm zu.

»Um jetzt schon den Kreis einzuschalten, scheint es noch zu früh zu sein«, raunte Öhlenschläger in Dollbergers Ohr mit dem Plastikröhrchen. »Wie sehen Sie das?«

»Ganz Ihrer Meinung.«

Karst ärgerte sich, weil er nichts hatte verstehen können. Und in bezug auf das Telefon, das Wommerding von Moskau aus angewählt hatte, konnte Dollberger ihm auch nicht weiterhelfen. Er selbst habe da keinen Zugang, erklärte er.

Öhlenschläger benutzte die Fähre nach Bingen, fuhr mit seinem Kabriolett in den Hunsrück, weiter in Richtung Simmern und zur Mosel, und am frühen Abend erreichte er Cochem, ein kleines Städtchen am längsten deutschen Eisenbahntunnel. Öhlenschläger parkte nahe der Uferpromenade und verschloß das Verdeck. Wie ein Tourist schlenderte er an der Mosel entlang, betrachtete die gegenüberliegenden bewaldeten Hänge, die kreuzenden Segelschiffe auf der kanalisierten Wasserstraße, die vollbesetzten Ausflugsdampfer. Genau in der Mitte zwischen zwei Anlegeplätzen sah er die Maria liegen. Sie war nicht groß, gerade neun Meter lang, aber für die Mosel und das gelegentliche Schippern auf dem Mittelmeer war das Boot allemal ausreichend. Als Öhlenschläger näher kam, erkannte er ihn. Er saß am Heck, einen undefinierbaren Hut auf dem Kopf, die Zigarre im Mund, der Oberkörper nackt.

»Willkommen an Bord«, begrüßte ihn Wommerding, der Staatssekretär aus Nordrhein-Westfalen. »Na, wie gefällt Ihnen meine Maria?«

»Tolles Weib. Keine Widerworte und immer willig.«

»Hahaha.« Wommerding schüttelte sich. »Von Ihnen habe ich ja schon die unglaublichsten Dinge gehört«, übertrieb er maßlos. »Jetzt lerne ich Sie auch mal persönlich kennen. Schön. Also, womit kann ich Ihnen helfen. Der Ministerpräsident sagte am Telefon, es sei vertraulich.«

»Dann bitte nicht so laut.«

Wommerding blickte sich um. »Oh, pardon.«

Öhlenschläger war sehr zufrieden damit, daß sein Chef persönlich diesen Termin für ihn arrangiert hatte, ein besseres Entrée für ihn hätte es nicht geben können. Er machte noch ein wenig Konversation, lobte die Schönheit Marias und ihren guten Zustand, dann steuerte er auf sein Ziel zu.

»Herr Wommerding, es geht um einen Vorfall, der schon drei Jahre zurückliegt: Ihre Reise nach Moskau im Jahre 1991.«

Zuerst runzelte Wommerding die Stirn, dann hellte sich sein Gesicht auf. »Ach so ist das. Jetzt verstehe ich auch das dicke Kaliber, ich meine Ihren Chef. Dann legen Sie mal los, junger Mann.«

Eine halbe Stunde später saß Wommerding nachdenklich in seinem mit hellem Segeltuch bespannten Klappstuhl, umklammerte mit beiden Händen die Lehnen und starrte auf die Mosel. Die erkaltete Zigarre wippte zwischen seinen Lippen, sein ganzes Gesicht spiegelte rege Gedankentätigkeit wider. Dann ging ein Ruck durch seinen Körper. »Ich soll vorher davon gewußt haben?«

»So vermutet man.«

»Lachhaft. Und das allein wegen meines Anrufs?«
»Genau. Übrigens, mit wem haben Sie seinerzeit gesprochen?«
»Aus Moskau? Keine Ahnung. Ich habe nur eine bestimmte Nummer gewählt. Es war ja Wochenende, Sonntag, und keiner der hohen Herren zu erreichen.«
Das klang einleuchtend. »Aber Sie geben zu, sich mit Jasow getroffen zu haben.«
»Selbstverständlich. Der Mann war damals Verteidigungsminister und ich ein Hanswurst. Ich wäre naiv gewesen, es nicht zu tun.«
»Und was war mit dem Brief?«
»Den habe ich ausgehändigt.«
»In wessen Auftrag?«
»Soll das ein Verhör sein?« beschwerte sich Wommerding. »Da hätte ich aber ganz entschiedene Einwände.«
Öhlenschläger lenkte ein und entschuldigte sich. Er sei nervlich angespannt, man müsse sich eben Klarheit verschaffen, wenn solch ein schwerwiegender Verdacht ausgesprochen werde. Besonders in diesem Fall, der soviel Anlaß zur Spekulation biete.
»Im Auftrag des Außenministeriums«, sagte Wommerding schließlich.
»Etwa des Ministers persönlich?«
»Nein, des Ministeriums. Man hat mich hinbestellt, genauer gesagt, höflich gebeten, mich dort einzufinden, weil man von meiner Reise erfahren hatte. Immerhin war die schon seit Wochen geplant gewesen.«
»Also nicht erst zwei Stunden zuvor gebucht?«
»Was soll denn der Quatsch? Natürlich nicht. Ich habe lediglich einen späteren Flug gewählt, als ursprünglich vorgesehen, das ist alles.«
Öhlenschlägers graue Zellen rotierten. Die ersten Widersprüche taten sich auf, die ersten entlastenden Momente wurden sichtbar.
»Wann sind Sie ins Ministerium bestellt worden?« Wenn er jetzt sagt, eine Woche vorher, dann sind wir aus dem Schneider, dachte er. Von der Seite beobachtete er Wommerding.
Der Staatssekretär legte die Zigarette endgültig beiseite und schaute einem Segelschiff nach. Eine Nummer größer als seine Maria. »Zugegeben, der Anruf war schon etwas sonderbar. Und

auch ziemlich kurzfristig. Morgens gegen fünf klingelte bei mir zu Hause das Telefon. Ich wurde gefragt, ob ich einen Brief übergeben könne, im Auftrag des Außenministeriums.«
»Wer hat mit Ihnen gesprochen?«
Wommerding zuckte mit der Schulter. »Der Name ist mir entfallen. Am Abend vorher habe ich auch etwas ... Na ja, es ging bis in die Nacht. Ich habe gesagt, meine Maschine ginge um fünf vor elf von Düsseldorf, da hat man mir geraten umzubuchen. Und das tat ich dann. Als ich aber im Ministerium ankam, war da keiner. Der Brief sei bereits am Flughafen Köln-Bonn in einem Safe deponiert worden und würde mir dort ausgehändigt, erklärte mir der Chef des Wachpersonals. Ich also auf zum Flughafen. Nachdem man dort meine Personalien genau überprüft und meine Unterschrift gecheckt hatte, wurde mir der Brief übergeben.«
»Haben Sie sich nicht auch über die sonderbaren Umstände gewundert?«
»Was heißt gewundert.« Wommerding hob die Hände und ließ sie wieder fallen. »In meinem Beruf kommen viele unvorhergesehene Dinge vor. Sicher, Anruf so früh am Morgen, der geheimnisvolle Brief, doppelt versiegelt, und dann das Umbuchen. Andererseits hat man mir gleich eine Maschine genannt, die von Köln-Bonn nach Moskau ging. Charterflug, nur zur Hälfte ausgelastet, alles deutsche Wirtschaftsmanager. Eines können Sie mir glauben, mein lieber Öhlenschläger. Die Lufthansa ist schon 'ne Ecke komfortabler. Im Grunde war mir das ganz recht so.«
»Zurück zu Ihrem Anruf aus Moskau. Sie haben in Bonn angefragt, wie weit sie bei Jasow gehen dürften, was gewisse Garantien beträfe. Richtig?«
Wommerding rieb sich die kurze Nase. »Ja, so ungefähr.«
»Um welche Garantien handelte es sich?«
»Ganz einfach: Ob die Bundesrepublik bürge.«
»Für was bürge?«
»Für das, was im Brief stand, nehme ich an.«

Unter wirtschaftlichem Aspekt war seine Entscheidung richtig. Fünftausend die Woche plus Spesen, sein bisher absolut höchstes Honorar. Bis zu einem Monat werde ich den Auftrag in die Länge ziehen können. Das war eine Überlegung. Du bist verrückt, dich mit so einem Flintenweib einzulassen. Die macht dich fertig, der bist du nicht gewachsen. Solche arroganten Pinkel konntest du noch nie ausstehen. Und jetzt biederst du dich praktisch an. Das war die Attacke gegen die eigene Entscheidung. Es siegte problemlos das im Minus stehende Bankkonto. Und noch ein Aspekt kam hinzu. Cullmann, der einige Male vergeblich die Lizenz als Privatdetektiv beantragt hatte, sah hier eine Möglichkeit, genau in dem Metier tätig zu werden, das ihn seit jeher faszinierte. Nicht daß er diesen Berufsstand glorifiziert oder zu viele Kriminalromane gelesen hätte, er war in erster Linie neugierig, ob es ihm gelingen würde, einen solchen Auftrag zu erfüllen. Und besonders diesen Fall betrachtete er als Herausforderung, denn immerhin war die Vizepräsidentin einer Bank seine Auftraggeberin.

Cullmann, vor sich selbst nie um Ausreden verlegen, wenn er sich etwas in den Kopf gesetzt hatte, studierte die Polizeiberichte, die Valeri Surges ihm tags zuvor ausgehändigt hatte. Friedrich Löbe war aus einer Entfernung von weniger als zwei Metern angeschossen worden. Das war Cullmann nicht neu. Der Schußkanal verlief von der Mitte der Brust schräg nach unten durch den rechten Lungenflügel. Somit kam nur der Fahrer des Mazda als Täter in Frage. Das Projektil, ein Neunmillimetergeschoß aus einer bulgarischen Armeepistole, steckte in der Rückenlehne von Löbes Sitz. Todesursache waren innere Blutungen gewesen. Hätte man Löbe rechtzeitig ins Krankenhaus gebracht, so der Arzt im Autopsiebericht, hätten gute Überlebenschance bestanden. »Aber du mußtest ja unbedingt noch eine Mitternachtsrallye fahren«, brummte Cullmann. Fingerabdrücke hatten sich auf Löbes Auto außer seinen eigenen viele gefunden, darunter auch die von Cullmann am Türgriff. Alle anderen konnte man keiner Person zuordnen.

Die Verletzungen, die Löbe sich durch den Auffahrunfall zugezogen hatte, waren zwar gesichtsdeformierend, aber nicht tödlich gewesen. Unterlagen oder Indizien, die auf den oder die Täter

deuteten, gab es nicht. Die Bremsspuren des Täterfahrzeugs deckten sich mit Cullmanns Angabe, es habe sich um einen Mazda gehandelt.
Frau Löbe war auf der Stelle an den Folgen eines Dolchstoßes gestorben, der die rechte Wand ihres Herzens zerfetzt hatte. Beim Vergleich der Fingerabdrücke mit denen von Löbes Fahrzeug habe sich außer bei denen von Cullmann keine Übereinstimmung ergeben. Seine Spuren hatte man außerdem in Frau Löbes Wohnung auf dem Glas eines Bilderrahmens entdeckt. Cullmann erinnerte sich, das Hochzeitsfoto der Löbes in die Hand genommen zu haben. Der oder die Täter, vermutlich dieselben wie bei Herrn Löbe, waren gewaltlos in Frau Löbes Wohnung eingedrungen. Der Rekonstruktion zufolge war die Frau zunächst eingeschüchtert worden, und offenbar hatte ein kurzer Kampf stattgefunden. Darauf deuteten auch der angetrocknete Blutrest an Frau Löbes Mund und die Schwellung ihrer linken Wange hin. Die Polizei schloß daraus, daß der Täter Rechtshänder war. Genau wie der Schütze.
Quetschspuren an Frau Löbes Handgelenken ließen erkennen, daß man sie gefesselt hatte. Wahrscheinlich war sie bedroht und anschließend ihre Wohnung durchsucht worden. Was die Täter möglicherweise gefunden hatten, konnte nicht überprüft werden. Um zumindest eine Vermutung vorweisen zu können, legte die Polizei Cullmanns Aussage zugrunde und unterstellte, es habe sich um ominöse Unterlagen gehandelt, zehn Blätter, deponiert in einem braunen Umschlag. Unklar blieb, warum Frau Löbe, wenn die Täter das Gesuchte gefunden hatten, auch noch umgebracht worden war. Ein mögliches Motiv sah die Polizei darin, daß der schillernde – genauso drückten sie sich aus –, der schillernde Bodo Cullmann belastet werden sollte, der allerdings ein unwiderlegbares Alibi habe. Eine andere Erklärung komme zum jetzigen Zeitpunkt nicht in Frage, vor allem wegen des bei Cullmann entwendeten Dolchs: etwa 300 Jahre alt, Schaftlänge 22 Zentimeter, Breite von 3,5 Zentimeter auf null auslaufend, Dicke 6 Millimeter an der stärksten Stelle, Krümmung 1,8 Zentimeter von der Ideallinie, Grifflänge 11 Zentimeter, Querschnitt oval, Stegbreite 7 Zentimeter. Griff und Steg verziert mit Ornamenten aus einem fernöstlichen Kulturkreis, Schneide glatt, ohne Einstanzungen, ohne Angaben von Hersteller und Legierung.

So erfuhr Cullmann endlich das Alter des Dolchs und wußte daß er mit 90 Mark nicht zuviel bezahlt hatte. Aber eine große Hilfe waren ihm die Polizeiberichte nicht. Zwar erging sich der Spurenexperte noch über diverse Fasern, die er untersucht hatte, fast alle mit einem hohen Acryl-Anteil, was auf relativ billige Kleidung schließen ließ. Außerdem hatte man unter Frau Löbes Fingernägeln der rechten Hand Partikel und Hautfetzen gefunden, Blutgruppe 0, die man einem der Täter zuordnen müsse, aber konkrete Hinweise hatten sich nicht ergeben. Deshalb machte der Bericht in bezug auf die Mörder auch einen Rückzieher: Zwar bestehe die Möglichkeit, es könne sich in beiden Fällen um den oder dieselben handeln, aber Beweise dafür gebe es nicht. So die Formulierung.

Gegen Mittag fuhr Cullmann in die Stadt. In einem Imbiß aß er ein halbes Hähnchen, anschließend überquerte er die Straße und holte die Fotos ab, die er in der bewußten Nacht gemacht hatte. »Warum kommen Sie erst jetzt?« fragte der Besitzer des kleinen Ladens, der einen 24-Stunden-Service garantierte.
»Ich war verreist.« Cullmann bezahlte und verließ das Geschäft. Hätte er dem guten Mann auf die Nase binden sollen, daß er erst einmal abgewartet hatte, bis die Aufregung bei der Polizei abgeklungen war? Immerhin hatte er mit einer Hausdurchsuchung gerechnet. Und die hatte es ja gegeben. Falls die Aufnahmen einen wichtigen Hinweis zur Lösung des Falles lieferten, würde er sie der Obrigkeit selbstverständlich aushändigen.
Cullmann machte es sich im Wohnzimmer bequem und studierte die Fotos. Löbe war deutlich in der Geschäftsstelle seiner Partei zu erkennen, der Unbekannte auch. Löbe trat aus dem Haus, Löbe auf dem Weg zu seinem Auto. Löbe bei dem Treffen mit den Kontaktleuten auf dem Gelände der Mercedes-Niederlassung. Verschwommen nur und ohne rechte Konturen waren die Insassen auszumachen. Vielleicht konnte die Polizei mehr damit anfangen?
Ein Bild hatte es Cullman besonders angetan, und zwar das, auf dem zu sehen war, wie Löbes Peugeot aus der Parklücke vor der Geschäftsstelle ausscherte. Cullmann nahm es in die Hand und stellte sich ans Fenster, um besser sehen zu können. Dann ver-

schwand er in seinem Büro, suchte und suchte und fand schließlich die Lupe. Mit ihrer Hilfe konnte er das Nummernschild entziffern. Aus Frankfurt stammte das Auto, das vor Löbes stand. Wenn ich mich nicht allzusehr täusche, mein lieber Unbekannter, dann bist du der Besitzer dieses Opels. Jetzt wollen wir dir mal auf den Zahn fühlen.

Ein Anruf bei der Zulassungsstelle, Mira, eine ehemalige Freundin saß dort, sie hatte ihm schon öfter geholfen. Vertraulich teilte sie ihm mit, das Kennzeichen gehöre zum Fuhrpark einer Autovermietung. Ob sie ihm am Nachmittag noch einen Gefallen tun könne, fragte er. »Aber selbstverständlich, mein kleiner Chaot.« So nannte sie ihn immer.

Auf dem Weg in die Mainmetropole, Cullmann hatte nur das Nötigste eingepackt, suchte er das Fotogeschäft auf, ließ einige Aufnahmen nachmachen und andere zusätzlich vergrößern. Das dauerte eine knappe Stunde.

Wenig später kreuzte er bei der Polizei auf und fragte nach Schober. Der war nicht im Haus, also mußte er mit Willems vorliebnehmen. Ihm händigte er jene farbschwachen Ablichtungen von dem bewußten Abend aus, die Löbe mit dem zweiten Fahrzeug zeigten. Und zwar kurz vor dem verhängnisvollen Schuß. Willems wurde sehr dienstbeflissen, als er im Mazda die verschwommenen Konturen der beiden Kerle ausmachte, und wollte wissen, wo der Film sei. Beim Händler, er lasse sich einige Abzüge nachmachen. So sehr Willems auch drängte, den Namen des Geschäfts gab Cullmann nicht preis. Auch dann nicht, als Willems drohte, er könne gegen ihn vorgehen, schließlich halte er Beweismaterial zurück.

Nur Autobahn von Saarbrücken bis Frankfurt, und trotzdem brauchte Cullmann mit seinem Campingbus knapp drei Stunden. Aber er entdeckte einen günstigen Parkplatz, eine Querstraße entfernt von der Geschäftsstelle der Verleihfirma. Cullmann tastete unter die Fußmatte, stieg aus und betrat kurz darauf die hellen Räume. Zuerst wollte die junge Dame nicht so recht mit der Sprache herausrücken. Selbst als Cullmann erneut seine Polizeimarke vorzeigte, ein Andenken an eine gewalttätige Auseinandersetzung mit Autonomen, in deren Verlauf die Beam-

ten den kürzeren gezogen und er das glänzende Stück im Rinnstein gefunden hatte, zögerte die etwa zwanzigjährige Frau.
»Schauen Sie«, begann Cullmann überfreundlich, »ich habe doch durch die Zulassungsstelle bei uns in Saarbrücken herausgefunden, daß das Auto Ihrer Firma gehört. Und jetzt ermitteln wir gegen den Fahrer des Wagens.«
»Was hat er denn ausgefressen?«
»Tut mir leid. Aber bitte, rufen Sie meine Kollegen . . .« Cullmann schaute auf die Uhr. »Verdammt, Cooky ist im Einsatz, und Benni hat Urlaub. Aber nur die beiden wissen, daß ich an dem Fall arbeite. Hm.« Er gab sich zerknirscht. »Ich hab's. Rufen Sie die Zulassungsstelle in Saarbrücken an. Die Nummer ist 0681 . . .«
Die Angestellte telefonierte, Mira war am anderen Ende und bestätigte Cullmanns Angaben. Das Mädchen gab sich damit zufrieden und schaute im Computer nach, wer am 4. Mai den Opel CD ausgeliehen hatte: Giesbert Napf, ein Stammkunde, wie sie betonte.
Eine halbe Stunde später stellte Cullmann seinen Campingbus auf dem Grundstück eines Gebrauchtwagenhändlers ab. Von dort aus konnte er das Mehrfamilienhaus in der Darmstädter Landstraße ungehindert beobachten, Napfs Adresse.
Es wurde dunkel, es wurde Nacht, es wurde tiefe Nacht. Cullmann verglich die Ein- und Ausgehenden mit seinem Foto, das Napf zeigte. Sein Kandidat war nicht darunter.
Aber als einer der ersten verließ er am nächsten Morgen um sieben Uhr das Haus. Cullmann, übermüdet, unrasiert und hungrig, tuckerte er mit seinem Bus hinter dem kleinen Fiat her. In einem Hochhaus nahe des Messegeländes sah er Giesbert Napf verschwinden. Unmöglich, herauszufinden, in welcher Etage und bei welcher der vielen Gesellschaften er zu tun hatte.
Cullmann stellte seinen VW auf einem Parkplatz für Postbedienstete ab. Aus einer Telefonzelle rief er einen Bekannten an, der in Bonn im Personenschutz tätig war und über ausgezeichnete Kontakte verfügte. An den Fahndungscomputer Nadis heranzukommen war für ihn ein Kinderspiel.
»Ich brauche alle Daten über einen gewissen Giesbert Napf, zur Zeit wohnhaft in Frankfurt, Darmstädter Landstraße 256.«
»Bis wann?«

Cullmann lachte. »Wenn möglich, gestern. Ich melde mich in drei Stunden.«
Cullmann frühstückte in einem Schnellimbiß, schlenderte zurück zu seinem Bus und schaute von Zeit zu Zeit aus dem rückwärtigen Fenster auf den geparkten Fiat. Und dann schlief er ein. Durch lautes Pochen wurde er geweckt. Zwei Polizeibeamte standen draußen und erklärten, er müsse sein Auto wegfahren. Die Post habe sich beschwert. Ein Blick zum Fiat: Er war verschwunden. Bereitwillig schwang sich Cullmann hinters Lenkrad und fuhr zurück in die Darmstädter Landstraße.
»Giesbert Napf, 46 Jahre alt, geschieden, keine Kinder, wohnhaft in Bonn-Beuel . . .«
»Und wieso geht er hier in Frankfurt in einem Mietshaus ein und aus?«
». . . zweiter Wohnsitz in Frankfurt, Darmstädter Landstraße 256, von Beruf Journalist. Hat für verschiedene Tageszeitungen gearbeitet, zeitweise auch für ein Magazin in Hamburg, dann für eines in München. Schreibt immer noch, hat ausgezeichnete Verbindungen zu Politikern und zur Hochfinanz. Experte für heikle Fälle wie Wirtschaftsverbrechen, hat den Skandal um die Neue Heimat mit ausgegraben, auch vor Co-op gewarnt. Und die Bank für Gemeinwirtschaft in Luxemburg angegriffen, die, in einen Rechtsstreit vor einem New Yorker Gericht, Kundeninformationen ans Ausland weitergegeben hat. Kurz darauf wurden diese Details den deutschen Finanzämtern zugänglich gemacht. Was die Folge war, brauche ich nicht zu erwähnen. Napf wußte als einer der ersten vom Deal der BfG mit der Crédit Lyonnaise. Was er jetzt genau macht, wissen wir nicht. Geldsorgen hat er keine, hohes Barvermögen bei der Bonner Sparkasse, Aktien im Depot der Dresdner. Sein Haus, Wert mindestens 800 000, ist bis auf einen geringen Restbetrag schuldenfrei. Keine Vorstrafen, keine Steuerrückstände, keine lebensbedrohenden Krankheiten. Genügt dir das?«
»Saubere Arbeit, Gus«, lobte Cullmann, obwohl er wußte, sein Bekannter brauchte nur in einigen Dateien nachzuschauen. »Noch einen Tip brauche ich: Womit verdient er sich im Augenblick seinen Lebensunterhalt?«
»Überwiegend durch Zinsen und Aktiendividenden. Und ein

paar Tradinggeschäfte. Hier eine Option, dort rein in den Dollar und gleich wieder raus.«
»Ich meine, welchen Job macht er?«
Am andere Ende war es einige Minuten still. »Ich könnte mir vorstellen, daß er wieder an einer Aufdeckungsgeschichte bastelt. Vielleicht hat er sich einen Konzern vorgeknöpft?«
Cullmann verstand die verklausulierte Nachricht. »Oder sind es diesmal Politiker?«
»Wie kommst du darauf?«
»Och, nur so.« Plötzlich hatte Cullmann eine Eingebung. Brisante Dinge aus der Politik aufzudecken mußte doch im Interesse der Wirtschaft liegen! Also hakte er nach: »Gus, jetzt streng mal deine grauen Zellen an: Recherchiert Napf über einen Konzern oder für einen Konzern?«
»Er hat auch mal für ein Chemieunternehmen gearbeitet und mitgeholfen, das schlechte Image aufzubessern. Man warf dem Unternehmen vor, im Heimwerkerbereich, und da besonders was Farben anbelangte, immer noch mit gefährlichen chemischen Substanzen zu hantieren.«
»Danke, Gus.«
»Hier habe ich noch etwas. Napf hat schon zwei Bücher veröffentlicht, auf diesem Weg sind die Ergebnisse seiner Recherchen der Öffentlichkeit zugänglich gemacht worden. Eines, es heißt ›Gift auf Raten‹, wurde sogar ein Renner.«

Als Öhlenschläger an diesem Morgen das Dienstgebäude betrat und der Pförtner ihm ein großes, gefüttertes Kuvert ohne Absender aushändigte, da wußte er, daß er erneut der Auserwählte war. Allerdings kam ihm diese Ehre äußerst zweifelhaft vor, eine Ehre, aus der kein Kapital zu schlagen war. Öhlenschläger beschleunigte seinen Schritt in Richtung Aufzug und mußte an sich halten, den Umschlag nicht schon in der Kabine aufzureißen. Er überhörte den Gruß seiner Sekretärin, schlug die Tür hinter sich zu und schaute noch im Stehen nach, was man ihm diesmal hatte zukommen lassen.
Beschriebene Blätter und Fotos flatterten auf den Boden. Öhlen-

schläger bückte sich und betrachtete zuerst die Fotos. Kinder waren abgebildet, halbnackte Kinder. Auf einigen anderen Bildern erkannte er diese Kinder in Begleitung Erwachsener wieder. Jetzt jedoch nicht mehr halb nackt, sondern adrett gekleidet und ordentlich frisiert, allerdings mit einem gekünstelten Gesichtsausdruck, als hätten sie auf Kommando zu lächeln. Die Erwachsenen jedoch strahlten und schienen voller Stolz und Zärtlichkeit zu sein, so, wie sie die Kinder anschauten.

Öhlenschläger, der bereits ahnte, um was es ging, ließ sich in seinen Sessel fallen, verbat sich bei der Sekretärin jede Störung und nahm mit zitternden Fingern die beschriebenen Blätter in die Hand.

»Brasilien, ein phantastisches Land, wenn es große Teile der Bevölkerung nicht gäbe, wie manche meinen«, stand da zu lesen. Sofort erkannte er, daß es sich um ein und dasselbe Schriftbild handelte wie bei der letzten Sendung. »Mehr als vier Millionen Kinder werden jährlich in diesem Land vergewaltigt, drei Millionen Abtreibungen gibt es pro Jahr. Insgesamt 45 Millionen Kinder leben in menschenunwürdigen Behausungen, davon sind 25 Millionen chronisch unterernährt. Und mindestens 10 Millionen müssen im Schnitt zwölf Stunden pro Tag arbeiten, um das Überleben der Familien zu garantieren. Zahlen, die erschrecken.«

Öhlenschläger erschrak tatsächlich, denn in diesem Umfang war ihm das Elend nicht bekannt. 45 Millionen in menschenunwürdigen Verhältnissen? Die Bundesrepublik hat knapp 80 Millionen Einwohner, überlegte er, um sich die Relationen zu vergegenwärtigen.

»Kinder müssen sich prostituieren, von betuchten Bürgern bezahlte Mördertrupps jagen die Kinder- und Jugendbanden und bringen Tausende, die schutzlos auf den Straßen leben, einfach um. Ohne Gerichtsurteil. Und die Polizei kümmert sich nicht darum. Brasiliens Zukunft hat keine Lobby.«

Öhlenschläger hatte davon gehört.

»Man versichert Kinder, um sie anschließend zu töten, zu vergiften, zu verstümmeln oder vor ein fahrendes Auto zu stoßen – und die Prämie zu kassieren. Man bringt Kinder um und verkauft ihre Organe an den Meistbietenden. Wenn Brasilien etwas im Überfluß hat, dann diese bedauernswerten Geschöpfe. Aber da gibt es ja noch Kids Help. Die sich human gebende Organisation sorgt dafür, daß jährlich 20 000 Kinder an Familien in Industriestaaten verkauft werden, zu Preisen zwischen 30 000 und 50 000 Mark. Auch legal werden Kinder adoptiert, ungefähr 3000 jährlich. Sie werden in alle Welt geschickt, vor allem aber nach Europa und in die USA. Während der Normalbürger zwölf Monate und länger auf eine Adoption warten muß, ›besorgt‹ Kids Help einflußreichen Persönlichkeiten innerhalb von zwei Wochen, was sie haben wollen. ›Erholen Sie sich an der Copacabana, und nehmen Sie Ihr Kind gleich mit nach Hause‹, so die Werbung der dubiosen Gesellschaft. Von diesem Angebot machen viele Gebrauch. Schauspieler, Künstler, Manager und Politiker aus allen Ländern. Aber längst nicht immer steht der Wunsch, ein Kind zu haben, im Vordergrund. Oft sind perverse Beweggründe im Spiel, so wie bei dem Herrn auf Foto Nummer 1 (siehe Rückseite). Schwul, zur Tarnung aber verheiratet, um als Senator in Amerika die ach so wichtigen Wählerstimmen nicht zu verlieren. Er bevorzugt kleine Jungen. Inzwischen hat er das fünfte Kind adoptiert. Die anderen vier hat er einfach zurückgegeben wie eine defekte Ware – oder nach dem Motto: Haltbarkeitsdatum und Frischegarantie abgelaufen. Und mit Sicherheit haben diese Kinder für ihr Leben einen Defekt davongetragen, um bei dem Ausdruck zu bleiben, einen irreparablen Defekt. Ähnlich verfährt der amerikanische Kongreß-Abgeordnete, allerdings müssen es für ihn kleine Mädchen sein, nicht älter als zehn. Die Ehefrau kennt die Vorliebe ihres Mannes und sorgt mit Nachschub.«

Öhlenschläger schüttelte sich. Zögernd nur betrachtete er die entsprechenden Fotos. Deutlich waren die beiden Männer zu erkennen. Das zweite Foto zeigte den Abgeordneten, ein kleines Mädchen auf dem Arm, daneben eine Frau. Das perfekte Familienglück.

»Auch in Deutschland findet Kids Help Kunden, entsprechend zahlungskräftige natürlich. Im Landtag von Rheinland-Pfalz sitzt ein solcher Abnehmer, im Bremer Senat ebenfalls. Und der Manager eines Stahlkonzerns hat nun auch endlich einen Erben. Daß er so wenig verdient, daß er sein Kind, die elfjährige Gina, in Pornofilmen als Hauptdarstellerin mitspielen lassen muß, ist allerdings wenig wahrscheinlich.«

Öhlenschläger stand auf, öffnete eine Schranktür und betrachtete sich im Spiegel. Er, der geglaubt hatte, gegen alle Tücken und Auswüchse gewappnet zu sein, starrte sein Spiegelbild an. Es kam ihm alt und grau vor, nur die Augen flackerten. Dann wusch er sich Hände und Gesicht, als könnte er dadurch das Gelesene und Gesehene abspülen. Langsam, er wollte Zeit gewinnen, trat er ans Fenster.

»Mann, was ist das für eine Bombe«, murmelte er ahnungsvoll gegen die Scheibe. »Wenn das ruchbar wird. Wenn das unsere amerikanischen Freunde erfahren. Oder die Presse. Nicht auszudenken.« Öhlenschläger kehrte zurück an den Schreibtisch, denn die beiden letzten Seiten hatte er noch nicht gelesen. Es war eine Auflistung all der Personen im In- und Ausland, die während der letzten fünf Jahre ein ausländisches Kind, meist aus Brasilien, Peru, Kolumbien oder Venezuela, adoptiert hatten. Etliche Namen waren ihm geläufig, auch solche aus anderen Staaten.

Als hätten seine Beine keine Kraft mehr, ließ sich der sonst so dynamische Mann für gewisse Fälle in den Sessel fallen. Er, der keine Skrupel hatte, in der Politik mit harten Bandagen zu kämpfen, der auch gern mal unter die Gürtellinie zielte, fühlte Ekel in sich aufsteigen. Mit einem Blick, der ihm gefälligst die Gewißheit verschaffen sollte, er habe sich getäuscht, fixierte er die Unterlagen. Er hatte sich nicht getäuscht, die bunten Bilder grinsten ihn an. Für Karst, Dollberger und mich zu hoch und zu explosiv, sagte er sich. Das übersteigt unsere Kompetenzen, das können wir nie und nimmer in den Griff bekommen. Der Kreis muß her.

Öhlenschläger schloß sich mit Dollberger und Karst kurz. Noch am selben Tag ein spontanes Treffen in Koblenz, dort nach wenigen Minuten die Entscheidung: Der Kreis ist gefragt. Alles mußte dort vorgelegt werden, auch die Unterlagen über Moskau und die Dienstwagen. Öhlenschläger und Dollberger sahen einander bedeutungsvoll an, sie wußten, was auf sie zukam.

Öhlenschläger informierte seinen Ministerpräsidenten, Dollberger den Minister, gleich am nächsten Tag kam es zu einem Treffen mit dem Kreis.

Der Kreis: eine geometrische Figur, eine klare ästhetische Grundform. Der in diesem Fall gemeinte war ein kleiner Zirkel von Personen, die, um die Parität zu wahren, meist an einem runden Tisch tagten. Dieser Zirkel setzte sich zusammen aus je einem Politiker der Regierungskoalition – die bayerische Partei wurde von ihrer Schwesterpartei vertreten – und einem der Opposition. Grüne zu Gesprächen des Kreises einzuladen, hatte man bisher vergessen. An die Republikaner dachte man vorerst noch nicht.

Bestand die Vorgehensweise der Ausputzer darin, Dinge erst gar nicht groß werden zu lassen oder, wenn sie sich schon herauskristallisierten, diskret zu regeln, so war die Aufgabe des Kreises eine andere. Von Zeit zu Zeit wurden überparteiliche Gesprächsrunden anberaumt, in denen Politiker des Vertrauens über die Grenzen der Parteien hinweg um die interne Glättung von Unregelmäßigkeiten bemüht waren. Griff ein Parlamentarier die Konkurrenz öffentlich an, glitt man ins Private ab, wurde die Polemik übertrieben, dann schaltete sich der Kreis ein, um zu verhindern, daß die Presse zur Attacke blies. Kam ein Vorwurf auf, der nur noch juristisch zu klären schien, fühlte sich einer zu Recht bis auf die Knochen beleidigt, dann versuchte man es zuerst mit dem Kreis. Wichtigste Aufgabe dieser Instanz, deren Schiedsgerichtscharakter von allen anerkannt wurde, war es, das Ansehen der Politik in der Öffentlichkeit zu wahren. Eine kaum zu bewältigende Aufgabe, wie viele meinten. Und undankbar obendrein.

Die einzige Dame in der Runde war Marie-Luise Famus, Spitzname: die Quote. Sie gehörte der Opposition an, sprach ihren Namen stets französisch aus, was dann wie Famü klang. Wollte jemand sie beleidigen, dann brauchte er nur breit und deutsch Famus zu sagen. Den Spitznamen hatte sie sich im Laufe der Jahre eingehandelt oder, besser gesagt, erkämpft, denn sie hatte beharrlich die Auffassung vertreten, die Hälfte aller Positionen müßte von Frauen besetzt werden. So hatte sie auch für ihren Dienstwagen eine Fahrerin eingestellt, sie allerdings bereits nach der ersten Reifenpanne wieder entlassen.

Qualifikation nebensächlich, Hauptsache ein Rock. So pflegte der Sprecher ihrer eigenen Partei sich auszudrücken, wenn die Rede auf Marie-Luise kam. Kollegen, die es so sehen wollten, bezeichneten die Kettenraucherin, die kannenweise Kaffee trank und Alkohol strikt ablehnte, als Emanze. Antiweib der Nation, so nannten Neider und Zyniker sie und bemängelten ihr Auftreten: Marie-Luise falle jedem ins Wort, wisse alles besser, spiele sich in den Vordergrund, wo immer es ginge, und das in einem kasernenähnlichen Kommandoton. Zudem entsprach ihr Äußeres nicht gerade den gängigen Schönheitsidealen, was die Meinung, die die männlichen Kollegen von ihr hatten, durchaus beeinflußte. Sie war eher klein und kräftig gebaut, und ihr ungeschminktes Gesicht wurde von einer alles einnehmenden Brille beherrscht, die ihr, der Schwerkraft folgend, immer wieder auf die Nasenspitze rutschte.

Fred Wodaz, Vertrauensmann der großen Regierungspartei, war ihr Intimfeind. Andererseits war das, was die beiden verband, offenbar eine Art Haßliebe, denn manchmal herrschte seltsamerweise eine stillschweigende Übereinkunft zwischen ihnen. Wodaz – froh, daß sein Name nicht auf ki endete, man hätte ihn womöglich für einen Polen gehalten – war gebürtiger Schlesier. Er konnte laut werden, brüllen, rot anlaufen und mit den Fäusten auf den Tisch trommeln. Allerdings war er auch fähig, sich, wenn die Einsicht gekommen war, zu entschuldigen. Im Gegensatz zu seinem biederen Aussehen – mittelgroß, unscheinbar, ordentlich gekämmt, ausdrucksloses Gesicht mit breitem Mund, Anzüge von der Stange – stand Wodaz' Lebenswandel. Seit längerem geschieden, lebte er mit einer Stewardeß zusammen, um die ihn viele beneideten. Einige unterstellten, er habe es lediglich auf die verbilligten Flüge abgesehen. Und so oft, wie Wodaz diese Vergünstigung in Anspruch nahm, mochte der Vorwurf sogar berechtigt sein.

Patrick Henninghaus, der Dritte im Bunde, gehörte der kleinsten Partei ein. Und darauf wurde er von Marie-Luise Famus besonders gern hingewiesen, falls der junge Spund, wie sie ihn bezeichnete, einmal über die Stränge schlug. Henninghaus, groß, schlank, blond und nichtssagend, Sohn eines Fabrikanten und mit dickem Bankkonto ausgestattet, zockte wie kein zweiter an der Börse und fand den Kitzel von Warentermingeschäften ungemein aufregend. »Da kommt keine Frau mit«, so sein Standardspruch. Verheiratet mit einer Ärztin, die gerne Affären hatte, was jeder wußte, spielte er in der Öffentlichkeit bevorzugt den braven Familienvater. Sein Lieblingsfoto hatte im deutschen Blätterwald die Runde gemacht: Henninghaus hing freischwebend an einem Ast, seine beiden Söhne, ebenfalls ohne Bodenkontakt, klammerten sich an die Beine des Vaters. Ein Plagiat, frei nach Buster Keaton, nicht sonderlich originell.

Mit diesen Mitgliedern des Kreises kamen Öhlenschläger, Dollberger und Karst nun in einem Besprechungsraum des neuen Bundestagsgebäudes zusammen. Karst, der junge schöne Beamte, hatte zunächst einmal draußen zu warten. Er nutzte die Gelegenheit, Nischen, Ecken und Gänge, die er noch nicht kannte, zu erforschen. Und sich die Bilder und Plastiken anzuschauen, die alle Besucher, wollte man ihrem fachmännischen Nicken und der gemurmelten Zustimmung glauben, zu verstehen vorgaben. Karst machte da eine Ausnahme. Wie er den Kopf auch drehte: Oben und unten, links und rechts, vorn und hinten widersetzten sich allen ihm bekannten Gesetzmäßigkeiten und verschwammen, je nach Blickwinkel, zu undefinierbaren Klumpen oder einem Farbmischmasch. Genau das wird die Absicht der Künstler sein, mutmaßte Karst, uns zu verwirren. Als hätten wir nicht genügend Probleme, für die keine Lösung in Sicht ist.

Öhlenschläger fiel die Aufgabe zu, den Kreis über die beiden Vorfälle, mit denen er direkt konfrontiert worden war, Putsch und Adoption, zu informieren. Dollberger folgte mit seiner Dienstwagenaffäre. Damit Wodaz, Henninghaus und die Famus ihr Gedächtnis nicht zu sehr beanspruchen mußten, überreichte man ihnen außerdem kurze Berichte über das Vorgefallene. Und dann schwebte eine bedrückende Stille in dem modernen, hellen Raum. Keiner wagte es, sich als erster zu äußern. Henninghaus, der Spieler, beendete die Schweigerunde, denn er hatte bei all den Vorwürfen nicht einen Angehörigen seiner Partei ausmachen können. Das schien ihm das Gefühl einer gewissen moralischen Überlegenheit zu verleihen. Jedenfalls spielte er sich gleich auf und prangerte die anderen an: »Jetzt sollen die Großen einmal schauen, wie sie mit dem Quatsch zurechtkommen.«

Marie-Luise Famus gab es dem jungen Schnösel. Wie er denn die Skandale seiner Partei bewerte, wenn es um Steuerhinterziehung, Vergünstigung im Amt oder Bestechung gehe? Besonders den peinlichen Vorfall um einen ehemaligen Bundesminister vor zwei Jahren? Ob sich schon jemals ein Politiker so an die Macht

geklammert habe wie ausgerechnet der sportliche Überflieger der Freidemokraten, der wie kein anderer auf Medienpräsenz fixiert gewesen sei? Und wenn er, Henninghaus, jetzt sein verkrustetes parteitreues Gehirn nicht auf Kollegialität umpolen könne, sei er hier fehl am Platze.
Nach dieser Eröffnungsrunde begannen die Dame und die vier Herren darüber zu beraten, wie man die Unterlagen des Unbekannten zu bewerten habe. War der Wahrheitsgehalt in allen Punkten überprüft worden? Trafen die Beschuldigungen zu? Waren die in die Schußlinie Geratenen auch die tatsächlich Agierenden gewesen? Oder versuchte jemand, einem ungeliebten Konkurrenten – aus den Reihen der eigenen Partei oder denen des Gegners – einen karrierehemmenden Klotz ans Bein zu binden? Einstimmig war man, nachdem es noch einmal zu einem Wortgefecht zwischen Henninghaus und der Famus gekommen war, der Auffassung, im Vergleich zu dem Handel mit Kindern seien Putsch und Dienstwagen zweitrangig. Für den Putsch interessiere die Öffentlichkeit sich sowieso kaum noch, da ja schon seit geraumer Zeit ein neuer, größerer mit äußerst ungewissem Ausgang abzusehen sei. Und Dienstwagen seien auch ein abgedroschenes Thema. Aber das mit den Kindern? Und dann auch noch auf internationaler Ebene? So etwas konnte zu schweren Differenzen führen. Zwar fand man noch keinen Konsens, was geeignete Maßnahmen betraf, aber es wurde zumindest ein Übergangsergebnis formuliert, wie in solchen Fällen üblich: absolute Diskretion. Die Mitglieder des Kreises wollten es übernehmen, die Parteispitzen aufzuklären. Nur die Parteispitzen. Auch die Sprecher ins Vertrauen zu ziehen lehnte man ab.
Marie-Luise Famus zündete sich trotz der vorwurfsvollen Blicke, die anderen waren alle Nichtraucher, eine Zigarette an. Sie brauche das, um ihre Nerven zu beruhigen. Darauf sollten sie bitte Rücksicht nehmen, einmal Toleranz für die einzige Frau im Raum aufbringen. Sie rauche zwar, schlucke aber wenigstens keine Medikamente. Wodaz grinste, er schien es besser zu wissen. Mit geschlossenen Augen blies Marie-Luise den Rauch gegen die Decke, wo er in der Entlüftung verschwand. Man hatte im neuen Bundeshaus an alles gedacht.
Nach Abschluß des inoffiziellen Teils wurde Karst gerufen. Er

kam sich unter den musternden Blicken vor wie ein Angeklagter, als er sich setzte. Und Marie-Luise Famus machte auch kein Hehl aus ihrer Meinung vom Verfassungsschutz. Nachrichtendienste und ähnliche Einrichtungen seien total überflüssig, sagte sie, kosteten nur Geld, seien ein Fluch für jede Demokratie, beeinträchtigten die freiheitlich demokratische Grundordnung.
Zum Finale ihres Angriffs drückte sie energisch ihre Zigarette aus und sah Karst durchdringnd an. Der erhob sich wortlos und ging, ein unverschämtes Grinsen im Gesicht, wieder hinaus.
»Blöde Kuh«, fauchte Wodaz gerade noch laut genug, daß Marie-Luise es hörte. Sie wollte eben explodieren, als Henninghaus genüßlich ergänzte: »Emanzendummheit. Eine Quote macht noch lange keinen intelligenten Politiker.« Unschlüssig sah Marie-Luise von einem zu anderen, als handele es sich hier eindeutig um eine Verschwörung.
Öhlenschläger, der in einer unverfänglichen Situation das Feuer liebend gern noch geschürt und Marie-Luise, die auch er nicht ausstehen konnte, die Hölle heiß gemacht hätte, beschwichtigte die Runde. »Meine Dame, meine Herren, ohne Karst läuft gar nichts. Er allein wird in der Lage sein, uns die entsprechenden Informationen zu verschaffen. Soll ich ihn wieder reinrufen?«
Fast alle nickten.
Einige Minuten später hatte Öhlenschläger seine Parteikollegin so weit bearbeitet, daß sie zumindest nicht mehr abblockte.
Als Karst kurz darauf wieder mitten im Raum stand, sagte er im Bewußtsein seiner Macht: »Ich erwarte eine Entschuldigung, sonst verschwinde ich wieder.«
Marie-Luise rang sich eine kaum zu verstehende Entschuldigung ab, jedes Wort eine Überwindung, das sah man ihr an. Karst hatte sie sich für alle Zeiten zur Feindin gemacht, aber damit konnte er leben. Lässig nahm er Platz und schlug die Beine übereinander. Überhaupt fühlte er sich in seiner neugewonnenen Rolle pudelwohl. Über ihn liefen alle Kontakte, er war der Koordinator, war Beichtvater und Ideengeber zugleich. Er bestimmte das Tempo des Vorgehens, konnte beschleunigen oder dämpfen, wie es ihm beliebte. An der Quelle aller Informationen saß er obendrein und mußte, was die Handhabung brisanter Dinge

anbelangte, den anderen unkontrollierbar erscheinen. Karst fand diese Konstellation ausgezeichnet.
Der Kreis wollte seine Einschätzung hören, speziell im Hinblick auf die Adoptionsgeschichte. Ob das denn wirklich alles zutreffe? Absolut, so Karst, und es sei höchst heikel, denn jetzt gehe es nicht mehr nur um deutsche Angelegenheiten. Wie die Amerikaner reagieren würden, könne er nicht voraussagen. Allerdings seien sie etwas eigen, wenn es darum gehe, kompromittierende Nachrichten aus dem Ausland zu verarbeiten. Was sie nicht selbst wüßten, könne nicht stimmen, etwa so.
»Aber es führt kein Weg daran vorbei.«
Karst sah Wodaz fragend an.
»Daran, die Amerikaner zu unterrichten. Wir müssen Sie warnen.«
»Und warum?« Marie-Luise meldete sich zu Wort.
»Aus demselben Grund, aus dem wir hier zusammensitzen: Schadensbegrenzung.«
»Noch ist aber kein . . .«
»Frau Famus«, unterbrach Karst sie und sprach zu allem Überfluß auch noch ihren Namen in der verbotenen Art aus. »Schadensbegrenzug heißt in diesem Fall, es darf überhaupt keiner entstehen. Nichts an die Öffentlichkeit, nichts an die Presse.«
Marie-Luise reagierte prompt: »Heißt das, wir vertuschen Vorfälle? Bedeutet das, wir untergraben die Pressefreiheit?«
»Nein.« Karst lächelte sie an. »Wir werden die Journalisten nicht in ihrer Arbeit behindern. Wir wollen nur sicherstellen, daß keine Details nach draußen dringen.«
Marie-Luise verstummte und spielte mit ihrem Kugelschreiber.
»Also muß der Informant gefunden und . . . zur Einsicht gebracht werden«, warf Henninghaus ein.
Alle stimmten ihm zu.
»Und wie stellen wir das an?«
Niemand hatte einen praktikablen Vorschlag. Zuerst gelte es, die Anzahl der potentiellen Kandidaten festzustellen, dann müsse der Betreffende herausgefiltert werden. Kein leichtes Unterfangen, so Karst, der inzwischen Öhlenschlägers Wunsch erfüllt und in einer Liste alle Regierungsmitglieder erfaßt hatte, die während des Putsches im Krisenstab tätig gewesen waren. Mit Helfern und

Helfershelfern mehr als hundert Personen. Jeder von ihnen könne Kontakt mit Staatssekretär Wommerding gehabt und den Transport des ominösen Briefes veranlaßt haben. Und es gebe noch eine ganze Menge anderer Leute, führte Karst weiter aus, die ausgezeichnet unterrichtet gewesen seien.
»Haben Sie diese Namen, Herr Karst, schon mit denen verglichen, die ich Ihnen habe zukommen lassen?« fragte Dollberger.
Öhlenschläger fuhr herum zum Ausputzer der Konkurrenz. Davon, daß Dollberger mit Karst zusammengearbeitet hatte, wußte er nichts. Und dabei war der Dicke, der unentwegt an seinem Hörgerät spielte, in Rüdesheim noch so störrisch gewesen. Wieso der schnelle Sinneswandel? Fortan achtete Öhlenschläger mißtrauisch auf jedes Detail
»Es gibt Übereinstimmungen. Zehn oder zwölf. Aber das hat noch nichts zu sagen. Von der Dienstwagengeschichte wissen ja auch mehr Personen als nur die Betroffenen.«
Das sah Dollberger ein. »Wie ist es mit den Adoptivkindern? Wer könnte da Zugang zu gewissen Unterlagen haben?«
Karst ging nicht auf die Frage ein. »Der Vorfall mit den getürkten Dienstwagen ist nur ein Aspekt unter vielen.« Die Anwesenden schauten ihn verblüfft an. Und dann einander. »In Bonn existiert eine parteienübergreifende Einrichtung, eine Art Klub, der sich Rennstall nennt. Sinn dieser Einrichtung ist es, ausgewählten Mitgliedern Vergünstigungen in möglichst vielen Bereichen zukommen zu lassen. Das reicht, lassen wir die Dienstwagen einmal außen vor, von privat vermittelten Pkw mit einem Rabatt bis zu fünfzig Prozent über enorme Nachlässe bei der Beschaffung von Baugrundstücken in exponierten Lagen bis hin zu Sonderkonditionen für Bankdarlehen. Nicht zu vergessen Gesellschaftsreisen und Flugtickets in alle Welt nahezu zum Nulltarif.«
Bei der Bemerkung »Flugtickets nahezu zum Nulltarif« zuckte Wodaz zusammen. Aber er entspannte sich sofort wieder, als er merkte, er war nicht gemeint.
Dann taten alle so, als hörten sie zum erstenmal vom Rennstall. Und Dollberger schalt sich einen Narren, Karst mit dem Dienstwagenproblem auf diese Einrichtung gestoßen zu haben, die doch eigentlich im höchsten Maße sozial ausgewogen, wie er meinte,

eine Verteilung gewisser Güter und Dienstleistungen an verdiente Parlamentarier vornahm.

»Das eine hat doch nichts mit dem anderen zu tun«, verteidigte er den Klub der Privilegierten. »Jede Firma räumt ihren Arbeitern und Angestellten Rabatt ein.«

»Ist dieser Rabatt nicht schon durch den Status eines Parlamentariers und das entsprechende Salär ausgeschöpft?« fragte Karst spöttisch.

Er bewerte das über, hielt man ihm entgegen. Schließlich gebe es ja auch Sommer- und Winterschlußverkauf, wo alles heruntergesetzt sei. Oder Nachlässe bei Geschäftsaufgaben und anderen Gelegenheiten. Genauso sei Rennstall zu verstehen.

»Interessant. Moralischer Schlußverkauf für Abgeordnete und Minister.« Karst konnte sich die Bemerkung nicht verkneifen und heizte damit die Stimmung an.

Nach einer Viertelstunde heißer Debatten verschaffte sich Dollberger schließlich Gehör. »Diese Diskussion bringt doch nichts. Wir sollten auf unser Thema zurückkommen.« Und zu Karst gewandt: »Vergessen Sie Rennstall vorerst mal. Vorhin habe ich Ihnen eine Frage gestellt. Ich wiederhole sie: Wie ist es mit den Adoptivkindern? Wer könnte da Zugang zu gewissen Unterlagen haben?«

Karst, einen verächtlichen Ausdruck im Gesicht, überlegte: »Es kann nur jemand sein, der die Verhältnisse in den USA exakt kennt. Und der weiß, wie das Procedere von Kids Help abläuft.«

»Ein Yankee-Fan also.« Dollberger fragte in die Runde: »Hat einer von Ihnen schon mal was von dieser Variante der Adoption gehört?«

Alle verneinten. »Daß man Kinder der Dritten Welt adoptieren kann«, so Marie-Luise, »ist mir schon bekannt. Ich selbst habe vor längerer Zeit mal mit dem Gedanken gespielt. Wie Sie wissen, ist meine Ehe kinderlos.«

»Und warum haben Sie Ihr Vorhaben nicht in die Tat umgesetzt?«

Marie-Luise war Karsts Frage unangenehm. Weil sie ihn aber schon einmal verprellt hatte, gab sie schließlich zu, es sei vor allem am Geld gescheitert.

»An welchem Geld?«

»Mein Mann und ich haben uns auch an eine Hilfsorganisation gewendet. Mehr oder weniger offen hat man uns zu verstehen gegeben, durch eine Spende in fünfstelliger Größenordnung könnten wir die Erfüllung unseres Wunsches wesentlich beschleunigen. Je höher die Spende, desto eher eine Adoption. Wir hatten das Gefühl, wenn wir Hunderttausend geboten hätten, hätten wir das Baby gleich mitnehmen können.«

»Ihre Offenheit ehrt Sie.«

Marie-Luise sah Wodaz irritiert an. Von ihm hätte sie am wenigsten Beistand erwartet. In den folgenden Minuten wurde deutlich: Die Anwesenden waren ohnmächtig, ein Konzept zu entwickeln, wie weiter vorzugehen sei. Besonders die Mitglieder des Kreises boykottierten alle praktisch klingenden Vorschläge der Liberos und von Karst. Mal fühlte sich der eine mit seiner Partei benachteiligt, dann wieder die andere durch alle überfahren und in die Defensive gedrängt. Das könne sie jetzt nicht entscheiden, sie müsse erst mit dem Vorsitzenden sprechen, so Marie-Luise. Als schwaches Ergebnis dieser Sitzung blieb allein die Zusicherung, jeder werde sich diskret umhören, welche Personen von den brisanten Dingen hätten erfahren können. Diskret! Fast in jedem zweiten Satz tauchte dieses Wort auf. Und Öhlenschläger – wie vermutlich auch Dollberger und Karst – erkannte: Die drei aus dem Kreis haben eine mordsmäßige Angst. Und mit ihrer Angst blockieren sie alles und stehen sich selbst im Weg.

»Schwache Vorstellung«, raunte Karst den beiden Ausputzern zu, während er seine Tasche verschloß. »Ich würde vorschlagen, wir versuchen, soweit wie möglich ohne den Kreis auszukommen.«

Dollberger, argwöhnisch beobachtet von Parteifreund Wodaz, der ein Komplott im Anmarsch wähnte, zog die beiden beiseite. »Die drei haben doch keine eigene Meinung. Erst recht nicht, wenn es Zeugen gibt. Kompromißlose Hilfe können wir hier nicht erwarten. Aus Furcht haben sie die Wörter ja und nein aus ihrem Sprachschatz gestrichen. Also bleibt uns nichts anderes übrig: Wir benutzen den Kreis. Wir informieren die Herrschaften so gut und so intensiv, wie wir es für richtig halten. Und nach ihrer Meinung fragen wir sie auch, dadurch binden wir sie ein. Falls etwas auffliegt, haben wir damit nach oben automatisch Rückendeckung.«

Jetzt wußte Karst, daß Dollberger der richtige Mann auf dem richtigen Posten war. Und auch Öhlenschläger, der mit offenem Mund zugehört hatte, sah es ein.

Vieles konnte man Cullmann nachsagen. Aber zu behaupten, er sei geistig träge, wäre einer Lüge und einer Beleidigung gleichgekommen. Genau das Gegenteil war der Fall. Ging es um das Eruieren von Hintergründen, versuchte er sich in die Arbeits- und Denkweise eines anderen hineinzuversetzen, dann entwickelte er eine unnachahmliche Feinfühligkeit und ein Höchstmaß an Akribie. Cullmann konnte kombinieren und Querverbindungen ausfindig machen wie kaum ein zweiter.

Cullmann, der sich während des Telefonats mit seinem Bonner Bekannten Gus einige Notizen gemacht hatte, beschäftigte sich anschließend eingehend mit Giesbert Napf. Um jeden Preis wollte er diesen ihm noch Unbekannten, seine Vorgehens- und Handlungsweise verstehen.

Napf gibt Löbe Geld, damit er etwas beschafft. Löbe soll es beschaffen, weil Napf unerkannt bleiben will. Und weil er ahnt, es könnte gefährlich werden. Was hätte Napf mit diesen zehn Seiten anfangen können? Sie an eine Zeitung oder an ein Magazin verkaufen? Denkbar, aber was sollen die mit dem wirren Inhalt anfangen? Selbst weiter recherchieren? Auch möglich, aber das würde bedeuten, Napf hat schon wichtige Anhaltspunkte, an die er hätte anknüpfen können. Oder arbeitet Napf für einen Auftraggeber? Einen, der solche Informationen bunkert und auswertet. Der sich Zeit lassen kann, weil er nicht unter Druck steht?

Für Cullmann nahm eine Version mehr und mehr Gestalt an: Napf war an eine heiße Sache geraten. Noch hatte er vielleicht selbst keine konkreten Anhaltspunkte, sondern nur einen Verdacht, deshalb sammelte er vorerst. Eventuell für ein neues Buch?

Napf war in seiner Wohnung. Neben der dazugehörigen Klingel stand kein Name. Cullmann drückte sich an einem Hausbewohner vorbei in das Gebäude und stieg hinauf in den dritten Stock. Auf sein Läuten hin hörte er zunächst ganz schwach den Öffner im Erdgeschoß surren, dann wurde ihm die Tür aufgemacht.

»Was wollen Sie?« fragte Napf noch nicht einmal unhöflich.

»Mit Ihnen sprechen. Mein Name ist Cullmann.«

»Ich kenne Sie nicht«, entgegnete der mittelgroße schlanke Mann mit den streng nach hinten gekämmten Haaren.
»Frau Löbe hat mich beauftragt. Sie kennen doch Frau Löbe?«
Im Gesicht von Napf arbeitete es. Cullmann war das feine Zucken um die Augen, als der Name Löbe fiel, nicht entgangen.
»Löbe?« Napf überlegte. »Kommen Sie doch rein.«
Cullmann lächelte, ohne daß Napf es sehen konnte. Der Fisch zappelte an der Angel. Die Wohnung war eingerichtet für jemanden, der nur von Zeit zu Zeit eine Bleibe und für bestimmte Treffs eine Anlaufstelle benötigte. Die Möbel aus dem Versandhaus, der Teppich voll synthetisch, die Sessel abgewetzt. Keine Atmosphäre in dem kleinen Wohnzimmer, nichts Grünes, mit Ausnahme eines Kaktus, der vertrocknet auf der Fensterbank stand. Sie setzten sich.
»Löbe, Löbe. War das nicht der Mann, der gegen einen Baum gefahren ist? Ein ehemaliger Lokalpolitiker? Ich habe so etwas gelesen.«
Cullmann schluckte die Lüge, Löbes Tod war außerhalb von Saarbrücken nicht beachtet worden. »Ja, und im Auftrag seiner Frau habe ich Sie aufgesucht, Herr Napf. Zwar war die Ehe der Löbes alles andere als glücklich, aber er hat ihr von einem Treffen mit Ihnen in Saarbrücken erzählt. Zu später Stunde in der Geschäftsstelle der Partei.«
»Mit mir?« Napf war die Unschuld in Person. »Wann soll denn das gewesen sein?«
Cullmann tat, als denke er nach. »Genau an dem Abend, an dem Herr Löbe verstarb.«
Napf warf den Kopf nach hinten und lachte. »Tolle Geschichte, Herr Cullmann. Wissen Sie, wann ich das letzte Mal in Saarbrücken gewesen bin? Vor mehr als einem halben Jahr.«
»Also jetzt verstehe ich überhaupt nichts mehr. Frau Löbe sagte, ihr Mann habe von Ihnen, Herr Napf, einen Umschlag mit Geld erhalten sollen, eine hohe Summe.«
Napf gab sich souverän und zuckte stumm mit der Schulter.
»Die Polizei hat Geld bei Löbe gefunden. Sechzigtausend.«
Napf schien sich nicht dafür zu interessieren.
»Und einen Umschlag mit etlichen vollgeschriebenen Blättern. So eine Art Bericht, wie ich gehört habe.«

Jetzt bemerkte Cullmann, daß Napfs Sessel Feuer gefangen zu haben schien. Unruhig rutschte er hin und her.
»Und das alles liegt bei der Polizei?«
»Ich weiß nicht. Frau Löbe hat sich dazu nicht geäußert.«
Napf schaute auf seine Uhr. »Ich bin leider etwas in Zeitnot, Herr Cullmann. Da Sie nicht von der Polizei sind, sich aber so brennend für gewisse Dinge interessieren: Sind Sie ein Schnüffler?«
Cullmann verneinte, denn das war er noch nie gewesen.
»So schön Ihre Geschichte auch klingen mag, eines verstehe ich allerdings nicht. Sie behaupten, Sie seien im Auftrag von Frau Löbe hier?«
»Ja.«
»Können Tote eigentlich noch jemanden beauftragen?«
Cullmann fing sich schnell wieder, Napf schien auf dem laufenden zu sein. »Das war vor ihrem Tod. Frau Löbe wollte wissen, auf welche Weise ihr Mann ums Leben gekommen ist.«
»Ich dachte, die Ehe . . .« Napf winkte ab. »Aber Ihre Verpflichtung geht über den Tod hinaus, nicht?«
Cullmann hätte am liebsten mitten in diese spöttische Visage geschlagen, der Kerl grinste ihn mit der gleichen Arroganz an wie zwei Tage vorher Valeri Surges. Ohne auf die Anspielung einzugehen, zog er ein Foto aus seine Jackentasche und reichte es Napf. Schlagartig verschwand der Hohn aus dem Gesicht des Glattgekämmten. Er ruckte hoch wie ein Stehaufmännchen und baute sich vor Cullmann auf.
»Wo . . . wo haben Sie das her?«
Cullmann blieb gelassen: »Erkennen Sie sich wieder? Unübersehbar der Umschlag in Ihrer Hand. Sie übergeben ihn gerade an Herrn Löbe.«
Napfs Augen huschten von dem Foto zu Cullmann und wieder zurück. Er wiederholte sich: »Wo haben Sie das her?«
Cullmann reagierte nicht und erhob sich ebenfalls. Er war einen halben Kopf größer als Napf.
»Ich habe Sie gefragt . . .«
Cullmanns Geduld war erschöpft. »Was soll denn der Quatsch? Sie waren doch seit Monaten nicht mehr in Saarbrücken. Und das hier«, Cullmann deutete auf das Bild, »ist vor wenigen Tagen aufgenommen worden. An dem Tag, an dem ein Opel mit Frank-

furter Kennzeichen, gemietet bei einem Frankfurter Autoverleih von einem gewissen Giesbert Napf, vor der Geschäftsstelle der Sozialdemokraten parkte.«
Napf wich einen Schritt zurück. »Wollen Sie mich erpressen?«
»Nein.«
»Was dann?«
»Geben Sie mir eine stichhaltige Erklärung dafür, warum Löbe in Ihrem Auftrag etwas in Empfang nehmen sollte.«
Napf senkte den Kopf. Er sah Cullmann verschlagen von schräg unten an. »Sie haben die Fotos gemacht«, zischte er. »Sie verdammter Schnüffler.«
»Nun, der Polizei haben sie gefallen. Mittlerweile dürfte sie herausgefunden haben, wer Löbes Mörder ist. Sie sind deutlich zu erkennen.«
Cullmann pokerte hoch. Er wollte Napf einschüchtern und in die Enge treiben. Ihn zu einer vorschnellen Äußerung verleiten. Seine einzige Überlegung war: Wird er auf meinen Bluff reinfallen? Napf fiel nicht rein. Im ersten Moment dachte Cullmann, er wolle die Arme verschränken. Aber Napfs linke Hand kam mit einer kleinen handlichen Waffe wieder zum Vorschein.
Cullmann schüttelte tadelnd den Kopf. »Aber Herr Napf, mich haben einige Leute ins Haus gehen sehen. Außerdem weiß die Polizei so manches. Und die Autovermietung ist auch darüber informiert worden, warum ich so großen Wert darauf gelegt habe, den Kunden zu finden, der den Opel an dem bewußten Tag gemietet hatte.«
»Wieviel?«
»Nichts.«
»Nichts?« Napf verstand die Welt nicht mehr. Wollte er an gewisse Dinge heran, dann mußte er immer noch zahlen. Manchmal sechsstellige Summen. Und am teuersten waren die Informationen für die Hamburger gewesen.
»Und ich verpfeife Sie auch nicht. Unter einer Bedingung.«
»Welche?«
»Ich will wissen, was es mit diesen zehn Seiten auf sich hat, die Löbe gegen gutes Geld kaufen sollte.«
In Napfs Gesicht arbeitete es. Unvermittelt schrie er: »Machen Sie, daß Sie rauskommen, oder ich drücke ab. Hier in Frankfurt gibt es jede Menge Einbrecher. Man muß auf der Hut sein.«

»Ich lasse Ihnen Zeit bis morgen nachmittag 15 Uhr. Dann bin ich wieder hier.«
»Raus!«

Cullmann wartete in seinem Campingbus, der auch heute auf dem Gelände des Gebrauchtwagenhändlers stand. Fünfzig Mark zahlte er ihm am Tag, aber dafür fiel er dort zwischen all den anderen Autos nicht auf. Nach zehn Minuten trat Napf aus dem Haus, stieg in seinen Fiat und brauste davon.
Cullmann gelangte auf die gleiche Art und Weise in das Gebäude wie eine Stunde zuvor, allerdings mit einer ganz anderen Absicht. Und er hatte sich präpariert. In seiner Jackentasche steckte genügend Spezialwerkzeug, um Napfs Wohnungstür ohne sichtbare Anwendung von Gewalt zu öffnen. Keine zehn Sekunden brauchte er für das einfache Zweizapfenschloß.
Spätestens jetzt zeigte sich, daß Cullmann im Durchsuchen einer Wohnung auch ein Profi war. Nach zehn Minuten wußte er, hier war nichts von Interesse versteckt. Aber ohne wenigstens einen kleinen Erfolg machte er sich nicht auf den Rückweg. In Napfs Telefon deponierte er eines dieser kleinen Minimikrofone samt Sender, die man in jedem Elektronikshop erstehen konnte. Ein zweites klebte er unter den Wohnzimmertisch. Das Schlafzimmer verschonte er.
Der zu den Mikrofonen passende Empfänger wartete im Campingbus darauf, auf die richtige Frequenz eingestellt zu werden, was Cullmann wenige Minuten später tat. Am gleichbleibenden Grundton erkannte er, daß seine Abhöreinrichtung arbeitete. Jetzt nur noch einen Kassettenrecorder dazwischengeschaltet, und schon wurde automatisch jedes Geräusch aufgezeichnet, sobald sich der Grundton veränderte. Cullmann, der ein einzigartiger Pedant sein konnte, machte die Probe und wählte aus einer Telefonzelle Napfs Nummer. Das Klingeln genügte, seine Konstruktion funktionierte. Für die kommende Nacht konnte er sich ein Hotelzimmer nehmen.

Sie zeigten sich an dem schönen Wetter nicht interessiert und setzten sich nicht wie viele andere Besucher auf die sonnige Terrasse, um ein Eis zu essen oder etwas Kühles zu trinken. In ihr Gespräch vertieft, spazierten die beiden Männer an den einzelnen Tiergehegen des Saarbrücker Zoos vorbei. Von Zeit zu Zeit versuchten sie mit einem schnellen Rundumblick ihre Umgebung zu erfassen. Und da ihnen nichts ungewöhnlich erschien, setzten sie die Unterhaltung fort. Öhlenschläger zog zwei Fotos aus seiner Tasche und reichte sie dem schlaksigen jungen Mann mit den roten Haaren.
»Mister Nilson, das lag dem Brief bei, den ich erhalten habe. Kennen Sie die beiden Herren?«
Nilson – er hatte ein hageres Gesicht, wodurch seine Zähne unnatürlich groß wirkten – sah sich die Abgebildeten genau an. »Ja, das hier ist Senator Rockington. Der andere könnte ... Abgeordneter Fuller sein, bin mir aber nicht sicher.«
So weit war Öhlenschläger mit seinen privaten Ermittlungen auch schon gekommen. »Ist es möglich, daß die Vorwürfe auf diese beiden Herren zutreffen?«
Nilson, der wesentlich größere Schritte machte als Öhlenschläger, wobei sein Oberkörper wie der eines Seemannes schwankte, sah vor sich auf den Boden und schwieg. Öhlenschläger wollte seinen Besucher nicht drängen und ließ ihm Zeit. Vor dem tiefer gelegenen Kamelgehege blieben sie stehen. Eines der Tiere kam langsam näher und stülpte die Lippen auf. Es sah aus, als fletsche es die Zähne, dabei wollte es einfach gefüttert werden. Da es keine Beachtung fand, machte das Tier kehrt und kratzte sich das zottelige Fell an der Kante des Unterstandes.
»Ja, es ist möglich. Bei Rockington weiß ich genau, daß er einen Jungen adoptiert hat. Aber die Unterstellungen scheinen mir an den Haaren herbeigezogen.«
»Ist Rockington nicht homosexuell?«
Nilson sah Öhlenschläger von der Seite an. »Wer gibt das schon gerne zu? Aber noch müssen in Amerika die Männer kein Schild um den Hals tragen, das darauf hinweist. Ist es bei Ihnen schon wieder soweit?«
Öhlenschläger fühlte sich verpflichtet, seinen Gast zu beschwichtigen. »So habe ich das natürlich nicht gemeint. Wir in Deutsch-

land sind uns allerdings ziemlich sicher zu wissen, wer von den herausragenden Persönlichkeiten in unserem Land welches Geschlecht bevorzugt.«
»Jaja, ihr in Deutschland. Ihr seid euch immer so sicher. Wißt alles, könnt alles. Und habt gleich das Patentrezept parat.«
Sie setzten ihren Weg fort, der sie bergab und damit tiefer in den Zoo hinein führte. Am Affenkäfig vorbei, wo der Nachwuchs die Zuschauer mit akrobatischen Einlagen unterhielt, ging es weiter bis zu den Raubkatzen. Nilson blieb stehen, bestaunte ein gravitätisch hin und her spazierendes Tier, eine geballte Ladung Gefährlichkeit, ging dann zum Eingang und rümpfte im Innern die Nase.
»Riecht sehr streng hier, nicht?«
»Wie Tiger nun mal riechen«, entgegnete Öhlenschläger ohne rechtes Interesse. Beide verharrten sie vor der dicken Glasscheibe und beobachteten die vor sich hindösende Katze.
»Sogar wenn er schläft, geht eine spürbare Bedrohung von ihm aus. Eine Warnung, ihn ja nicht zu wecken. Empfinden Sie das nicht auch so, Mister Öhlenschläger?«
Öhlenschläger nickte. Der Tiger war ihm gleichgültig. Seine Aufgabe war es, den Amerikaner über die Unterlagen zu befragen, auf die seltsame Art der Adoption von Kindern zu sprechen zu kommen, zu ergründen, ob der Unbekannte recht hatte, und den deutschen Standpunkt zu verdeutlichen.
Nilson war fasziniert. »Und wenn der Kerl zittert, dann kann man das Muskelspiel genau sehen. Wirklich ein Gegner, den man nicht unterschätzen sollte.«
»Gott sei Dank ist das Glas dick genug.« Öhlenschläger klopfte dagegen, und noch bevor er die Hand zurückziehen konnte, war der Tiger aufgesprungen und stand mit aufgerissenem Maul und glitzernden Augen vor ihm. Vor Schreck machte Öhlenschläger einen Satz nach hinten und prallte gegen eine andere Glasscheibe. Er blickte ängstlich über die Schulter und beruhigte sich. Der Käfig war leer.
»Na, was habe ich Ihnen gesagt? Reite nie auf einem Tiger.«
Nilson schmunzelte, und Öhlenschläger fühlte sich blamiert. Wortlos drehte er sich um und steuerte auf den Ausgang zu. Betont sachlich kam er auf sein Anliegen zurück.

»Wenn es so ist, wie der Unbekannte uns glauben machen will, was könnte das für Auswirkungen haben?«
»Es wäre fatal.«
»Inwiefern?«
»Weil wir in den Staaten das gleiche Problem in der Politik haben wie Sie in Deutschland. Die Glaubwürdigkeit ist hin, unser neuer Präsident hat bisher nichts bewirken können, man traut den Damen und Herren in den hohen Positionen alles zu. Nur eines erwartet man bei uns nicht mehr: daß die Gewählten im Sinne des Volkes agieren.«
»Pah, die öffentliche Meinung.« Öhlenschläger winkte ab. »Siebzig Prozent der Bevölkerung ist es egal, wer regiert und wie regiert wird. Hauptsache, die Einkommen steigen und sie können sich alle Wünsche erfüllen.«
»Und die Ausländer bleiben draußen«, fügte Nilson hinzu.
Öhlenschläger konterte: »Noch patrouillieren wir nicht mit Maschinengewehren an unseren Grenzen und verscheuchen die Zuströmenden, wie ihr es mit den Mexikanern macht.«
»Lassen wir es dabei. Zurück zur Adoption. Bei uns in den Staaten ist der Weg sehr beschwerlich, auf diesem Weg zu einem Kind zu kommen. Viele Formulare müssen ausgefüllt werden, die Antragsteller werden genau unter die Lupe genommen und mehrfach von einer Kommission angehört. Lehnt man einmal ein Kind ab, gibt es keine zweite Chance.«
»Ähnlich wie bei uns. Nur daß wir auch noch eine Warteliste haben. Mit mindestens einem Jahr muß der Interessent rechnen. Auch wenn er Beziehungen hat.«
Sie beobachteten die Elefanten, deren Bereich man mit armdicken Rohren abgegrenzt hatte. Ein Bulle spielte mit einem Baumstamm. Wie ein Streichholz hob er ihn mit dem Rüssel hoch und schleuderte das sicher mehrere Zentner schwere Gerät über seinen Rücken nach hinten. Ein siegesbewußter Trompetenton, und schon umschlang dieses schlangenähnliche Muskelgebilde den Stamm erneut. Nebenan rupfte eine Elefantenkuh gut fingerdicke Zweige von einem stärkeren Ast, stellte den plumpen Fuß darauf und zerkleinerte sie. Genüßlich, so sah es zumindest aus, schob sie sich das handliche Grünzeug mit dem Rüssel ins Maul. Und dann kaute die schwergewichtige Dame mit geschlossenen Augen.

»Manchmal wäre ein so dickes Fell nicht schlecht«, sinnierte Nilson.
»Ich habe das Gefühl«, begann Öhlenschläger und hielt sich an seine Vorgaben, »daß Sie, Mister Nilson, mehr wissen, als Sie mir gegenüber zugeben wollen.« In Nilsons Gesicht zuckte kein Muskel. »Meiner Meinung nach kennen Sie sich genau mit den Gewohnheiten Ihrer Schäfchen aus. Warum sonst hat Sie der Sicherheitschef des Repräsentantenhauses nach Deutschland geschickt?«
Nilson wandte sich dem Kleineren zu. »Mister Öhlenschläger, auch wenn wir beide sehr befreundet wären, gäbe es immer noch Dinge, über die wir nicht miteinander sprechen würden. Tabus gibt es noch in der engsten Beziehung.«
Die Antwort war deutlich genug, Öhlenschläger fühlte sich brüskiert. Schärfer als beabsichtigt fragte er: »Haben Sie das Gefühl, wir wollten Kapital aus ... aus der Affäre schlagen?«
Nilson verneinte. »Ich weiß nur, daß ich, wo es erforderlich ist, den Mund halten werde bis ans Ende meiner Tage. Das gehört zu meinem Job. Deshalb möchte ich auf jeden Fall ein Gespräch mit Amerika führen, bevor wir unsere Unterhaltung fortsetzen.«
Öhlenschläger warf einen Blick auf die Uhr. »Bei Ihnen ist um diese Zeit keiner mehr im Büro.«
»Bei uns ist immer einer im Büro.«
Nun, da die Fronten geklärt waren, hatten die beiden Herren plötzlich Muße, dem Zauberer zuzuschauen, der besonders die Kinder verblüffte. Dann spazierten sie weiter ins Tropenhaus und beobachteten die Schildkröten, gleich nebenan die Giraffen.
Eine Stunde später waren sie in Öhlenschlägers Dienstzimmer. Als Nilson zu wählen begann, ging Öhlenschläger hinaus. Weitere Unterlagen benötigte der Amerikaner nicht, denn die vier Seiten und die Fotos, die der Unbekannte geschickt hatte, lagen längst in den USA zur Überprüfung vor.
Nilson telefonierte mit seiner Dienststelle, um sich über den neuesten Stand der Entwicklung aufklären zu lassen und um sich abzusichern. Da er nach Eingang des Dossiers sofort nach Deutschland geflogen war, wollte er sich rückversichern, ob all das, was behauptet wurde, auch stimmte. Zeit genug, dies in den Staaten zu überprüfen, hatten seine Kollegen gehabt.

Das Telefonat dauerte lange. Und Öhlenschläger wurde immer nervöser, denn dies konnte nur bedeuten, daß die in den Unterlagen erhobenen Vorwürfe berechtigt waren. Die Sekretärin beobachtete ihren Chef, wie er abgezirkelt hin und her marschierte. Vor der Tür zu seinem Dienstzimmer blieb er immer wieder stehen, als wolle er lauschen. Aber dafür war die Füllung aus Massivholz viel zu dick. Öhlenschläger goß sich Kaffee ein und vergaß vor Nervosität Milch und Zucker. Als er Nilson endlich aus der Tür treten sah, fühlte er sich regelrecht erlöst. Nilson, der flammende Rotschopf, blieb unbeholfen mitten im Raum stehen und sagte kein Wort.
»Wollen Sie auch was trinken?«
Nilson nickte.
»Kaffee?«
»Nein, einen . . . Cognac.«
Wenig später saßen sie sich wieder gegenüber. Nilson seufzte wie unter einer schweren Last. »Meinen Kollegen ist unverständlich, wie ein Deutscher sich so gut bei uns auskennen kann. Wir haben alle verfügbaren Leute eingesetzt und zwei Tage für die Bestätigung gebraucht. Ihr Informant hat in allem recht.«
Öhlenschläger wäre es lieber gewesen, der Vorfall hätte sich als Blase entpuppt. Sobald das Ausland involviert war, komplizierte sich jede Angelegenheit enorm. Jeder Schritt mußte viele Male überlegt und nach allen Seiten abgeklopft werden. Allein irgendwo vorsprechen ging nicht mehr, man hatte Rücksicht zu nehmen. Öhlenschläger wurde sauer. Stets hatten die Deutschen Rücksicht zu nehmen, sobald ausländische Interessen berührt wurden. Wie auf Kommando hatten in der Vergangenheit die europäischen Nachbarn und auch die USA und Japan in seltener Eintracht die Deutschen immer wieder zurückgepfiffen und bloßgestellt. So auch vor der UNO, erinnerte er sich, als der deutsche Außenminister die Bedeutung des wiedervereinten Deutschlands mit einem Platz im Sicherheitsrat gewürdigt sehen wollte. Was hatte das für Reaktionen zur Folge gehabt! Die Deutschen sollten erst einmal ihre Vergangenheit aufarbeiten, hatte es geheißen. Und Japan hätte doch wohl ein mindestens genauso klares Anrecht. Und so weiter.
Öhlenschläger hatte das Gefühl, daß auf internationaler Ebene in

letzter Zeit eine seltsame Variante der politischen Auseinandersetzung kreiert worden war. Bei Mißerfolgen der Deutschen schien das Ausland ein Höchstmaß an Genugtuung zu empfinden. Vor diesem Hintergrund erschienen ihm seine gegenwärtigen Probleme besonders unangenehm. Sollte bezüglich der Adoption etwas durchsickern, würden beide Seiten versuchen, die Schuld auf die jeweils andere abzuwälzen. Er nahm sich vor, mit der größten ihm möglichen Sensibilität und Zurückhaltung zu operieren. Aber den Amerikaner Nilson über die anderen Vorfälle zu unterrichten, Putsch und Dienstwagen, erachtete er als nicht notwendig. Interne deutsche Angelegenheiten.

»Unsere Leute sind bei der Recherche noch auf andere gewichtige Herren aus Politik und Wirtschaft gestoßen, die auf ähnliche Weise Kinder adoptiert haben«, unterbrach Nilson die Überlegungen des Saarbrückers. »Bei uns wird eine Generation dynamischer, agiler, kaltschnäuziger und gefühlloser Managertypen gezüchtet, die einzig den Erfolg sehen und im Sinne des Wortes über Leichen gehen.«

»Wie hier auch.«

»Und diese Typen, selbstverständlich trifft das auch auf Frauen zu, tun alles, was ihrer Karriere dient. Homosexualität kann sich immer noch als Hemmschuh erweisen, besonders auf dem prüden Land, also wird geheiratet. Natürlich müssen dann Kinder her, das amerikanische Heim soll komplett sein. Man teilte mir vorhin mit, daß die Adoptionswelle besonders diese Aufsteigerschicht erfaßt hat, wobei das natürlich nicht nur Schwule sind. Das Erreichen hoher Funktionen auf Politik- und Managementebene setzt eben eine nach außen intakte Familie voraus. Und manche dieser Leute haben vielleicht noch ihre ganz speziellen Gründe, warum sie sich die Kinder kommen lassen.«

»Schrecklich für die armen Kinder.«

»Aber zuerst fällt das alles auf die amerikanische Regierung zurück, der man vorwerfen kann, sei sei zu leichtfertig mit diesen Adoptionen umgegangen.«

»Obwohl das vermutlich nicht stimmt.«

Nilson nickte. »In Schauspieler- und Künstlerkreisen das gleiche Phänomen. Eine Dame, als Diva längst nicht mehr erste Garnitur, benutzte den ihr gerade zugesprochenen Sohn, um eine

PR-Kampagne zu starten. Tagelang war sie in allen Blättern mit ihrem Kind abgebildet. Das Ideal einer treusorgenden Mutter, deren sehnlichster Wunsch endlich in Erfüllung gegangen war. Als der erhoffte Erfolg ausblieb, gab sie den Jungen einfach wieder zurück. Er hatte den garantierten Effekt nicht gebracht.«
»Mister Nilson, wenn davon die Presse . . .«
Nilson legte eine Hand vor die Augen, als wollte er sich vor der Realität schützen. Nach einer Weile sah er Öhlenschläger an. »Ich habe aus Washington die Vollmacht, mit Ihnen zusammenzuarbeiten und alle nur denkbaren Wege einzuschlagen, die es ermöglichen, einen Skandal zu verhindern.« Nilson senkte die Stimme. »Washington hat mir signalisiert, man sei bereit, einige erfahrene Experten zu Ihrer Unterstützung nach Deutschland abzuordnen.«
Öhlenschläger erschrak. Um Himmels willen, nur keine amerikanischen Superagenten in Deutschland, nur kein Wildwest am Rhein. »Vielen Dank, ich bin mir der Bedeutung dieses großzügigen Angebots bewußt und werde meinen Ministerpräsidenten davon unterrichten. Ich glaube, er wird zu gegebener Zeit gern darauf zurückkommen.«
Nilson hatte verstanden. »Meine Dienststelle ist ebenso bereit, ihr Angebot auf den Bereich außerhalb Deutschlands zu erweitern.«
»Wie darf ich das verstehen, Mister Nilson?«
»Schauen Sie, in diese Angelegenheit sind Deutschland und die USA gleichermaßen eingebunden. Es könnte doch durchaus sein, daß ein weiteres Dossier auftaucht und es sich in diesem Fall um Deutsche und, sagen wir mal, Franzosen handelt. Damit könnte sich doch der Schauplatz gegen Westen verlagern. Habe ich mich deutlich ausgedrückt?«
»In einem solchen Fall müssen wir die Franzosen oder wen auch immer um Erlaubnis fragen, Mister Nilson.«
Der schlaksige Amerikaner schmunzelte. »Glauben Sie nicht, es wäre sinnvoller, dem Gastland den erfolgreichen Abschluß der Aktion zu melden? Zu melden und darauf zu verweisen, daß er nur durch das großzügige Entgegenkommen des Gastlandes zustande gekommen ist?«

Cullmann hatte gut geschlafen. Nicht zuletzt aufgrund der Gewißheit, alle wichtigen Gespräche in Napfs Wohnung automatisch aufgezeichnet zu bekommen. Nach einem ausgiebigen Frühstück spazierte er zu seinem Campingbus. Auf den ersten Blick sah Cullmann, daß seine Abhöreinrichtung gearbeitet hatte, das Band war etwa zu zwei Dritteln abgespult.
Allerdings zeigte sich, daß jedes Husten, jeder Fluch und das Spülen der Toilette aufzeichnet worden waren. Und der Fernseher. Glücklicherweise hatte Napf sich nur die 20-Uhr-Nachrichten angeschaut und keinen abendfüllenden Spielfilm. Besuch war bei Napf, der die Wohnung zweimal verlassen hatte, nicht aufgetaucht. Von besonderem Interesse war für Cullmann lediglich ein Telefonat kurz vor den Nachrichten. Napf war angerufen worden. Aus den wenigen Sätzen ging hervor, daß man sich auf eine Unterhaltung bezog, die, so vermutete Cullmann, bereits am Nachmittag stattgefunden haben mußte. Napf hatte behauptet, unter Zeitdruck zu stehen, als Cullmann bei ihm war. Vielleicht war das der Grund?
»Hat er sich inzwischen gemeldet?«
»Nein.« Cullmann erkannte Napfs Stimme. »Erst morgen gegen 15 Uhr.«
»Wenn er sich meldet, unbedingt hinhalten und aushorchen. Ich habe schon einiges in die Wege geleitet.«
»Also muß ich morgen zu Hause sein, wenn er kommt.«
»Unbedingt, sonst schöpft er Verdacht. Und du mußt herausfinden, was er wirklich will. Laß das Tonband laufen, wir hören alles mit.«
Cullmann schmunzelte. Die abgehörten Abhörer.
»Wieviel soll ich ihm anbieten?«
»Der Typ ist abgefuckt, wir haben uns erkundigt. Schlechter Leumund. Und die Polizei ist auch nicht gut auf ihn zu sprechen. Fang mit Zehntausend an.«
»Dann wird er stutzig. Er will kein Geld.« Pause. Cullmann hörte Napf schnaufen. »Erich, bist du noch dran?«
»Natürlich. Wenn man nur wüßte, was der Kerl will.«
»Noch wichtiger ist herauszufinden, wer außer ihm etwas weiß. Was nützt es uns, wenn wir ihn kaufen können, aber seine Hinterleute nicht kennen?«

»Ich bin überzeugt, er arbeitet allein.«
Napf grummelte Unverständliches. »Mir fällt gerade etwas ein, Erich. Können wir ihn nicht für unsere Sache einsetzen?«
Erich überlegte eine Weile. »Keine schlechte Idee. Dann mußt du aber so tun, als würdest du ihn ins Vertrauen ziehen. Versuch alle Zweifel zu beseitigen.«
»Okay. So, jetzt leg' ich auf, habe noch was zu erledigen.«
Die Nachrichten waren gerade vorbei, als Napf versuchte zu telefonieren. Mehrfach wählte er eine auswärtige Nummer. Auf jeden Tastendruck folgten ein melodischer Ton – drei deckten sich, also waren das identische Zahlen – und ein kaum zu vernehmendes Rattern. Cullmann hörte Napf erneut fluchen.
Was das Band dann noch hergab, waren die typischen Geräusche in einer Wohnung. Toilettenspülung zweimal in der Nacht, morgens das Hantieren in der Küche. Eine Tür fiel ins Schloß. Der Bewohner war ausgeflogen.
Wo ist Napf hin, überlegte Cullmann. Hat er ein Treffen? Etwa mit Erich, wegen des gestrigen Telefonats? Braut sich da etwas zusammen?
Cullmann, dem die Entwicklung nicht besonders behagte, wartete ungeduldig, sah Napf gegen Mittag mit seinem Fiat vorfahren und direkt vor dem Eingang zu seinem Haus parken. Cullmann schaute auf die Uhr, noch hatte er Zeit. Während er die Umgebung des Mietblocks beobachtete – Napfs Komplizen würden sicherlich irgendwann erscheinen –, legte er sich gedanklich ein Konzept für das Treffen zurecht. Er wollte Napf möglichst als kompetenter Gesprächspartner gegenübertreten. Das würde ihm allerdings nur gelingen, wenn er zumindest ansatzweise auf den wahren Grund von Napfs Aktivitäten schließen konnte. Und damit stellte sich ihm wieder die Frage nach dem Sinn jener zehn Seiten. Verstand Napf die Bedeutung des Inhalts? Was konnte er wohl damit anfangen?
Cullmann vergegenwärtigte sich erneut die Informationen, die ihm Gus, sein Bekannter, hatte zukommen lassen. Napf hatte demnach gute Kontakte zu Politik, Wirtschaft und Presse. Ein Dreieck, in dem man viel Geld machen konnte, vorausgesetzt, man hielt die richtigen Fakten in der Hand. Abnehmer dafür gab es immer. Plötzlich fragte sich Cullmann, ob die Übergabe in

Saarbrücken Napfs erste Transaktion in diesem Fall gewesen war. Vielleicht hatte es schon einige andere gegeben? Höchstwahrscheinlich besaß Napf bereits mehrere von diesen seltsamen Dossiers, die er nur noch zusammensetzen und auswerten mußte. Genau, so konnte es sein. Was aber konnte er mit ihnen anfangen? Ein neues Buch schreiben? Belege sammeln im Auftrag eines Konzerns? Oder im Auftrag einer Zeitung?
Cullmann kam nicht weiter. Ein Knäuel von Ungereimtheiten im Kopf, machte er sich auf den Weg. Napfs Helfer hatte er bislang nicht entdeckt. Napf empfing ihn sehr aufgeräumt und entschuldigte sich sogleich dafür, daß er ihn mit der Waffe bedroht hatte. Dabei habe er noch nicht einmal einen Waffenschein, betonte er.
Den brauchst du auch nicht, wenn du einen umlegen willst, dachte Cullmann, aber er sagte es nicht. Freundlich lächelte er den Mittvierziger mit den ordentlich frisierten Haaren an.
»Herr Cullmann, Sie wollen Hintergründe von mir serviert bekommen. Aber bevor ich Ihnen vertrauliche Dinge offenbare, möchte ich Sie bitten, mir einige Fragen zu beantworten.«
Cullmann wiegelte ab, das käme ganz auf die Fragen an.
»Um unsere Unterhaltung zu vereinfachen, gehe ich von folgendem aus: Sie haben mich in Saarbrücken beobachtet und die Fotos gemacht. Warum?«
Cullmann wollte sich möglichst an die Wahrheit halten, denn diese Leute hatten sich inzwischen über ihn erkundigt. »Aus mehreren Gründen. Vor allem habe ich Löbe überwacht, er sollte endlich seine Schulden begleichen. Ich wußte, er würde eine größere Summe erhalten.«
»In wessen Auftrag überwacht?«
»Ich leite ein Inkassobüro.«
Napf nickte und konnte ein spöttisches Grinsen nicht unterdrücken. Kannte er die Umsätze? »Und wer hat Ihnen von dem Geld erzählt?«
»Seine Frau.«
Napf spielte mit seinem Ring, einem Platinring mit eingefaßtem Diamanten. Bei Männern konnte Cullmann so etwas nicht ausstehen. Genausowenig wie kunstvoll geschlungene Seidentücher, Ohrstecker, Arm- und Halskettchen. Und noch vieles mehr.

»Welche Gründe hatten Sie außerdem, die Aufnahmen zu machen?«
»Zufällig habe ich erfahren, daß Löbe als Kurier arbeiten sollte. Für brisante Papiere.«
»Interessant. Von wem?«
Cullmann sah aus dem Fenster.
»Brisante Papiere. Welchen Inhalts?«
Cullmann mußte nun etwas ausplaudern, um, wie beabsichtigt, kompetent zu wirken. Allerdings durfte er nicht direkt auf den Inhalt der Papiere eingehen, weil er nicht wußte, inwieweit er Napf vertraut war.
»Es soll jemanden geben, der eine bestimmte Art Unterlagen sammelt, um sie zu gegebener Zeit wirkungsvoll einzusetzen.«
»Ich verstehe nicht: in welcher Weise wirkungsvoll?«
»Nun, eine Möglichkeit wäre, sie an die Öffentlichkeit zu bringen.«
»In einer Zeitung?«
»Zum Beispiel.«
»Und was noch?«
»Herr Napf, ich glaube, Sie kennen sich da besser aus. Das Fernsehen wäre eine Möglichkeit. Oder ein Buch.«
Napf zuckte zusammen, was Cullmann nicht entging. Also sitzt er an einem neuen Buch, kombinierte er.
»Das muß ja ein merkwürdiger Sammler sein, wenn ich Sie recht verstehe. Was könnte seine Leidenschaft denn so entfachen?«
Cullmann zollte Napf im stillen Respekt. Geschickt, wie er es anfing. Kein Wunder andererseits, gewisse Fragetechniken und die entsprechende Routine brauchte wohl jeder, der für die Medien arbeitete. Cullmann lehnte sich zurück. In der Zwischenzeit hatte er auch das Versteck des Tonbands ausgemacht. Es konnte nur in der aufgeklappten Ledertasche verborgen sein, die gleich neben dem Telefon stand.
»Es gibt wirklich Ereignisse, von denen nicht jeder zu wissen braucht. Zur Zeit noch nicht. Und um möglichst lange verdeckt mit gewissen Unterlagen arbeiten zu können, würde ich ihren Inhalt entstellen, die Informationen verschleiern, sie für einen Fremden ohne Sinn erscheinen lassen. Schon bestünde kaum noch die Gefahr, daß jemand sich zu intensiv damit beschäftigt.«

»Wahrlich eine überlegenswerte Theorie.« Napf versuchte es mit Ironie. Dabei war er offensichtlich bemüht, seine Überraschung zu kaschieren. »Weiter, Herr Cullmann.«
»Ich würde meine heiklen Beschuldigungen so formulieren, daß nur ein Insider oder der direkt Betroffene in der Lage wäre, sie zu entschlüsseln.«
»Liefern Sie mir ein Beispiel.«
Cullmann konstruierte schnell. »Ich beschreibe ein Autorennen, dem Sieger winkt ein bestimmter Preis, hoch dotiert und sehr angesehen, also erstrebenswert. Jeder gibt alles, um zu gewinnen. Dann plötzlich in . . . Mountain River ein Crash, und schon ist der Traum vom Sieg ausgeträumt.«
Napfs Hände entfalteten ein Eigenleben. Unentwegt glitten die Daumen über die Kuppen der anderen Finger.
»Das war die verschlüsselte Botschaft. Und nun der tatsächliche Hintergrund?«
»Das Autorennen ist das Gerangel um Karriere. Viele starten, alle wollen gewinnen, gekämpft wird mehr oder weniger fair, meist mit harten Bandagen. Der Preis, den sie alle haben wollen, ist ein hoher Posten in der Wirtschaft oder in der Politik, ausgestattet mit Einfluß und Macht. Die Teilnehmer kommen gut voran, immer das Ziel vor Augen. Einer wird Erster, er glaubt gewonnen zu haben, und dann . . . in Mountain River ein Crash, den er schon fast vergessen hatte.«
»Mountain River?«
»Oder Berg-Fluß. Ein Hinweis auf die Alpen oder den Schwarzwald oder was auch immer. Die Frage ist: Wer hat irgendwann in den Alpen einen Crash provoziert?«
»Mit dem Auto?«
»Ja, im Suff einen Urlauber umgefahren und abgehauen. Und dafür gibt es einen Zeugen. Oder eben ein Crash im übertragenen Sinn. Der Verursacher muß dadurch jedenfalls soviel Dreck am Stecken haben, daß es sich lohnt, eine . . . Erpressung zu starten.« Und als Napf nicht reagierte, fügte er hinzu: »Ihn einfach auszuschalten wäre nicht clever. Besser wird es sein, den Kandidaten mit seiner Vergangenheit zu konfrontieren und zu zwingen, bei gewissen Entscheidungen im Sinne des Erpressers wohlwollend abzustimmen und seinen Einfluß geltend zu machen. Ansonsten . . .«

»Rege Phantasie, mein lieber Cullmann. Und welche Rolle spiele ich?«
»Das wollte ich eigentlich von Ihnen erfahren.«
»Sagen Sie es mir. Das macht die Sache für mich reizvoller.«
Als er jetzt eine Antwort formulierte, baute Cullmann einzig und allein auf das Zucken, das über Napfs Gesicht gegangen war, als er von der Möglichkeit einer Buchveröffentlichung gesprochen hatte. Und er war sicher, daß man den besten Humus für solche Machenschaften wohl in der Politik antraf. »Ich kann mir vorstellen, daß einflußreiche Männer an den Schaltstellen der Macht, der Politik, sich der von mir erwähnten Taktik bedienen und Mauscheleien oder Vertuschenswertes verklausuliert festhalten. Diese Beiträge werden gesammelt, zum Beispiel von Ihnen, Herr Napf, und sollen später in einem Buch, dann jedoch im Klartext, erscheinen.«
Napf stand auf, ging in die kleine Küche und kam mit einer Büchse Bier zurück. »Sie auch?«
»Nein. Brauchen Sie eine Pause? Sind Ihnen meine Eröffnungen zu delikat?«
»Bitte, erzählen Sie weiter.«
»Der oder die Geschichtenschreiber wollen nicht ins Rampenlicht. Ich kann mir vorstellen, sie hegen eine bestimmte Absicht. Sie bieten ihre Produkte an, über eine Kontaktperson oder wie auch immer. Selbstverständlich kostet das Geld. Sie, Herr Napf, besorgen dieses Geld und schicken wiederum einen Mann Ihres Vertrauens auf die Reise, der eine neue Story einkaufen oder übernehmen soll. Bei Löbe ging es leider daneben. Geschichte weg und Geld weg. Oder hat man Ihnen inzwischen einen Ersatz geschickt?«
Napf schüttelte spontan den Kopf und sah gleich darauf aus, als würde er sich am liebsten dafür ohrfeigen.
»Also doppelter Reinfall. Und wie soll es jetzt weitergehen?«
Napf stellte sich ans Fenster und winkelte seinen rechten Arm seltsam ab. Das verabredete Zeichen, sagte sich Cullmann. Aber wozu?
»Ich biete Ihnen Zehntausend.«
Cullmann lachte. »Ich will kein Geld.«
Napf drehte sich um. »Was denn?«

»Von Ihnen erfahren, welche Rolle Sie spielen. Was geschieht mit den Geschichten?«
»Und wenn nicht? Wenn ich Ihnen nicht sage, welche Rolle ich spiele, was dann?«
Cullmann sah Napf schweigend an.
»Eine kleine Erpressung? Die Fotos an die Saarbrücker Polizei?«
Cullmann reagierte nicht.
»Zwanzigtausend.«
»Woher wollen Sie wissen, daß ich später keine weiteren Forderungen stellen werde?«
»Weil ich eine Versicherung abschließe.«
»Verstehe ich nicht.«
»Ist auch nicht nötig. Nur soviel, Herr Cullmann: Wenn Sie sich nicht an unsere Abmachung halten, dann werden Sie keine Gelegenheit haben, am nächsten Tag in der Zeitung zu überprüfen, ob etwas gegen mich unternommen worden ist.«
»Weil ich . . .«
»Genau.«
In Cullmanns Kopf schlugen die Gedanken Purzelbäume. Verdammt, die Kiste wird heiß. Wie komme ich da am elegantesten wieder raus? »Ich muß es mir überlegen.«
»Sie hatten Zeit genug.«
»Nein, ich . . .«
»Dann ist es zu spät.« Napf baute sich vor ihm auf. Einen Ausdruck des Bedauerns im Gesicht. Als täte es ihm leid, wie die Dinge sich entwickelten.
Deutlicher konnte eine Drohung für Cullmanns Gefühl nicht ausgesprochen werden. Und in einem, das mußte er sich eingestehen, hatte er sich immens getäuscht: Nie hätte er gedacht, daß Napf sich zu solch brutalen Praktiken hinreißen lassen würde. Er hatte doch, laut Gus, einen akzeptablen Ruf in der Branche. Und noch etwas überlegte Cullmann: Warum macht er mir nicht das Angebot, mit ihm zusammenzuarbeiten? Das war es doch, was seinem Telefongespräch mit Erich zu entnehmen war. Bin ich mit meinem Wissen zu weit vorgeprescht?
»Okay, Zwanzigtausend. Sofort.«
»Kein Problem.« Napf ging zu seiner Aktentasche. Laut und deutlich sagte er noch einmal: »Zwanzigtausend.« Spätestens jetzt

wußten auch seine Komplizen Bescheid. Napf kam mit dem Geld zurück. »Hier. Zählen Sie nach.«
Cullmann erhob sich und steckte die Scheine ein. »Es wird stimmen. Sonst wäre Ihre Versicherung wertlos.«
»Die Fotos.« Napf streckte eine Hand aus, Cullmann gab sie ihm. »Und die Negative?«
»In Saarbrücken.«
»Ich will sie haben. Das ist Bestandteil unserer Abmachung.«
Cullmann nickte, wandte sich halb ab und bekam aus den Augenwinkeln mit, wie Napfs Arm, die ganze Zeit hinter dem Rücken verborgen, nach oben schwang, um dann um so schneller nach unten zu sausen. Cullmann machte einen kleinen Schritt zur Seite, Napf wurde vom eigenen Schwung nach vorn gerissen und lief genau in Cullmanns Faust, die sich ihm tief in den Magen bohrte. Napf klappte zusammen und röchelte. Cullmanns zweite Faust richtete ihn wieder auf. Und als er zum drittenmal zuschlug, taumelte Napf rückwärts gegen die Wand und rutschte mit glasigen Augen zu Boden.
Cullmann beeilte sich, der Kampflärm war mit Sicherheit von den Helfern gehört worden. Er schlug die Wohnungstür zu, sprintete ins Erdgeschoß und gleich weiter in den Keller. Er kam gerade dort an, als die Haustür aufschwang und einige Gestalten sich hindurchzwängten. Als hätten sie ein Rennen vor sich, hetzten sie hinauf in den dritten Stock.
Cullmann öffnete die Tür zu seiner Linken, dahinter lag die Waschküche. Und an ihrem Ende eine von innen verschlossene Tür, die ins Freie führte. So schnell hatte er sich noch nie vom Ort des Geschehens verdrückt. Aber so brenzlig war es auch noch nie für ihn gewesen. Und als er nach einem kleinen Umweg und völlig aus der Puste in seinem Campingbus ankam, stürzte er sich sogleich auf den Kassettenrecorder und drehte die Lautstärke auf. Er hoffte, den Grund zu erfahren, warum sich Napf ihm gegenüber anders verhalten hatte, als mit Erich am Telefon verabredet. Viele Stimmen gleichzeitig waren zu hören, alle redeten durcheinander.
»Wo ist denn der Kerl«, verschaffte sich einer Gehör.
»Verschwunden, sonst läge doch nicht der Trottel von Napf hier. Mann, der ist ja völlig weggetreten.«

»Los, bringen wir ihn wieder auf die Beine.«
Das Klatschen von Ohrfeigen war zu hören, etwas wurde weggerückt.
»Wasser.«
Schritte, ein kaum vernehmbares Rauschen, wieder Schritte.
»Hier.«
Wenige Sekunden später eine lallende Stimme. »Puh, was . . . was soll das? Was ist passiert?« Und dann etwas deutlicher: »Habt ihr ihn?«
»Nichts haben wir. Wo ist das Geld?«
»Er hat es.«
»Du Armleuchter. Mensch, der Kerl weiß zuviel. Wir müssen ihn finden. Und du weißt auch zuviel.«
Zwei Sekunden Stille, dann ein erstickter Schrei: »Nein, bitte.«
Ein Schuß. Cullmann zuckte zusammen. Das gibt es doch nicht, die knallen den einfach ab. Diese brutalen Schweine.
»Los Erich, machen wir, daß wir wegkommen.«
Wenige Sekunden später schaltete sich das Tonbandgerät automatisch aus.
Und schräg gegenüber auf der anderen Straßenseite, zündete sich ein Mann, den alle, die ihn kannten, für einen Nichtraucher hielten, genüßlich eine Zigarette an. Dieser Tag war für ihn sehr erfolgreich verlaufen.

Er hatte es geahnt. Schon als er seine Autotür aufschloß, er wollte zur Dienststelle fahren, hatte er das Gefühl, daß an diesem Tag wieder etwas passieren würde. Der Postbote erwischte ihn gerade noch und händigte ihm einen Eilbrief aus. Öhlenschläger sah auf den Umschlag, er war zwar nicht braun, hatte aber das vertraute Format, A5. An seine Privatanschrift adressiert. Von Hand. Wenn Karst damit nichts anfangen kann, dachte er und bemühte sich, den Brief vorsichtig an einer Ecke anzufassen. Dann öffnete er seine Tasche und ließ das Kuvert in eine Plastikhülle gleiten. Der Postbote hatte die Szene beobachtet und schüttelte den Kopf. Seltsam, dieser Öhlenschläger. Dabei sah er so normal aus.

Öhlenschläger war hochgradig nervös. Ansonsten ein exzellenter Autofahrer, drängelte er sich heute aggressiv durch den dichten Verkehr.
Endlich in der Tiefgarage. Und sofort hoch zum Ministerpräsidenten. Im Vorzimmer das nächste Hindernis. Die Sekretärin versuchte Öhlenschläger auf einen späteren Zeitpunkt zu vertrösten: Vollkommen zu, der Terminplan. Das war ihm egal, er wurde laut. Schließlich ließ man ihn vor.
»Eben mit der Post gekommen«, stieß Öhlenschläger hervor und legte die Plastikhülle mit dem Umschlag auf den Schreibtisch des Landesvaters. Der beugte sich darüber und studierte die Privatanschrift seines Ausputzers. Dann drehte er die Hülle, um den Absender zu lesen. Ein Alfred Müller aus Köln, Hohe Straße.
»Nie und nimmer«, grummelte Hofer und sah Öhlenschläger an.
»Und jetzt?«
Öhlenschläger konnte seine Neugier nicht länger unterdrücken.
»Wir schauen mal in das Ding rein.«
»Spuren! Sie verwischen Spuren.«
»Ich werde Karst sagen . . .«
»Karst?«
»Der flotte Hirsch aus Bonn, unser Verbindungsmann zum Verfassungsschutz. Ich werde ihm sagen, ich hätte mir nichts dabei gedacht, immerhin sei der Brief ja an mich gerichtet gewesen. Woher soll ich denn ahnen, was er enthält?«
Hofer überlegte einen Augenblick, lächelte dann zustimmend und reichte Öhlenschläger einen schweren Messingbrieföffner.
»Ich werde den Brief selbstverständlich nicht anfassen. Überhaupt weiß ich von nichts.«
»Schlauer sind all die anderen auch nicht.« Öhlenschläger schlitzte den Umschlag auf und zog mit spitzen Fingern den Inhalt heraus. Ein kurzer Blick genügte, um zu wissen, daß er wieder vom Unbekannten bedient worden war. Öhlenschläger zählte zehn Blätter, und das erste trug die Überschrift »Geschichte einer Jagdsaison«. Hofer und Öhlenschläger konnten damit genausowenig anfangen wie zwei Wochen zuvor Cullmann. Die beiden Herren beugten sich über den Text und begannen gemeinschaftlich zu lesen. Eine halbe Stunde später sahen sie einander fragend an. Der Inhalt sagte ihnen soviel wie eine chinesische Zeitung.

»Und jetzt?« Öhlenschläger hoffte auf Beistand.
Hofer hakte die Daumen hinter die Weste und drückte den ansehnlichen Bauch nach vorn. »Bonn, dem Kreis vorlegen. Ich kann damit absolut nichts anfangen.«

Im neuen Bundestag wären sie um diese späte Stunde aufgefallen. Ein Hotel sollte es auch nicht sein, also traf sich die Gruppe im Einfamilienhaus von Marie-Luise in Siegburg, wenige Kilometer von Bonn entfernt. Ihrem Ehemann hatte Marie-Luise eine Theaterkarte geschenkt. Eine schlimmere Bestrafung gab es für den gutmütigen Mann nicht, und so zog er auch heute, nachdem er sich über den Inhalt von ›Tod eines Handlungsreisenden‹ informiert hatte, eine Kneipe der Kultur vor.
Derweil spielte Marie-Luise die perfekte Gastgeberin, ein Kontrastprogramm zu ihrem sonstigen Verhalten, und bediente die Männer. Sie servierte belegte Brote, liebevoll mit Gurken und Zwiebeln garniert, und Dollberger schielte immer wieder zu dem Teller hin. Dazu Wein und Bier, sie selbst trank Kaffee.
Die gleiche Gereiztheit wie beim letzten Treffen. Und man war sich unschlüssig, weil es keinen Zusammenhang zwischen den scheinbar wahllos herausgegriffenen Vorfällen gab. Falls es sich bei dem letzten Brief überhaupt um diskriminierende Dinge handelte, wie Wodaz zweifelnd anmerkte. Aber so recht traute er dieser Beschwichtigung selbst nicht, denn auch er war immer noch vom Ergebnis der amerikanischen Recherche geschockt.
»Das mit den Adoptivkindern ist etwas Substantielles.« Marie-Luise vermied es, Karst anzuschauen. »Hier, bei der ›Jagdsaison‹, haben wir überhaupt keinen Anhaltspunkt. Als legte es jemand darauf an, uns zu verwirren. Oder sich in Szene zu setzen.«
Karst sah das anders, und auch die anderen zeigten sich weniger optimistisch.
Allein Henninghaus wirkte aufgedreht. »Wißt ihr, wie mir die Lage vorkommt? Hier führt einer Regie, und wir spielen einfach mit, ohne das Drehbuch zu kennen.«
»Letzte Woche ist er mit Chemieaktien short gegangen«, raunte Wodaz mit vollem Mund der neben ihm sitzenden Marie-Luise zu. »Hat einen guten Schnitt gemacht. Jetzt hält er sich für den größten Börsenguru aller Zeiten. Bald schnappt er über.«

Marie-Luise konnte mit dem Begriff ›short gehen‹ überhaupt nichts anfangen, nickte aber tapfer, als hätte sie verstanden. Ein weitverbreitetes Verhalten in ihren Kreisen. Immer so tun, als sei man auf dem laufenden.
»Hier muß System rein«, meldete sich Henninghaus wieder zu Wort. »Das ist der Knackpunkt. Kein Spiel ohne Regeln.«
»Dann nennen Sie sie uns bitte.«
»Nun, äh . . . ich bin überzeugt, es gibt sie.«
»Auf die Inhalte bezogen oder auf die Absicht des geheimnisvollen Informanten?«
Henninghaus sah Karst schräg an. Nein, an der Börse würde der seinen Mann nicht stehen. Viel zu hektisch. Würde sinnlos hin und her springen und jeden Trend verpassen. »Beides, so, wie ich es sehe.«
Karst wollte Henninghaus festnageln. »Zum Beispiel?«
»Da wäre zuerst einmal Verunsicherung.«
»Gut. Und warum will er das erreichen?«
Henninghaus' Wangen glühten. Jetzt war er in seinem Element. Als hätte er die entscheidenden Daten eines Konzerns vor sich – Umsatz, Exportanteil, Rendite, Kurs-Gewinn-Verhältnis, Cash Flow, aus denen man die Entwicklung einer Aktie absehen konnte –, bastelte er sich seine Einschätzung zusammen.
»Der Unbekannte will nicht, daß wir schon zu einem so frühen Zeitpunkt wissen, wer er ist.«
»Sehr scharfsinnig«, ließ sich Marie-Luise vernehmen und schob ihr Brillenmonster hoch.
Henninghaus reagierte nicht. »Er will nicht, daß wir schon jetzt, nach Erhalt von vier scheinbar unterschiedlichen Hinweisen, einen Zusammenhang erkennen.«
Karst nickte und unterbrach den Börsenzocker nicht. Die Theorie, die er aufstellte, war nachvollziehbar.
»Er will, daß wir erst allmählich dahinterkommen, was wirklich geschehen ist. Wir sollen seine Informationen enträtseln.«
Gut, der Junge, dachte Karst. Sogar Marie-Luise schaute auf. Dollberger schob sich eine Schnitte nach der anderen in den Mund. Und beim Kauen wackelte sein Doppelkinn. Karst mußte unwillkürlich an die aufgeblähten Backen eines Hamsters denken.

»Dadurch erreicht er, daß wir in Zeitdruck geraten. Potentiell besteht jeden Tag die Möglichkeit, daß ein Unbefugter etwas erfährt.«
»Ja.« Wodaz hatte es gerafft.
»Und er beabsichtigt, daß der von ihm festgelegte Kulminationspunkt jetzt noch nicht erreicht wird. Vielleicht sogar erst im Herbst.«
»Bundestagswahl«, platzte Dollberger heraus und verteilte Krümel über den Tisch, ohne sich daran zu stören.
»Und kurz vorher läßt er die Bombe platzen. Die Politik soll massiv angegriffen und durch exemplarische Enthüllungen unglaubwürdig gemacht werden.«
Alle schauten sie Henninghaus an. Es machte Sinn, was er sagte. Und genau das gefiel ihnen nicht.
»Weiter«, sagte Karst schon fast im Befehlston.
»Mit der Zeit werden seine Mitteilungen immer klarer und deutlicher ausfallen, damit wir sein System knacken, seine Regeln kennenlernen. Er wird zwangsläufig so handeln, denn er will sichergehen, daß wir rechtzeitig dahintersteigen.«
»Heißt das, wir müssen Erpressung ausschließen?« fragte Öhlenschläger.
»Zum jetzigen Zeitpunkt absolut«, sagte Henninghaus bestimmt. Marie-Luise mischte sich ein. »Wie können Sie das so einfach behaupten?«
»Weil sonst das ganze Spiel keinen Sinn machen würde, Gnädigste.« Auch dieses Wort konnte Marie-Luise auf den Tod nicht ausstehen. Aber im Augenblick ließ sie es durchgehen, ohne gebührend aufzubrausen.
»Moment, Moment«, schaltete Wodaz sich ein, als hielte er seine frühere Zustimmung nun für übereilt. »Wie erklären Sie sich dann das mit den Kindern? Da geht es doch nicht nur um Deutsche, sondern auch um Amerikaner.«
»Unser Kontrahent will zeigen, wie überlegen er ist und was er alles hat in Erfahrung bringen können. Und er droht uns ganz unverhohlen. ›Ich werde auch die guten Beziehungen zu eurem großen Bruder stören.‹ Oder so ähnlich.«
Dieses Argument erschien weniger überzeugend, aber das wurde Henninghaus verziehen. Bisher war er wirklich gut gewesen.

»Zurück zu dem Spiel.« Karst schaute in die Runde. »Wenn ich Sie richtig verstehe, dann kommt es zwischen Herbst und Weihnachten zum Showdown. Kann man das so sagen?«
Henninghaus zog sich für einen Augenblick in seine Welt zurück und schloß die Augen. Und dann antwortete er fest: »Ja, das ist es. Ein Showdown, klassisch inszeniert. Peng.« Er schleuderte seine Arme zur Seite und hätte beinahe Marie-Luises Brille weggefegt. Und die über dem Tisch hängende Lampe mit den Leuchten in Tulpenform. Jugendstil.
Henninghaus sonnte sich in der ungewohnten Anerkennung, aber Karst zerstörte das schöne Gefühl, indem er eindringlich mahnte, sie müßten auf jeden Fall herausfinden, wer überhaupt Zugang zu diesen Informationen gehabt haben konnte.
»Wir haben einen Maulwurf unter uns«, scherzte Dollberger. Er war satt.
Nach zwei weiteren Stunden erregter Diskussion mußten die sechs erschöpft zugeben, daß es unmöglich war, den Kreis der potentiell Verdächtigen einzuengen oder auch nur genauer zu bestimmen. Der eine habe Kenntnis von jenem Vorfall, der andere von einem zweiten. Und wieder ein anderer überhaupt nur vom letzten. Wie sollte man da einen herausfinden, der für alles verantwortlich war?
»Es ist ein einzelner«, sagte Henninghaus. »Nur so kann das Spiel funktionieren. Nur einer allein ist in der Lage, den Überblick zu bewahren.«
Karst machte eine Einschränkung. »Wir haben es höchstwahrscheinlich mit nur einem Drahtzieher zu tun, allerdings muß der ausgezeichnete Verbindungen besitzen, um an die anderen Quellen heranzukommen. Und uns läßt er nach seiner Pfeife tanzen. Besser gesagt, er schwingt die Peitsche wie ein Dompteur, und wir machen alle brav Männchen.« Damit hatte der Unbekannte seinen Spitznamen weg: Dompteur.
»Der Kanzler ist es«, scherzte Marie-Luise. Aber das fanden Wodaz und Dollberger gar nicht lustig.

Cullmann war auf dem Rückweg nach Saarbrücken. Und wieder hatte er anonym die Polizei angerufen; diesmal allerdings ein Bonbon serviert: die Kassette mit den Stimmen der Männer und dem deutlich zu verstehenden Schuß. Cullmann hatte eine Kopie erstellt und den ersten Teil, auf dem auch er zu hören war, weggelassen. Zwar war ihm etwas mulmig zumute, aber er glaubte vorerst seiner Pflicht Genüge getan zu haben. Vielleicht erwischen sie die Kerle durch einen Stimmenvergleich?

Sorgen um die Mikrofone, die die Polizei entdecken würde, machte er sich nicht. Viele besaßen solche Abhörgeräte. Zumindest jeder zweite auf Ehescheidungen spezialisierte Privatdetektiv.

Trotzdem verspürte er einen immer massiver werdenden Druck. Er hielt noch nicht einmal den Zipfel in der Hand, um den Schleier zu lüften, war aber schon unheimlich tief in die Sache verstrickt. Er geriet unter Zugzwang. Falls man dahinterkam, daß er Zeuge des Mordes an Napf geworden war, dann hatte er sich zu erklären. Und die dunklen Wolken, die sich da zusammenbrauten, konnten noch düsterer werden. Ludwigshafen lag längst hinter ihm; das Hinweisschild auf die Raststätte Wattenheim tauchte eben auf, als Cullmann erneut diesen dunklen BMW im Rückspiegel auszumachen glaubte. Verdammter Mist, dachte er.

Er reduzierte die Geschwindigkeit, der BMW kam näher. Ohne den Blinker zu setzen, scherte Cullmann auf die rechte Abzweigspur und stoppte. Der BMW rollte an ihm vorbei, zwei Männer saßen darin.

Na klar, weil sie denken, ich komme gleich wieder auf die Autobahn. Sie brauchen also nur auf den nächsten Parkplatz zu fahren und auf mich zu warten.

Inzwischen war der BMW schon so weit entfernt, daß der Fahrer auch nicht mehr abbremsen und rückwärts zur Raststätte hätte fahren können. Cullmann tankte Super bleifrei, das ihn mindestens weitere fünf PS seines ohnehin schon schwachen Boxermotors kosten würde, kaufte sich ein belegtes Brötchen, eine Tafel Nußschokolade und zwei Cola light. Während er das zähe Brötchen herunterwürgte, überlegte er. Und als das erste Stück Scho-

kolade in seinen Mund wanderte, da hatte er sich bereits entschieden. Ich fahre nicht nach Saarbrücken. Darauf wartet ihr doch nur. Ihr könnt mich mal.
Und dann fühlte er sich zusehends unwohler, denn der Zusammenhang wurde ihm mehr als deutlich: Wenn die Kerle mich seit Frankfurt verfolgen, sind sie Zeugen meiner Aktivitäten geworden. Fragt sich nur, ob sie dem Täterkreis angehören oder . . . oder einer Behörde. Cullmann schwang sich in seinen Bus, bog nicht in Richtung Saarbrücken ab, sondern ordnete sich in die entgegensetzte Richtung ein, aus der er gerade gekommen war. Und am Frankentaler Kreuz entschied er sich für Koblenz als nächsten Orientierungspunkt.

Drei Stunden später, inzwischen war es dunkel geworden, rollte er durch die Stadt Luxemburg auf der Suche nach dem Boulevard de la Pétrusse. Hinter der Brücke über die Alzette bog er gleich rechts ab.
Wie nicht anders von Cullmann erwartet, wohnte Valeri Surges in einem modernen Appartementblock. Und falls die Namensschilder in der Reihenfolge der Etagen angeordnet waren, sogar unter dem Dach. Ein Penthouse mit Ausblick über die Stadt.
Cullmann klingelte, keine Reaktion. Er schaute auf die Uhr. Wird wohl irgendwo zu Abend essen, vermutete er und suchte sich einen abgelegenen Parkplatz, auf dem er in seinem Bus übernachten konnte. In der Nähe eines Parks fand er eine geeignete Stelle, stieg aus und verschloß sein Auto. Langsam schlenderte er zurück in die Innenstadt.
Gegen 22 Uhr versuchte er es noch einmal bei Valeri Surges, mit dem gleichen Ergebnis. Als er eine gute Stunde später erneut vor ihrem Domizil aufkreuzte, kam sie ihm putzmunter entgegen. Diesmal offenbar anlehnungsbedürftig, hatte sie sich vorsichtshalber bei einem Mann untergehakt. Halbglatze, mindestens fünfzehn Jahre älter als Cullmann, einen Kopf kleiner, längst nicht so sportlich. Also kein Gegner, so Cullmanns Einschätzung.
»Frau Surges, ich muß Sie sprechen.«
Valeri fuhr herum, mit ihr die Halbglatze.
»Sie hier? Wir sind doch erst morgen . . .«
»Ich weiß. Es ist dringend.«

Sie zögerte.
»Tut mir leid, wenn ich Ihnen den Abend vermiese, aber es ist . . .«
Die Halbglatze ignorierte Cullmann.
»Ich glaube, mein Schatz hat Verständnis dafür, nicht wahr?«
Sie küßte ihren Begleiter.
»Wofuar hun aich Verständnes?« fragte der Geküßte in schönstem Luxemburger Platt.
»Daß ich noch dringend etwas Geschäftliches bereden muß. Ruf mich bitte morgen in der Bank an. Das mit dem Kredit und den Sonderkonditionen geht in Ordnung. Darum ging es dir doch den ganzen Abend, oder?«
Valeri ließ den Mann einfach stehen. »Sie verdammter Idiot. Warum kommen Sie nach Luxemburg, ohne mich vorher anzurufen?«
»Notsituation. Man ist hinter mir her. Wenn Sie mich auf einen Drink einladen wollen, ich gebe Ihnen keinen Korb.«
Valeri ließ Cullmann in die feudale, mit Marmor ausgelegte Halle treten, warf dem Schatz noch ein Kußhändchen zu und schwebte dann mit ihrem ungebetenen Gast per Fahrstuhl nach oben in den achten Stock.
»Ich kann diesen Kerl ohnehin nicht ausstehen«, verkündete sie zu Cullmanns Überraschung. »Aber er ist ein potenter Kunde unserer Bank, andere buhlen wie verrückt um ihn. Und heute mußte ich den Fisch an Land ziehen. Wir haben ihm Konditionen eingeräumt wie bisher noch keinem. Scotch?«
»Egal, nur jede Menge Alkohol.«
Mit zwei Gläsern in der Hand kam sie auf ihn zu. »Sie dürfen sich setzen. Hier ist es nicht so wie bei Ihnen.«
»Nun, vom Sperrmüll scheinen die wenigsten Dinge zu stammen. So viele Mirós und Pasellis wirft wahrscheinlich keiner weg.« Er deutete auf die Bilder, die eine ganze Wand einnahmen.
Cullmann ließ sich in einen weichen Sessel fallen. Mit einem Zug trank er sein Glas leer und stellte es ab. »Ich bin heute Zeuge eines Mordes geworden.«
Valeri, ihr Mundwinkel zuckte spöttisch, sah ihn von der Seite an, nahm eine Tablette und spülte sie mit Whisky hinunter. »Wie heißt denn der Film?«
Ihm war nicht nach Späßen zumute. Er zog die Kassette aus seiner Tasche und blickte sich im Wohnzimmer um.

»Nur CD-Player, aber irgendwo . . .» Sie ging in ihr Arbeitszimmer. Durch die offenstehende Tür konnte Cullmann mit Büchern und Ordnern vollgestopfte Regale erkennen – und einen PC. Wenige Minuten später stellte sie einen Recorder auf den Tisch. Cullmann schob die Kassette hinein, sie sorgte für Strom. Und dann wurde Valeri sehr nachdenklich, als sie die entsprechende Passage hörte.
Cullmann lieferte seinen ersten Bericht ab. Unmißverständlich erklärte er, für ihn sei der Fall zu groß. Drei Tote inzwischen, und er könne der nächste sein.
»Hosen voll?«
»Gestrichen. Man müßte es eigentlich schon riechen. Ich kann mich nur einmal als Zielscheibe anbieten. Und das ist mir genau einmal zuviel.«
»Ich zahle Ihnen . . .«
»Nicht genug, daß ich dafür über den Jordan hüpfen würde, liebe Frau Surges. Allerdings reicht es für die Beerdigung. Wenn Sie das dann bitte in die Hand nehmen würden?«
»Nichts leichter als das. Sie sind ja anspruchslos.« Cullmann stand der Sinn nach einem zweiten Drink und nach einem dritten, obwohl er eigentlich Whisky-Gegner war. Als der Alkohol zu wirken begann, fühlte er sich besser. Valeri stellte noch einiges zum Knabbern auf den Tisch, und Cullmann griff zu.
Seine Entscheidung, aus dem Fall auszusteigen, verdichtete sich immer mehr, vor allem weil er fand, das bisherige Ergebnis gebe keine Veranlassung zur Euphorie, es sei alles nur Spekulation. Da fauchte Valeri Surges ihn an.
»Immer kneifen Sie, immer geben Sie auf. Wie in all den Jahren zuvor. Aber in dieser Angelegenheit geht es um meine Schwester. Ich will ihre Mörder.«
»Sie können sich jeden kaufen. Sie können auch Zehntausend in der Woche zahlen, dafür steigt sogar der alte Sherlock aus der Gruft.«
Valeri stand auf und ging gereizt in ihrem Wohnzimmer auf und ab. Sie ballte die Rechte zur Faust und schlug sie in die gewölbte Linke.
»Mann, was sind Sie bloß für ein Versager. Alles wird zum Flop, egal, was Sie auch anfassen. Und zuverlässig sind Sie wie ein Wetterbericht. Sie kotzen mich an.«

»Geben Sie acht, es ist Ihre Wohnung.«
So ging es eine Weile hin und her. Sie war bestrebt, ihn anzugreifen, bloßzustellen oder an der Ehre zu packen, besonders letzteres; er konterte unbeeindruckt und war die Ruhe in Person. Wie chaotisch es in ihm aussehen müsse, könne sie sich sehr wohl vorstellen. Dazu brauche man sich ja nur seine Biographie anzuschauen. Nichts habe er beendet, stichelte Valeri.
»Doch, den jetzigen Auftrag«, entgegnete er. Außerdem sei ihm egal, was sie von ihm denke. Sie lebe ohne finanzielle Schwierigkeiten, fühle sich wohl in ihrem Banknotenkäfig, kaufe sich alles, vielleicht sogar die Liebhaber.
Valeri, eben im Begriff, sich zu setzen, gelang es gerade noch, sich zu beherrschen. Sie warf ihr Whiskyglas Cullmann nicht an den Kopf.
»Ich wähle meine Liebhaber gründlich aus. Sie müssen Qualitäten haben, menschliche und berufliche. Chaoten gibt es sogar hier in Luxemburg an jeder Straßenecke.«
Cullmann erhob sich, um zu gehen. Sie verbaute ihm den Weg.
»Das gleiche Spielchen wie bei mir?«
Valeri schüttelte den Kopf. Moderat fragte sie: »Soll ich Ihnen was zu essen machen? Sie müssen hungrig sein. Einen Strammen Max?«
»Nein, die Erdnüsse und Chips schwimmen ausgezeichnet in meinem Magen. Vielen Dank.«
»Bitte, setzen Sie sich wieder.«
»Warum?«
»Weil ich Ihnen eine Chance geben will.«
»Sie mir?« Er grinste. »So ganz uneigennützig und vollkommen ohne Hintergedanken? Nie und nimmer. Lassen wir also die soziale Ader aus dem Spiel. Steht Ihnen nicht. Sie können doch nur eines: Geschäfte machen.«
»Ich gebe Ihnen eine Chance, sich selbst etwas zu beweisen.«
»Indem ich Ihren Auftrag erledige? Meinen Arsch hinhalte? Nein danke.«
Sie reagierte nicht auf die Provokation, und das irritierte ihn.
»Bitte setzen Sie sich, ich möchte nicht immer zu Ihnen aufschauen.«

Er machte es sich wieder im Sessel bequem. Ihm war im Augenblick sowieso alles egal.
»Wo werden Sie schlafen?«
»Im Auto.«
»Darf ich Ihnen ein Gästebett anbieten?«
»Ist es denn frei?«
Auch diese Bemerkung überging sie. Und dann begann sie in einem ganz normalen Tonfall zu sprechen.
»Sie reden mir zu wie einem kranken Gaul«, kommentierte er ironisch.
»Herr Cullmann, ganz so erfolglos sind Sie weiß Gott nicht gewesen. Abgesehen von den unschönen Begleiterscheinungen in Frankfurt und dem Tod dieses Herrn ...«
»Napf. Wie Blechnapf. Schuß aus nächster Nähe. Wahrscheinlich in den Schädel. Haben Sie so etwas schon mal gesehen? Der Kopf kann aufplatzen wie eine reife Melone. Dann spritzt das Gehirn in alle Richtungen. Kleine, schleimige Schlangen. Kein schöner Anblick.«
Sie wandte sich ab und legte eine Hand auf den Mund.
»So ist nun mal das Leben in meinen Kreisen, Gnädigste. Bumm macht es, und du fällst um. Wer Glück hat, hört den Schuß noch.«
Cullmann befand sich in einer Art Weltuntergangsstimmung. Er trank einen Whisky nach dem anderen und war nicht mehr fähig zu verstehen, was sie zu ihm sagte. Plötzlich stierte er sie an und begann mit schwerer Zunge zusammenhanglos zu lallen. »Wissen Sie, was ... was mich sch ... schon seit einiger Zeit be ... beschäftigt? Immens besch ... beschäftigt?«
Valeri verneinte.
»Ich ... ich trinke Whis ... Whisky, ich trin ... trinke Milch, ich trinke Kaffee, To ... Tomaten- und O ... Orangensaft. Aber immer ist meine Pis ... Pisse gelb. Ich frage mich, wo bl ... bleibt die Farbe?« Und noch bevor sie sich von der Überraschung erholen konnte: »Ich esse Pizza, ich ess ... esse Nu ... Nudeln, ich esse Ob ... Obst. Und auch hie ... hier fr ... frage ich mich: Wieso ist mei ... meine Kacke ...«
Unvermittelt kippte sein Kopf zur Seite, und er schlief ein. Sie zerrte ihn hoch, brachte den Torkelnden in ein anderes Zimmer und ließ ihn dort auf das Bett sacken. Dann warf sie ihm eine

Decke über und wandte sich angeekelt ab. Betrunkene Männer waren ihr verhaßt.

Am Morgen saß Cullmann ihr am Frühstückstisch gegenüber. Sein Schädel war für seinen Inhalt viel zu klein. Von außen umklammerten ihn unnachgiebige Eisenringe, die man mit Stacheldraht umwickelt hatte. Oder etwas Ähnlichem. Der Kaffee war einigermaßen belebend, die Brötchen schmeckten ausgezeichnet. Und nach einigen Anläufen schaffte Cullmann es sogar, sich für sein Verhalten am Abend zu entschuldigen.
»Ich habe nun mal nicht oft die Gelegenheit, in einem solchen Umfeld«, er deutete auf die Einrichtung, »empfangen zu werden. Das verunsichert mich.«
»Alles ganz legal erworben. Kein Schwarzgeld, kein Drogengeld, nichts.«
Cullmann wollte lächeln und verzog sofort das Gesicht. Sein Schädel war noch nicht soweit. Zwei weitere Aspirin mußten her.
»Müssen Sie nicht zur Bank?«
»Ich wäre heute sowieso nach Saarbrücken gekommen. Da bleibe ich den Vormittag gleich zu Hause.«
»Geht das denn so einfach?«
»Ich bin die Vizepräsidentin.«
Das hatte er vergessen.
Während sie im Bad weilte, schaute er sich in der Wohnung um. Und als er all die kostbaren Dinge sah, die teuren Teppiche, das mit Intarsien verzierte Mobiliar in Mahagoni, die Skulpturen, Reliefs und antiken Nippes, die er gestern abend gar nicht wahrgenommen hatte, fühlte er sich sehr unwohl. Mit so etwas konnte er wirklich nicht umgehen. Das war nicht seine Welt.
»Gefällt es Ihnen?« Sie stand plötzlich hinter ihm und trocknete sich die Haare.
»Ohne Schminke sehen Sie besser aus.«
»Danke.«
»Ja, schon. Aber es ist auch ungewohnt. Ich habe keine Beziehung zu solchen Dingen. Mit Gebrauchsgegenständen kenne ich mich aus. Nur zum Anschauen hatten wir zu Hause nie etwas.«
»Aber wer die Azteken waren, wissen sogar Sie.« Valeri deutete auf einen Tisch, auf dem ein Becher aus massivem Gold stand,

daneben, dick wie ein Brett, ein Kalender in Postkartengröße, ebenfalls aus Gold.
Cullmann schwieg und trat ans Fenster. Der Blick über die Hauptstadt des kleinsten EG-Staates war beeindruckend.
»Herr Cullmann, ich möchte Sie um einen Gefallen bitten.«
Überrascht wegen des versöhnlichen Tons, drehte er sich in ihre Richtung. »Um welchen?«
»Ich möchte Ihnen heute morgen meine Beweggründe erklären, den Tod meiner Schwester aufzuklären. Und ich möchte mit Ihnen darüber reden. Wenn Sie dann immer noch der Meinung sind, dieser Auftrag sei eine Nummer zu groß, steigen Sie aus, und ich gebe Ihnen zehntausend Mark zusätzlich.«
»Für was?«
»Ihre Arbeit.«
»Und wenn ich weitermache?«
»Dann gibt es diese Zehntausend nicht, und unsere bisherige Abmachung bleibt in Kraft.«
Cullmann stutzte. Dieses Angebot paßte überhaupt nicht in das Bild, das er sich von Valeri Surges gemacht hatte. »Und wo ist der Haken an der Sache?«
»Sie sollen ruhig was verdienen, Herr Cullmann. Aber ich will auch, daß Sie mit Verstand bei der Arbeit sind und sich für Ihre Klientin engagieren.«

Karst fing Öhlenschläger am Morgen in der Tiefgarage ab. Öhlenschläger fragte sich, wie der Beamte aus Bonn ungesehen in das per Video überwachte Untergeschoß hatte gelangen können.
»Die Suppe fängt zu kochen an«, erklärte Karst etwas verschwommen den Grund seines ungewöhnlichen Besuchs. »Es geht los.«
Öhlenschläger schlug vor, in ein Café zu gehen. Auf ein zweites Frühstück. Karst lehnte ab und wies auf eine Tür an der Schmalseite des Kellers. »Heizung« stand auf einem Schild, darunter »Betreten für Unbefugte verboten«. Karst öffnete die graugestrichene Metalltür mit einem Vierkantschlüssel. Und dann suchten sie in der Betonzelle nach einer Sitzgelegenheit. Sie entdeckten

einen kniehohen Mauervorsprung. Karst steuerte darauf zu und breitete eine Zeitung darüber.
Als plötzlich die Heizung ansprang, im Sommer nur zum Erwärmen des Brauchwassers, zuckte Öhlenschläger zusammen. Während der Ofen Geräusche von sich gab wie eine Rakete beim Start, war es unmöglich, den anderen zu verstehen.
»Also?«
Karst zog ein Blatt hervor, noch nicht einmal zur Hälfte beschrieben. »Von meinem amerikanischen Kontakt in Bonn.«
Öhlenschläger überflog die wenigen Zeilen, die besagten, daß ein Politiker aus den Staaten bei einem Jagdunfall ums Leben gekommen sei. Die Umstände habe man noch nicht in allen Punkten aufklären können, allerdings sei das verwunderlich, denn es handele sich um Paddington.
»Wer ist Paddington?«
»So eine Art Saubermann und Schlüsselfigur in einer großen Affäre. Er hat vor geraumer Zeit einen Bankenskandal aufgedeckt. Amerikanische Institute haben Kredite zu geringem oder überhaupt keinem Zins an Politiker gegeben. Senat wie Repräsentantenhaus sind gleichermaßen bedient worden. Hat viel Staub aufgewirbelt.«
»Ich erinnere mich. Und weiter?«
»Der Untersuchungsausschuß hat irgendwann seine Arbeit eingestellt, weil große Teile der Akten verschwunden waren. Und die Politiker haben brav ihre Kredite zurückgezahlt oder die Verträge umgewandelt.«
»Also ausgestanden, die Geschichte.«
»Sollte man meinen. Jetzt hat mir aber mein amerikanischer Kontakt signalisiert, daß die Chose weitergelaufen sein soll. Als Geldverleiher mit Top-Konditionen ist nun eine Bank auf den Bahamas eingesprungen. Und die Herren aus Washington haben, so das Ergebnis von Paddingtons Nachforschungen, regen Gebrauch davon gemacht. Einen Urlaub auf den Inseln gebucht und das Geld gleich mit nach Hause genommen.«
Öhlenschläger schrak erneut zusammen, als der Brenner ansprang. Gegen den Lärm schrie er: »Und kurz darauf hatte er diesen Jagdunfall?«
»Was?«

»Und kurz . . .« Der Brenner erstarb, und in normaler Lautstärke wiederholte Öhlenschläger seine Frage.
Karst nickte. »Erkennst du die Zusammenhänge?«
»Schon. Aber ist das nicht ein Problem der Amerikaner?«
Karst sah es anders. »Ich erinnere nur an ›Jagdsaison‹. Die Parallelen geben mir zu denken.«
»Welche Parallelen?«
»Einmal die Überschrift, die eindeutig auf so etwas hindeutet. Dann das Wort Blattschuß. Fällt es dir wieder ein?«
Öhlenschläger rieb sich die Augen. Er war spät zu Bett gegangen.
»Ja. Irgend jemand ist an einem Abend zum Blattschuß gekommen. Ich dachte, irgendein Typ hätte eine Mieze aufs Kreuz gelegt.«
»Dachte ich zuerst auch, bis das hier gestern bei mir eingetrudelt ist.«
»Du meinst, in unserem Fall könnte es sich auch um einen . . . Unfall handeln?«
»Möglich.«
»Und es könnten Ausländer darin verwickelt sein?«
Karst nickte.
»Amerikaner?«
»Das weniger, denn es ist ja vom Herzen Europas die Rede. Und die Boys von drüben werden kaum für ein Jagdwochenende rübergeflogen kommen. Die haben ihre Rockys und die Appalachen.«
Hinter Öhlenschlägers Stirn arbeitete es. »Wie können wir etwas über einen Jagdunfall in Erfahrung bringen?«
Er habe schon Leute darauf angesetzt, entgegnete Karst. Zuerst würden sie die deutsche Vergangenheit durchleuchten und sich dann auf die der benachbarten Staaten konzentrieren.
»Und was ist, wenn der Unfall nicht gemeldet wurde?«
»Na hör mal, ein toter Politiker, so was wird immer gemeldet.«
»Bei uns. Aber . . . aber in Italien? Spanien? Griechenland?«
Karst schwieg. Öhlenschlägers Einwand war berechtigt. Im Vertuschen von delikaten Vorfällen waren nicht nur die Deutschen Spitze.
»Blattschuß«, murmelte Öhlenschläger nachdenklich. »Hannes, ist dir, abgesehen von diesem Paddington, irgendein Jagdunfall

bekannt? Ich meine, einer, bei dem ein Politiker erschossen worden ist, aus Versehen?«
»Nein. Daß jemand angeschossen wurde, ja, aber das war ein Treiber. Kennst du die Story, die sich vor etlichen Jahren bei Bonn zugetragen hat?«
»Welche?«
»Ein Laienjäger, Politiker, hat einen Treiber mit Schrot vollgepumpt.«
»Ist das alles?«
Karst verzog das Gesicht zu einem Grinsen. »Der Angeschossene trug ein Schild um den Hals: Ich bin kein Reh oder so was.«
Öhlenschläger lachte.
»Der jagende Politiker gab an, er habe gelesen: Ich bin ein Reh.«

Cullmann kippte den Kaffee in sich hinein, als handele es sich um ein Schmiermittel für seinen Denkapparat. Und Valeri sorgte für Nachschub. Geschickt baute sie Cullmann auf. Sie lobte ihn, es sei doch eine ganze Menge, was er herausgefunden habe. Cullmann enthielt sich einer Wertung.
Irgendwann kamen sie vom Thema ab. Zuerst berichtete sie von der Bank, dem Umgang mit Kunden wie dem Glatzkopf zum Beispiel, die alle das Gefühl brauchten, bedeutend zu sein. Natürlich vermittele man ihnen das, schließlich lebe eine Bank von Geld und nicht von frommen Wünschen.
Und dann begann Valeri übergangslos von ihrer Schwester zu erzählen, dem einzigen Menschen, zu dem sie sich hingezogen gefühlt und der ihr etwas bedeutet habe. »Marita war zwölf Jahre älter als ich. Und weil ich mich mit meiner Mutter nicht verstand, war sie eine Art Ersatz.«
Cullmann schaute Valeri an.
»Ich konnte mit all meinen Problemen zu meiner Schwester gehen, sie hat mir geholfen. Für mich war sie . . .« Valeris Lippen wurden schmal. »Finden Sie ihren Mörder«, stieß sie hervor, stand auf und verließ den Raum.
Als sie nach einigen Minuten zurückkehrte, war Valeri äußerlich vollkommen ruhig. »Reden wir über Sie, Herr Cullmann!« Ge-

schickt und behutsam tastete sich sich vor und versuchte zu ergründen, warum Cullmann bisher so viele Dinge abgebrochen hatte, sein Studium der Betriebswirtschaft und später das der Philologie. Cullmann rückte nicht so recht mit der Sprache heraus. Das sei eine private Angelegenheit. Ihr Einwand, sie habe auch Privates erzählt, konnte ihn nicht erweichen.
Aufgefallen an seiner Biographie seien ihr gewisse zeitliche Übereinstimmungen. Die Betriebswirtschaft habe er aufgegeben, als sein Vater bei einem Unfall ums Leben kam. Cullmann stritt einen Zusammenhang ab.
»Warum dann der Wechsel von der Universität Köln nach Saarbrücken?«
Cullmann zuckte mit der Schulter.
»Um näher bei Ihrem Bruder zu sein? Er hat doch die Reparaturwerkstatt ihres Vaters übernommen.«
»Ist ja Automechaniker gewesen.« Und dann machte Cullmann ein Gesicht, dessen Verschlossenheit deutlich signalisierte: Jetzt reicht es mir.
»Ihre Jugend war hart, nicht?«
Er schwieg.
»Sie haben sich Ihrem jüngeren Bruder immer verpflichtet gefühlt. Oder war es ein Schuldgefühl? Vielleicht wegen eines Versäumnisses . . . wegen eines bestimmten Vorfalls in der Vergangenheit?«
Es verunsicherte ihn, wie nahe sie mit ihrer Vermutung der Realität gekommen war. Denn es gab diesen Vorfall tatsächlich, er lag mehr als sechs Jahre zurück. Damals hatte er nichts unternommen, um seinen Bruder zu entlasten, als ihr Vater, es war kurz vor seinem Tod, Gerard unterstellte, er habe Geld aus der Kasse genommen. Cullmann hatte es besser gewußt und hätte den Vorwurf entkräften können. Aber er war zu feige gewesen. Und außerdem nicht gut auf Gerard zu sprechen, der ihm wieder mal eine Freundin ausgespannt hatte.
»Sie sind nach Saarbrücken zurückgekommen, um in der Nähe von Gerard zu sein. Er war sehr labil.«
»Das geht Sie nichts an. Genausowenig, wie mich die Tabletten etwas angehen, die Sie dauernd schlucken. Sind das Muntermacher?«

Sie schüttelte den Kopf und lächelte gequält. »Vom Arzt verordnet.« Ohne Umschweife kam sie wieder auf seinen Bruder zu sprechen. »Er hatte Probleme mit der Polizei, war vorbestraft. Weil er Autos ins Ausland verschoben hatte.«
»Wenn Sie jetzt nicht aufhören . . .«
»Wo ist Gerard?«
Cullmann schwieg einige Sekunden. »Ich weiß es nicht«, antwortete er schließlich leise und verbarg sein Gesicht in den Händen. »Ich möchte zumindest wissen, wo er begraben liegt. Wie gern würde ich wenigstens mal das Grab sehen.«

Innerlich sträubte er sich massiv, weiter für Valeri Surges tätig zu sein. Er führte dieselben Argumente ins Feld wie vergangene Nacht. Und zugleich suchte er nach überzeugenden Gegenargumenten, die es ihm gestatten würden weiterzumachen. Dieses Hin und Her überraschte ihn selbst, denn er hatte seinen Entschluß für unumstößlich gehalten. Bisher waren seine Entschlüsse immer unumstößlich gewesen, und er war stolz auf seine Konsequenz. Schließlich gestand er sich ein, daß ihn ihre Offerte, ihm zehntausend Mark zu geben, falls er aufhöre, beleidigt hatte. Je mehr Cullmann um Klarheit rang, desto haarsträubender seine Interpretationen. Als ausschlaggebendes Argument erkannte er nur eines an: Ich will endlich mal was zu Ende führen.
Als er so weit war, hatte er bereits Trier erreicht. Er suchte ein Einkaufszentrum auf, um einigen Kleinkram für den Bus zu erstehen. Der Kühlschrank mußte auch aufgefüllt werden. Und in der Abteilung für Telefone probierte er verschiedene Modelle. Angetan hatten es ihm diejenigen, die bei jedem Tastendruck einen Ton von sich gaben.
Cullmann war schon nach wenigen Minuten überzeugt, das richtige gefunden zu haben. Er schaltete seinen Kassettenrecorder ein und lauschte der Melodie, die Napf bei den vielen vergeblichen Versuchen, eine bestimmte Nummer zu wählen, intoniert hatte. Und als Cullmann es schließlich an dem eben gekauften Telefon probierte, schmunzelte er siegessicher. Soeben war es ihm gelungen, die von Napf angewählte Nummer zu ermitteln.
Umgehend suchte er eine Telefonzelle auf und machte die Probe.
»Mendgen.«

Mit dem Namen konnte Cullmann nichts anfangen. »Kann ich bitte Herrn Bauer sprechen?«
»Ist das ein Mitarbeiter unseres Verlages?«
Cullmann zuckte zusammen. »Ja. Herr Georg Bauer vom Steilmann-Verlag. Ich habe doch richtig gewählt?«
»Hier ist der Verlag Paulussen in Gladbeck. Einen Steilmann-Verlag kenne ich nicht.«
»Entschuldigung.«
Cullmann legte auf und war hochzufrieden. Er hatte das Gefühl, endlich einen Zipfel erwischt zu haben. Napf wollte diesen Mendgen vom Verlag anrufen. Also geht es um ein Buch. Wie recht ich doch hatte. Er brauchte keine zwei Sekunden, um sich zu entscheiden. Fünf Stunden später rollte er durch Gladbeck auf der Suche nach dem Verlag. Cullmann fand die Stadt mit den vielen Klinkerbauten sympathisch. Besonders die kleine Fußgängerzone, die heute, am Donnerstag abend, noch voller Leben war, gefiel ihm. Ach du Schande! Cullmann schlug sich mit der flachen Hand gegen die Stirn. Heute ist Donnerstag, und ich habe vergessen, Sonja abzusagen. Das wird wieder eine stattliche Taxirechnung . . .

Am nächsten Morgen meldete er sich bereits um neun Uhr im Paulussen-Verlag. Zuerst wollte man ihn abwimmeln, Herr Mendgen sei nicht im Hause. Als Cullmann jedoch sagte, man möge Herrn Mendgen bitte mitteilen, daß er im Auftrag von Herrn Napf komme, wurde er innerhalb von dreißig Sekunden vorgelassen.
Mendgen, ein Gesicht wie gemeißelt, kantig und entschlossen, sah ihn mit kalten Augen an.
»Sie wollen im Auftrag von Herrn Napf kommen?«
Cullmann setzte sich einfach, ohne die Aufforderung abzuwarten. »Herr Napf ist tot. Das müßten Sie doch inzwischen wissen.«
Mendgen bemühte sich, eine bedauernde Miene aufzusetzen.
»Ich habe Herrn Napf kurz vor seinem Tod gesprochen. Ich war sein Mitarbeiter.«
»Sein . . .« Mendgen stutzte. »Tatsächlich?« Etwas Lauerndes war in seinem Blick. »Davon wußte ich ja noch gar nichts.«

Cullmann überhörte den Einwand. »Erich hat ihn umgebracht.«
»Erich? Ich kenne keinen Erich.«
Das klang aufrichtig. »Erich war auch einer seiner Mitarbeiter, allerdings nur zuständig für die Dreckarbeit. Er hat . . . na ja, lassen wir das.«
Cullmann rechnete damit, daß Mendgen zum Telefonhörer greifen und die Polizei verständigen würde. Nichts dergleichen geschah. Statt dessen drehte Mendgen unentwegt einen Stift zwischen den Fingern. Und dann klickte er mit dem Druckknopf. Er war nervös.
»Warum genau kommen Sie zu mir?«
»Um an Napfs Aufgabe weiterzuarbeiten.«
Mendgen runzelte die Stirn. »Was hatte er denn für eine Aufgabe?«
»Er sollte gewisse Papiere besorgen . . . einkaufen oder sammeln.«
»Davon weiß ich nichts.«
Cullmann fragte möglichst beiläufig: »Sollte denn nicht in Ihrem Verlag ein Buch veröffentlicht werden?«
Mendgen verneinte.
»Er hat doch des öfteren in meinem Beisein mit Ihnen telefoniert.«
»Gut, wir hatten hin und wieder geschäftlichen Kontakt. Aber nichts Konkretes. Eher so eine Art Erfahrungsaustausch. Was sich so in der Szene tat, wer was vorhatte, welches Gerücht gerade kursierte, Sie verstehen. Napf war ein ausgezeichneter Rechercheur mit ausgezeichneten Kontakten.«
»Nun, mir hat er etwas ganz anderes gesagt. Heiß auf seine kleinen Päckchen sollen Sie gewesen sein. Viel Geld habe der Verlag geboten, um an die Ware heranzukommen.«
»Wieviel will er von uns bekommen haben?«
»Pro Übergabe mehr als Sechzigtausend.«
»Und wie viele Übergaben, wie Sie es nennen, haben schon stattgefunden?«
Cullmann zögerte nicht, die eingeschlagene Taktik beizubehalten, und antwortete: »Einige.«
»Sehen Sie«, triumphierte Mendgen, »allein deswegen kann ein derartiger Handel, oder wie immer man es nennen mag, nicht zustande gekommen sein. Unser Verlag ist viel zu klein für solche Transaktionen.«

»Das bedeutet, Sie sind an meiner Mitarbeit nicht interessiert?«
»Tut mir leid, Herr Cullmann.«
»Dann gehe ich eben mit den zwei vorhandenen Kapiteln zur Konkurrenz. Abnehmer werden sich genügend finden.« Cullmann stand auf.
Mendgen erhob sich ebenfalls, jetzt wirkte er nicht mehr so gewaltig wie noch kurz zuvor. Er war ein Sitzriese. Nach kurzem Zögern fragte er: »Zwei Kapitel haben Sie?«
»Oder zwei Lieferungen. Es sollen erst noch Kapitel eines Buches werden.«
»Hm.« Mendgen überlegte. »Kann ich Sie irgendwo erreichen?«
»Ich denke, Sie haben kein Interesse.«
»Nun ... äh ... man soll die Tür nie hinter sich zuschlagen. Unser Verlag ist bekannt dafür, daß er auch brisante Dinge veröffentlicht. Wie kann ich mit Ihnen in Kontakt treten?«
»Überhaupt nicht.«
Mendgen wurde sichtlich ungeduldig. Wahrscheinlich schalt er sich einen Narren, die Sache so verbockt zu haben.
»Herr Cullmann, hätten Sie wohl die Freundlichkeit, mich umgehend anzurufen? Noch heute. Geld wird nicht das Problem sein, falls wir uns arrangieren können.«
Während Cullmann durch Gladbeck schlenderte, überlegte er, warum Mendgen nicht nach dem Inhalt der beiden Lieferungen, die er ihm angeboten hatte, gefragt hatte. Ahnte er, um was es ging? Wußte er vielleicht sogar, wann die nächste Übergabe geplant war?

Eigentlich wäre es ihre Aufgabe gewesen, im Plenarsaal zu sitzen, Vorträgen zuzuhören, die Kollegen der eigenen Partei zu beklatschen und die von der Gegenseite aufgebotenen Redner auszubuhen, gleichgültig, wie gut oder schlecht sie waren. Aber viele Abgeordnete hatten wichtigere Dinge zu tun, als über die Anbaubegrenzung im Weinbau, über Mengenkontingentierung und Flächenstillegung zu diskutieren. Einige saßen in der Cafeteria und lasen Zeitung, andere gingen draußen spazieren und führten sogenannte bilaterale Gespräche, wieder andere waren mit Reportern des Hörfunks verabredet. Zwei sogenannte Experten mit – zumindest in den eigenen Reihen – gewichtiger Stimme, die sie bei jeder sich bietenden Gelegenheit lautstark gegen die Regierung erhoben, bauten sich gerade vor der Kamera des Ersten Deutschen Fernsehens auf. Wieder mal wollten sie ihre Meinung kundtun, provokant, gespickt mit verletzenden Äußerungen. In Szene wollten sie sich setzen, zu sagen hatten sie eigentlich nichts. Medienpräsenz, so das Schlagwort für das absurde Bestreben, sich so oft wie möglich vor der Öffentlichkeit zu artikulieren. Und damit man aus der Masse der Selbstdarsteller herausragte, wurde man immer angriffslustiger; Hauptsache, es gab Zündstoff, der möglichst auch im Ausland beachtet wurde.

Daß die immer enger werdende Wechselbeziehung zwischen Politik und Medien katastrophale Auswirkungen haben konnte, war auch den Mitgliedern des Kreises und den beiden Ausputzern sehr wohl bewußt, als sie zu ihrem nächsten Treffen zusammenkamen.

Da man Karst inzwischen alle Unterlagen zur schrifttechnischen Auswertung überlassen hatte, übernahm er den ersten Part. Die Adresse, von Hand auf den Umschlag gekritzelt, den Öhlenschläger erhalten hatte, gebe nicht viel her. Aller Wahrscheinlichkeit nach habe der Absender mit der falschen Hand geschrieben. Ein Graphologe habe sich die wenigen Worte angeschaut und gemeint, aus ihnen keine Wesensmerkmale des Verfassers herauslesen zu können. Er habe versucht, sie von der Gesamtheit her zu erfassen, und auch übergeordnete Kriterien wie Verbundenheit, Spannung, Gliederung, Schreibfluß, Proportionen, Verzierungen und Arkadenbildung habe er herangezogen. Auch vereinfachung und Abweichungsgrad von der Normschrift. Ein schwieriges Unterfangen, wenn lediglich eine Adresse und ein fiktiver Absender zur Verfügung stünden. Aus der vagen Spur des Schreibverhaltens auf die Verhaltens- oder Denkgewohnheiten zu schließen sei in diesem Fall schlichtweg unmöglich, obwohl er dem Verfasser Willensstärke immerhin attestiere. Und eine gehörige Portion Durchsetzungskraft. Die Buchstaben steil angeordnet, die Abstände unregelmäßig, manche Bögen ungelenk ausgeführt; mit Hilfe dieser Indizien einen Menschen klassifizieren zu wollen sei anmaßend. Vier bis fünf Zeilen durchgehenden Text benötige er mindestens, um eine eindeutige Aussage treffen zu können. Allerdings dürfe man auch diese nicht überbewerten, denn erst im Zusammenhang mit anderen Aspekten ergebe sich daraus ein aussagekräftiges Bild.

»Also ein Schuß in den Ofen«, so Wodaz.

»Ein Versuch, der leider fehlgeschlagen ist«, verbesserte Karst und setzte seine Ausführungen fort.

Da alle bisherigen Texte auf ein und demselben Kopierer samt dazugehörigem Standardpapier, achtzig Gramm holzfrei, abgezogen worden seien, gebe es keinen Zweifel, daß es sich bei dem Absender aller Briefe um dieselbe Person gehandelt habe. Deutlich gehe dies auch aus einzelnen Passagen hervor, alle etwas eigenartig und zynisch formuliert.

Er habe sich erlaubt, mit Hilfe seiner Abteilung eine Vorauswahl zu treffen, wer möglicherweise als Verschicker in Frage komme. So Karst weiter. Bisher könnten mindestens fünfzig Personen von all den Dingen Kenntnis haben. Vier davon seien keine aktiven Parlamentarier und gehörten auch nicht der Regierung an. Bei ihnen handele es sich um ehemalige Abgeordnete, die aber immer noch, teilweise ehrenhalber, für ihre Partei tätig seien. Weitere vier bekleideten in den einzelnen Ministerien hohe und wichtige Positionen. Auch sie hätten an gewisse Informationen herankommen können. Inzwischen habe sich herausgestellt, daß ein Ministerialdirigent ein guter Bekannter eines amerikanischen Politikers sei, der ebenfalls ein Kind adoptiert habe.

»Name. Wie ist sein Name?« Marie-Luise Famus beugte sich nach vorn und zielte mit einem Stift auf Karst.

»Frau Famus, vorerst möchte ich sogar in diesem Kreis keine Namen nennen. Nicht, daß ich Ihnen mißtraue, aber ohne zu wissen, wer gemeint ist, können wir viel vorurteilsfreier an die Angelegenheit herangehen.«

Marie-Luise schmollte, die anderen nickten zustimmend. Noch war Diskretion angebracht.

Anschließend diskutierten sie eine Weile, tauschten ihre Ansichten über Karsts neue Erkenntnisse aus. Aber wie von Öhlenschläger, Dollberger und Karst erwartet, kam nicht viel dabei heraus. Die Sitzung wurde mit dem frommen Wunsch, den fiesen Dompteur endlich zu entlarven, geschlossen. Und mit der Bitte an die drei Praktiker, dem Kreis zur Verfügung zu stehen, wann immer es nötig sei.

Karst, Öhlenschläger und Dollberger saßen anschließend in der Cafeteria beisammen, fluchten, nicht zum erstenmal, auf die Mitglieder des Kreises und hatten kein Auge für die an vielen Stellen provozierende Architektur des neuen Bundestages.

Karst machte sich Luft. »Verdammt, die haben immer weniger Lust, sich an der Sache zu beteiligen. Henninghaus hat heute unentwegt ein anderes Papier studiert.«

»Abrechnung von seinem Broker«, wußte Dollberger zu berichten. »Sein Konto steht im Soll, er hat es umgehend auszugleichen.«

»Wir haben uns doch darauf geeinigt, auf eigene Faust zu operieren, falls wir es für erforderlich halten.«

Öhlenschläger nickte zustimmend. Dollberger fummelte an seiner Brille. »Muß die Lautstärke für mein Hörgerät neu einstellen«, entschuldigte er sich. Dann war er aufnahmebereit, Karst konnte beginnen.

»Inwiefern die Ereignisse, von denen ich jetzt berichte, eine Rolle in der Angelegenheit spielen, weiß ich noch nicht. Zumindest geben sie zu denken. Abgesehen von Friedrich Löbe, der in Saarbrücken als Kurier fungierte, gibt es zwei weitere seltsame Todesfälle. Einer ereignete sich im Februar dieses Jahres in Mainz. Georg Wipper, ein bekannter Karnevalist, stirbt auf der Bühne. Er setzt eine Flasche an, kippt um und ist tot.«

Karst führte aus, die Polizei sei von Selbstmord überzeugt, da es für eine Fremdeinwirkung kein Indiz gebe. Er persönlich sei aber der Ansicht, die Mainzer Kripo mache es sich zu einfach; aus deren Bericht gehe deutlich hervor, daß vor der Karnevalsveranstaltung jeder die Möglichkeit gehabt hätte, Wippers Flasche zu präparieren. Die Marotte des Karnevalisten, mit einem Flachmann in die Bütt zu gehen, sei weithin bekannt gewesen. Aufgefallen sei der Kripo lediglich, daß jemand in Wippers Schminkraum eingedrungen sein mußte, und zwar während der Zeit, als man sich auf der Bühne um den Toten kümmerte. Und verwun-

derlich sei auch die Rede, die man bei dem Berufsnarren gefunden habe. Besonders die Rückseite.
Karst verteilte die Blätter an Öhlenschläger und Dollberger. Beide konnten nachlesen, die Landesregierung Mainz habe bereits Jahre zuvor einem Ingelheimer Chemieunternehmen die Erlaubnis erteilt, eine Abtreibungspille zu entwickeln und zu testen. Damit würden, so hieß es in dem Text, dem Schwangerschaftsabbruch ohne ärztliche Kontrolle Tür und Tor geöffnet. Das sei geschehen, lange bevor das französische Medikament RU 486 ins Gespräch gekommen sei. Initiiert habe diese großzügige Bewilligung der Landesvorsitzende der Sozialdemokraten, ein gewisser Karl Herold.
Und genau den habe Wipper in seiner Faschingsrede so scharf angegriffen, fügte Karst erklärend hinzu.
»Ich kenne Herold«, sagte Öhlenschläger. »Ein arrogantes Arschloch mit wahnsinnig guten Beziehungen. Hat er was mit Wippers Tod zu tun?«
»Nein, saß ja im Zuschauerraum.«
»Er muß es nicht selbst gemacht haben. Ist Herold von Wipper erpreßt worden?«
»So sehe ich es zumindest«, antwortete Karst. »Für mich im Augenblick die einzige Erklärung.«
Weiterhin konnten Öhlenschläger und Dollberger dem Text entnehmen, daß es schon vorab Versuche im Ausland mit dieser Abtreibungspille gegeben habe. So in Ungarn, Rumänien und Äthiopien.
»Wieso ausgerechnet Äthiopien?«
»Weil die Frauen dort in der Regel jedes Jahr schwanger werden. Ausgezeichnetes Forschungsterrain.«
Dollberger wollte von Karst wissen, wie er an die Unterlagen gekommen sei. Ihn erstaune immer wieder die Geschwindigkeit, mit der Karst Zugang zu topaktuellen Dingen finde. Karst bagatellisierte, wies auf seine eigentliche Tätigkeit hin und wich einer Antwort aus. Er habe eben seine Kanäle. Als Dollberger nicht lockerließ und auch noch Unterstützung von Öhlenschläger erhielt, vertraute Karst ihnen schließlich an, er habe sich einfach des Zentralcomputers bedient. Und da die beiden es noch genauer wissen wollten, erklärte Karst, er habe den Computer

Todesfälle von in der Politik tätigen Personen ausspucken lassen, die mysteriös, noch nicht aufgeklärt oder einfach ungewöhnlich seien.
Wenig später, die beiden Ausputzer hielten die Unterredung schon für beendet, legte Karst noch das Foto einer Leiche mitten auf den Tisch. Besser gesagt, das Foto dessen, was von der Leiche übriggeblieben war. Dollberger würgte, Öhlenschläger wandte sich ab.
»Wer ist das?«
»Lassen wir es bei seinem Decknamen: Gustav. Er hat vor einigen Jahren einmal den Kurier gespielt.«
Öhlenschläger wurde der Kragen zu eng. »Gustav? Wie lange soll er schon tot sein?«
»Mehr als zwei Jahre. Wahrscheinlich drei. Der Fall liegt in Händen der Trierer Kripo. Man hat die Überreste nahe einer Staustufe unter einem Holzstapel entdeckt.«
»Ich erinnere mich an einen Gustav. Wie war das denn noch mal?« Öhlenschläger, dem ein Schauer über den Rücken gelaufen war, als der Name fiel, schauspielerte gekonnt, legte die Stirn in Falten und starrte zur Decke. »Ach ja, er hat mir Informationen angeboten. Er sei zufällig in den Besitz dieser Dinge gekommen. Eine Schutzbehauptung natürlich. Aber ich habe mir die Sachen angeschaut und dann gekauft. In den falschen Händen hätten die . . .«
»Um was handelte es sich?«
»Tut mir leid. Da muß ich mir erst Rückendeckung verschaffen.«
»Etwa die French Connection? Erpressung des Landesvaters?«
Öhlenschläger sah die beiden anderen hilflos an. Und dann, als sei es ihm gerade eingefallen: »Wie kommst du denn zu der Vermutung, Gustav könnte was mit unserem Problem zu tun haben?«
Karst entgegnete flapsig: »Du hast es doch gerade zugegeben.«
»Moment, Moment. Ich möchte wissen, warum du danach gefragt hast.«
»Ich gehe allen Spuren nach. Wie gesagt, Gustav war Kurier. Und außerdem hat man bei der Leiche etwas gefunden, das auf unser Problem hindeutet. Die Polizei kann noch nichts damit anfangen, aber wir können es eventuell.«

Selbstverständlich rief Cullmann zwei Stunden später bei Mendgen vom Paulussen-Verlag an. Und genauso selbstverständlich war der sofort bereit, sich außerhalb von Gladbeck mit Cullmann zu treffen.
Cullmann stellte eine Bedingung: »Das macht nur Sinn, wenn ich von Ihnen erfahre, was mit den Kapiteln, oder was immer es ist, geschehen soll.«
Mendgen zögerte, Cullmann konnte ihn schnaufen hören. Schließlich willigte er ein.
»Und ich will wissen, welche Unterlagen noch zu erwarten sind. Sagen Sie jetzt nein, dann lege ich auf und unser Meeting fällt flach.«
Erneut zögerte Mendgen. »Einverstanden.«
Cullmann lächelte hart. »Fein. Wo treffen wir uns?«
»Was ist Ihr nächstes Ziel?«
»Ich fahre nach Süden.«
»Gut. Dann würde ich sagen, am besten heute, um 18 Uhr, im Kölner Hauptbahnhof.«
»Und wo dort?«
»Am Ausgang zur Stadt, Domseite, gibt es einen Blumenladen und gleich gegenüber eine Buchhandlung. Genau dazwischen.«

Cullmann traute Mendgen nicht. Deshalb war er bereits lange vor der verabredeten Zeit in Köln und inspizierte die Umgebung des Treffpunkts. Ein schwieriges Unterfangen, denn es wimmelte nur so von Pendlern, Geschäftsreisenden und Jugendlichen.
Als Cullmann Mendgen entdeckte, beobachtete er ihn zunächst eine Weile. Wenn er ungeduldig wird, vielleicht gibt er dann seiner Kontaktperson ein Zeichen, überlegte er und unterstellte Mendgen, daß er genauso mit dubiosen Komplizen arbeitete, wie Napf es getan hatte.
Eine halbe Stunde nach der verabredeten Zeit ging Cullmann auf Mendgen zu und entschuldigte sich sofort für die Verspätung. »Die Autobahn war total verstopft. Wo wollen wir hingehen?«
»Kommen Sie mit.«
Mendgen führte Cullmann in den Untergrund, den sie für die nächsten zwei Stunden nicht mehr verlassen sollten. Während dieser Zeit fuhren sie wahllos mit der U-Bahn umher. Mendgens

Taktik lief darauf hinaus, Cullmann auszuhorchen und selbst möglichst wenig von seinem Wissen preiszugeben. Nach zehn Minuten beschwerte sich Cullmann. Er werde sofort aussteigen, wenn jetzt nicht einige Fakten zur Sprache kämen.
»Was wollen Sie wissen?«
»Zuerst zu Napf. Welche Funktion war ihm zugedacht?«
»Ich dachte, Sie hätten . . .«
Cullmann winkte ab. »Ich will es von Ihnen hören.«
Mendgen sammelte sich. »Napf war gut, verdammt gut. Allerdings auch nicht einfach zu nehmen. Oft stellte er unmäßige Forderungen. Aber er beschaffte uns das Material, alles, was wir haben wollten. Nur das zählte.«
»Warum hatte er so sonderbare Helfer?«
Mendgen konnte nur Vermutungen anstellen. »Napf war ein bunter Hund in der Frankfurter Unterwelt. Nein, nicht kriminell, aber er kannte jeden Zuhälter. Von dort bekam er auch manchen seiner Tips. Hatte er einen brenzligen Auftrag zu erledigen, brauchte er eine Absicherung, dann verschaffte er sich Rückendeckung bei einem Unterweltboß. Natürlich gegen Bares.«
»Hat ihm aber im letzten Fall nichts genützt. Die eigenen Leute haben ihn beseitigt.«
»Woher . . .«
»Pst.« Cullmann winkte ab. »Wer ist der Unbekannte, der die Dossiers liefert?«
»Keine Ahnung.« Und auf Cullmanns skeptischen Blick hin wiederholte Mendgen seine Beteuerung. »Meinen Sie, wir würden so einen Zirkus veranstalten, wenn wir wüßten, wer es ist?«
Dieses Argument akzeptierte Cullmann. »Aus all den Fragmenten soll demnach ein Buch werden. Für wann ist die Veröffentlichung geplant?«
Mendgen sah aus dem Fenster in die dunkle Tunnelröhre, die allein durch das Licht aus dem fahrenden Zug erhellt wurde. Dann musterte er die Punks, die zwei Reihen vor ihnen saßen. »Herbst«, gab er schließlich zu. »Möglichst noch zur Buchmesse. Aber daran glaube ich nicht mehr.«
»Wie viele Kapitel haben Sie schon erhalten?«
»So etwa vierzehn oder fünfzehn.«

»Und das ergibt in Buchseiten ausgedrückt?«
»Zehn Seiten pro Sendung, allerdings erst, wenn wir die Informationen entsprechend aufbereitet haben.«
»Aber es sind doch viele Dinge sehr verschlüsselt dargestellt.«
»Die müssen wir zum Teil selbst aufdecken. Die Auflösung soll, so hat man mich unterrichtet, zum Schluß mit einem der letzten Kapitel geliefert werden. So kann der Verfasser am wirksamsten verhindern, daß jemand vorab exakt weiß, um was es geht.«
»Wer hat Ihnen das gesagt?«
»Tut mir leid.«
Mehr war aus Mendgen nicht herauszubekommen. Er hatte genau das gesagt, was er sagen durfte. Enttäuscht über das Ergebnis, fragte Cullmann: »Warum haben Sie mich überhaupt herbestellt?«
»Wir wollen Ihre Dienste.«
Cullmann schluckte. Vor wenigen Stunden noch hatte Mendgen sein Angebot abgelehnt. Wer oder was hatte ihn zu diesem Sinneswandel veranlassen können? »Was hätte ich zu tun?«
»Heute, um Mitternacht, soll wieder eine Übergabe stattfinden.«
»Wo?«
»In Koblenz.«
»Wie haben Sie davon erfahren?«
»Man benachrichtigt mich meist per Fax.«
»Dann können Sie doch den Absender ermitteln.«
Mendgen lachte flüchtig. »Glauben Sie, auf die billige Tour würde sich einer verraten? Abgeschickt werden die Infos immer aus unterschiedlichen Copy-shops. Zuweilen kommt es vor, daß der Absender auch den Namen des Kuriers vorgibt, dem er das Material aushändigen will. In diesem Fall sind wir frei, deshalb bin ich auf Sie gekommen.«
»So ein Zufall. Wieviel?«
»Für Sie Zehn, Fünfzig für das Paket.«
»Haben Sie das Geld dabei?«
Mendgen blickte sich um. Die Punks zeigten kein Interesse an den anderen Fahrgästen. Sie waren damit beschäftigt, mit Hilfe eines Messers ein Sitzpolster mit Mustern zu versehen.
»Am Bahnhof.«
»Und wo soll ich die Ware abliefern?«

»Sie übergeben sie mir morgen früh um zehn Uhr am Lufthansaschalter A 37 des Frankfurter Flughafens.«
»Herr Mendgen, nichts gegen Ihre Kompetenz. Aber so etwas können Sie doch nicht allein entscheiden. Wer hat Ihnen grünes Licht gegeben?«
Mendgen zögerte, wich Cullmanns Blick aus.
»Ich warte, Herr Mendgen. Sie wollen was von mir.«
Gepreßt antwortete Mendgen: »Mein Chef.«
»Der Chef vom Verlag Paulussen?«
»Nein. Der vom Konzern.«

Cullmann zählte nicht mehr mit, wie oft er sich einen Narren nannte. Einen Narren, der mit offenen Augen in eine gefährliche Sache hineinstolperte und schnurstracks auf sein Unglück zumarschierte. Es war, als habe ein Teil von ihm es darauf angelegt, auszuloten, wie weit er gehen, wie lange er auf sein Glück vertrauen konnte. Dabei wußte er genau, auf sein Glück zu vertrauen hatte bisher immer noch einen Reinfall bedeutet.
Aus einem weiteren Grund schalt er sich einen Narren: Mendgen hatte geschickt den unter Zeitdruck Stehenden gespielt, der verzweifelt auf seine, Cullmanns, Hilfe angewiesen sei. Mendgen hatte ihm keine Bedenkzeit gelassen.
Mach dir doch nichts vor, auch wenn du eine Woche gehabt hättest, wärst du gierig danach gewesen, sagte er sich schließlich. Er kannte sich mittlerweile, genauso war es. Und den Grund für sein schnelles Zugreifen kannte er ebenfalls. Er ahnte mal wieder die Chance des Lebens, die eine Chance, der er ständig auflauerte und der er nachlief wie ein Hund, der Witterung aufgenommen hat. Der Gedanke, er müßte sich vielleicht irgendwann vorwerfen, die entscheidende Chance verpaßt zu haben, ließ ihn jetzt schon kribbelig werden.
Ohne es wieder auf einen inneren Kampf ankommen zu lassen, konstruierte er eine wackelige Verbindung zwischen seinen Auftraggebern Valerie und Mendgen. War Löbe nicht auch als Kurier eingesetzt worden? Aber der war dabei . . .
Es war gegen 22 Uhr, als Cullmann seinen Bus gut sichtbar unter einer Laterne an der Einbahnstraße parkte, die zum Koblenzer Stadion Oberwerth führte. Er schloß das Auto nicht ab, vielleicht

ergab es sich, daß er schnell verschwinden mußte. Hoffentlich springt der Bock auch an, wenn ich ihn brauche, dachte er besorgt.
Einem unbeteiligten Beobachter hätte Cullmanns Treiben lächerlich erscheinen müssen. Nur um seine Nervosität in den Griff zu bekommen, inspizierte Cullmann die Gegend und versuchte, möglichst hinter und unter jeden Strauch zu blicken. Hätte wirklich jemand versucht, Cullmann aufzulauern, er hätte leicht Katz und Maus mit ihm spielen können. Und weil noch mehr als eine Stunde Zeit bis zur Übergabe war, zog Cullmann sich tief in den Schatten der Bäume zurück und hoffte, nicht entdeckt zu werden. Wieder meldeten sich massive Bedenken. Das Angebot, als Kurier zu fungieren, war so unvermittelt gekommen, alles war so glattgegangen, Mendgen hatte ihm ohne Quittung die Sechzigtausend ausgehändigt, die jetzt seine Jacke aufbauschten. Genaugenommen waren Zehntausend längst in seinem Privatsafe deponiert, zusammen mit dem, was von den Sechzigtausend von Löbe noch übrig war. Im Bus befand sich dieser Privatsafe, eine Warmhaltekanne, deren Isolierung er entfernt hatte. Er brauchte nur den Boden abzuschrauben, um an sein gesamtes Barvermögen zu kommen.
Je näher es auf Mitternacht zuging, desto mehr manifestierte sich in Cullmann das Gefühl: Hier will mich einer benutzen. Eine Erklärung für dieses Gefühl blieb er sich schuldig, er empfand es nun mal so, und das genügte ihm. Wer allerdings der Nutznießer der ganzen Aktion sein würde, wußte er nicht. Mendgen war für seine Begriffe eine Nummer zu klein.
Mitternacht, nichts geschah. Zwar fuhren etliche Autos vorbei, meist mit Pärchen besetzt, die sich wahrscheinlich irgendwohin ins Grüne verkrümelten, warm genug war es. Aber sonst? Ein alter Ford, in dem außer dem Fahrer niemand saß, fuhr auffällig langsam. Auf welche Art von Kontakt hoffte dieser Typ?
Eine Stunde später war Cullmann davon überzeugt, daß die Übergabe geplatzt war. Noch ein Rundgang in gebührendem Abstand um seinen Bus und die nähere Umgebung, dann stieg er ein, startete den Motor und folgte der Einbahnstraße. Als er den U-förmigen Ring umrundet hatte, sah er am Straßenrand ein Auto stehen. Der alte Ford. Nicht ungewöhnlich, auch nicht um

ein Uhr nachts. Ungewöhnlich war allein die Tatsache, daß ein Mann neben dem Wagen stand, sich in den Innenraum beugte und, als er Cullmann bemerkte, wieselflink zwischen den Bäumen verschwand.
Cullmann stoppte, ließ die Scheinwerfer brennen und sah nach. Der Fahrer, ein junger Kerl, vielleicht gerade zwanzig, starrte ihn aus aufgerissenen Augen an. Und in der Mitte seiner Stirn klaffte ein kleines kreisrundes Loch, aus dem in einem dünnen Rinnsal Blut sickerte und hinunter bis zum Kinn lief. Weiter war es noch nicht gekommen.
Cullmanns rechte Hand glitt automatisch in die Brusttasche des Opfers. Auch alle anderen Taschen waren leer. Kein Umschlag, nichts. Statt dessen hörte er Motorengeräusche, Autos näherten sich. Und Blaulicht zuckte durch die Nacht.
Cullmann hechtete in seinen Bus, schaltete die Scheinwerfer aus und fuhr im Dunkeln davon. Hinter der Brücke bog er scharf rechts ab und versteckte sich in einer Tannengruppe. Wenige Sekunden später preschten zwei Polizeifahrzeuge an ihm vorbei. Für einen Augenblick dämmerte ihm, daß er einen Fehler gemacht hatte. Treffpunkt war diese Einbahnstraße gewesen, und zwar gleich hinter der Brücke an der Kreuzung. Dort hatte er gestanden. Aber gleich hinter der Brücke an der Kreuzung stand man auch, wenn man dem Verlauf der Einbahnstraße bis zum Ende folgte. So, wie es der Tote mit seinem Ford gemacht hatte. Plötzlich wurde es Cullmann mulmig, er fühlte sich schuldig.

Die nervliche Belastung war zu groß für ihn. Am nächsten Morgen stellte er sich der Polizei. Es dauerte mehr als drei Stunden, bis Cullmann seine Geschichte ganz erzählt hatte. Und weitere zwei Stunden später saß er Schober, dem Kriminalrat aus Saarbrücken, und einigen ernst dreinblickenden Beamten gegenüber. Cullmann – inzwischen wußte er, die Polizei war anonym verständigt worden – wiederholte seinen Bericht, beantwortete alle Fragen und ging exakt auf die Details ein.
Schober rief bei Mendgen in Gladbeck an: Ob er einen gewissen Bodo Cullmann kenne. Aber ja doch. Der sei bei ihm aufgetaucht und habe eine seltsame Geschichte erzählt, wonach er brisante Unterlagen beschaffen könne. Unterlagen, die für sehr viel Auf-

ruhr sorgen würden. So richtig schlau sei er aus Cullmann nicht geworden, es habe sich bei dessen Bericht überwiegend um vage Andeutungen gehandelt. »Haben Sie ihn mit einem Vermittlerdienst beauftragt?«

»Natürlich nicht. Spinner dieser Art klappern der Reihe nach alle Verlage ab und bieten nichts als warme Luft an.«

»Und selbstverständlich haben Sie Herrn Cullmann auch kein Geld gegeben.«

»Gott bewahre. Nicht mal einen Kaffee hat er von mir bekommen.«

»Vielen Dank, Herr Mendgen.«

Schober starrte nachdenklich auf den Hörer.

»Muß sich sehr beeilt haben, um von Frankfurt rechtzeitig wieder nach Gladbeck zu kommen.« Niemand beachtete Cullmanns Bemerkung. Inzwischen zweifelte er selbst daran, daß Mendgen ihn überhaupt in Frankfurt am Lufthansaschalter erwartet hatte. Schober legte auf. Das Telefon war so geschaltet gewesen, daß die Koblenzer Kollegen und Cullmann hatten mithören können. Schober wandte sich an einen jungen Beamten, der, über ein Meßinstrument gebeugt, an der Schmalseite des Tisches saß. Von diesem Gerät verlief ein dickes Kabel zu dem Telefon, das Schober benutzt hatte. »Und, alles im Kasten?«

Der Angesprochene nickte. »Klar und deutlich. Kein Zweifel möglich, ein und dieselbe Person.«

»Absolut identisch?«

»Absolut. Ich habe beide Aufzeichnungen mit dem Stimmpoulator verglichen. Schwingungen in allen Breiten und Ebenen sind deckungsgleich, Spitzen ebenfalls. Hier, schauen Sie selbst.« Er ließ einen Papierstreifen ausdrucken und reichte ihn Schober. Der studierte die graphische Darstellung und schüttelte den Kopf.

»Dann lügt Mendgen.« Zu Cullmann gewandt fügte er hinzu: »Warum haben Sie Ihre Unterhaltung mit Mendgen in der U-Bahn aufgezeichnet?«

»Mir kam die ganze Angelegenheit zu glatt und wie abgesprochen vor. Jetzt bin ich überzeugt, man wollte mich reinlegen.«

»Mendgen?«

»Ich glaube, er handelt nur auf Anordnung von oben.«

Schober deutete auf Cullmanns Kassette. »Uns hilft es weiter, und Sie kann es entlasten. Aber es vor Gericht gegen jemanden zu verwenden wird nicht möglich sein.«
»Herr Cullmann, Sie sind ein Glückskind«, gab sich ein Koblenzer Beamter humorvoll. »In der Sache liegt nichts weiter gegen Sie vor. Gestern nacht hat ein Liebespaar bestätigt, daß Sie nicht der Täter sein können. Gerade als Ihr Bus sich näherte, sahen die beiden einen Mann weglaufen. Und daß Sie sich vom Tatort verdrückt haben, werden wir vorläufig vergessen.«
Schober, sich mit einer Hand über die nach hinten gekämmten Haare fahrend, sagte nachdenklich: »Ich hätte noch einiges mit meinem ›Freund‹ zu bereden. In Saarbrücken, falls er denn vorhat, in seine Heimatstadt zurückzukehren. Sind Sie so bodenständig?«
»Heute noch fahre ich zurück«, versprach Cullmann. »Um was geht es denn?«
»Nun«, begann Schober gedehnt, »um Löbe, um Löbes Frau und um einen gewissen Giesbert Napf aus Frankfurt. Was werden Sie denn auf einmal so blaß?«

Karst, Öhlenschläger und Dollberger waren ein gutes Team. Sie arbeiteten zielstrebig und mit einem Eifer, den ein Außenstehender nie hätte nachvollziehen können. Und nicht selten ging es dabei konspirativ zu. Treffpunkt war diesmal ein Dorint Hotel in der Nähe der Eifelstadt Daun. Das Haus war kaum belegt, keine Tagungen, keine Kongresse. Mit Gästen war wohl erst am kommenden Wochenende zu rechnen, zu Pfingsten. Und so hatten die drei Herren den gesamten Freizeitbereich für sich allein.
Karst, der seinem Körper etwas Gutes tun wollte, widmete sich im Fitneßraum eine halbe Stunde lang den Gewichten; Dollberger und Öhlenschläger spielten Tennis. Eine eher einseitige Angelegenheit, der Saarbrücker strapazierte mit Stops und Lops vor allem die Ausdauer des übergewichtigen Bonners. Schließlich vergaß der das Laufen, die Luft wurde ihm knapp. Lust verspürte er schon lange keine mehr.

»Und jetzt in die Sauna«, rief Dollberger. »Mal sehen, wer am besten schwitzen kann. Da schlägt mich so schnell keiner. Wetten?«

Am Vormittag schon waren sie das neue Informationspaket durchgegangen. Karst – keiner fragte diesmal, wie er vorab von den Dingen hatte erfahren können – hatte sich bei der Koblenzer Polizei informiert und sich den Mordbericht ausgeliehen. Das Vernehmungsprotokoll von Cullmann hatte man ihm gleich mitgeliefert, aber das behielt er für sich.

Dem Bericht zufolge hatte der Tote, ein junger Mann, seinen Papieren nach ein Russe deutscher Abstammung, die Blätter am Körper getragen, an der Rückseite eines Oberschenkels, mit Tesafilm befestigt. Ein guter Trick, wie Karst zugeben mußte.

Aus der neuen Botschaft ging hervor, daß Waffen der Nationalen Volksarmee von Deutschland aus verkauft worden und in Krisengebieten wieder aufgetaucht seien. Im Grunde nichts Neues, wenn es sich dabei nicht um ein Dreiecksgeschäft gehandelt hätte. Die Deutschen lieferten an Österreich, Spanien und Frankreich, die wiederum gaben die Ware weiter, obwohl sie sich laut Kaufvertrag verpflichtet hatten, keine Krisengebiete zu beliefern. Das war der eine Punkt in dem Dossier. Der andere war der, daß während der beiden letzten Jahre bei Nato-Manövern seltsame Mengenverschiebungen stattgefunden haben sollten. Die Bundesdeutschen seien mit viel Material an- und mit wenig wieder abgereist. Bis zu einem Drittel des deutschen Kriegsgeräts sei auf diese merkwürdige Art verschwunden. Gleichzeitig hätten seltsamerweise zusätzliche Sonderzüge oder Schiffe für andere Manöverteilnehmer eingesetzt werden müssen, wie nach einer Übung in Norwegen geschehen.

Karst hatte sich im Verteidigungsministerium umgehört: zuerst natürlich eisiges Schweigen oder die Beteuerung, das alles sei kompletter Unsinn, was rausginge, käme auch wieder rein. Es sei denn, man verkaufe Material. Und da Karst interessiert zugehört und kompetent gefragt hatte, hatte man ihn schließlich über Waffenverkäufe in der Vergangenheit unterrichtet. Schon während des Golfkriegs habe man an die USA, an Ägypten und Frankreich NVA-Material weitergegeben, ebenso an Israel und an die Türkei. Alles offiziell und mit Genehmigung. Und im Zusammenhang mit Ausstattungshilfen sei auch ein Teil nach Niger und Burundi gegangen. Aber das alles war Karst längst bekannt gewesen. Auch von den sechzehntausend Kraftfahrzeugen, von den Baugeräten und Werkzeugen aus Volksarmeebeständen, die Gemeinden in Ostdeutschland zur Verfügung gestellt worden waren, hatte er gewußt. Decken, Verpflegung und Sanitätsmaterial, darüber hatte sich der Angehörige des Verteidigungsministeriums wortreich verbreitet, aber diese Dinge hatten Karst nicht interessiert. Als er schließlich die vom Dompteur gelieferte Aufstellung vorgelegt hatte, da hatte sich helle Aufregung breitgemacht. Karst hatte die Quelle seiner Information nicht preisgegeben und die Drohung, sein Verhalten könne als Verrat von Staatsgeheimnissen ausgelegt werden, mit dem Hinweis beantwortet, er sei als Bediensteter einer Bundesbehörde, die unter anderem exakt solche Dinge zu ahnden pflege, sicherlich über diesen primitiven Verdacht erhaben. Schließlich hatte sich ein von dem hilflosen Beamten herbeigerufener Oberstleutnant bequemt, sich der Sache anzunehmen. Allerdings hatte er gleich erklärt, daß es viel Schwund bei Manövern gebe, auch der stärkste Panzer gebe mal den Geist auf. Karst hatte noch die Empfehlung ausgesprochen, künftig nicht mehr so viele Manöver abzuhalten, sonst stünde die Bundeswehr bald ohne militärisches Gerät da; dann war die Unterredung beendet gewesen.

»Man könnte den Eindruck gewinnen, unser Dompteur lege es jeweils auf eine Steigerung an. Oder sehe ich das falsch?« Dollberger, auf der untersten Saunabank sitzend, erntete Zustimmung.

»Jetzt wird es wahrscheinlich noch mehr Aufregung geben, was die internationale Verwicklung betrifft. Hätte ich wirklich nicht gedacht.« Öhlenschläger kratzte sich am Rücken. »Was meinst du?« Er sah Karst an.

»Klar, wieder hängt das Ausland mit drin. Waffen in Konfliktgebiete. Wie können wir das unseren Freunden in Paris und Madrid erklären?«

»Nicht zu vergessen Wien«, ergänzte Dollberger. »Die neutralen Österreicher. Wer hätte das von denen . . .« Die letzten Worte waren nicht zu verstehen.

»Es wäre einfacher für uns, wenn diesmal nicht reale Namen erwähnt wären, die mit dem Waffenverkauf im Zusammenhang

stehen sollen. Hier ein General aus Spanien, dort ein österreichischer Beamter des Ministeriums und ein deutscher von der Hardthöhe. Müssen wir unbedingt überprüfen.«
»Herr Öhlenschläger«, Dollberger meldete sich mit hochrotem Kopf von unten zu Wort, »ich verstehe überhaupt nicht, warum Sie diesen Namen so große Bedeutung zumessen. Das kann doch nun wirklich unser lieber Karst in die Hände nehmen. Nicht wahr, Herr Karst?« Dem blieb nichts anderes übrig, als zuzustimmen.
»Sehen Sie? Wir sollten uns lieber um einen anderen Punkt kümmern. Und zwar um die versteckte Drohung des Dompteurs.«
»Ich lasse euch alle auffliegen«, grummelte Öhlenschläger, während er aus einem kleinen Fläschchen zehn Tropfen in eine Schöpfkelle mit Wasser abzählte. Beißender Dampf stieg auf, als er das Gemisch über die heißen Steine kippte, und zu allem Überfluß wedelte er auch noch mit dem Handtuch, damit jeder die Hitze voll abbekam.
»Willst du mich umbringen?« beschwerte sich Karst von der obersten Bank her.
»Nein, das hat er nicht gesagt«, entgegnete Dollberger mit zusammengekniffenen Augen. »Ihr werdet noch an mich denken. So interpretiere ich den letzten Absatz in dieser neuen Botschaft.«
Während der folgenden vier Minuten, so lange hielten sie es noch in der Hitze aus, stritten sie, wie diese eine Passage auszulegen sei. Als sie mit hochgelegten Füßen im Vorraum ruhten, ging es weiter.
»Auf alle Fälle ist es eine deutliche Warnung. Eine Warnung an die Politiker, deren Machenschaften, wie der Dompteur sich ausdrückt, endlich aufgedeckt werden müßten. Und da keiner den Mut dazu habe, tue er es eben.« Karst knotete den Gürtel seines Bademantels zu.
»Schon wieder so ein Weltverbesserer, der es auf die eigenen Leute abgesehen hat«, moserte Öhlenschläger. »Es ist ja inzwischen geradezu ein Sport geworden, auf den gewählten Volksvertretern herumzuhacken.«
»Nicht ohne Grund«, gab Dollberger zu bedenken. »Viele Politiker machen nun mal Mist, lassen sich bestechen oder verschaffen sich Vorteile – wie auch immer man es nennen will –, und das

nehmen die Leute nicht mehr einfach so hin. Was bei uns stattfindet, ist ein kompletter Wertewandel. Früher galt Autorität noch etwas, und es gab allgemein verbindliche Wertvorstellungen als normative Wegweiser für richtiges Denken und Verhalten. Aber die alte Ordnung hat sich mehr und mehr verändert, es geht nicht mehr um Pflichterfüllung, sondern um Selbstverwirklichung. Und die Folge: Die Politiker haben einen neuen Bürger bekommen. Einen schwierigen Bürger, der ein ausgeprägtes Gefühl für Demokratie hat und zugleich den Institutionen des Staates mit großer Kritik- und Protestbereitschaft begegnet. Dollberger nickte. Hausbesetzer und Kernkraftgegner, von den etablierten Parteien und deren Größen oft als Chaoten diffamiert, fanden bei der Mehrheit der Bevölkerung jedenfalls Verständnis.«
»Also, ich weiß nicht . . .« setzte Öhlenschläger zum Protest an.
»Ich beziehe mich auf Untersuchungen aus den achtziger Jahren«, fuhr der Übergewichtige hartnäckig fort. »Und ich sagte Verständnis, was die Argumentation der Demonstranten betraf, denn die Politik hat vieles selbstherrlich und über die Köpfe der Wähler hinweg entschieden. Siehe Kernkraft. Allerdings lehnt der Wähler das Gewaltpotential dieser oft militant operierenden Aktivisten eindeutig ab.«
»Sehr beruhigend.« Öhlenschläger wurde sarkastisch.
»Jetzt tun Sie doch nicht so, als sei Ihnen die Situation nicht bestens bekannt«, wies Dollberger ihn zurecht. »Auf der einen Seite die real existierende Mündigkeit des Bürgers, auf der anderen die Idealvorstellung, die die Politiker von ihrem Staatsbürger haben. Logisch, daß sich da Gräben auftun, daß eine Entfremdung eingesetzt hat, Verdruß sich breitmacht und man von einer Krise spricht. Jeder zeigt auf den anderen, und alle sind verdrossen. Parteienverdrossenheit bei den Bürgern, Bevölkerungsverdrossenheit bei den Politikern. Es führt kein Weg daran vorbei: Die Parteien müssen eine andere Strategie entwickeln und dürfen sich nicht länger ihrem Wunschdenken hingeben. Mit bloßen Versprechungen, die dann doch nicht eingehalten werden, bringt man den Wähler nicht mehr automatisch dazu, einem seine Stimme zu geben.«
Öhlenschläger hatte eine geharnischte Erwiderung auf der Zunge, obwohl er Dollbergers Ausführungen – denen er ver-

blüfft gelauscht hatte – insgeheim zustimmte. Aber Karst brachte die Diskussion zum Thema zurück, indem er wieder mal stereotyp fragte, was der Dompteur eigentlich bezwecke. Verunsichern, das sei deutlich, auch ziehe er möglicherweise ein Spiel auf, wie Henninghaus vermutet hatte, ein Spiel mit einem gigantischen Showdown. Aber jetzt drohe er zum erstenmal offen: Alle würden wohl noch an ihn denken. »Ist der Typ frustriert?«

»Wer ist das nicht?« Dollberger sah die beiden herausfordernd an. »Na, wer ist das nicht?«

»Dann können wir davon ausgehen, daß es sich um einen noch aktiven Politiker handelt«, folgerte Karst. »Damit fallen mindestens acht Personen aus unserer Rechnung heraus.«

»Sind denn inzwischen nicht einige andere hinzugekommen? Und zwar zwei oder drei, die von den NVA-Waffen wissen können?«

Karst bestätigte dies. »Aber immerhin sind es doch ein paar weniger«, machte er sich selbst Mut.

»Frustriert, der Kerl. Abgetakelt, keine Zukunft mehr, will die Bombe hochgehen lassen. Liege ich richtig?« Der Übergewichtige lag richtig, und sein neues Hörgerät, wesentlich leistungsfähiger als das alte, funktionierte auch bei Hitze, wie er erfreut feststellte. Dies war der erste Test. »Das sind doch potentiell fünfzig Prozent unserer Volksvertreter. Mindestens.«

»So viele?« Karst schaute Dollberger fragend an.

»Mindestens«, bekräftigte Dollberger. »Kein Wunder bei dem gottähnlichen Kanzler, der alle unterbuttert, jeden zur Schnecke macht, mit einigen wenigen herumklüngelt und die Politik bestimmt, ohne die parlamentarischen Spielregeln einzuhalten.«

Karst und Öhlenschläger waren erstaunt, wie abfällig Dollberger über seinen höchsten Chef sprach. Und keiner unterbrach ihn, als er weiter ausführte, der Frust in seiner Partei sei enorm angewachsen, es bildeten sich mehr und mehr Gruppen, die es dem Allmächtigen zeigen wollten. Der bevorzuge doch Minister von der Stange, die ihm vorbehaltlos zustimmten, seine wilhelminischen Allüren und seine Neigung zur Machtdemonstration unterstützten. Ungeliebte und Aufmüpfige schicke der Despot in die politische Wüste, die Ministerrunde bestehe deshalb nur noch aus Angepaßten, die zu allem bereit seien, was der Kanzler wün-

sche. Loyalität und ergebenes Dienen seien gefragt, und das bedeute, daß man dem Machtbesessenen vorbehaltlos zuzustimmen habe. Intellektuelle, die die Auseinandersetzung suchten, und Paradiesvögel mit ausgeprägter eigener Meinung seien dem Kanzler verhaßt.
Ausgiebig durchleuchteten sie die neue Variante: Dompteur, ein frustrierter Politiker. Und dann fragten sie sich, ob er alle hochgehen lassen werde oder nur die Vertreter der konkurrierenden Partei. Wahrscheinlich alle, meinten sie einhellig, denn er habe brisante Dinge über Regierung und Opposition gleichermaßen verbreitet. Zugegeben, die Opposition komme schlechter weg. Aber daraus könne man nicht schließen, welcher Partei Dompteur angehöre.
Warum er so sicher sei, daß es sich bei Dompteur um einen frustrierten aktiven Politiker handele, wollte Öhlenschläger von Dollberger wissen.
»Es läuft immer mehr auf einen ganz bestimmten Punkt hinaus. Die Bundestagswahl. Und nichts wäre spektakulärer, als sich exakt anläßlich dieses Ereignisses oder kurz vorher zu rächen. So könnte er die Rache in die Hände der Wähler legen, die sollen dann den hohen Damen und Herren einen gehörigen Denkzettel verpassen.«

Cullmann war wieder in Saarbrücken. Allem Anschein nach hatte niemand versucht, in seine Wohnung einzudringen. Das glaubte er am Türschloß zu erkennen. Drinnen sah es aus wie immer, Spuren einer Durchsuchung wären ihm wahrscheinlich nicht einmal aufgefallen.
Am Nachmittag rief Cullmann bei Sonja an. Er wollte Körperkontakt und noch ein bißchen mehr. Sie kam mit einer Stunde Verspätung und erklärte, sie hätte eine dringende Fahrt gehabt.
»Ich habe lange nichts von dir gehört. Zweimal bin ich vergeblich gekommen. Warum hinterläßt du mir keine Nachricht?«
Cullmann entschuldigte sich brav, Sonja gab sich zufrieden. Um es noch schöner zu machen als sonst, duschten sie auf Sonjas Vorschlag hin zusammen und verkrochen sich dann ins Bett. So aus-

giebig hatte Cullmann noch nie in den Spiegel geschaut. Sonjas ekstatische Bewegungen und ihre Hingabe stachelten ihn wahnsinnig auf. Erregend ihr auf und ab wippender Po, das Spiel der Rückenmuskulatur, die schlangenartigen Arme, immer auf der Suche nach warmem Fleisch. Nach seinem Fleisch.
Erschöpft lagen sie nebeneinander. Sonja rauchte, er drehte den Kopf zur Seite.
»Du hast große Probleme, mein Junge. Ist es nicht so?«
Cullmann atmete tief ein.
»Und keiner kann dir helfen. Bist wieder mal allein.«
Er sah sie von der Seite an. »Wieder mal?«
»Wie bisher eigentlich immer, und ich werde dich auch noch verlassen.« Sie strich mit einer Fingerkuppe über den Höcker auf seiner Nase, Relikt eines Boxkampfes noch zur Studentenzeit, aus dem er immerhin als Sieger hervorgegangen war.
Er stützte sich auf den Ellbogen. »Warum?«
»Weil du mir zu teuer wirst.«
»Ich dir zu teuer? Verdammt, jedesmal bezahle ich den Taxameterpreis.«
»Den zahlen andere auch.«
»Welche anderen?«
»Meine Kunden.«
Nach einigen Sekunden, während derer er ein vor Begriffsstutzigkeit einfältiges Gesicht machte, fragte Cullmann: »Du hast Kunden? Fahrgäste?«
»Nein, ich fahre zu ihnen hin. Sie rufen mich an, genauso wie du.«
»Du bist eine . . .«
»Ein Taxigirl«, meinte sie belustigt. »Ich fahre Taxi und habe meinen Spaß dabei.«
Cullmann ließ sich wieder nach hinten fallen. »Auch das noch. Sie treibt es mit jedem. Ich habe eine Hure zur Freundin.«
Sonja widersprach. »Deine Freundin war ich nie, höchstens deine Dienstags- und Donnerstagsbekannte, immer auf Abruf, wie es dem Herrn gefiel. Es hat dir doch gefallen, oder?«
»Ja . . .«
»Was willst du mehr? Keine Bindung, keine Verpflichtung und zweimal die Woche aufregenden Spaß. Zwanzig Mark hat dich das jeweils gekostet. Aber jetzt wirst du mir zu teuer.«

Cullmann wußte nicht, war es Sonjas Offenbarung oder seine Dummheit, was ihm so zu schaffen machte. »Seit wann geht das schon so?«
»Och, seit zwei, drei Monaten.«
»Also nicht seit Beginn unserer . . .«
»Wenn es dich beruhigt, nein.«
»Und was nimmst du von den anderen Kunden?«
»Du bist kein Kunde, Bodo. Für mich ist das schon ein Unterschied. Hundert Mark.«
»Guter Stundenlohn.«
»Plus Taxameter.«
»Wie viele Kunden hast du am Tag?«
»Nicht mehr als drei. Ich will mich nicht kaputtmachen. Ich dusche jedesmal, und alle müssen sie mit Strümpfen bumsen. Du bist die einzige Ausnahme.«
»Welche Ehre. Der strumpflose Bodo. Toll.« Cullmann stand auf und zog sich an.
Sie traf keine Anstalten, sich ebenfalls zu erheben, sondern beobachtete ihn. »Jetzt bist du sauer, nicht?«
Er schüttelte den Kopf. »Nein, nur enttäuscht.«
»Von mir?«
»Und von mir. Ich hätte nie gedacht, daß es so weit kommen könnte.«
Sonja drehte sich auf den Bauch und winkelte ein Bein an. Neckisch wippte ihr Fuß. Verführerisch sah sie aus. »Ich mache dir einen Sonderpreis.«
Cullmann antwortete nicht.
»Fünfzig. Na, ist das nichts?«
Er stand vor dem Bett und stemmte die Hände in die Seite. »Fünfzig, das klingt wirklich gut. Da brauche ich mich emotional nicht mehr so gebunden zu fühlen.«
»Hast du das jemals getan?«
»Ab und zu.« Er warf ihr das schwarze durchsichtige Nichts zu, das sie als Slip bezeichnete, die Jeans, den Nicki und die weißen Söckchen.
»Bedeutet das, wir sind keine Freunde mehr?«
Cullmann ging in die Küche und stellte die Kaffeemaschine an. »Du auch einen?«

»Bodo, das wird zu teuer, die Uhr läuft.«
»Pah! Heute mach' ich mit dir einen drauf. Auch einen?«
»Ja.«
Wenig später stand sie hinter ihm und schlang ihre Arme um seinen Hals. »Ich werde nicht immer Taxigirl sein. Und solange ich es bin, habe ich nur Stammkunden. So, wie du einer bist. Ein- oder zweimal die Woche. Wir sind eine große Familie.«
»Mit einer Muschi communis.«
Sie trank den Kaffee, stellte ihre Tasse ab und ging hinaus. Cullmann folgte ihr. Er hatte Scheu, sie wie sonst anzufassen.
»Ich bin nicht aussätzig«, beschwerte sie sich. »Neunundzwanzig Mark. Mach schon, gib dreißig. Rufst du mich an?«
Cullmann versprach es.
Wieder in seinem Büro, setzte er sich auf den abgenutzten Drehstuhl und starrte die Wand an. Sonja, eine Käufliche, die mit jedem ins Bett stieg. Mit jedem ihrer Stammkunden. Und er sollte dazugehören. »Nein, nicht mit mir«, sagte er vor sich hin. Und dann schämte er sich, war er denn nicht auch käuflich? Prostituierte er sich nicht auch auf irgendeine Art und Weise? Konnte nicht jeder oder jede seine Dienste kaufen? Und wer bekam den Zuschlag? Natürlich der oder die Meistbietende.

Schober schlug einen versöhnlichen Ton an, als er Cullmann begrüßte und auf einen Stuhl deutete. Zudem offerierte er etwas zu trinken. Cullmann, argwöhnisch bei dem ungewohnten Entgegenkommen des Kriminalbeamten, wollte einen Cognac und bekam ihn. Anschließend auch einen zweiten.
»Ich habe mit Koblenz und mit Frankfurt telefoniert. In Koblenz ist die Angelegenheit für Sie vom Tisch. Bevor ich zu Frankfurt komme, Herr Cullmann, eine Frage: Ist Ihnen eigentlich bewußt geworden, was vor zwei Nächten hätte passieren sollen?«
»Nicht so richtig. Man wollte den Mord vielleicht mir in die Schuhe schieben.«
Schober schüttelte den Kopf. »Sie sollten mit rüberspringen.«
»Ja?« So, wie Cullmann nachfragte, schien er nur mäßig interessiert zu sein. Sonja spukte in seinem Kopf herum, Sonja und ihre Stammkunden.
»Überlegen Sie doch mal. Für Mitternacht waren Sie verabredet.

Eine Stunde lang haben Sie gewartet, und der andere war höchstens hundert Meter Luftlinie von Ihnen entfernt. Und gegen ein Uhr fahren Sie los und sehen den Ford mit dem Toten. Der Mann wurde, wie die Koblenzer Gerichtsmedizin sagt, keine zwei Minuten vor Ihrer Ankunft liquidiert. Übrigens ein aufgesetzter Schuß aus einer Neun-Millimeter-Pistole. Selbstverständlich mit Schalldämpfer. Der arme Kerl hat den Mörder bestimmt für seine Kontaktperson gehalten. Deshalb ließ er ihn so nahe herankommen, deshalb kein Indiz für eine Gegenwehr. Haben Sie sich schon mal gefragt, warum der Killer mehr als eine Stunde gewartet hat?«

»Nein.«

»Aber Sie erinnern sich an den alten Ford. Wann fuhr er das erste Mal an Ihnen vorbei?«

»Mitternacht oder kurz davor.«

Schober zwinkerte, er schien müde zu sein. »Einen spontanen Mord können wir ausschließen. Und in diesem Zusammenhang gibt es nur eine Erklärung dafür, daß der angeheuerte Vollstrecker eine ganze Stunde verstreichen ließ: Er wollte Sie beide umlegen.«

»Warum?«

»Wegen Saarbrücken, der Geschichte mit Löbe, und wegen Frankfurt. Sie haben Mendgen gegenüber vielleicht zu viele Andeutungen gemacht.«

»Aber der ist doch nur ein kleines Licht«, warf Cullmann ein. »Er hat nichts zu entscheiden.«

»Er wird auch nicht die Zusammenhänge kennen. Aber eines wird er: Befehle ausführen und alles nach oben weitermelden.«

Dann kam Schober auf Frankfurt zu sprechen. Die dortige Kripo sei schon eine Stunde nach dem Mord an Napf von einem anonymen Anrufer auf ihn, Cullmann, aufmerksam gemacht worden. Sofort wußten sie, wer das Tonband geschickt hatte. Und da Cullmann nun mal aus Saarbrücken stamme, habe man sich hier erkundigt. Davon sei er, Schober, unterrichtet worden. Und in den letzten Tagen habe er mit den hessischen Kollegen gut zusammenarbeiten können, genau wie jetzt mit denen aus Koblenz. Man wisse, daß er, Cullmann, in allen Fällen nicht der Täter sei, sich aber auf äußerst gefährlichem und unsicherem Ter-

rain bewege. »Wo Sie auch auftauchen, gibt es Tote. Ist Ihnen das nicht schon selbst aufgefallen?«
»Doch. Aber was soll ich machen? Zu Hause hocken? Falls man mich beseitigen will, und es sieht ganz danach aus, wird man es auch dann tun, wenn ich nichts mehr unternehme. Auswandern wäre vielleicht noch eine Möglichkeit.«
Schober schenkte Cullmann einen weiteren Cognac ein. »Sie arbeiten immer noch im Auftrag von Frau Surges?«
»Ja, vorerst.« Cullmann fragte nicht, woher Schober davon wußte. Vielleicht hatte Valeri die Kopien der Polizeiberichte sogar von ihm erhalten?
»Also müssen der oder die Mörder denken, Sie seien hinter ihnen her.«
»Meinen Sie, es sind dieselben?«
Für Schober bestand daran kein Zweifel. »Zweimal Neun-Millimeter-Pistole, zweimal eine bulgarische Armeewaffe, alle Spuren auf den Projektilen identisch. Ein und derselbe Täter.«
»Der aller Wahrscheinlichkeit nach Erich heißt. Wer schießen kann, wird auch mit dem Dolch zustoßen können«, meinte Cullmann, und es klang etwas makaber.
»Die Stimmvergleiche, die die Frankfurter mit Hilfe Ihres Tonbands durchführen konnten, haben nichts ergeben. Aber das war abzusehen. Allerdings sprachen zwei der vier ein etwas hartes Deutsch. Um mehr herauszufinden, waren die Passagen zu kurz. Lassen Sie mir bei Gelegenheit die anderen Bänder zukommen?«
»Welche anderen?«
»Herr Cullmann, Sie werden doch nicht nur die zehn Minuten aufgenommen haben. Ich meine die Unterhaltung, die Sie mit Giesbert Napf geführt haben. Das war doch der Grund, warum Sie anschließend Mendgen besuchten. Zumindest haben Sie das in Koblenz behauptet.«
»Ich war . . .«
Schober drohte mit erhobenem Zeigefinger. Spott funkelte in seinen Augen. »Nicht lügen, der liebe Gott sieht es. Und die Polizei auch. Sie hat Ihre Fingerabdrücke aus Napfs Wohnung.«
»Sagen Sie mir, was ich jetzt machen soll.«
Schober sah Cullmann von der Seite an. »Als wenn Sie auf mich hören würden.« Und nach wenigen Sekunden: »Ich glaube, Sie

haben recht. Was Sie auch tun, die Kerle haben es auf Sie abgesehen.«
»Sehr tröstlich. Herr Schober, noch eine Frage bitte. Was hatte der Überbringer bei sich? Warum mußte er sterben?«
Schober überlegte, schließlich weihte er Cullmann ein.

Cullmann plante sein weiteres Vorgehen, als hätte Schober ihm einen Freibrief für künftige Ermittlungen gegeben. Und er wollte sich ablenken, denn Sonja schwirrte ihm immer noch im Kopf herum. Zuerst einige Telefonate, wobei er falsche Namen benutzte und sich jeweils auf das vorige Gespräch bezog. Und wieder einmal rüstete er seinen Campingbus für eine mehrtägige Reise.
Zwei Stunden später fuhr er an der Sauer entlang, jenem romantischen Grenzfluß zwischen Luxemburg und Deutschland. Für die schöne Eifellandschaft hatte er allerdings keine Augen, er war völlig in Gedanken versunken, kam jedoch mit seinen Überlegungen nicht weiter. Nördlich des Städtchens Prüm in der Schneifel, einer waldreichen Region, verfuhr er sich einige Male, bis er den Zufahrtsweg gefunden hatte. Kurz darauf stellte Cullmann seinen Bus in einem Waldweg ab und ging die restliche Strecke zu Fuß.
Wenige Minuten später sah er das Landhaus. Der Begriff Landhaus schien allerdings nicht ganz passend für dieses Anwesen! Allein die Wohnfläche im Hauptgebäude schätzte Cullmann auf mindestens dreihundert Quadratmeter. Dann gab es noch eine Garage für sechs Fahrzeuge und mehr, ein Gerätehaus und ein extra Gebäude fürs Personal. Geschützt wurde der Komplex von einem knapp drei Meter hohen Zaun, der geschickt durch eine Tannenschonung verlief. Vier Autos standen vor dem Haupthaus – darunter auch das protzige Zwölfzylindermodell in Langversion – und mindestens zwei weitere in der Garage, deren eine Tür offenstand. Also stimmte die Information: Der für Cullmann so interessante Mann entspannte sich an diesem Wochenende in der Natur.
Ein idyllischer Anblick bot sich Cullmann. Rauch kräuselte aus dem Kamin, dazu das bemooste Schieferdach, die Wetterseite auch mit den blauschwarzen, in der Sonne glitzernden Platten verkleidet, sonst dominierten Bruchsteinmauerwerk und Holz.

Cullmann hockte sich auf eine Wurzel. Von Zeit zu Zeit schaute er durch das Fernglas. Allmählich wurde es dunkel. Nach einer Weile fuhr ein weiteres Auto vor, zwei entfernten sich, und wenig später noch eines. Cullmann war unschlüssig, was er tun sollte. Mittlerweile war es zweiundzwanzig Uhr. Sein Fernglas nützte ihm nichts mehr. Entschlossen stand er auf, umrundete das große Anwesen und ging direkt durch die Einfahrt. Er war noch keine zehn Meter weit gekommen, als er ein Hecheln hörte, einen Stoß gegen die Brust verspürte und zu Boden fiel. Im Mondlicht sah er die Zähne eines riesigen Hundegebisses über sich blitzen.
»Ich würde mich an Ihrer Stelle nicht bewegen, sonst beißt Mona zu.«
Cullmann lag wie zur Salzsäule erstarrt. Ein Mann trat näher, stieß einen Pfiff aus, und Mona hockte sich neben seine Füße, als sei nichts geschehen.
»Was wollen Sie?«
»Herrn Kroninger sprechen. Sebastian Kroninger.«
»Sie sind nicht angemeldet, und sie kommen sehr spät. Ich glaube kaum, daß er Sie erwartet.«
»Aber ich bin durch das Tor gekommen.«
Der Mann überlegte. »Was soll ich Herrn Kroninger ausrichten?«
»Mein Name ist Cullmann. Sagen Sie ihm, ich hätte einige interessante Kapitel für ihn.«
»Ist das alles?«
»Fügen Sie hinzu, ich hätte sie Herrn Mendgen leider nicht aushändigen können.«
Der Mann verschwand, Mona huschte zu Cullmann, beugte sich über ihn und riß das Maul auf.
Wenig später ertönte wieder ein leiser Pfiff, Mona zog sich zurück, Cullmann durfte aufstehen und wurde ins Haus geführt. Als er die Einrichtung sah, alte Bauernschränke aus massiver Eiche, Ölgemälde an den Wänden, die riesige Halle, in der einen Hälfte nach oben offen bis zum Dach, die handgeformten Bodenfliesen, da ahnte er die Einkommensgröße des Besitzers. Kunststück, wenn man Konzernchef einer Verlagsgruppe war.
Cullmann durfte sich setzen, Mann und Hund blieben in seiner Nähe. Eine Tür ging auf, und Kroninger betrat den Raum. Gekleidet in einen Hausmantel aus Seide, einen Schal um den

Hals geschlungen und in leichten Lederschuhen, wirkte er wie ein Dandy. Die schwarzen Haare, exakt in der Mitte gescheitelt, und der Oberlippenbart verstärkten diesen Eindruck. Und der protzige Ring mit dem funkelnden Diamanten.

»Fred, wir haben überraschenden Besuch. Wer ist es denn?« fragte Kroninger mit näselnder Stimme.

»Cullmann heiße ich.«

»Ich fragte, wer Sie sind, nicht nach Ihrem Namen.«

»Ich bin der Schlüssel zu Ihrem Glück.«

Kroninger lachte, seine Zähne blitzten. »Donnerwetter, wir haben einen Witzbold zu Gast. Fred, warten Sie bitte mit Ihrem Schätzchen draußen! Unser Freund sieht ungefährlich aus.«

Kroninger trat näher, öffnete ein auf dem aus Schieferbruch gemauerten Kamin stehendes Kästchen und nahm eine Zigarre heraus. Die Spitze biß er ab und spuckte sie in die Ecke, dann ratschte ein Zündholz. Paffend und dabei dicke Wolken ausstoßend, besah er sich Cullmann.

»Schlüssel zum Glück. Klingt ein bißchen nach Orient. Tausendundeine Nacht. Wie darf ich die Bemerkung verstehen?«

»Ohne mich wird nichts aus dem Buch.«

»Buch? Buch? Ich mache jährlich mehr als fünftausend Bücher. Etwas genauer müßten Sie schon werden.«

»Ich meine ein ganz spezielles Buch, eines, wegen dem schon einige Leute ums Leben gekommen sind.«

»Oh, wie dramatisch. Da könnte man ja fast schon ein Buch übers Buch schreiben.« Kroninger suchte seinen Mund mit zwei Fingern nach einem Tabakrest ab und setzte sich Cullmann gegenüber. Jeder Zentimeter an ihm war pure Arroganz und Selbstgefälligkeit, gepaart mit Ironie und Zynismus.

»Es geht um die Passagen und Kapitel, die für jeweils Fünfzigtausend plus Überbringerlohn gekauft werden. Rechtzeitig zur Buchmesse oder etwas später soll alles auf den Markt.«

»Junger Mann, Sie sind nur mäßig unterhaltsam. Und Sie wiederholen sich.«

Cullmann berichtete in knappen Worten von Frankfurt, von Löbe und von dem Treffen mit Mendgen. Und daß er im Besitz von zwei Kapiteln sei. Als Kroninger ihn aufforderte, den Inhalt zu referieren, erzählte Cullmann Auszüge aus »Jagdsaison«.

Kroninger konnte sich zusammenreißen, aber trotzdem bemerkte Cullmann die zuckende Augenbraue und das gierige Ziehen an der Zigarre. Dann hörte er hinter sich jemanden klatschen.
»Bravo, bravo. Gut auswendig gelernt.«
Er ruckte herum und fand bestätigt, was seine Ohren schon registriert hatten. Valeri Surges stand, lässig ans Geländer gelehnt, am Fuß der Treppe, die in die oberen Räume führte.
»Was . . . was machen Sie denn hier?«
Valeri trat näher, ihre hochhackigen Pumps klackerten auf dem Steinboden, die Seidenstrümpfe schabten gegeneinander. Kroninger erhob sich und rückte einen Sessel zurecht. »Bitte, mein Liebes«, säuselte er.
Valeri schlug die Beine übereinander, strich den engen Rock glatt und ließ Cullmann nicht länger im ungewissen. »Darf ich vorstellen, mein Ex-Ehemann Kroninger, der große, gewaltige, gottähnliche Sebastian Kroninger. Ein Wort von ihm, und schon springt das Personal. Ein weiteres Wort, und schon springt jemand über die Klinge.«
»Du schaust dir zu viele schmutzige Filme an.« Kroningers Stimme klang wie geölt, so triefend, aalglatt und schmalzig. Mit seinem sarkastischen Ton zog er alles ins Lächerliche. Zu Cullmann gewandt, fuhr er fort: »Ich habe Sie zwar nicht eingeladen, darf Ihnen aber trotzdem etwas zu trinken anbieten. Und du, mein Schätzchen, einen Sherry?«
Kroninger läutete, ein Mädchen brachte Getränke.
»Stell dir vor, Herr Cullmann bietet mir verschiedene Kapitel für ein Buch an. Interessant, nicht?«
Valeris Blick war verächtlich, als sie wie in Zeitlupe die Lider hob. Sie wurde Cullmann ungemein sympathisch.
»Wie geht es im zweiten Kapitel weiter? Sie sprachen doch von zwei Kapiteln?«
Cullmann konzentrierte sich auf das wenige, das er von Schober erfahren hatte, und brach dann mitten im Satz ab, als hätte er schon zuviel verraten. Wieder die zuckende Augenbraue, die Zigarre war inzwischen im Ascher gelandet. Geziert klatschte Kroninger Beifall.
»Wie gelungen. Cullmanns Phantasiestunde.«

»In meinen Phantasien kommen Tote nicht vor«, entgegnete Cullmann ernst. »Und der bewußte Tote in Koblenz, kaum zwanzig Jahre alt, geht allein auf Ihre Rechnung.«
»Inwiefern bitte, wenn ich fragen darf?«
»Er war der Überbringer. Ich sollte das Kapitel von ihm in Empfang nehmen.« Cullmann erklärte in wenigen Sätzen den Zusammenhang und sprach die Vermutung aus, daß auch er hätte umgebracht werden sollen.
»Auf den letzten Aspekt reagierte Kroninger überhaupt nicht. »Wenn ich Sie recht verstehe, dann haben Sie das Kapitel noch . . .«
»Inzwischen schon.« Und als Kroninger schwieg: »Mendgen hat sich doch bestimmt bei Ihnen gemeldet. Sie müßten es also wissen.«
»Mendgen?« Der Medienmogul neigte den Kopf und lauschte dem Namen nach. »Nie gehört. Sollte ich ihn kennen?«
»Ein Mitarbeiter von Ihnen.« Cullmann ließ es dabei, gegen Kroninger kam er nicht an. Außerdem war es nicht seine Aufgabe, sich mit dem gewieften Geschäftsmann auseinanderzusetzen. Er wollte etwas anderes in Erfahrung bringen.
»Herr Cullmann, Ihre Ausführungen klingen mir ganz so, als wollten Sie mich anklagen.«
Jetzt schwieg Cullmann.
»Aha, unser Phil Marlowe ist sich unschlüssig. Er weiß nicht, wie es weitergehen soll. Kein Happy-End?«
Valeri Surges stand, was die Ironie betraf, Kroninger in nichts nach. »Herr Cullmann, Sebastian kann nicht anders. Die schnöde Welt ödet ihn an, er begegnet jedem verächtlich. Sie müssen wissen, der liebe Gott fragt ihn jeden Tag um Rat.«
»Was für eine Frau. Du allein kennst meine wahren Werte. Schade, daß du aus meinem Gehege entfleucht bist.«
»Ich wollte nicht eine der vielen unbefriedigten Frauen in deinem Leben sein. Nur als Egoist bist du unschlagbar.«
»Und dafür habe ich dich sechs Jahre durchgefüttert?«
Kroninger und Valeri vergaßen Cullmann. Und er wurde Zeuge eines höchst amüsanten Rededuells, geführt mit gezielten rhetorischen Nadelstichen, in dessen Verlauf die Kontrahenten einander nicht schonten. Sie stellte ihn als Mann in Frage und wies darauf

hin, daß er nur durch sein Geld eine gewisse Position erreicht habe, mit Geld erkaufe er sich alles, von Zuneigung bis hin zu politischen Freunden. Er konterte, indem er sich über ihre Frigidität ausließ. Steif und verschüchtert sei sie, unter Minderwertigkeitskomplexen habe sie zu leiden, immer wieder versuche sie sich in den Vordergrund zu spielen, aus seinem Schatten herauszutreten. Sie könne nun mal höchstens ein Abklatsch von ihm sein, damit müsse sie sich abfinden.

Was Cullmann in Erstaunen versetzte, war die ungewöhnliche Ruhe, mit der dieser Streit ausgetragen wurde. Kein lautes Wort, keine primitive verbale Attacke unter die Gürtellinie, statt dessen feine Bosheiten und hintergründige Ironie.

»Schätzchen, ich weiß gar nicht, was du hast. Fünf Millionen habe ich dir am Ende unseres gemeinsamen Weges gegeben. Für jede gemeinsame Nacht waren das, wenn ich mal überschlagen darf . . . zehntausend Mark. Eher mehr. Bist du etwa unzufrieden?«

»Nein, Sebastian, ich bin es von klein auf gewöhnt, jeden Dreck anzufassen.«

»Es freut mich zu sehen, daß du keinen seelischen Schaden davongetragen hast. Und dein Bankkonto ist auch unversehrt. Aber wenden wir uns doch noch einmal Herrn Cullmann zu. Extra den weiten Weg gemacht und dann ignoriert? Schrecklich.«

Kroninger verdrehte die Augen und stellte sich an den Kamin, in dem trotz der Jahreszeit ein Feuer prasselte. »Guter Mann, sind Sie davon überzeugt, daß ich Ihre Kapitel, oder was immer es ist, brauche?«

»Begehrt ein Sammler nicht stets die Stücke, die er noch nicht hat?«

»Schön haben Sie das gesagt. Also besitze ich die anderen Stücke schon. Könnten die mir nicht genügen?«

»Das Puzzle wäre unfertig. Und Sie als Perfektionist, so schätze ich Sie ein, unzufrieden. Ein Werk unter Ihrem Niveau.«

Kroninger schmunzelte. »Sie entwickeln sich zu einem Gegner.«

»Das sagt er jedem«, warnte Valeri. »Er will Sie einlullen.«

»Meine Liebe, misch dich bitte nicht ein, ja?« Und zu Cullmann sagte er: »Da Sie sich auszukennen scheinen, beachten Sie auch noch die folgende Möglichkeit: Ich werde weitere Kapitel erhal-

ten – und dazu die Auflösung. Ohne die kann sowieso niemand etwas mit dem Zeug anfangen. Also besitze ich selbst den Schlüssel zu meinem Glück.« Ganz offen gab Kroninger das zu, als sei es das Selbstverständlichste der Welt. Allein wegen dieser Information hatte sich die Reise für Cullmann schon gelohnt. Also steckte der Verlagschef tief in der Sache drin.
»Es sei denn, es gibt jemanden, der noch vorher aufdeckt, wer der Unbekannte ist«, hielt er Kroninger entgegen. »Wouff, der Ballon ist geplatzt, alles war umsonst.«
Kroningers Gesicht verzog sich spöttisch. »Wollen Sie etwa derjenige sein? Eine Hundertwattbirne ersetzt noch lange nicht die ... die Sonne.«
Kroninger zeigte kein Interesse an Cullmanns Angebot. Was er haben wolle, das bekomme er auch so. Als müßte er sich selbst etwas beweisen oder Cullmann gegenüber sein Terrain abstecken, trat Kroninger zu Valeri, beugte sich über sie und versuchte sie zu küssen. Doch eine schallende Ohrfeige beendete den Versuch.
»Mein Schätzlein, du hast heute mehr Temperament als früher«, säuselte er. Kroningers Augen allerdings ließen Cullmann für einen Augenblick in den Abgrund einer menschlichen Hölle schauen. Haß, unbeschreiblicher Haß war zu sehen, und Wut. Ohne ein weiteres Wort zu verlieren, stieg Kroninger die Treppe hinauf. Der Abgang wäre eines Hollywoodfilms würdig gewesen. Eine Tür öffnete sich, Fred betrat, Mona neben sich, den Raum und blieb abwartend stehen.
»Das bedeutet, wir haben zu gehen«, ließ sich Valeri vernehmen. Sie erhob sich. »Können Sie einen Augenblick auf mich warten?«
Wenige Minuten später stand sie mit einem Koffer abmarschbereit in der Halle. Über dem Arm trug sie einen leichten Staubmantel. »Wo steht Ihr Auto?«
»Und Ihres?«
»Ich habe mich fahren lassen.«
»Tut mir leid, solchen Service kann ich Ihnen nicht bieten. Wenn Sie mit mir fahren wollen, müssen Sie einige Schritte laufen.«
»Fred kann uns doch hinfahren.«
Aber Fred hatte keine Zeit. Und so schleppte Cullmann Valeris Koffer über holperige Waldpfade und durch das Unterholz. Sie

stakte in ihren Stöckelschuhen, deren Absätze immer wieder tief im Boden versanken, hinterher.
»Warum sind Sie nicht über Nacht geblieben?« keuchte er.
»Weil Sebastian mich ankotzt.«
»Und warum sind Sie überhaupt zu ihm gefahren?«
»Er ist Kunde unserer Bank. Außerdem hatten wir etwas Privates zu bereden. Es geht um meine Tochter, immerhin ist er nach dem Gesetz ihr Vater.«
»Wo ist sie?«
Valeri antwortete nicht. Sie erreichten den Bus. Obwohl Cullmann leidlich mit Autos umgehen konnte, gelang es ihm nicht, das Fahrzeug flottzumachen. Der schlüpfrige Waldweg mit dem tückischen Laub war ihm überlegen.
»Und was jetzt?«
Wütend knallte er die verschmutzten Fußmatten, die er unter die Antriebsräder gelegt hatte, in den Innenraum. »Ich werde es morgen früh bei Tageslicht wieder versuchen.«
»Heißt das etwa, ich soll die ganze Nacht in diesem Kabuff zubringen?«
Er baute sich im Scheinwerferlicht vor ihr auf und schaute sie an.
»Sie können auch im Freien schlafen.«
»Nein, dann lieber Sie.«
Cullmann legte die Sitze um, verteilte die Matratzen und baute so eine komfortable Liegestätte.
»Bitte gehen Sie nach draußen, ich möchte mich ausziehen.«
»Tun Sie das besser nicht. Ich werde nämlich auch im Bus übernachten. Außerdem kann es kalt werden.«
»Sie wollen auch . . .«
Cullmann bot ihr den Fensterplatz an, er selbst legte sich gleich neben die Schiebetür.

Die Sonne schien, als Cullmann die Tür öffnete und ausstieg. Er griff hinter sich und suchte seine Kleidungsstücke.
»Guten Morgen.« Die Decke hochgezogen bis zum Kinn, lächelte sie ihn an.
»Hallo. Gut geschlafen?«
Valeri nickte. Sie strich sich die Haare aus dem Gesicht und band sie im Nacken zusammen.

»Und, ist doch romantisch in einem Campingbus, oder nicht?«
Sie nickte erneut.
»Jetzt wollen wir aber den Bus flottmachen.«
Sie schüttelte den Kopf.
»Nein? Was denn?«
Valeri schlug die Decke zur Seite. Verführerisch lag sie nackt auf dem Polster. Hell ihre Haut, rosarot die Brustwarzen und ein rötlicher Flaum zwischen den Beinen. Cullmann kroch zu ihr, spürte den warmen Körper und das drängende Bedürfnis, die aufregenden Momente der vergangenen Nacht zu wiederholen. Und sie wiederholten.
»Verrückt sind wir«, sagte sie, als der Bus schaukelnd aus dem Wald holperte. »Aber nur Verrückte können solche schönen Dinge tun. So spontan und ohne Hemmungen. Wie schnell doch Antipathie ins Gegenteil umschlagen kann. Geht es dir auch so?«
»Hm«, brummte Cullmann.
»Findest du mich immer noch zu dick?«
Er schüttelte den Kopf. »Rubens hätte seine Freude an dir.«
»Und du?«
»Ich auch.«
In Prüm-Dausfeld bestellten sie in einem Einkaufszentrum ein Frühstück. Valeri suchte die Toilette auf und machte sich etwas frisch. Als sie zurückkam, verströmte sie wieder einen Hauch jener Distanziertheit, die Cullmann zu Beginn ihrer Bekanntschaft an ihr wahrgenommen hatte. Und dann unterhielten sie sich über Kroninger. Während Valeri gestern Schimpfworte vermieden hatte, bezeichnete sie ihn jetzt als riesengroßes Arschloch, als Sprücheklopfer, Idiot, verkommenes Schwein ohne Rückgrat, als einen, der über Leichen gehe, Hauptsache, er erreiche sein Ziel.
»Also alles in allem ein ehrenwerter Konzernchef.«
»Bodo, der Kerl hat Privatarchive angelegt, darunter auch eine Kartei über andere Manager und Firmenbosse, Deutsche wie Ausländer. Und eine über Politiker. Er schmiert in Bonn so kräftig, daß ich mich frage, wieso man dort nicht ständig ausrutscht.«
»Was will er mit den Karteien anfangen?«
»Macht haben, sich Leute kaufen, die seine Interessen vertreten. Und er will vorab informiert werden. Längst hat er seine Kraken-

arme über ganz Europa ausgestreckt. Sebastian besitzt Zeitungen und Verlage in vielen Ländern. Zumindest ist er dicke daran beteiligt. In England hat er sich über einen Strohmann die besten Stücke des pleitegegangenen Murdock-Konzerns einverleibt. Als die Kapitalabschlagsteuer im Gespräch war, hatte Sebastian schon längst vorgesorgt und seine Millionen außer Landes geschafft.«
»Auch zu deiner Bank?«
Valeri schwieg.
»Wo hat er die Daten über Manager und Politiker her?«
Valeri rührte in ihrem Kaffee. »Ich kann es nicht beweisen, aber ich vermute, er hat viele Dinge bei Ex-Stasiagenten gekauft oder in Auftrag gegeben. Fred war selbst bei der Stasi.«

Öhlenschläger fand seine Idee gut. Am besten treibt man den Teufel noch immer mit Beelzebub aus, hatte er sich gesagt. Er hatte sich nach oben hin abgesichert, Einwilligung erhalten und sich auf den Weg gemacht. Beim ersten Anlauf hatte er vor verschlossener Tür gestanden, das war gestern gewesen. Heute jedoch wurde ihm aufgemacht.
Sofort erkannte Cullmann den Besucher. Es war der gutgekleidete Mann, den er vor Frau Löbes Haus gesehen hatte. Später noch einmal in ihrer Wohnung und schließlich auf dem Friedhof, als er den Trauernden mimte.
»Öhlenschläger von der Landesregierung. Darf ich Sie bitte einen Augenblick sprechen, Herr Cullmann?«
Cullmann war unschlüssig. Hinter sich das unaufgeräumte Büro und vor sich den drängenden Besucher, auch heute wieder wie aus einem Modejournal entsprungen.
»Wollen wir einen Kaffee trinken gehen?« schlug Cullmann vor. Öhlenschläger, der einen Blick ins Haus hatte werfen können, war einverstanden.
»Lassen Sie uns hoch zum Saarländischen Rundfunk auf den Halberg fahren. Da sitzt man im Grünen.«
Die Getränke standen vor ihnen, und Cullmann wartete. Öhlenschläger glättete die weiße Tischdecke.

»Frau Löbe hat sich mir anvertraut. Sie sagte mir, Sie würden ihr Beweise für die Scheidung besorgen.«

»Ja, ich habe kurz für Frau Löbe gearbeitet.«

»Außerdem hat mich Frau Löbe ins Vertrauen gezogen, was diesen braunen Umschlag betraf, den Sie ihr ausgehändigt haben. Ich meine den, den Sie Friedrich, ihrem Mann . . . Sie verstehen.«

»Sprechen Sie nur weiter.«

Öhlenschläger seufzte, plötzlich fand er seine Mission kompliziert. »Überhaupt kannte ich die Löbes gut. Wir gehörten derselben Partei an. Bedauerlich, wie sich Friedrich in der letzten Zeit hat gehenlassen.« Öhlenschläger seufzte. Ihm tat der Tote aufrichtig leid.

»Und jetzt sitzen Sie bei der Landesregierung. Was ist Ihre Aufgabe dort?«

Öhlenschläger gab sich reserviert. »Ich weiß nicht, was das mit unserem . . .«

»Sie wollen etwas von mir und erhalten es, falls überhaupt, nur, wenn Sie meine Fragen beantworten.« Öhlenschläger knöpfte den Zweireiher auf. »Ich gehöre zum Stab des Ministerpräsidenten.«

»Persönlicher Referent?«

Öhlenschläger lächelte. »Nein, so ein hohes Tier bin ich nicht.« Und als Cullmann schwieg, kam Öhlenschläger über einige Umwege wieder auf sein Anliegen zu sprechen. »Wie gesagt, Friedrich Löbe kannte ich gut«, wiederholte er sich. »Eine traurige Geschichte, das Ganze. Erst phantastisch im Geschäft mit seiner Firma, dann plötzlich die Talfahrt. Frauengeschichten, er warf das Geld praktisch zum Fenster hinaus.«

»Und da hat man ihn fallenlassen.«

»Wer hat wen . . .«

»Die Partei Löbe. Nicht mehr tragbar, heißt es doch in solchen Fällen. War es so?«

Öhlenschläger protestierte heftig und erklärte, so gehe es vielleicht bei der Regierungspartei in Bonn zu, nicht jedoch im Saarland. »Wir setzen uns für unsere Leute ein. Deshalb habe ich Sie ja aufgesucht.«

»Ich soll demnach etwas für Sie erledigen.«

Zögernd nickte Öhlenschläger.

Cullmann fragte sich, warum er in letzter Zeit so begehrt war.

»Also bitte. Ich höre.«
Zuerst druckste Öhlenschläger herum, dann rückte er mit seinem Problem heraus. »Ich kenne den Inhalt von ›Jagdsaison‹. Ich möchte herausfinden, wer und was damit gemeint ist.« Cullmann schaute an Öhlenschläger vorbei und beobachtete die anderen Gäste. Ein Grüppchen Schüler machte er aus, die den Radiosender besichtigt, vielleicht sogar in einer Sendung mitgewirkt hatten und jetzt ihre Brote verzehrten.
»Jagdsaison? Was ist das?«
»Ich dachte, das wüßten Sie?«
»Sagen Sie es mir.«
Öhlenschläger klärte Cullmann mit wenigen Worten auf.
»Das ist nicht der alleinige Grund, warum Sie mich haben wollen.«
Öhlenschläger sah überrascht zu Cullmann, der immer noch die Schüler im Auge hatte.
»Nein? Was dann?«
»Sie arbeiten für den Ministerpräsidenten. Im Vorzimmer. Sie müssen eine einflußreiche Position haben, sonst wären Sie nicht mit der Aufgabe betraut worden, mich aufzusuchen. Vielleicht ist Ihre Position so hoch, daß der Vorschlag, mich anzuheuern, sogar von Ihnen stammt. Davon gehe ich eigentlich aus.«
Öhlenschläger protestierte nicht, sondern wunderte sich nur. Zwar hatte er sich mit Hilfe von Karst genau über Cullmann erkundigt – ihm lagen sogar diverse Polizeiberichte vor –, aber nach diesen Informationen hatte er sich Cullmann ganz anders vorgestellt, als er sich jetzt gab: logisch denkend und mit Kombinationsgabe ausgestattet.
»Und weiter?«
»Allein die zehn Blätter beziehungsweise deren Aufklärung interessieren Sie nicht. Sie wollen etwas ganz anderes.«
Öhlenschläger glättete erneut die Tischdecke, nahm dann sein Glas und trank. »Was will ich denn Ihrer Meinung nach?«
»Ihnen brennt der Arsch.«
Öhlenschläger zuckte zusammen.
»Ihnen geht die Muffe, Sie haben Schiß vor dem Unbekannten, der in mehr oder weniger regelmäßigen Abständen seltsame Dinge verschickt. Verklausuliert zwar, aber man kann auf den

Inhalt und die Personen, um die es geht, schließen. Ich kann mir vorstellen, in Bonn herrscht riesiger Aufruhr. Spätestens im Herbst geht die Bombe hoch.«
Öhlenschläger hatte sich alles so einfach vorgestellt: den einfältigen Cullmann für die Partei einspannen und nach Dompteur suchen lassen. Er hatte gehofft, das blinde Huhn könnte Glück haben, das Glück der Dummen. Zumindest hätte der Einsatz des kleinen Schnüfflers ein Ablenkungsmanöver sein können.
»Ich glaube, wenn wir ein Kapitel aufgedeckt hätten, dann wäre uns das schon eine Hilfe.«
Cullmann grinste. »Sie machen mir was vor. Ich frage mich: Was hat ein Mitarbeiter des Ministerpräsidenten für einen Grund, sich einzuschalten? Doch nur den, daß Dinge zu vermuten sind, die den Ministerpräsidenten oder die Partei diskreditieren könnten. Ist es so?«
Öhlenschläger nickte zögernd.
»Steckt Ihre Partei etwa auch in der NVA-Waffengeschichte mit drin?« Cullmann bezog sich auf Schoberts Information.
Öhlenschläger drehte sich hektisch nach allen Seiten um. »Nicht so laut, Herr Cullmann.« Erst dann wurde dem Ausputzer bewußt, daß er sich verraten hatte.
»Fünf oder sechs Passagen haben Sie inzwischen in Bonn auf dem Tisch liegen, wenn ich richtig informiert bin«, spekulierte Cullmann. »Aber es werden noch einige erwartet. Insgesamt so an die dreißig. Vielleicht ein paar weniger.«
Öhlenschläger stockte der Atem. Der ist ja besser auf dem laufenden als wir.
»Wie gesagt, im Herbst platzt die Bombe. Und genau deshalb sind Sie hier, Herr Öhlenschläger. Sie wollen mich als Entschärfer haben. Ob ich dabei draufgehe wie Löbe oder Napf oder der Deutsch-Russe in Koblenz, ist Ihnen egal. Und daran, daß Sie ausgerechnet zu mir kommen, zeigt sich, daß die Situation langsam unangenehm für Sie wird. Sie haben sich doch über mich erkundigt, nicht?«
»Selbstverständlich. Wir beauftragen nicht jeden.«
»Quatsch.« Mit einer unwilligen Geste wischte Cullmann diese scheinheilige Erklärung weg. »Für Sie bin ich doch ein Chaot.« Mira, seine Freundin bei der Zulassungsstelle, pflegte ihn so zu

nennen. Jetzt, wo Sonja weg ist, könnte ich Mira ... Oder ist Valeri vielleicht nicht nur auf der Durchreise? »Ein Chaot, der zufällig in was reingeschlittert ist und einige Dinge erfahren hat. Ein Chaot, den man möglicherweise nur zu beobachten braucht, den man als Lockvogel benutzen kann, um dann über seine Mörder an die Hinterleute heranzukommen.«
Öhlenschläger protestierte aufs heftigste. Das sei nicht sein Stil, geschweige denn der der Partei.
Cullmann winkte ab. »Zur Sache: Was soll ich tun? Was springt für mich dabei heraus?«
»Enträtseln Sie ein Kapitel, dann sehen wir weiter. Sagen wir ... Erfolgshonorar?«
Cullmann schüttelte den Kopf. »Nein. Aber vorab noch eine Bedingung: Ich will von Ihnen die Unterlagen von noch mindestens zwei weiteren Dossiers haben. Machen Sie meinetwegen alle Namen unkenntlich, aber ich brauche sie, um mich in den Unbekannten hineinversetzen zu können.«
»Hineinversetzen?«
»Mann, ich will ihn kennenlernen. Ist das denn so schwer zu verstehen?«
»Meinetwegen. Ich muß aber zuerst ...«
»... um Erlaubnis fragen. Machen Sie das.« Cullmanns Gesicht ähnelte dem eines Pokerspielers, ausdrucksstark wie eine betonierte Wand.
»Ihr Honorar: Fünfhundert pro Tag plus Spesen.«
»Tausend plus Spesen.«
»Das ... das kann ich nicht entscheiden.«
»Tausendfünfhundert plus Spesen. Wenn Sie noch länger zögern, koste ich Zweitausend.«
»Okay, einverstanden. Tausend ... Eintausendfünfhundert plus Spesen.«

Der Teufel hatte ihn geritten. Hoch gespielt und gewonnen. Noch blieben die Erfolge aus, aber das Geld häufte sich. Falls die Fünfzigtausend bei der Koblenzer Polizei freigegeben wurden, bewegte sich sein Vermögen erstmals im sechsstelligen Bereich. Am Nachmittag rief Valeri an, sie komme nach Saarbrücken und lade ihn zum Abendessen ein.

Cullmann wußte nicht recht, ob er sich freuen oder mißtrauisch sein sollte. Aber dann dachte er an die Nacht im Campingbus zurück und freute sich. Sein bestes Hemd zog er an, dazu frischgewaschene Jeans und einen Nicki. Unter seinen Sakkos konnte er sich für keines entscheiden. Sie waren alle längst aus der Mode.
Das Essen schmeckte in Valeris Gesellschaft ausgezeichnet, die Konversation bewegte sich in angenehmen Bahnen. Sie verzichtete auf Spitzen, er gab sich redegewandt und war darüber selbst am meisten erstaunt. Auf ihre Bemerkung, solche Eloquenz hätte sie ihm nicht zugetraut, entgegnete er, Schlagfertigkeit sei schon immer seine Stärke gewesen.
»Und jetzt?«
»Zu dir möchte ich.«
Cullmann sah sie an, als hätte er sich verhört. »Meine Putzfrau ist immer noch . . .«
Valeri ließ sich nicht davon abbringen, Cullmann fügte sich schließlich.
»Wie kommst du ausgerechnet auf diese Räumlichkeiten?« wollte sie wissen, als sie die einzelnen Zimmer inspizierte.
»Das war früher mal ein Pfannkuchen.«
»Ein was?« Unschlüssig blieb sie stehen.
»Pfannkuchen. So nennt man die aus dem Boden gestampften quadratischen Lebensmittel-Discountläden. Der hier hat Pleite gemacht.«
»Aha, deshalb auch die hohen Mauern drumherum. Kommst du dir nicht vor wie in einem Gefängnis?«
Cullmann ging mit ihr nach draußen, schaltete die Außenbeleuchtung ein und führte Valeri um das große flache Gebäude.
»Hier ist Süden. Das kannst du doch deutlich erkennen.«
Irritiert nickte sie, auf die Wand war ein Strand mit blauem Meer, gelbem Sand und Badegästen gemalt, die sich im Schatten von Palmen räkelten. Und davor standen ein echter runder Tisch, vier Stühle und eine Hollywoodschaukel. Sie bogen um die Ecke, dort war der Herbst zugegen – in Form von fast kahlen Bäumen, Laub auf der Erde, Drachen am Himmel und einem Kartoffelfeuer. Der Winter eine Wand weiter: Berge, bedeckt mit Schnee, eine eingeschneite Hütte. Und das Frühjahr fand sich auf der

vierten Wand, eine Wiese, übersät mit den unterschiedlichsten Blumen in einer wilden Farbenpracht.
»Was soll das bedeuten?«
»Gefällt es dir?«
»Ich weiß nicht.« Sie schaute zögernd zur Wand und dann ihm ins Gesicht. Wenn er lächelte, so wie jetzt, wirkte seine Nase mit dem Höcker breiter, als sie tatsächlich war. Und die grauen Augen verschwanden fast zwischen den Fältchen.
»Wer kann sich schon die Jahreszeit aussuchen? Je nach Stimmung setze ich mich in den Sommer oder den Herbst.«
»Und wie ist deine Stimmung jetzt?«
»Wenn ich dich anschaue, dann nach Blumen und Frühling. Nach Saft und Kraft.«
Kopfschüttelnd folgte sie ihm ins Haus.
»Früher also ein Pfannkuchen und heute deine Bleibe.«
»Zwischendurch war es ein Theater. Wie gesagt, der Discounter machte Pleite, keiner wollte diese flache Flunder – gleich um die Ecke ist ein großes Einkaufszentrum –, da stellte der Besitzer, er lebt in Kanada, die Bude der Kunst zur Verfügung. Genauer gesagt, dem Verein ›Nachwuchs für die Bühne‹. Gegen die laufenden Kosten. Das haben wir natürlich weidlich genutzt. Du kannst dir nicht vorstellen, was hier manchmal für ein Leben war.« Cullmann ging voran und forderte sie auf, ihm zu folgen. »Ich bewohne nur einen kleinen Teil, und zwar die ehemaligen Büros und Sozialräume. Der Rest steht seit zwei oder drei Jahren leer, der Verein existiert nicht mehr. Eigentlich schade drum.« Er öffnete eine zweiflügelige Tür, schaltete das Licht an und trat zur Seite.
Valeri blickte in einen voll ausgestrahlten Zuschauerraum mit annähernd zweihundert Sitzplätzen, allerdings nicht einheitlich bestuhlt. Hier eine Reihe ausrangierter Theatersessel, dort schnell zusammengezimmerte Bänke mit dünnen gesäßschonenden Auflagen. Und ganz hinten altes Gestühl aus Zügen der Deutschen Bundesbahn. Linker Hand die Bühne, um ungefähr einen Meter erhöht. Cullmann drückte sich an Valeri vorbei und sprang auf die Bretter, die für manchen die Welt bedeuteten. »Schau mal, was für eine Atmosphäre. Du stehst hier oben, siehst den Besuchern in die Augen und spielst deine Rolle. Das ist live,

du kannst dich nicht verstecken, und jeder Fehler ist unwiderruflich ein Fehler. Alle merken es.«
»Sag nur, du hast auch mitgespielt.«
»Ja . . .«, gab Cullmann zögernd zu. »Wenn Not am Mann war. Oder an der Frau.«
»Welche Rollen hat man dir denn zugedacht?«
»Normalerweise war ich zuständig für die Beleuchtung, den Kartenverkauf, machte den Platzanweiser und den Souffleur.«
»Und du bist eingesprungen, wenn es sein mußte.«
»Richtig.«
»Aber dann hattest du doch keine Zeit, deinen Text zu lernen?«
Cullmann wanderte auf der Bühne umher, schwer hallten seine Schritte wider. »Brauchte ich auch nicht, waren ja immer nur Nebenrollen. Irgendeiner meiner Mitspieler hat sich meinen Text auf den Rücken geklebt. Oder bei Hamlet, da spielte ich einen Wachmann, habe ich ihn mir auf die Lanze geschrieben.« Und nach einigen Sekunden gab er leise zu: »Meistens brauchte ich allerdings nur herumzustehen.«
»Der Prinz von Dänemark?« Valeri kam sich verschaukelt vor. »Sag mal, so etwas reißt man doch nicht einfach herunter. Da gehört schon einiges dazu.«
»Standardnummer. Wir haben nicht das ganze Stück gespielt, aber wesentliche Passagen. Zum Beispiel die Szene, in der Hamlet, auf der Suche nach dem Mörder seines Vaters, sich wahnsinnig stellt, um Onkel Claudius, der inzwischen der Mann seiner Mutter ist, zu überführen.«
Valeri war beeindruckt. »Egal, wie auch immer dargeboten, es ist und bleibt ein schweres Stück.«
Zögernd gab Cullmann zu, daß es auch Pannen gegeben habe. Aber die Zuschauer hätten darüber hinweggesehen. Seien ja alle besessen gewesen, hätten selbst ab und zu auf der Bühne gestanden. Sozusagen Kollegen. »Außer mir und noch einem haben alle an der Schauspielschule studiert. Oder am Theater gearbeitet, festes Engagement. Manchmal mußten sie für Prüfungen bestimmte Rollen einstudieren, und die Stücke haben wir dann eben aufgeführt. Oder es kam vor, daß gute Darsteller aus der zweiten Reihe, die schon auf dem Sprung in eine andere Stadt waren, einfach die Hauptrollen einübten, von denen sie träumten.«

Cullmann klärte Valeri über die Bandbreite des Repertoires auf, vom ›Eingebildeten Kranken‹ über den ›Besuch der alten Dame‹ bis zu ›Laß die Hosen runter‹, einem selbstverfaßten Stück. Allerdings war es ohne Fortune gelaufen, wie er zugab, und deshalb schnell wieder abgesetzt worden. Gleich nach der ersten Aufführung.

»Du in der Hauptrolle? Oder warst du der Autor?«

»Du nimmst mich einfach nicht ernst. Ich scheine für dich nur der Trottel aus dem Saarland zu sein.« Ironisch fragte er: »Weißt du, warum wir so kleine Köpfe haben?«

»Nein.«

»Ganz einfach: Damit man uns besser mit einem Ring Lyoner dekorieren kann.«

»Einem was?«

»Einem Ring Lyoner. Oder Fleischwurst.«

Valeri verstand die Anspielung nicht, und Cullmann hatte nicht das Bedürfnis, auf die Entstehung der Saarländerwitze einzugehen. Übergangslos kam er wieder aufs Theater zu sprechen. »Unsere größten Erfolge waren ›Violetta‹ und ›Von Mäusen und Menschen‹.«

»›Violetta‹? Noch nie gehört.«

»Eigentlich ein Singspiel. Berühmte Gestalten aus der Literatur sind mit der Rolle, die man ihnen zugedacht hat, unzufrieden und beauftragen einen jungen Schriftsteller, einen Roman mit ihren tatsächlichen Charakterzügen zu schreiben.«

»Welche berühmten Gestalten?« Valeri klappte einen Sitz herunter und nahm Platz.

»Frankenstein, Casanova, Dorian Gray, die drei Musketiere.«

»Interessant. Und du hast . . .«

»Nein, nicht Frankenstein. Einer der Musketiere fiel immer aus.« Sie schlug die Beine übereinander. »›Von Mäusen und Menschen‹, ist das nicht . . . Steinbeck?«

»Richtig. Schwere Kost. Es sind die Nuancen, die das Stück ausmachen. Kein Schrei- und Brüllepos. Subtil, feinfühlig und facettenreich.«

»Zwei auf der Suche nach der Verwirklichung ihres Traums?«

Cullmann nickte.

»Welchen hast du gespielt?«

»Den zurückgebliebenen, aber bärenstarken Lennie. Aber nur aushilfsweise.«
»Und der andere? War das Gerard?«
»Ja. Der clevere George wurde von ... von meinem Bruder gespielt.« Cullmann stand auf und kam wenig später mit einem Stapel Fotos zurück.
Valeri sah sich die Bilder an, zumeist Gruppenaufnahmen des kleinen Ensembles. »Gerard sah gut aus. Dunkles, gewelltes Haar, eine gerade, fast schon klassisch zu nennende Nase. So ganz anders als du.«
»Vielen Dank.«
»Sehr eigenwillig, die Mund- und Kinnpartie. Und die Augen erst!«
»Hier, sogar in Schwarzweiß kommt seine Ausdruckskraft zur Geltung.« Cullmann reichte ihr Fotos, auf denen Gerard als George zu sehen war. »Gerard, einfach phantastisch in seiner letzten Rolle. Die Schlußsequenz war phänomenal. Gerard, also George, kam aus dieser Ecke«, Cullmann deutete nach links, »und ging langsam bis zur Mitte der Bühne. Er war in gleißendes Licht getaucht. Während er die letzten Sätze sprach, schoben wir langsam eine schwarze Blende vor den Scheinwerfer, und es sah aus, als würde George verschluckt. Und die letzten Worte – wir haben die Passage etwas verändert, Gerard wollte es so – gingen unter die Haut. ›Nur der Tod hat Macht über den Tod‹, sagte er aus dem Dunkeln.«
Cullmann wollte Valeri die von ihm speziell für diese Szene entwickelte Technik demonstrieren, aber der Scheinwerfer funktionierte nicht. »Steht schon zu lange rum. Halogenlampe defekt.« Anschließend zeigte er ihr verschiedene Requisiten, selbst gebastelt oder gegen ein geringes Entgelt vom Theater erstanden. Die Ritterrüstung für den Götz, sie hatten sie nie benutzt. Tells Armbrust und die Pistole für ›Der Richter und sein Henker‹, was sie ebenfalls aufgeführt hatten.
Valeri spazierte durch die Zuschauerreihen. Abwesend ließ sie die Finger über den Cordsamt gleiten. »Und der Vorhang? Die Sitze? Die ganze Einrichtung?«
»Von verschiedenen Theatern und Schauspielhäusern, die hintere Reihe hat die Bundesbahn gestiftet, und zum Teil haben wir die

Sachen selbst gebastelt, wie du sehen kannst. Natürlich hat es gedauert, etwa ein Jahr, aber dann waren wir ziemlich komplett.« Valeri ging bis zum Ende des Zuschauerraums, lehnte sich mit dem Rücken an die Wand und verschränkte die Arme vor der Brust. Lange schaute sie Cullmann schweigend an. Dann sagte sie: »Ich habe ja schon viel erlebt, aber jemand, der in seinem eigenen Theater lebt, das ist die Höhe.«
»Ich verstehe jedes Wort. Gute Akustik, nicht wahr?«
Valeri stöberte in der Requisitenkammer, streifte sich das Hemd der Jean d'Arc über, schlüpfte in die Kleider der Mutter Courage, zog den klapprigen Holzwagen hinter sich her.
»Das sollte unsere neue Inszenierung werden.« Cullmann deutete auf einen Schrank, in dem Abendkleider hingen, Anzüge und ein Smoking.
»Und wie sollte das Stück heißen?«
»Nitribit alive.«
»Nitribit?« Valeri überlegte. »War das nicht die ...«
»Frankfurter Edelnutte.« Cullmann dachte an Sonja. Du wirst nie eine, dafür hast du viel zuviel Herz. Seine Trauer hielt sich seltsamerweise in Grenzen. Etwa wegen Valeri?
»Und dieses Klavier?« Sie schlug einen Akkord an. Es war verstimmt.
»Haben wir überall eingesetzt. Machte sich gut. Sehr dekorativ.«
»Sag nur, du kannst auch noch ...«
»Selbstverständlich. Konzert für drei schwarze Tasten«, verkündete er, ohne eine Miene zu verziehen. Später saßen sie einander im Wohnzimmer gegenüber. Valeri war verwirrt, und Cullmann spürte ihre Unsicherheit. »Jetzt wird mir auch ein Teil deiner Einrichtung klar. Du hast sie dir nebenan ausgeliehen.«
»Richtig. Wenn mir danach ist, räume ich einfach um und lebe mit anderen Möbeln. Oft habe ich das Gefühl, damit auch in eine andere Haut zu schlüpfen. Manchmal gar nicht so verkehrt. Das hier«, er deutete auf den Caféhaustisch vor ihnen, »gehört zu ›Irma la Douce‹.«
Valeri erhob sich, wanderte, nun mit anderem Blick, durch die Wohnung und erkannte plötzlich Dinge, die sie sonst nie beachtet hätte. Vor der Guillotine blieb sie stehen, legte allerdings nicht den Hebel um, wie Hader, der Kriminalbeamte, es getan hatte.

Statt dessen nahm sie die Puppe auf und betrachtete sie. Als sie sie wieder hinlegte, achtete Valeri darauf, daß der Kopf nicht unter das Fallbeil kam.

»Du erstaunst mich, Bodo.« Sie sprach leise. »Ich habe dich falsch eingeschätzt.«

»Mich stört es nicht, wenn du mich weiter als Tölpel behandelst, vorausgesetzt, wir sehen uns nur noch ein paarmal.«

Valeri warf einen Blick auf die Tür, hinter der das Schlafzimmer lag, und lächelte. »Ein Stück mit einem Himmelbett, hattet ihr das auch im Programm?«

Cullmann verneinte. »Wir können das vom ›Eingebildeten Kranken‹ nehmen. Hat auch in ›Irma la Douce‹ seine Dienste getan. Ist zwar nicht allzu breit, aber sehr bequem. Und es quietscht nicht.«

Sie frühstückten im Windschatten der Sommerwand. Die Sonne schien, und der Übergang von der Gegenwart zu Urlaubsgefühlen war fließend.

»Gar nicht so übel, diese große Ansichtskarte. Hilft im Winter die triste Laune abschütteln, nicht?«

Valeri verabschiedete sich und bedankte sich für die schöne Nacht. Er für die Einladung zum Abendessen.

»Wenn du das nächste Mal zu mir nach Luxemburg kommst, dann werde ich dir mal zeigen, wie man ein richtiges Chateaubriand zubereitet. Nach dem Originalrezept des F. R. Vicomte de Chateaubriand. Es wird dir noch viel besser schmecken als das von gestern abend.«

Cullmann schwebte wie auf Wolken dahin. Er fühlte sich leicht, eilte durchs Theater, sprang auf die Bühne und deklamierte die wenigen Textpassagen, die er auswendig kannte. Wen störte es, daß er wie wild hin und her sprang, Klassik mit Moderne vermischte, zwischen Schiller und Dürrenmatt pendelte?

Bis gegen Mittag hielt sein Hochgefühl an. Genau bis zu dem Zeitpunkt, da das Telefon schrillte und Kriminalrat Schober sich meldete. Ob Cullmann umgehend zu ihm aufs Präsidium kommen könne?

»Was gibt es denn?«

»Bitte Herr Cullmann, es ist wirklich dringend.«
»Hat es was mit . . .«
»Nein, nicht mit Frankfurt, Koblenz oder Saarbrücken. Bitte.«
Die euphorische Stimmung fiel schlagartig von ihm ab. In düsterer Vorahnung – Schobers beschwörender Ton hatte nichts Gutes verheißen – fuhr er über die Mainzer Straße in die Innenstadt. Schober empfing Cullmann mit ernstem Gesicht und führte ihn in sein Büro, wo sie ungestört seien, wie er meinte. Unaufgefordert schenkte er Cullmann einen Cognac ein. Einen doppelten. Mit einem auffordernden Nicken schob er ihm das Glas hin.
»Brauche ich den?«
»Ja, ich glaube schon.«
Cullmann kippte den Schnaps hinunter und schaute Schober erwartungsvoll an. Aber der Beamte, ansonsten von der Härte, die sein Beruf erforderte, kratzte verlegen mit einem Fingernagel am Holz des Schreibtischs herum.
»Na los, was gibt es denn?« Cullmann gab sich jovial, obwohl ihm aus unerklärlichen Gründen ganz anders zumute war.
Durch Schober ging ein Ruck. »Wir haben ihn gefunden.«
»Wen . . .« Alles Blut wich aus Cullmanns Gesicht, er sah alt und leidend aus. »Gerard?« fragte er mit leiser Stimme, als hätte er Angst, den Namen auszusprechen. »Wo?«
»Keine schöne Sache. Nicht weit weg, an der Saar. Kennen Sie Saarburg?«
Cullmann nickte schwach. Er fühlte sich kraftlos.
»Unter einem Holzstapel. Windbruch.«
»Wo ist er jetzt?«
»In der Pathologie.«
»Kann ich ihn sehen?«
Schober öffnete seinen Hemdkragen und massierte sich den Hals. »Sie würden ihn nicht mehr erkennen. Nur noch Knochen und einige wenige verfaulte Fleischfetzen.«
»Die Fotos, dann zeigen Sie mir die Fotos!«
Schober wollte nicht, aber Cullmann bestand darauf. Der Beamte griff in seinen Schreibtisch und zog eine Mappe hervor. Eine nach der anderen schob er die Schwarzweißvergrößerungen zu Cullmann hinüber. Der besah sich den blanken Schädel, die Mundöffnung, die Augenhöhlen, dann eine Ganzaufnahme.

Schober sträubte sich, Cullmann auch die anderen Abbildungen, die vom Fundort mit den Ameisen und all dem anderen Getier, zu zeigen. Es war still. Schober beobachtete Cullmann, und der vertiefte sich in die Fotos, als könnte er die Knochen in Fleisch einbetten und den Toten wieder lebendig werden lassen.
»Wie lange ist er schon tot?« fragte er mit belegter Stimme.
»Wir wissen es nicht genau. Sie haben Ihren Bruder vor zwei Jahren und elf Monaten als vermißt gemeldet. Richtig?«
Cullmann überlegte. »Stimmt.«
»Er muß kurz darauf verstorben sein.«
»Ist er... ist er...« Cullmann schluckte. Er konnte das Wort nicht aussprechen.
»Nein, unseren Informationen nach ist er nicht umgebracht worden.«
»Wie ist er unter den Holzstapel gekommen?«
Schober hob die Augenbrauen. »Keine Ahnung. Die Kollegen vermuten, man habe eine Art Greifer benutzt, um den Toten mit den Stämmen zuzudecken.«
»Wer ist man?«
»Können wir noch nicht sagen.«
»Aus welchem Grund hat man ihn überhaupt versteckt?«
Schober zuckte mit den Schultern. »Vielleicht war das sein letzter Wunsch? Oder er ist überraschend bei einem ... einem Treffen gestorben, so daß die Anwesenden sich gezwungen sahen, den Toten verschwinden zu lassen?«
Cullmann preßte seine Faust gegen den Mund. Weiß traten die Knöchel hervor. »Saarburg sagten Sie?« Und ohne eine Antwort abzuwarten: »Wie kam die Polizei auf Saarbrücken? Trug er einen Ausweis bei sich?«
»Nein, absolut nichts. Mit einer einzigen Ausnahme: Er hatte sich eine Klarsichthülle auf dem Rücken befestigt, wir fanden sie unter der Leiche. Können Sie etwas mit dem Text anfangen?«
Vor Cullmanns Augen verschwammen die einzelnen Worte. Als er den ersten Absatz gelesen hatte, zuckte er zusammen. »Schwarzes Glas, was könnte das bedeuten?«
»Ich weiß es nicht. Sagt Ihnen die Bezeichnung etwas?«
Cullmann verneinte. »Kann ich die Kopie behalten?«
»Natürlich. Zurück zu ihrer Frage, Herr Cullmann. Gefunden

haben ihn die Kollegen aus Trier. Bei der Autopsie stellten sie fest, daß der Mann Leukämie im fortgeschrittenen Stadium hatte. Und er war intensiv bestrahlt worden. Sie schätzten das Alter des Toten auf maximal vierzig, gingen dann die in Deutschland als vermißt Gemeldeten durch und achteten besonders darauf, ob unter ihnen jemand mit Leukämie war. Ein Vergleich des Gebisses ergab, daß es sich um Ihren Bruder handelte. Wieso hatte er schon künstliche Zähne?«

»Die eigenen waren ihm ausgefallen. Tabletten und Bestrahlung.«

Schober ließ Cullmann Zeit, er drängte ihn nicht. Behutsam fragte er schließlich, ob Cullmann sich vorstellen könne, was Gerard in der Nähe von Saarburg zu suchen gehabt habe.

»Sie wissen doch genauso gut wie ich, in welchen Kreisen er sich bewegte. Sie hatten doch öfter mit ihm zu tun. Zweimal haben Sie ihn eingesperrt. Seit er von seiner Krankheit wußte, war ihm alles egal. Ihn interessierten nur noch die schnelle Mark, das aufregende, flüchtige Leben. Und der Nervenkitzel.«

Öhlenschläger dachte ungern an das Gespräch mit Cullmann zurück. Irgendwie hatte er das Gefühl, eindeutig den kürzeren gezogen zu haben. Und für das hohe Honorar hatte er bei der Partei mit allen verfügbaren Argumenten kämpfen müssen. Aber schließlich hatte er sich durchgesetzt, nicht zuletzt dank der Rückenstärkung durch den Landesvater.

Der Besuch von Nilson, mit dem er vor zwei Wochen über die seltsamen Adoptionen von Kindern aus der Dritten Welt gesprochen hatte, war ihm schon unangenehm gewesen. Er hatte das Gefühl gehabt, Nilson fühle sich durch die Tatsache, daß ein Deutscher von den amerikanischen Zuständen wußte, persönlich bloßgestellt. Als wesentlich unangenehmer empfand Öhlenschläger jedoch das für heute geplante Treffen mit einem anderen Amerikaner und einem Franzosen. Es sollte um den Verkauf von Waffen der Nationalen Volksarmee der DDR gehen. Von Karst hatte er inzwischen erfahren, daß der spanische General, dessen Name – Monsanto – erwähnt worden war, jede Beteiligung an den Vorgängen leugnete, genauso wie der österreichische Ministerialbeamte Gudinger. Allerdings hatten beide ein Konto in Liechtenstein mit jeweils siebenstelligen Summen als Guthaben. Ausschließlich Spekulationsgewinne, wie sie sagten, und somit nicht zu versteuern. Zu packen seien die Männer deshalb nicht, so Karsts Fazit.

Mit diesen Informationen gewappnet, hatte Öhlenschläger sich vorbereitet. Getreu seinem festen Vorsatz, Treffen so unauffällig wie möglich zu arrangieren, hatte er Mainz vorgeschlagen, einen Ort nicht weit entfernt vom Frankfurter Flughafen, und man hatte sich darauf geeinigt. Öhlenschläger war dabei nicht ganz frei von Hintergedanken; als Student hatte er die rheinland-pfälzische Landeshauptstadt kennen- und das Johannisfest schätzengelernt. Es fand immer am ersten Wochenende nach dem Sonnenhöchststand statt. Standesgemäß waren seine Gäste im Mainz-Hilton einquartiert worden, er selbst wohnte bescheiden in einer Pension im Mainzer Stadtteil Hechtsheim.

Am Samstag schlenderten sie zu dritt über das Fest, tranken hier einen Wein, aßen dort eine Wurst oder, wie der Franzose Bermont, einen markigen Mainzer Handkäs. Tushings, aus Utah stammend, war selbst angesichts solcher Spezialitäten mehr für typisch amerikanische Gerichte: Hamburger mit viel Ketchup. In der Altstadt, nahe der Augustinerstraße, fanden sie schließlich vor einem Weinlokal ein ruhiges Plätzchen.

»Die Bundesrepublik hat in den Verträgen darauf bestanden, daß die Waffen nicht in Krisengebiete verkauft werden«, begann Öhlenschläger. »Wie konnte es dennoch dazu kommen?«

Bermont wies auf die liberale Auffassung der Franzosen hin und verkündete augenzwinkernd: »Wir geben denen Waffen, die sie bezahlen können. Auch den Argentiniern.« Sichtlich amüsiert, spielte er auf den Falkland-Krieg an, in dessen Verlauf ein britischer Flugzeugträger von einer französischen Exocet-Rakete, abgefeuert durch die Argentinier, getroffen und versenkt worden war.

Tushings hatte noch ein anderes Argument. »Wir mußten jene Freunde, die uns im Krieg gegen den Irak beigestanden hatten, anschließend mit dem Nötigsten versorgen. Um die Verluste auszugleichen. Leider haben die Deutschen sich nicht aktiv . . .« Die Anspielung saß. Schon fühlte Öhlenschläger wieder Schuldbewußtsein in sich aufsteigen. Das wird man uns noch in hundert Jahren vorhalten, dachte er.

»Meine Herren, Sie müssen verstehen, unsere Politik muß für die Öffentlichkeit glaubwürdig wirken.«

»Glaubwürdig wirken oder glaubwürdig sein?« warf Tushings ein, der genau wie Bermont perfekt Deutsch sprach.

Öhlenschläger überging die Bemerkung. »Wie konnten denn die Geschütze aus den USA nach Arabien gelangen?« wollte er wissen.

»Ganz einfach.« Tushings grinste. »Wir erhielten aus der Bundesrepublik den Hinweis, daß man hier nichts dagegen habe, wenn Kriegsmaterial über die Staaten nach Arabien käme. Direkt aus Deutschland zu liefern wäre natürlich unmöglich. Aber wem sage ich das.«

Öhlenschläger blieb die Luft weg. »Einen solchen Hinweis haben Sie bekommen? Bonn hat das erlaubt?«

»Uns hat man es auch erlaubt«, schaltete sich Bermont ein. »Und zwar lief die Genehmigung über das Hauptquartier der Nato in Brüssel und von dort nach Paris.«

Öhlenschläger fühlte sich verschaukelt. Hier behaupteten zwei Ausländer, die Bundesregierung unterlaufe die eigenen Bestimmungen, und er hatte davon keine Ahnung. Womöglich wählte man bewußt den Weg via Brüssel und handelte mit Billigung des Nato-Generalsekretärs? Als ehemaliger deutscher Minister nicht ohne Verbindungen, kannte der mit Sicherheit die Kanäle, die man benutzen mußte, wenn man diskret Waffen umzuleiten gedachte. »Können Sie mir vielleicht den zuständigen Beamten nennen, der das veranlaßt hat?«

Als hätten sich die beiden abgesprochen, zogen sie synchron jeder ein Schreiben aus der Tasche, beide von ein und derselben Person unterzeichnet, einem Staatssekretär im Verteidigungsministerium. Und aus dem Text ging exakt das hervor, was Tushings und Bermont ihm gerade mitgeteilt hatten. Öhlenschläger verstand die Welt nicht mehr. Aber klammheimlich freute er sich darüber, daß zumindest in diesen Fall die Regierung verwickelt war, beziehungsweise die gegnerische Partei. Ein Staatssekretär im Verteidigungsministerium konnte nur der Regierungspartei angehören.

Als sich die Dreiergruppe anschließend noch einmal ins Getümmel des Johannisfestes stürzte, kam bei Öhlenschläger keine rechte Stimmung auf. Erst später am Abend fing er sich wieder etwas. Der Amerikaner fand den Wein *so wonderful*; Bermont hielt sich zurück, er kannte die Wirkung des Getränks.

Tushings, schon mit alkoholschwerer Zunge, wollte von Öhlenschläger wissen, ob man inzwischen Genaueres über den geheimnisvollen Verfasser der Berichte herausgefunden habe.

»N . . . nein«, stotterte Öhlenschläger. Woher wußte Tushings davon?

»Ein Kollege von mir, ein entfernter Kollege, Nilson, hat mir von den Adoptionen erzählt. Schrecklich, was es alles gibt. Sind Sie denn wenigstens in dieser Angelegenheit schon weitergekommen?«

Noch bevor sich Öhlenschlägers Verwunderung gelegt hatte, sagte Bermont: »Und was ist aus ›Jagdsaison‹ geworden?«

In Öhlenschlägers Kopf rotierte es. An alles zugleich wollte er denken, alle Fakten auf einmal heranziehen. Erst nach und nach kristallisierte sich die entscheidende Frage heraus: Wieso waren die beiden so ausgezeichnet unterrichtet? Besonders Bermont, über ›Jagdsaison‹ hatte man doch nur im internen Kreis beraten?

Taktvoll, wie Bermont nun mal war, registrierte er die Verwirrung des Deutschen. Um Öhlenschläger zu helfen, fragte er allgemeiner: »Aber Ihre Leute werden doch schon etwas Greifbares in Händen halten?«

Als sei er der Mittelpunkt einer Verschwörung, beugte sich Öhlenschläger vor und sprach mit leiser Stimme: »Zum einen gibt es bei uns die Ermittlungen auf offizieller Seite. Effektiv und verschwiegen. So wie es bei Ihnen vermutlich auch abläuft. Darüber hinaus aber denken wir auch noch andere Möglichkeiten auszuschöpfen. Man weiß ja nie . . .«

Tushings schmunzelte. »Second Hand Connection?« Öhlenschläger konnte mit dem Begriff nichts anfangen, und Tushings erklärte: »So nennen wir es, wenn man unabhängig von der offiziellen Seite Leute einschaltet – niemanden aus der Regierung, von der Polizei oder einem Nachrichtendienst –, um für den Ernstfall gewappnet zu sein.«

»Genau so ist es.« Öhlenschläger lachte gequält. Die Unterhal-

tung mißfiel ihm. Vage formulierte er deshalb seine Antwort, um sich gegebenenfalls elegant herausreden zu können. »Läuft es nicht so gut für uns, dann haben wir jemanden, der verantwortlich gemacht werden kann. Aber derjenige wird keine Freude daran haben, im Mittelpunkt zu stehen.«
Tushings stellte seine Hand waagerecht und führte sie dicht am Kehlkopf vorbei. Dazu grinste er dreist.

Cullmann konnte die Gefühle nicht genauer deuten, die sich nach und nach seiner bemächtigten. Zuerst war es Trauer um Gerard, obwohl schon vor mehr als drei Jahren festgestanden hatte, daß sein Bruder nur noch wenige Monate zu leben hatte. Seltsamerweise fühlte er auch Erleichterung, mit der Ungewißheit war es vorbei, Gerard war endlich gefunden worden.
Cullmann wanderte in seiner Wohnung umher und suchte nach Fotos, die ihn mit dem Jüngeren zeigten. Natürlich hatte Valeri recht, wenn sie behauptete, er habe wegen seines Bruders den Studienort gewechselt und sei nach Saarbrücken zurückgekehrt. Damals hatte er sich verpflichtet gefühlt, dem Todkranken zu helfen. Kein leichtes Unterfangen, denn Gerard hatte längst mit dem Leben abgeschlossen. Vom Wesen her schon immer labil und anfällig für leichtverdientes Geld, war er in Kreise geraten, wo er ausgenutzt wurde.
Gerard, ein Experte, was Autoreparaturen anbelangte, frisierte Fahrzeuge, die man ihm reihenweise lieferte und ausschließlich ins Ausland verschob. Und er, Cullmann, dachte am Anfang, es sei alles legal. Er war zu unbedarft, um nachvollziehen zu können, daß in Frankreich und Spanien Autos von deutschen Urlaubern gestohlen und nach Saarbrücken gebracht wurden, wo man sie mit den Papieren von Unfallfahrzeugen ausstattete. Gerard sorgte für die entsprechenden Fahrgestellnummern.
Lange kam die Polizei nicht hinter diesen Deal, denn wer rechnete damit, daß die Pkw ins eigene Land zurückgebracht wurden? Und als Schober Gerard dann zum erstenmal verhaftete, fiel Cullmann aus allen Wolken. Er war davon überzeugt, daß es sich

um einen Irrtum handelte, hatte aber zugleich selbst die größten Schwierigkeiten, seine Unschuld zu beweisen. So ganz hatte Schober ihm nicht abgenommen, er habe von all dem nichts gewußt und die Autos in gutem Glauben in östliche Anrainerstaaten des Mittelmeeres überführt.
Natürlich fühlte sich Cullmann von Gerard ausgenutzt. Doch der lachte nur, als er ihn zur Rede stellte. »Was willst du denn? Macht es nicht Spaß? Spürst du nicht den Nervenkitzel? Für mich zählt nichts anderes mehr im Leben.«
Zu der Zeit ging es Gerard schon so schlecht, daß ihm die Zähne ausfielen. Trotzdem verkehrte er weiter in kriminellen Kreisen, verstrickte sich tiefer und stieg schließlich auf Rauschgifthandel um. In den gestohlenen Autos wurden Drogen versteckt, und zwar schon in Südspanien in einer Autowerkstatt, genauer gesagt, in Estepona und Algeciras. Herkunftsland des Stoffs der Träume war fast ausschließlich Marokko, nur wenige Kilometer von den beiden spanischen Städten entfernt und mit Hilfe eines schnellen Motorbootes in einer knappen Stunde erreichbar.
In Saarbrücken kamen die gestohlenen Autos, deklariert als Rückführungsfahrzeuge von erkrankten Urlaubern, per Transporter an und wurden nicht näher untersucht. Da immer wieder andere Grenzübergänge benutzt wurden – über Basel gingen die Fuhren, auch über Luxemburg oder Straßburg –, schöpfte niemand Verdacht. Und in Gerards Werkstatt wurde das Rauschgift aus den diversen Hohlräumen gepult, manchmal war es sogar unter den Radkappen versteckt, und an ein Verteilersystem weitergegeben.
Zwar vermutete Schober etwas in der Art, aber ihm fehlten die konkreten Beweise. Einer dritten und endgültigen Verhaftung – die zweite erfolgte wegen einer Messerstecherei, in die Gerard verwickelt war – kam Cullmanns Bruder zuvor, indem er spurlos verschwand: kein Abschiedsbrief, keine Andeutung, kein Hinweis.
Als das geschah, war Gerard bereits nur noch ein Phantom seiner selbst. Bleich, mager, von Fieber geschüttelt, nahm er ständig Morphium, um die Schmerzen zu betäuben.
Vielleicht hätte Gerard bessere Chancen gehabt, den Verbrecherkreisen fernzubleiben, wenn Vater nicht vor zehn Jahren verun-

glückt wäre? Cullmann belog sich selbst, Gerard hatte schon in der Schule Probleme gehabt. Das Gymnasium mußte er verlassen, weil er Mitschüler bestohlen und ihnen Haschisch verkauft hatte. Dann die vielen Anzeigen wegen Diebstählen in Warenhäusern, das erste geklaute Mofa, die ersten Autos, die er und seine Kameraden für eine Spritztour benutzten und dabei meist zu Schrott fuhren. Seine Lehre jedoch beendete er recht erfolgreich, und da dachten alle, er habe sich gefangen. Auch während der ersten beiden Jahre, nachdem Gerard die väterliche Reparaturwerkstatt übernommen hatte, schien alles gutzugehen.
Und heute? Längst war das Elternhaus verkauft, der Betrieb ebenfalls. Und weil Cullmann das Erbe von Gerard, der nun offiziell für tot erklärt worden war, ausschlagen würde, brauchte er nicht für dessen Schulden aufzukommen.
Wegen der Entwicklung, die sein Bruder genommen hatte, Gerard war mit fataler Folgerichtigkeit schließlich zum Schwerstkriminellen geworden, hatte Cullmann immer das Gefühl, als älterer Bruder und Beschützer versagt zu haben. Nur ungern dachte er an die Worte eines Psychologen zurück, den er gemeinsam mit seinem Bruder aufgesucht hatte. Er, Cullmann, trage einen Großteil der Schuld, weil er von Kindheit an immer versucht habe, alle Konflikte von dem Jüngeren fernzuhalten. Weil Gerard sich nie mit unangenehmen Situationen habe auseinandersetzen müssen, sei es ihm unmöglich gewesen, Lehren daraus zu ziehen. Gerard ging oft eigene Wege, gab sich verschlossen und mürrisch, und von vielen Dingen hatte Cullmann erst viel später erfahren. Von manchen würde er vielleicht nie erfahren. In diesem Zusammenhang fragte er sich natürlich, was Gerard an der Staustufe zu suchen hatte. Wollte er sich mit jemandem treffen? Spielte er auch in diesem Fall mit dem Feuer, hatte er sich auf eine undurchsichtige Angelegenheit eingelassen? Cullmann wußte es nicht.
Und noch etwas anderes wußte Cullmann nicht genau: War es Bruderliebe oder mehr ein Gefühl der Verpflichtung, was seine Bindung an Gerard hatte so eng werden lassen. Eine einseitige Bindung, denn Gerard hatte die Gefühle des Älteren nie ernst genommen. Cullmann ging ins Theater, schaltete die Beleuchtung an und sprach wie so oft mit sich selbst.
»Hier hättest du dein Glück finden können, wenn du nur gewollt

hättest. Dein Talent war einmalig, und wie du den George in ›Von Mäusen und Menschen‹ gespielt hast, wird unerreichbar bleiben. Leider konntest du nicht zwischen Bühne und Wirklichkeit unterscheiden. Vielleicht warst du gerade deswegen so phantastisch.«

Cullmann setzte sich in die erste Reihe und schloß die Augen. Deutlich sah er Gerard vor sich – schon von der Krankheit gezeichnet, was ihm nur noch mehr Ausdruckskraft, etwas geradezu Diabolisches verlieh –, wie er auf und ab ging, redete, sich dem Publikum zuwandte, es vollkommen beherrschte. Die wenigen Gelegenheiten, bei denen er neben Gerard hatte spielen dürfen, hatten sich in Cullmann eingefressen wie Brandmale einer unauslöschbaren Vergangenheit.

»Gerard, du konntest nicht mehr zwischen Traum und Wirklichkeit unterscheiden. Du spieltest dein eigenes Stück, das Leben schrieb die Rolle. Und du legtest es darauf an, immer im Mittelpunkt zu stehen. Vielleicht hast du sogar damit gerechnet, tragisch zu enden wie so viele Helden. Hast du etwa auch deine Krankheit benutzt, um wirkungsvoll von der Bühne des Lebens abzutreten?«

Cullmann zog den Zettel, den ihm Schober überlassen hatte, aus seiner Brusttasche, die Kopie des Originals, das unter Gerards Überresten gefunden worden war. Der Text begann wie bei Martin Luther King. »›Ich hatte einen Traum‹, einen Traum vom Glück und einen Traum von Zufriedenheit. Ich hatte einen Körper, einen Körper voller Kraft und einen Körper voller Leidenschaft. Vergeht eins, vergeht das andere. Leben kann ich nur mit beiden. Habe ich irgendwann keinen Körper mehr, vielleicht verbindet sich mein Traum mit meiner Seele? Oder falle ich für immer in ein schwarzes Loch? Dann schon lieber angestrahlt durch schwarzes Glas. So wie George, wenn er abtritt.«

Was hat die Anspielung auf George zu bedeuten? Und dann die unverkennbare Parallele zwischen Löbe und Gerard: Beide sprachen von schwarzem Glas. Könnte das die Bezeichnung für etwas sein, das ich nicht kenne? Oder an das ich mich nicht erinnere? Ist es ein Hinweis? Ein wichtiger Tip für mich? Nachdenklich starrte Cullmann auf die wenigen Zeilen. Noch konnte er damit nicht viel anfangen, ebensowenig, wie er früher mit Gerards ver-

schrobenen philosophischen Spielereien etwas hatte anfangen können. Cullmann erhob sich, löschte das Licht, verschloß die Tür zum Theater und ging in sein Wohnzimmer. Er fühlte sich alt und ausgelaugt.
Ohne rechtes Interesse griff er nach dem dünnen Päckchen von Öhlenschläger. Er hatte seine Zusage nicht eingehalten und ihm lediglich ›Jagdsaison‹ ausgehändigt, den Text, dessen Inhalt er schon zur Genüge kannte.
Cullmann konnte sich nicht konzentrieren. Seine Gedanken pendelten zwischen Gerard und der Gegenwart hin und her. Schloß er die Augen, sah er seinen Bruder vor sich stehen, grinsend, einen spitzbübischen Ausdruck im ölverschmierten Gesicht und einen Maulschlüssel in der Hand.
Er braute sich einen Kaffee. Dann starrte Cullmann wieder auf ›Jagdsaison‹, als wollte er das Geheimnis des verklausulierten Textes unbedingt lüften. Valeri drängte sich dazwischen, ihre letzte Nacht. Sie hatte von ihrer Tochter erzählt, die in einem Internat aufwachse. Alle zwei Wochen fahre sie sie besuchen. Und sie hatte ihm ihr Alter verraten: achtunddreißig. Drei Jahre älter als er.
»Stört dich das?«
Nein, hatte er geantwortet und hinzugefügt, jetzt habe er zumindest einen Grund, ihre Überlegenheit anzuerkennen. Die Reife mache es.
»Bin ich dir überlegen?« So, wie sie gefragt hatte, zweifelte sie selbst daran.
»Ich kann mich damit abfinden.«
»Du findest dich mit vielem ab. Andere bestimmen über dich. Warum wehrst du dich nicht?«
Was hätte er darauf antworten sollen?
»Zeig mir, wo meine Grenzen sind.« Sie hatte sich an ihn gekuschelt. »Frauen wollen ihre Grenzen kennenlernen. Wenn Männer das versäumen, werden wir unersättlich.«
»Bei was bist du unersättlich?«
»Bei allem. Weil mir keiner Grenzen aufzeigt.«
»Dir gefällt es doch, dein . . . ausschweifendes Verhalten.«
Valeri hatte lange überlegt. »Ich weiß es nicht. Aber es ist zumindest eine Möglichkeit, mit meinem Leben fertig zu werden.«

»Du hast schwerwiegende Probleme?« hatte er spöttisch nachgefragt.
Sie hatte ihn nur angeschaut. Mit ernsten Augen und einem eindringlichen, vielleicht sogar hilfesuchenden Ausdruck im Gesicht. Und zum erstenmal hatte er – ohne ergründen zu können, warum – geglaubt, daß sie sich selbst betrog. Valeri war, ähnlich wie Gerard, in eine Rolle geschlüpft, die ihr zu Anfang vielleicht angenehm vorgekommen war, die sie aber jetzt nicht mehr ablegen konnte, so sehr sie es möglicherweise auch wollte.
Cullmann erinnerte sich an das letzte Abendessen mit ihr und sprang so plötzlich auf, daß sein Stuhl nach hinten umkippte. Wie ein Gepeinigter, der ein letztes Mal mit aller Kraft aufbegehrt, schrie er: »Verdammt, das ist es. Das muß es sein.« Mit geballten Fäusten, als hätte sich ein Einbrecher in sein Haus geschlichen, den es zu vertreiben galt, stürmte er ins Büro und suchte nach einem Atlas.
»Lendenberg«, murmelte er dabei unentwegt vor sich hin. »Lendenberg.«
Den aufgeschlagenen Atlas in der Hand, ging er zurück ins Wohnzimmer, schob die Kaffeetasse zur Seite und breitete die einzelnen Blätter von ›Jagdsaison‹ auf dem Tisch aus.
Er suchte das ganze Register ab, nicht nur nach dem Wort Lendenberg, sondern nach allem, was im übertragenen Sinne gepaßt hätte. Als er keinen Hinweis fand, überlegte er, wo außerhalb Deutschlands sich das Herz Europas befinden könnte. In Luxemburg, sagte er sich, Frankreich, Belgien und Holland.
Eine Stunde später lagen genaue Karten dieser Länder vor ihm auf dem Tisch. Und nach einer weiteren Stunde wurde er fündig: in Belgien. Als wollte er verhindern, daß der endlich gefundene Punkt sich wegschlich, preßte er den Zeigefinger darauf. »Nein, du entwischst mir nicht.«
Cullmann nahm eine Lupe, um weitere Details erkennen zu können. Und im Umkreis des Berges Chateaubriand suchte er alles ab. »Warum mußte ich erst mit Valeri essen gehen, um dahinterzusteigen?« redete er mit sich selbst. »Und dann auch noch Chateaubriand, Rinderlende.«
Wenig später konnte er sich auch zusammenreimen, was die Zahlen, die er für Koordinaten gehalten hatte, bedeuteten. Es han-

delte sich um zwei Straßen, die mit der Nummer 40 und die mit der 28. Und in dem von diesen Straßen und einer weiteren gebildeten Dreieck, so vermutete er, lag die Lösung von ›Jagdsaison‹.

Inzwischen hatte sich im Kreis die von den Ausputzern und Karst vorgetragene Version, es könne sich bei Dompteur nur um einen beleidigten, verärgerten oder frustrierten Politiker handeln, endgültig durchgesetzt. Je genauer die Anwesenden ihre Unterlagen unter diesem Gesichtspunkt zu analysieren versuchten, desto deutlicher fanden sie sich bestätigt.
Und noch etwas war den Mitgliedern des Kreises mit Hilfe der drei Außenstehenden gelungen: Sie hatten die Zahl der potentiell Verdächtigen auf sechzehn Personen beschränken können. Nur diese sechzehn, so vermuteten sie, seien in der Lage gewesen, selbst oder über Querverbindungen an die Informationen heranzukommen. Einen Unsicherheitsfaktor gab es allerdings noch in der Rechnung: Bisher fehlten konkrete Hinweise auf den erweiterten Krisenstab, der zur Zeit des Moskauer Putsches getagt hatte.
Weniger die Zahl der Personen erschreckte die Anwesenden als vielmehr, wer alles dazugehört hatte. Minister, Staatssekretäre und auch die Spitzen der Opposition, die von der Regierung stets auf dem laufenden gehalten worden war, um sie in die Verantwortung zu nehmen und durch gemeinsame Entscheidungen zu binden. Geteilte Schuld wiegt halb so schwer.
»Beginnt die Diskussion um uns Politiker denn schon wieder«, beschwerte sich Marie-Luise, klopfte mit dem Zeigefinger auf ein Blatt und verdrehte die Augen. »Können wir denn nie in Ruhe arbeiten? Dauernd diese Attacken, Unterstellungen und subtilen Andeutungen. Als wären wir immer nur darauf bedacht, den Bürger auszunehmen wie eine Weihnachtsgans. Natürlich nur, um uns selbst zu bereichern.«
Wodaz und Henninghaus pflichteten ihr bei, auch sie fühlten sich irgendwie angesprochen. Überhaupt fühlte sich neuerdings jeder Politiker auf Bundes- und Landesebene bei allem und jedem angesprochen, denn es setzte Politikerschelte wie nie zuvor. Selbst

der Bundespräsident schalt mit, und das verprellte die Herrschaften besonders. Er habe neutral zu bleiben und nicht in Polemik zu verfallen, so die einen. Er selbst habe als Politiker Entscheidungen gefällt, deshalb sei seine Kritik ein Eigentor, so die anderen, die auch nicht vergaßen, an die Zeit vor seiner politischen Karriere zu erinnern. Er war in einem Chemiekonzern tätig gewesen. Dort seien seltsame Dinge mit gefährlichen Giften, unter anderem Dioxin, gelaufen, von denen er vorgab, keine Ahnung gehabt zu haben. Weil er aber so integer wirkte, seine Position praktisch unangreifbar war, protestierte niemand öffentlich und lautstark. Und wer es gewagt hätte, Details aus der Vergangenheit auszugraben, dem hätte man sofort unterstellt, er wolle nur von sich selbst ablenken.

»Wir sind doch praktisch aus Glas«, warf Wodaz ein, und Karst zuckte zusammen. Schon wieder Glas, aber leider nicht schwarzes Glas, wie auf dem Zettel stand, den man bei dem Toten in Saarburg gefunden hatte. »Wir können keinen Aufsichtsratsposten mehr annehmen, eine Kommission prüft ständig unsere Bezüge, von Nullrunden ist die Rede, jeder schaut uns auf die Finger«, fuhr Wodaz fort. »Da macht das Arbeiten doch keinen Spaß mehr.«

»Und immer wieder kommen seltsame Dinge vor, wird gemauschelt, bestochen und intrigiert.« Öhlenschläger zog sich böse Blicke aus drei Augenpaaren zu. Trotzdem sprach er weiter: »Nur deshalb sitzen wir hier zusammen. Weil Politiker sich offenbar wie in einem Selbstbedienungsladen fühlen, weil sie süchtig danach zu sein scheinen, ihr Ego mit allen nur erdenklichen Mitteln zu stärken.«

»Das ist aber ein starkes Stück«, brauste Marie-Luise auf. »Sie unterstellen allen . . .«

»Vielen, nicht allen«, korrigierte Öhlenschläger.

Die Diskussion erhitzte sich so sehr, daß die Anwesenden vorerst keine Zeit fanden, sich über die zuletzt eingegangene Botschaft von Dompteur den Kopf zu zerbrechen. Vielleicht erschien sie ihnen auch nicht so wichtig wie die vorangegangenen, sie bezog sich nur auf ein Bundesland, und dann auch noch auf Hamburg. Der Verfasser stellte die Behauptung auf, bei einem vier Jahre zurückliegenden kulturellen Ereignis habe die Polizei vorab gewußt, daß Chaoten planten, die Ruhe der Besucher zu stören. Gemeint war die Eröffnung eines neuen Musical-Theaters im Juli 1990. Gegen den Protest vieler Anwohner, die ihren Stadtteil vom Kommerz überrollt sahen, war der aufwendige Bau eigens für das ›Phantom der Oper‹ errichtet worden, und vom Tag der Premiere an kamen Musicalfreunde von überall her in die Hansestadt. Mehr als eintausend gewalttätige Demonstranten hatten am Tag der Eröffnung eine Spur der Verwüstung durch den Stadtteil gezogen und auf ihre Art gegen das protzige Gehabe einiger weniger protestiert. Obwohl die Polizei mit viertausend Beamten und zeitweise mit drastischen Mitteln die zweitausend Premierengäste zu schützen versuchte, hatte sie das Geschehen zu keinem Zeitpunkt im Griff.

Ein Foto war beigelegt: Eine Polizeikette stand tatenlos daneben, als ein Chaot einer hochschwangeren Frau in den Bauch trat.

Viele Theaterfreunde waren tätlich angegriffen, mit Farbbeuteln, Steinen und Eiern beworfen worden. Sicherlich hatte sich Andrew Lloyd-Webber ein anderes Szenario für die Premiere seines Musicals vorgestellt, aber gegen die geballte Wut, die sich da in noch nicht dagewesener Form auch an Unbeteiligten entlud, war die Polizei machtlos gewesen. Luxuslimousinen waren mit Eisenstangen attackiert worden, Scheiben zu Bruch gegangen, den Besuchern hatte die nackte Angst im Gesicht gestanden.

Viel zu spät hatte die Polizei die Kreuzung mit Wasserwerfern geräumt, und auch dabei waren Premierenbesucher zu Schaden gekommen. Und nun lieferte dieser Unbekannte in Form von zwei Schriftstücken den Beweis, daß die Polizei vorab ausführlich über die geplante Demonstration informiert und aufgefordert worden sei, nicht einzuschreiten. Wenn es die Situation erlaube, sollten die Beamten sich zurückziehen und keinen Anlaß zu neuen Ausschreitungen liefern. Das zweite Schreiben enthielt die Begründung für diese Anordnung. Es könne zu neuen Unruhen in der Hafenstraße kommen, wenn die Gegner des Theaterbaus keine Gelegenheit bekämen, ihren Unwillen zu demonstrieren.

»Das ist auch eine Form der Unzufriedenheit, die sich durch Gewalt artikuliert«, kam Henninghaus auf den Hamburger Vorfall zu sprechen. »Hier rebelliert eine Randgruppe gegen ihre Isoliertheit.«

»Wie vor knapp zwei Jahren in Berlin«, erinnerte sich Marie-Luise, denn sie war auch dort gewesen. »Dreihunderttausend demonstrierten für Ausländerfreundlichkeit und gegen Ausländerhaß, zweihundert aus der autonomen Szene störten die Versammlung, bewarfen den Bundespräsidenten mit Eiern und schrien ihn nieder. Man muß sich das mal vorstellen: Zweihundert diktierten das Geschehen. Und genau diese Szenen zeigte man in aller Ausführlichkeit im Ausland. Die dreihunderttausend anderen waren Nebensache.«

»Später ist in Bremen, Nürnberg und Stuttgart das gleiche passiert.« Henninghaus schaute in die Runde. »Unser Staat ist im höchsten Maße anfällig geworden gegen extremistische Angriffe. Und er reagiert ohnmächtig.«

»Chaoten kann man in einer Demokratie nicht glücklich machen.« Damit war für Wodaz die Angelegenheit erledigt. Er fühlte sich nur bestätigt, seit Jahren schon rief er nach mehr Polizei und schärferen Gesetzen.

Karst schaltete sich ein. »Herr Henninghaus hat recht. Und was er sagt, hat unmittelbar mit unserem Problem zu tun. Der frustrierte Unbekannte, unser Dompteur, will als der Erlöser gefeiert werden, als der, der die Mißstände im Lande endlich offen anprangert.«

Karst verteilte Kopien von einem älteren Zeitungsartikel. Es ging um eine Umfrage, in der Jugendliche zum Ausdruck brachten, daß sie sich von der Politik betrogen fühlten. Fast 90 Prozent der Befragten waren davon überzeugt, daß die Politiker logen. Und die Folge: 71 Prozent hatten mit Politik nichts mehr am Hut.

»Aber das kann man doch nicht verallgemeinern«, protestierte Marie-Luise. »Eine Studie wie diese ist doch nicht aussagefähig, sie kann höchstens eine Momentaufnahme sein.«

Erneut war die Diskussion auf einem Nebenschauplatz entfacht. Das ›Phantom der Oper‹ trat in den Hintergrund, jetzt wurden die eigenen Probleme von allen Seiten beleuchtet.

Natürlich seien die Gehälter und Einkommen der Abgeordneten ihren Leistungen angepaßt. Zumindest Henninghaus war dieser Meinung. Daraufhin erwiderte Dollberger, der sich bisher zurückgehalten hatte, das sehe der Bürger aber anders, vor allem, wenn er zufällig mal eine Übertragung aus dem Bundestag ver-

folge. Gähnende Leere im Saal, wo doch eigentlich eine Plenarsitzung stattfinden solle. Da frage sich der Steuerzahler natürlich, wo die vom Volk gewählten Herrschaften seien.
Drei Köpfe senkten sich synchron. Wodaz richtete sich als erster wieder auf.
»Wir können nicht auf allen Hochzeiten tanzen. Wir müssen auswählen. Und was wir zum Beispiel hier tun«, er schlug mit der flachen Hand klatschend auf den Tisch, »ist nun mal verdammt wichtig.«
Die Runde verfiel in zwei Lager. Die Ausputzer und Karst auf der einen, die drei Volksvertreter auf der anderen Seite. Und die warfen den Praktikern vor, sie gingen die Sache einseitig an und schlügen gezielt in die Kerbe der Vorurteile.
Karst verwies erneut auf die Stimmung in der Öffentlichkeit, die Dompteur geschickt auszunutzen und anzuheizen versuche. Und er verwies darauf, daß er selbst im Vergleich zu den Parlamentariern auch ziemlich miserabel bezahlt werde.
Die Emotionen kochten hoch. Dollberger wurde als Ignorant tituliert, als Brunnenvergifter, als einer, der keinen blassen Schimmer habe. Zum echten Vertreter des Volkes fehle es ihm an Charisma.
Nur Öhlenschläger pflichtete seinem Kollegen bei. Auch ihm mißfiel es, daß die Parteien ihrer im Grundgesetz festgelegten Aufgabe, die Willensbildung des Volkes mitzugestalten, nicht mehr gerecht würden. »Wenn wir ehrlich sind«, sagte er, »dann haben sich die Parteien wirklich zu einem sechsten Verfassungsorgan entwickelt, das die anderen fünf zu beeinflussen versucht. Aber die Presse wird uns schon zeigen, wo das Ende der Fahnenstange ist. Und das ist gut so!«
Weil alle außer Karst sehr in der politischen Landschaft verwurzelt waren, blieb es ihm überlassen, zu schlichten und zum Thema zurückzufinden. Schließlich mußte er schreien, um sich durchsetzen zu können. »Sechzehn Personen sind möglicherweise in der Lage«, Karst hatte sich Gehör verschafft und dämpfte seine Stimme wieder, »uns mit diesen Insiderkenntnissen zu füttern. Ich frage mich: Was werden wir tun, wenn wir wissen, wer unser Dompteur ist?«
»Wir werden ihn zu uns einladen und ein ernstes Gespräch mit

ihm führen«, meinte Marie-Luise. So energisch, wie sie ihre Zigarette ausdrückte – Karst erinnerte sich an eine vergleichbare Situation –, hatte sie auch schon bestimmte Vorstellungen, wie das ablaufen könnte.
»Und er wird auf uns hören.« Karst grinste.
»Wird er, schließlich ist er einer von uns, Herr Karst.«
»Der Kerl wird sich nicht für unsere Überredungskünste interessieren«, war Wodaz sich sicher. »Wir müssen ihn irgendwie am Reden oder am Schreiben hindern.«
»Wie denn?« Öhlenschläger beugte sich nach vorn. »Mundtot machen?«
»Es muß etwas geschehen, das liegt doch auf der Hand.« Alle gaben sie Wodaz recht, nur über das Wie konnten sie sich nicht einigen.
»Und wenn er bis zur Wahl weiter seine Nachrichten verbreitet, wenn er als Höhepunkt kurz vor der Wahl seine Bombe hochgehen läßt und alle enttarnt?« Dollberger galt inzwischen als jemand, der es darauf angelegt hatte, negative Schwingungen zu erzeugen, nur dann fühle er sich wohl.
»Übrigens, Herr Karst, was ist aus den von Deutschen adoptierten Kindern geworden?« wollte Marie-Luise wissen und lenkte von Dollbergers Frage ab. »Sie hatten doch versprochen, uns einen Bericht zu liefern.«
»Von den neun uns bekanntgewordenen Fällen haben wir vier überprüft. Darunter ist einer ähnlich gelagert, wie wir es aus den Vereinigten Staaten gehört haben.«
»Genauer bitte.«
Karst sah Marie-Luise an. »Der Betreffende ist homosexuell.«
»Donnerwetter. Und verheiratet, oder wie?«
»Sonst hätte er kein Kind adoptieren können.«
»Und wer ist es?«
Karst behielt es für sich. »Er kommt zumindest nicht aus der Politik«, beruhigte er die Anwesenden. »Die anderen drei Fälle scheinen normal abgewickelt worden zu sein, wenn man das in diesem Zusammenhang überhaupt sagen kann. Selbstverständlich gegen die Zahlung einer hohen Spende für die Vermittlerorganisation.«
Die Antwort auf die Frage nach der hochgehenden Bombe und der Enttarnung vor der Wahl vertagte man.

Der Weg zum Berg Chateaubriand nahe der Stadt Marche-en-Famenne führte von Saarbrücken aus ohnehin über Luxemburg. Aber dieses Mal kündigte Cullmann sich an, und Valeri war äußerst erfreut über seinen Besuch. Das sagte sie ihm bereits am Telefon. Er könne bei ihr übernachten und am nächsten Morgen weiterfahren.

Er war so zeitig in Luxemburg, daß Valeri ihn einlud, mit ihr in der Stadt einen Kaffee trinken zu gehen. Außerdem sei das Ländchen bekannt für seinen guten Kuchen, besonders die schmackhaften Sahnestückchen. Vom Boulevard de La Pétrusse war es nicht weit bis in die Fußgängerzone zwischen Rue Notre Dame, Place d'Armes und Grand Rue. Sie setzten sich an einen Tisch im Freien.

»Du willst nach Belgien? Bist du überzeugt, daß deine Spur sich nicht als Flop entpuppt?«

»Ein Flop mehr«, spielte er auf ihre früheren Vorhaltungen an, »was macht das schon?«

Ausgiebig beantwortete er ihre Frage, wie er auf Belgien und die Region um den Montagne Chateaubriand gestoßen sei. Er habe die Gegend auf der Karte genau studiert. Zum einen liege sie tatsächlich mitten in Europa, und zum anderen träfen auch alle Anspielungen im Text auf sie zu. Ideal für eine Jagd, bei dem Waldreichtum.

»Valeri, kennst du einen gewissen Öhlenschläger, Mitarbeiter der saarländischen Landesregierung?«

Sie überlegte. »Nein, seltener Name. Wäre mir nicht entfallen. Was ist mit ihm?«

»Er hat mich auch angeheuert. Ich bin sozusagen in seinem Auftrag unterwegs.«

Nachdem er geduldig all ihre Fragen nach Öhlenschläger und dem Interesse seiner Partei an ihm, Cullmann, beantwortet hatte, führte Valeri ihn durch die Hauptstadt des kleinsten europäischen Landes. Sie zeigte ihm einige Geldinstitute am Boulevard Royal, darunter auch ihre, die Süd-West-Bank. Nebenbei deutete sie an, welches Institut in welche finanziellen Transaktionen verstrickt sei. Besonders die amerikanischen Institute hätten keine Skrupel, in jedes Geschäft einzusteigen, sagte sie. Auch die südeuropäischen und neuerdings die aus dem osteuropäischen Raum

seien sehr aufgeschlossen. Das verstehe man eben unter dem Begriff Busineß. Die dicksten Geschäfte würden mittlerweile mit Rußland abgewickelt. Alles, was nur gegen harte Devisen zu verscherbeln sei, werde über Holdinggesellschaften – bei vielen säßen östliche Minister im Vorstand – angeboten, von Gold über Rohstoff bis hin zu radioaktivem Material. Um sich abzusichern, verlangten die Russen bei hochbrisanten und strategisch interessanten Gütern zwar eine Endabnehmergarantie, führte Valeri weiter aus, damit sie wüßten, wo ihre Ware landete, und um der Kritik aus dem Westen zuvorzukommen. Aber Staaten der Dritten Welt und auch andere seien schnell bereit, gegen die Zahlung von fünfzigtausend Dollar eine solche Garantie auszustellen, vom Irak erhielten sie ein Mehrfaches zurück.
Nach dem Rundgang durch das Bankenviertel blickten sie hinab in das Alzette-Tal, das die Hauptstadt teilte. Valeri deutete auf Öffnungen in dem Kalkgestein, manche mit einer Tür verschlossen oder zugemauert. Sie erklärte Entstehung und Bedeutung der Kasematten, eines kunstvollen Labyrinths aus Gängen und Gräben unter der Stadt mit einer Gesamtlänge von mehr als zwanzig Kilometern, angelegt im Mittelalter und zuletzt im Zweiten Weltkrieg von Widerstandskämpfern als Unterschlupf genutzt.
Sie spazierten durch den ältesten Teil Luxemburgs. Brav folgte Cullmann auch in die dreitürmige Kathedrale, hörte aber nur halb zu, als Valeri die Bedeutung der Glasfenster erklärte und die einer Marienstatue, zu der besonders in den Wochen nach Ostern viele Gläubige pilgerten. Als sie an Bronzelöwen vorbei in die Krypta zum Grabmal des luxemburgisch-bömischen Königs Johann der Blinde stiegen, ergänzte Cullmann Valeris Ausführungen. Der blinde König habe für Jahrhunderte seine letzte Ruhe in einer Klause oberhalb der Saar gefunden, auf einem markanten Felsvorsprung, nahe des Ortes Kastel.
Den Abend verbrachten sie in ihrem Appartement. Valeri fiel auf, daß er sehr bedrückt war. Sie fragte nach dem Grund, und zögernd, als gebe er ein sehr intimes Stück seiner selbst preis, rückte Cullmann mit Gerard und den nun bekanntgewordenen Umständen seines Todes heraus. Cullmann merkte nicht, wie die Zeit verging, wie er Jahre zurückwanderte, aus Kindheit und

Schulzeit erzählte und schließlich von den Straftaten, die Gerard begangen hatte.
Am Ende seines Berichts angelangt, war er erschöpft und erleichtert zugleich. »Ich habe noch nie mit jemandem darüber gesprochen«, sagte er, selbst erstaunt darüber. Allerdings wäre es ihm schwergefallen, auch nur einen Bekannten oder einen Freund zu nennen, zu dem er das nötige Vertrauen gehabt hätte. »Gerard war die ganze Zeit in mir verschlossen wie in einem Safe.«
»Wenn mir eines klargeworden ist«, Valeri versuchte in seinem Gesicht zu lesen, »dann das Ausmaß deiner Schuldgefühle. Gerard ist dein Trauma.«
»Mag sein. Aber er ist auch mein Bruder.«
»Du hast ihn sehr gemocht, nicht?«
»Wenn er wirklich mein Trauma ist, dann rede ich mir das nur ein.« Cullmanns Lächeln verunglückte. »Ja, ich habe ihn gemocht«, gab er zu. »Mehr als alles andere. Er ist . . . Manchmal wünschte ich, ich hätte einige . . .« Cullmann schluckte. »Ich glaube, ich liebe ihn.«
»Und zwar deshalb, weil er so anfällig und wankelmütig war. Ein guter, glatter, eleganter und unbescholtener Gerard hätte solcher Gefühle nicht bedurft. Er wäre ohne sie zurechtgekommen.«
»Das tat er auch so. Gerard hat mich nie gebraucht. Er hat mich höchstens benutzt.«
»Pardon, auch du hättest diese Gefühle nicht gebraucht. Zumindest nicht in dieser Intensität.«
»Möglich.«
»Willst du dir bis ans Ende deiner Tage Vorwürfe machen?«
Er suchte ihren Blick. »Heilt die Zeit Wunden?«
»Nein, dein Kopf heilt sie. Aber das braucht Zeit. Gib deinem Kopf Zeit.«
Später lagen sie nebeneinander in dem breiten Bett und schwiegen. Die Nachttischlampe erhellte den Raum sanft. Jeder hing seinen Gedanken nach, und wenn Cullmann sich aufrichtete und in ihr Gesicht schaute – weil sie so gleichmäßig atmete, dachte er mehrmals, sie sei eingeschlafen –, dann lächelte sie ihn an.
»Was empfindest du für deine Tochter?«
»Bettina? Alles, was ich empfinden kann.«
»Und Kroninger?«

»Sie ist nun mal da, und er nimmt sie hin. Zu mehr ist er nicht fähig. Außerdem ist sie meine Tochter.«
Cullmann wunderte sich, wie herablassend sie von Kroninger auch als Vater sprach. »Und warum hast du sie in ein Heim gesteckt?«
»Nicht in ein Heim, es ist ein Internat. Weil wir eine gewisse Distanz brauchen. Sie ist jetzt neun, entwickelt einen immer stärkeren Dickkopf und läßt sich von mir nichts mehr sagen. Sind wir länger als eine Woche zusammen, dann fliegen die Fetzen.«
»Du bist eine seltsame Mutter.«
Valeri richtete sich auf. »Was willst du damit andeuten? Etwa, daß nur Väter das Recht haben, sich so zu verhalten? Daß nur sie ihrem Beruf nachgehen dürfen?«
Cullmann verneinte. »Aber du hast mich beruhigt. Auch du fühlst dich schuldig, sonst hättest du nicht so heftig reagiert.«
»Aha, ein kleiner Test.« Ärgerlich warf sie sich zurück und verschränkte die Arme hinter dem Kopf.
»Du fühlst dich schuldig, weil du deine Karriere, und damit dein Wohlergehen, genauso hoch einschätzt wie das deiner Tochter. Ich sehe darin nichts Verkehrtes.«
»Sag nur, du verstehst mich«, sagte sie bissig.
»Es ist ein Problem des Kopfes. Gib ihm Zeit, und er wird es lösen. Aber gib ihm auch die Gelegenheit, und stopf ihn nicht nur mit anderen Dingen voll.«

Cullmann fuhr über die vierspurige Betonpiste, die von Bastogne nach Namur führte. Er ließ sich Zeit, betrachtete die bewaldeten Berge – an den Baumstümpfen waren die Auswirkungen des Sturmes von vor vier Jahren immer noch deutlich zu sehen –, die links und rechts liegenden Ortschaften, in denen die meisten Häuser aus Schiefer gemauert waren. Wie das Refugium von Kroninger, fiel ihm ein.
Cullmann interpretierte ›Jagdsaison‹ so, daß das gesuchte Haus abseits und nicht für jeden erreichbar im Wald oder auf einem Berg stehen mußte. Als erstes kaufte er sich in Bande, einer kleinen Stadt an der Nationalstraße, eine Wanderkarte der Region, in der Hoffnung, daß die belgischen Kartographen auch jede Hütte, jedes Naturdenkmal und jedes Jagdhaus eingetragen hatten.

Während er bei einem der vielen Schnellimbisse Pommes frites mit Schnitzel verzehrte, studierte er die Karte und befand seine Aufgabe für lösbar. Acht oder neun Örtlichkeiten kamen in Frage.
Cullmann suchte sie der Reihe nach auf, und die Nummer fünf schien bereits ein Treffer zu sein. Zu erreichen nur über einen zwei Kilometer langen unbefestigten Weg, stand das Jagdhaus versteckt auf einer Waldlichtung. Das Dach reichte fast bis auf den Boden. Das Grundstück war eingezäunt, obenauf zwei Reihen Stacheldraht. Sehr ungewöhnlich, fand Cullmann. Er kletterte über das wesentlich niedrigere Tor und ging auf das Haus, dessen Sockel mit Holz verkleidet war, zu. Die Fensterläden waren vorgelegt, so daß er keinen Blick ins Innere werfen konnte. Um sich zu beruhigen, klapperte Cullmann auch noch die anderen vier Möglichkeiten ab, aber keines der Anwesen schien in Frage zu kommen. Ein Umstand störte ihn jedoch: Wie konnte man in dieser Abgeschiedenheit Nachbarn belästigen? So hatte er es doch im Text gelesen. Bis nach Genes, dem nächsten Ort, waren es laut Karte vier Kilometer, nach Bande fünf oder sechs. Cullmann wollte in Genes übernachten und fragte in einem Haus nach, an dem ein Schild auf Fremdenzimmer hinwies. Eine ältere Dame begrüßte ihn freundlich und sprach ihn sofort auf deutsch an. »Hier reden viele Deutsch«, sagte sie und führte ihn in den ersten Stock.
In einem kleinen Lokal, einer Mischung aus Bierkneipe und Restaurant mit verqualmter Luft und blankgescheuerten Holztischen ohne Tischdecken, aß er zu Abend. Die Ortsansässigen standen an der Theke, bestaunten ihn wie ein Weltwunder und tuschelten miteinander. Gäste schienen hier eine Rarität zu sein. Cullmann gab eine Runde Zwetschgenschnaps aus, und schon wurden ihre Blicke freundlicher. Nach dem Essen stellte er sich zu ihnen. Erst als er noch weitere Runden Schnaps hatte springen lassen, erwähnte er beiläufig, sein Bruder, etliche Jahre älter als er, sei oft hier in der Gegend gewesen.
»Wo denn?« wollte ein Mann wissen, der beim Sprechen die Lippen möglichst wenig öffnete, um seine Zahnlücke zu verbergen. Er trug eine abgewetzte Lederjacke und den dazu passenden Hut.
»Hier irgendwo in der Gegend. Genau kann ich es nicht sagen. Er

hat sich immer mit Freunden getroffen, zur Jagd. Mann, da muß es hoch hergegangen sein.«
»Was ist Ihr Bruder denn von Beruf?«
»Politiker.«
Plötzlich war Cullmann von Stummen umringt. Die Männer senkten die Köpfe und starrten in ihre Gläser.
»Aber ich habe schon seit einigen Jahren Streit mit meinem Bruder, und vor wenigen Monaten ist er gestorben.«
Zögernd hoben sich die Köpfe wieder. Einer der Männer schien nicht richtig mitbekommen zu haben, um was es ging, und fragte seinen Nachbarn.
»Die verrückten Brüsseler«, bekam er zur Antwort. »Draußen in Cholard.«
»Die haben es wohl oft wild getrieben, oder?«
Einige nickten.
»Und euch verdammt oft geärgert. Mit den Autos durch die Gegend gefahren, mitten in der Nacht, Hupkonzerte, laute Musik, Ballereien«, fabulierte Cullmann. »Wissen Sie, ich habe meinen Bruder häufig gewarnt und gesagt: Bruno, selbst als Europapolitiker bist du als Deutscher nur Gast in einem fremden Land. Also benimm dich bitte entsprechend.«
Diese Bemerkung gefiel den Männern. Dem nun losbrechenden Redefluß konnte Cullmann kaum folgen. Jeder wußte von einem anderen Ereignis zu berichten. Einmal ein Autounfall, den die reichen Typen bewußt provoziert hätten, rein aus Übermut, dann nackte Mädchen, die des Nachts im Wald gesehen worden seien – der Erzähler verschwieg diskret, was er dort zu suchen gehabt hatte –, Knallkörper, die in der Kirche explodiert seien, abgestochene und erschossene Tiere auf der Weide und vieles mehr. »Aber jetzt ist es ruhig geworden. Das Haus wird nicht mehr genutzt.«
Cullmann tat, als interessiere er sich nicht übermäßig dafür. »Seit wann wird es nicht mehr benutzt?«
Die meisten Männer zuckten mit den Schultern. »Da gab es einen seltsamen Vorfall«, begann der mit der riesigen Zahnlücke und schob seinen Hut nach hinten. Zur besseren Abschirmung der Zahnlücke verbarg er seinen Mund hinter einer Hand. »Die Polizei tauchte auf, man hatte draußen auf der Jagd einen Toten gefunden. Gab einen großen Wirbel.«

Cullmann spielte mit dem Schnapsglas. »Was war denn seltsam an dem Vorfall?«
»Hm«, brummte ein anderer, der die ganze Zeit schweigend an seiner Pfeife genuckelt hatte. »Es war überhaupt keine Jagdzeit. Und außer dem Toten soll niemand draußen gewesen sein, das behaupteten jedenfalls die anderen Herrschaften. Waren alle betrunken. Aber selbst erschossen hat er sich auch nicht. Mehr kann ich Ihnen leider nicht sagen.«
Cullmann hatte genug gehört. Zwei weitere Runden Schnaps, dann verabschiedete er sich.

Beim Frühstück mußte sein Bruder Bruno auch gegenüber der Vermieterin herhalten. Da Cullmann der einzige Gast war, Nebensaison, wie sie erklärte, setzte sie sich zu ihm.
»Kennen Sie das Waldhaus draußen in Cholard?«
Sie nickte und wirkte plötzlich bekümmert.
»Dort war mein Bruder öfter.« Cullmann erklärte auch ihr, er habe Bruno immer wieder gewarnt. »Aber er war der Ältere und hat nicht auf mich gehört.«
»Wir sind froh, daß die Kerle nicht mehr kommen. Alle hatten sie in Brüssel zu tun, bei der EG. Jung waren sie auch nicht mehr, die meisten um die Fünfzig und älter, da müßte doch eigentlich Verstand in den Köpfen sein!«
»Weiß man inzwischen Näheres über den Erschossenen?«
Sie verneinte. »Ich habe mich nicht darum gekümmert. Aber mein Neffe, der ist bei der Polizei in Marche. Er war damals bei den Ermittlungen dabei.«
Die Vermieterin versprach, ihren Neffen anzurufen und ihn zu fragen, ob er Zeit für Cullmann habe. Als sie ihm eine Stunde später mitteilte, Henri – so hieß der Neffe – komme am Abend zu seiner Mutter, die frische Wäsche abholen, da könne er mit ihm reden, hätte er ihr am liebsten einen Kuß auf die Wange gedrückt.
Henri war noch Junggeselle, deshalb die wöchentliche Fahrt zu seiner Mutter, um verschmutzte Wäsche gegen frische einzutauschen. Und vom Ardenner Schinken – wegen der besonderen Räuchermethode, Buchen- und Eichenscheite, besprengt mit diversen Ölen, eine weltweit geschätzte Spezialität – gleich kilo-

weise mitzunehmen. Henri sprach kaum Deutsch. Cullmann, im Grenzraum mit Französisch als erster Fremdsprache aufgewachsen, hatte keine Schwierigkeiten, sich mit ihm zu verständigen. Henri fand Cullmann nicht neugierig, das sagte er zumindest. Immerhin sei sein Bruder öfter in Cholard gewesen, verständlich, daß er da Genaueres wissen wolle.

»Sind Sie deswegen hier?«

»Nein. Ich bin oft in den Ardennen, ich liebe die Ruhe, die Wälder und das gute Essen.«

Henri sah ihn mit hochgezogenen Augenbrauen an und dachte sich sein Teil. Trotzdem ließ er sich das von Cullmann spendierte Bier schmecken.

»Mein Bruder hat mir andeutungsweise erzählt, wie es manchmal draußen zugegangen ist. Sie haben sich Mädchen aus Brüssel mitgebracht . . .«

». . . oder bestellt, Frauen die dann per Taxi angereist sind, tolle Weiber darunter . . .«

». . . 'ne Menge getrunken, auch Dummheiten begangen. Trotzdem, auch wenn die Politiker in Brüssel viel Streß haben und Abwechslung brauchen, kann ich so etwas nicht verstehen. Wem gehört eigentlich das Jagdhaus?«

»Philippe Brune, belgischer Europaabgeordneter, Vorsitzender eines Ausschusses und Inhaber einer Kette von Tankstellen.«

»Welcher Partei gehört er an?«

»Den Sozialisten. Wie all die anderen, mit denen er sich getroffen hat, auch.«

Henri wiederholte vieles, was Cullmann bereits seit gestern abend wußte. Und dann ging der Belgier mit dem blonden Wuschelkopf und den aufgeweckten Augen von selbst auf die Umstände des mysteriösen Unfalls ein.

»Als wir, ich meine die Polizei, ankamen, bot sich uns ein chaotisches Bild. Die Männer alle total besoffen und irgendwie geistesabwesend, die Mädchen genauso berauscht und nackt dazu, das Haus in einem verlotterten Zustand, Essen überall, die Betten noch warm. Keiner konnte vernommen werden. Und daß einer von ihnen fehlte, war niemandem aufgefallen. Als die Herren jedoch wieder einigermaßen klar denken konnten, da sahen sie nur den Skandal: Brüsseler EG-Beamte aus unterschiedlichen

Nationen feiern Orgien auf dem Land. Händeringend baten sie die Polizei, so diskret wie nur eben möglich an den Fall heranzugehen.«
»Was dann auch geschah, nehme ich an. Oder?«
Henri nickte. Aus Brüssel sei zudem ein vertrauliches Schreiben eingegangen, in dem es geheißen habe, man nehme sich der Dinge intern an, um Aufsehen zu vermeiden. Immerhin seien es Europaabgeordnete ... da müsse man schon diskret ... Wegen der Medien ... Und man wolle mit der Polizei zusammenarbeiten.
»Der Tote, war er ein Belgier?«
»Nein, Franzose, aus Lyon.«
»Er hat demnach zur Gesellschaft gehört.«
»Ja. Er scheint die Clique gegen Abend verlassen zu haben, gleich nach dem Essen.«
»Zu einem Zeitpunkt, als die anderen doch wahrscheinlich noch bei klarem Verstand waren?«
Henri lächelte nur.
»Und mit was für einer Waffe ist er aus Versehen erschossen worden?«
»Mit einem Revolver.«
Cullmann fixierte Henri, als wolle er ihn der Lüge überführen. »In einem Wald mit einem Revolver, aus Versehen? Benutzen Jäger nicht Schrot und Gewehre?«
»Sie sagen es.«
»Aus welcher Entfernung ist denn geschossen worden?«
»Etwa ein Meter Abstand. Wir haben auf der Unterwäsche des Toten noch Pulverspuren entdeckt.«
»Wie, ist er halb nackt durch die Gegend gelaufen?«
»Nein.« Henri hatte eine besondere Art, Cullmann durch schleppende Antworten auf die Folter zu spannen. »Er ist erschossen worden und war auf der Stelle tot, daran gibt es keinen Zweifel. Danach aber hat er sich noch angezogen und in den Wald an die betreffende Stelle gelegt.«
»Das bedeutet also ...«
»... daß hier ein Verbrechen vorliegt. Oder zumindest ein mysteriöser Unfall. Und daß man dieses dubiose Geschehen von oberster Stelle deckt. Wie man vieles verschweigt, wenn es sich um

hohe Tiere handelt, selbst dann noch, wenn es um Mord geht. So war es auch, als vor einigen Jahren ein belgischer Industrieller – Stahlbranche, reich geworden durch Subventionsschwindel – entführt und . . .« Henri hielt inne.

»Warum sagen Sie mir das alles? Doch bestimmt nicht, weil Sie mir vertrauen oder mich besonders sympathisch finden. Haben Sie keine Angst, ich könnte etwas ausplaudern?«

Henri überlegte sich seine Worte genau. »Erstens steht im Zweifelsfall Aussage gegen Aussage. Dann habe ich Sie nie gesehen, und mir wird man in Belgien eher glauben als Ihnen. So ist nun mal Europa. Außerdem geht sowieso jede Anfrage, die an die Polizei in Marche gerichtet wird, über meinen Schreibtisch. Zweitens kann es sein, daß Sie einen Bruder haben oder hatten, der Bruno heißt. Aber ein Bruno existiert nicht auf unserer Liste.«

»Welcher Liste?« Alles in Cullmann war angespannt, aber er bemühte sich, ruhig und gelassen zu erscheinen.

»Und drittens ist es in meinen Augen eine Schweinerei, so ein Verbrechen zu vertuschen, nur weil die Bonzen die Möglichkeit dazu haben. Ich jedenfalls werde unter gewissen Voraussetzungen meinen Mund nicht halten, falls man mich fragen sollte. Bevor ich jedoch ein weiteres Wort sage, möchte ich wissen, was der wirkliche Grund Ihres Besuches ist. Ich habe mich weit aus dem Fenster gelehnt, nun sind Sie dran.«

Öhlenschläger und Dollberger trafen sich ohne Karst, der verhindert war. Da ihr Aufpasser fehlte, konnte es nicht ausbleiben, daß sie einander zunächst abzutasten versuchten.

Dollberger hatte sich Gedanken gemacht. »Ich habe mich gefragt, wer überhaupt durch die Veröffentlichung dieser Pamphlete einen Vorteil hätte.«

»Wieso nennen Sie die Berichte Pamphlete? Wenn doch alles stimmt, was drin steht?«

»Für mich sind es so lange Pamphlete, wie sich der Dompteur nicht zu erkennen gibt. Beziehungsweise bis wir ihn enttarnt haben.«

Auch ein Standpunkt, überlegte Öhlenschläger, aber typisch für einen Konservativen. »Und, zu welchem Ergebnis sind Sie gekommen?«
Dollberger holte mit seinen Erklärungen weit aus. Jede Partei habe einen Vorteil, wenn ausschließlich die Passagen in Umlauf kämen, die die Gegenseite beträfen.
»Sehe ich auch so«, stimmte Öhlenschläger zu. Das verstand sich von selbst.
Weiterhin, so Dollberger, habe der einen Vorteil, der die gesamte Politik hasse oder zumindest einige ihrer Repräsentanten. Vielleicht komme der Betreffende nicht aus dem Umfeld des Parlaments, sondern sei ein finanziell potenter Wirtschaftsboß, der sich für irgend etwas rächen wolle.
»Herr Dollberger, hatten wir uns nicht auf einen frustrierten Politiker geeinigt?«
Dollberger ließ sich nicht beirren. »Was glauben Sie, wie oft wir von der Wirtschaft um Gefälligkeiten angegangen werden.«
»Die viel zu oft getan werden. Ich sage nur Baden-Württemberg.«
Dollberger überhörte die Spitze und rückte seine Brille zurecht. Zugleich regulierte er die Lautstärke seines Hörgeräts. »Die Wirtschaft sieht nur ihren Vorteil, versucht Umweltauflagen zu umgehen, möchte am liebsten nur den halben Lohn zahlen und trotzdem das hochqualifizierte deutsche Potential an Facharbeitern nutzen.«
Öhlenschläger, ansonsten nicht gerade ein Freund des Großkapitals, schlüpfte in die Rolle des Verteidigers und schüttelte den Kopf. »Aber was hat unser Dompteur damit zu tun?«
»Die Wirtschaft könnte sich über Lobbyisten die Informationen erkauft haben, um sie in erpresserischer Weise gegen die Parteien einzusetzen. Und damit nicht sofort zu erkennen ist, wer dahintersteckt, geraten zunächst mal sämtliche Parteien in die Schußlinie.«
Den letzten Aspekt mußte Öhlenschläger akzeptieren, genau das war offensichtlich die Taktik des Unbekannten.
»Unsere Industrie hat es immer schwerer, im internationalen Wettbewerb mitzuhalten. Gerade ist eine Rezession halbwegs überwunden, schon zeichnet sich die nächste ab. Und wenn man

das Umfeld günstiger gestalten kann, das politische Umfeld meine ich, warum dann nicht auf diese Art und Weise?«
Öhlenschlägers Reserviertheit bröckelte ab. An dem, was Dollberger sagte, war etwas dran.
»Aber lassen wir die Wirtschaft mal außen vor, Kollege Öhlenschläger, kommen wir zu den Parteien selbst. Welche Partei ist bisher nicht angegriffen worden?«
»Die Grünen und die Republikaner.«
»Genau. Das macht sie doch verdächtig, finden Sie nicht auch?«
Öhlenschläger überlegte einige Sekunden und sagte dann: »Nein, das sehe ich nicht so. Am wenigsten bei den Republikanern.«
Dollberger war überrascht. »Wieso?«
»Weil die in der großen Politik nicht mitmischen. Es sind Fakten zur Sprache gekommen, von denen meiner Auffassung nach kein Republikaner wissen kann.«
Dollberger grinste. »Und wenn die Wirtschaft denen was zugesteckt hat?«
Öhlenschläger blieb bei seinem Nein.
Dollbergers Augen wurden zu Schlitzen. »Stellen Sie sich doch nur mal vor, Herr Öhlenschläger, unser Dompteur wollte die Fronten wechseln.« Öhlenschläger rieb sich das Kinn, entgegnete aber nichts. »Die Situation: Dompteur räumt den Republikanern bei der nächsten Wahl große Chancen ein. Einige Umfragen bestätigen den Trend. Er hat mit den Reps einen Deal gemacht, man ködert ihn mit einem . . . hohen Posten, vielleicht sogar mit dem Vorsitz. Und Dompteur legt sich mächtig ins Zeug, um noch mehr für die Rechten und damit für sich selbst herauszuholen. Na, was sagen Sie zu meiner Theorie?«
»Es ist eben eine Theorie«, antwortete Öhlenschläger und fügte hinzu: »Eine Theorie, die man beachten muß. Klingt irgendwie plausibel, aber auch abenteuerlich.«
»Jemandem von den Grünen würden Sie das ganze Spielchen eher zutrauen, wenn ich Sie recht verstanden habe?«
»Dafür gibt es keinen Beweis, Herr Dollberger. Alles Spekulation, oder nicht?«
Dollberger ließ sich nicht aus der Ruhe bringen. »Die arrivierten Parteien samt den Politgurus in die Pfanne zu hauen, das wäre den Ökos doch bestimmt ein innerer Vorbeimarsch. Was könnte

ihnen mehr Aufwind geben? Wie könnten sie von der eigenen inneren Zerrissenheit besser ablenken? Die wissen ja zur Zeit noch nicht einmal, ob sie Männlein oder Weiblein sind. Oder beides zusammen.«

Sie bemühten sich, den Kreis all derer, die einen Vorteil aus der Veröffentlichung der Dossiers ziehen könnten, so klar wie möglich zu umreißen. Selbstverständlich ließen sie dabei die sechzehn Personen, die bereits in die engere Wahl gekommen waren, nicht außer acht. Durch die Bank angesehene Leute, die alle Dompteur sein konnten, was nicht bedeutete, daß einer von ihnen es war.

Als sei er vergeßlich, kam Dollberger wieder auf den eingangs erwähnten Vorteil zu sprechen und schoß sich mehr und mehr auf die Grünen ein. Wie die wohl reagierten, fragte er, wenn herauskäme, daß es in Rheinland-Pfalz eine Sondergenehmigung zur Erprobung einer Abtreibungspille gegeben habe. Wo sie doch so ein kritisches Auge auf die chemische Industrie hätten.

»Aber sie sind für die Abschaffung des Abtreibungsparagraphen«, entgegnete Öhlenschläger, der sich einen Spaß daraus machte, Dollberger zu widerlegen.

»Oder die Hamburger Vorgänge«, spann Dollberger seinen Faden weiter.

»Dazu würden die Grünen schweigen, sie sind schließlich für den Erhalt der Hafenstraße.«

»Und wie ist es hiermit?« Dollberger wedelte mit einem Bündel Papiere.

»Was ist das?«

»Eine Aufstellung aller Bundes- und Landespolitiker, die Mitglieder der Scientology-Sekte sind.«

Öhlenschläger atmete tief durch. »Davon weiß ich ja noch gar nichts. Wo haben Sie das her?«

»Von Karst. Hat er Sie nicht bedient?«

Öhlenschläger schüttelte den Kopf.

Die beiden Männer rückten näher zusammen und durchforsteten die achtundfünfzig Namen auf der Liste.

»Kein Grüner darunter«, triumphierte Dollberger.

»Genau das gibt mir zu denken. Viele von denen sind doch für so etwas genauso anfällig. In den Vereinigten Staaten hat die sogenannte Church Zulauf aus allen Schichten. Manche verkaufen

ihr gesamtes Hab und Gut und geben das Geld an Scientology weiter. Besonders Schauspieler und Künstler. Und Politiker.«
Dollberger hatte nicht richtig zugehört. »Und das hier?«
Wieder war Öhlenschläger verblüfft, weil allein Dollberger das neue Material erhalten hatte. Was wurde hier gespielt? Kungelten Karst und Dollberger hinter seinem Rücken?
Jetzt handelte es sich um Kopien von Karteikarten aus der Patientenkartei eines weit über Bonn hinaus bekannten Psychiaters. Als Patienten vermerkt waren nicht nur Politiker, sondern auch die dazugehörigen Ehefrauen, mitsamt ihrem Geburtsnamen, und in manchen Fällen auch noch die Schwiegermütter. Da einige der Politiker schon sehr alt waren und ihre Schwiegermütter vermutlich bereits das Zeitliche gesegnet hatten, war zumindest von dieser Seite kein Protest mehr zu erwarten.
»Wie ist Karst an all diese Papiere gekommen?«
»Er fand sie in seinem Auto. Er fährt einen Sportwagen, und da lagen die Sachen plötzlich drin.«
Was Öhlenschläger jedoch viel mehr aufregte – und er begann auch sofort, abgehackt zu sprechen –, waren die Arztberichte, aus denen hervorging, wer wann und wo im Ausland abgetrieben hatte. Bei den Patientinnen handelte es sich in zwei Fällen um Ehefrauen von Politikern, neunzehn andere waren Töchter oder Schwiegertöchter. »Na, haben die Grünen immer noch keinen Grund, die Etablierten abzuschießen?«

Cullmann war auf dem Heimweg. Gut gelaunt pfiff er vor sich hin. Henri war wirklich eine Wucht, was der ihm alles erzählt hatte! Sogar den offiziellen Polizeibericht hatte er ihm überlassen. Und außerdem eine Auflistung aller Personen, die sich zur Zeit des Mordes und bei früheren Anlässen in dem Jagdhaus aufgehalten hatten. Darunter waren auch drei Deutsche, die der Opposition angehörten. Einer von ihnen wurde schon seit Jahren selbst in den eigenen Reihen als Abschußkandidat gehandelt. Das war Sprengstoff, das war mehr als Dynamit in den Händen des Unbekannten.
Zu den beiden anderen Deutschen existierte nur eine sehr vage

Beschreibung. Henri hatte ihm augenzwinkernd Telefonnummer und Adresse eines gefragten Callgirls gegeben, das bei den meisten Sauf- und Sexorgien mitgewirkt hatte. Gegen zwanzigtausend Francs Bezahlung antwortete sie bereitwillig auf alle Fragen von Cullmann. Unaufgefordert ging sie auf gewisse Praktiken ein, die von den einflußreichen Politikern bevorzugt wurden; zur Inszenierung gehörten Leder, Knebelung und Peitsche.
Die beiden Deutschen – soweit sie sich erinnere, seien sie getrennt angereist – seien schon seit geraumer Zeit nicht mehr in Cholard gewesen. Der Kräftige seit mindestens zwei oder drei Jahren, vielleicht auch noch länger. Die richtigen Namen kenne sie nicht, Fred und Ollie habe sie die beiden genannt. Der Zeigefinger des Jüngeren, knapp fünfzig, sei seltsam gekrümmt, als sei ein Gelenk versteift. Der andere, älter und kräftiger gebaut, habe eine kleine Tätowierung auf der Brust. Einen Adler, nicht größer als ...
Bella, so der Name des Callgirls, zeigte Cullmann verschiedene Fotos. Aber seine Hoffnung, die Gesichter der beiden erkennen zu können, erfüllte sich nicht. Beide Männer trugen Kapuzen, die an Henkermützen erinnerten, und der jüngere einen Gürtel mit einem Revolver im Halfter, als spiele er John Wayne. Ansonsten präsentierten sich die beiden Herren nackt und im erigierten Zustand.
Auf einem Bild, es zeigte den Kräftigeren, konnte Cullmann unterhalb des Schlüsselbeins deutlich die Tätowierung erkennen, vielleicht vier Zentimeter groß, eine exakte Kopie des Bundesadlers. Und plötzlich konnte er die Gier des Verlegers Kroninger nach solchen Insiderinformationen verstehen. Geschickt eingesetzt oder zurückgehalten, je nachdem, was sich als sinnvoller erwies, wurde ihm dadurch eine Macht zuteil, wie sie nur wenige hatten.

Natürlich wollte Henri seine Unterlagen nicht umsonst herausrücken. Cullmann bot ihm Geld, bis zur Warmhaltekanne hatte er es nicht weit, und Henri schlug einen Deal vor. Er besorge eine Kopie des Polizeiberichts und eine Aufstellung der an ›Jagdsaison‹ beteiligten Europaabgeordneten, und Cullmann könne in der Zwischenzeit seine Mutter besuchen und ihr ein persönliches

Geschenk im Wert von 100 000 Francs machen. Außerdem solle er einen ehemaligen Angestellten des Jagdhauses aufsuchen, der damals zumindest zeitweise zugegen gewesen war. Der sei sicherlich bereit, ihn in das Haus zu begleiten, er habe immer noch einen Zweitschlüssel.

Cullmann erklärte sich einverstanden, die Summe von umgerechnet 5000 Mark konnte er verschmerzen. Außerdem würde er sich das Geld von Öhlenschläger zurückholen.

Der ehemalige Angestellte, eine Art Hausmeister, der sich das ganze Jahr über um das Gebäude gekümmert hatte, konnte sich genau an den verhängnisvollen Abend erinnern. Alle seien sie irgendwie verrückt gewesen, so extrem ausgelassen, als hätten sie wieder mal zuviel Kokain geschnupft. Und dann dieses blöde Spiel. Eine idiotische Form von russischem Roulette. Die Teilnehmer hätten jeweils fünfzigtausend Francs gesetzt, und der später Getötete habe sich mitten in den Raum gestellt. Hätte er die Prozedur überstanden – es durfte nur einmal abgedrückt werden –, hätte ihm das ganze Geld gehört. Knapp eine Million hätte sich im Pott befunden, umgerechnet also fünfzigtausend Mark. Einer der Gäste hatte angelegt, und schon sei der tödliche Schuß gefallen.

Warum er denn nicht bei der Polizei gewesen sei, fragte Cullmann den Mann. Der druckste eine Weile herum, dann gab er zu, man habe ihm viel Geld geboten. Sehr viel Geld. Es sei ja auch wirklich eine Art von Unfall gewesen. Außerdem habe die Leiche angezogen und in den Wald gebracht werden müssen, und dazu seien die anderen nicht mehr in der Lage gewesen. Also sei er auch selbst irgendwie in den Fall verwickelt.

Cullmann kam das alles sehr mysteriös vor. Als ihm dann der ehemalige Hausmeister auch noch erklärte, er habe auf Henris Rat hin nicht bei der Kripo ausgesagt, da fragte sich Cullmann, welche Rolle der Polizist aus Marche wirklich spielte.

Schließlich durfte er das Haus auch von innen besichtigen. Als er durch die Räume ging, die großen Bleiglasfenster registrierte, den Eichentisch, die mit Leder bezogenen Stühle, den achtarmigen Leuchter, die Brokatvorhänge und die Bilder mit Jagdmotiven – alles, wie in ›Jagdsaison‹ beschrieben –, sah er sich in seinen Vermutungen bestätigt. Zweifel hatte er allerdings schon lange keine mehr gehabt.

Und am Morgen seiner Abreise hatte er den Beleg der Mutter, die bestätigte, das Geldgeschenk erhalten zu haben, beim Sohn gegen Kopien eingetauscht. Ein gelungener Handel, hatte Cullmann gedacht; wenn nur alle Beteiligten so zufrieden sind wie wir.

Auf seine Frage, warum der Hausmeister keine Aussage gemacht habe, hatte Henri ihn übermütig angegrinst, und Cullmann war der Verdacht gekommen, daß seit einem bestimmten Vorfall ein bestimmter belgischer Polizist ein stattliches Nebeneinkommen bezog. Aber ihm war auch der Verdacht gekommen, daß Henri die Angelegenheit allmählich zu heiß wurde. Wollte er sich über ihn absichern? Legte er es darauf an, daß die Deutschen alles aufdeckten, damit er selbst aus der Schußlinie geriet? Höchst zufrieden mit den Ergebnissen seiner Recherche, hatte Cullmann sich auf den Rückweg gemacht. Obwohl er in ausgelassener Stimmung war – er war sicher, der Lösung des Rätsels ein Stück näher gekommen zu sein –, wurde er nicht übermütig oder gar unvorsichtig. Seit er auf der Autobahn in Richtung Kaiserslautern den BMW bemerkt hatte, warf er immer wieder einen Blick mehr als üblich in den Rückspiegel. Oder er scherte, ohne zu blinken, aus und beobachtete, wer ihm folgte.

Während der Rast im Garten eines Gasthauses registrierte er nichts Auffälliges. Als er aber wieder in die Nationalstraße einbog, kam ihm irgendein im Unterbewußtsein gespeichertes Detail bekannt vor, ohne daß er genau gewußt hätte, was. Er verspürte Unruhe, und eine innere Stimme warnte ihn: Junge, werde nicht schlampig. Am Ende einer scharfen Rechtskurve stieg Cullmann auf die Bremse. Sein Bus blieb am Straßenrand stehen, und das vierte Auto hinter ihm stoppte plötzlich ebenfalls. Und da machte es klick bei Cullmann. Ein Mazda hatte ihn die ganze Zeit verfolgt, dessen eine hintere Tür nur grundiert war. Wer kann überhaupt von meiner Reise nach Marche wissen, fragte er sich. Öhlenschläger wohl kaum, dem habe ich nichts gesagt. Valeri weiß, ich bin in Belgien unterwegs, aber sie weiß nicht genau, wo. Also werde ich schon seit längerer Zeit verfolgt. Etwa schon von Anfang an? Cullmann fand keine andere Erklärung. Er trat von den Büschen zurück, ordnete etwas in seiner Hose, zog den Reißverschluß zu und stieg wieder ein. Unbeein-

druckt von dem Mazda, dessen zwei Insassen sich sichtbar abduckten, fuhr er weiter.
Cullmann hatte kein Interesse daran, den Hasen zu spielen. Um jedoch sicherzugehen, machte er einige Schlenker, bog von der Hauptstraße ab und kurvte scheinbar zielgerichtet auf den schmalen Straßen südlich der Ortschaft La Roch de Ardenne herum. Den Mazda immer im Schlepptau.
Da er noch bei Valeri vorbeifahren wollte, mußte er unbedingt eine Möglichkeit finden, sie nicht auch noch mit hineinzuziehen. Von ihr brauchten die Verfolger nichts zu wissen. Wie kann ich die Kerle abschütteln? Während Cullmann überlegte, meldete sich klammheimlich die Angst. Es sind Killer, die mich nicht aus den Augen lassen. Löbe, seine Frau und Napf haben sie auf dem Gewissen, den jungen Deutsch-Russen wahrscheinlich auch. Die wollen mir an den Kragen. Müssen sie ja wohl, um an die Unterlagen heranzukommen, die ich bei mir habe. Freiwillig rücke ich sie jedenfalls nicht raus.
Abhängen konnte er den Mazda nicht, dazu war sein Bus zu lahm. Eine Rallye fahren war wenig angebracht, er hätte den kürzeren gezogen. Aussteigen und drohen? Gegen eine Pistolenkugel würde er machtlos sein. Während er auf den Ort Wigny zurollte, den er kurz zuvor schon mal durchquert hatte, allerdings aus der entgegengesetzten Richtung kommend, kam ihm der rettende Gedanke. Cullmann erinnerte sich: Gleich kommt die Ampel, dann die lange Baustelle, das Sägewerk . . . Daß so wenige Autos unterwegs waren, würde ihm eine Hilfe sein.
Der Mazda, des Versteckspielens überdrüssig, klebte mittlerweile an seiner Stoßstange, vor ihm fuhr ein belgisches Auto. Cullmann überholte nicht, sondern rollte ruhig auf die Ampel zu. Grün. Kurz bevor sein Vordermann die Ampel erreichte, sprang sie über Gelb auf Rot. Cullmann bremste artig. Als er die ersten Autos entgegenkommen sah, scherte er aus, gab Gas und verlangte dem Motor alles ab. Wild blinkend kam ein Renault auf ihn zu, Cullmann riß den schwerfälligen Campingbus nach rechts, das Fahrzeug schaukelte wild, und es gelang ihm gerade noch, einem Zusammenstoß auszuweichen. Der Mazda, der ihm hatte folgen wollen, mußte abbremsen, konnte sich aber, wie von Cullmann erwartet, vor den Belgier quetschen. Die Baustelle

verlief unter einer Brücke hindurch und zog sich weiter um eine Biegung. Kurz dahinter stoppte Cullmann und ließ das Fahrzeug im Schutz einer hohen Buchenhecke ausrollen. Er hatte sich nicht getäuscht, der Kran mit dem Langholz stand immer noch vor der Einfahrt zum Sägewerk. Die an einem Drahtseil parallel zur Straße hängenden Fichtenstämme waren mit Stützen arretiert. Cullmann schnappte sich einen Pflock, und mit zwei Schlägen legte er die Stützen um. Nur noch am Seil hängend, ließen sich die mehr als zehn Meter langen Hölzer mühelos drehen.
Das letzte Fahrzeug war vorbei, gleich würde aus der anderen Richtung der Mazda erscheinen. Cullmann versetzte den Stämmen einen kräftigen Stoß, langsam veränderten sie ihre Position und ragten nun weit über die Fahrbahn.
Cullmann lief zu seinem Bus und hörte schon das Kreischen von blockierenden Rädern, kurz darauf den dumpfen Aufprall. Glas zersplitterte, Blech wurde zusammengestaut, der Mazda war mit hoher Geschwindigkeit frontal gegen die Stämme gerast, die wegen eines Brückenpfeilers vom Fahrer zu spät hatten ausgemacht werden können.
Cullmann wollte weiterfahren, überlegte es sich jedoch anders und schlenderte nach wenigen Sekunden – inzwischen hatten sich einige Fahrzeuge hinter dem Mazda gestaut – auf die Unfallstelle zu. Keiner wußte so recht, was zu tun war. Die beiden Insassen, sie hatten vergessen, sich anzuschnallen, lagen blutüberströmt in den Sitzen.
»Unfallstelle sichern«, rief Cullmann auf französisch, »einen Arzt rufen und einen Krankenwagen.«
Die Neugierigen lösten sich aus ihrer Starre und waren sichtlich froh, etwas zu tun zu haben. Er selbst beugte sich in das Fahrzeug und ertastete unter der Achsel des Fahrers eine Waffe, aber auf die hatte er es nicht abgesehen. Alles, was er in der Kürze der Zeit an Papieren und anderen Sachen an sich nehmen konnte, ließ er in seinen Taschen verschwinden. In solchen Dingen hatte er mittlerweile Routine. Selbst die Unfallzeugen, die direkt hinter ihm standen, bekamen davon nichts mit.
»Die beiden brauchen dringend einen Arzt«, sagte Cullmann, richtete sich auf und drückte den rechten Unterarm gegen den

Jackenbund, damit nichts herausrutschen konnte. »Ich werde in Bastogne im Krankenhaus anrufen. Notaufnahme.«
Zwei Minuten später war er unterwegs in Richtung Bastogne, eine halbe Stunde später wurde er von einem Krankenwagen mit Blaulicht überholt. Gewissensbisse hatte er nicht. Cullmann fühlte sich legitimiert, Vorkehrungen für den Schutz seines Lebens zu treffen. Immerhin hatten die beiden schon einige Menschen auf dem ... Ihm schauderte bei dem Gedanken an die Waffe.
Es war später Nachmittag, als er kurz hinter der Grenze in Luxemburg eine Raststätte ansteuerte, sich an der Theke mit Kaffee und Kuchen bediente und an einem Ecktisch niederließ. Die belgische Polizei ist bestimmt nicht auf den Kopf gefallen, überlegte er. Wenn sich herausstellt, daß einer der Verunglückten eine Waffe bei sich trägt, beide aber ohne Ausweis sind, dann werden die Beamten wissen wollen, mit wem sie es zu tun haben. Vielleicht sind die Kerle bei Interpol erfaßt? Oder zumindest in Deutschland im Fahndungscomputer gespeichert?
Unbeobachtet und ohne Eile studierte Cullmann seine Beute. Die deutschen Pässe waren ganz neu, keine vier Monate alt. Gert Mattern und Erich Wahlensiek lauteten die Namen. Beide nicht älter als dreißig Jahre. Für Cullmann stand sofort fest, daß es sich bei Erich um den Mörder von Napf handelte. Was ihn erstaunte: Die Pässe waren am selben Tag ausgestellt worden. In Konstanz. Die Führerscheine ebenfalls. Und einen Tag später war der Mazda zugelassen worden. Auch in Konstanz. Nicht in Kaiserslautern, wie Cullmann sich in Saarbrücken notiert hatte. Zwei Brieftaschen hatte er ebenfalls mitgehen lassen, Inhalt: zusammen knapp tausend Mark. Dazu einen Kalender, in dem einiges notiert war. Außerdem Kugelschreiber, Einkaufsbelege, Tankquittungen, Parkzettel, ein Kamm, eine Packung Präservative, noch nicht angebrochen, Kaugummi, ein Schlüsselbund und Erfrischungstücher. Und zwei Rechnungen: eine über insgesamt vier Übernachtungen in einem Konstanzer Hotel und die zweite fürs Telefonieren, aus demselben Hotel.
Die meisten Sachen interessierten Cullmann nicht, aber in der Eile hatte er nicht auswählen können und einfach alles in seine Jacke geschaufelt.

Bevor Cullmann den Appartementblock, in dem Valeri wohnte, betrat, steuerte er auf eine Telefonzelle zu und rief die Polizei in Bastogne an. Er nannte die Namen der Verletzten, beschrieb die Pistole und verwies darauf, daß die beiden in Deutschland gesucht würden. Um es den Belgiern noch leichter zu machen, erwähnte Cullmann Kriminalrat Schober von der Saarbrücker Polizei, der sich mit dem Mordfall beschäftigte.
Zärtlich nahm Cullmann Valeri in die Arme und küßte sie. Er war stolz, als sie ihren Körper an den seinen drückte. Dann präsentierte er ihr seine Ausbeute. Sie sah ihn von der Seite an und schien zu denken: Ich will überhaupt nicht wissen, auf welche Art und Weise du zu den Dingen gekommen bist. Cullmann erzählte es ihr trotzdem.
»Wenn mich nicht alles täuscht, dann ist einer der beiden der Mörder deiner Schwester. Vielleicht gelingt es der Polizei, anhand der wenigen Spuren, die man in ihrer Wohnung gefunden hat, den Nachweis zu erbringen.«
Valeri war bedrückt. Auf seine Nachfrage erklärte sie, es sei sicher gefährlich gewesen und sie habe ihn nicht in Gefahr bringen wollen, als sie ihn angeheuert habe. Cullmann bagatellisierte, was geschehen war, als bestehe er solche Abenteuer täglich. Insgeheim aber schalt er sich einen Idioten, ein so großes Risiko eingegangen zu sein. »Außerdem sparst du eine Menge Geld. Dein Auftrag ist erledigt.«
»Heißt das, ich habe jetzt keinen Grund mehr, mich mit dir zu treffen?«
»Ja.«
Sie erschrak.
»Zumindest geschäftlich gesehen sind wir auseinander. Und eines kannst du mir glauben: Ich werde nie wieder für dich arbeiten.«
Valeri lächelte übermütig und fragte: »Wenn wir jetzt nach nebenan gehen und es uns . . . ist das Arbeit?«

Sie saßen einander im Wohnzimmer gegenüber. Er schaute hinaus auf die Lichter der Stadt. Feiner Nieselregen ließ sie tanzen. Und das Geräusch der vorbeifahrenden Autos auf dem nassen Asphalt erinnerte an das Rauschen eines stetigen Windes.
»Mein Problem scheint gelöst, der Mörder meiner Schwester ist

gefaßt. Wie sieht es mit dir aus?« Sie nahm eine Tablette und trank Wasser dazu.
Cullmann, in einen Bademantel gehüllt, den sie eigens für ihn gekauft hatte, zuckte mit den Schultern. »So, wie ich mich kenne, nimmt es mit meinen Problemen nie ein Ende. Ist eines gelöst, tut sich ein anderes auf.«
»Und dein Bruder ist das größte.«
Verlegen drehte er sein Glas in den Händen. »Ich glaube, in den letzten Tagen habe ich eine gewisse Distanz zu meinen Gefühlen gewonnen. Ich sehe einiges anders.«
»Möglicherweise blockst du auch nicht mehr so ab. Da du all die Jahre hindurch zu sehr der Aufpasser deines Bruders warst, hast du dich selbst vernachlässigt. Du hast sogar schon ein ähnliches Leben geführt, indem du tausend Dinge angefangen und nicht eines zu Ende gebracht hast. Wenn ich dich recht verstanden habe, dann warst du auf der Flucht vor Gerard und zugleich in der Gefahr, dich ihm mehr und mehr anzugleichen. Nicht, was das Kriminelle betrifft, aber seine Unstetigkeit, seine Unzuverlässigkeit und Bindungslosigkeit hast du immer mehr übernommen.«
Cullmann lauschte andächtig. »Du magst recht haben«, sagte er mit halbgeschlossenen Augen. »Aber ich will mein Leben so, wie es ist.«
Valeri widersprach. »Du kannst mir doch nicht einreden, daß du mit dieser Art des Herumvagabundierens zufrieden bist.«
»Kein Ziel zu haben bedeutet, nicht unter dem Zwang zu stehen, unbedingt etwas erreichen zu müssen. Du hast recht: Ich habe vieles angefangen und nichts vollendet. Unglücklich bin ich deswegen aber nicht.«
»Hast du wirklich kein Ziel?« fragte sie. »Läufst du tatsächlich orientierungslos durchs Leben, ohne irgendeinen Sinn?«
»Erfüllt deine Tätigkeit als Vizepräsidentin einer Bank dein Leben mit Sinn?«
»Selbstverständlich nicht.«
»Also ist das nur eine Phase für dich, eine Etappe auf der Suche nach dem wahren Sinn? Mich würde interessieren, worin du ihn siehst.«
Valeri erhob sich, stellte sich ans Fenster und preßte die Stirn

gegen das Glas. »Glücklich sein«, antwortete sie leise. »Zufrieden sein. Und eine gute Mutter sein.«
»In dieser Reihenfolge?«
Sie nickte.
»Woran kannst du erkennen, ob du glücklich bist? Oder zufrieden?«
»Daran, daß meine innere Unruhe nachläßt.«
Wie bei mir, dachte Cullmann, und sofort kam ihm seine Maxime in den Sinn: Ich will nur eine Chance, und die werde ich ergreifen. Irgendwie hatte er zum erstenmal den Eindruck, er sei nicht mehr weit davon entfernt.

In Bonn trifft man sich zu allen Gelegenheiten. Hier ein Geburtstag, der gefeiert wird, als sei er der letzte. Dort die Eröffnung einer Ausstellung, jeder will gesehen und als Kunstfreund anerkannt werden. Am besten natürlich durch ein Foto in der Zeitung: Er – vertieft ins Gespräch mit dem Künstler. Der gleiche Zirkus, wenn eine Premiere angesagt ist. Der größte Zulauf jedoch setzt ein, wenn es ein überparteiliches Ereignis von Rang gibt, zu dem man eingeladen wird oder zu dem man sich hat einladen lassen.
Ein Ball zu Ehren des UNICEF-Kinderhilfswerks war genau das Richtige. Zum einen hatten sich Fernsehen und Hörfunk angesagt, zum anderen diente die Veranstaltung einem guten Zweck, wie eigentlich alles in Bonn einem guten Zweck diente. Der Gegenwert der Eintrittskarten floß in diesem Fall dem Hilfswerk zu, erwartet wurde außerdem eine Spende in mindestens gleicher Höhe. Dafür bekamen die Herrschaften aber auch einiges geboten. Musik in verschiedenen Stilrichtungen, vom Wiener Walzer bis zu schrillen hypermodernen Klängen; es durfte getanzt und geschlemmt werden, sich in Szene zu setzen und scheinbar kluge Reden von sich zu geben war Pflicht. Die Pflicht der Berufslügner, wie ein Zyniker mal gesagt hatte. Und manche nahmen ihre Pflicht sehr ernst. Geschickt teilten sie feine Spitzen aus in der Hoffnung, so ihrem Ziel – in der Hierarchie möglichst weit nach oben zu klettern – ein Stück näher zu kommen. Weil alle dieses

Ziel verfolgten, jeder in jedem einen Gegner sah, hagelte es bei solchen offiziellen Anlässen mehr oder weniger versteckte Unterstellungen und Diffamierungen, und neue Bekanntschaften wurden von vornherein nur nach ihrem potentiellen Nutzen beurteilt.
Angestachelt vom eigenen Egoismus oder von einer ehrgeizigen Ehefrau, verwies zum Beispiel ein nach Höherem Strebender auf den Abgeordneten X, der leider nicht habe kommen können, weil er sich endlich einer Entziehungskur unterzogen habe. Sei ja nicht mehr tragbar gewesen, der Zustand. Schon morgens im Plenarsaal ein gerötetes Gesicht und eine schwere Zunge. Tabletten habe X wohl auch genommen, und nicht nur zur Beruhigung. Kein Wunder, bei dem Streß. Da müßten die meisten etwas tun, um fit zu bleiben. Aber nicht alle; zu einem klaren Kopf gehöre eben ein klarer Körper . . .
Y habe man auch schon länger nicht mehr gesehen, bedauerte ein anderer. Hatte Y wirklich so große Probleme mit dem Betrieb, der auf den Namen seiner besseren Hälfte lief? Gab es etwa schon ein Ultimatum von seiner Bank? Eigentlich schade um ihn, er sei doch so ein netter und zuverlässiger Kerl. Aber Politiker müßten nun mal unabhängig sein, auch finanziell.
Für die Mitglieder des Kreises war es ein unbedingtes Muß, anwesend zu sein. Marie-Luise trug ein gewagtes Abendkleid, das eigentlich nicht zu ihrem Stil paßte. Karst und Öhlenschläger reihten sich, mit Tellern bewaffnet, am kalten Büfett in die Schlange der Wartenden ein, Dollberger hatte sich pflichtschuldigst abgemeldet. Seine Frau fühle sich nicht wohl, und allein wolle er nicht aufkreuzen.
»Die Kacke ist am Dampfen«, raunte Karst Öhlenschläger zu, während sich die beiden ihre Teller vollschaufelten. »Es geht los, unser Spezi macht ernst. Hast du meine Sendung erhalten?«
Öhlenschläger nickte. »Sag mal, Hannes, wählst du jetzt aus, wem du was zukommen läßt?«
»Wieso?« Karst schob sich eine Scheibe Roastbeef in den Mund.
»Warum bin ich nicht mit den letzten Informationen versorgt worden?« Öhlenschläger kaute konsequent auf den Backenzähnen, er wollte die gerade überkronten Schneidezähne schonen.
»Was meinst du?«

»Abgeordnete, die Mitglieder bei Scientology sind oder unter falschem Namen beim Psychiater in Behandlung; Abtreibungen, die Ehefrauen und Töchter von Abgeordneten im Ausland haben machen lassen.«
»Ach so!« Karst trank einen Schluck Weißwein. »Hat dir Dollberger denn keinen Satz ausgehändigt?«
»Nein. Sollte er das?«
»Sollte er.« Karst kaute auf einem Stück Hirschrücken herum. »Hab' die Sachen doch selbst erst am Vormittag erhalten. Keine Zeit, sie dir nach Saarbrücken zu schicken.«
Öhlenschläger überlegte, warum Dollberger ihm nichts ausgehändigt hatte. Wollte er sich einen Informationsvorsprung verschaffen? Agierte er nur noch im Sinne seiner Partei? Befolgte er Anweisungen von oben?
»Komm, ich muß mit dir reden.« Karst deutete auf einen benachbarten Raum, wo sie sich an ein Fenster stellten. »Was hältst du von der neuesten Entwicklung?«
»Langsam läßt der Kerl die Katze aus dem Sack. Wirkte er im letzten Kapitel noch frustriert, hat er da noch wüst auf die Parteien geschimpft, zeigt er sich jetzt klarer. Er will bleiben. Er will seine Macht und seine Funktion auf jeden Fall weiterhin ausüben.«
»Das sehe ich auch so. Seine Drohung wird immer deutlicher: Wählt mich, oder ich gebe alle diese Informationen an die Presse und ans Fernsehen.«
Öhlenschläger, dem es nicht so recht schmeckte, obwohl er mehr als fünfhundert Mark für den Abend hatte hinlegen müssen, machte ein düsteres Gesicht. »Droht er uns, weil er absehen kann, daß seine Partei ihn für die Wahl nicht mehr aufstellen wird?«
»Oder droht er uns, weil er seinen Ministerposten behalten will?« spekulierte Karst. »Noch hat sich die Anzahl der Verdächtigen nicht wesentlich verringert. Zwei allerdings fallen weg, sie wollen sich aus der Politik zurückziehen. Wegen ihres Alters.«
Öhlenschläger war skeptisch. »Könnte das nicht ein Trick sein?«
»Nein. Wer so etwas ankündigt und sich dann nicht daran hält, ist unglaubwürdig.«
»Pah, als wenn das etwas zu bedeuten hätte.«
Marie-Luise kam herangeschwebt, sie strahlte. »Tolles Fest, nicht?«

Karst und Öhlenschläger nickten.
»Von unserer Partei initiiert.« Sie erwartete Beifall.
»Sehr schön. Und wie geht es dem Herrn Gemahl?«
Marie-Luises Gesicht verdüsterte sich. Eine Boulevardzeitung hatte verkündet, daß es in ihrer Ehe kriselte. Die Häme der Kollegen machte ihr schwer zu schaffen, mit verkniffenen Lippen antwortete sie: »Er entspannt sich auf Sylt.«
»Mit wem?«
Sie schluckte und schwieg.
»Eine Scheidung ist doch kein Beinbruch.« Öhlenschläger grinste unverhohlen.
»Warten Sie es doch erst mal ab!«
»Stimmt das mit der Lehrerin aus Offenbach?«
»Tschüß, ich will da noch jemanden begrüßen.« Noch ein giftiger Blick, dann war sie verschwunden.
»Mann, die stinkt wie ein Räuchermännchen«, beschwerte sich Öhlenschläger, der direkt neben Marie-Luise gestanden hatte. Und auf die Zeitungsmeldung eingehend, fügte er hinzu: »Das wird sie nie überwinden. Dabei könnte sie doch mal wieder eine Quote erfüllen, die Scheidungsquote.«
Ihre Gläser in der Hand, schlenderten die beiden Männer weiter.
»Kein Wort über das letzte Kapitel hat sie fallenlassen. Ich sage dir, Hannes, der ist es scheißegal, was abläuft. Die hat ein Hirn wie ein Spatz.«
Hier und da nickte Öhlenschläger einigen Gästen zu, hier und da wurden ein paar Sätze gewechselt, eine Floskel an den Mann oder die Frau gebracht. Schöne Grüße an . . . Schöne Grüße von . . . Glückwunsch zur letzten Rede! Wirklich toll, sehr eindrucksvoll. Alles Gute in der Ausschußsitzung!
»Keine Frage, der Dompteur erpreßt uns um seiner Karriere willen«, fand Karst zum Thema zurück. »Wenn wir wenigstens wüßten, welcher Partei er angehört!«
Einige Schritte weiter fragte Öhlenschläger: »Hast du die letzten Umfragen studiert?«
Karst schüttelte den Kopf. »Jeder erstellt irgendwelche Umfragen. Welche meinst du?«
»Infas. Wir liegen mit sechs Prozentpunkten vor den Schwesterparteien. Noch zwei Punkte mehr, die Freien Demokraten etwas

runter – täte denen mal gut, zurechtgestutzt zu werden –, und wir brauchen noch nicht mal mit denen eine Koalition zu bilden.«
Karst war nicht sicher, ob er sich täuschte oder ob Öhlenschlägers Brust tatsächlich anschwoll. Hielt er diesen Vorsprung auch für sein Verdienst?
»Vorausgesetzt, die Grünen kommen wirklich gerade so in den Bundestag. Und vorausgesetzt, die Republikaner machen euch keinen Strich durch die Rechnung.«
Bei dem Wort Republikaner zuckte Öhlenschläger zusammen. Genau das war der unkalkulierbare Faktor bei der bevorstehenden Wahl. Obwohl die meisten Umfragen anonym durchgeführt wurden, scheuten sich viele zuzugeben, daß ihre Sympathie den Rechten galt. Das hatten zumindest Interviewer festgestellt.
»Und jetzt tritt dieses Schwein auf den Plan und erpreßt uns. Wird er nicht gewählt, dann läßt er alles platzen. Hannes, das kann doch keiner von uns sein, wir liegen doch vorn.« Unvermittelt fiel Öhlenschläger wieder die Theorie von Dollberger ein, wonach ein Politiker sich mit den Republikanern arrangiert haben könnte. Und sogleich beschwichtigte er sich selbst, indem er sich sagte: Sozialdemokraten tun so etwas nicht.
Karst blieb skeptisch. »Es gibt einige Kandidaten in euren Reihen, denen man übel mitgespielt hat. Im Abschießen seid ihr doch einsame Spitze«, sprach er weiter, als Öhlenschläger protestieren wollte. »Und darin, euch gegenseitig fertigzumachen, auch. Denk doch nur an euren letzten Kanzlerkandidaten!«
Karst hätte nicht darauf hinweisen müssen, dieser Fall war Öhlenschläger nun wirklich bestens vertraut. Hautnah hatte er die einzelnen Phasen miterlebt. Und wie die Genossen am Stuhl ihres eigenen Kandidaten gesägt hatten, davon konnte er ein Lied singen. Dann, nach der verlorenen Wahl, das heuchlerische Getue und die tröstenden Worte. Er habe doch sein Bestes gegeben, phantastisch seine Argumente und Reden, ausgezeichnet auch seine Prognosen, was die zu erwartenden Kosten der deutschen Wiedervereinigung beträfe. Aber das habe eben niemand so recht hören wollen. Noch sei die Euphorie stärker als der Sinn für die Realität. An ihm habe es also nicht gelegen.
Und wie sehr war Hofer durch die Entwicklung bestätigt worden! All seine Vorhersagen hatten sich bewahrheitet, die Kosten waren

noch weitaus größer, als von ihm prognostiziert. Aber während des Wahlkampfes hatte er keine Unterstützung durch die eigenen Leute erfahren. Manche vermuteten sogar, man habe ihn bewußt sabotiert. Zu viele Gegner hatte er sich in den eigenen Reihen gemacht, Leute, die nun Morgenluft witterten, sich öffentlich mit ihm solidarisch erklärten und heimlich den Zeitungen die Neuigkeit zuspielten, der leider unterlegene Kanzlerkandidat mache Urlaub in der Toscana.

»Du hast schon irgendwie recht. Aber bei den anderen muß es ja noch viel schlimmer zugehen«, sinnierte Öhlenschläger.

»Wieso? Weil sie so weit hinten liegen?«

»Weil sie so weit hinter meiner Partei liegen, einem Haufen Egoisten aus dem Lehrbuch und politisch agierender Totengräber.«

Sie begrüßten Henninghaus, der übers ganze Gesicht strahlte. Seine Geschäfte gingen glänzend, er spekulierte im Ausland. Die deutsche Börse dagegen spiegele, so sagte er, das Stimmungsbild der Regierung wider.

»Wie können wir unserem Dompteur und Erpresser dazu verhelfen, daß er in der Politik bleibt?«

Öhlenschläger stieß Karst mit dem Ellbogen an. »Du, wenn er in dem Zirkus weitermachen will, dann dürfen wir zwei weitere Namen streichen. Den Staatssekretär im Verteidigungsministerium und den Ministerialdirigenten des Innenressorts, die ihren Rücktritt angekündigt haben.«

»Bleiben immer noch mindestens zehn. Die Zeit läuft uns davon.«

Am nächsten Morgen begleitete Cullmann Valeri ein Stück auf ihrem Weg zur Bank. Sie verabschiedeten sich, und Valeri versprach, sie werde am Wochenende in Saarbrücken sein. Ein Theaterbesuch stehe dringend an. Sie lächelte.

»Wolltest du nicht zu deiner Tochter?«

»Sie hat Ferien und kommt mit mir. Hast du etwas dagegen?«

Hatte Cullmann nicht.

Als er in Saarbrücken vor seinem Pfannkuchen aus dem Bus stieg, überkam ihn das Gefühl, beobachtet zu werden. Auf der

Fahrt jedoch war ihm nichts aufgefallen. Und er bemerkte auch kein fremdes Auto in der Straße. Cullmann griff seine Reisetasche, schloß die Tür auf und betrat den dunklen Flur. Noch bevor er den Lichtschalter ertasten konnte, spürte er einen Schlag gegen den Hinterkopf, dann verlor er die Besinnung.
Er wachte in seinem Wohnzimmer auf, und es erschien ihm noch unordentlicher als zuvor. Die Einbrecher hatten ganze Arbeit geleistet.
Einer baute sich vor ihm auf, und Cullmann fühlte Erleichterung aufsteigen. Der Mann trug eine Maske, nur Augen und Mund waren frei. Das konnte nur bedeuten, sie hatten nicht vor, ihn umzubringen. Oder wollten sie ihn in Sicherheit wiegen?
»So, mein Jungchen, endlich haben wir dich. Wo sind die Unterlagen aus Belgien? Die von der Polizei?«
Cullmann versuchte, unbedarft dreinzuschauen, und deutete mit dem Kopf auf seine Reisetasche. An Händen und Füßen war er gefesselt. »Da drin.«
»Erzähl keine Märchen, wir haben nichts gefunden.«
»Ihr müßt den Einlegeboden hochklappen. Alter Indianertrick.«
Die beiden Kerle, der zweite kam jetzt auch in Cullmanns Blickfeld, hatten keinen Sinn für Humor. Der vor ihm stehende stieß ihn mit einer Schuhspitze in die kurze Rippe. Cullmann stöhnte und bäumte sich auf. Und erst jetzt registrierte er den Schmerz an seinem Hinterkopf, einen Schmerz, der sich den Nacken hinunterzog bis zu den Schulterblättern.
Der zweite Mann, bulliger und größer als der andere, riß den Boden aus der Tasche und wedelte triumphierend mit den Papieren, die Cullmann von Henri erhalten hatte. Allerdings fehlte die Namenliste, das wohl wichtigste Stück in der Sammlung.
»Charly, hier ist es. Fünftausend verdient.«
»Halt die Klappe«, fauchte Charly und beugte sich zu Cullmann. »Wo sind die anderen Unterlagen?«
»Welche?« Cullmann drehte den Kopf zur Seite, Charly hatte Mundgeruch.
»›Jagdsaison‹ und die über die NVA-Waffen.«
Cullmann durchzuckte es siedendheiß. Wer konnte von den NVA-Waffen gewußt haben? Nur Schober und seine Kollegen aus Koblenz, Valeri und . . . Kroninger, der Medienmogul. Also hat

er mir die Typen auf den Hals geschickt. Er will seine Datensammlung vervollständigen.

»›Jagdsaison‹ muß in meinem Büro liegen, unter dem Telefonbuch. Andere Unterlagen habe ich nicht.«

Der Kleinere erhob sich und ging in den Nebenraum. Nach wenigen Augenblicken kam er mit den Blättern zurück. »Wirklich ein braver Junge. Wieder fünftausend Mark kassiert. Schnelles Geld. Jetzt brauchen wir nur noch ein kleines Päckchen, und schon bist du uns los. Also?«

Cullmann starrte den Maskierten von unten herauf an. »Ich habe nichts über NVA-Waffen.«

Er hatte kaum ausgesprochen, als sich auch schon die Schuhspitze wieder auf ihn zubewegte, diesmal jedoch heftiger als zuvor. Cullmann schrie auf, Wut stieg in ihm hoch. Wut auf die zwei Kerle und Wut angesichts seiner Hilflosigkeit.

»Wo bitte.«

»Ich habe keine . . .«

Der Peiniger trat ihm in den Bauch. Cullmann hatte das Gefühl, etwas in ihm sei geplatzt.

»Nicht so rauh, Charly, nicht so rauh! Das steht nicht auf unserem Plan.«

»Halt du dich raus«, zischte Charly und bückte sich zu Cullmann. »Ich gebe dir noch eine Chance. Wo ist der verdammte Rotz?«

Cullmann standen Tränen in den Augen. Fieberhaft überlegte er.

»Die Papiere sind bei der Polizei in Koblenz und in Saarbrücken. Ich habe sie gesehen, und ich habe einiges lesen können. Mehr aber auch nicht.«

Charly zog ein Messer aus der Tasche und ließ die Klinge so aufschnappen, daß sie gegen Cullmanns Nase schlug.

»Mein Junge, dieser Stahl hat schon viel Blut gesehen. Wenn du nicht sofort ausspuckst, wo der Scheiß ist, dann schneide ich dir die Eier ab.«

Er fummelte schon an Cullmanns Hose, als der andere sich einmischte. »Jetzt reicht's. Damit will ich nichts zu tun haben. Entweder du hörst auf, oder ich mach die Flatter.«

Geschmeidig wie eine Katze kam Charly auf die Füße. Breitbeinig stand er vor dem Bulligen, das Messer angriffslustig in der

Hand. Charly machte einen Schritt nach vorn, der andere wich zurück bis an die Wand.

»Was soll ich deiner Meinung nach tun?« zischte Charly. »He, hast du etwas gegen meine Methoden einzuwenden?«

Abwehrend hob der Bullige seine Hände. Und in beschwichtigendem Tonfall sagte er: »Was du tust, ist deine Sache. Ich halte mich da raus.«

»Schön für dich. Und klug.« Charlys Hand zuckte nach vorn, der andere konnte nicht mehr ausweichen, und Cullmann sah seine weit aufgerissenen Augen. Ein ratschendes Geräusch, die Jacke des Bulligen hatte einen Riß.

»Mach doch keinen Mist, Charly!«

Charly, zufrieden mit seiner Darbietung und dem Respekt, den sein Begleiter ihm zollte, wandte sich wieder Cullmann zu.

»Na, Angst um die Eier?« Er fummelte wieder an Cullmanns Hose herum.

»Ich kann nichts anderes sagen. Ich habe nur etwas über die NVA-Waffen gelesen. Glaubt mir doch.«

Es klingelte an der Tür. Charly blickte über die Schulter zum Bulligen und befahl: »Los, sorg für Ruhe.«

Der ging zur Tür und kam kurz darauf zurück. »Zwei Kerle stehen draußen, sehen aus wie Bullen.«

»Verdammt.« Charly machte eine flüchtige Bewegung mit dem Messer und ritzte Cullmann die Wange. »Los, wir hauen ab.«

Sie öffneten die Tür zum Theater und waren verschwunden. Cullmann konnte sich ausrechnen, wie ihr Fluchtweg aussah. Dann dachte er nur noch an eines: Mach dich bemerkbar. Was seine Lungen an Luft hergaben, preßte er in den Hilfeschrei. Bereits nach wenigen Sekunden hörte er die Tür splittern, Schober stand mit gezückter Waffe vor ihm. Mit einem Blick erkannte er die Lage und bedeutete Willems, der ihn begleitete, das Gelände abzusuchen. Schober schnitt die Fesseln durch und gab Cullmann ein Taschentuch. »Ich würde zu einem Arzt gehen und den Schnitt nähen lassen.«

»Vielen Dank für Ihr rechtzeitiges Erscheinen. Ich habe mich noch nie so über einen Polizeibesuch gefreut.« Cullmann stand auf, rieb sich die Handgelenke und massierte die abgestorbenen Finger. Dann betrachtete er sich im Spiegel. »Der Scheißkerl.

Wenn ich den in die Finger bekomme ...« Er befeuchtete ein Handtuch und setzte sich in einen Sessel. Mit der einen Hand drückte er Schobers Taschentuch auf die Wunde, mit der anderen kühlte er die Stelle am Hinterkopf, an der sich inzwischen eine Beule gebildet hatte.
Willems kam zurück. »Weg, keine Spur. Die haben das nicht zum erstenmal gemacht.«
Cullmann berichtete, was vorgefallen war, konnte aber nur eine vage Beschreibung der Täter liefern. Die Gesichter waren vermummt; der Bullige hatte eine Lücke zwischen den Schneidezähnen, während Charlys Kinn weit nach vorn sprang. Er hatte ein kleines, nach innen gekipptes Mäusegebiß und graublaue Augen. Und Mundgeruch. Allerdings war es für Cullmann, der die ganze Zeit am Boden gelegen hatte, unmöglich, die Körpergröße der beiden zu schätzen.
»Warum kommen Sie überhaupt zu mir?«
Schober schmunzelte. »Um Ihnen Ihre Männlichkeit zu erhalten.« Er wurde ernst. »Ich möchte ein offenes Wort mit Ihnen reden, Herr Cullmann. Und damit Sie nicht das Gefühl haben, ich versuchte Sie auszutricksen, schicken wir meinen Kollegen einfach etwas spazieren.«
Willems grinste und verschwand.
»Wollen Sie einen Kaffee?«
»Gern.«
»Dauert einen Augenblick.«
Cullmann stellte die Maschine an und meldete sich aus der Küche zu Wort. »Reden Sie schon, Sie machen mich ganz nervös!«
»Die Überreste Ihres Bruders sind zur Bestattung freigegeben«, sagte Schober. »Man läßt ihn von Trier nach Saarbrücken überführen. Ich habe das angeordnet, Ihr Einverständnis voraussetzend. Sie waren einige Tage unterwegs?«
Cullmann, der ins Wohnzimmer zurückgekehrt war, nickte. »Danke für Ihre Bemühungen. Wir haben ein schönes Familiengrab, da soll er endlich Ruhe finden.«
Der Kaffee stand vor ihnen, Cullmann genehmigte sich einen Schuß Alkohol. Schober lehnte ab, sagte, er sei noch im Dienst. »Inzwischen hat sich der Verfassungsschutz mehrfach bei uns

gemeldet und Akteneinsicht gefordert. Einmal, was Sie betrifft, Herr Cullmann, und dann auch auf Ihren Bruder bezogen.«
»Damit habe ich gerechnet.« Cullmann kühlte immer noch seinen Hinterkopf. Den Riß auf der Wange hatte er inzwischen mit mehreren Pflastern überklebt. »Aber wieso wegen meines Bruders?«
Schober konnte die Frage nicht beantworten. »Ich habe dem Amt auch eine Kopie der Unterlagen gegeben, die der Tote in Koblenz an seinem Oberschenkel versteckt hatte. Jetzt haben sie bestimmt zwei Ausfertigungen, denn in Koblenz werden sie auch gewesen sein. Und für Sie habe ich ebenfalls eine angefertigt.«
Cullmann war erstaunt. »Für mich? Darf ich denn Einblick nehmen in den Verkauf von NVA-Waffen?«
»Ich weiß es nicht, aber ich möchte mich mit Ihnen arrangieren. Außerdem kann ich mir vorstellen, daß es Ihnen eine Hilfe wäre, von diesen Dingen zu wissen.«
»Und die Gegenleistung?«
»Einmal die Bänder, die von Frankfurt, meine ich. Sie haben vergessen, sie mir zukommen zu lassen.«
»Weiter?«
»Bitte einen detaillierten Bericht über Ihre Reise nach Belgien.«
»Woher wissen Sie . . .« Cullmann grinste. »Die belgische Polizei hat sich bei Ihnen gemeldet, nehme ich an. Na, ist Löbe mit der Waffe getötet worden? Und der junge Deutsch-Russe in Koblenz?«
»Zumindest ist es eine bulgarische Neun-Millimeter-Armeepistole.«
Cullmann war mit der Entwicklung der Dinge zufrieden. Er begann zu erzählen. Auch den arrangierten Unfall ließ er nicht aus.
»Wie geht es den beiden?« fragte er abschließend.
»Nichts Lebensgefährliches. Inzwischen hat man sie in ein Gefängniskrankenhaus überführt. Ihre Gesichter müßten sie zu gegebener Zeit korrigieren lassen. Einer hat die weitverbreitete Blutgruppe 0. Das deckt sich mit dem Ergebnis der Ermittlungen im Mordfall Frau Löbe. Aber für Sie dürfte der Zusammenhang schon vorher klar gewesen sein.«
Cullmann nickte. »Und wer sind die Ganoven? Stimmen die Namen?«

»Wird noch überprüft. Würden Sie mir bitte die Pässe der beiden aushändigen?«
»Haben mir die beiden Kerle vorhin abgenommen.«
»Das glaube ich Ihnen nicht. Ich werde die Angelegenheit wirklich vertraulich behandeln!«
Cullmann sah Schober zweifelnd an.
»Ehrenwort, wenn Ihnen das etwas wert ist.«
»Gut.« Cullmann trank von seinem Kaffee.
»Und Kopien der Berichte über einen gewissen Vorfall in Belgien, den Sie vorhin erwähnt haben. Ich möchte genauso gut informiert sein wie die beiden Eindringlinge.«
»Sonst noch was?«
Schober schüttelte den Kopf. »Wann?«
»Ich brauche zwei Tage, höchstens. Habe die Sachen nicht im Haus.«
»Okay.«
Schober erhob sich und bedankte sich für den Kaffee.
»Wie heißt der Verbindungsmann beim Verfassungsschutz?«
Schober zögerte.
»Sonst brauche ich länger.«
»Karst, Hannes Karst. Ein ausgebuffter, aalglatter Zeitgenosse, aber ein As auf seinem Gebiet, wie ich gehört habe.«
»Trauen Sie ihm?«
»Warum nicht? Immerhin gehört er einer Bundesbehörde an.«
»Eine letzte Frage, Herr Schober. Sie kennen doch einen Klaus Öhlenschläger aus dem Umfeld des Ministerpräsidenten. Hat er sich nach Löbes Beerdigung zufällig bei Ihnen gemeldet?«
»Er war mit Karst bei mir. Und er hat erwähnt, daß Sie in seinem Auftrag unterwegs seien. Vielmehr im Auftrag seiner Partei. Unter anderem interessierte sich dieser Karst auch sehr für Ihren Bruder, Herr Cullmann. Immer wieder wollte er wissen, was schwarzes Glas zu bedeuten habe.« Schober legte eine Hand auf den Mund und gab sich schuldbewußt. »Das hätte ich Ihnen jetzt vielleicht doch nicht sagen dürfen. Die Herren baten um Vertraulichkeit.«
Mit einem spitzbübischen Schmunzeln im Gesicht verabschiedete sich der Kriminalbeamte.
Kaum allein, schaltete Cullmann den Kopierer ein und ging hin-

aus zu seinem Auto. Er hob auf der Beifahrerseite die Fußmatten an und nahm die Pässe, andere Utensilien, die er den beiden Insassen des Mazda abgenommen hatte, und die Originale von Henris Polizeibericht an sich. Die Namenliste der Teilnehmer von ›Jagdsaison‹, neben den Fotos der beiden Nackten mit Kapuze wohl sein heikelster Beweis, ließ er hinter der Türverkleidung stecken.
Zurück in seinem Büro, fertigte er von allem mehrere Kopien an. Auch von dem Kapitel, das Schober ihm ausgehändigt hatte. Und von ›Jagdsaison‹. Zwischen seinen Büchern hatte er vor einer Woche eine weitere Ausfertigung deponiert.
Cullmann versteckte je einen Satz wieder in seinem Bus und die anderen an unterschiedlichen Stellen in Wohnung und Theater. Mit dieser Art der Aufbewahrung hatte er bisher nur gute Erfahrung gemacht. Sollte es brenzlig werden, konnte er das Geforderte sofort herausrücken. Als nächstes räumte er den Bürotisch ab und breitete seine Schätze aus. »Dann wollen wir mal sehen, ob wir heute besser drauf sind und endlich den roten Faden finden«, murmelte er vor sich hin.

Die Mitglieder des Kreises hatten innerhalb ihrer Parteien intensive Gespräche geführt. Dabei unterstützt hatten sie die Ausputzer und Karst, der mehr und mehr zu einem überaus wichtigen Koordinator geworden war, der Schaltstelle schlechthin. Die neugewonnene Bedeutung, die Aufwertung seiner Funktion und damit seiner Person stärkten seine Selbstsicherheit sichtlich.
Aber gestern waren all ihre taktischen Überlegungen, all ihre strategischen Konzepte Makulatur geworden. Zum erstenmal tauchte ein handgeschriebenes Kapitel auf. Allerdings waren Verfasser und Unterzeichner nicht ein und dieselbe Person, wie Karst durch Schriftvergleiche nachweisen konnten.
In diesem neuen Text ging der Dompteur detailliert auf die bisherigen Unterlagen ein, die er dem Kreis und anderen Stellen hatte zukommen lassen. Und zum Schluß der von Anspielungen und Hinweisen strotzenden Ausführungen kam der Hammer:

»Meine Damen und Herren,
ich will der deutschen Politik neue Impulse geben. Zu sehr hat man sie in der letzten Zeit angegriffen, zu sehr sind Dinge bekanntgeworden, die die Politik – von entscheidender Bedeutung in einer funktionierenden Demokratie – und die Volksvertreter in ein ungünstiges Licht gerückt haben. Genau deshalb steht mein Entschluß unwiderruflich fest: Ich werde mich nicht zurückziehen. Und ich werde mich nicht mit Entscheidungen abfinden, die gegen mich gerichtet sind. Weder von seiten der Partei noch von seiten des Wählers. Sie, meine Damen und Herren, haben dafür zu sorgen, daß ich in wenigen Monaten wieder gewählt werde. Wie Sie das anstellen, überlasse ich Ihrer Phantasie.
Inzwischen dürften Sie sich die Köpfe darüber heißdiskutiert haben, wer denn eigentlich hinter all diesen Informationen steckt. Ich kann Ihnen nur soviel verraten: Es gibt viele in Bonn, die meinen Posten und meinen Einfluß gern hätten. Aber keinen, mit dem ich tauschen will. Was ich anstrebe, ist allein der Erhalt meiner Privilegien und meiner Macht. Ich will, entgegen allen Umfragen-Ergebnissen, wieder eine maßgebliche Rolle spielen, wie sie mir bisher auch zugedacht worden war.
Damit Sie die Ernsthaftigkeit meines Unterfangens erkennen, lege ich Ihnen einen weiteren Bericht bei. Er läßt einen Prozeß, der in die Geschichte der Bundesrepublik eingegangen ist, in einem vollkommen anderen Licht erscheinen.
Mit freundlichen Grüßen
Ihr unbekannter Informant.«

Die Sechsergruppe traf sich außerhalb Bonns in einem Ausflugslokal. Wodaz hatte darauf hingewiesen, daß ihr reger Kontakt inzwischen einigen Kollegen im Bundestag aufgefallen sei. Es gelte, Aufsehen zu vermeiden.
Auf die formalen Aspekte des Textes ging Karst nur flüchtig ein. Sie sagten nicht viel über den Absender aus, Standardformulierungen, etwas gestelzt vielleicht, aber ansonsten nichts Auffälliges.
»Wissen Sie, an wen mich der Text erinnert? Diese selbstherrliche Art und Wichtigtuerei?« Öhlenschläger schaute in die Runde.

»An den ehemaligen Wirtschaftsminister der Freidemokraten, der letztendlich mehr über seine Selbstüberschätzung gestrauchelt ist als über die Werbebriefgeschichte.«
Henninghaus fuhr hoch. Und dann überlegte er, die Arme angriffslustig auf den Tisch gestützt. Wenig später setzte er sich wieder wie gewohnt hin. Mit gespitzten Lippen nickte er leicht. »Rühmt er sich nicht immer noch seiner ausgezeichneten Beziehungen zur Wirtschaft? Und zu den Medien? Ist er nicht derjenige in Bonn, dem das Wort Macht mitten auf die Stirn geschrieben steht? Ist er nicht arrogant und groß im Ausbooten von Konkurrenten? Kennt er nicht Mittel und Wege, anderen ein Bein zu stellen? Und der wichtigste Aspekt: Hätte nicht ausgerechnet er Gründe genug, es seinen Intimfeinden mit einem politischen Rundumschlag heimzuzahlen? Vergeltung zu üben? Sich – alle wissen, er ist nachtragend bis in die Steinzeit – zu rächen?«
»Stimmt«, pflichtete Marie-Luise nach einer Weile bei. »Keiner kann diesen Pinkel leiden. Und so eine Sache hier«, sie deutete auf die Unterlagen, »wäre ihm voll zuzutrauen. Außerdem hat er ja wirklich mal eine maßgebliche Rolle gespielt.«
Und dann spekulierte man, wer sonst noch solch ein ausgeprägter Machtmensch sei und demzufolge in Frage komme. Zum erstenmal wurden offen konkrete Personen genannt, vom ehemaligen Generalsekretär der Christdemokraten über einen Wirtschaftsboß, der früher auch Kabinettsmitglied gewesen war, bis hin zu Ministerpräsidenten ohne Fortune, die über gewisse . . . Affären gestolpert waren.
Dollberger beendete die Diskussion, indem er sagte, nur auf vage Vermutungen zu bauen bringe den Kreis nicht weiter. Im Grunde genommen komme jeder ehemalige Staatssekretär oder Minister in Betracht. Selbstverständlich auch jene, die bei der letzten Kabinettsumbildung auf der Strecke geblieben seien. Oder einfach Leute, die entgegen ihren eigenen hohen Erwartungen nicht beachtet oder im Vorfeld ausgebootet worden seien. Zugegeben, auch ihm habe sich ein bestimmter Verdacht aufgedrängt. Davon wolle er sich aber freimachen. Fakten müßten also her, unwiderlegbare Fakten. Dann forderte er Karst auf fortzufahren.
Und als der Beamte des Verfassungsschutzes nun jedem der

Anwesenden eine Klarsichthülle mit weiteren Papieren aushändigte, war es, als vollzöge die Runde ein Ritual.
»Wir werden nicht umhinkönnen, unseren Dompteur bei der Erfüllung seines Wunsches zu unterstützen. Bitte lesen Sie.«
Überschrieben war das erste Blatt mit »Kranker Kain«. Schon nach wenigen Zeilen wußte jeder, es ging um den ehemaligen DDR-Staatsratsvorsitzenden Honecker. Wie der Unbekannte behauptete, hatte der Bundesregierung anfänglich wenig an einer vorzeitigen Rückkehr Honeckers aus Moskau gelegen, ganz im Gegensatz zu allen öffentlich abgegebenen Statements. Berater des Kanzleramts waren zu der Erkenntnis gelangt, daß Aussagen von Kranker Kain, wäre er einmal vor ein deutsches Gericht gestellt, sich nur negativ auf die Regierung auswirken konnten. Zudem war abzusehen, daß die Weltöffentlichkeit das Spektakel mit regem Interesse verfolgen würde, und ein für die Bundesrepublik positiver Ausgang war aufgrund mancher juristischer Unklarheiten höchst ungewiß. Das mußte verhindert werden. Und über die Vorgeschichte bot sich eine elegante Lösung an.
Kranker Kain war im Januar 1990 an der Niere operiert worden, und in Moskau entdeckte man im Februar 1992 Metastasen sowie einen Tumor. Die Diagnose: Honecker hatte höchstens noch ein bis zwei Jahre zu leben. Als gewiefte Strategen der Regierung dies erfuhren, wurden sie äußerst aktiv. Zwei Jahre würde ein Prozeß mindestens dauern, so ihre Einschätzung, und einen Prozeß bis zu einem bestimmten Tag in die Länge zu ziehen war für clevere Anwälte kein Problem.
Allerdings durfte Honecker offiziell nicht als Todkranker gelten und als solcher nach Deutschland reisen. Zumindest noch nicht zu dem Zeitpunkt. Deshalb gelangten Mediziner bei einer zweiten Untersuchung im März 1992 zu der Auffassung, der ehemalige Staatsratsvorsitzende sei gesund, man habe keine Metastasenbildung in der Leber feststellen können. Fortan galt der Botschaftsflüchtling als Simulant, und Chile hatte endlich einen Ausweg gefunden, dem bundesdeutschen Druck nachzugeben und den unbequem gewordenen Gast abzuschieben. Simulanten schützt man nicht.
Was jedoch keiner wußte: Das Ärzteteam, das keinen krankhaften Befund diagnostiziert und Honecker als Simulant abgestem-

pelt hatte, war dasselbe wie das, welches drei Wochen zuvor die Metastasen entdeckt hatte. Und was erst recht niemand wußte, war, daß die Bundesregierung – gemeinsam mit der russischen Führung – diese zweite Untersuchung veranlaßt, das Ergebnis aber von vornherein vorgegeben hatte.
Was spielte es dann noch für eine Rolle, daß man dem Patienten später in Berlin attestierte, er leide schon länger an Leberkrebs? Seine Lebenserwartung betrage höchstens noch einige Monate? Plötzlich war er auch kein Simulant mehr. Brauchte er auch nicht mehr zu sein für die Nation, denn er saß ja in Moabit, in einem deutschen Gefängnis, und wartete auf seinen Prozeß.
Allerdings entsprach dessen Verlauf nicht der Vorstellung, die man sich davon gemacht hatte. Befangenheitsanträge bestimmten das Geschehen, immer neue Expertisen wurden eingereicht und von der Gegenseite angezweifelt. Man war weit davon entfernt, der Öffentlichkeit einen zumindest moralisch Schuldigen präsentieren zu können. Und plötzlich wiesen Mediziner darauf hin, daß Kranker Kain das Ende seines Prozesses wohl doch noch erleben würde. Fatal, ihn verurteilen zu müssen. Fatal auch, was er an Interna alles noch würde ausplaudern können. Hatte der ehemalige Staatsratsvorsitzende nicht des öfteren gedroht, sich zu rächen, indem er auspackte?
Aber da existierte ja zum Glück das Gutachten eines anerkannten Rechtsexperten, es war in weiser Voraussicht schon Monate zuvor erstellt worden. Dieses Gutachten sagte, es verstoße gegen die Menschenwürde, wenn ein Todkranker – ohne Aussicht, das Ende seines Prozesses zu erleben – gezwungen werde, vor Gericht zu stehen. Nachdem entsprechende Anträge in der ersten Instanz abgelehnt worden waren, folgte das Berliner Verfassungsgericht dem Experten und der Verteidigung. Raus aus dem Gefängnis, ein Abkommen mit der Regierung unterzeichnen, über gewisse Dinge Stillschweigen zu bewahren, rein in die Maschine und ab nach Chile zur Tochter. Und dort nach der Untersuchung in einer Prominentenklinik der Knüller: Gefährlich der Krebs, aber kontrollierbar und nicht lebensbedrohend.

In dem Ausflugslokal war es still geworden. Sechs Personen zogen die Köpfe ein, als hätten sie schwere Schuld auf sich geladen.

»Das sind unumstößliche Fakten?« Marie-Luise starrte Karst groß an.
»Ja. Nach allen Gesichtspunkten überprüft. Unumstößlich.«
»Das bedeutet, die Regierung hat mit falschen Karten gespielt.«
Karsts Lächeln verunglückte. »Die Regierung, die Russen, die Chilenen und die Opposition, die über alles unterrichtet war.«
»Wirklich?« Marie-Luise zweifelte noch.
»Wer hat denn so auf eine Rückführung gedrängt? Doch Ihre Partei, Frau Famus. Erinnern Sie sich nicht mehr an die starken Worte Ihres Vorsitzenden?«
Öhlenschläger, ganz Praktiker und Ausputzer, mischte sich ein und fragte: »Was wäre die Konsequenz, wenn die Öffentlichkeit davon erführe?«
»Ein Desaster.« Wodaz schlug die Hände vors Gesicht.
»Rien ne vas plus«, bemerkte Henninghaus, der Spieler, zutreffend.
»Und was ist mit der Wahl?«
Dollberger sagte es seinem Kollegen. »Kurz vorher das hier in den Medien«, er tippte auf die Blätter, »und wir können alle einpacken. Regierung, Opposition, vielleicht sogar die Grünen.«
»Sie haben eine Partei ausgelassen, Herr Dollberger.«
Auch den anderen war das aufgefallen. Aber die Republikaner mußten nicht extra erwähnt werden, es war klar, daß sie dann als Sieger aus der Wahl hervorgehen würden. Nur ihnen konnte eine Veröffentlichung dieser Informationen nützen, nur sie waren in der Lage, daraus politisches Kapital zu schlagen. Der Prozeß gegen Honecker eine Farce, die Wiedervereinigung entgegen allen Versprechungen ein Desaster, die Neuregelung des Asylparagraphen ein fauler Kompromiß, die angekündigte Sanierung der Wirtschaft ein Flop. Wer einmal lügt ... So würden die Republikaner argumentieren. Und verantwortlich für diese Zustände seien alle, die im Bundestag säßen, oder habe auch nur einer gegengesteuert? Simple, aber zugkräftige Erklärungsmodelle für den frustrierten Wähler.
In Zeiten, geprägt von Unzufriedenheit, Politikverdrossenheit und Rezession, wurden solche Worte aufgenommen wie Wasser von einem Schwamm. Das war aus der Vergangenheit bekannt. Und die Folgen? Der Kreis war sich einig: Eine Stimmenverschie-

bung zugunsten der extremen Rechten, einem Erdrutsch gleich. Und ein ungeheuerlicher Gesichtsverlust in der Weltöffentlichkeit. Viele Stimmen im Ausland würden sich melden und darauf verweisen, daß sie schon lange vor einem Rechtsruck in der deutschen Politik gewarnt hätten. Allen voran Israel, Frankreich, England, und recht würden sie haben.

Hilflos fragte Marie-Luise: »Und was machen wir jetzt?«

»Das herauszufinden, sind wir doch zusammengekommen«, mahnte Wodaz. »Wir müssen Vorschläge erarbeiten und an unsere Parteien weitergeben.«

»Und wo fangen wir an?«

Karst stellte noch einmal den Ausgangspunkt klar: »Uns ist doch bekannt, welche Konsequenzen die Veröffentlichung der Dossiers hätte.«

Alle nickten brav. »Also muß ein Modus gefunden werden, die Konsequenzen erst gar nicht eintreten zu lassen.« Erneute Zustimmung. »Dann geht kein Weg daran vorbei, dem Unbekannten dazu zu verhelfen, daß er gewählt wird.«

»Nie und nimmer.« Marie-Luise sprang auf und stand mit hochrotem Gesicht vor den fünf Männern. Heftig pulsierte ihre Halsschlagader. »Nie und nimmer.«

»Ist Ihnen nicht klar, was Dompteur uns schon alles hat zukommen lassen? Das meiste gegen Ihre Partei gerichtet?« Karst begann an den Fingern abzuzählen: »Jagdsaison, Putsch, Dienstwagen, Scientology, Abtreibungspille, NVA-Waffen, Kranker Kain . . .«

»Nie und nimmer«, fiel ihm Marie-Luise ins Wort.

»Weil die Demoskopen einen so großen Vorsprung für Ihre Partei sehen?« fragte Dollberger süffisant.

Marie-Luise atmete tief durch. »Das wäre doch keine Demokratie mehr. Gegen den Willen des Volkes zu handeln ist Despotie.«

»Hören Sie doch auf«, bellte Wodaz. »Wer macht denn bei uns die Demokratie? Die Wirtschaft, die Gewerkschaften und das Bundesverfassungsgericht. Wir stimmen doch in vielem bloß noch zu, sind der verlängerte Arm starker Interessengruppen.«

»Und die Kirchen«, warf Henninghaus ein.

»Richtig, habe ich vergessen, die Kirchen.«

»Nie und nimmer«, wiederholte Marie-Luise, aber es klang schon

weniger vehement als noch zwei Minuten zuvor. Schließlich setzte sie sich wieder hin und schob mit einer müden Bewegung ihre Brille hoch.
»Die Frage ist: Was wäre das kleinere Übel?« Öhlenschläger fiel seiner Parteifreundin in den Rücken, aber er konnte nicht anders. Dollbergers Theorie über die extremen Rechten nahm immer deutlichere Konturen an. Und der mögliche Handel eines noch angesehenen Politikers mit den Republikanern rückte mehr und mehr in den Bereich des Wahrscheinlichen. Kaum vorzustellen, was geschehen würde, wenn der Betreffende kurz vor der Wahl all seine Informationen der Öffentlichkeit präsentierte und zu den Republikanern schwenkte! »Wenn ich Sie richtig verstehe, dann bedeutet das doch im Endeffekt, wir müssen darauf hinarbeiten, daß meine Partei, die klar in Führung liegende Opposition, die Wahl verliert.«
Dem hatte niemand etwas entgegenzusetzen.

Cullmann – ein großes Pflaster zierte seine Wange – hätte einfach abwarten können, was passierte. Er hätte auch darauf warten können, daß sich eine innere Stimme meldete, die ihn wieder mal warnte. Und er hätte auf seine Angst warten können; sie hatte ihm bisher immer noch am deutlichsten gesagt, wann es an der Zeit war, sich zurückzuziehen oder unterzutauchen.
Cullmann wartete nicht ab. Und Angst – falls er sie nicht ignorierte – meldete sich auch keine, während er noch am selben Tag seinem Bus die fast schon mörderische Tour bis an den Bodensee zumutete.
Im Gegenteil, es kam im Verlauf der fünfhundert Kilometer langen Fahrt ein ganz anderes Gefühl in ihm auf. Es stimmte ihn geradezu euphorisch und machte ihn auf eine seltsame Art beschwingt, daß er endlich einmal die Fäden in der Hand hielt. Er fühlte sich nicht mehr als Opfer, sondern als Jäger. Und in dieser Rolle gefiel er sich, wie man sich oft in neuen Rollen gefällt, ohne jedoch die Konsequenzen abschätzen zu können. Er fühlte sich stark; da war eine Kraft in ihm, die ihn vorantrieb. Zeig's

ihnen, schien sie zu fordern. Mach ihnen Druck, laß nicht länger mit dir spielen!
Es war dunkel, als Cullmann in Konstanz ankam, und er übernachtete auf einem Campingplatz. Am Morgen suchte er die einzelnen Behörden auf und versuchte in Erfahrung zu bringen, wo ein Gerd Mattern und ein Erich Wahlensiek ihren Wohnsitz hatten. Sooft er auch nachfragte, diese beiden Namen waren nicht bekannt. Auf seinen Vorhalt, man habe doch vor vier Monaten Pässe für sie ausgestellt, reagierte der junge Beamte aggressiv.
»Meinen Sie, ich wollte Sie anlügen? Es gibt keinen Mattern und keinen Wahlensiek.«
Cullmann zeigte dem Beamten die Kopien, die er von den Pässen angefertigt hatte. Der junge Mann bekam große Augen, brabbelte eine Entschuldigung, vertiefte sich erneut in seinen Bildschirm, zuckte nur hilflos mit den Schultern.
»Nichts drin, Herr Bauer. Tut mir leid. Vielleicht beim Einwohnermeldeamt?«
Cullmann alias Bauer wanderte drei Türen weiter und erhielt dort die gleiche Antwort: Mattern und Wahlensiek unbekannt. Und bei der Zulassungsstelle dasselbe. Einen Mazda mit der Nummer, die er angegeben habe, gebe es nicht, und wenn er es tausendmal behaupte, und wenn er tausend Kopien vorlege. Dann seien eben die Originale gefälscht.
Das war es. Ausweise, Zulassung und Führerschein waren gefälscht. Verdammt gut gefälscht, denn zumindest auf den Kopien hatten die Sachbearbeiter keinen verdächtigen Hinweis gefunden.
Der nächste Weg führte Cullmann zum Hotel Seeblick. Ein älteres Gebäude, nicht überragend gepflegt, aber doch mit einem gewissen Charme aus vergangenen Tagen. Etwas Stuck, etwas Bleiglas, etwas Schmiedeeisen und etwas Travertin. Zu beiden Seiten des Eingangs Kübelpflanzen, auf den Fensterbänken Geranien.
Im Hotel zeigte er dem langhaarigen Mädchen an der Rezeption – höchstens achtzehn, wahrscheinlich die Tochter des Hauses – Matterns Führerschein.
»Hat Herr Mattern den verloren?« wollte sie wissen.
»Nein, bei mir liegengelassen. Ist er auf seinem Zimmer?«

Das Mädchen schaute im Anmeldebuch nach. »Vor drei Tagen abgereist, Rechnung bezahlt, keine neue Anschrift hinterlassen. Tut mir leid.«
»Verd . . . So ein Pech. Und ich habe das Geld für Gerd dabei, er hatte mir tausend Mark geliehen.«
»Ihnen tausend Mark geliehen?« Das neugierige Mädchen lachte und strich sich eine Strähne aus dem Gesicht. »Der war doch blank wie ein Spiegel. Nie hatte der was in der Tasche.«
»Vielleicht von Wahlensiek geborgt.«
Das neugierige Mädchen schüttelte den Kopf. »Wenn die beiden Geld brauchten, dann sind sie zu Herrn Zuber gelaufen, ihrem Rechtsanwalt, der hat ihnen immer wieder was zugesteckt. Die Hotelrechnung hat er auch bezahlt. Und ihre Sachen hat er abholen lassen.«
»Zuber? Hier in Konstanz?«
»Drüben in der Schweiz. Aber er ist Deutscher.«
»Und wieso brauchten die beiden einen Anwalt?«
»Das waren doch Aussiedler oder so was. Irgendwo aus dem Osten. Sagen Sie mal, wie ist der Mattern überhaupt an einen Führerschein gekommen?«
Cullmann hatte das Gefühl, sich immer tiefer in etwas zu verstricken, von dem er keine Ahnung hatte. Von einem Zipfel, den er nur anzupacken brauchte, um das Geheimnis zu lüften, keine Spur.
»Ich werde mal zu Rechtsanwalt Zuber fahren. Vielen Dank für die Auskünfte. Ach ja, noch eine Frage: Wie lange haben die beiden Männer hier gewohnt?«
»Mehr als zwei Monate.«
»Ständig?«
»Ja. Wenn sie nicht unterwegs waren.«
Cullmann war schon draußen auf der Straße, als das Mädchen ihm nachgelaufen kam und sagte: »Vor einigen Tagen hat jemand für Mattern angerufen. Er sollte sich umgehend unter dieser Nummer melden. Vielleicht erreichen Sie ihn dort?« Sie hielt Cullmann einen Zettel hin.
»Guter Tip, danke. Scheint die Köln-Düsseldorfer Gegend zu sein.« Cullmann deutete auf die Vorwahl. »Telefoniert Gerd immer noch so oft?«

»Hier im Hotel war es eher Wahlensiek, der viel telefonierte.«
»Hm. Ist mir neu. Und mit wem er gesprochen hat, können Sie mir nicht sagen, oder?«
»Immer mit derselben Person.« Das Mädchen sah ihn sonderbar an.
»Ihr Name ist Bauer?«
»Ja. Warum?«
»Sie fragen so seltsam. Gestern war nämlich schon mal jemand hier, der sich sehr für die beiden interessierte.«
»Bestimmt mein Freund Otmar. Klein von Gestalt, untersetzt und dunkelhaarig.«
»Dunkle Haare, ja, aber bestimmt nicht klein und untersetzt. Er war größer als Sie. Und von einer Behörde kam er, seinem Ausweis nach zu urteilen. Toller Mann.« Das Mädchen verdrehte schwärmerisch die Augen.
Bei einem Eis und einem Espresso überlegte Cullmann, was er unternehmen sollte. Zu diesem Zuber gehen, aber unter welchem Vorwand? Sich als entfernter Verwandter eines der beiden Aussiedler ausgeben?
Er kam ins Grübeln. Sind das wirklich Aussiedler? fragte er sich, oder sind sie Experten auf einem bestimmten Gebiet, Leute, die man auch hier in Deutschland gut einsetzen kann?
Cullmann neigte eher zur letzteren Variante, als er sich vergegenwärtigte, welche Fähigkeiten die beiden hatten. Töten konnten sie, Leute verfolgen und wer weiß, was noch alles. Das waren nicht einfach Aussiedler, sondern Berufsverbrecher, die über dunkle Kanäle bis in die Schweiz oder nach Konstanz kamen, dort mit hervorragend gefälschten Papieren ausgestattet wurden und auf Tour gingen. Aber in wessen Auftrag?
Cullmann trank noch zwei weitere Espresso und starrte auf den Zettel mit der Telefonnummer. Eine Eingebung kam ihm jedoch nicht.

Eine halbe Stunde später meldete er sich bei Rechtsanwalt Zuber an. Cullmann erwähnte als Grund seines Besuchs, er habe juristische Schwierigkeiten mit seinen ausländischen Leiharbeitern. Und er nannte seinen richtigen Namen und die richtige Anschrift.

Nach zehn Minuten wurde er vorgelassen. Zuber war ein zierlicher Mann um die Fünfzig, dem die Kleider nur so am Körper schlotterten. Entweder bevorzugte er einen lässigen Look, oder er hatte ungemein abgenommen. Und es gab keinen Zweifel: Er war schwul. In melodiösem Singsang stellte er seine Fragen, fuhr sich bei jedem dritten Satz geziert durchs Haar und beugte sich alle zwei Minuten zu einem Hundekorb hinunter, in dem Felix, ein fünfzigprozentiger Pudel, lag und die Streicheleinheiten erduldete.

»Sie heißen wirklich Cullmann und kommen aus Saarbrücken. Ich schätze ehrliche Menschen.« Verschämt schlug Zuber die Augen nieder. »Womit kann ich dienen?«

»Ich wohne nahe der französischen Grenze. Bisher konnte ich immer auf Leiharbeiter aus Frankreich zurückgreifen, auch Algerier und Marokkaner waren dabei. Für bestimmte Tätigkeiten. Aber die Preise steigen und steigen. Ich weiß nicht mehr, wie ich das schaffen soll.«

»Jaja, die Preise. Na du, du, du, Felixlein . . .« Zuber verschwand hinter dem Schreibtisch. Und als er wieder auftauchte, wollte er wissen: »Und wie kann ich Ihnen da helfen?«

»Man hat mir Ihre Anschrift gegeben.«

»Wer?«

»Ich weiß nicht, ob es den beiden recht ist, wenn ich ihre Namen nenne.«

»Das müssen Sie aber, mein Lieber.«

Cullmann gab vor zu überlegen. »Ich hatte in Frankfurt zu tun. Da lernte ich zwei dufte Typen kennen. Die gaben mir Ihre Adresse.«

»Namen bitte.«

»Gerd und Erich«, quetschte Cullmann hervor und bemerkte, wie es in Zubers Augen aufblitzte.

»Na mein Süßer, fühlst du dich einsam?«

Erneut war der Dünne abgetaucht, um Felix zu streicheln. Gleichzeitig jedoch betätigte die andere Hand einen Auslöser, und Cullmann wurde, ohne daß er es merkte, aus drei verschiedenen Perspektiven fotografiert. Als Zuber sich wieder aufrichtete, war sein Kopf rot vom Bücken. Er stützte die Ellbogen auf den Tisch und verschränkte die Finger.

»Gerd und Erich, noch nie gehört«, sagte er. »Überhaupt sind mir deutsche Namen nicht so geläufig. Ich arbeite mehr mit Ausländern, die sind zuverlässiger.«
»Deshalb bin ich ja hier.«
»Herr Cullmann, ich verstehe Ihre Probleme. Aber im Augenblick hätte ich große Schwierigkeiten, Sie zu bedienen. Mein Pool ist nicht unerschöpflich. Ich werde Ihnen Nachricht geben, wenn wieder Kapazitäten frei sind. Ich wünsche Ihnen eine gute Heimreise.«

Unzufrieden machte sich Cullmann auf den Rückweg. Der Aufwand hatte sich nicht gelohnt, Konstanz war ein Flop gewesen. Schon wieder einer. Und die Telefonnummer, die ihm das Mädchen gegeben hatte, war ihm bisher auch keine Hilfe. Zweimal hatte er angerufen, beide Male war besetzt.

Gerards Beerdigung. Schober war dabei, Valeri, ein Priester und Cullmann. Keine lange Predigt, keine schmalzigen Worte. Einige knappe Sätze, Weihwasser auf den Sarg, aufs Knöpfchen gedrückt, das Ganze in die Grube gelassen und Erde hineingeworfen. Das einzig Erfreuliche waren der aufrichtige Händedruck von Schober und Valeris kurze Umarmung.
Schober zog Cullmann etwas auf die Seite, und Valeri studierte derweil die Inschriften auf den Grabsteinen.
»Zu Beginn des Jahres ist in Mainz ein Lokalpolitiker während einer Karnevalsveranstaltung auf seltsame Art und Weise ums Leben gekommen. Die Polizei tappt immer noch im dunkeln und weiß nicht, ob es Mord war oder Selbstmord. Georg Wipper, so hieß der Mann, war ein politisch Gescheiterter wie Löbe. Und er scheint die gleiche Nebentätigkeit ausgeübt zu haben: Er spielte Kurier. Wenn Sie mal nicht wissen, was Sie mit Ihrer Zeit anfangen sollen, dann lesen Sie den zusammengefaßten Polizeibericht und die Faschingsrede von Wipper. Und auf der Rückseite die Nachricht, die er weitergeben sollte. Oder weitergegeben hat.«
Cullmann steckte den Umschlag ein. »Warum . . .«
»Für die prompte Lieferung der Bänder und der Pässe. Und alles andere. Halten Sie unsere Zusammenarbeit nicht auch für fruchtbar?«

»Stehen Sie etwa auf Kriegsfuß mit dem Verfassungsschutz?« Schober lächelte. »Schönen Tag noch.« Und nach einem Blick auf das noch offene Grab: »O pardon, mein Beileid!«
Langsam schlenderten Cullmann und Valeri zum Ausgang.
»Was für eine jämmerliche Beerdigung«, murmelte er verbittert. »Keiner seiner Bekannten ist erschienen, obwohl ich eine große Anzeige in die Zeitung gesetzt hatte. Na ja, vielleicht sind sie alle im Knast.« Valerie schwieg. »Warum ist eigentlich deine Tochter nicht mitgekommen? Bin ich doch nicht der richtige Umgang für sie?«
»Sie ist bei Kroninger. Ich habe vergessen, daß er sie an diesem Wochenende hat.«
Um sich abzulenken und auch um einmal eine andere Meinung zu hören, legte Cullmann, als sie bei ihm zu Hause waren, alle Papiere auf den Tisch – mit Ausnahme der Fotos von den Kapuzenmännern und Henris Namenliste; sie hinter die Türverkleidung seines Campingbusses hervorzuholen war ihm zu umständlich erschienen. Er bat Valeri, sich alles genau anzuschauen. Und dann fragte er sie, was sie davon halte.
»Ich kenne mich in der Politik nicht gut aus, aber mir kommt es so vor, als laufe die Geschichte auf eine perfide Erpressung hinaus.«
»Du meinst wegen ›Jagdsaison‹? Weil daran nur Beamte der EG beteiligt waren, darunter einige aus Deutschland?«
»Ja. Von der Opposition. Ich frage mich: Warum ausgerechnet nur von der Opposition?«
»Es war nun mal ein Sozialistentreff. Dazu werden die anderen einfach nicht eingeladen.«
»Klar, aber das habe ich nicht gemeint. Ich will sagen: Die Sozialdemokraten brauchen die Regierung nicht zu erpressen. Du kennst doch die Umfragen der letzten Wochen?«
»Tiefer bergab geht es schwerlich noch.«
»Ganz genau. Die Prognosen für die Koalition sind so schlecht – eine Erpressung oder das Aufdecken eines Skandals würde die Ergebnisse kaum noch beeinflussen.«
Cullmann rieb sich nachdenklich das Kinn. »Stimmt. Eine Erpressung, egal in welcher Form, kann demnach nur in eine Richtung laufen. Und der Waffenverkauf?«

»Du hast hier ein paar Namen hineingeschrieben. Was ist mit denen?«
»Schober hat die Namen eingesetzt oder ein anderer. Ich glaube, das sind die Leute, die damit zu tun haben.«
»Hinter jedem Namen steht Op., bedeutet das Opposition?«
»Ja.«
»Also werden immer nur Sozialdemokraten beschuldigt.«
»Richtig. Gibt dir das zu denken?«
Sie beleuchteten die Situation von allen Seiten. Ähnlich wie die Mitglieder des erweiterten Kreises kamen sie zu der Frage: Wer würde durch eine Erpressung den größten Vorteil haben? Eindeutig die Regierung, sagten sich Cullmann und Valeri. Und wer in der Regierung besonders?
»Einige Minister, Staatssekretäre und der Kanzler natürlich«, antwortete Cullmann prompt.
»Und auf wen tippst du?«
»Entweder ist es der Kanzler oder einer, der irgendwann Kanzler werden will.«
»Wer Kanzler ist, wissen wir. Wer könnte es werden?«
»Höchstens drei oder vier, wenn überhaupt einer.«
»Richtig. Und unter denen ist keiner vom Koalitionspartner.«
Cullmann starrte auf irgendeinen Punkt an der Wand.
»Was ist mit dir?«
»Wie bitte?« Er lächelte flüchtig. »Ach nichts. Ich frage mich nur, warum ich mich noch hinter den Fall klemme. Hier geht es um die große Politik, um Dinge, von denen ich absolut keine Ahnung habe. Was will ich eigentlich erreichen? Was kann ich herausfinden?«
»Wer hinter den Kulissen steht und die Fäden zieht.«
»Du meinst, wer wen erpreßt.«
»Ja. Findest du das nicht spannend?«
»Valeri, ich bin nur ein kleines Licht. Die pusten mich aus, wann immer es ihnen gerade in den Kram paßt.« Cullmann registrierte nicht, daß er heute eine ganz andere Einstellung hatte als noch auf seinem Weg nach Konstanz.
Valeri rückte näher und legte einen Arm um seinen Nacken. »Was du herausgefunden hast, ist toll. Ohne dich wäre . . . wie heißt dieser Beamte noch mal?«

»Öhlenschläger.«
». . . wäre Öhlenschläger noch längst nicht soweit. Wann triffst du ihn überhaupt?«
»Morgen.«
»Und deshalb bitte ich dich, mach weiter. Führ endlich mal eine Sache zu Ende.«
»Endlich mal? Danke.«
Sie hauchte ihm einen Kuß auf die Wange. »Bodo, lauf nicht immer davon. Das hast du jahrelang getan. Gib dir selbst eine Orientierung. Hör auf, der Verlierer zu sein, der Underdog, derjenige, der kneift.«
»Du warst doch heute mit auf dem Friedhof. Ist dir da nichts aufgefallen?«
Sie stutzte. »Nein, ich weiß nicht.«
»Neben Gerard ist noch ein Grab frei.«

Öhlenschläger war pünktlich. Sie spazierten an der Saar entlang wie zwei alte Bekannte, die sich zu einem Plausch getroffen hatten.
»Sie haben Erfolg gehabt?«
»Ja. Ich weiß, was ›Jagdsaison‹ bedeutet. Hier sind die entsprechenden Unterlagen.« Die Namenliste und die Fotos der beiden nackten Kapuzenmänner befanden sich nicht darunter. Auch nicht die Aussage des Callgirls Bella, die er sich notiert hatte. Während er bei Valeri nur zu bequem gewesen war, hielt er diesen Teil Öhlenschläger gegenüber bewußt zurück.
»Warum haben Sie sich in den letzten Tagen nicht gemeldet?«
»Keine Zeit. War unterwegs.«
Öhlenschläger versuchte im Gehen zu lesen, steuerte dann auf eine Bank zu.
»Ich komme in fünfzehn Minuten wieder vorbei. Bis dahin werden Sie wohl fertig sein.«
Als Cullmann sich eine Viertelstunde später vor ihm aufbaute, erschrak Öhlenschläger. »Wer . . . wer weiß noch außer Ihnen davon?«, stotterte er.
»Niemand.«
»Und was ist mit der Polizei in Marche?«
»Die wissen nicht, daß wir was wissen.«

Öhlenschläger stand abrupt auf. »Das ist gut. Herr Cullmann, ich muß Sie bitten, absolutes Stillschweigen zu bewahren. Geben Sie mir Ihr Wort darauf?«
»Zählt das so viel?«
»Wir sind bereit, Ihre Unkosten großzügig auszugleichen. Ich könnte mir vorstellen, daß Sie einiges für die Informationen hinblättern mußten.«
»Stimmt.«
»Wieviel?«
»Zehntausend.«
»Sind Sie mit Zwanzig einverstanden?«
Cullmann nickte. »Zwanzig plus vereinbartes Honorar. Sind Sie auch an einer Auflistung aller Beteiligten interessiert? Die Deutschen stehen auch drauf.«
In Öhlenschlägers Gesicht zuckte es, er überlegte fieberhaft. »Selbstverständlich«, stieß er hervor.
»Dann muß ich noch einmal nach Belgien fahren. Kostet natürlich extra.«
»Wieviel?«
»In belgischen Francs sind es zwei Millionen, das macht . . .«
Cullmann überlegte.
»Einhunderttausend«, kam ihm Öhlenschläger zuvor.
»Ist Ihnen das nicht zu teuer?«
Öhlenschläger schüttelte den Kopf. »Los, besorgen Sie die Liste.«
»Hoffentlich steht mein Informant noch zu seinem Wort.«

Sommerzeit, Sauregurkenzeit. Zumindest in Bonn, wenn die Prominenten ausgeflogen sind, um sich zu erholen. Natürlich haben sie es verdient, darüber herrscht Einigkeit. Allerdings stünde es ihnen auch gut zu Gesicht, ihre Urlaubsziele häufiger in deutschen Landen zu suchen, so die Presse jedes Jahr. Es sei von keinem französischen Politiker bekannt, daß er sich in Deutschland erhole. Oder ein Engländer. Oder ein Amerikaner, Österreicher, Schweizer . . .
Sauregurkenzeit auch, was interessante Nachrichten anging. Weil aber auch in dieser Phase viele Zeitungs- und Magazinseiten

gefüllt werden mußten, griff man auf Privates zurück. Wer mit wem, wer gegen wen, wer zukünftig ohne wen. Scheidungsgerüchte und Spekulationen trieben Blüten, hatten Hochkonjunktur, füllten die Spalten. Und nicht selten mußte ein Foto herhalten – von irgendeiner Geliebten –, das schon einige Male abgedruckt worden war, allerdings in anderen Zusammenhängen. Keinem fiel es auf.
Und wenn das nicht genügend hergab, wies man Gerüchte als Fakten aus oder erfand irgend etwas. So kam es, daß zwei Dinge verzerrt, aber beharrlich Tag für Tag in der Presse ausgeschlachtet wurden: die Lieferung von NVA-Waffen in Krisengebiete – wieder mal wurde die Türkei genannt, die deutsche Schützenpanzer gegen die kurdische PKK einsetzte – und das ausschweifende Leben einiger Europaabgeordneter in Brüssel. Zu heimlichen Treffs in abgelegenen Häusern finde man sich ein, vergnüge sich dort, saufe, fresse und hure auf Kosten der Steuerzahler. Irgendwo hatte man auch ein Foto ausgekramt, das einen immer noch aktiven ausländischen Politiker in eindeutiger Pose mit einer gutaussehenden jungen Dame zeigte, viel Körperkontakt und spärliche Bekleidung.
Auf beide Meldungen hin ging eine ungeahnte Flut von Leserbriefen ein. So sahen sich etliche Zeitungen veranlaßt – schließlich mußte die Suppe weitergekocht werden –, Nachschub zu liefern beziehungsweise sich in weiteren Spekulationen zu ergehen. Plötzlich deutete man an, auch deutsche Politiker seien in den Sexskandal – dazu hatte man die belgischen Vorfälle hochstilisiert – verwickelt.
Überraschend für die beiden echten Insider, Karst und Öhlenschläger, war die Tatsache, daß die Anfangsbuchstaben zweier Politiker, die die Medien ins Visier genommen hatten, zu den Namen paßten, die auf der Liste der Polizei von Marche – Cullmann hatte Öhlenschläger inzwischen beliefert – zu finden waren.
Aber es gab in Bonn auch während der Sauregurkenzeit eine Art parlamentarischen Notdienst, Stallwache genannt, der das Fähnlein der Politik zu schwenken hatte. Und diese Stallwache dementierte alle Vorwürfe aufs heftigste, worin die Presse allerdings nur eine Bestätigung ihrer Unterstellungen sah.

Als Öhlenschläger im Kreis das Ergebnis von Cullmanns Nachforschungen vorlegte, beschlossen die Dame und die zwei Herren sofort, sich umgehend mit ihren Parteispitzen kurzzuschließen. Die Details, die die Partei- und Fraktionsvorsitzenden und ihre Sprecher da zu sehen bekamen, waren gefährlicher Sprengstoff. Ihre Veröffentlichung würde, darüber war man sich einig, das Kartenhaus der Parlamentarier einstürzen lassen. Und was sofort auffiel, war der Umstand, daß der Unbekannte vor allem gegen die Opposition schwere Geschütze aufgefahren hatte. Des einen Freund . . .

Wie nicht anders zu erwarten, herrschte bei den Sozialdemokraten Begräbnisstimmung, obwohl die Damen und Herren von Marie-Luise wiederholt informiert und damit vorgewarnt worden waren. War es Ignoranz gewesen oder Unfähigkeit, den Ernst der Lage zu erkennen, jedenfalls hatte man das Problem nach altem politischen Brauch so lange vor sich hergeschoben, bis es zu einem Berg angewachsen war, den abzutragen die Kraft fehlte. Das war der Stand der Dinge.

Ob man denn nicht auch etwas gegen die Regierung aufbieten und in Umlauf bringen könne, fragte der Fraktionsvorsitzende Papenburg, intern nur Charmy genannt, die rege Marie-Luise, die in den letzten Tagen zwischen allen Koryphäen der Partei und denen, die sich dafür hielten, hin und her gependelt war. Sie genoß es, plötzlich von solcher Wichtigkeit zu sein. Sogar ihren Zigarettenkonsum hatte sie eingeschränkt, weil sie wußte, daß einige bedeutende Kollegen ins Lager der Nichtraucher gewechselt waren.

Selbstverständlich, kein Problem, so Marie-Luise. Nur tauche die Frage auf, wie man den Unbekannten davon in Kenntnis setzen und seine Zustimmung einholen könne – ob man die erhalte, sei ohnehin zweifelhaft, man wisse ja, auf wen er es abgesehen habe –, ohne den Weg über die Presse zu beschreiten. Und da man noch nicht ahne, wer hinter allem stecke . . .

Das sah Charmy ein, und der Parteivorsitzende Lüderitz, auch Popeye genannt, sog, die Stirn in Falten gelegt, an seiner Pfeife. Schade, den Spieß der Erpressung einfach umzudrehen, das laufe also nicht. Was man nur tun könne, um sich elegant aus der Affäre zu ziehen?

Nichts, so Marie-Luise, denn inzwischen seien auch Dinge im Umlauf, die die beiden Herren selbst in keinem schönen Licht erscheinen ließen. So habe ihr Verbindungsmann beim Verfassungssschutz Informationen, aus denen hervorginge, daß der letzte Kanzlerkandidat von den eigenen Parteifreunden attackiert worden sei. Da habe es Intrigen gegeben, Material sei der Gegenseite zugespielt worden, und das Ergebnis kenne man ja. Nein, es gehe nicht allein um die Sache mit der Pensionsregelung. Da müsse noch etwas anderes gelaufen sein.
Charmy und Popeye kramten plötzlich beide angelegentlich in irgendwelchen Papieren, die auf dem Tisch lagen. Ob denn weiteres brisantes Material zu erwarten sei, wollten sie wissen.
Davon, so Marie-Luise, könne man ausgehen, der Unbekannte habe sein Ziel – sich seine Macht zu sichern – ja noch nicht erreicht.

Lüderitz und Papenburg studierten in der darauffolgenden Nacht mit ihren Beratern und zur Verschwiegenheit verpflichteten Vertrauten alle Unterlagen, die ihnen Marie-Luise ausgehändigt hatte. Kaffee wurde literweise getrunken, zwischendurch auch mal ein Schnaps; und Tabletten wurden geschluckt, um munter zu bleiben. Gedrückt die Stimmung, Tabaksqualm schwebte in der Luft. Ab und zu ein Aufstöhnen, wenn einer der Anwesenden eine besonders parteischädigende Information entdeckt hatte.
Neun Männer und zwei Frauen überprüften jedes Detail zunächst auf seine Richtigkeit und erörterten dann, welchen Schaden es der Partei zufügen konnte. Sie spielten den möglichen Ablauf der Geschehnisse gedanklich durch und versuchten zu eruieren, welche Maßnahmen man ergreifen müsse, um den Schaden abzuwenden. Bereits um Mitternacht zeichnete sich ab, es gab kein wirkungsvolles Gegensteuern, man war dem Unbekannten wehrlos ausgeliefert.
Papenburg und Lüderitz, die Tragweite dieser Erkenntnis vor Augen, stachelten ihre Mitarbeiter an, eine akzeptable Lösung zu finden. Aber zwei Stunden später war die Stimmung nur noch düsterer. Ein schweres Unwetter zöge da herauf, das die Partei vernichten werde, so poetisch formulierte es der Schatzmeister.

Und er führte weiter aus: Die beiden Grundfesten der Sozialdemokraten gerieten ins Wanken: die Glaubwürdigkeit und die Geschlossenheit im Auftreten der Partei. Man brauche nicht überdurchschnittlich viel Phantasie, um sich auszumalen, wie einer versuchen werde, den anderen zu zerfleischen, um zumindest die eigene Haut, also Karriere, zu retten.
Und erneut appellierten die beiden Führungsleute an ihre Kollegen, sich anzustrengen und ihnen beizustehen. Alle hätten sie jahrelang für ein Ziel gekämpft, seit dem Sonderparteitag in Bonn sei man in einem fulminanten Aufwind, die Prognosen für die Wahl seien so positiv – das könne man sich doch nicht einfach kaputtmachen lassen! Gegen vier Uhr am Morgen brachte es der Sprecher der Partei auf den Punkt.
»Waterloo war nichts gegen das, was wir erleben werden, wenn die Fakts an die Öffentlichkeit gelangen.«
Einen Augenblick herrschte Schweigen, dann pflichtete ein Rechtsexperte dem Sprecher bei: »Seit Jahren versuchen wir uns vom politischen Gegner abzugrenzen. In der Asylfrage haben wir eingelenkt, haben wir einlenken müssen. Prompt hat uns die eigene Jugendorganisation angegriffen und uns vorgeworfen, wir hätten uns angebiedert. Aber wir haben wieder Profil gewonnen. Eines unserer Hauptanliegen ist und bleibt die politische Glaubwürdigkeit. Und ich brauche kein Prophet zu sein, um zu behaupten, mit der wird es vorbei sein.« Niemand erhob Einspruch. »Immer wieder haben wir unserem Gegner unsaubere Machenschaften vorgeworfen. Unterwandern des Grundgesetzes, Parteienfilz, Klüngelwirtschaft, wenn es um gewisse Posten ging, das Verschieben von Geldern. All diese Vorwürfe waren berechtigt. Nur«, der Rechtsexperte machte eine Pause und schaute in die Runde, »nur erfährt der Wähler jetzt in komprimierter Form: Wir sind in all den Jahren um keinen Deut besser gewesen. Im Gegenteil, wir sind noch viel mieser als die, die wir anprangern. Das wird er denken, denn es taucht nicht nur ein Vorwurf auf, was schon genügt hätte, nein, es sind derer viele. Und wie die Medien reagieren werden, brauche ich nicht auszumalen.«
Alle zogen den Kopf ein beim Gedanken an die möglichen Schlagzeilen, die sie schon vor sich sahen. Wie es denn mit den

der Partei wohlgesonnenen Presseleuten sei, wollte Papenburg wissen, die gebe es doch auch. Wie es mit dem Hamburger Magazin sei, mit der ARD?

»Mit unseren eigenen Waffen werden sie uns angreifen und schlagen. Wir, die wir immer für Transparenz eingetreten sind, können nicht für unsere eigenen Probleme das Gegenteil erwarten. Ich rechne sogar damit, daß die Schläge der uns Wohlgesonnenen aus lauter Enttäuschung härter ausfallen werden als die der anderen. Schläge aus Enttäuschung sind immer härter.«

Auch diese Worte wirkten. Der Mann hatte mit allem, was er sagte, recht. Und einen weiteren, ganz entscheidenden Aspekt brachte er ins Gespräch: Die Regierung würde gnadenlos ihren gesamten Apparat in Bewegung setzen, um die Opposition anzugreifen, wo es nur ginge.

»Von allen Seiten wird man uns in die Mangel nehmen. Es kann keiner ruhig danebenstehen oder uns unterstützen. Selbst die IG Metall, unsere stärkste Bastion, wird uns irgendwann in den Rücken fallen. Ihr könnt mir glauben, es wird keinen Unionspolitiker mehr geben, der nicht jedes Statement mit einer Attacke gegen uns beginnt. Und irgendwann, könnte ich mir vorstellen, finden die Wähler das sogar schick, wie man uns fertigmacht. Die Gegenseite wird einen Bogen schlagen von der Neuen Heimat über Coop und BfG bis in die Gegenwart. Wir könnten nicht mit Geld umgehen, wird das Fazit sein. Einer solchen Partei müsse die Regierungsverantwortung verweigert werden, erst recht in dieser schwierigen Zeit wirtschaftlicher Depression. Wir sind zum Abschuß freigegeben, die Schlagworte werden uns treffen wie Keulenschläge.« Nur mühsam – das war ihnen anzusehen – hielten Papenburg und Lüderitz ihren Frust und ihre Wut im Zaum.

»Welche Chancen bleiben uns?« fragte Papenburg, der sich nervös den rechten Zeigefinger rieb. Der Rechtsexperte hob bedauernd seine Hände. »Ich sehe keine.«

»Was also ist zu tun?«

Der Angesprochene formulierte es vorsichtig. »Wir müssen Zeit gewinnen.«

»Und wenn sich uns kein Ausweg bietet?«

Der Rechtsexperte senkte den Kopf. Charmy wiederholte seine Frage.

»Dann müssen wir dem Erpresser . . . nachgeben.«
»Und das heißt?«
»Wir dürfen die Wahl nicht gewinnen.«
Popeye fiel die Pfeife aus dem Mund.

Am nächsten Tag fand hinter verschlossenen Türen eine vertrauliche Unterredung statt zwischen Papenburg, Lüderitz und einem Betroffenen, auf den der Unbekannte indirekt hingedeutet hatte. Wie erwartet, versuchte Karl Herold, der Landesvorsitzende der Sozialdemokraten in Rheinland-Pfalz, seine Verwicklung in bestimmte Vorkommnisse um die Abtreibungspille soweit wie möglich herunterzuspielen. Schließlich wurde er sogar patzig und drohte, sich an die Presse zu wenden, falls man sich nicht für die infamen Unterstellungen entschuldige. An die Presse? Genau das mußte verhindert werden. Also beschwichtigten sie Herold – der ohnehin einen viel zu regen Kontakt mit der Journaille pflegte – und verabschiedeten sich von ihrem Vorhaben, auch noch andere zu befragen. Es hätte vermutlich verheerende Folgen gehabt.
Die drei Herren, die im Vorraum nervös auf und ab gegangen waren – ihre Namen fanden sich auf einer speziellen Liste der Polizei im belgischen Marche –, sahen einander bedeutungsvoll an und atmeten erleichtert auf.
Wenig später gab es ein diskretes Gespräch mit einem anerkannten Meinungsforscher. Die beiden Chefpolitiker wollten wissen, welche Wählerschicht am ehesten beeinflußt werde, wenn gewisse Informationen an die Öffentlichkeit kämen. Die Stammwähler würden vermutlich nur vereinzelt reagieren, entweder die Fronten wechseln oder, was wahrscheinlicher sei, sich enthalten, so der Experte. Auf die Wechselwähler ging er nicht ausführlicher ein. Diese Gruppe umfasse zwar bis zu zwanzig Prozent, manchmal auch etwas mehr, sei aber nur sehr schwer einzuschätzen und erlaube keine genauen Voraussagen.
»Genau das macht uns zu schaffen«, sagt Lüderitz, und Papenburg nickte. Beide wußten, gerade die Wechselwähler waren sehr beeinflußbar, auch noch in letzter Minute.
Die größte Gefahr könnten die sogenannten Denkzettelwähler sein, so der Experte. In der eigenen Partei tief verwurzelt, seien

sie, wenn sie sich enttäuscht sähen, bereit, dieser Partei einen Denkzettel zu verpassen. Und nicht selten seien sie schon bei vergleichsweise geringen Anlässen enttäuscht und handelten entsprechend. Zu allem Überfluß würden sie jedoch nicht zu einer der kleineren Parteien umschwenken, sondern zum direkten politischen Gegner. Und sie konstruierten sich eine Rechtfertigung, die sich – wenn Hunderttausende so dachten – fatal auswirken konnte: Ich werde meiner Partei einen Denkzettel verpassen, aber als einzelner werde ich damit keinen schwerwiegenden Schaden anrichten. Und trotzdem habe ich meinen Unmut bekundet und bin vor mir selbst glaubwürdig geblieben.
Geschockt durch diese Perspektiven, teilte man am Nachmittag Marie-Luise die Losung mit: Schadensbegrenzung. Das bedeutete nichts anderes, als dem Unbekannten zu signalisieren, man wolle nachgeben, während man gleichzeitig versuchte, doch noch einen Weg aus dem Dilemma zu finden. Die endgültige Entscheidung behalte sich die Parteispitze noch vor, gab man Marie-Luise zu verstehen. Es müsse erst noch überprüft werden, was es mit den Vorgängen um den vorigen Kanzlerkandidaten auf sich habe. Außerdem stünden weitere Beratungen auf dem Programm. Es gelte, alle Möglichkeiten auszuschöpfen.
Diese Hinhaltetaktik kam Marie-Luise gelegen, denn ihr war absolut noch nicht klar, wie sie an Dompteur herantreten und ihn informieren sollte.
Karst händigte ihr am selben Abend zu später Stunde einen Umschlag mit neuen Beschuldigungen aus, die ihm der Unbekannte zugeschickt hatte. Per Post und ohne verwertbare Spuren. »Woher weiß der Kerl, daß ich als Vermittler zwischen den Parteien fungiere?« fragte er Marie-Luise. »Es kann doch nur jemand sein, der durch uns selbst dauernd auf dem laufenden gehalten wird.«

Zwei Tage später stand Marie-Luise ihrer Parteispitze Rede und Antwort. Während Charmy Papenburg und Popeye Lüderitz – in den beiden letzten Tagen hatten sie intensive Gespräche geführt und zum erstenmal so etwas wie gegenseitige Solidarität festgestellt – mit unglaublicher Geschwindigkeit die neuen

Unterlagen studierten, veränderten sich beider Gesichter auf erschreckende Weise. Fahl wurden sie, kantig und verbiestert.
»Sie kennen den Inhalt?«
Marie-Luise nickte.
»Und was halten Sie davon?«
Marie-Luise war bestens präpariert. Noch nie hatte sie in einer so heiklen Angelegenheit mit der Führung konferiert. »Bisher sind wir davon ausgegangen, daß unser letzter Kanzlerkandidat wegen der zusätzlichen Pension vorzeitig das Handtuch werfen mußte. Wenn ich mich nicht täusche, dann wurde ihm im November 1990 ein Dossier zugespielt, aus dem hervorging, daß er wissentlich Ruhegeld bezog, das ihm nicht zustand. Die Behauptung ging aber noch weiter. Man unterstellte ihm, die zum 31. Dezember 1985 in Kraft getretene Regelung des Ministergesetzes bewußt um sechs Monate verschoben zu haben, damit er seine seit April bestehenden Versorgungsansprüche als Oberbürgermeister geltend machen konnte.«
»Es war doch der Innenausschuß, der die Verschiebung angeordnet hat«, ließ sich Charmy vernehmen und massierte die bleiche Narbe an seinem Zeigefinger.
Marie-Luise lächelte. »Das mag ja sein, aber er hat doch davon profitiert, und das spricht gegen ihn. Aber lassen wir das, die Sache ist längst ausgestanden. Jetzt scheint es auf einmal eine völlig andere Erklärung für seinen vorzeitigen Rückzug zu geben. Und zwar diese hier.« Sie legte eine Hand auf den Papierstapel, als wollte sie ihn am Verschwinden hindern.
»Ein dicker Hund. Vorausgesetzt, es stimmt.« Lüderitz putzte umständlich seine Brille.
»Was brauchen wir denn noch für Indizien?« Marie-Luise geriet allmählich in Rage. »Es liegt doch alles vor.« Sie griff nach dem obersten Blatt samt aufgeklebtem Foto. »Hier sehen wir den Ex-Kanzlerkandidaten mit einer Frau. Wir wissen, sie war seinerzeit seine Favoritin. Und auf Blatt zwei ist ein Kontoauszug eben dieser Dame abgedruckt, er weist ein stattliches Guthaben aus, fast eine Million. Und auf dem nächsten Blatt findet sich die Bestätigung, daß als einziger unser Kanzlerkandidat berechtigt war, das Geld abzuheben.«
»Alles noch keine endgültigen Beweise.« Papenburg setzte eine

Trauermine auf, von der er offensichtlich annahm, sie verleihe ihm Charisma. Jedenfalls zog er sie auch bei den meisten Fototerminen.

»Und der entsprechende Text dazu? Die deutlichen Erläuterungen?«

Marie-Luise schaute die beiden Herren an. Als wahre Freunde der Natur beobachteten sie den Flug eines einsamen Falken draußen über den Weinbergen.

»Unser Kandidat hatte Kontakt zu Kollegen in Belgien, vielleicht sogar zu denen, die jetzt in diesen Sexskandal verwickelt sind«, griff sie das Schlagwort der Presse auf. »Er setzte sich bei ihnen dafür ein, daß die Einrichtung eines Freizeitparks an der Nordseeküste, nahe der belgischen Stadt de Haan, zügig und ohne bürokratische Querelen abgewickelt werden konnte. Der Amtsschimmel überwand alle Hindernisse im Galopp, wenige Monate später begann man mit dem Bau. Und Eigentümer des Grundstücks war der Bruder seiner damaligen Freundin. Exakt fünf Prozent des Bau- und Bodenwertes überwies dieser Bruder auf das Konto seiner Schwester bei einer Luxemburger Bank, und allein zum Abheben berechtigt war, wie gesagt, unser Kandidat. Wenn das kein Skandal ist?«

Eine Weile war es still im Raum. Charmy schob den Unterkiefer in alle möglichen Richtungen, Popeye klammerte sich an die erkaltete Pfeife.

»Bestechlichkeit wird man ihm vorwerfen«, murmelte Charmy.

»Und Begünstigung im Amt«, fügte Popeye hinzu, dem Charmys Angewohnheit, sich ständig mit seinem rechten Zeigefinger zu beschäftigen, allmählich auf die Nerven fiel. Was hatte er sich auch wegen des steifen Gelenks operieren lassen müssen? Jetzt hatte er kein Gefühl mehr in der Fingerkuppe, selbst schuld.

»Nicht zu vergessen Steuerhinterziehung.« Marie-Luise verspürte ein seltsames Gefühl des Triumphes und fand keine Erklärung dafür. Sie entwickelte sich zur Totengräberin der eigenen Partei und hatte auch noch Spaß daran. Ihr allein war es zu verdanken, daß endlich Licht ins Dunkel der Vergangenheit kam und eine üble Mauschelei aufgedeckt wurde.

»Dies, meine Herren, war der eigentliche Grund für die katastrophale Verfassung, in der unser Kanzlerkandidat in den letzten

Wochen vor der Wahl war. Die Angst vor dem Auffliegen dieser ungeheuerlichen Affäre.«

»Und was jetzt?« fragte Charmy mit verkniffenem Gesicht.

»Wir müssen die geplante Strategie umsetzen.«

Popeye sah es auch so.

Marie-Luise hatte den Raum längst verlassen, als die beiden Herren einander anschauten.

»Denkst du dasselbe wie ich?« Papenburg rückte seinen Krawattenknoten zurecht.

»Möglich.«

»Es muß schnell und diskret ablaufen.«

»Ja, obwohl eigentlich alles unseren Frauen gehört.«

»Spielt jetzt keine Rolle. Wen können wir beauftragen, ohne Aufsehen unsere Anteile an dem Ferienpark zu verkaufen?«

Lüderitz nickte. »Ja, da müssen wir jemanden finden. Aber noch wichtiger ist, daß alle Unterlagen verschwinden. Man darf uns nie nachweisen können, daß in Wirklichkeit wir die belgischen Behörden veranlaßt haben, umgehend eine Baugenehmigung zu erteilen. Schließlich standen die Wahlen vor der Tür.«

Charmy starrte auf die kleine Narbe an seinem Zeigefinger. Er schämte sich nicht für den Neid, den er damals empfunden hatte. Der Gedanke, sein dominanter Parteikollege könnte Erfolg haben und er selbst dadurch ins Hintertreffen geraten, war ihm unerträglich gewesen. Deshalb war er aktiv geworden. Lieber der gegnerischen Partei helfen, so hatte er Popeye gegenüber argumentiert, und auf bessere Zeiten und eine günstigere Konstellation hoffen, als jetzt dem Kollegen den Weg an die Spitze zu ebnen und sich selbst damit für die Zukunft alles zu verbauen. »Als Kanzler wäre er uns zu groß geworden.«

Cullmann saß am Frühstückstisch, vor sich die Zeitung. Er studierte die jüngsten Erhebungen zur Bundestagswahl. Die Opposition lag mit vierundvierzig Prozentpunkten weit vor den Schwesterparteien der Regierung, die es zusammen auf fünfunddreißig Prozentpunkte brachten. Die Freien Demokraten kamen auf acht, die Grünen lediglich auf fünf und die

Republikaner auf gut sieben. Der Rest war Kleinkram. Aller Voraussicht nach würden die Grünen den Sprung in den neuen Bundestag, wenn überhaupt, gerade eben so schaffen, vermuteten die Demoskopen. Die parteiinternen Querelen schadeten ihnen.
»Wird noch ein heißer Herbst«, murmelte Cullmann und bestrich sich einen Toast. Und dann fragte er sich, inwiefern der Unbekannte die Wahl beeinflussen konnte. Und er fragte sich, was die Opposition wohl tat, um gegenzusteuern. Wer ließ sich schon gern die Butter vom Brot nehmen? Cullmann schenkte sich gerade eine Tasse Kaffee ein, als er die Klappe des Briefkastens hörte. Post schon so früh, wunderte er sich nach einem Blick auf die Uhr.
Ausgiebig studierte er den Wirtschaftsteil der Zeitung, denn seit zwei Wochen war er stolzer Besitzer von Investmentanteilen und Rentenpapieren. Selbstverständlich in Luxemburg. Und seine Warmhaltekanne hatte einen Großteil ihrer Isolierung eingebüßt. Als er die Todesanzeigen überflog, hörte er die Klappe des Briefkastens schon wieder. Zweimal Post an einem Morgen?
Er eilte zur Tür und sah die Briefe auf dem Boden liegen. Ganz zuunterst lag ein brauner Umschlag ohne Briefmarke, ohne Stempel und ohne Anschrift. Ebenso braun und im gleichen Format wie derjenige, den er Löbe abgenommen hatte.
»Da war extra ein Bote hier«, überlegte er laut, öffnete die Tür und konnte den Überbringer selbstverständlich nicht mehr sehen. Mehr als zwanzig Minuten waren vergangen, seit er die Briefkastenklappe zum erstenmal gehört hatte.
Im Wohnzimmer riß Cullmann den Umschlag auf. Vier engbeschriebene Blätter hielt er in Händen, »Ikarus« lautete die Überschrift. Außerdem kamen eine Todesanzeige und zwei Fotos zum Vorschein.
Verstorben war ein Oberleutnant der Luftwaffe. Am 2. Februar 1991 abgestürzt bei einem Übungsflug in den USA, wo er sich im Rahmen seiner Ausbildung aufgehalten hatte. Den hat es mit sechsundzwanzig erwischt, rechnete Cullman nach. Demnach bin ich schon lange überfällig.
Dann sah er sich die beiden Fotos an. Sie zeigten die Überreste von Flugzeugabstürzen. Auf den ersten Blick schienen sie beide denselben Absturz darzustellen, bis Cullmann die örtlichen

Unterschiede erkannte. Das erste Mal Trockenzone, fast Wüste, Sand und ebenes Gelände, das zweite Mal auch Trockenzone, Sand, aber eine Gebirgskette im Hintergrund. Auf dem Bild mit der Gebirgskette war vermerkt: die offizielle Version. Auf dem anderen: der tatsächliche Absturzort.

Cullmann konnte mit den Andeutungen nichts anfangen und las den Text. Daraus ging hervor, daß Oberleutnant Kurt Antes, einer der besten Piloten der Luftwaffe und mehrfach ausgezeichnet, wiederholt zu Trainingszwecken in die USA geschickt worden war, um dort an den neuesten Jets ausgebildet zu werden. Es folgte der Lebenslauf von Antes, ein Abriß seiner schulischen Ausbildung und der innerhalb der Luftwaffe. Beurteilungen waren beigeheftet, alle äußerst positiv. Die Kernaussage des Textes war nicht länger als eine halbe Seite. Der Verfasser verwies auf das Datum des Todes und deutete an, es habe zu dem Zeitpunkt auch außerhalb Amerikas Möglichkeiten gegeben, mit einem Flugzeug abzustürzen. Und zwar im Kampfeinsatz. An solchen dürften jedoch Piloten der Bundesluftwaffe laut Grundgesetz nicht teilnehmen. In den Staaten zu Testzwecken üben, das dürften sie. Aber direkte Kampferfahrung ersetze immer noch jedes Training, und so hätten Freiwillige, und zwar nichtamerikanische Piloten in amerikanischen Maschinen, auch am Golfkrieg teilgenommen. Von deutscher Seite sei dies vom Verteidigungsexperten der Opposition angeleiert worden, der sich deswegen im Sommer 1990, als der Golfkrieg bereits abzusehen war, lange in den USA aufgehalten habe. Der wahre Todesort von Kurt Antes liege mehr als zwölftausend Kilometer vom offiziell bekanntgegebenen entfernt.

Cullmann wußte, was er da in Händen hielt. Und er zollte dem Unbekannten Respekt. Es mußte selbst ihn sehr viel Zeit und Mühe gekostet haben, hinter diesen Deal zu steigen. Deutsche Piloten während des Golfkrieges im Einsatz. Initiiert vom Verteidigungsexperten der Opposition. Einer Opposition, die auf die strikte Einhaltung des Grundgesetzes drängte und dem Einsatz deutscher Soldaten lediglich innerhalb der Nato zustimmte, ausschließlich zu Verteidigungszwecken. Einer Opposition, die sich auch lange gegen Blauhelmeinsätze im Rahmen der UNO-Truppen gewehrt hatte.

Cullmanns Kaffee wurde kalt, er verspürte auch keinen Hunger mehr, als er sich fragte: Warum schickt der Unbekannte ausgerechnet mir diese Informationen zu? Woher weiß er, daß ich mich mit der Angelegenheit beschäftige?
War er noch vor kurzem unschlüssig gewesen, wie er sich verhalten sollte, hatte er ein Wechselbad widerstreitender Gefühle erlebt, zwischen Angst und Euphorie geschwankt, sah er seinen Weg nun klar vorgegeben.
Ein Blick auf die Todesanzeige, die Angehörigen von Antes wohnten in Hamburg. Ein kurzes Telefonat, ein Platz in der Maschine von Saarbrücken nach Hamburg via Frankfurt war gebucht. Um 13.05 Uhr landete er in Fuhlsbüttel und nahm sich ein Taxi nach Harvestehude, einen Stadtteil direkt an der Außenalster. Eine vornehme Gegend. Im Alsterkamp wohnte Familie Antes, in der zweiten Etage eines gepflegten und imposanten Hauses, erbaut um die Jahrhundertwende, mit breiter Außentreppe, großen Fenstern und hohen Räumen. Und Herrn Antes' Dienststelle war nur wenige Meter entfernt: die Standortverwaltung der Bundeswehr.
Cullmann stellte sich mit richtigem Namen vor. Er sei Journalist und arbeite an einer Story, die gewisse Todesfälle in der Luftwaffe noch einmal beleuchten und der Bevölkerung vor Augen führen solle, daß diese jungen Männer nicht umsonst gestorben seien. Der Verteidigungsauftrag der Bundeswehr müsse endlich weiter gefaßt werden, als bisher üblich. Heute hätten die Deutschen auch weltweit die Pflicht, sich im Rahmen der UNO für Gerechtigkeit und Frieden einzusetzen. Und er wolle mit seiner Geschichte in diesem Sinne Aufklärungsarbeit leisten.
Frau Antes, zuerst sehr reserviert gegenüber dem unangemeldeten Besucher, hörte das mit Wohlgefallen. Sie zeigte Cullmann Fotos von ihrem Sohn, der stets lächelte, auch wenn er die schmale Leiter zum Cockpit seiner F-16 erklomm.
»Er war ein ausgezeichneter Pilot«, sagte sie. »Und er ist viel in der Welt herumgekommen. In Europa überall, Norwegen, England, Spanien, Türkei, und sehr oft war er in den Vereinigten Staaten. Unsere beiden anderen Söhne sind auch bei der Luftwaffe. Die Tochter studiert hier in Hamburg.« Ihr Tonfall verriet, ein vierter Sohn wäre ihr lieber gewesen.

Cullmann studierte die Ehrungen und Auszeichnungen. Orden und Abzeichen hatte Frau Antes säuberlich auf ein Samtkissen gelegt, daneben stand ein Foto von Kurt in Uniform, an einer Ecke ein schwarzer Trauerflor.
»Ich nehme an, Sie und Ihr Mann waren sehr betroffen, als Sie die Nachricht erhielten.« Cullmann fielen keine gehaltvolleren Worte ein.
»Da geht ein Stück von einem selbst dahin.«
»Haben Sie den Unglücksort besichtigt?«
»Nein, aber mein Mann ist rübergeflogen nach Arizona.«
»In die Nähe von Phoenix?«
»Ja. Der Unfall ereignete sich auf der Luke Air Force Range.«
Cullmann durfte den offiziellen Untersuchungsbericht lesen. Darin waren als Ursachen für den Absturz unvorhergesehene Turbulenzen und eine damit verbundene riesige Staubaufwirbelung angegeben, die die beiden Triebwerke der F-15E lahmgelegt hatte.
»Kurts Trainer kam bei dem Unfall auch ums Leben.«
Cullmann stutzte. »Zwei Tote? Davon wußte ich nichts.«
»Gordon war Amerikaner.«

Cullmann flog um 17 Uhr 45 zurück nach Frankfurt und weiter nach Saarbrücken. Als er am späten Abend in der Altstadt bei einem Bier saß, überlegte er hin und her. Sollte er dem Unbekannten glauben oder doch besser die offizielle Version? Konnte sich der Unbekannte nicht doch irren?
Noch während Cullmann dieser Frage nachging, erkannte er ihre Unsinnigkeit. Was Belgien angeht, hat er sich auch nicht geirrt, genausowenig wie bei all den anderen Vorfällen. Und deshalb ist Kroninger so versessen auf das Material. Also ist was faul am Tod des Kurt Antes. Hier wird den Angehörigen ebenso etwas vorgegaukelt wie der Öffentlichkeit.
Valeri rief ihn am nächsten Morgen an, um sich mit ihm für das kommende Wochenende zu verabreden. Nach Paris wolle sie ihn entführen. Cullmann fiel es schwer, abzusagen. Er müsse für einige Tage weg, leider, sei aber ab Dienstag wieder zu erreichen.
»Wohin fährst du denn? Kann ich dich vielleicht zwischendurch mal anrufen?«

»Ins Ausland. Wird kaum möglich sein.«
Valeri spürte, er wollte nicht darüber reden, und gab sich mit dieser Antwort zufrieden.
Sie konnte nicht ahnen, daß Cullmann am nächsten Tag nur wenige Kilometer von ihr entfernt in eine Maschine stieg, die ihn über Island und New York nach Phoenix bringen sollte. Und Cullmann bekam seinerseits nicht mit, daß vier Reihen hinter ihm jemand saß, der schon wieder dasselbe Ziel hatte wie er. Erst zwei Tage zuvor war es Hamburg gewesen.

Sie begrüßten einander wie alte Freunde, dabei trafen sie sich erst zum zweitenmal. Gemeinsam gingen sie in Trier auf das Ausflugsschiff. In drei Stunden würde es sie nach Bernkastel-Kues bringen, eine malerische Stadt und als bekannter Weinort Anziehungspunkt für Touristen; und die wiederum waren, obwohl sie Geld brachten, in den Augen der Einheimischen ein notwendiges Übel.
»Mister Nilson, zuerst einmal vielen Dank für Ihr Entgegenkommen und den spontanen Besuch hier bei uns in Deutschland. Wie war der Flug?«
»Ausgezeichnet.« Sie setzten sich am Heck des Schiffes im Freien auf die allerletzte Bank und bestellten sich jeder einen Eisbecher mit Früchten.
»Gibt es etwas Neues in der Adoptionsgeschichte?«
Nilson sammelte sich. »Ja, Mister Öhlenschläger. Alle Fälle sind bestätigt, es gibt sogar noch einige mehr. Aber wir können sie nicht rückgängig machen, das würde zu viel Aufsehen erregen.«
Öhlenschläger entrüstete sich. »Sie lassen die armen Kinder . . .«
»Was ist mit Ihrem Industriellen, dessen kleine Tochter in gewissen Filmen mitspielt?« unterbrach Nilson ihn.
Öhlenschläger hüstelte. »Der Staatsanwalt ist eingeschaltet.«
»Also hat sich auch hier der Vorwurf bestätigt.«
»Ja.«
»Und wieder einmal haben die Deutschen einen Skandal.«

»Noch können wir die Entwicklung steuern.«
Nilson fragte mit einem überheblichen Seitenblick: »Und wie lange? Einen Monat? Zwei?«
Öhlenschläger wußte es nicht.
»Bei uns wird es nicht zu einem Skandal kommen.«
Öhlenschläger kommentierte bissiger als beabsichtigt: »Also totschweigen.«
Nilson verneinte. »Wir haben uns jeden, dem man ein Kind zugesprochen hat, einzeln vorgeknöpft und ihn mit den Fakten konfrontiert. Knallhart und kompromißlos. Nach einigem Leugnen wurde alles zugegeben. Und im Lauf der kommenden Wochen werden die meisten einen Antrag stellen und ihr Kind zur erneuten Adoption freigeben. Das wird äußerst diskret über die Bühne gehen, und die Beschuldigten werden alle den Wohnsitz wechseln. Nur dann sehen wir von einer Anzeige und von strafrechtlichen Konsequenzen ab.«
»Was ist mit den Senatoren und Abgeordneten des Repräsentantenhauses?«
»Die behalten ihre Kinder. Auch ein Schauspieler und zwei Topmanager. Allerdings unter strengen Auflagen: Ab sofort wird eine vom Staat eingesetzte Erzieherin beziehungsweise Kinderfrau bei diesen Leuten wohnen. Sie entscheidet über alles, was mit dem Kind geschieht. Keine Minute werden die Kinder ohne Beaufsichtigung sein. Und glauben Sie mir, Mister Öhlenschläger, wir haben für solche Aufgaben ausgezeichnete Fachkräfte.«
»Wer bezahlt das Ganze?«
»Selbstverständlich die Beschuldigten.« Sarkastisch fügte Nilson hinzu: »Sie haben ja auch freiwillig nach Betreuungspersonal für die Kinder gesucht, per Anzeige, wie in solchen Fällen üblich.«
Öhlenschläger war voller Anerkennung, man hatte in den Staaten eine wirklich elegante Lösung gefunden. »So etwas wäre bei uns nie und nimmer möglich«, sagte er. Nach einer Weile kam er auf sein Anliegen zu sprechen. »Sie haben all meine Unterlagen erhalten?«
Nilson klopfte auf die dünne Aktenmappe, die neben ihm lag.
»Und wie schätzen Sie die Lage ein?«
Nilson verscheuchte einige seiner feuerroten Haare aus der Stirn, antwortete aber nicht, sondern stülpte nur die Lippen auf.

»Was ist bei Ihrer Überprüfung herausgekommen? Warum fliegt dieser Cullmann in die USA?«
Nilson ließ der Reihe nach sämtliche Fingergelenke knacken, Öhlenschläger konnte das Geräusch nicht ausstehen.
»Sagen Sie mir erst mal, was Cullmann für ein Mensch ist.«
Öhlenschläger skizzierte Cullmann und gab zu, man habe ihn anfänglich unterschätzt. Was er genau an Informationen habe und wie er dazu komme, wisse man allerdings nicht.
»Kann es nicht sein, daß unser gemeinsamer Unbekannter ihn direkt füttert?«
Öhlenschläger schüttelte den Kopf. »Warum ausgerechnet ihn? Das würde ja bedeuten, daß er von Cullmanns Aktivitäten weiß.«
»Wäre das so abwegig?«
Für Öhlenschläger war es das, er enthielt sich einer Antwort.
»Der Mann wird immer . . . wie soll ich mich ausdrücken, immer penetranter, wenn ich Sie richtig verstanden habe.«
Öhlenschläger widersprach nicht. Sie bekamen ihre Eisbecher, und Nilson machte sich sofort über den seinen her. Öhlenschläger nutzte die Gelegenheit und nickte Karst, der im Innenraum des Schiffes saß und die Unterhaltung per Kopfhörer verfolgen konnte, leicht zu. Zuerst hatte sich Öhlenschläger gesträubt, aber Karst hatte ihn schließlich überzeugt. Er müsse den Originalton hören und dabei den Sprecher beobachten können, wenn er Nilsons Reaktionen interpretieren solle.
»Können Sie sich denken, Mister Nilson, was Cullmann in Arizona vorhat?«
»Ist doch leicht zu erraten. Sie haben mir erläutert, unter welchen Umständen ein Pilot der deutschen Luftwaffe abgestürzt ist. Ich habe in Washington alles überprüft: das Abkommen zwischen unseren beiden Staaten, die Trainingsausbildung, den Einsatzort. Natürlich auch den schrecklichen Unfall. Eine Kette von Zufällen: Flughöhe nur zweihundert Fuß über Grund, Geschwindigkeit vierhundert Meilen, das TFR war eingeschaltet . . .«
»Das was bitte?«
»Das Terrain Following Radar. Eine besondere Form des Radars, mit deren Hilfe ein Flugzeug automatisch in einem vorgegebenen Abstand zur Bodenoberfläche bleibt.«
»Ohne daß der Pilot . . .?

Nilson lächelte und zeigte seine langen, gelblichen Zähne. »Plötzlich auftretende Turbulenzen«, sprach er weiter, »verursacht durch Temperaturunterschiede zwischen Tag und Nacht und verstärkt durch einen Bergeinschnitt, der wie ein Flaschenhals wirkte. Dadurch entstand der sogenannte Düseneffekt, Staub wurde aufgewirbelt und verstopfte die Turbinen. Und jetzt will sich der kleine Schnüffler von etwas überzeugen, was wir beide bereits wissen.«

Öhlenschläger ließ das Eis auf der Zunge zergehen. Seine Worte genau abwägend, fragte er. »Könnte er etwas herausfinden, was nicht in dem offiziellen Bericht steht?«

Nilson verneinte. »Was meinen Sie?«

»Verstehen Sie mich bitte nicht falsch, Mister Nilson. Aber im Augenblick machen wir hier in Deutschland eine schwierige Zeit durch. Sie wissen, der Unbekannte.« Nilson verstand. »Falls nun Cullmann von ebendiesem Unbekannten gewisse Dinge erhalten hat, gewisse Andeutungen, er solle einer bestimmten Spur nachgehen, was dann?«

»In den USA? Im Zusammenhang mit diesem Absturz?«

»Ja.«

»Er wird nichts herausfinden. Alles hieb- und stichfest.«

Öhlenschläger war davon nicht überzeugt. »Falls doch?«

Nilsons Löffel verharrte in der Luft. Aus kalten Augen sah er Öhlenschläger an. »Liquidieren.«

Als Öhlenschläger gemeinsam mit Karst von Bernkastel in Richtung Koblenz fuhr, wo das nächste Treffen mit dem Kreis und Dollberger anberaumt war, fühlte er immer noch Schauer über seinen Rücken laufen. Noch nie hatte er jemanden so eiskalt ein Todesurteil aussprechen hören. Dieser Nilson schien absolut gefühllos zu sein.

Die Aufgabe, die die Anwesenden heute zu bewältigen hatten, war äußerst delikat. Endlich hatten sie grünes Licht von der Parteiführung der Opposition; sie sollten eine Strategie entwerfen, wie ein Wahlsieg der Sozialdemokraten zu verhindern wäre. Der erste Schritt sah vor, sich den technischen Möglichkeiten zuzuwenden und die Medien einzuspannen, der nächste Schritt sollte kommende Woche die Inhalte betreffen.

»Es ist schon paradox«, begann Marie-Luise – die obligatorische Zigarette in der Hand und eine Tasse Kaffee vor sich –, der man den Vortritt gelassen hatte, immerhin ging es um ihre Partei. »Jahrelang bemühen wir uns zu gewinnen, tun alles, den politischen Gegner zu übertrumpfen, und jetzt der umgekehrte Weg. Also, ich kann mich mit dieser Entwicklung noch nicht anfreunden.« Die anderen bekundeten Verständnis und lobten Marie-Luise für ihre unermüdliche Arbeit, was ihr sichtlich guttat.
»Im Prinzip ist es doch ganz einfach«, ließ sich Wodaz vernehmen. »Sie, liebe Frau Famus«, er sprach ihren Namen richtig aus, »Sie gehen jetzt gegen die eigene Partei so vor, wie Sie immer gegen uns vorgegangen sind.« Innerlich bog sich Wodaz vor Lachen.
Marie-Luise wollte protestieren, sie sei immer um Fairneß bemüht gewesen, dann aber mußte auch sie schmunzeln. Wirklich äußerst delikat, ihre Aufgabe.
»Jetzt hauen Sie sich mal selbst in die Pfanne. Ich überlasse Ihnen den Vortritt.« Wodaz verfolgte genüßlich ihr Mienenspiel. Ihm war der Unbekannte schon lange sympathisch; den letzten Umfragen zufolge war es höchst fragwürdig, ob er, Wodaz, wieder direkt in den Bundestag einziehen würde. Und er war doch so gern des Volkes Sprachrohr, wie er es nannte. Sein Herz hing an dem Posten und den damit verbundenen Annehmlichkeiten. Nicht anders ging es Henninghaus, der bei jeder Gelegenheit von Marketing, zielorientierten Strategien und Product placement schwärmte. Plötzlich fühlte er sich in seinem Element. Das war doch mal was Neues, einen Gegner so richtig fertigmachen, quasi auf Befehl von oben und mit ... nein, ohne Einwilligung der Kandidaten. Aber deshalb nicht minder reizvoll. »Meine Herren, die Betroffenen sollten möglichst nichts davon mitbekommen. Das Problem lösen wir diskret.«
Als einige fragten, wie denn das zu bewerkstelligen sei, war es wieder einmal Karst, der ein fast fertiges Konzept aus seiner Aktentasche zauberte. Und dann begann er es zu erläutern, obwohl noch niemand wußte, wer zu den Auserwählten gehörte. Das würde Marie-Luise im Anschluß verkünden. »Beim Wähler sind viele spontane Regungen im Spiel, Sympathie und Antipathie. Nach dem Motto: Dem Sympathischen gebe ich meine

Stimme, dabei ist es fast gleichgültig, welcher Partei er angehört. Vorausgesetzt, die politischen Inhalte stimmen einigermaßen. Und da diese neuerdings sehr allgemein formuliert werden, sagen sie dem bundesdeutschen Durchschnittswähler eigentlich alle zu. Nun zu meiner Strategie, die schon bei der Physiognomie ansetzt. Hier habe ich einige Fotos von ein und derselben Person. Wollen Sie sich die bitte mal anschauen?«

Die Anwesenden waren verblüfft. Von der einen Ablichtung strahlte sie ein angenehmer Typ an, lächelnd und die von Karst erwähnte Sympathie weckend; von der anderen ein Fiesling, dunkle Ränder unter den Augen, grobe Züge und einen brutalen Ausdruck im Blick.

»Nur eine Frage der Aufnahmetechnik und der Ausleuchtung. Der Sympathische erhält weiches Licht schräg von der Seite auf den leicht geneigten Kopf, die Konturen werden fließender, die Ausdruckskraft gewinnt; fotografiert wird von vorn. Denken Sie bitte an die Fotos auf Wahlplakaten, die werden nach dem gleichen Muster aufgenommen. Ob schwarzweiß oder farbig, spielt in dem Zusammenhang keine Rolle. Der Fiesling dagegen kriegt kaltes, weißes Licht, am besten von oben, aufgenommen wird von schräg unten. So entstehen automatisch dämonische Züge, erst recht, wenn der Mund leicht geöffnet ist.«

»Weiter«, befahl Wodaz, der diese Sitzung ungemein spannend fand. Endlich mal etwas Praktisches, das konnte sich jederzeit wieder als nützlich erweisen.

»Unsere Damen und Herren sollten ab sofort nur noch helle Kostüme beziehungsweise Anzüge tragen, im Sommer fällt das nicht auf. Körperbetont müssen die Kleidungsstücke sein, besonders bei denen, die Übergewicht haben.«

»Warum hell?«

»Herr Wodaz, helle Kleidung wirkt weniger seriös, macht dicker, verzerrt die Proportionen und läßt eher einen Schweißrand unter den Armen erkennen.«

»Aha.« Wodaz tastete verstohlen ab, ob er auch schwi . . . transpirierte.

Karst erläuterte im Hinblick auf die öffentliche Darstellung zahlreiche Details. Einige der Regierung zugetane Journalisten bei den Printmedien müsse man gezielt ansprechen und dazu brin-

gen, eine bestimmte Auswahl der Fotos zu verwenden. Das allerdings dürften aus bestimmten Gründen nur Vertreter der Opposition in die Wege leiten. Gleichzeitig sei darauf hinzuwirken, daß die zuvor erwähnten Aufnahmetechniken umgesetzt würden. Bei den Fernsehanstalten gelte das gleiche. Eine unvorteilhafte Kameraeinstellung, und schon seien Tausende Stimmen verloren. Die Auserwählten sollten nicht geschminkt werden, keinesfalls gepudert. Glänzen müßten die Gesichter, jede Schweißperle, jeder Fleck, jede Unebenheit müsse deutlich zu sehen sein. Außerdem habe man dafür zu sorgen, daß die Damen und Herren sich auf Kosten der Partei ausgewählten Medienberatern anvertrauten. Diese sollten ihren Klienten mit allen Mitteln unvorteilhafte Accessoires aufschwatzen. Brillen mit dünnem und zu engem Gestell bei Übergewichtigen zum Beispiel, so eng, daß die Bügel sich ins Fleisch eindrückten. Anpreisen könne der jeweilige Berater das Modell mit dem Argument, es wirke intellektuell und das komme beim Wähler an.
Marie-Luise tastete nach ihrer Brille. Sie fand das Gestell immer noch gelungen und war der Ansicht, es betone ihren Typ.
Weiterhin, so Karst, wirke eine protzige goldene Uhr abstoßend, weil angeberisch, auf die Zuschauer, genau wie Siegelringe und mit Diamanten besetzte Krawattennadeln. Auch Einstecktücher kämen nicht mehr an. Dazu sollten die Damen und Herren ihre Haartracht verändern, Kurze Schnitte für die Korpulenten, glattes langes Haar für die Damen, Dauerwellen seien nur opportun, wenn sie möglichst unvorteilhaft wirkten.
Lange hielt sich Karst bei Mimik und Gestik auf. Beides müsse übertrieben sein; zuviel davon vor der Kamera vermittele, abgesehen von permanenter Unruhe, Aggressivität. Eine abfällige Miene, wenn es um den politischen Gegner gehe, sei ein Zeichen von Arroganz und übertriebenem Hang zur Selbstdarstellung. Und falls der Zuschauer die feinen Nuancen nicht bewußt wahrnehme, die Medien würden ihn schon darauf hinweisen.
»Sind Sie davon überzeugt, Herr Karst, daß die Damen und Herren sich solchen Anordnungen beugen werden?« Dollberger war äußerst skeptisch.
»Ja, absolut. Zum einen werden sie es nach einer gewissen Zeit selbst wollen, immerhin berät sie ein kompetenter Fachmann und

hilft ihnen, sich medienwirksam darzustellen. Daß er von uns instruiert ist, wissen sie ja nicht, und die Medien bedeuten alles für sie. Hilflos und unerfahren, wie die meisten in solchen Dingen nun mal sind, werden sie sich also fügen müssen. Der Berater wird ihnen außerdem klarmachen, daß er sie zu Typen aufbaut, ihnen zu Originalität verhilft. Ein echtes Original, eine Persönlichkeit mit unverwechselbarem Auftreten, müsse sich von der Masse der anderen abheben, wird er ihnen erklären. Nur auf diesem Wege könne ihr Bekanntheitsgrad gesteigert werden, und deshalb seien einige Übertreibungen unbedingt nötig; der Zuschauer brauche Identifikationsmerkmale. Und so weiter. Zum anderen werden die Herrschaften, einmal mit der Möglichkeit des Erfolges konfrontiert, alles tun, um ihrem Ziel näher zu kommen. Und das Ziel heißt: gewählt werden, Macht genießen, im Mittelpunkt stehen.« Süffisant grinsend, schaute er in die Runde, als er abschließend fragte: »Liege ich mit meiner Einschätzung etwa falsch?«

Drückende Hitze schlug Cullmann entgegen, als er aus dem Flughafengebäude von Phoenix trat, einen Parkplatz überquerte und auf den Leihwagen zumarschierte. Er stieg ein, und zehn Minuten später war er auf dem Highway Nummer 10. In Buckeye bog er ab, fuhr nach Süden und erreichte nach dreißig Minuten eine Schnellstraße, der er nach Westen folgte. Cullmann fuhr nicht bis Yuma an der Grenze zu Mexiko, sondern unterbrach seine Reise das erste Mal in Aztec.
Die Lokalzeitung, deren Redaktion er aufsuchte, um Hintergründe zu erfahren, hatte damals kein eigenes Material über einen Absturz ganz in der Nähe verwendet, sondern sich auf Berichte aus einer Nachbarstadt gestützt. Ein Reporter des *Dateland Chronicle*, Eric Jafeson, hatte sich seinerzeit bis in die Sperrzone vorgewagt, um an die entsprechenden Bilder zu kommen. Cullmann fuhr weiter zum *Chronicle*. Sein Glück schien kurz darauf perfekt zu sein, als er hörte, Eric Jafeson arbeite immer noch bei der Zeitung. Aber er hatte keinen Dienst. Zögernd gab man Cullmann die Anschrift, nachdem er betont hatte, er habe den

weiten Weg von Deutschland bis hierher vor allem gemacht, um mit einem Vertreter der Presse sprechen zu können.
Jafeson, nur mit Shorts bekleidet, entspannte sich hinter seinem Bungalow – die meisten in der Siedlung sahen einander zum Verwechseln ähnlich – am Swimmingpool. Er lag im Schatten, einen Drink in der Hand, und sah seinem Sohn beim Schwimmen zu.
»Arme weiter nach vorn schieben, Tim, und die Beinarbeit nicht vergessen. Zu beiden Seiten aus- und einatmen. Ja, so ist es gut.«
Jafeson bot Cullmann, nachdem dieser sich vorgestellt hatte, eine Liege an, dazu eine kühle Coca. Und er forderte ihn auf, das Hemd auszuziehen.
»Was haben Sie mit Ihrem Gesicht gemacht?« Jafeson deutete auf das Pflaster – inzwischen war es schon ein kleineres –, das auch schon der Beamte bei der Paßkontrolle interessiert betrachtet hatte.
»Kleiner Unfall.« Cullmann zog sein Hemd aus, nickte anerkennend zur Technik von Jafesons Sohn und kam ohne Umschweife auf sein Anliegen zu sprechen.
»Sie haben vor gut drei Jahren über einen Absturz berichtet, nicht weit entfernt, auf der Luke Air Force Range. Zwei Piloten sind ums Leben gekommen.«
Jafeson richtete sich auf. »Wieso interessieren Sie sich ausgerechnet für diese alte Geschichte? Die hat mir damals schon genug Schwierigkeiten gemacht.«
Cullmann, ein perfekter Lügner, wenn es darauf ankam, hatte plötzlich einen Cousin namens Antes, der gemeinsam mit diesem Amerikaner verunglückt sei. Und da sein Cousin in Deutschland nur einsitzige Maschinen geflogen habe, die F-16C, frage er sich, wieso er seinerzeit plötzlich in einer zweisitzigen gesessen habe. Und dann auch noch in einer F-15 Eagle, einem Luftüberlegenheitsjäger.
»Komm, Timmi, genug für heute. Vielleicht am Abend noch ein paar Runden.«
Jafeson reichte seinem Sohn ein Badetuch und gab ihm einen Klaps auf den Po. Bedenklich ernst geworden, wandte er sich wieder Cullmann zu. »Weshalb kommen Sie erst jetzt zu mir?«
»Ich will die Eltern des Verunglückten beruhigen. Und mich selbst auch.«

»Wie soll ich das verstehen?« Jafeson stellte seine Rückenlehne steiler.
Cullmann, auch ein ganz passabler Schauspieler, wenn es galt, seine Lügen durch gekonntes Mienenspiel zu unterstützen, zögerte bewußt. »Nur so ein Verdacht. Und ein Gerücht.«
Jafeson sah ihn fragend an.
»Bekannte der Eltern haben mal ganz beiläufig bemerkt, der zeitliche Zusammenhang zwischen dem Tod des deutschen Piloten und dem Golfkrieg sei doch sehr auffällig. Sie wissen ja, wie Eltern, die einen Sohn auf so tragische Art und Weise verloren haben, reagieren. Das nagt an ihnen.« Jafeson nickte. »Und deshalb bin ich hier. Ich habe lange gezögert, denn ich glaube eigentlich, daß es keinen Zusammenhang gibt.«
Gar nicht passend zu Cullmanns Art, die Angelegenheit zu bagatellisieren – die Fotos hatte er bewußt zurückgehalten, um den Reporter nicht heiß auf eine Story zu machen, zumindest jetzt noch nicht –, lächelte Jafeson, als wisse er es besser.
»Seltsame Sache, damals. Ich saß einige Tage im Gefängnis, wegen unerlaubten Betretens eines Sperrbezirks. Anschließend hatte ich einen Bewacher, der mir auf Schritt und Tritt folgte. Und dann kam die Anordnung von meinem Boß, die Finger von der Story zu lassen. Das war mehr als deutlich. Also habe ich das Handtuch geworfen.«
»Warum die Schikanen und der Maulkorb?«
»Weil die Kiste gestunken hat.«
»Und nach was?«
»Haben Sie einen Ausweis dabei?«
Cullmann zeigte seinen deutschen Paß, und Jafeson war beruhigt.
»Und er war wirklich ihr Cousin?«
»Ja.« Cullmann hatte längst aufgehört, rot zu werden, wenn er log.
»Natürlich waren meine Berichte gepfeffert. Und ich bekam viele Anrufe von Lesern, die mich aufforderten, weiterzumachen. Aber man hat mir die Tür vor der Nase zugeschlagen. Schade.«
Jafeson klärte Cullmann über die Schwierigkeiten auf, die man ihm damals gemacht hatte. Und in jedem zweiten Satz verfluchte der Reporter die bornierten Militärs und die schleimigen Lokal-

politiker, besonders den Bürgermeister von Dateland. Und seinen Chef. Als bereite es ihm im nachhinein Genugtuung, boxte er immer wieder in seine Handfläche.
Cullmann zeigte Verständnis. »Gegen Behörden und den langen Arm der Militärs kommt man eben nicht an. Kann ich denn Ihre Unterlagen mal sehen?«
»Es gibt keine mehr. Auf richterlichen Beschluß mußte ich alles der Staatsanwaltschaft aushändigen.«
»Schade.« Cullmann war die Enttäuschung anzusehen. »Mister Jafeson, Sie werden sich doch Gedanken gemacht haben. Warum hat man Ihrer Meinung nach so gehandelt?«
Jafeson hob die Schultern, ließ sie wieder fallen und saugte am Strohhalm. »Keine Ahnung. Es war nur so ein Gefühl von mir, nichts Konkretes. Aber das war den Herren vom Militär schon zuviel. Sie müssen wissen, hier bei uns werden die geheimsten Fluggeräte getestet. Zum Beispiel die F-22 von Lookheed, ein Jäger, der in zwei Jahren bei der Air Force eingeführt wird, oder der Tarnkappenbomber F-117A, auch Stealth-Bomber genannt. Sie werden ihn kennen.«
»Hat man den nicht zum erstenmal im Golfkrieg eingesetzt?«
»Richtig. Und er hat alle Aufgaben mit Bravour bestanden. Vom Radar ist er nicht zu orten. Aber um auf Ihre Frage zurückzukommen: Wie gesagt, es war nur ein Gefühl. Mir hat zu denken gegeben, wie schnell man nach dem Absturz reagiert und den Bezirk abgesperrt hatte. Dann die Nachrichtensperre und die Art, wie man mich behandelte. Ansonsten bei solchen Unfällen nicht üblich. Im Gegenteil, die Militärs buhlen um das Wohlwollen der Medien.«
»Und wie erging es den anderen Reportern?«
»Die hatten noch weniger zu berichten. Ich war als erster dort und verkaufte die Geschichte exklusiv an eine Agentur. Brachte gutes Geld.«
»Wodurch haben Sie von dem Vorfall erfahren?«
»Ein Amateurfunker rief mich an und sagte, irgendwo da draußen in den Sauceda Mountains sei ein Ding runtergegangen. Er habe noch einen Funkspruch aufgefangen. Notruf.«
»Kann man einfach so in den Sperrbezirk rein?«
Jafeson lachte. »Klar. Aber zwei Minuten später hält ein Jeep neben Ihnen, und man fordert sie auf, sich zu verdrücken.«

Cullmann stellte die leere Coladose auf den Tisch. »War denn alles umsonst?« murmelte er vor sich hin. Und Jafeson fragte er: »Gab es Augenzeugen?«
»Ja, einige. Angeblich! Keiner hatte wirklich was gesehen, die wollten alle nur mal in der Zeitung erscheinen. Und dann meldeten sich zwei von der Air Force und gaben mir bewußt falsche Informationen, um mich zu verwirren oder unglaubwürdig erscheinen zu lassen.«
»Haben Sie mit den Zeugen gesprochen?«
»Mit allen bis auf zwei. Warum sollte ich noch? Den Knüller war ich los. Zehntausend hätte ich laut Gerichtsurteil zahlen müssen, wenn ich weitergemacht hätte.«
Ohne viel Hoffnung fragte Cullmann: »Die Namen der beiden Zeugen? Wissen Sie noch, wer sie waren?«
Jafeson kratzte sich die Brust. »In irgendeinem Notizbuch müßten die Namen stehen.«
»Könnten Sie mir . . .«
»Bin schon unterwegs.« An der Tür drehte Jafeson sich noch einmal um. »Einzige Bedingung: Wenn Sie etwas herausfinden, erfahre ich es als erster.«
»Einverstanden.«

Die eine Zeugin, eine Frau um die Vierzig mit massigem Oberkörper und ungewöhnlich dünnen Beinen, die jeden Augenblick unter der Last einzuknicken drohten, entpuppte sich als sehr gesprächig. Aber das war es auch schon. Mit ihrem Mann war sie auf dem Highway in Richtung Yuma unterwegs gewesen, als sie einen Knall hörte und einen Feuerball zur Erde stürzen sah. Cullmann bedankte sich. Den Knall hatte es erst gegeben, als die Maschine aufschlug, und das geschah zehn Meilen vom Highway entfernt. Die Frau konnte unmöglich etwas gesehen oder gehört haben.
Der zweite Zeuge war ein alter Mann indianischer Abstammung mit unzähligen Falten im Gesicht und schulterlangen Haaren. Er wohnte außerhalb in einer kleinen Siedlung, direkt an der Sperrzone. Cullmann fühlte sich in die Kulisse für einen Hollywoodfilm versetzt. Die wenigen Holzhäuser, höchstens zweigeschossig und mit flachen Dächern, mit ihren überdachten Vorbauten bil-

deten eine perfekte Wildwestszenerie. Und die einzige Kneipe im Ort, übertrieben große Lettern über dem Eingang wiesen sie als Saloon aus, hatte tatsächlich Schwingtüren.
Er sei oft in der Zone, sagte der Indianer, noch habe ihn niemand am Betreten gehindert oder auch nur angesprochen. Cullmann erfuhr, daß er immer zu Fuß unterwegs war, und ein einzelner Fußgänger war schwer zu orten.
Pagado, der Indianer nannte sich nach seinem Stamm, hatte das Unglück aus kaum zwei Meilen Entfernung mitbekommen. Das schwor er. Als er die tieffliegende Maschine gesehen habe, wie sie genau auf eine Bergkette zuraste, sei er losgegangen. Aber an der Unfallstelle seien schon höhere Militärs, Krankenwagen und jede Menge Soldaten zugange gewesen. Das gesamte Terrain sei abgeriegelt worden. Er sei eben nicht mehr so gut zu Fuß.
Cullmann trank die eisgekühlte Limonade und blickte die unbefestigte Straße hinunter. Sie schien eine Art Eigenleben zu haben, der aus den Hügeln kommende, kaum spürbare, heiße Wind wirbelte eine dicke Staubschicht auf und schien sie in stetiger Bewegung voranzutreiben, hier und da wurde ein vertrocknetes Grasbüschel mitgerissen, bewegte sich Gestrüpp kullernd in die gleiche Richtung.
»Es bestand also keine Möglichkeit, näher heranzukommen?«
»Nein.« Der Alte schüttelte den Kopf, wobei sich die Falten an seinem Hals mitbewegten. »Erst eine Woche danach bin ich an der Stelle gewesen. Aber es war nichts mehr zu sehen. Aufgeräumt wie bei mir im Wohnzimmer.« Er lachte und zeigte seine Zahnlücken.
»Es gibt ein Bild von der Absturzstelle.« Cullmann zog das Foto aus der Tasche, das ihm der Unbekannte hatte zukommen lassen.
»Woher haben Sie das?« Pagados Mund stand offen.
»Von einem Freund.«
»Er muß ein hohes Tier sein.« Der Alte wurde nervös und schielte immer wieder auf das Foto. Entschlossen setzte er eine altertümliche Brille auf und studierte die Aufnahme gründlich. Sein Blick war so starr darauf gerichtet, als wollte er jeden einzelnen Punkt mit den Augen abtasten. Er seufzte, ließ die Arme sinken und sagte mit seltsam rauher Stimme: »Jetzt wird mir mein Sohn glauben müssen.«

»Ihr Sohn? Was ist mit ihm?«
»Jetzt muß er mir glauben. Arbeitet bei der Air Force. Als Zivilist.« Pagado steckte die Brille in die Brusttasche seines Hemdes, stand ächzend auf und verschwand hinter dem kleinen Haus in einem Schuppen. Cullmann hörte ihn kramen, vermutlich suchte er etwas. Zwei Minuten später kam er wieder zum Vorschein und legte ein Stück Leichtmetall auf den Tisch, etwa so groß wie ein Briefbogen und an einer Seite gefalzt. »Deswegen. Das habe ich nämlich gefunden.«
»Und was ist das?«
»Ein Teil von einem Leitwerk. Von dem Leitwerk, das man hier sehen kann.« Er deutete auf das Foto. »Hier, an der Stelle, müßte es fehlen.«
Cullmann konnte nichts erkennen. Und worauf der Indianer hinauswollte, wußte er auch nicht. »Was muß Ihr Sohn Ihnen jetzt glauben?«
»Daß es eine F-22 war, die abgestürzt ist.«
»Das kann doch sein, oder?«
»Aber etwas anderes kann nicht sein: daß beim Absturz eines einsitzigen Flugzeugs zwei Piloten ums Leben kommen.«

Cullmann wartete in seinem Hotelzimmer, die Air-condition lief auf Hochtouren, er überlegte angestrengt, einiges wollte nicht in seinen Kopf. Cullmann, bestimmt kein treudoofer Bürger mit eingefahrenen Strukturen, der nur das glaubte, was er glauben durfte, hatte Schwierigkeiten, die Informationen einzuordnen. Ist eine solche Mauschelei überhaupt durchführbar? fragte er sich. Auch die Militärs, die dabei waren, sind doch Schwachpunkte in dem Lügengebilde. Wenn der Alte recht hat, warum dann der Aufwand mit den zwei Toten? Vielleicht, weil man den einen, den Deutschen, nicht offiziell im Golfkrieg sterben lassen durfte?
Cullmann schaute auf die Uhr und erhob sich. Der Sohn von Pagado wollte ihn um 18 Uhr in der Hotelhalle treffen. Cassius, ein sportlicher Typ, dem seine indianische Herkunft nicht anzusehen war, kam mit ausdruckslosem Gesicht auf ihn zu.
»Mein Vater hat mir alles erzählt, er ist ganz aufgeregt. Darf ich denn auch mal das Foto sehen?«

Lange betrachtete er die Aufnahme. »Eindeutig draußen in den Sauceda Mountains. Hier, an dieser gewellten Kuppe im Hintergrund, zu erkennen. Und eindeutig die Überreste einer F-22 mit dem unverkennbaren Doppelhöhenleitwerk.« Cassius hatte leise gesprochen, und trotzdem hatte Cullmann jedes Wort verstanden. »Und ich dachte all die Zeit, mein Vater würde sich etwas einreden.«
Auch gegenüber Cassius verschwieg Cullmann die Herkunft des Fotos. Mittlerweile war ihm klar, daß dieser Beweis nur auf höchster Ebene an die Deutschen weitergegeben worden sein konnte; die entscheidenden Männer, die über einen Einsatz Deutscher im Golfkrieg unterrichtet waren, mußten eingeweiht werden.
»Mister Cullmann, wie lange bleiben Sie noch in Dateland?«
»Ich wollte morgen zurückfliegen. Weitere Beweise werde ich wohl kaum noch finden.«
Cassius war sich da nicht so sicher. »Ich rede mit einem Freund. Selbstverständlich vertraulich. Können Sie Ihre Abreise um einen Tag verschieben?«

In der Nacht lag Cullmann lange wach. Die Hitze machte ihm zu schaffen, aber noch mehr hinderte sein Gedankenwust ihn am Schlafen. Fragen über Fragen und keine einzige Antwort.
Er stand auf und setzte sich auf den Balkon. Zwar war es draußen wärmer als im Zimmer, aber die Luft kam ihm nicht so abgestanden vor. Ziellos ließ er seine Augen über die vom Mond angestrahlte Ebene wandern bis hin zu den Painted Rock Mountains, einem dunklen, oben abgeflachten Klotz am Horizont.
Zuerst achtete er nicht auf das Schaben. Die Nacht hatte viele Geräusche, überlagert vom an- und abschwellenden Rauschen der Autos auf dem nahe gelegenen Highway. Als sich das Schaben und Kratzen jedoch näherte und immer lauter wurde, stand Cullmann mißtrauisch auf und drückte sich tiefer in den Schatten. Im selben Augenblick registrierte er, daß jemand an der Fassade hochkletterte und auf diesem beschwerlichen Weg unterwegs zu ihm in den ersten Stock war. Schon sah er einen Kopf über der Brüstung auftauchen, dann die Schultern und den Oberkörper. Und als der Fassadenkletterer den Kopf drehte, bemerkte Cullmann im Gegenlicht einen Gegenstand in dessen Mund, der für

gewöhnlich, wenn er sich nicht sehr täuschte, in der Hand gehalten wurde, um Eindruck zu machen: einen Revolver.
Wenn er sich über die Brüstung geschwungen hat, wird er eine Hand frei haben. Mit diesem Gedanken machte Cullmann zwei schnelle Schritte nach vorn. »Was wollen Sie?«
Der Mann erstarrte in der Bewegung, und Cullmann sah, wie er den Körper geringfügig verlagerte, um eine Hand freizubekommen und die Waffe greifen zu können.
Warum hat er das Ding nicht im Hosenbund versteckt, durchzuckte es Cullmann, als er auch schon zuschlug. Immer auf den Mund. Es knirschte, einige Zähne gingen zu Bruch. Der Kletterer stöhnte dumpf, ließ los und fiel rücklings ein Stockwerk tiefer auf den Rasen. Cullmann beugte sich über die Brüstung und sah einen zweiten Mann hinzuspringen. Der half seinem Kollegen auf die Beine, blickte kurz hoch zu Cullmann, drohte mit einer Faust, und schon waren die beiden verschwunden. Aber zumindest war Cullmann jetzt klar, warum der verhinderte Einbrecher die Waffe nicht im Hosenbund stecken hatte, der Kerl war lediglich mit einer Badehose bekleidet. Noch nicht einmal Schuhe oder Sandalen hatte er an. Merkwürdige Art von Einbrecher ...
Cullmann kühlte seine schmerzende Hand unter kaltem Wasser und mit Eiswürfeln. Er hatte nicht fest zugeschlagen, aber genau den Bügel um den Abzugshahn und den Kolben getroffen.
Zwei Polizisten kamen, hörten sich seine Geschichte an, grinsten, als er von seiner zähnevernichtenden Verteidigung sprach, und machten auf dem Rasen ein paar Fotos. Fingerabdrücke an der Fassade suchten sie erst gar nicht. Schon eine Viertelstunde später wünschten sie Cullmann eine gute Nacht. Und der hatte ein weiteres Problem, über das er nachdenken konnte.

Cassius hielt Wort und erschien zur verabredeten Zeit wieder in der Hotelhalle. Er brachte einen Kollegen mit, der ebenfalls auf der Luke Air Force Range arbeitete, als Zivilangestellter wie Cassius.
»Mein Freund würde sich gern mal das Foto anschauen, Mister Cullmann.«
»Wie heißt Ihr Freund?«

»Er möchte seinen Namen nicht nennen.«
Cullmann akzeptierte und schob das Foto über den Tisch.
»Sie haben sich verletzt?« Cassius deutete auf Cullmanns linke Hand. Und der erzählte in wenigen Worten, was sich in der Nacht ereignet hatte.
»Bascudos.«
»Wer?«
»Bascudos. So bezeichnen wir die Mexikaner, die für einen Auftrag über die Grenze kommen, fünfhundert Dollar kassieren und sofort wieder verschwinden. Keine Kleidung, kein Ausweis, nichts, was auf ihre Identität verweist, falls man sie erwischen sollte.«
»Für welche Art von Aufträgen?«
»Was trug er im Mund?«
»Sagte ich doch, einen Revolver.«
»Und wozu braucht man den?«
Cullmann fröstelte bei mehr als fünfundzwanzig Grad.
»Eindeutig«, ließ sich der Freund von Cassius vernehmen. »Es ist eines von den Kühlfahrzeugen.«
Cassius wandte sich dem Sprecher zu. »Woran erkennst du das?«
»Hier, an der hinteren Stoßstange und dem Übergang zur Tür mit dem Fußsteg.« Der Freund deutete auf eine Ecke des Bildes. Dort war von einem bus- oder kombiähnlichen Gefährt noch ein kleines Stück zu sehen, darauf die aufgemalte Nummer 466 PA.
»Hab' ich es mir doch gestern bereits gedacht.« Cassius sah sich bestätigt. »Hast du meine Angaben überprüft? Stimmen sie mit deinen Unterlagen überein?«
Der Freund zog ein Blatt aus der Brusttasche seines Hemdes, faltete es auseinander und legte es in die Mitte, so daß Cullmann und Cassius mitlesen konnten.
»Hier steht der Einsatzbeginn des Fahrzeugs 466 PA. Um 14 Uhr 26 ging der Ruf an die Zentrale. Und dann ist der Freezer losgedüst.«
»Freezer?«
»Mister Cullmann, so bezeichnen wir die umgebauten Krankenwagen, die Leichen über eine größere Entfernung transportieren und kühl halten.«
»Und auf dem Bild ist ein solches Fahrzeug zu sehen?«

Cassius' Freund nickte. »Aber das ist nichts Ungewöhnliches. Bei einem Flugzeugabsturz gibt es selten Überlebende. Was ich nicht verstehe, ist die Abfahrtszeit des Freezers 466 PA, 14 Uhr 26.«
»Was ist daran auszusetzen?«
»Der Absturz passierte erst um 15 Uhr 49«, antwortete Cassius anstelle seines Freundes.

Am nächsten Tag traf sich Cullmann mit Jafeson und klärte ihn über die wahren Hintergründe seiner Amerikareise auf. Der Reporter war mehr als erstaunt, und die beiden Fotos machten ihn für eine Weile sprachlos. Schließlich sagte er, er traue denen da oben, gemeint war das Militär, ja alles zu, aber das hier bewege sich in Dimensionen, die selbst er sich nicht habe vorstellen können.
»Daß auf der Luke Air Force Range Dinge ablaufen, von denen der Normalbürger nichts wissen darf, ist mir längst klar. Auch, daß geheimes Material getestet wird. Die F-22 ist ständig in der Luft, schließlich soll sie in zwei Jahren in Serie gehen. Aber so ganz glücklich scheint die USAF mit dem Vogel nicht zu sein.«
»Wieso?«
»Nun, der erste von zwei Prototypen startete am . . . 26. September 1990 zum erstenmal. Ihr Foto hat mich davon überzeugt, daß er im Januar 1991 abgestürzt ist. Und der zweite Prototyp, mit anderen Triebwerken ausgerüstet – Mantelstromtriebwerke Pratt & Whitney YF 119 PW 100 anstelle von YF 120 . . .« Jafeson hielt inne und grinste verlegen. »Ich langweile Sie, Mister Cullmann, aber die Air Force ist nun mal mein Hobby.«
Cullmann machte eine aufmunternde Handbewegung: »Nein, im Gegenteil. Bitte reden Sie weiter.«
»Also, das zweite Exemplar wurde am 25. April 1992 bei einer Bruchlandung stark beschädigt. Sie müssen wissen, unsere Luftwaffe hat die F-22 im Rahmen des AFT-Programms . . .« Cullmann konnte mit dieser Bezeichnung nichts anfangen. Und so erklärte Jafeson: »Das ist ein Programm, Advanced Technical Fighter genannt, aus dem die F-22 im April 1991 als Siegerin hervorgegangen ist. Um die Jahrtausendwende soll die gesamte Air Force mit diesem Typ ausgerüstet werden. Und viele andere Staaten werden nachziehen. Ein 50-Milliarden-Dollar-Deal.«

Und weil Cullmann Jafeson nicht unterbrach, erzählte dieser auch noch vom Stealth-Bomber, den er selbst in der Testphase habe sehen dürfen. Sei schon imponierend, diese ungewöhnliche Maschine mit der einmaligen Silhouette; die Form und der absorbierende Spezialanstrich sorgten dafür, daß sie auch über Radar nicht zu orten war. Um sich auch durch Infrarot nicht zu verraten, habe man die Triebwerksein- und -auslässe auf der Flügeloberfläche fixiert. Zudem würden durch Jalousien auch noch die Abgase breitflächig verteilt.
Jafeson schwieg einen Moment und kam dann wieder auf das Thema zu sprechen. »Abstürze sind bei der amerikanischen Luftwaffe nicht selten. Einmal, vor zwei Jahren, am 1. Dezember, kamen fast zur gleichen Zeit drei Maschinen runter. Im US-Bundesstaat Montana stießen während einer Auftankübung zwei Frachtflugzeuge in der Luft zusammen und zerschellten am Boden. Dreizehn Tote. Und wenig später nahe der texanischen Stadt Van Horn ein Bomber mit vier Mann Besatzung. Zumindest bei den Frachtmaschinen hätte man elegant zusätzlich einige Tote unterbringen können. Wer hätte das überprüfen sollen?«
Jafeson stutzte. »Vielleicht ist auch da so etwas gelaufen?« sinnierte er und entwickelte spontan eine Theorie: »Es könnte doch sein, daß irgendwo bei Armee oder Luftwaffe an dem bewußten Tag im Januar 1991, als im Bereich der Luke Air Force Range angeblich der Militärjet F-15E abstürzte, gegen zehn Uhr am Vormittag ein weiteres Unglück geschehen ist. Vielleicht hatte man zuerst vor, die Leiche des toten Deutschen dorthin zu transportieren? Dann aber erwies sich der Crash nahe der Sauceda Mountains, nur eine Stunde von Phoenix entfernt, als glücklicher Zufall. Und wenn man eine Unglücksstelle frühzeitig abriegelt, keinen Unbefugten durchläßt, der Fotos machen könnte, wer außer der eingeweihten Suchmannschaft sollte beweisen können, daß hier eine einsitzige Maschine abgestürzt ist?«
Bevor Cullmann reagieren konnte, sprach Jafeson, der sich langsam in Rage redete, schon weiter: »Außerdem lag die Vertuschung des Absturzes, immerhin handelte es sich um die hochgejubelte F-22, im Interesse der Air Force. Zur Zeit können die Militärs unmöglich eine solche Schlappe zugeben. Bei jeder anderen Maschine wäre man kooperativer gewesen. Auch bei

einer F-15E, die der offiziellen Version zufolge abgeschmiert sein soll.«
Als Cullmann bezweifelte, daß so etwas im geheimen ablaufen und unaufgeklärt bleiben könne, führte Jafeson weiter aus, er habe schon von ähnlichen Vorkommnissen gehört. Einem sei er sogar mal nachgegangen.
»Vor einigen Jahren sind fünf Soldaten und zwei Chemiker der US-Army in einem Forschungslabor durch den Austritt von Giftgas ums Leben gekommen. Man hat mit einer neuen Variante experimentiert und war unvorsichtig. Der Vorfall war aus vielerlei Gründen ausgesprochen peinlich, blamabel und brisant, er durfte keinesfalls publik werden. Wenige Tage zuvor hatte nämlich die UN-Vollversammlung einen Vertrag zum weltweiten Chemiewaffenverbot verabschiedet. Demnach waren fortan Entwicklung und Herstellung, Erwerb, Lagerung, Weitergabe und Gebrauch von C-Waffen verboten. Und bis auf wenige Ausnahmen haben seinerzeit fast alle 144 Mitgliedsstaaten der UNO den Vertrag unterschrieben. Was also wurde getan? Offiziell gab man bekannt, die Militärangehörigen seien in Chile ums Leben gekommen. Sie seien als Beobachter zu einem Manöver gereist und auf der Rückfahrt mitsamt ihrem Bus mehr als hundert Meter tief in eine Schlucht gestürzt. Der Andenstaat war weit ab vom Schuß, die Umstände vor Ort waren nicht so schnell zu überprüfen.«
»Und wie ist die Sache aufgeflogen?«
»Ein Angehöriger hat einige Monate nach dem angeblichen Bus-Crash eine Autopsie beantragt. Dabei kam die wahre Todesursache heraus, ein neu entwickeltes Nervengas. Von der Army jedoch kam kein Kommentar. Bis heute nicht.«
»Und woher weiß man, daß es einen Unfall in einem Chemielabor gegeben hat?«
»Ich habe von dem Fall gehört und die Hintergründe aufgedeckt, indem ich, meine Beziehungen ausnutzend, die jährlichen Berichte des Pentagons studiert habe. Dort konnte ich die Ursachen einer kleinen Explosion in dem bewußten Forschungslabor nachlesen. Durch das Feuer waren sämtliche verwertbare Spuren vernichtet worden, aber es fiel auf, daß alle, die angeblich in die Andenschlucht gestürzt waren, ausgerechnet in diesem Labor gearbeitet hatten.«

»Was ist mit den übrigen Leichen?«
»Bei Nacht und Nebel ausgegraben und für immer beseitigt. Wahrscheinlich verbrannt. Wie gesagt, es gibt mehrere solcher unaufgeklärter Ereignisse.«

Cullmann machte es sich im Flugzeug bequem und sortierte sein Puzzle. Zuerst beschäftigte er sich mit Jafesons Theorie, man habe die Umstände, unter denen ein noch in der Erprobung befindliches Militärflugzeug abgestürzt sei, geheimgehalten und der Presse einen anderen Flugzeugtyp mit einem Extratoten verkauft. Je genauer er die Gegebenheiten – totale Abschirmung nach außen und absolute Nachrichtensperre – in Betracht zog, desto weniger abwegig fand er Jafesons Ansicht, so etwas könne durchaus in die Tat umgesetzt werden, wenn die entscheidenden Instanzen nur mitspielten. Und die Umstände paßten exakt in die Strategie, nach der man seinerzeit der Öffentlichkeit über zensierte Presseberichte einen klinisch sauberen Krieg am Golf verkauft hatte.
Dann dachte er noch einmal über das nach, was der Freund von Cassius beobachtet hatte. Warum fährt der Freezer schon so früh los? fragte er sich. Zu einem Zeitpunkt, als noch keiner wissen konnte, daß eine Maschine gegen einen Berg der Sauceda Mountains prallen würde.
Von Cassius hatte er erfahren, daß der Freezer aus Phoenix kam – PA stand für Phoenix/Arizona. Und in der Hauptstadt des Bundesstaates Arizona gab es ein großes Militärhospital mit vielen Kühlkammern, noch aus Zeiten des Vietnamkrieges. Von dort bis zur Sperrzone brauchte man ungefähr neunzig Minuten. Jene neunzig Minuten, die zwischen Beginn des Einsatzes um 14 Uhr 26 und dem Absturz um 15 Uhr 49 lagen.
Daß man nur auf Verdacht unterwegs war und hoffte, es würde sich schon eine Gelegenheit ergeben, die Leiche des deutschen Oberleutnants Antes einem anderen Unfall beizumischen, war nicht anzunehmen. Noch mehr an den Haaren herbeigezogen erschien Cullmann jedoch die andere Überlegung. Man läßt doch nicht einen Amerikaner umkommen, dazu noch in einer überaus teuren F-22, nur um sich diese Gelegenheit zu verschaffen! Eine Gelegenheit, die sich obendrein als zwei-

schneidig erweisen konnte, wenn jemand, so wie er, herausfand, daß keine zweisitzige F-15E, sondern eine einsitzige F-22 abgestürzt war.
Cullmann war mitten über dem Atlantik, als er, wie verabredet, bei Jafeson anrief.
»Hubschrauberabsturz um 14 Uhr 02 in Kalifornien, fünf Tote. Ich vermute, die Leiche des Deutschen sollte vom Hospital nach dort transportiert werden. Aber dann schien es den Herren wohl glaubhafter zu sein, einen Jet-Piloten bei einem Jet-Unglück sterben zu lassen, aus der einsitzigen F-22 wurde die zweisitzige F-15E. Außerdem war Antes in Arizona stationiert.«

Vor der nächsten Sitzung mit dem Kreis informierte Karst die Ausputzer Dollberger und Öhlenschläger über Cullmanns Eskapaden, wie er es formulierte. »Der abgehalfterte Typ turnt in den USA herum. Aber wir haben ihn im Auge. Besser gesagt, unsere amerikanischen Freunde haben ihn im Auge.« Von dem mißlungenen Anschlag auf Cullmann konnte Karst nichts berichten, denn das hatten die Amerikaner wohlweislich für sich behalten. Niederlagen gesteht man ungern ein. Und Nilson hatte ein schlechtes Gewissen: Profikiller wären allemal besser gewesen. Aber auch teurer. Und es hätte mehr Aufsehen gegeben.
»Wer ist Cullmann?« Dollberger sah die beiden fragend an.
Öhlenschläger gab nicht zu erkennen, daß er längst von allem wußte. In knappen Worten erklärte er Dollberger, mit welchen Absichten er versucht hatte, sich Cullmanns zu bedienen. Selbstverständlich schwieg er sich über die Fahrt auf einem Ausflugsschiff von Trier nach Bernkastel-Kues aus.
»Ist das der Mann, der in Koblenz den Kurier spielen sollte?«
»Ja.« Öhlenschläger war erstaunt. Wie konnte Dollberger davon erfahren haben? Hatte er seine eigenen Kanäle?
Obwohl die beiden Ausputzer zusammenarbeiteten, achtete jeder klammheimlich auf den eigenen Vorteil. Über Vorgänge unterrichtet zu sein, von denen der andere keine Ahnung hatte, konnte einen unschätzbaren Zeitvorsprung bedeuten.

»Ich habe Herrn Dollberger über Koblenz aufgeklärt«, mischte sich Karst ein.
Öhlenschlägers Augen wanderten zwischen den beiden hin und her. Was hier gespielt wurde, mißfiel ihm. Erst Scientology, dann die Psychiatergeschichte, schließlich die Abtreibungen, die Ehefrauen und Töchter von Prominenten im Ausland hatten vornehmen lassen. Und nun Koblenz. Er mußte auf der Hut sein. Schnell konnte sich eine neue Konstellation ergeben, die ihm nicht behagte. Daß Karst ihn noch wesentlich mehr ins Vertrauen gezogen, ihn praktisch in alles eingeweiht hatte, spielte in diesem Augenblick keine Rolle für ihn.

Nachdem man in der letzten Sitzung die Strategie für die Medien besprochen hatte, stand diesmal die Auswahl bestimmter Parlamentarier auf dem Programm. Die Opferlämmer, wie Henninghaus sie höhnisch bezeichnete, die den wohldurchdachten Plan, selbstverständlich ahnungslos, tragen sollten.
»Vielleicht hat die ganze Sache wenigstens den positiven Effekt, daß wir hier keine italienischen Verhältnisse bekommen. Erste Ansätze sind ja da.«
Dollberger fühlte sich, als niemand etwas dazu sagte, zu einer ausführlichen Erläuterung berufen. Italien zeige seit längerem auf erschreckende Weise, in welche Richtung eine Demokratie driften könne, wenn es nur noch Vetternwirtschaft und Kungelei, aber keine regulierenden Kräfte mehr gebe. Die etablierten Parteien seien zerstritten und zerfallen. Viel stärker als hierzulande, fügte er hinzu, als Henninghaus eine Bemerkung machen wollte. Die Sozialisten seien bloß noch eine Randerscheinung, nicht zuletzt wegen der Verstrickungen ihres Vorsitzenden mit der Mafia. Und die Folge: Der Ministerpräsident habe keine Unterstützung mehr, ganze Teile des Landes seien wegen unzähliger Korruptionsskandale und ihrer zögerlichen Aufarbeitung unregierbar geworden. Fazit: Das politische System Italiens liege in Trümmern. Die Christdemokraten hätten kaum noch zwanzig Prozent, die Sozialisten nicht viel mehr, und die Zersplitterung in immer neue Parteien, inzwischen seien es mehr als zwölf, führe zwangsläufig zur politischen Handlungsunfähigkeit. Und genau dieser Zustand sei auf die Wähler zurückzuführen, die ihren

Unmut nicht anders zum Ausdruck bringen könnten als dadurch, daß sie die Großen einfach nicht mehr wählten. Sie protestierten, indem sie ihre Stimme einer der neuen Gruppierungen gäben.
»Worauf wollen Sie hinaus?«
»Herr Karst, genau diese Entwicklung steht uns bevor, wenn es uns nicht gelingt, Ordnung zu schaffen.« Dollberger klopfte auf seine Unterlagen.
»Sie spielen auf die Republikaner an?«
»Und auf die vier Parteien, die erst in den letzten Monaten gegründet worden sind, darunter auch die eines ehemaligen Europaabgeordneten.«
Und als Karst den übergewichtigen Dollberger, der wie immer seinen Hosenknopf geöffnet hatte, zweifelnd ansah, fuhr dieser fort: »Ohne Prophet zu sein, kann ich Ihnen heute schon sagen, daß diese Randparteien, die zum erstenmal bundesweit antreten, einen wahnsinnigen Zulauf haben werden, wenn die Wählerseele im rechten Moment zum Kochen gebracht wird. Und dazu müßte nur ein Bruchteil von dem, was wir wissen, an die Öffentlichkeit dringen.«
»Und warum erzählen Sie mir das alles?«
»Um Ihnen den Ernst der Lage zu verdeutlichen, Herr Karst. Wir«, Dollberger meinte seine politischen Mitstreiter, »blicken, was das angeht, eher durch als Sie. Für uns ist die Tragweite der Gefahr wesentlich besser abzuschätzen als für einen Außenstehenden.«
Karst, dem die Zurechtweisung nicht paßte – vielleicht wollte sich der Dicke auch bloß aufspielen –, drängte auf Tempo.
Marie-Luise war die Aufgabe zugefallen, sich mit ihrer Parteispitze abzusprechen und ein bestimmtes Kontingent an Kandidaten anzubieten. Obwohl sie es nicht ausdrücklich betonte, wurde den Anwesenden deutlich, hier nutzte man eiskalt die Gelegenheit, Querulanten bequem aufs Abstellgleis zu schieben. Querulanten, Schmarotzer, Nichtstuer. Ewige Moserer und Besserwisser, die aus Mangel an Grips – nur so seien die dümmlichen Sprüche zu erklären, erläuterte Marie-Luise, als Wodaz nachfragte – permanent einfältiges Zeug von sich gaben. Aber mit einer Ausnahme handelte es sich ausschließlich um Leute der zweiten Garnitur.

»Wird es genügen, dieses Fallobst?« fragte Wodaz, der gern auch einige politische Größen der Gegenseite auf der Liste gesehen hätte.
»Es ist nun mal von meiner Partei so beschlossen worden, und dabei soll es auch bleiben.« Marie-Luise gab sich kämpferisch.
»Wenn wir unser Ziel wirklich erreichen wollen, müssen auch gewichtige Namen her«, versteifte sich Wodaz.
Dollberger, obwohl Wodaz' politischer Weggefährte, schlichtete. »Wir kommen ja später auch noch auf die Inhalte, und da können wir der Führungscrew einiges an Widersprüchlichkeiten in den Mund legen. Verschonen wir sie mit einer Bloßstellung! Wer weiß, wer ihre Nachfolge antreten wird.«
Damit gab sich Wodaz zufrieden. Vorerst. Zumindest hatte er versucht, einen kleinen Vorteil für die eigene Partei herauszuschinden, das war doch noch erlaubt.
»Wie wollen wir vorgehen?« Marie-Luise blickte in die Runde. Mit einem Finger rückte sie die Brille an die richtige Stelle. Ihr Gesicht glänzte, nicht nur vor Aufregung.
Karst kam – nach einem Seitenblick auf Dollberger, dem er immer noch grollte – eine gemeine Idee. Marie-Luise Famus stand schon lange auf seiner persönlichen Abschußliste. »Inzwischen dürfte doch bekannt geworden sein, daß sich der Kreis unverhältnismäßig oft trifft. So etwas kann man nicht auf Dauer verheimlichen.« Alle nickten. »Und dann noch, daß sich der Kreis mit den Herren Dollberger und Öhlenschläger trifft und mit meiner Wenigkeit. Je ein Experte der beiden großen und dazu konkurrierenden Parteien und ein Beamter des Verfassungsschutzes.«
Henninghaus dauerte die Einführung zu lange. »Kann man nicht geheimhalten, so was. Insiderinformationen streben immer nach draußen.«
Karst ließ sich nicht aus dem Konzept bringen. »Um schon im Vorfeld unserer Aktion und auch in deren Verlauf jedes Mißtrauen uns gegenüber auszuschließen und um zu verhindern, daß wir mit einer gewissen Entwicklung in Zusammenhang gebracht werden, müssen wir Vorkehrungen treffen.«
»Welche?« bellte Wodaz.
»Gewissermaßen ein Manöver der Tarnung.«
»Deutlicher bitte.« Wodaz war höchst beunruhigt.

»Es hilft alles nichts, aber auch gute Leute, wichtige Leute, müssen Opfer bringen.«
Wodaz fühlte sich bestätigt, das hörte er gern. Nach wenigen Sekunden schon ahnten alle, wer von ihnen dieses Opfer bringen sollte. Nur eine nicht.
»Opfer?« fragte Marie-Luise echogleich. »Was für ein Opfer?«
»Ein Opfer, das von uns und unserer Tätigkeit ablenken wird und das zugleich von politischer Glaubwürdigkeit zeugt. Ob das angenehm ist oder nicht, in solch einem ernsten Fall muß auch mal uneigennützig gehandelt werden.«
Allmählich ging Marie-Luise ein Licht auf. Du Schwein, du mieses, korruptes Schwein. Wer hat dich dafür bezahlt? Sie kochte. Und sie mußte all ihre Kraft zusammennehmen, um Karst, dem sie am liebsten den Hals umgedreht hätte, anzulächeln. Sie wollte Zeit gewinnen und ordnete ihre wildgemusterte Bluse. Dann lachte sie wenig überzeugend und sagte: »Andeutungen zu verstehen war noch nie meine Stärke. Könnten Sie sich wohl etwas deutlicher ausdrücken?«
Aufmunternde Blicke wanderten in Karsts Richtung, die Herren der Schöpfung waren sich einig. Und Wodaz verbarg schon mal seinen Mund hinter einer Hand, damit er ungeniert grinsen konnte.
»Wir legen heute fest, wer unsere Strategie nach außen hin abzustützen hat. Ich könnte mir vorstellen, Frau Famus, daß es enormen Eindruck auf Ihre Parteispitze machen würde, wenn auch Ihr Name auf dieser Liste stünde. Damit könnten Sie demonstrieren, daß Sie den Ernst der Lage richtig einschätzen.«
Marie-Luise lief rot an. Also doch. Aber bevor sie explodieren konnte, sprach Karst, den Triumph schon vor Augen, mit salbungsvoller Stimme weiter: »Wie könnten Sie Ihre Loyalität überzeugender unter Beweis stellen als dadurch, daß Sie sich sozusagen mit Ihrer ganzen Persönlichkeit den Interessen Ihrer Partei unterordnen? Würde Ihr Name auf der Liste nicht den Kreis, aber vor allem natürlich Sie, Frau Famus, über alle Zweifel erhaben und glaubwürdig erscheinen lassen? Und noch ein letztes Argument: Es geschähe zum Wohle Deutschlands!«
Eine halbe Stunde später schrieb Marie-Luise ihren Namen an die erste Stelle der Liste.

Cullmann war wieder zu Hause. Auf gewohnte Weise fertigte er Kopien von seinen Unterlagen an, von dem entscheidenden Foto ließ er Abzüge machen. Und dann telefonierte er mit Öhlenschläger.
Eine Taktik hatte Cullmann sich nicht überlegt. Das Ergebnis seiner Reisen nach Hamburg und in die USA war, in Verbindung mit dem Text, den der Unbekannte ihm geschickt hatte, aussagekräftig genug.
Sie verabredeten sich in Bous, einer kleinen Stadt an der Saar, in einem skandinavischen Möbel- und Einrichtungshaus. Cullmann kam die Wahl des Treffpunkts übertrieben vor, aber Öhlenschläger bestand darauf. Er habe seine Gründe.
Ein Möbelhaus ist ein idealer Ort, wenn es darum geht, sich zwischendurch mal hinsetzen und entspannen zu können. Als Öhlenschläger das neueste Dossier des Unbekannten las, hatte er das Gefühl, ihm knickten die Beine ein. Vom Tod eines Angehörigen der deutschen Luftwaffe vor drei Jahren in Arizona wußte er längst. Mit Nilson hatte er ausführlich darüber gesprochen. Und der hatte ihm versichert, es gebe nichts von Bedeutung, Cullmann vergeude mit seiner Reise nur Zeit. Das hatte ihn sehr beruhigt. Und nun das. Öhlenschläger ließ sich auf das nächstbeste Sofa fallen und bemühte sich, in das weiche Lederpolster gelehnt, um Haltung. Sein Blick klebte förmlich an den Buchstaben. Und an dem Foto.
»In Hamburg haben Sie mit den Eltern gesprochen?« Beinahe tonlos brachte er die Frage heraus, vergaß aber nicht, den Unwissenden zu spielen.
»Sagte ich bereits.«
»Und in den USA hat sich die Vermutung des Informanten bestätigt?«
»Voll und ganz. Wenn Sie mich fragen, Herr Öhlenschläger, dann war das nicht der erste Fall einer Leichenschieberei. Können Sie herausfinden, wie viele hochqualifizierte Bundeswehrangehörige angeblich während des Dienstes oder im Manöver umgekommen sind?« Öhlenschläger reagierte nicht. Er hatte kaum zugehört. »Haben Sie mich nicht verstanden?«
»Wie bitte? Ach so, ja, das kann ich.«
»Und dann mit anderen Ereignissen in Verbindung bringen, bei

denen diese Experten eine wichtige militärische Rolle hätten spielen können.«
Öhlenschläger sah Cullmann fragend an. »Wie bitte?«
»Ganz einfach. Es gab in den letzten Jahren einige tote deutsche Soldaten. Sind sie wirklich bei Manövern ums Leben gekommen, wie offiziell behauptet, oder vielleicht im ehemaligen Jugoslawien, in Kuwait, Angola, Rußland oder sonstwo?«
Öhlenschläger hatte auch jetzt nicht richtig zugehört. Aber das brauchte er auch nicht, denn Karst, sein Schatten vom Verfassungsschutz, bediente sich auch heute wieder der Technik, mit deren Hilfe man schon Nilson auf dem Schiff abgehört hatte, Nilson, den Kontaktmann zur amerikanischen Regierung. Cullmanns Blicken blieb Karst allerdings verborgen. Genauso wie ein Kollege von ihm, den er auf Cullmann angesetzt hatte und der diesem nicht nur nach Hamburg, sondern sogar bis in die Staaten gefolgt war.
»Es soll ein Verteidigungsexperte meiner Partei gewesen sein. Da gibt es nur einen«, murmelte Öhlenschläger. Und dann fragte er mit etwas lauterer Stimme: »Darf ich bitte noch mal die beiden Fotos sehen?«
Er vertiefte sich in die Abbildungen und saugte jedes Detail in sich auf. »Dies ist der Freezer aus Phoenix?«
»Ja.«
Öhlenschläger betrachtete das andere Bild. Gar zu gern wäre er wie bei einer Computersimulation in dieses Foto eingetreten, um an Ort und Stelle zu überprüfen, ob es sich tatsächlich um den Grenzraum zwischen Kuwait und Irak handelte. Dann wäre er zum Cockpit gegangen, hätte es aufgestemmt, das Gesicht des Piloten angeschaut und mit dem von Kurt Antes verglichen.
»Wenn das ruchbar wird . . .« Öhlenschläger konnte seinen Blick nicht von den Fotos lösen. Der Schrecken, den diese Vorstellung ihm einjagte, stand ihm ins Gesicht geschrieben. Was hatte es schon für einen Aufruhr gegeben, als sich vor Monaten herausstellte, daß deutsche Bundeswehrangehörige während des Golfkriegs und im ehemaligen Jugoslawien ihren Dienst in AWACS-Flugzeugen verrichtet hatten? Weit außerhalb des Kriegsgeschehens und ohne mit Waffen zu hantieren. Aber diese AWACS, konstruiert auf der Basis der guten alten Boeing 707,

konnten auch als Feuerleitstellen eingesetzt werden. War das der Fall, dann befanden sie sich unzweifelhaft im Kriegseinsatz.
Cullmann war inzwischen in das zur Verkaufsfläche hin offene Restaurant gegangen und hatte Kaffee bestellt. Dazu ein Stück Kuchen. Öhlenschläger trat neben ihn und schien um Zentimeter geschrumpft. Er verlangte einen Schnaps, aber den gab es nicht. Also entschied er sich auch für Kaffee.
»Und Sie meinen, es gab noch mehr solcher Vorfälle?«
Also hat er doch einiges mitbekommen, dachte Cullmann. »Nur eine Vermutung. Zweifellos wäre das eine elegante Lösung, das Grundgesetz zu unterwandern und den Partnern in der Nato zu zeigen: Offiziell dürfen wir das zwar nicht, aber wir lassen euch auch nicht im Regen stehen. Könnte das der Grund sein, warum die Amerikaner sich nur verhalten über die deutsche Zurückhaltung im Golfkrieg beklagt haben?« Öhlenschläger ging nicht auf die Frage ein und leerte seine Tasse auf einen Zug. »Darf ich die Unterlagen behalten?«
»Selbstverständlich.«
»Was bin ich Ihnen schuldig?«
»Nennen Sie eine Summe!«
»Unkosten plus Zwanzig?«
»Einverstanden. Ich akzeptiere einen Scheck.«
Öhlenschläger füllte den Scheck aus, sah aber noch mal auf: »Was mich noch interessiert, Herr Cullmann, warum kommen Sie mit den Nachrichten zu mir? Warum gehen Sie nicht zu einem Fernsehsender oder zu unserem politischen Gegner?«
Cullmann hatte auf die Frage gewartet. »Einmal, weil ich schon für Sie gearbeitet habe. Und zum anderen ist das auch meine Partei, die hier beschuldigt wird. Nicht, daß ich sie decken will. Aber mir gibt zu denken, daß nur über sie hochexplosive Geschichten in Umlauf gebracht werden und nicht über die Christdemokraten.«
Öhlenschläger händigte Cullmann den Scheck aus. »Es könnte sein, daß ich Sie in den nächsten Tagen aufsuche. Darf ich weiterhin mit Ihrer Hilfe rechnen?«
»Selbstverständlich.«

Als Cullmann eine halbe Stunde später wieder nach Saarbrücken

kam, wartete ein Mann auf ihn. Ahnungsvoll nickend, trat er auf ihn zu.
»Voll ins Schwarze getroffen, Bodo. Der Kerl war nicht allein, sein Schatten hat dich dauernd beobachtet. Aber um etwas verstehen zu können, saß er zu weit weg. Ich nehme an, Öhlenschläger war verwanzt. Hier ein Bild von dem Schatten. Leider nur mit der Sofortbildkamera gemacht. Aber morgen gibt es bessere.«
Cullmann warf einen Blick auf das Foto. »Schon was über den seltsamen Anschluß erfahren?« Er spielte auf die Telefonnummer aus dem Köln-Düsseldorfer Raum an, die er in Konstanz im Hotel Seeblick von dem jungen Mädchen erhalten hatte.
Der Angesprochene schüttelte den Kopf. »Fehlanzeige, trotz meiner Beziehungen. Es gibt Dinge, die gibt es überhaupt nicht.«
»Geheimnummer?«
»Noch viel geheimer. Nicht einmal die Telekom weiß etwas davon.«
Cullmann bedankte sich bei Molle Fahrian, einem Bekannten, der eine schlechtgehende Agentur für private Ermittlungen betrieb. Zweitausend Mark waren ihm Fahrians Hilfe und Auskünfte wert.

Cullmann saß in seinem Theater in der ersten Reihe und schaute hinauf zur Bühne. Ich spiele auch in einem Stück mit und kenne meine Rolle nicht. Kenne weder den Regisseur noch das Ende. Nein, ich spiele nicht mit, korrigierte er sich, sondern man spielt mit mir. Warum kommt Öhlenschläger mit einem Schatten? Hat er das schon öfter getan? Und wer ist dieser Schatten?
Cullmann betrachtete das Foto. Es zeigte einen vielleicht dreißigjährigen Mann, dessen Gesicht nur so von Durchsetzungskraft strotzte. Kurze Haare, ein modischer stacheliger Schnitt. Und gut sah der Kerl aus, verdammt gut sogar. Ein richtiger Frauentyp, soweit Cullmann das beurteilen konnte.
Er brauchte nicht lange, um sich zusammenzureimen, daß dies der Mitarbeiter des Verfassungsschutzes sein mußte, von dem Schober gesprochen hatte. Karst hieß er. Öhlenschläger war vor geraumer Zeit mit ihm bei der Saarbrücker Polizei aufgetaucht. Und Cullmanns Phantasie mußte nicht auf Hochtouren laufen, um zu erfassen, daß in solch gewichtigen Angelegenheiten, die

die innere Sicherheit bedrohen konnten, der Verfassungsschutz automatisch mit von der Partie war. Und wenn eine Bundesbehörde im Spiel ist, dann hat sie garantiert die besseren Karten. Also bin ich der Verlierer, denn ich stehe auf der anderen Seite. Warum sonst läßt mich Öhlenschläger beobachten?
Cullmann nahm es dem Mann nicht einmal übel, daß er sich abgesichert hatte. Er selbst wäre in dessen Lage genauso vorgegangen. Öhlenschläger mußte alles vermeiden, was der Partei schaden konnte. Cullmann stieg auf die Bühne und leuchtete eine Ecke aus, in der ein schwarzes Tuch hing. Dann setzte er sich wieder auf seinen Platz.
Die Lampe kann noch so stark sein, was hinter dem Tuch geschieht, wird nicht entblößt. Gerard . . . George, erinnerst du dich noch an den Trick mit der Verwechslung? Einfach ein Stück dichtgewebten schwarzen Stoff vor die rückwärtige Kulisse gespannt, aus einem bestimmten Winkel Licht darauf fallen lassen, und schon warst du mitten im Gehen verschwunden, und ein anderer trat hervor, der dich als alten Mann spielte. Binnen Sekunden um fünfzig Jahre altern, auf der Bühne. War doch ein guter Trick, oder?
Abermals starrte Cullmann auf das Foto. Welchen Trick hast du mit mir vor? Vielleicht sogar mit Öhlenschläger? Versuch nicht, mir einzureden, du handeltest im Interesse der Bundesrepublik. Sicher bekommst du deine Befehle, aber du legst sie so aus, wie es dir paßt, und gehst deine eigenen Wege. Ist Öhlenschläger nur eine Marionette in deiner Hand? Gibt es außer ihm noch andere? Kennst du die Hintergründe dieser Dossiers, die soviel Verwirrung stiften? Kennst du vielleicht sogar den Verfasser?
Cullmann sprang auf und lief zwischen den Sitzreihen umher. Er kennt den Verfasser und unternimmt nichts, dachte er immer wieder. Wenn ihn einer kennt, dann bist du es. Und du läßt den Kerl gewähren. Paßt dir das in den Kram? Kommt es dir gelegen, wenn in Bonn ein gewisses Maß an Angst um sich greift?
Immer deutlicher wurde Cullmann bewußt, daß man ihn schon länger unter Beobachtung hatte. Spätestens seit Koblenz bin ich beschattet worden, sagte er sich. Spätestens seit Koblenz bin ich interessant geworden für die Gegenseite. Und dann fragte er sich: Wer ist die Gegenseite? Kroninger? Kroninger und der Verfas-

sungsschutz? Oder allein ein frustrierter Politiker, der sich an die Macht klammert?
Cullmann verließ das Theater und baute sich vor dem Wohnzimmertisch auf, der seltsam aufgeräumt wirkte. Und viel größer als sonst, denn es war nicht mehr die ausgehängte Tür, sondern ein anderer, ein Stück aus der Requisitenkammer. Auf der glänzenden Holzplatte lagen fein säuberlich seine Unterlagen, die er in der Reihenfolge ihres Eintreffens geordnet hatte: ›Jagdsaison‹, dem sterbenden Löbe abgenommen; von Valeri die Polizeiberichte über den Tod Löbes und seiner Frau; die eigenen Ermittlungen in Belgien; Schobers Dossiers über den Handel mit NVA-Waffen und die Rückseite der Rede des Karnevalsjecken Wipper, die Genehmigung einer Abtreibungspille betreffend; und zuletzt ›Ikarus‹.
Wie sehr Cullmann sich auch anstrengte und versuchte zu kombinieren, er konnte kein System ausmachen, keinen Zusammenhang zwischen gewissen Vorfällen und den Dossiers feststellen. Jedes Kapitel für sich war bedeutungsvoll, aber im Verbund ergaben sie keine klare Linie. Also gibt es wahrscheinlich noch viele andere Kapitel, die die Lücken füllen müssen, ansonsten macht ein Buch keinen Sinn. Öhlenschläger wird einige erhalten haben, vielleicht auch die Regierung. Nein, die weniger, dachte er gleich darauf, davon hätte er in der Zeitung gelesen. Derart belastendes Material gegen die Opposition würde man sich im Augenblick, da die Chancen für die nächste Wahl ausgesprochen ungünstig standen, nie entgehen lassen. Man würde politisches Kapital daraus schlagen, eine schlichte Umschreibung dafür, daß man dem Gegner eins auf die Nase gab, ihn mit allen Mitteln diskreditierte. Also hat der Unbekannte nur die Opposition damit gefüttert, folgerte Cullmann. Und er will etwas Bestimmtes erreichen, alles andere ergäbe keinen Sinn. Aber was? Will er sie einschüchtern? Sie erpressen? Geht es wirklich um die Wahl? Cullmann kam nicht weiter mit seinen Überlegungen. Er nahm das spärlich beschriebene Blatt, das man bei seinem Bruder gefunden hatte, und setzte sich neben eine Lampe.
Gerard, du Traumtänzer, was hattest du mit der Angelegenheit zu tun? Gab es wieder mal eine schnelle Mark zu verdienen? Warum hat sich Karst so sehr für dich interessiert, wie Schober

zumindest behauptet? Gibt es etwas in deiner Vergangenheit, das sich bis in die Gegenwart auswirkt?
»Du hattest einen Traum«, murmelte Cullmann mit geschlossenen Augen. »Und du hattest einen Körper. Was hast du jetzt noch? Wer hat deinen Traum zerstört? Etwa ich? Oder soll ich dir den Traum zurückgeben?«

Falls es noch eines Beweises bedurft hatte, Öhlenschläger legte ihn dem Kreis vor. Und welcher Zündstoff die Behauptung, zumindest ein Angehöriger der deutschen Luftwaffe sei im aktiven Einsatz während des Golfkrieges gefallen, war, brauchte nicht verdeutlicht zu werden. Alle von höchster Stelle geäußerten Bedenken gegen einen Einsatz deutscher Soldaten außerhalb des Natogebiets würden Makulatur, die Opposition geriete in den Ruf eines notorischen Falschspielers. Ihr Verteidigungsexperte fiel der eigenen Partei in den Rücken und machte sie unglaubwürdig.
Zögernd gab dieser Experte gegenüber dem Kreis zu, er habe einmal an einer Sitzung in den Vereinigten Staaten teilgenommen, bei der auch dies, gemeint der Piloteneinsatz in Krisengebieten, zur Sprache gekommen sei. Und er habe seine Auffassung, nichts gehe über eine praxisnahe Ausbildung, dort auch vertreten. Immerhin sei er aktiver Pilot und wisse, wovon er rede. Und als man die Möglichkeit in Erwägung gezogen habe, in Zukunft auch deutschen Piloten diese Chance einzuräumen, natürlich völlig gefahrlos und nur in den hinteren Reihen, wie zum Beispiel bei den Besatzungen der AWACS, da habe er guten Gewissens zugestimmt. Nie hätte er gedacht, daß sich daraus eine solche Situation ergeben könnte. Und schon wenige Monate später sei im Golfkrieg die praktische Umsetzung erfolgt; er sei geschockt gewesen, so der Experte. Aber für ihn habe es keine Chance mehr gegeben, sein Votum zu revidieren, er müsse nun dazu stehen. Daß es zu dieser Vertuschungsaktion gekommen sei, tue ihm wahnsinnig leid, aber die Amerikaner hätten schon alles in die Wege geleitet, bevor er überhaupt unterrichtet worden sei. Die Fotos und den Bericht habe er erst sechs Monate später erhalten.

Und außerdem: Über all seine Schritte während der USA-Reise habe er in Bonn Bericht erstattet, im Verteidigungsministerium. Er habe seine Kompetenzen keinesfalls überschritten, für alles habe man ihm grünes Licht gegeben. Die Entscheidungsbefugnis habe nicht bei ihm gelegen, schließlich gehöre er nicht der Regierung an. Und wenn sich die Amerikaner nun auf ihn beriefen, dann machten sie es sich besonders leicht.
Leider gab es für diese Schutzbehauptungen, wie Karst die Ausführungen des Experten bezeichnete, keinerlei Anhaltspunkte. Das Verteidigungsministerium stritt alles ab und legte statt dessen die Kopie eines Tonbandes aus den Vereinigten Staaten vor. Eindeutig war die Stimme des Experten zu erkennen, eindeutig dessen Votum für den geheimen Einsatz von ausgewählten deutschen Piloten im Golfkrieg. Und so kam der Verteidigungsexperte der Sozialdemokraten, ein Abgeordneter aus dem Westerwald ohne starke Lobby, auch noch auf die Liste. Marie-Luise war spätestens jetzt von der Notwendigkeit ihres Opfers überzeugt. Als hätte sie alles Leid der Welt zu tragen, gab sie sich bei jeder Gelegenheit bedrückt und duldsam. Ein gewisser Glorienschein umgab sie, eine unantastbare Würde, wie manche für den Friedensnobelpreis nominierte Kandidaten sie ausstrahlten. Entrückt schwebte Marie-Luise auf einer anderen Ebene, und Bestätigung fand sie bei ihrer Parteiführung, die ihr wahre menschliche Größe bescheinigte, einen im harten politischen Geschäft selten anzutreffenden Zug. Die Mitglieder des Kreises stimmten mit ein in diesen Lobgesang, sie seien wirklich stolz auf sie. Mit gravitätisch geneigtem Kopf nahm sie die Komplimente entgegen.
Inzwischen war der Kreis schon einen Schritt weiter. Gewisse vorlaute Hinterbänkler der Opposition hatte man geschickt mit sogenannten Insiderinformationen gefüttert. Wie es sich gehörte, selbstverständlich nur unter dem Siegel der absoluten Verschwiegenheit. Bereits einen Tag später hatte man die Insiderinformationen in den unterschiedlichsten Tageszeitungen nachlesen können. Und da das Füttern mit System geschah, war leicht zu eruieren, wer wann was preisgegeben hatte. Da nützte den Enttarnten auch der Hinweis nichts, in der Zeitung stehe ja lediglich: Wie wir aus unserer gut unterrichteten Bonner Quelle wissen . . .

Sofort wurden die Meldungen dementiert, und zwar von der eigenen Parteispitze, nicht vom politischen Gegner, der attackiert worden war. Auf diese Art doppelt entblößt, zogen sich einige schmollend zurück, andere wiederum ballten eine Faust in der Tasche und warteten auf die nächste Gelegenheit, sie jemandem aufs Auge zu drücken. Einen solchen Kandidaten hatte Wodaz sich herausgepickt und ihn um ein vertrauliches Gespräch unter vier Augen gebeten. Der Angesprochene war einverstanden, er fühlte sich in die Enge getrieben, und ihm war jedes Mittel recht. Wodaz übergab dem Verprellten einige deutliche Hinweise auf ein Mitglied seiner Parteispitze; das hohe Tier habe sich ausgesprochen abfällig über ihn, den Hinterbänkler, geäußert, ihn als infamen Lügner beschimpft und zu allem Überfluß noch hinzugefügt: »Wenn er schon nur Stroh im Kopf hat, dann sollte er den seltenen Zustand bitte für sich behalten. Aber sogar dazu ist er offenbar zu blöde.«

Der Hinterbänkler war zuerst skeptisch, einen zweiten Reinfall konnte er sich nicht leisten. Als er jedoch klammheimlich die Frau aufsuchte, die die Freundin des Verhaßten sein sollte, und sie nach anfänglichem Zögern alles bestätigte, hatte er nichts Eiligeres zu tun, als sich erneut an die Zeitung zu wenden, um auf dem Umweg über die Öffentlichkeit Absolution zu erlangen. Und Genugtuung.

Dem Mann aus dem Parteivorstand der Sozialdemokraten platzte angesichts der Beschuldigung, er führe ein sexuell ausschweifendes Leben und halte sich eine Geliebte, der Kragen, und er stellte Strafantrag wegen Verleumdung und Beleidigung. Und das gegen einen Parteifreund. So etwas machte selbstverständlich schnell die Runde in den Gazetten.

Wie nicht anders zu erwarten, schlug die Geschichte – vom Kreis aufmerksam registrierte – Wellen, und ein Gericht kam im Schnellverfahren zu folgendem Urteil gegen den Hinterbänkler: Unter Androhung einer Geldbuße von 500 000 Mark wurde ihm untersagt, die falschen Behauptungen zu wiederholen. Der Hinterbänkler bot seine Zeugin auf, aber die stritt alles ab. Mehr noch, sie bezichtigte ihn, ihr Geld versprochen zu haben, damit sie vor Gericht seine Behauptungen bestätige. So einfach wurde ein Hinterbänkler politisch mundtot gemacht und abgeschossen.

Für prominentere Zeitgenossen hatte man sich etwas Besonderes einfallen lassen, eine Variante, die schon vor geraumer Zeit die kleinste der Regierungsparteien in der Briefbogenaffäre ihres Wirtschaftsministers erfolgreich vorexerziert hatte.
Witold Ukera, der Vorsitzende des Steuerausschusses, in seinem Fach unschlagbar, menschlich und charakterlich nach Meinung der Sozialdemokraten ein perfides Schwein, sollte auch verschwinden. Flugs tauchte ein Hinweis auf, demzufolge dieser Experte die Kanzlei eines ihm befreundeten Steuerberaters vorab über kurzfristige einschneidende fiskalische Änderungen bezüglich der an Börsen gemachten Spekulationsgewinne informiert hatte. Ukera bestritt vehement, jemals Insiderinformationen weitergegeben zu haben. Als Fälschung bezeichnete er gar ein per Fax eingegangenes Schreiben. Der Fall wäre im Sande verlaufen, hätte nicht auch ein Unternehmer der Textilbranche ähnliches behauptet: Ukera habe ihm – als Äquivalent für eine hohe Spende an die Partei – einen Tip gegeben, woraufhin er, ganz legal, sein Vermögen in ein anders europäisches Land transferiert habe.
Ukera, der allmählich ins Schwitzen geriet, dementierte auch diesen Vorfall und versprach, Beweise zu liefern. Das gelang ihm innerhalb der zwei Tage, die man ihm eingeräumt hatte, nicht. Dagegen präsentierte eine Illustrierte der Öffentlichkeit eine Kopie des Spendenbelegs, den Ukera dem Textilunternehmer ausgestellt hatte. Und so ging es eine Woche lang. Immer neue Wirtschaftsleute meldeten sich zu Wort und behaupteten, von Ukera bedient worden zu sein. Ein windiger Anlageberater – es war nicht zu übersehen, daß er vor allem mal ins Fernsehen wollte – demonstrierte sogar vor laufender Kamera, wie er auf Ukeras Hinweis reagiert hatte: raus aus Aktien und Terminkontrakten, rein in Immobilien, und alles innerhalb von vier Wochen, kurz bevor die Neuregelung in Kraft trat. Transaktionen, die er ohne den wahrlich geldbringenden Tip niemals getätigt hätte. Heilfroh sei er, denn seinen Gewinn mit dem Staat teilen, wo er das volle Risiko zu tragen habe, das käme für ihn nicht in Frage.
Ukera, den Tränen nahe, gab schließlich vor laufender Kamera zu, möglicherweise unbeabsichtigt im Freundeskreis eine Bemerkung fallengelassen zu haben. Er bedaure das zutiefst und werde

selbstverständlich die Konsequenzen tragen. Mit sofortiger Wirkung trete er von all seinen politischen Ämtern zurück.
Mit bewegter Miene klopften ihm die Kollegen – dieselben, die ihn ans Messer geliefert hatten – auf die Schulter. Er habe sich in den vielen Jahren seiner unermüdlichen Arbeit, die sie alle schätzten, außerordentlich verdient gemacht. Man wisse um sein ungewöhnliches Engagement und könne deshalb ermessen, wie schwer ihm dieser Entschluß gefallen sei. Aber er habe Rückgrat gezeigt, und darauf könne er stolz sein.
Ein weiterer unbequemer Politiker mußte seinen Hut nehmen, der Streit innerhalb der sozialdemokratischen Partei hatte für Aufsehen gesorgt, das Buhlen um die Wählergunst konnte beginnen.

Karst zog Öhlenschläger auf die Seite. »Klaus, auf ein Wort.«
Öhlenschläger, der den einzelnen Phasen der Entwicklung kaum noch folgen konnte, das ging ihm alles zu schnell, schloß sich Karst an, der auf eine Sitzecke zusteuerte.
»Klaus, ich glaube, ich kann einen dicken Brocken an Land ziehen. Und wenn wir den haben, dann wissen wir auch, wer hinter den Dossiers steckt.«
»Tatsächlich?« Nichts lag Öhlenschläger mehr am Herzen, als den perfiden Schreiberling auszuschalten, den Dompteur endlich zu bändigen. Und wenn er persönlich etwas dazu beitragen konnte, würde das seinen Wert enorm steigern. Im kommenden Jahr wurde die Stelle des Parteisprechers frei, genau das richtige für ihn. Endlich raus aus dem Sumpf, weg von den Underdogs, den schrägen Gestalten, derer er sich von Zeit zu Zeit bedienen mußte.
Karst nickte. »Er hat sich telefonisch an mich gewandt, ich habe seine Stimme. Da ich aber das Gespräch ohne Genehmigung mitgeschnitten habe, kann ich das Band vor Gericht nicht verwerten.«
Öhlenschläger sah Karst überrascht an. »Er ... er hat dich ... dich angerufen?«
»Ja.«
Und nach einigen Sekunden, die er brauchte, um sich zu sammeln, fragte Öhlenschläger: »Vor Gericht nicht verwerten. Seit

wann stößt sich denn der Verfassungsschutz an so etwas? Biegt ihr euch die Beweise nicht immer irgendwie zurecht?«
»Ich muß mich absichern, weil er ein verdammt hohes Tier ist. So hoch, daß er kaum noch gebissen wird.«
»Ein Minister?«
»Von dem Kaliber etwa.«
»Stimme schon eindeutig zugeordnet?«
Karst rückte nicht sogleich mit der Sprache heraus. »Noch nicht vollständig«, gab er schließlich zu. »Wird sich ein Taschentuch vor den Mund gehalten haben.«
»Also wieder bloß warme Luft«, entgegnete Öhlenschläger gereizter, als er eigentlich wollte.
»Nein, diesmal nicht.«
Etwas in Karsts selbstsicherer Art verunsicherte Öhlenschläger.
»Los, Hannes, spuck es aus.«
»Er will ein Treffen in Frankreich.«
»Kommt er persönlich?«
»Das hat er zu mir gesagt.«
»Hält er Wort?«
Karst war sich sicher. »Er weiß genau, wer alles im Kreis sitzt, und er ist mit dem Ergebnis sehr zufrieden. Ich soll dir ein Lob aussprechen.«
»Er kennt mich?«
»Hat er zumindest behauptet.«
Ohne es zu wollen, fühlte sich Öhlenschläger geschmeichelt. »In Frankreich also. Und wo genau?«
»Ich nehme an, in der Nähe von Metz. Er sagte etwas von einer Stadt an der Mosel. Aber bevor du auf falsche Fährte gehst: Er will sich nicht mit mir, sondern mit Cullmann treffen.«
Öhlenschläger verschlug es die Sprache. »Mit . . . mit Cull . . . Cullman?« stotterte er. Seine Welt geriet ins Wanken.
»Genau. Es scheint ihm imponiert zu haben, was der Schnüffler in den Staaten herausgefunden hat.«
»Das ist ja ein Ding. Aber sag mal, Hannes, warum will er sich Cullmann zu erkennen geben?«
Karst konnte nur Vermutungen anstellen. »Er geht davon aus, daß Cullmann verläßlich ist. Zumindest hofft er es. Außerdem hat er um ein absolut vertrauliches Treffen gebeten, und das habe

ich ihm zugesichert. Keine Einmischung, nichts. Cullmann erfährt nur etappenweise, wohin die Reise geht. An der Grenze zu Frankreich, in Sierck, erhält er den ersten Hinweis. Der Unbekannte will sichergehen.«

»Du hast meine Frage noch nicht beantwortet.«

Karst überlegte eine Weile und äußerte schließlich die Vermutung, der Unbekannte wolle eigentlich an ihn, Karst, herankommen. Wahrscheinlich gehe er davon aus, daß er, Karst, Cullmann nicht aus den Augen lassen werde. Warum sonst der Anruf bei ihm?

»Ist das nicht zu sehr um die Ecke gedacht?«

»Klaus, es kann nur so ablaufen. Er wendet sich scheinbar nicht direkt an mich, sondern an Cullmann. Alles andere wäre zu offensichtlich.«

»Warum?«

»Die Angelegenheit ist heikel, ich bin euer Verbindungsmann, der zu allem Zugang hat. Nur ich kann ihm helfen, nicht Cullmann. Ich könnte für ihn von unschätzbarem Wert sein. Aber sich offen mit mir zeigen, das kann er nicht riskieren, allenfalls irgendwo in Frankreich. Ich nehme an, der Unbekannte legt zwei Fährten, eine für Cullmann und eine für mich. Wir werden beide auf die Reise gehen, und noch ist ungewiß, wer ihn treffen wird. Ich habe mich am selben Tag und zur selben Stunde wie Cullmann bereit zu halten, aber zweihundert Kilometer entfernt, in Straßburg.«

Öhlenschläger verstand immer weniger. Trug er eine Melone auf seinem Hals spazieren? Wo war seine sprichwörtliche Kombinationsgabe geblieben? Warum kapierte er das alles nicht?

»Und was will er mit dir? Du bist doch eine große Gefahr für ihn.«

»Es gibt nur eine Erklärung, Klaus: Er will mich kaufen. Deshalb auch das Versteckspiel mit Cullmann. Eine sogenannte Blindfährte.«

»Und warum will er dich . . .« Öhlenschläger blickte nicht durch. Schön langsam, in kleinen Schritten denken, befahl er sich selbst, damit ich es verstehe.

»Hat er mich auf seiner Seite, ist es für andere wie zum Beispiel das BKA praktisch unmöglich, seine Identität aufzudecken. Das zu verhindern wäre mein Job.«

»Mensch, Hannes, mach bloß keinen Scheiß.«
»Meinst du, ich hätte dir was erzählt, wenn ich vorhätte, darauf einzusteigen?« zischte Karst.
»Nein, hättest du wohl nicht«, gab Öhlenschläger nach einer Weile zu.
Karst senkte die Stimme und flüsterte: »Du bist meine Rückversicherung, falls etwas schiefgeht. Ich brauche einen Zeugen.«
Öhlenschläger überlegte. Und plötzlich erschien ihm das Ansinnen des Unbekannten, sich über Karst oder auch über ein anderes Mitglied des Kreises abzusichern, vollkommen logisch. Er selbst hätte wahrscheinlich nicht anders gehandelt. Und Cullmann als Figur zu benutzen, die man nach Belieben dirigieren konnte, das war wirklich keine schlechte Idee. »Und du wirst dem Treffen zustimmen?«
»Selbstverständlich. Meinst du, ich lasse mir die Chance entgehen?«
»Er kommt bestimmt nicht ohne Begleitung. Wenn er tatsächlich ein so hohes Tier ist, bringt er zumindest Fahrer und Bodyguard mit.«
Karst schüttelte den Kopf. »In Deutschland, ja. Aber in Frankreich?«
»Gehst du allein?«
»Muß ich. Aber ich werde Vorkehrungen treffen, das kannst du mir glauben.«
»Und wenn du ihm gegenüberstehst, eine zweite Tonbandaufzeichnung seiner Stimme hast und noch etwas mehr, vielleicht ein paar Fotos, dann ist er geliefert, nicht?«
»Ja, dann ist er geliefert.«
»Jetzt müssen wir nur noch Cullmann überreden, mitzuspielen«, sinnierte Öhlenschläger. »Aber da sehe ich eigentlich keine Probleme. Ich gehe einfach mit meinem Angebot etwas hoch.«

Er hatte ein wunderschönes Wochenende in Paris hinter sich. Verspätet war er Valeris Einladung in die französische Metropole gefolgt. Gewohnt hatten sie in einem Hotel nahe des Centre Pompidou. Und Valeri kannte all die kleinen Insiderlo-

kale und noch einiges mehr. Sie sei oft in Paris, verriet sie ihm, keine andere Stadt habe ein vergleichbares Flair. Und als sie sich am letzten Abend zum Ausgehen fertig machten, konnten sie sogar im französischen Fernsehen in einer kleinen Reportage aus Bonn den internen Streit der Sozialdemokraten verfolgen. Sie hatten einander nur ahnungsvoll angesehen.
Cullmann war auf dem Rückweg von Luxemburg nach Saarbrücken. Paris war für sein träges, unbequemes Vehikel zu weit, Valeris Sportcoupé hatte sich zweifellos als das komfortablere und standesgemäßere Fahrzeug erwiesen.

Öhlenschläger, der sich per Telefon angekündigt und diesmal auf einen diskreten Treffpunkt verzichtet hatte, bemühte sich redlich, Cullmann für seinen Plan zu gewinnen. Er zog alle Register, weil er nicht ahnte, daß Cullmann schon gierig auf einen neuen Einsatz wartete. Und Cullmann zierte sich, um seine Bereitwilligkeit nicht allzu offensichtlich zu zeigen, er erfand alle möglichen Ausreden und schraubte damit, ohne es eigentlich angestrebt zu haben, den Preis von Fünfzigtausend hoch auf Fünfundsiebzig. Und trotzdem zeigte sich Öhlenschläger erleichtert, als Cullmann endlich zustimmte.
»Diesmal erhalten Sie das entscheidende Kapitel, mit dessen Hilfe wir den Unbekannten enttarnen können.«
Cullmann fragte nicht, was Öhlenschläger zu dieser Behauptung veranlaßte. Er fragte auch nicht – und darüber wunderte sich der Ausputzer –, ob der Unbekannte an ihn, Öhlenschläger, herangetreten sei oder an einen anderen. Will der Schnüffler denn nicht wissen, auf welchem Wege die geheimnisvolle Verabredung zustande gekommen ist, warum der Unbekannte ausgerechnet ihn treffen will, fragte sich Öhlenschläger. Etwas irritiert, wünschte er Cullmann alles Gute und erklärte, die Partei verlasse sich auf ihn. Wenn er den Auftrag erfüllt habe, gebe es die zweite Rate. Ebenfalls in bar.
Die Isolierung von Cullmanns Warmhaltekanne war wieder um etliche Lagen dicker geworden. Und je öfter er die Kanne in der Hand hielt, desto mehr war er davon überzeugt, zumindest in finanzieller Hinsicht endlich seine Chance erhalten zu haben.

Zwei Tage später, an einem Mittwoch, ging bei ihm die Nachricht ein, er solle sich exakt um 14 Uhr am Grenzübergang Apach bereit halten. Bevor er nach Frankreich fahre, habe er auf dem Parkplatz zur Rechten an einem Renault den Zettel zu studieren, der unter einem Scheibenwischer klemme.
Cullmann lag gut in der Zeit, erledigte noch einige notwendige Telefonate und machte sich auf den Weg.
Der Renault stand an der verabredeten Stelle, und der Zettel gab kund, er solle weiter bis Sierck-les-Bains fahren und im Café Municipal einkehren, direkt im Zentrum.
So ging es einige Stunden weiter. Hier eine Nachricht, dort ein Telefonat, dann wieder etwas auf die Scheibe eines leerstehenden Geschäfts gekritzelt. Die letzte Information erhielt Cullmann, der allmählich sauer wurde und nicht mehr an ein Zustandekommen des Treffens glaubte, als er in den Bus stieg. Auf dem Beifahrersitz lag eine Karte des Hotels, das er aufsuchen sollte. Etwas außerhalb des kleinen Ortes Laix, nahe der luxemburgischen Grenze.
Cullmann hatte vier Kilometer zurückzufahren, den Ort zu durchqueren und an der zweiten Straße rechts abzubiegen. Als er das Hotel erblickte, fand er die Bezeichnung etwas hochgegriffen für das verkommene Landgasthaus mit der efeuumrankten Giebelseite. Eine abgewirtschaftete Herberge, mehr war es nicht, was ihn da am Ende einer Stichstraße erwartete. Hier waren Weg und Welt zu Ende.
Aber es gab ein Zimmer für ihn, auf seinen Namen reserviert und mit Waschgelegenheit, Toilette und Dusche auf dem Flur. Inzwischen war es dunkel geworden. Cullmann legte sich angezogen aufs Bett und wartete. Gern hätte er jetzt etwas gegessen.
Er mußte eingenickt sein. Geweckt wurde er durch Klopfzeichen aus dem Nebenzimmer. Cullmann warf einen Blick auf die Uhr, noch eine Stunde bis Mitternacht, und stand auf. Das weichgefederte Bett quietschte furchterregend, absolut ungeeignet für Flitterwöchner. Cullmann legte sein Ohr an die Wand, konnte jedoch nichts mehr hören außer dem eigenen Herzschlag. Als er zur Tür blickte, sah er den Zettel, den soeben jemand unten durchschob.
»Kommen Sie bitte in Zimmer Nr. 4. Ohne Waffen, Kameras und Kassettenrecorder. Lassen Sie sich nicht durch die Lampe

stören. Sie dient allein meinem Schutz. Und befolgen Sie bitte genau meine Anweisungen.«
Etwas mulmig war Cullmann schon zumute, als er hinaus auf den Gang trat und die angelehnte Tür des Nebenzimmers öffnete. Geblendet schloß er die Augen.
»Bitte reinkommen und Tür schließen.« Der Unbekannte war bemüht, seine Stimme möglichst perfekt zu verstellen. »Hätten Sie wohl die Freundlichkeit, Ihr Hemd aufzuknöpfen und auszuziehen? Ich will mich davon überzeugen, daß Sie nicht verkabelt sind.«
Cullmann tat dem Unbekannten den Gefallen, drehte sich auf dessen Anweisung hin um 360 Grad und zog sich wieder an.
»Setzen Sie sich.«
Cullmann sah vor dem Tisch einen Stuhl stehen. Als er in Richtung Stimme spähte, glaubte er einen Schatten hinter der starken Lampe auszumachen, sicher war er sich allerdings nicht.
»Herr Cullmann, zuerst einmal vielen Dank für Ihr Erscheinen. Entschuldigen Sie bitte meine Vorkehrungen, aber ich mußte mich vergewissern, ob Sie tatsächlich allein kommen.«
Cullmann antwortete nicht.
»Um mich nun davon zu überzeugen, daß Sie der richtige Mann für mich sind, möchte ich Sie bitten, all meine Fragen zu beantworten. Zunächst einmal Amerika. Geben Sie mir einen lückenlosen Bericht.«
Der Unbekannte hörte schweigend zu und lobte Cullmann dann überschwenglich. Perfekt, wie er die Hintergründe aufgedeckt habe. Kein Zweifel, er sei als Kurier bestens geeignet.
»Genau das würde mich interessieren. Wieso ausgerechnet ich?«
»Später, Herr Cullmann. Mir liegt sehr viel daran zu erfahren, wie Ihr Kenntnisstand in bezug auf die anderen Dinge ist. Welche Kapitel sind Ihnen zugänglich gemacht worden?«
Auch diese Frage beantwortete Cullmann. Und da er sich an die Wahrheit hielt, nichts konstruieren oder erfinden mußte, blieb ihm genügend geistige Kapazität, zu überlegen, was der Unbekannte mit diesem Treffen in einer so abgelegenen Gegend bezwecken mochte. Um das sogenannte Hotel abzuriegeln, hätte ein einziges Fahrzeug genügt. In einer Stadt wäre er doch viel sicherer gewesen.

»Fein. Was sagt Ihnen der Begriff schwarzes Glas?«
Cullmann überlegte. Vermutlich die letzten Zeilen, die Gerard in seinem Leben geschrieben hatte, gingen ihm durch den Kopf. »Eigentlich nichts.«
»Bitte belügen Sie mich nicht.«
»Tut mir leid, ich kann mit dem Begriff wirklich nichts anfangen.«
Cullmann hörte den Unbekannten seufzen. »Schade, ich hätte es gern von Ihnen erfahren. Sie wären mir eine große Hilfe gewesen.«
Cullmann stutzte. Der Unbekannte konnte demnach auch nichts mit den beiden Wörtern anfangen. Hatte schwarzes Glas gar nichts mit der ganzen Angelegenheit zu tun? Und Gerard demzufolge auch nicht? Hatte Schober sich geirrt, als er sagte, Öhlenschläger und dieser Karst hätten sich sehr dafür interessiert?
»Nun zum letzten Punkt. Sie sind in eine Angelegenheit involviert, die für die Politik von hoher Bedeutung sein kann und nicht ohne Auswirkungen auf die Bundestagswahl bleiben wird. Mich würde Ihre Einschätzung interessieren. Was, vermuten Sie, sollen die Kapitel bezwecken?«
»So genau kenne ich mich nicht aus.«
Cullmann hörte den Unbekannten lachen. »Aber Sie werden sich Gedanken gemacht haben, Herr Cullmann. Sind Sie nicht von einer Partei engagiert worden, gewisse Zusammenhänge aufzuklären?«
Cullmann war nicht weiter erstaunt über den Wissensstand des Unsichtbaren. »Ja, bin ich.«
»Und Sie nehmen Aufträge an, ohne sich Fragen über Sinn oder Unsinn der Sache zu stellen?«
»Man hat mich bezahlt.«
»Herr Cullmann, eine solche Antwort ist doch unter Ihrem Niveau. So unreflektiert gehen Sie bestimmt nicht an die Dinge heran!«
Cullmann verstand die Situation immer weniger. Öhlenschläger hatte ihm gesagt, er solle als Kurier fungieren, und nun wurde er ausgefragt. »Es läuft auf eine schlichte Erpressung hinaus«, sagte er schließlich.
»Genau das ist es. Und wer erpreßt wen?«
»Könnten Sie mir das nicht besser beantworten?«

»Ich möchte es von Ihnen hören.«
»Ein Politiker in einer sehr hohen Position hat es auf die Sozialdemokraten abgesehen. Und auf Umwegen auch auf die eigene Partei.«
»Die eigene Partei?«
»Natürlich. Sie hat Kenntnis davon und muß mitspielen. Aber das tut sie im Augenblick ja gern, die Umfragen belohnen sie schon.«
»Die Opposition hat einen Prozentpunkt eingebüßt.«
»Also wirkt sich die Erpressung schon aus.«
Für eine Weile war es still. Cullmann bemühte sich vergeblich, an der Lampe vorbeizuschauen und etwas zu erkennen. Übertrieben dramatisch kam ihm das Arrangement vor. Wäre es nur darum gegangen, ihm ein Dossier auszuhändigen, hätte es einfachere Verfahrensweisen gegeben. Aber der Unbekannte hatte sich unbedingt persönlich mit ihm treffen wollen. Was also waren seine Beweggründe? Doch bestimmt nicht das Bedürfnis, von ihm, Cullmann, einen Bericht über Amerika zu hören oder seinen Wissensstand zu überprüfen!
»Wer könnte Ihrer Meinung nach als erpresserischer Politiker in Frage kommen?«
Cullmann schwieg.
»Ich habe Sie etwas gefragt.«
»Leider kann ich mich nur auf wenige Dossiers beziehen. Irgendwann werde ich es vielleicht in einem Buch nachlesen können.«
»In einem Buch? Wird es dazu kommen?«
Das fragte sich Cullmann auch. Und Kroninger, der Medienzar, vermutlich ebenfalls. Falls Cullmann mit seiner Vermutung richtig lag, mußte der Verleger noch einige Lücken schließen. »Herr Kroninger ist davon überzeugt. Aber er scheint nicht auf alle Kapitel angewiesen zu sein. Die beiden, die ich ihm angeboten habe, interessieren ihn nicht.«
»Sie waren bei Herrn Kroninger?« Der Unbekannte wußte also etwas mit dem Namen anzufangen. »Davon weiß ich ja gar nichts.« Und nach wenigen Sekunden: »Also, wer ist der Politiker?«
»Sie sind es nicht.«
Pause. Wohl eine Minute.
»Und wieso nicht?«

»Man kann seine Stimme verstellen. Aber man kann eines nicht: sie während einer Unterhaltung, wie wir sie führen, unentwegt unter Kontrolle haben. Zweimal waren Sie überrascht. Zweimal zumindest konnte ich heraushören, daß Ihr Alter nicht dem der Herren entspricht, die ich eventuell in Verdacht hätte, Urheber der Erpressung zu sein.«
Cullmann hörte den Unbekannten atmen. »Gut kombiniert. Und warum trauen Sie die Erpressung nicht auch einer Frau zu?«
»Hätte eine Frau, eine Politikerin, Gelegenheit gehabt, von allen in den Dossiers erwähnten Vorgängen Kenntnis zu erlangen?«
Cullmann hörte, wie ein Stuhl gerückt wurde und der Unbekannte aufstand.
»Wenn ich nicht der Erpresser bin, wer bin ich dann?«
Cullmann fühlte seine innere Anspannung wachsen. Genau das fragte er sich seit etlichen Minuten. Wer konnte ein Interesse daran haben, ihn nach Frankreich zu locken, indem er ihm vorgaukelte, er sei der Unbekannte? Und mit einemmal schien ihm das Landgasthaus der ideale Ort zu sein. Nicht für die Übergabe eines Dossiers, sondern dafür, ihn auszuhorchen, unter Druck zu setzen, zu kidnappen, für eine Weile auszuschalten oder . . . oder umzubringen.
»Sie sind jemand, der tief in die Angelegenheit verstrickt ist. Sie kennen sich hervorragend aus, aber nicht in allen Punkten. Der Begriff schwarzes Glas bereitet Ihnen Schwierigkeiten.«
»Weiter?«
»Ich gehe davon aus, daß Sie die Möglichkeit haben, mich überwachen zu lassen. Und daß Sie es auch getan haben. Inzwischen kann ich mir vorstellen, meine Reise nach Hamburg und die in die USA trat ich mit einem Schatten an. Und den Anschlag, der dort auf mich verübt wurde, könnten Sie veranlaßt haben.«
»Anschlag? Sie schmeicheln mir, Herr Cullmann.« Der Unbekannte lachte. »Nein, damit habe ich nichts zu tun. Das versichere ich Ihnen. Aber bitte, ich habe Sie unterbrochen.« Der Unbekannte setzte sich wieder.
»Kontakt zu Herrn Öhlenschläger müssen Sie haben, ansonsten ergäbe dieses seltsame Treffen keinen Sinn.«
»Sie enttäuschen mich nicht, offensichtlich verstehen Sie doch zu kombinieren. Bitte fahren Sie fort.«

Cullmann ahnte schon seit geraumer Zeit, wem er da gegenübersaß. Aber er bemühte sich, seinen Verdacht nicht schon jetzt preiszugeben. Und deshalb kreiste er noch einige Minuten mit seinen Vermutungen, um den nicht mehr ganz so Unbekannten hinzuhalten. Und um die Lage, in der er sich befand, besser abschätzen zu können. An Gegenmaßnahmen für den Fall, daß seine Befürchtungen sich bewahrheiteten, wollte er noch nicht denken. Also spekulierte er, sein Gegenüber gehöre möglicherweise der Bonner Polizei an oder einem Sondereinsatzkommando oder schließlich dem Bundeskriminalamt. Jeder seiner falschen Schlüsse wurde mit einem Lachen quittiert.
»Dann bleibt ja nur noch das Bundesamt für Verfassungsschutz übrig, Herr Karst.«
Stille. Allein das Knistern der heißen Birne in der Lampe war zu hören. Und das Knarren von Holz, wenn Karst auf dem Stuhl sein Gewicht verlagerte. Und genau diese Stille war für Cullmann Antwort genug.
»Wie sind Sie darauf gekommen?«
»Mit Hilfe mehrerer Indizien, oder wie immer man es nennen will. Sie, Herr Karst, haben all die Möglichkeiten der Überwachung, von denen ich eben sprach. Und Verbindungen zu den Amerikanern unterhalten Sie sicher auch. Vermutlich haben die Parteien Sie ins Vertrauen gezogen, als Kontaktperson zwischen Ihrem Amt und Bonn.«
»Sehr vage, was Sie bisher von sich gegeben haben.«
»Herr Schober erinnert sich noch deutlich an Ihren Besuch, Sie waren mit Öhlenschläger bei ihm.« Cullmann hörte Karst leise fluchen. »Und in Konstanz haben Sie sich nach den beiden in Belgien Verunglückten erkundigt, Mattern und Wahlensiek.«
»Gute Arbeit, Herr Cullmann«, lobte Karst. »Ein Profi hätte es kaum besser machen können.«
»Wenn es um den eigenen Arsch geht, kann sich jeder zum Profi entwickeln.«
»Was meinen Sie, geht es auch heute wieder, um in Ihrer Terminologie zu bleiben, um Ihren Arsch?«
»Ja.«
»Sie schätzen Ihre Lage immerhin realistisch ein. Sie werden dieses Haus nicht lebend verlassen.«

Karsts Tonfall hatte sich nicht um eine Nuance verändert. Was für ein abgebrühtes Schwein, dachte Cullmann. »Und wozu das ganze Spielchen?«
Karst lachte. »Eben weil es ein Spiel ist. Nicht nur zwischen Ihnen und mir. Es sind auch noch andere daran beteiligt.«
»Deutsche?«
Karst schwieg.
»Franzosen?« Und nach wenigen Augenblicken fügte er hinzu: »Klar doch, Amerikaner. Nur das ergibt einen Sinn. In den Staaten war ich einfach zu gut.«
»Ich bewundere Ihre Logik. Herr Cullmann, die ganze Zeit schon habe ich eine Waffe auf Sie gerichtet. Sie können kaum etwas erkennen, also versuchen Sie nicht den Helden zu spielen.«
»Habe ich noch eine Alternative?«
»Nein.«
»Und warum drücken Sie nicht ab?«
»Weil ich möchte, daß Sie zumindest einen Teil der Hintergründe erfahren, bevor Sie sich für immer von uns verabschieden. Erfaßt man den Sinn der Sache, stirbt es sich möglicherweise leichter.«
Cullmann überlegte fieberhaft, was er tun könnte. Ohne sich eine Kugel einzufangen, wohl nichts. Also verhielt er sich ruhig, körperlich zumindest.
Großzügig bot Karst an: »Fragen Sie mich, wenn Ihnen etwas unklar ist.«
»Keine schlechte Idee, sich Aussiedler aus östlichen Ländern zu nehmen oder Verbrecher, sie mit deutschen Papieren auszustatten und auf diese Weise zu erpressen, die von Ihnen in Auftrag gegebenen Straftaten zu begehen. Löbe geht auf das Konto solcher Leute, Napf ebenfalls und nicht zuletzt der Deutsch-Russe in Koblenz.«
»Herr Cullmann, je länger Sie so reden, desto sicherer werde ich mir, daß es für mich keinen anderen Weg gibt, als Sie zu beseitigen.«
Cullmann spann seinen Faden weiter, und seine grauen Zellen arbeiteten in dieser Nacht auf Hochtouren. Er ging davon aus, daß Karst irgendwie von den Dossiers erfahren und sein eigenes Spiel damit aufgezogen hatte. Dazu mußte er allerdings in den Besitz möglichst vieler Kapitel gelangen und sie den Stellen

anbieten, von denen er wußte, sie würden alles weiterleiten. Die Verbrecher mit den falschen Pässen waren die Überbringer, und als Kuriere der anderen Seite fungierten abgetakelte Politiker, die sich willfährig anboten.

Je tiefer Cullmann in die Hintergründe einzusteigen versuchte, desto schwerer ging Karsts Atem.

»Schluß jetzt«, zischte er schließlich. »Ich habe keine Zeit mehr. Aber interessant waren Ihre Ausführungen allemal, Herr Cullmann.«

Eine zweite Lampe ging an, deren Strahl allerdings von Cullmann weg auf einen Tisch gerichtet war. Cullmann war während der letzten Minuten mitsamt seinem Stuhl Zentimeter um Zentimeter nach hinten gerückt. Deshalb blendete ihn das Licht nicht mehr ganz so stark wie noch zu Beginn, und seine Augen waren in der Lage, einige Konturen im Raum auszumachen. Und er konnte die Position des angestrahlten Tischs erkennen: genau zwischen Lampe und Fenster, dessen Vorhänge natürlich zugezogen waren.

Karst erhob sich, kam auf Cullmann zu und stellte sich neben ihn. Hart drückte er ihm die Pistole in die Seite.

»Als letzte Erinnerung an diese Welt gönne ich Ihnen noch einen Blick auf den Unbekannten, dem Sie letztlich Ihr Schicksal zu verdanken haben. Dort auf dem Tisch liegen Fotos von ihm. Gehen Sie hin und schauen Sie sich ihn an.«

Noch bevor Cullmann aufstehen konnte, war Karst einen Schritt zur Seite getreten und damit außerhalb seiner Reichweite. Auch diese Chance vertan, vielleicht die letzte.

Cullmann erhob sich zögernd. Sein Gehirn war wie gelähmt, keine Impulse der Abwehr mehr, kein Gedanke, der ihm Hoffnung auf einen Ausweg gemacht hätte. Hatte er sich schon aufgegeben?

Cullmann verharrte vor dem Stuhl. Er spürte die Kante der Sitzfläche unterhalb der Kniekehlen. Lautlos, der Teppich dämpfte seine Schritte, ging er auf die zweite Lampe zu. Noch ein Meter bis zum Tisch. Und als er neben der Lampe stehenblieb – er bemerkte, wie sein Schatten mitwanderte bis hin zum Vorhang –, da ahnte er, was Karst beabsichtigte. Und Cullmann hatte sich doch noch nicht aufgegeben. Rasend schnell liefen Bilder vor sei-

nem geistigen Auge ab. Alle Bekannten, darunter auch Valeri und Schober, standen Spalier, und dieses Spalier durchschritt er, angefeuert und aufgepeitscht. Am Ende sah er Gerard stehen, als George verkleidet. Träge war der Blick seines Bruders, betont gelangweilt, wie er auch auf der Bühne gewirkt hatte. Fast schon verächtlich schaute er zum Scheinwerfer, hier in dieser verlassenen französischen Absteige eine Lampe. Und während Cullmann den letzten Schritt auf den Tisch zu machte, sein Schatten deutlich sichtbar und scharf abgegrenzt auf den Vorhang fiel, ließ er sich nach vorn fallen. Gleichzeitig rollte er zur Seite ab, erwischte den Rand des Teppichs, nutzte den Schwung, den er hatte, und seine ganze Kraft und zerrte wie wild.
Er konnte nur hoffen, daß seine Aktion erfolgreich war. Zu sehen war für ihn nicht, ob Karst strauchelte. Aber er spürte das Gewicht des Beamten auf dem Teppich, und er spürte, wie der Widerstand nachließ. War Karst aus dem Gleichgewicht gekommen? Er hörte ihn fluchen.
Auf dem Boden liegend, registrierte Cullmann, wie sich der Vorhang am Fenster bauschte. Wie von einem Windstoß bewegt. Im selben Moment splitterte Glas, und Karst erstarb sein Fluch auf den Lippen. Cullmann blickte über die Schulter. Karst stand nahe am Fenster, von hinten durch die Lampe angestrahlt. Jetzt wandte er sich um, und Cullmann sah rote Muster auf seiner Brust wachsen. Karst starrte ihn hilflos an. Ein taumelnder Schritt, die Hand mit der Waffe sackte nach unten, die Beine knickten ein, Karst schlug lang hin. Er lag direkt neben Cullmann.
»Woher konnten Sie das ahnen?« röchelte er.
»Es war meine letzte Chance. Ihr Arrangement mit der Lampe und dem Schatten war zu offensichtlich. Wenn die Amerikaner mit im Geschäft waren, dann nur auf diese Weise. Sie sollten mich von draußen erschießen und damit ihren Beitrag zur Lösung des Problems Cullmann leisten. Mein Schatten hätte genügt.«
Karst spuckte Blut und hustete blechern. Dann fragte er verdutzt: »Warum ist es draußen so hell?«
»Scheinwerfer leuchten das Gelände aus.«
»Scheinwerfer?« Mühsam drehte Karst seinen Kopf und versuchte Cullmann anzuschauen. »Was für Scheinwerfer?«

»Meine Rückversicherung. Übrigens ist auch der Mann dabei, der sie kürzlich in Bous in einem Möbelhaus ausgemacht hat.«
»Sie hatten mich schon länger . . .« Ein Blutschwall kam aus Karsts Mund. Er bäumte sich auf und starrte mit Augen, die wohl nicht mehr viel erkennen konnten, in Cullmanns Richtung. »In meinem Auto sind Unterlagen. Nicht an die Amerikaner . . .« Dann sackte sein Kopf zur Seite, er war tot.
Cullmanns Anspannung löste sich. Schwerfällig, als sei er um Jahre gealtert, erhob er sich, löschte die Lampen, zog den Vorhang zur Seite und warf einen Blick hinaus auf den hell ausgeleuchteten Vorplatz des Hotels. Niemand war zu sehen. Als müsse er sich noch einmal klarmachen, wie nahe er dem Tod gewesen war, steckte er einen Finger durch eines der Löcher im Vorhang.
Er machte wieder Licht und besah sich die Fotos auf dem Tisch. Sie zeigten ihn in Hamburg und in den Vereinigten Staaten. Gute Aufnahmen, gestochen scharf, alle Einzelheiten deutlich zu sehen. Andere zeigten ihn in der Schweiz, im Büro des schwulen Anwalts Zuber, der ihn heimlich aus mehreren Blickwinkeln abgelichtet hatte. Wahrscheinlich, dachte sich Cullmann, während er seinen komischen Halbpudel streichelte. Nur von dem großen Unbekannten war kein Foto dabei . . .
Schnell durchsuchte er Karst, ohne jedoch dessen Waffe zu berühren, und steckte den Autoschlüssel ein. Dann hatte er es eilig, die Fotos zusammenzuraffen und hinunterzukommen.
Im Hintereingang empfing ihn Molle Fahrian. »Sie sind weg. Zwei Mann waren es. Ich weiß nicht, ob die Videoaufnahmen was geworden sind.«
»Seit wann bist du hier?«
»Schon seit dem frühen Nachmittag. Wir hatten genügend Zeit, unsere Scheinwerfer aufzubauen und das Personal zu warnen.«
»Danke, Molle. Gute Arbeit! Ich habe nichts von euch bemerkt, als ich ankam. Wo ist Karsts Auto?«
»In der Scheune. Sieh hinter dem Aschenbecher nach.«
»Geh bitte hoch und vergewissere dich, ob ich etwas habe liegenlassen. Und schieß ein paar Fotos. Dann aber nichts wie weg.«
Cullmann eilte in die Scheune. Er öffnete Karsts Auto und schnappte sich die Aktentasche. Sie enthielt den Lohn, der für die

Amerikaner gedacht war, falls sie ihn erfolgreich aus dem Weg geräumt hätten. Dann wäre die Erpressung möglicherweise weitergelaufen, nur unter anderen Vorzeichen.
Cullmann zog den Aschenbecher heraus und nahm den Sender an sich, den Molle schon Tage zuvor dort deponiert hatte. Sei Schatten deines Schattens, hatte er zu Cullmann gesagt. Welch weiser Ratschlag!
Und Karst, ein Gelegenheitsraucher, würde nie erfahren, daß er selbst seine Verfolger bis in diese entlegene Gegend gelotst hatte.

An diesem Tag hatte Öhlenschläger zwei Tiefschläge zu verkraften. Zuerst kam per Fernschreiber die Nachricht, daß der ehemalige Verteidigungsexperte seiner Partei, der für den unerlaubten Einsatz zumindest eines deutschen Piloten im Golfkrieg mitverantwortlich gewesen war, in Mittelamerika erschossen worden war. Während eines Besuchs bei den linksgerichteten Aufständischen in Panama waren er und seine Begleiter in einen Hinterhalt geraten.
In Panama bedauerte man diesen Vorfall offiziell, vergaß jedoch nicht, darauf hinzuweisen, daß man den Deutschen gewarnt habe. Außerdem sei es ein schlechter politischer Stil, das Gastrecht eines Landes zu mißbrauchen, indem man sich mit Terroristen treffe.
Öhlenschläger war frustriert. Nun gab es keine Möglichkeit mehr, nachzuweisen, daß die Hardthöhe in diesem Pilotenpoker mitgemischt und den Politiker der Opposition nur vorgeschickt hatte, um selbst, militärisch ausgedrückt, außerhalb der Schußlinie zu bleiben.
Und dann, gegen Mittag, Öhlenschläger war zu einer Lagebesprechung mit dem Ministerpräsidenten unterwegs, kam die Nachricht von Karsts Tod. In Frankreich, nahe der luxemburgischen Grenze, hatte es ihn in einem heruntergekommenen Hotel erwischt.
Öhlenschläger ließ sich bei seinem Chef entschuldigen und nahm Kontakt auf mit der Stelle in Bonn, die den Fall bearbeitete. Man teilte ihm mit, daß Karst von vier Geschossen getroffen worden

war, drei davon tödlich. Die Projektile stammten eindeutig aus zwei verschiedenen 7,25er Arockas, bulgarischen Präzisionsgewehren.
Die Franzosen hatten Karsts Leiche inzwischen den deutschen Behörden überstellt und ihrem Befremden darüber Ausdruck verliehen, was ein Beamter des Verfassungsschutzes in ihrem Land zu suchen gehabt habe. Man wisse es nicht, war die Antwort. Urlaub schied aus, wer fuhr schon zum Sterben in Urlaub? Spuren seien viele gesichert worden, so die Franzosen, auch in dem Zimmer, in dem man Karst gefunden habe. Und draußen, wo die beiden Schützen gelauert haben mußten.
Als Öhlenschläger zwei Stunden später per Fax den ersten Bericht zugesandt bekam, wunderte er sich über verschiedene Aspekte. Wie es aussah, hatte der Kontakt mit dem Unbekannten stattgefunden. Demnach, so kombinierte Öhlenschläger, war der Unbekannte für Karsts Tod mitverantwortlich. Karst sei genau zwischen Lampe und Vorhänge geraten, sein Schatten habe sich abgezeichnet und sei ein deutliches Ziel für die Schützen gewesen; das hatte die Rekonstruktion ergeben. Um Karst, der als ausgebuffter Verfassungsschützer bestimmt nicht blauäugig zu dem Treffen gefahren war, in die richtige Position zu bringen und dann durch ein paar Schüsse auszuschalten, hatte es zweifellos eines Mittelsmannes bedurft. Und der, so die Auskunft, hatte sich zusammen mit Karst in dem Raum aufgehalten, als die tödlichen Schüsse fielen. Aber Karst mußte etwas geahnt haben, denn noch im Tod hielt er seine Waffe umklammert. Karsts Auto, das erfuhr Öhlenschläger auch noch, war in einer Scheune abgestellt, der Schlüssel hatte gesteckt. Man hatte Fingerabdrücke von verschiedenen Personen gefunden.
Öhlenschläger, von diesen beiden Nachrichten aufgewühlt, fühlte sich, als wäre er in einem dunklen Raum eingesperrt und wüßte nicht, wo der Ausgang war. Überall nur undurchdringliche Schwärze, nichts konnte er sich zusammenreimen. Mehr und mehr zeigte sich, wie wichtig Karst gewesen war, wie gekonnt er die Geschicke mitbestimmt hatte. Selbst mit seiner letzten Vermutung, Cullmann diene lediglich als Lockvogel, der Unbekannte habe es eigentlich auf ihn, Karst, abgesehen, hatte er richtig gelegen. Nur die Theorie, daß er bestochen werden sollte, war

nicht aufgegangen. Oder hatte er sich gegenüber dem Dompteur zuwenig kooperativ gezeigt? Hatte er mit der Aufdeckung gedroht?
Öhlenschläger war in seinem Gedankenkonstrukt schon bis zu diesem Punkt vorgedrungen, als er plötzlich stutzte. Karst sollte sich doch in Straßburg bereit halten, dachte er, und Cullmann in Sierck-les-Bains, einer kleinen Stadt in der Nähe des schrecklichen Geschehens. Wie kam Karst von Straßburg nach Laix und in dieses seltsame Hotel? Und wo war Cullmann zu der Zeit? Welche Taktik verfolgte der Unbekannte mit diesem Arrangement? Wollte er Karst in Sicherheit wiegen?
Wieder einmal fand Öhlenschläger auf seine Fragen keine Antworten, und gerade in diesem Augenblick hätte er ohne weiteres auf einige Probleme verzichten können. Und als er sich in seiner negativen Stimmung erdreistete, Spekulationen über die Person des Unbekannten anzustellen, da lief ihm ein Schauer über den Rücken. Mitten in der Zentrale, direkt an den Fleischtöpfen der Macht, mußte er sitzen. Eine andere Erklärung gab es nicht.

Öhlenschläger war immer noch niedergeschlagen und wurde von einer ungewohnten Lethargie heimgesucht, als er sich am kommenden Tag in Bonn mit Dollberger traf.
Man müsse jetzt eben ohne Karst zurechtkommen, meinte der Untersetzte jovial, ohne sich lange bei Karst und seinem auf so brutale Weise erzwungenen Abschied von dieser Welt aufzuhalten. »Wir haben auch das Zeug dazu, müssen nur etwas enger zusammenrücken«, ergänzte Dollberger nach einem Blick in Öhlenschlägers düsteres Gesicht.
Und genau das behagte Öhlenschläger nicht. Zwar gab er dem Kollegen von der politischen Gegenseite zu verstehen, er sei derselben Auffassung, aber seine Gedanken wanderten in eine ganz andere Richtung. Als Dollberger wissen wollte, ob er, Öhlenschläger, über Karsts Frankreichreise informiert gewesen sei, da verneinte er. Und mit wem Karst sich dort getroffen hatte, konnte er demzufolge auch nicht sagen.
»Herr Dollberger, wir haben doch in der Vergangenheit beide die Erfahrung gemacht, daß unser lieber Karst seine eigenen Wege ging. Und wir haben die Erfahrung gemacht, daß er nicht immer

mit offenen Karten spielte. Ihnen ließ er Dinge zukommen, die er mir vorenthielt, und umgekehrt. Sie erinnern sich?«
Dollberger erinnerte sich gut. »Wenn man bloß wüßte, mit wem er sich getroffen hat«, sinnierte er und schob seine Brille in die richtige Position. Die Lautstärke stimmte. »Meinen Sie, wir sollten mit seiner Dienststelle Kontakt aufnehmen?«
Öhlenschläger zögerte. »Wozu?«
»Nun«, begann Dollberger gedehnt, »wenn er uns nicht immer gleichmäßig bedient hat, wer kann uns garantieren, daß er alles an uns weitergab?« Verschlagen sah Dollberger den drahtigen Öhlenschläger durch seine dicken Brillengläser an.
»Sie meinen, Karst hat Unterlagen und Papiere für sich behalten? Sie weder uns noch dem Kreis zugänglich gemacht?«
Dollberger nickte nur.
»Was hätte er für einen Grund gehabt?«
»Denselben, aus dem er nichts über das Treffen in Frankreich verlauten ließ. Oder waren Sie etwa doch unterrichtet?« Wieder dieser verschlagene Blick.
»Ich?« Öhlenschläger setzte eine entrüstete Miene auf. Bei der zweiten Anspielung dieser Art schien sie ihm angebracht. »Wie kommen Sie denn darauf?«
»Nur so.«
Öhlenschläger fand, er hatte sich gegenüber dem mißtrauischen Libero der Regierungspartei in ausreichendem Maße glaubhaft verhalten, um nicht unnötig mit Karst in Verbindung gebracht zu werden. Aber er beschloß, den untersetzten und übergewichtigen Dollberger in Zukunft noch unsympathischer zu finden als bisher.

Der Kreis war bestürzt über Karsts Schicksal, was die Dame und die beiden Herren jedoch nicht davon abhielt, sofort zur Tagesordnung überzugehen. Opfer müsse nun mal jeder bringen, wagte Marie-Luise zu sagen.
Die Tagesordnung sah vor, inhaltliche Aspekte im Rahmen der Wahlverlierer-Strategie zu formulieren. Mit den bisherigen personellen Konsequenzen war man sehr zufrieden. Etliche der Hinterbänkler hätten sich schon bis auf die Knochen blamiert. Ihr Vorpreschen mit vermeintlich aktuellen Insiderinformationen

habe sich in jedem Fall als Bumerang erwiesen. Vier Urteile seien inzwischen von Gerichten verhängt worden, alle zuungunsten der Querulanten und vorlauten Besserwisser, wie Marie-Luise nicht ohne Stolz verkündete.
Die speziellen Aufnahmetechniken im Fernsehen und die Fotos in den Printmedien trügen auch schon die ersten Früchte. Beschwerden von Kollegen der Abschußliste seien eingegangen, die man aber habe entkräften können: Immerhin seien es in der Vergangenheit die Sozialdemokraten gewesen, die sich vehement für eine freie Presse eingesetzt hätten, nun habe man auch solche Konsequenzen in Kauf zu nehmen. So die Argumentation. Und man habe die Widerspenstigen gefragt, ob sie denn im Ernst daran dächten, die Pressearbeit einzuschränken?
Das wollte natürlich keiner. Zumindest nicht öffentlich. Aber unter vier Augen gaben sie schon mal kund, sie hätten nicht übel Lust, den Schmierfinken einmal kräftig auf die Finger zu klopfen. Die entwickelten sich ja allmählich zu einem Staat im Staate. Da würden Nachrichten verdreht, wie es der Journaille gerade beliebe. Nur der Kern stimme noch, alles andere werde spektakulär verzerrt. Nachrichten als Ware, der Erstanbieter erziele den höchsten Preis. Oder der, der einen Knüller zu bieten habe. So oder ähnlich zeterten die ahnungslosen Opfer der Kampagne.
»Ich habe mir eine wichtige Liste besorgt, Hilfestellung haben die einzelnen Finanzämter geleistet. In dieser Aufstellung sind die Namen von etlichen Parlamentariern aufgeführt. Bitte, meine Herren.«
Marie-Luise reichte jedem ein Blatt. Daraus ging hervor, daß die alphabetisch aufgeführten Herren Konten bei Banken in europäischen Nachbarstaaten unterhielten. Auch die Guthaben waren angegeben. Summen im mindestens sechsstelligen Bereich.
»Schwarzgelder«, knurrte Wodaz, dem die neue Variante, offiziell und quasi mit Genehmigung ruppig mit dem Gegner umspringen zu dürfen, immensen Spaß bereitete. Ein phantastisches Ventil für seinen aufgestauten Frust.
Marie-Luise sah ihn über die Brille hinweg zurechtweisend an. »Nein. Alles in den Steuererklärungen aufgeführt, kein Schwarzgeld.«
»Hm. Was können wir dann damit anfangen?« Henninghaus

schob sich eine blonde Strähne aus der Stirn. »Schwarzgeld wäre doch verdammt gut.«

»Meine Herren«, Marie-Luise setzte sich in Positur und ordnete ihren Schal. »Sehen wir doch mal alles mit den Augen des Wählers. Wir haben seit beinahe zwei Jahren die Zinsabschlagsteuer. Gerechtigkeit für alle. Und meine Partei war es, die seinerzeit auf eine Erhöhung auf fünfundzwanzig, statt, wie von der Regierung vorgeschlagen, auf dreißig Prozent gedrängt hat. Daraufhin sind Milliarden ins Ausland geflossen, wogegen wir wieder protestiert haben, in plötzlichem Einvernehmen mit den Banken. Und was passiert jetzt? Unsere eigenen Leute besitzen ansehnliche Geldbeträge im Ausland, haben also das Spielchen mitgemacht, das wir stets angeprangert haben. Ich frage Sie: Wie wirkt das auf die Bürger?«

»Gar nicht«, ließ sich Henninghaus vernehmen. »Ist doch ordentlich versteuertes Geld.«

Marie-Luise war anderer Meinung. »Der Wähler, da bin ich mir sicher, denkt, die Politiker hätten kein Vertrauen in ihre eigene Politik, kein Vertrauen mehr in das eigene Land und die eigene Wirtschaft. Und wer ist es, der kein Vertrauen mehr hat? Ausgerechnet die Abgeordneten meiner Partei«, gab sie sich selbst die Antwort. »Die Sozialdemokraten, die immer so auf eine stärkere Besteuerung der Besserverdienenden drängen, auf die erneute Einführung einer Ergänzungsabgabe. Wir unterlaufen ohne Hemmungen unsere eigenen Prinzipien. Wir belügen damit uns und das Volk.«

Wodaz fragte sich nicht zum erstenmal, ob Marie-Luise eigentlich noch wußte, welcher Partei sie angehörte. So scharf, wie sie ihre Parteifreunde attackierte und ans politische Messer lieferte, wäre ihr Platz eher bei der Konkurrenz gewesen. Oder wollte sie nur den eigenen Leuten zeigen, wie gut sie war? Glaubte sie, ein Recht dazu zu haben, weil man auch sie als Opfer auserkoren hatte? War sie nicht ein Musterbeispiel für vorauseilenden Gehorsam?

Aber Wodaz fiel noch eine andere Erklärung ein. Zum erstenmal überhaupt im Lauf ihrer Karriere wurde Marie-Luise ernst genommen, zum erstenmal fand sie Beachtung und hatte das Gefühl von Macht. Bisher immer nur als Alibifrau abgestempelt, als die unbeliebte Quote, die man zu dulden hatte, war sie nun wer, sie konnte entscheiden und mitgestalten. Allerdings fehlte ihr die nötige Distanz, um ihre Position richtig einzuschätzen. Sie ahnte nicht, daß sie zum Spielball geworden war, daß man sie mit der scheinbar hohen Verantwortung, die man ihr übertragen hatte, geködert und gekauft hatte. Was veranlaßt erwachsene Menschen, sich so zu verhalten? fragte sich Wodaz. Dinge zu tun, die sie noch vor nicht allzu langer Zeit für unmöglich gehalten hätten?

In diesem Zusammenhang erinnerte er sich an einen Film und ein darin vorkommendes Experiment. Eine Person spielte den Lehrer, die andere einen Schüler. Der Lehrer stellte Fragen, die der Schüler zu beantworten hatte. Und bei jeder falschen Antwort verpaßte der Lehrer dem Schüler einen Stromstoß, von Mal zu Mal einen höheren. Siebzig Prozent der Lehrer ließen sich, obwohl ein Beobachter zugegen war, dazu verleiten, all ihre bisherigen Normen von Moral, Ethik und Erziehung aufzugeben, und gingen mit der Strafe sogar bis zum tödlichen Stromstoß. Es war nur ein Film, sagte sich Wodaz. Aber er verspürte Unbehagen bei dem Gedanken, auch andere könnten so reagieren wie Marie-Luise. Prinzipien und Einsichten aufgeben, nur um Macht zu erlangen und zu genießen. Anpassung und Katzbuckelei als Wege, in der Hierarchie nach oben zu klettern, für ihn eine Horrorvision.

Dollberger fand die Idee gut, phantastisch geradezu. »Genauso wird der Wähler denken«, stand er der einzigen Dame bei, deren Gesicht vor Aufregung gerötet war. Und erhitzt, feine Schweißperlen glitzerten auf ihrer Stirn.

Wie ein Feldherr nach gewonnener Schlacht blickte Marie-Luise in die Runde. Öhlenschläger, heute sehr schweigsam und wenig aktiv, stimmte dem Vorschlag, die Aufstellung der Konten an einen Journalisten weiterzugeben, der Sympathie für die Regierung hegte, ebenfalls zu. Dollberger sollte das übernehmen, in solch diffizilen Dingen kenne er sich ja bestens aus. Dollberger schluckte die Anspielung. Ihm und seiner Partei ging es immer besser.

»In ein paar Tagen werden wir noch einiges Material nachschieben können«, versprach Marie-Luise. »Im Augenblick wird festgestellt, welcher Abgeordnete meiner Partei Immobilienbesitz im Ausland hat, vor allem in Spanien, Frankreich, Portugal und Italien. Auch darüber wird es eine Liste geben.«

»Aha, die Toscana-Connection wird zu Fall gebracht«, stichelte Wodaz. Marie-Luise hörte das nicht gern, denn von dieser Veröffentlichung würden besonders die Größen ihrer Partei betroffen sein, die eine Vorliebe für diesen schönen italienischen Landstrich hegten, dort ihren Urlaub verbrachten, Häuser ihr eigen nannten und sich den Genüssen der italienischen Küche und der vorzüglichen Weine hingaben. Böse Zungen sprachen auch von der Genießer-Connection, die so gar nicht im Sinne sozialdemokratischer Wertvorstellungen sei. Zumindest was den exklusiven Lebenswandel angehe, stünden die Herren ihrem politischen Gegner in nichts nach.

»Sie werden sich wundern, meine Herren, wer alles eine Eigentumswohnung in Marbella hat. Oder auf Gran Canaria.«

Abschluß der heutigen Zusammenkunft war die Preisgabe einer internen Information. Top secret, wie Marie-Luise verkündete.

»Die Führung meiner Partei hat beschlossen, bei der in zwei Wochen anstehenden Diskussion um die neue Steuerreform ähnlich vorzugehen wie bei der letzten. Da die Regierungspartei im Bundesrat keine Mehrheit hat, wird ein von uns regiertes Bundesland dem Vorschlag des Finanzministers zustimmen. Nordrhein-Westfalen soll es sein, wegen der Stimmenanzahl, die erforderlich ist. Allerdings wird dies nur eintreten, wenn die Regierung vorher im Bundestag die erforderliche Mehrheit hat, und davon können wir eigentlich ausgehen. Bei der Ergänzungsabgabe werden wir übrigens genauso verfahren.«

Daß zum Abschluß die allwöchentlichen Umfragezahlen analysiert wurden, war schon zum Ritual geworden. Die Regierung hatte zwei Prozentpunkte gutgemacht, die Opposition den gleichen Anteil verloren. Die fünf Teilnehmer der Runde freuten sich wie die Schneekönige über das Aufgehen ihrer Taktik, Marie-Luise am meisten.

Cullmann vertiefte sich lange in Karsts Unterlagen, eine Ansammlung unterschiedlicher Dossiers, die er noch nicht kannte. Über die Mitgliedschaft einiger Politiker aus Bund und Ländern in der sogenannten Scientology-Church wurde er aufgeklärt, und er erhielt Einblick in Arztberichte, gewisse Abtreibungen betreffend, die Ehefrauen beziehungsweise Töchter von Politgrößen unter falschem Namen im Ausland hatten vornehmen lassen. Frauen und Töchter ausgerechnet jener Politgrößen, die sich so ungemein vehement und medienwirksam für den Schutz des ungeborenen Lebens eingesetzt hatten.
Cullmann erfuhr von einem Treffen in Mainz. Öhlenschläger, Bermont und Tushings – mit den beiden letzten Namen konnte Cullmann nichts anfangen – hatten über die Konsequenzen, die die NVA-Waffenlieferung für die Bundesrepublik haben konnte, beraten – besonders im Hinblick darauf, daß die Genehmigung aus dem Bonner Verteidigungsministerium stammte. Mit Hilfe des Nato-Quartiers in Brüssel war der Deal abgewickelt worden. Was Cullmann erstaunte, war der Hinweis von Karst, daß er die beiden Ausländer, den Franzosen und den Amerikaner, über die wahren Hintergründe informiert hatte. Seine Vermutung, Karst habe seine eigenen Regeln befolgt und ein doppeltes Spiel gespielt, wurde dadurch vollauf bestätigt.
Unschwer konnte Cullmann aus weiteren Aufzeichnungen ersehen, daß Karst für den Einbruch bei ihm zu Hause verantwortlich gewesen war – automatisch tastete er seine Wange ab, wo für immer eine Narbe von diesem Vorfall zeugen würde –, genauso wie für den Einsatz der beiden Mörder Mattern und Wahlensiek in Belgien.
Wie exakt Karst als Beamter gearbeitet hatte, war für Cullmann aus Fotos ersichtlich, die auf verschiedene Blätter geklebt und mit Kommentaren versehen waren. Auf einem erkannte er sich selbst wieder, in Frankfurt, während er Napfs Wohnung beobachtete. Ein anderes, von einem Pkw aus aufgenommen, zeigte seinen VW-Bus auf der Autobahn. Cullmann brauchte keine übermäßige Kombinationsgabe, um den BMW ins Spiel zu bringen, den er auf der Fahrt von Frankfurt nach Saarbrücken in seinem Rückspiegel beobachtet hatte.
Seite für Seite studierte er Karsts Material, das an die Amerika-

ner hätte gehen sollen und nun zu einer Art Vermächtnis geworden war. Unglaubliches bekam er zu lesen. Zuerst sträubte er sich, die Aussagen als wahr zu akzeptieren, denn sie paßten absolut nicht in sein Weltbild. Aber sein Widerstand bröckelte bald. Und mit jeder Zeile, mit jedem Hinweis festigte sich seine Auffassung, daß der Erpresser ein sehr hohes politisches Amt bekleiden mußte. Schließlich vermutete er ihn im Kanzleramt. Ein Staatssekretär, ein persönlicher Referent oder vielleicht sogar . . .
Als Öhlenschläger anrief und einen Bericht über den Frankreichaufenthalt forderte – schließlich habe die Partei ein Recht darauf –, wimmelte Cullmann ihn mit dürren Worten ab: keine Zeit. Außerdem habe sich der Unbekannte ihm nicht zu erkennen gegeben, die Reise hätte er sich sparen können. Wie es denn mit dem restlichen Geld stehe? Davon wollte wiederum Öhlenschläger nichts wissen, es sei doch keine Lieferung erfolgt.

Nicht nur um sich zu entspannen, fuhr Cullmann kurz entschlossen und ohne Vorankündigung zu Valeri. Zuerst leicht irritiert, zeigte sie sich nach einer gewissen Anlaufzeit schließlich doch erfreut über seinen Besuch.
»Aber kündige dich demnächst bitte an, ja?«
Cullmann versprach es. »Warum bist du so ungehalten?«
»Mein Exmann hatte ein besonderes Faible für diese Art von Überraschungen, die ich allerdings gar nicht liebe. Er kreuzte zu allen möglichen Tages- und Nachtzeiten auf, als wollte er mich kontrollieren.«
»Hatte er Grund dazu?«
Valeri lächelte. »Wenn du meine Liebhaber meinst, dann hatte er zahlreiche Gründe. Schon von Beginn an.«
»Eine seltsame Ehe, die ihr geführt habt.«
»Wieso? Wir hatten uns vortrefflich arrangiert. Sebastian brauchte eine Frau an seiner Seite, die er vorzeigen konnte, äußerlich wie geistig. Das genügte ihm. Gut, miteinander geschlafen haben wir auch, manchmal sogar recht leidenschaftlich. Aber Spaß gemacht hat es mir mehr mit meinen Lovern. Die konnte ich mir nach meinen Vorstellungen aussuchen – und schnell wieder loswerden, wenn ich genug von ihnen hatte.«
»Habe ich auch einen Grund, dich zu kontrollieren?«

Sie sah ihn an. »Eifersüchtig?«
Er zuckte mit den Schultern, er wußte es wirklich nicht.
»Entwickelst du etwa Besitzansprüche?«
»Nein, bestimmt nicht.«
»Merk dir eines: Mich kann man nicht besitzen, ich werde immer tun und lassen, was mir gefällt. Und wenn ich mit einem Mann ins Bett gehen will, dann mache ich das. Niemandem werde ich darüber Rechenschaft ablegen, auch dir nicht.«
Cullmann mochte es sich kaum eingestehen, aber ihre Einstellung behagte ihm nicht. Vielleicht, weil sie seiner eigenen so ähnlich war? Weil er sich selbst bisher immer mehr zugestanden hatte als anderen? Plötzlich erschien ihm der Unterschied zwischen Sonja, dem Taxigirl, und Valeri unbedeutend. War Sonja nicht sogar die Ehrlichere?
Die Zeit der Weinlese war angebrochen, und Valeri überredete Cullmann, mit ihr an die Mosel zu fahren. Nach Remich. Bei einem Winzer, den sie kannte, tranken sie im Felsenkeller Federweißen und aßen warmen Zwiebelkuchen dazu.
»Sag mal, Bodo, warum läufst du eigentlich immer in Stiefeln herum? Sogar im Sommer. Und dann auch noch gefüttert.«
»Weil es mir gefällt. Und weil es praktisch ist.«
»Und warum zu allen Gelegenheiten Jeans?«
»Ich mag sie.«
»Aus dem gleichen Grund kann ich dich wahrscheinlich – vom Chateaubriand mal abgesehen – auch nur mit Nudeln und Pizza begeistern.«
»Ja, und mit Hackbraten. Aber mit nichts, was schwimmt oder fliegt.«
»Kann es sein, daß du in ziemlich festgefahrenen Strukturen lebst?«
»Möglich, aber ich fühle mich wohl dabei.«
»Und was wäre, wenn ich dich, so wie letzte Woche, zu einem chinesischen Essen einladen würde? Wieder ein Korb?«
»Nein.«
»Nein?«
»Wenn es dort Pizza, Hackbraten oder Nudeln gibt, komme ich mit.«
Valeri lachte. »Du bist mir ein einziges Rätsel.«

»Genau das macht mich interessant. Sonst hättest du doch unsere Beziehung schon längst beendet.«
»Möglich.« Sie prostete ihm zu. Anschließend sah sie ihn über den Rand des Glases hinweg an. »Im Grunde genommen stören mich viele Dinge an dir.«
»Was denn noch?«
»Du hast etwas gegen Rasierwasser . . .«
»Nein, stimmt nicht.«
». . . gegen duftende Männer«, verbesserte sich Valeri, »erst recht, wenn sie auch noch zur Maniküre gehen, Dauerwellen bevorzugen und Gesichtscreme benutzen.«
»Richtig. Das gebe ich unumwunden zu, diese Flutschi- und Dandytypen kann ich nun mal nicht ausstehen.«
»Allergisch reagierst du auch auf Ringe, Armbänder, Halsketten und Ohrstecker. Habe ich vielleicht etwas vergessen?«
»Aber nicht nur bei Männern. Auch bei Frauen. Ich finde es schlimm, wenn man sich wie ein Pfingstochse behängt und der Glitzerkram von der eigenen Farblosigkeit ablenken soll. Außerdem ist soviel Metall gefährlich, wenn es ein Gewitter gibt.«
»Tätowierungen stören dich, Modellkleider, überhaupt schicke und modische Kleidung. Warum eigentlich?«
»Und deine Satinbettwäsche, dein Seidennachthemd nicht zu vergessen. Sexy zwar, aber glatt wie eine Eisbahn.« Cullmann zuckte mit den Schultern und fuhr fort: »Im Grunde genommen ist es mir schnurzegal. Jeder kann seinen Spleen hegen und pflegen, bis er vor Glück tot umfällt. Allerdings kommt es mir mehr und mehr so vor, als würden wir uns in eine Art Verpackungsgesellschaft verwandeln. Der Inhalt wird immer undeutlicher; entscheidend ist, daß man ihn auf ausgefallene Art und Weise präsentiert. Und dafür gibt es meiner Meinung nach nur einen Grund: Es soll abgelenkt werden von den Unzulänglichkeiten des Inhalts, die schicke Aufmachung soll nur noch den Eindruck erwecken, als gebe es eine Übereinstimmung zwischen außen und innen. Und da die meisten dieses Spielchen mitmachen, sich aber auch von der Masse abheben wollen, muß die Verpackung immer ausgefeilter werden. Guck dir doch die Mode an, die Werbung und wie manche sich stylen!«
»So wie ich?« Spott funkelte in Valeris Augen.

»Richtig, so wie du. Allerdings hast du zumindest noch etwas eigenes; bei dir habe ich das Gefühl, daß du nicht einfach nur alles nachmachst, sondern weißt, was du willst. Oder anders ausgedrückt: Es entspricht tatsächlich deinem Typ, so . . . flippig, wie du dich manchmal gibst.«
»Danke.« Sie deutete eine Verneigung an und amüsierte sich. »Und deine Ansichten über die Kunst?«
»Alles verdrehte Pisser, die Künstler. Das willst du doch hören, oder? Jedenfalls fast alle.«
»Und die Literatur?«
»Diese Buchstabenverdreher müßten verboten werden. Konstruieren Probleme, nur um sich aufzuspielen. Ich habe Probleme genug. Erinnerst du dich an den Lyrikabend, zu dem du mich geschleppt hast?«
Valeri nickte.
»Sei doch mal ehrlich: Hast du verstanden, was der eine Typ mit seinen Gedichten wollte? Vor allem mit dem einen über den Regenwurm und die Gedanken, die er sich beim Überqueren der Autobahn macht . . . Und am Ende? Platsch.«
Valeri schmunzelte. »Nur die Musik hat es dir angetan, die klassische. Warum eigentlich?«
»Sie geht mir unter die Haut. Ich fühle mich wohl, wenn ich einem Klavierkonzert lauschen kann. Aber nur, wenn der Interpret was von seinem Fach versteht.«
Valeri spielte mit ihrem Glas. Abrupt wechselte sie das Thema. »Du hast in der letzten Zeit nicht mehr soviel über deine Aufträge erzählt. Hat sich nichts Neues ergeben?«
»Eigentlich wenig. Ich bin nur immer wieder in meiner Meinung bestärkt worden: Der Informant muß sehr weit oben sitzen.«
»Ich würde mir die Unterlagen gern mal anschauen. Darf ich das bei Gelegenheit?«
»Warum nicht?« Er bestellte noch einmal Zwiebelkuchen. »Neugierig?«
»Nein. Aber ich war mit einem Verleger verheiratet und habe damals viele der hohen Damen und Herren kennengelernt. Sebastian bewegt sich ausschließlich in solchen Kreisen.«
»Wie ich deinen Exmann einschätze, kommt er gut mit denen zurecht.«

»Er hat sie immer schon ausgenutzt.«
»Das habe ich gemeint. Hast du etwas bei ihm gelernt?«
Valeri berührte seine Hand. »Bodo, wir führen heute ein seltsames Gespräch. Warum nur? Wollen wir einander verletzen?«
Cullmann wußte keine Antwort. Allerdings verspürte er in den letzten Tagen und Wochen eine zunehmende Aggressivität. »Nein, ich will dich nicht verletzen.«
»Was ist es dann?«
»Es sind unsere Welten, die aufeinanderprallen. Beide haben wir keine Ahnung von der des anderen. Das macht den Reiz aus, aber auch die Gefahr.«
»Wieso Gefahr?«
Cullmann wollte zunächst nicht mit der Sprache heraus. Aber als sie nachhakte, gab er zu, ihre Einstellung zu vielen Dingen gefalle ihm nicht.
Sie konterte ironisch: »Ich esse eben nicht nur Pizza und Hackbraten.«
»Es ist mehr deine Arroganz im Materiellen, die mich abstößt. Deine Luxuswohnung, das teure Auto, wie du über Geld sprichst, die Selbstverständlichkeit, mit der du dir Kleider für zweitausend Mark und mehr kaufst.«
»Neidisch?«
»Nein, ich glaube nicht. Du gehst tagtäglich mit Millionen um, dein geschiedener Mann hat dir Millionen vermacht und zahlt jeden Monat noch einiges dazu, obwohl er es nicht müßte. Was mich stört, ist, daß in deinen Augen alles eine Ware zu sein scheint. Und Waren sind nun mal da, um gekauft zu werden.«
»Und du kommst dir auch wie eine Ware vor?«
»Siehst du, ich komme mir eben nicht so vor, und genau das macht mich unsicher.«
»Also bin ich eine männerfressende Frau mit Gefühl, für die du was empfindest.«
»Bitte, zieh es nicht ins Lächerliche!«
Dabei beließen sie es. Valeri sprach dem Alkohol reichlich zu, bekam Herzschmerzen, nahm zwei Tabletten, und Cullmann mußte sie nach Hause bringen. In ihrem Appartement angekommen, fühlte sie sich besser, trank einen doppelten Cognac und entwickelte ein unstillbares Bedürfnis nach Sex. Sie gab sich so

hemmungslos, daß Cullmann irritiert war. Und als sie auch noch Videokassetten mit den schärfsten, perversesten Szenen abspielte und ihn zum Nachmachen animierte, kam er sich regelrecht prüde vor.
Nackt hockte sie sich rücklings über ihn und drückte ihr Becken nach unten. »Bodo, spieß mich auf.«
»Ich steck ihn dir nicht hinten rein. Dazu brauche ich keine Frau.«
»Stell dich nicht so an. Ich will es. Vorn besorg' ich es mir selbst.«
Sie schaltete einen Vibrator an, wie ein Elektrorasierer surrte er. Langsam massierte sie die Innenseiten seiner Oberschenkel. Sogar ihre Stimme klang gierig. »Komm, füll mich in allen Löchern. Es macht mich an.« Sie rieb seinen Penis mit einer Gleitcreme ein.
»Bitte, Valeri.«
Valeri lutschte die Creme wieder ab, und gleichzeitig bediente sie sich mit dem Vibrator. Cullmann überkam eine ungewohnte Form der Lust. Seinen Orgasmus empfand Valeri als einen Sieg. Einen Sieg über seine Vernunft und seine Verklemmtheit, wie sie sagte.
Dann schob sie eine neue Kassette in den Videorecorder, der zweite Teil der Show begann. Erlaubt ist, was Spaß macht, fand Cullmann. Aber Lesbierinnen im Rudel auf dem Bildschirm und gleich darauf Schwule in einem Knäuel, daß er nicht mehr wußte, welcher Körperteil zu wem gehörte, waren nicht nach seinem Geschmack. Trotzdem schaute er zu, bis das Band zu Ende war.
»Ja, ich nehme mir, was ich brauche.« Sie stand auf und schaltete den Fernseher aus. »Ich lebe nur einmal. Nenn mir nur einen Grund, warum ich es nicht genießen soll?«
Cullmann hatte keine Antwort darauf. Wie hätte er ihr seine Auffassung erklären können, daß zuviel des Guten zur Übersättigung führe; daß selbst die schönsten Dinge, im Übermaß genossen, sich abnutzten; daß dabei Maßstäbe verlorengingen und Reize verblaßten? Wahrscheinlich hätte sie sich über seine konservative Lebensphilosophie lustig gemacht. Und zugleich schimpfte er sich einen Versager. Seit Jahren wartest du auf deine Chance. Und wenn du sie hättest, du wüßtest doch nichts mit ihr anzufangen. Genausowenig wie mit diesem Teufelsweib, Vulkan und Eisberg zugleich. Was willst du eigentlich mehr?

Er nahm sie in den Arm. Und genauso schnell, wie Valeris Gier hochgekocht war, legte sie sich wieder. Von der einen zur anderen Sekunde wurde sie brav.
»Habe ich dich sehr schockiert?«
»Etwas.«
»Ich mußte mir im Leben alles erkämpfen. Nichts davon werde ich wieder hergeben. Auch dich nicht, Bodo.«
Was sie sagte, gefiel ihm.
»Es sei denn, du gehst freiwillig.«
»Ich habe nicht das Bedürfnis.«
Das wiederum gefiel ihr.
»Außerdem habe ich allen Grund, mich auszutoben, wann immer ich will. Mein Arzt rät mir zwar dringend ab und sagt, es sei Gift, aber ich tue es trotzdem. Man weiß nie, wann das Ende kommt.«
»He, du redest dummes Zeug. Nenn mir den Grund!«
Sie sah ihn an. »Ein andermal vielleicht.« Mit der linken Hand massierte sie ihre Brustgegend.
Gegen Mitternacht schauten sie sich die Nachrichten an. Der Sprecher verwies auf Unruhe in Bonn, die entstanden war, weil eine Aufstellung von Politikern, die Vermögenswerte im Ausland deponiert hatten, kursierte. Allerdings handele es sich ausschließlich um Abgeordnete der Opposition. Und prompt erging sich im anschließenden Kommentar ein Journalist genau in der Art, wie Marie-Luise es dem Kreis vorausgesagt hatte. Aber davon ahnten Cullmann und Valeri nichts.
»Machen denn die Kerle im Augenblick nur Blödsinn?« entrüstete sich Cullmann.
»Was heißt im Augenblick? Das geht doch schon länger so. Was du eben gehört hast, davon weiß ich durch meinen Exmann seit Jahren. Die Genossen investieren großzügig im Ausland. Genau dort, wo sie auch immer ihren Urlaub verbringen.«
Im abschließenden Bericht ging es um die Wirtschaft, seit zwei Jahren trauriges Dauerthema. Jeder wußte, sie war desolat, die Arbeitslosenzahlen stiegen, das Wachstum lag bei Null oder sogar etwas darunter. Die Staatsverschuldung wuchs und wuchs, die Geldmenge uferte aus und lag weit über dem vorgegebenen Zielkorridor von maximal sechs Prozent. Immer neue Belastungen kamen auf den Bürger zu, inzwischen bereits die zweite Ergän-

zungsabgabe – für die Wiedervereinigung, so die lapidare Begründung. Und jetzt meldete sich im Fernsehen ein anerkannter Wirtschaftsexperte der Opposition zu Wort und bescheinigte der Regierung umsichtiges Verhalten. Er ging sogar soweit, zu behaupten, die Sozialdemokraten hätten es in vergleichbarer Situation nicht besser machen können.

»Spinnen die denn alle in Bonn?« empörte sich Cullmann neuerlich. »Oder sind sie gekauft.«

»Weder noch.« Valeri lächelte hintergründig. »Wenn du von etwas nichts verstehst, dann ist es die Politik.«

Mit ihm hatte Cullmann an diesem Morgen nicht gerechnet. Und trotzdem freute er sich, denn Schober war ihm in der letzten Zeit immer sympathischer geworden. Und der Kriminalbeamte fütterte ihn so kontinuierlich mit Informationen, daß es Cullmann beinahe unheimlich war. Zumindest verstand er nicht, warum Schober das tat.

Schober machte es sich im Regiestuhl bequem. »Unser forscher junger Freund, Herr Karst, ist tot.«

Cullmann durfte davon eigentlich nichts wissen und Karst nur vom Hörensagen kennen. Also nahm er die Nachricht gelassen hin.

»Er ist in Frankreich erschossen worden.«

Auch darauf reagierte er nicht.

»Von zwei Amerikanern.«

Cullmann ruckte hoch.

»Dachte ich mir doch, daß es Sie interessieren würde. Erst recht, weil man in diesem Zusammenhang auch ganz spezielle Fingerabdrücke gefunden hat, und zwar die eines gewissen Bodo Cullmann. In zwei Hotelzimmern und in Karsts Auto. Gestern kam alles über Interpol auf meinen Tisch. Herr Cullmann, haben Sie mir nichts zu sagen?«

»Erst, wenn ich etwas über die beiden Amerikaner erfahren habe.«

»Die Franzosen wissen, daß die Yankees Karst ausgelöscht haben; der Verfassungsschutz in Köln weiß es, die Herren in Bonn auch, und keiner wird einen Auslieferungsantrag stellen. Wegen der politischen Verwicklungen, die entstehen könnten. Mord in den höheren Etagen wird in den seltensten Fällen gesühnt.«

»Wie ist man auf das Hit-Kommando gekommen?«
Schober schlug die Beine übereinander. »Die Kerle sind manchmal einfach unsagbar dumm. Fahren mit einem Auto durch die Gegend, und im Kofferraum liegen die zwei Gewehre.«
»Keine Ausflüchte. Ich habe Sie etwas gefragt.«
»Frankreich, Maut, Polizei, Geschwindigkeitsbeschränkung auf 130 km/h. Wenn einer zwischen zwei Mautstellen rast – man kann das anhand der Karte mit der aufgedruckten Uhrzeit überprüfen –, greift sich die Polizei den Niki Lauda. So war es auch in diesem speziellen Fall. Und die beiden Amerikaner hatten es besonders eilig, nach Paris, zum Flughafen Orly, zu kommen, aus verständlichen Gründen. Die Franzosen durchsuchten den Mietwagen, stellten die Waffen sicher und ließen die beiden einfach ziehen, nachdem sie sich ausgewiesen hatten – und aus Washington ein entsprechendes Fernschreiben eingegangen war. Einen Tag später stellte sich heraus: Die zwei 7,25er Arockas, bulgarische Präzisionsgewehre, mit denen Karst erschossen wurde, waren die, die man bei den Amerikanern gefunden hatte. Kommen nach Europa und legen in Frankreich einen Deutschen um. Und so was bezeichnet man als Freunde.«
Obwohl inzwischen einige Tage vergangen waren, verstand Cullmann immer noch nicht, wie er der bedrohlichen Situation so unbeschadet hatte entkommen können. Jedesmal, wenn er sich klarmachte, in welcher Gefahr er geschwebt hatte, überliefen ihn eisige Schauer. Vertrauen gegen Vertrauen, Cullmann erklärte dem Beamten die Hintergründe des Vorfalls. Als er geendet hatte, war Schober sehr still. Und er sah Cullmann an, als begreife er nichts, als könne er die Dinge einfach nicht einordnen in sein traditionelles System von Recht und Staatsgläubigkeit.
»Karst wollte mit Hilfe der Amerikaner dafür sorgen, daß Sie für alle Zeiten neben Ihrem Bruder zu liegen kommen?«
»Ja. Und so was bezeichnet man als Freunde«, wiederholte Cullmann die Worte des Kriminalbeamten.
»Wissen Sie überhaupt, was für ein Glück Sie gehabt haben?«
»Offenbar nicht richtig, sonst hätte ich mich schon längst irgendwohin verdrückt.«
»Genau das will ich andeuten. Mensch, lassen Sie sich eine Lebensversicherung einfallen, jeden Augenblick können Sie einen

Satz auf Wolke Nummer sieben machen, unwiderruflich!« Was so spaßig klang, war Schobers bitterer Ernst.
»Lebensversicherung?«
»Genau.«
»Welcher Art?«
»Wenn ich Sie richtig verstanden habe, dann kennt sich mit den Vorfällen niemand mehr so gut aus wie Sie. Eine Ausnahme machen vielleicht die Herren in Bonn und Amerika. Laden Sie einen der kompetenten Männer aus dem Büro des Ministerpräsidenten zu einem Gespräch ein und teilen sie ihm mit, was Sie wissen, welche Unterlagen Sie haben und was Sie damit zu tun gedenken – nämlich, sie für alle Zeiten unter Verschluß zu halten. Das müssen Sie ganz deutlich sagen. Und daß Sie einen Notar oder Anwalt beauftragt haben, sämtliche Papiere zu veröffentlichen, falls Sie eines unnatürlichen Todes sterben sollten.«
»Erpressung also?«
»Eben nicht. Wie gesagt, es wäre Ihre Lebensversicherung.«
»Sind Sie überzeugt, daß das funktioniert?«
Schober war sich nicht sicher, hielt aber dagegen: »Machen Sie einen besseren Vorschlag!«
Als Schober gegangen war, nahm Cullmann sich vor, ihn eines Tages voll ins Vertrauen zu ziehen, auch was die Amerikareise anbelangte. Er hatte dabei einen Hintergedanken. Warum sollte er den Kriminalbeamten nicht in seine Lebensversicherung einbeziehen? War er nicht schon ein Teil davon? Hatte er ihm nicht signalisiert, er würde den offiziellen Vergleich der in Frankreich gefundenen Fingerabdrücke mit den seinen hinauszögern? Lange hinauszögern? Genaugenommen seien Cullmanns Abdrücke überhaupt nicht im Computer, hatte Schober gesagt, er habe doch nie eine Straftat begangen. Daß sie im Zusammenhang einiger laufender Verfahren auftauchten, sei reiner Zufall ...

In der Nacht studierte Cullmann erneut die Unterlagen, die er Karst abgenommen hatte. Obwohl die Dossiers so ausführlich waren, hatte er das Gefühl, als fehlte noch etwas Wichtiges, eine Art Schlüsselkapitel, mit dessen Hilfe er den Sachverhalt und die Beweggründe des Unbekannten endgültig hätte verstehen können.

Anschließend stellte er einen Satz der wichtigsten Informationen zusammen, die Deutschland und Amerika gleichermaßen betrafen. Dann legte er sich hin. Durch das Kopfkissen hindurch spürte er die Konturen der Waffe, die er von Molle Fahrian erstanden hatte: Magnum Revolver, Kaliber 10 Millimeter mit einem 3,5-Zoll-Lauf. Ein Elefantentöter. Auch ohne einen Waffenschein zu haben, fühlte sich Cullmann mit diesem Ding erheblich sicherer.

Offen betrat Cullmann am nächsten Tag den Sitz der Landesregierung und wurde vom Pförtner in ein Besucherbuch eingetragen. Genau das lag in seiner Absicht.
Öhlenschläger starrte ihn an wie eine Erscheinung. »Sind Sie verrückt«, zischte er, »so einfach hier hereinspaziert zu kommen?«
»Ich habe keine Geheimnisse, Herr Öhlenschläger.«
Ohne Umschweife trug Cullmann sein Anliegen vor. Eine Art Zusicherung wolle er, daß er nicht durch irgendeinen unglückseligen Zufall am Erreichen des Rentenalters gehindert werde. Öhlenschläger stellte sich naiv und erklärte, er könne in dieser Angelegenheit nichts unternehmen. Wie er überhaupt auf so etwas komme, wer habe es denn auf ihn abgesehen? Cullmann händigte ihm seine stattliche Akte aus, versehen mit Fotos aus den Vereinigten Staaten, aus dem Möbelhaus und aus Frankreich.
Und dann verabschiedete sich Cullmann mit der Bitte, doch umgehend die amerikanischen Freunde zu unterrichten. Was er fordere, habe er auf dem obersten Blatt notiert. Und seine Garantien ebenfalls.
Öhlenschläger, der auf einem der Fotos den toten Karst entdeckte, stammelte: »Wie kommen Sie an . . . Wer hat Ihnen . . .« Und dann blitzte es in seinen Augen auf. »Sie . . . Sie . . . ha . . . haben mich belogen. Sie waren in Frankreich . . . in dem Hotel. Und mit Karst gesprochen haben Sie auch.«
»Danach haben Sie mich nie gefragt. Aber den Unbekannten habe ich wirklich nicht kennengelernt. Vielleicht existiert er ja nur in Ihrer Phantasie!«

Man bezeichnete das Treffen schon seit jeher als Elefantenrunde. Warum, das wußte keiner so recht, denn mit den liebenswerten Dickhäutern hatten die Herren dem Aussehen nach überhaupt nichts gemein. Sie repräsentierten die Spitzen ihrer jeweiligen Partei, und sie stellten sich den Fragen von Journalisten. Eine perfekt inszenierte, schon zur Tradition gewordene Politshow jeweils kurz vor der Bundestagswahl.
Zwei Topleute des Fernsehens, die sich als Experten in Sachen Deutschland verstanden und deren Ziel es war, jeden, den sie vor die Kamera bekamen, mundgerecht zu zerlegen wie eine Weihnachtsgans, saßen vier Politikern gegenüber. Unter ihnen als einzige Frau die Vertreterin der Grünen.
Die beiden sich seriös gebenden Moderatoren, jahrelang geschult im internen Intrigendschungel der Sendeanstalten und somit gegen alles gefeit, hatten sich entsprechend präpariert. Gestochen scharf formuliert, mit pointierten Anspielungen und Unterstellungen garniert, die im täglichen Leben schon für eine Verleumdungsklage genügt hätten, schossen sie ihre Fragen ab. Drei Herren schwitzten und bastelten, jeder für sich, hektisch an einer wirkungsvollen Verteidigungsstrategie; die Dame verschonte man vorerst, sie schien eher eine stille Beobachterin zu sein. Am meisten schwitzte der Oppositionsführer. Sein Kragen schien ihm zu eng zu sein, immer neue Schweißperlen mußte er mit dem Taschentuch abtupfen, und unentwegt ordneten seine Finger – unübersehbar der Siegelring – die wenigen Blätter, die akkurat ausgerichtet vor ihm lagen.
»Weichen Sie bitte nicht aus«, wurde der Politiker ermahnt, vor Millionen von Zuschauern. »Ihre Worte von vorhin in allen Ehren. Aber zurück zu meiner Frage: Ist an den Gerüchten, die in Bonn kursieren, etwas dran? Hat es vor zwei Jahren eine interne Umfrage Ihrer Partei gegeben, derzufolge 78 Prozent Ihrer Mitglieder gegen die Aufnahme von Asylanten im bisherigen Stil waren?«
Hilmar Lüderitz, Oppositionsführer und Kanzlerkandidat, zögerte mit der Antwort. Schließlich räumte er nach vielen Wortschleifen und umständlichen Rechtfertigungsversuchen ein, diese Umfrage habe es gegeben.
»Warum hat Ihre Partei das Ergebnis zurückgehalten?«

Lüderitz wollte erneut weit ausholen, diverse Parteiprogramme zitieren und sich auf allgemeine Erklärungen beschränken.
»Warum?« fiel ihm der Moderator ins Wort.
»Wir als Partei sind nicht verpflichtet, gewissen Trends zu folgen. Unsere Politik darf sich nicht nach momentanen Stimmungsbildern oder demoskopischen Umfragen richten. Schließlich streben wir Kontinuität an.«
Der Moderator, ein Profi im Verdrehen von Aussagen und ein Profi der Polemik, konstatierte knallhart: »Vor zwei Jahren auf dem Sonderparteitag Ihrer Partei sagten Sie, ich zitiere: ›Wer sich bemüht, auf sein Volk zu hören, ist noch lange kein Populist.‹ Wie kommt es zu dieser Kehrtwendung? Sind Sie klüger geworden?«
Lüderitz versuchte auf Nebenschauplätze auszuweichen. So könne man das nicht sagen, das eine habe mit dem anderen nichts gemein. »Also vertreten Sie eine Politik, die gegen den Willen des Volkes gerichtet ist?«
»Natürlich nicht. Wie ich vorhin . . .«
»Aber der Bürger wird genau das denken. Sie geben Umfragen in Auftrag und ignorieren das Ergebnis. Hat es denn noch andere Umfragen gegeben?«
Das sei nicht der Fall, antwortete Lüderitz, der hoffte, man werde sich jetzt einem der anderen Teilnehmer zuwenden, die ihn schon seit geraumer Zeit genüßlich beobachteten. So waren sie, die Kollegen, solange die Konkurrenz abgeschlachtet wurde, freuten sie sich und vergaßen darüber, daß sie die nächsten Lämmer sein würden, die auf dem Medienaltar geopfert werden sollten.
Vorerst wurde Lüderitz' Hoffnung erfüllt, die Regierung war fällig. Auch sie hätte eine Umfrage gestartet, hieß es, ebenfalls vor zwei Jahren und mit dem Ergebnis, daß 61 Prozent der Bundesbürger gegen die Maastricht-Verträge und damit gegen eine Europa-Union seien.
»Das war keine Umfrage, sondern ein Telefontest«, verbesserte der Kanzler. In gewohnter Art und Weise rutschte der schmächtige, quirlige Berliner auf seinem Stuhl hin und her.
»Demnach hatten Sie Kenntnis davon. Einen Tag nachdem die Dänen die Verträge abgelehnt haben, gab es ein solch katastrophales Ergebnis in Deutschland. Welche Konsequenz hat die Regierung daraus gezogen?«

»Nun, solche Tests darf man nicht überbewerten.«
»Dann bewerten Sie das Ergebnis bitte für uns richtig. Jetzt haben Sie die Gelegenheit.«
»Ich habe vollstes Verständnis für die Bürgerinnen und Bürger, die Angst um die D-Mark haben, Angst um die Wirtschaft und um die soziale Sicherheit.«
»Zur Sache bitte.«
Weil es eine Live-Sendung war, explodierte der Kanzler nicht, wie es sonst oft vorkam. Aber die Vorzeichen waren unübersehbar: hochroter Kopf, die Adern an den Schläfen angeschwollen, beide Fäuste geballt auf dem Tisch.
»Wenn Sie mich nicht dauernd unterbrechen würden, hätte ich die Sache längst abgehandelt! Im Gegensatz zu Ihnen sind wir«, der Kanzler schloß mit einer breiten Geste seine Politiker-Kollegen ein, »so höflich, andere ausreden zu lassen.«
Der Moderator mit dem akkurat nach hinten gekämmten Haar schluckte. Solche Zurechtweisungen paßten ihm nicht. Austeilen ja, einstecken nie.
»Man muß die Situation berücksichtigen«, fuhr der Kanzler fort. »Das Ergebnis stand eindeutig unter dem Einfluß des dänischen Referendums, da haben sicher viele sehr spontan entschieden. Daher der hohe Prozentsatz. Aber das hat sich geändert. Die Deutschen waren immer schon für Maastricht. Ohne Europa sind wir nicht viel.«
Der Moderator hatte sich wieder gefangen und sammelte Munition. Leicht näselnd fragte er: »Wäre in diesem Fall eine offizielle Volksbefragung nicht angebracht gewesen?«
Der Kanzler lächelte überlegen. »Wenn Sie besser informiert wären – und das sollte man eigentlich vom Moderator dieser Sendung erwarten –, dann wüßten Sie, daß unsere Verfassung ein Referendum nicht vorsieht.«
Der Kanzler lehnte sich befriedigt zurück, und der Moderator zog ein angewidertes Gesicht. Die Art, wie der arrogante Kerl versuchte, ihn lächerlich zu machen, statt inhaltlich auf seine Fragen einzugehen, schmeckte ihm nicht. Sein Kollege sprang in die Bresche, und erneut geriet die Opposition, geriet Lüderitz in die Schußlinie. Als Gegner war er für die Medienprofis eher ein Leichtgewicht.

»Ihre Partei ist den Umfragen nach auf dem absteigenden Ast.«
Lüderitz hantierte an seiner Brille, um Zeit zu gewinnen. »Das kann man so nicht sagen.«
Der Moderator sprach einfach weiter. »In den letzten vier Wochen haben Sie vier Prozentpunkte eingebüßt. Und es ist noch knapp ein Monat bis zur Wahl. Hängen diese Verluste mit der inneren Verfassung Ihrer Partei zusammen?«
Lüderitz bagatellisierte. »Die Partei ist in Ordnung. Natürlich gibt es hier und da kleine Querelen, aber die können überall auftreten.«
»Ihre Partei ist in einem desolaten Zustand. Ich will gar nicht auf den mysteriösen Tod eines Ihrer Kollegen in Panama eingehen, nicht danach fragen, was er bei Terroristen zu suchen hatte.«
Lüderitz biß sich auf die Lippen. Heute hatte man es auf ihn abgesehen, und er war machtlos. Genüßlich, das konnte er den Gesichtern der Stimmungsmacher ansehen, schoß man sich auf ihn ein.
»Aber ich will auf diejenigen Damen und Herren zu sprechen kommen, die ihre Unzufriedenheit deutlich zum Ausdruck bringen. Sie, Herr Lüderitz, und andere Führungskräfte Ihrer Partei werden doch – zum Teil sogar aus den eigenen Reihen – heftig angegriffen, man wirft Ihnen Inkompetenz vor, Vetternwirtschaft, Kungelei mit den Gewerkschaften, um nur einige Punkte zu nennen.«
Der Parteivorsitzende – vielen wirkte er zu bieder – sammelte sich. »Ich würde diese Dinge nicht überbewerten. Gut, ich gebe zu, es gibt hier und da Unzufriedenheit. Aber die darf sich doch nicht darin äußern, daß Parteifreunde einander persönlich angreifen und womöglich vor Gericht wiedersehen.«
Die Fronten waren abgesteckt. Der Kanzler behielt gegenüber den beiden Moderatoren grundsätzlich das letzte Wort. Und aus seiner Position der Stärke heraus durfte er es sich erlauben, eine gute Portion Gift zu verspritzen. Der Freidemokrat schwebte über allen Vorwürfen und übte sich in Schlichtung. Er fand alles nicht so dramatisch und erklärte, während eines Wahlkampfs könnten schon mal die Fetzen fliegen. Und die Dame von den Grünen hätte gern etwas gesagt, aber man ließ sie links liegen.

Zudem hatte ihre Partei den Umfragen zufolge nur noch eine theoretische Chance, in den Bundestag einzuziehen.
So kam es, wie es kommen mußte. Lüderitz, vor gut einem Jahr nach dem Rücktritt seines Freundes aus Kiel zum Spitzenpolitiker befördert, wurde zerpflückt, demontiert, dem deutschen Fernsehpublikum häppchenweise als politischer Schwächling serviert. Wo seine politische Leidenschaft geblieben sei, wurde er gefragt. Er wolle doch die Regierungsverantwortung zurückerobern, eine deutliche Alternative zur Politik der alten Regierung anbieten und nach mehr als zwölf Jahren Abstinenz die Sozialdemokraten zu neuen Höhen führen? Das habe er zumindest auf dem letzten Sonderparteitag versprochen.
»Sie haben damals die Delegierten auf einen pragmatischen Kurs für die Wirtschafts-, Einwanderungs- und Außenpolitik eingeschworen. Sie wollen der Bundesrepublik eine bessere Zukunft verschaffen und haben ein Aufbauprogramm verabschiedet, mit dessen Hilfe die Arbeitslosigkeit in den neuen Bundesländern bekämpft werden soll. Gleichzeitig kritisierten Sie die Personalabbau-Politik der Berliner Treuhandanstalt. Auf der anderen Seite jedoch attestiert einer Ihrer Wirtschaftsexperten der Regierung umsichtiges Handeln und das Verfolgen einer bestmöglichen Politik. Wie paßt das zusammen?«
Lüderitz schob den Unterkiefer nach vorn. Zumindest ansatzweise wollte er sich kämpferisch geben. »Es ist nun mal eine Tatsache, daß die Regierung gescheitert ist. Bei allen relevanten Themen hat sie eine vernichtende Bilanz vorzuweisen: Beschäftigung, Wirtschaftswachstum, Inflationsrate. Auch wenn sie noch immer die Mehrheit im Parlament hat, das Vertrauen des Volkes hat sie längst verloren. Das läßt sich überdeutlich an den Umfragen erkennen.«
»Nun scheint jedoch die Regierung nicht in allem falsch gehandelt zu haben«, insistierte der Moderator, »denn Ihre Partei hat sie in wesentlichen Bereichen unterstützt. Ich denke zum Beispiel an die Ergänzungsabgabe, an das Asylrecht und an die zweite Steuerreform.«
»Im Bundestag haben wir leider nur 33 Prozent der Abgeordnetenstimmen.«
Der Moderator lächelte verstohlen über seinen Triumph. Soeben

hatte sich Lüderitz eine neue Blöße gegeben. »Aber ohne die Zustimmung der mehrheitlich sozialdemokratisch regierten Länder im Bundesrat wäre dies nie zustande gekommen.«
Lüderitz resignierte. Im weiteren Verlauf war er nur noch bemüht, sich zu verteidigen. Für einen Gegenangriff fehlte ihm der Mut.
So in die Enge getrieben, mußte er schließlich sogar zugeben – der Moderator hatte gezielt nachgefragt, und ein vertrauliches Schreiben war eingeblendet worden –, daß seine Partei ein Abkommen mit den Führern der Gewerkschaften getroffen hatte, wonach diese sich im Falle eines Wahlsieges der Sozialdemokraten auf moderate Lohnerhöhungen unterhalb der Inflationsrate beschränken würden. Zugleich war in dem Papier festgehalten, daß die Gewerkschaften mehr als doppelt so hohe Forderungen stellen würden, sollte die Regierung im Amt bleiben. Ein Aufstöhnen ging durch die Nation, soeben war sie Zeuge einer Art lohnpolitischer Verschwörung geworden.
Gegen dieses Eingeständnis war die innere Zerrissenheit der Sozialdemokraten harmlos, Angriffe der Basis gegen die Spitze bedeutungslos, Stimmen aus den Reihen der Opposition gegen die Einführung einer Geschwindigkeitsbegrenzung auf Autobahnen nicht des Zuhörens wert. Am nächsten Tag berichteten alle Zeitungen über den heimlichen Pakt zwischen sozialdemokratischer Partei und Gewerkschaften. Und eine Blitzumfrage ergab: Die Opposition lag nur noch drei Prozentpunkte vor der Regierung.

Cullmann, der die Diskussion im Fernsehen verfolgt hatte, konnte nur den Kopf schütteln. Sie rundete das Bild, das ihm und der gesamten Wählerschaft in den letzten Tagen und Wochen geboten worden war, auf erschreckende Weise ab. Die Opposition verteilte aus unerklärlichen Gründen ihre Streicheleinheiten an die Regierungsvertreter, daß denen ganz schwindelig wurde vor politischer Glückseligkeit. Streckenweise herrschte in Plenarsitzungen eine begeisterte Zustimmung der Christdemokraten zu Aussagen von hochkarätigen Oppositionspolitikern,

die den Anschein erweckten, als hätten sie die falsche Rede vor sich liegen.
Donnernder Applaus des politischen Gegners folgte, als der Fraktionsvorsitzende der Sozialdemokraten sich endgültig vom Gedanken der Bildungsreform aus den siebziger Jahren verabschiedete und statt dessen konstatierte, auch konservative Tugenden, würden sie der jungen Generation vermittelt, könnten zum friedlichen Zusammenleben beitragen und damit die Gewalt, etwa gegen Ausländer, beenden helfen.
Hatte es eben noch etliche betretene Gesichter in der Opposition gegeben angesichts der Umarmungsstrategie ihres Vorturners, kam wenig später ausgerechnet in ihren Reihen Zustimmung auf, als Kanzler und Fraktionschef der Christdemokraten ans Rednerpult traten, zur Lage der Nation sprachen und ein Maßnahmenbündel verkündeten, in dem viele linke Abgeordnete Ansätze ehemaliger sozialdemokratischer Politik zu sehen glaubten. Oder hatte sich nur ihr Blickwinkel verändert, und hatten sie ihr Wertesystem aus guten Tagen unmerklich der veränderten wirtschaftlichen Situation angepaßt?
Abgesehen von diesem ungewohnten Schulterschluß zwischen den traditionell verfeindeten Lagern erwartete Cullmann allerdings noch ganz andere Entwicklungen, denn in Karsts Tasche hatten sich etliche politische Sprengsätze gefunden. Nicht nur gegen die Opposition gerichtet. Warum, fragte er sich, ist bislang die Regierung überhaupt noch nicht ins Schußfeld geraten? Gibt es da womöglich eine Absprache im großen Stil?
Und dann überlegte Cullmann. Was wäre, wenn ich eine meiner Bomben, die die Regierung belasten, anonym der Opposition anbieten würde? Sozusagen als Schützenhilfe. Wird sie darauf eingehen? Wird sie die Informationen gegen die Regierung einsetzen? Er wollte nicht selbst als Erpresser auftreten, sondern faßte seinen Vorsatz als Experiment auf; er wollte herausfinden, inwieweit man noch auf andere Ereignisse einging, wenn überhaupt.
Und damit die Opposition in Bonn auch wirklich reagierte, galt es, ein Bonbon aus Karsts Schatztruhe auszuwählen. Zuerst war er versucht, ein israelisches Dokument auf den Weg zu bringen, demzufolge die Bundesregierung lange Zeit kein Interesse gezeigt

hatte, der Gewalt von rechts gegen Ausländer und den Hetzkampagnen der Neonazis ein Ende zu bereiten; die Sozialdemokraten sollten durch massiven innenpolitischen Druck gezwungen werden, einer Änderung des Grundgesetzes zuzustimmen. Ein Artikel der unabhängigen israelischen Zeitung *Haaretz*, der tief in die Problematik einstieg, untermauerte diese Vermutung. Darin wurde der Verdacht geäußert, gewisse Politiker und Bundeseinrichtungen hätten aktiven Einfluß auf rechte Gruppierungen genommen mit dem Ziel, eine Eskalation der Gewalt zu provozieren.

Aber dann entschied sich Cullmann, der das Zusammenwirken verschiedener EG-Staaten und länderübergreifende Mechanismen aufzeigen wollte, für eine andere Information, auch wenn der Vorfall schon eine Weile zurücklag und ein glückliches Ende gefunden hatte. Zwei deutsche Geiseln waren, nach mehr als drei Jahren Gefangenschaft in den Händen der Hisbollah, am 17. Juni 1992 in Beirut dem Kanzleramtschef überstellt worden. Kaltschnäuzig, als handele es sich um einen x-beliebigen Deal. »Hier, nimm und verschwinde. Du hast ja dafür bezahlt.« Immer wieder war in der Folgezeit gemunkelt worden, es habe insgeheim Gegenleistungen politischer Art gegeben. Zum einen, was die beiden Terroristen, Brüder, anbelangte, die in deutschen Gefängnissen eine langjährige Haftstrafe wegen Mordes und Geiselnahme zu verbüßen hatten: Der einflußreiche Familienclan der beiden hatte die gekidnappten deutschen Mitglieder einer Hilfsorganisation ursprünglich nur im Austausch gegen die in Deutschland Inhaftierten freilassen wollen. Zum anderen war mehrfach der Verdacht aufgekommen, für die Freilassung der beiden Deutschen seien Gelder in Millionenhöhe geflossen. Je offener diese Vermutungen geäußert wurden, desto heftiger dementierten die entsprechenden Herren in Bonn. Man verhandele nicht mit Terroristen; man zahle nicht an eine zwielichtige Organisation wie die Hisbollah, die, wie jeder wisse, von Teheran unterstützt werde.

Aber unter den Insidern schenkte niemand diesen Beteuerungen Glauben. Beobachter in Damaskus und Beirut waren der felsenfesten Überzeugung, daß Gegenleistungen erbracht und Hafterleichterungen für die in Deutschland einsitzenden Terroristen versprochen worden waren. Die Bundesregierung verwies darauf,

daß sie zuletzt ein aus ihrer Sicht legitimes und vor allem wirksames Druckmittel eingesetzt habe: Auf Intervention aus Bonn waren EG-Aufbauhilfen für den vom Krieg gebeutelten und in seinen politischen wie wirtschaftlichen Strukturen verwüsteten Libanon in Höhe von 300 Millionen gesperrt worden. Den entsprechenden Beschluß hatte man am 13. März 1992 nach mehreren Vorwarnungen an Beirut und Damaskus im EG-Rat gefaßt. Kaum war dies bekanntgeworden, verstärkten sich, für alle Welt sichtbar, die syrisch-libanesischen Anstrengungen, das Geiseldrama zu beenden. Jedermann wußte, eine Schlüsselrolle in diesem Szenario spielte der Iran. Seine Führung unter Präsident Rafsandshani hatte den größten Einfluß auf die schiitischen Guerillas im Libanon und auf den mächtigen Clanchef, der zugleich auch Sicherheitschef der Hisbollah war, der Partei Gottes.
Man vermutete, daß Teheran nicht nur die deutschen Zusagen übermittelt, sondern auch der kriegerischen Familie deutlich gemacht hatte, sie könne die neue Ära der Zusammenarbeit zwischen der EG und den Staaten des Nahen Ostens nicht länger blockieren. Bestätigt wurde diese Vermutung kurz darauf durch den Besuch des iranischen Außenministers Ali Akbar Welajati in Bonn und die Eingeständnisse wirtschaftlicher Art, die man dem Iran signalisierte. Zusätzlich versprach Bonn, darauf hinzuwirken, daß dem Iran aus der internationalen Isolierung herausgeholfen werde. Auch amerikanische, britische und französische Staatsbürger befanden sich als Geiseln in der Gewalt der Hisbollah; diese Staaten konnten auf eine Freilassung hinwirken, indem sie mit einer Normalisierung der Beziehungen lockten. Das deutsch-iranische Verhältnis hingegen galt als weniger getrübt. Folglich, so die Skeptiker, mußten andere Gegenleistungen versprochen worden sein. Das Argument, Bonn hätte mit einer Verschlechterung der Beziehungen drohen können, entkräfteten sie mit dem Hinweis, daran sei doch niemandem gelegen gewesen, am wenigsten der deutschen Wirtschaft, für die der Iran der wichtigste Partner im Nahen Osten sei.
Besonders vor dem Hintergrund dieser günstigen Konstellationen drängte sich die Frage auf, wieso es drei Jahre hatte dauern können, bis Bonn die Freilassung der Geiseln durchgesetzt hatte. Und genau an diesem Punkt setzte das Dossier an, das Karst, wie Cullmann vermutete, von dem Unbekannten erhalten hatte.

Der Unbekannte wies anhand von Aufstellungen und Bankauszügen nach, daß die Aufbauhilfe von 300 Millionen Mark aufgrund des EG-Ratsbeschlusses am 13. März 1992 gesperrt und bei der Europäischen Entwicklungsbank eingefroren worden war. Eingefroren zu einer Zeit, als man, aufs Jahr umgerechnet, mehr als neun Prozent Zinsen bekam. Das Geld blieb über den Zeitpunkt der Freilassung der Geiseln am 17. Juni 1992 hinaus bis Mitte Juli bei dieser Bank liegen, und in diesen vier Monaten häuften sich Zinsen in Höhe von 9 360 000 Mark an. Überwiesen an den Libanon wurden nach Freilassung der Geiseln allerdings nur die avisierten 300 Millionen, das fragliche Konto war mit dem 31. Juli glattgestellt, also ohne Guthaben.
Anhand einer Überweisung von etwas mehr als neun Millionen – zufällig entsprach die Summe exakt den aufgelaufenen Zinsen – an eine Schweizer Bank, von dort an eine französische und weiter an eine arabische Handelsbank in Algier erbrachte der Unbekannte den Beweis, daß dieses Geld in den Libanon und zu jenem einflußreichen Clan gelangt war. Frankreich war Schaltstelle der Transaktion gewesen; die Franzosen unterhielten traditionell gute Beziehungen zum Libanon und den unterschiedlichsten Gruppierungen – nicht nur weil diese eine besondere Einstellung hatten, was die Lieferung von Waffen betraf.
Demnach, so das Fazit des unbekannten Informanten, hatte die Bundesregierung gelogen. Die Aufbauhilfe war mit voller Absicht so lange gegen Zinsen blockiert worden, bis deren Höhe in etwa den Forderungen des Clans entsprach. Allerdings hatte Bonn demnach faktisch keine Gelder aus bundesdeutschen Kassen an die Geiselnehmer überwiesen. Schließlich hatte es, kaum waren die deutschen Geiseln frei, Hafterleichterungen für die beiden in Deutschland einsitzenden Terroristen gegeben. Am Schluß verwies der Unbekannte auf den Umstand, daß man einen der Terroristen – man hatte ihn zu 13 Jahren Haft verurteilt – bereits nach etwas mehr als der Hälfte der Zeit entlassen hatte. Äußerst ungewöhnlich für den Umgang mit Terroristen, wie der Unbekannte meinte.
Cullmann wußte, welchen politischen Knüller er in Händen hielt: Eine Regierung, die es sich zum Ziel gesetzt hatte, den Terrorismus zu bekämpfen, hatte unterderhand Geschäfte mit Terrori-

sten gemacht. Und offiziell war verkündet worden, es habe keinerlei Absprachen oder Zugeständnisse gegeben.
»Das hier«, Cullmann wog die Blätter in der Hand, während er laut dachte, »hat mindestens solche Sprengkraft wie der Pakt zwischen Gewerkschaften und Opposition. Da es hierbei aber um eine amtierende Regierung geht«, sinnierte er weiter, »muß sich ein ganzes Volk verraten, verkauft und belogen fühlen.«
In dieser Erwartung verschickte Cullmann sein Dossier an verschiedene wichtige Stellen der Opposition. Die Medien klammerte er bewußt aus, denn er wollte ja gerade eruieren, ob es womöglich eine Absprache zwischen den großen Parteien gab.
Und dann wartete er. Tagelang tat sich nichts. Zumindest nichts in der Art, wie er es erhofft hatte. Im Gegenteil, er wurde Zeuge, wie sich die Opposition mehr und mehr in den eigenen Fallstricken verfing. So tauchte in einem Magazin ein geheimes Strategiepapier der Sozialdemokraten auf, in dem für noch rigorosere Steuererhöhungen plädiert wurde, als die Regierung im Rahmen der Wiedervereinigung bereits gefordert hatte. Eine Wochenzeitung meldete, die Opposition sei für die Freigabe von Drogen, vorausgesetzt, sie gewinne die Wahl. In beiden Fällen brach ein Sturm der Entrüstung in der Bevölkerung los, eine Flut von Leserbriefen ging bei den Zeitschriften ein. Zu Tausenden verließen Sozialdemokraten ihre Partei.
Dagegen wirkte ein anderer Bericht, publiziert in einem anderen Magazin, das sich in Konkurrenz zu dem führenden aus Hamburg befand, praktisch wie ein Notanker für die ins Trudeln geratene Opposition. Demnach sollte es ein Geheimtreffen zwischen Vertretern der großen Regierungspartei und der Republikaner gegeben haben. Und es wurde darüber spekuliert, ob sich hier eine Koalition Rechts mit Rechtsaußen anbahne.
Kurioserweise nahm die Öffentlichkeit der Regierung das Dementi ab. Es sei richtig, hieß es, man habe sich mit den Republikanern getroffen; es sei darum gegangen, den möglicherweise vorhandenen Einfluß dieser Partei auf bestimmte Jugendgruppierungen dahingehend geltend zu machen, daß es nicht zu weiteren Gewalttaten komme. Die Republikaner bestätigten diese Version. Flugs führte man die Tatsache, daß es zwei Wochen lang nicht zu rechtsextremistischen Ausschreitungen gekommen war,

auf dieses Treffen zurück. Folglich galt das Treffen als nicht vergeblich, und der Schritt der Regierung wurde letztlich positiv bewertet. So stellte man es in der größten deutschen Tageszeitung dar, anschließend dann in allen anderen.
Und Cullmann, der immer noch vergeblich auf eine Reaktion auf sein Dossier wartete, wunderte sich noch mehr. Ein internes Konzept der Sozialdemokraten machte die Runde, in dem es um eine Hinwendung zum total ökologischen Staat ging. Erhöhte Steuern auf alles, was auch nur ansatzweise Luft und Umwelt belastete, waren vorgesehen, Erhöhungen in einer Größenordnung bis zu 1000 Prozent. Im Vergleich dazu erschien die in der Vergangenheit oft von den Grünen geforderte Anhebung des Benzinpreises auf vier Mark pro Liter geradezu harmlos. Die Krönung aus wirtschaftlicher und finanzpolitischer Sicht war in Cullmanns Augen ein Beschluß des Bundesrates, die Unternehmer steuerlich zu entlasten. Das sei in Phasen der Rezession unumgänglich, wolle man die Konzerne zu Investitionen bewegen, so die Begründung. Und mitgetragen wurde diese Entscheidung durch Stimmen der sozialdemokratisch regierten Bundesländer.

Cullmann hatte den Beweis, es gab eine Absprache, eine Art Stillhalteabkommen zwischen den großen Parteien. Das allein konnte der Grund dafür sein, daß die Sozialdemokraten in der sogenannten heißen Phase des Wahlkampfes sein Dossier über die von der Bundesregierung geleistete Zahlung von Millionen an den erpresserischen Clan nicht einsetzten. Deshalb hörte er auf, sich über weitere Nachrichten aufzuregen, die den desolaten Zustand der Opposition immer deutlicher aufzeigten. Ihr seid selbst daran schuld, dachte er. Beklagt euch später nicht, und jammert uns nicht die Ohren voll!
So war es für Cullmann auch nicht verwunderlich, daß die letzten Umfragen eine Woche vor der Wahl die Regierung wieder knapp in Führung sahen, bei steigender Tendenz. Die Schwesterparteien konnten auf 40 Prozent hoffen, die Freidemokraten auf 7,5 Prozent. Das würde genügen, die Sozialdemokraten lagen mit 39 Prozent zurück. Den Republikanern traute man bis zu 7 Prozent zu, den Grünen maximal 5. Und da es klare Koalitionsaussagen

beider Regierungsparteien gab, man sei bereit, die politische Ehe fortzuführen, schien die Wahl gelaufen.
Cullmann wußte nicht, wie er sich verhalten sollte. Bestand für ihn überhaupt eine Verpflichtung, irgend etwas zu unternehmen? Er sah keine, denn er hatte keinen weiteren Auftrag von Öhlenschläger erhalten. Seit er Öhlenschläger in seinem Büro besucht hatte, war es nur noch einmal zu einem Kontakt zwischen ihnen gekommen. Und zwar, als der Ausputzer ihm verklausuliert darlegte, er brauche sich keine Gedanken zu machen, niemand sei daran interessiert, ihn neben seinem Bruder liegen zu sehen.
Ob er das von den entscheidenden Stellen mitgeteilt bekommen habe, hatte Cullmann ihn gefragt und, als er keine Antwort erhielt, seine Frage präzisiert: »Haben die Amerikaner auch zugestimmt?«
Öhlenschläger hatte sich gewunden wie ein Wurm in der Sonne. »Ja, ich habe mich bei meinem Kontakt erkundigt. Er hat es mir zugesichert.«
Cullmann durfte in dieser Angelegenheit nichts Schriftliches erwarten. Aber durch Öhlenschläger hatte er zumindest die Bestätigung erhalten, daß seine Forderungen bis zu den entscheidenden Stellen vorgedrungen waren. Und das hatte ihm vorerst genügt.
Einige Male war er zu Molle Fahrian gefahren, um sich mit ihm zu besprechen. Molle war ein Teil seiner Lebensversicherung geworden, denn Kopien aller Unterlagen und Abzüge der entscheidenden Fotos befanden sich in seinem Besitz. Und Molle hatte ihn zu beruhigen versucht. Bei allem, was vorgefallen sei, könne er davon ausgehen, daß man ihn künftig in Ruhe lasse. Im Grunde genommen sei er doch nur ein kleiner Fisch.
Aber je mehr Zeit vergangen war, desto klarer hatte Cullmann gespürt: Er wollte mehr. Deshalb entschloß er sich nun, Kriminalrat Schober aufzusuchen. Rückhaltlos informierte er den Beamten über alle Hintergründe und belegte seine Behauptungen mit den entsprechenden Unterlagen. Vier Tonbänder waren vollgesprochen, als Cullmann mit seiner Geschichte am Ende war. Und dann lastete eine Stille im Raum, so schwer wie die Behauptungen, die Cullmann aufgestellt hatte.
Schober strich sich über das glatte Haar. Das tat er oft, wenn er

sich konzentrierte. »Herr Cullmann, ich frage mich: Wieso ausgerechnet Sie?«
»Löbe war der Anfang. Löbe und seine Zahlungsschwierigkeiten.«
»Ja, das stimmt. Aber alles weitere? Sie sind da immer tiefer hineingeraten, ohne daß klar wäre, warum. Als gäbe es da einen unsichtbaren Regisseur.«
»Und ich habe selbst einiges aufgedeckt. Vergessen Sie das bitte nicht.«
Schober füllte zwei Gläser mit Cognac. Mit einem Zug kippten sie den hochprozentigen Alkohol hinunter.
»Weiß ich jetzt auch wirklich alles?«
»Heiliges Ehrenwort.«
Schober, sorgenvolle Falten im Gesicht, sah Cullmann skeptisch an. »Warum vertrauen Sie sich mir an?«
»Sie sind ein Teil meiner Lebensversicherung.«
»Und der andere Teil hat sich schon geäußert?«
»Ja. Es sei keine Aktion zu befürchten, hieß es. Aber ich verlasse mich wohl besser nicht darauf.«
Und dann zählte Schober, als wollte er sein Gedächtnis überprüfen, noch einmal die wichtigsten Dossiers auf, von denen Cullmann Kenntnis bekommen und die Karst mit prägnanten Überschriften versehen hatte. Bei jedem Stichwort reckte er einen Finger in die Höhe. »›Kranker Kain‹, die seltsame Überstellung von Honecker. ›Russische Puppe‹, der Putsch und seine Begleitumstände. ›Jugendfrei‹, die geheimen Versuche mit einer Abtreibungspille, banal geradezu – im Vergleich mit den anderen Kapiteln. Das ›Dreimonatskind‹, Adoption von Babys aus der Dritten Welt. ›Rennstall‹, die Dienstwagenaffäre, ebenfalls ein Klacks. ›Chaotenpoker‹, das Polizeidesaster bei der Uraufführung eines Musicals in Hamburg. ›Bum-Bum‹, der Verkauf von NVA-Waffen in Krisengebiete. ›Goldene Gans‹, die Ruhegeldbezüge unseres Ministerpräsidenten sowie sein luxemburger Konto. ›Ikarus‹, der deutsche Pilot im Golfkrieg. Und nicht zu vergessen ›Jagdsaison‹.« Alle Finger hielt Schober gespreizt in die Höhe.
»Richtig. Damit fing eigentlich alles an.«
»Und immer nur die Opposition.«

»Mit Ausnahme von ›Rennstall‹. Und von ›Bakschisch‹, da geht es um die Zahlungen in der Geiselaffäre.«
»Und nichts über Bakschisch in den Medien.«
»Totale Stille, als hätte es meine Einschreibbriefe überhaupt nicht gegeben.«
»Jetzt sitzen wir zwei kleinen Lichter hier in Saarbrücken und zerbrechen uns den Kopf über Zusammenhänge, von denen wir keine Ahnung haben.«
»Und wissen weder ein noch aus. Falls wir uns an die Presse wenden würden, man würde uns als Spinner und publicitysüchtige Lügner hinstellen.«
Sie tranken einen weiteren Cognac.
»Können Sie die Tonbänder sicher verwahren?«
Schober nickte. »Und Sie müssen Ihre Dokumente auch so deponieren, daß niemand Zugang dazu hat.«
»Keine Angst, das werde ich.«

Cullmann war allein in seiner Wohnung. Noch zwei Tage bis zum entscheidenden Sonntag. Wie die Bundestagswahl ausgehen würde, wußte er. Jeder wußte es. Und aus welchen Quellen all die verfänglichen Dossiers stammten, konnte sich Cullmann ausrechnen. Es gab nur einen Gewinner, die Partei des Unbekannten. War er wirklich so unbekannt?
Von einer Telefonzelle aus rief Cullmann bei Öhlenschläger an. Nicht, um sich dafür zu entschuldigen, daß er ihm zwei Wochen zuvor unterstellt hatte, der Unbekannte existiere nur in den Köpfen einiger weniger. Er hatte etwas anderes im Sinn.
»Ich brauche Ihre Hilfe.«
Öhlenschläger gab sich sehr reserviert. »Ob ich da der richtige Ansprechpartner bin?«
»Es geht nicht um Bakschisch.« Beiläufig ließ Cullmann das magische Wort fallen. Selbstverständlich hatte er auch der Saarbrücker Zentrale der Sozialdemokraten einen Satz Kopien zukommen lassen.
»Was . . . was wissen Sie von . . . von Bakschisch?« hörte er Öhlenschläger keuchen.
Cullmann reagierte nicht darauf. »Es geht um die Wahl. Wie ist die Stimmung?«

»Gedrückt.«
»Kann ich mir vorstellen. Ich brauche eine Eintrittskarte, besorgen Sie mir eine!«
»Für was?«
»Fürs Konrad-Adenauer-Haus, am Wahlabend. Da haben doch nur Geladene Zutritt.«
»Ich gehöre nicht zu dem erlauchten Kreis. Außerdem bin ich, was das angeht, Mitglied der falschen Partei.«
»Besorgen Sie sie mir irgendwie.«
Öhlenschläger konnte es nicht versprechen. Und auch Valeri, die Cullmann am Tag darauf ebenfalls fragte, gab vor, keine Beziehungen zu haben.
»Was ist mit deinem Exmann?«
»Der wird selbstverständlich dort sein. Es ist auch sein Sieg. Für die anderen wird es ja bitter. Ein bitterer Sieg.«
»Bitte geh ihn um eine Karte an.«
»Aber nur, wenn du mich mitnimmst.«
»Einverstanden.«
Öhlenschläger ließ nichts mehr von sich hören; Sebastian Kroninger dagegen versprach, zwei Karten am Eingang des Konrad-Adenauer-Hauses zu hinterlegen. Mit aufgedruckten Namen. Er sei in euphorischer Stimmung, verkündete Valeri, nachdem sie mit ihm telefoniert hatte.
»Kein Wunder. Ich möchte nicht wissen, welche Fäden er gezogen hat, damit sich die Dinge so entwickeln.«
»Soviel Einfluß traust du ihm zu?«
»Ich traue ihm alles zu. Wenn er morgen abend als neuer Kanzler präsentiert würde, für mich wäre das keine Überraschung.«
»Was macht ihn so gefährlich und so unangreifbar?«
Valeri zögerte mit der Antwort. »Einmal sein Wesen, unbeschreiblich brutal und skrupellos. Dann seine Herkunft, er hat Geld im Überfluß. Und sein Machtinstinkt. Wenn du dazu seinen unbeugsamen Willen nimmst, alles, was er sich in den Kopf setzt, auch durchzuboxen, dann hast du die perfekte Mischung eines Despoten, eines Mafiapaten oder eines Konzernchefs.«
»Und welche von den Eigenschaften zeichnen auch dich aus?«
Valeri sah ihn an. Unwillig hatte sie die Augenbrauen hochgezogen. »Was soll diese Frage?«

»Hast du nicht auch einen unbeugsamen Willen? Ist das Streben nach Macht nicht auch bei dir sehr stark ausgeprägt?«
»Natürlich, das stimmt. Aber doch im normalen Maß. Ich bediene mich nicht krimineller Machenschaften wie Sebastian.«
»Aber es gibt eine Eigenschaft, in der du ihm überlegen bist.«
Sie wandte sich ihm voll zu. Konzentriert versuchte sie in seinem Gesicht zu lesen. »Was meinst du?«
»Du kannst hassen, ich kenne niemanden, der das so mit allen Fasern seines Körpers kann wie du. Du empfindest einen unglaublichen Haß auf deinen Exmann. Immer, wenn die Rede auf ihn kommt, zitterst du. Deine Sprechweise ändert sich, dein Gesicht wird härter.«
Valeri schwieg. Sie raffte den Seidenmantel enger um ihren Körper, stand auf und lehnte sich neben dem Fenster an die Wand. Bleich war sie, noch bleicher als sonst, und das lag nicht daran, daß sie ungeschminkt war.
»Ja, ich hasse ihn«, stieß sie schließlich hervor. »Und es gibt niemanden in seinem Umfeld, der etwas anderes empfindet. Jeder, der mit ihm zu tun hat, haßt ihn. Sogar die Hunde hassen ihn. Aber sie kuschen auch. Wie die Manager des Konzerns, seine Angestellten und die Bediensteten. Genauso kuschen seine sogenannten Freunde, denen er haushoch überlegen ist. Weil er im Sinne des Wortes über Leichen geht. Wo andere Skrupel haben, fängt er erst an. Moral ist ein Fremdwort für ihn. Er ist Richter und Henker in einem.«

Der Kreis tagte an diesem Samstag vor der Wahl zum letztenmal. Es wollte keine rechte Stimmung aufkommen, weder Dollberger und Wodaz noch Henninghaus triumphierten. Öhlenschläger, der ein Gesicht zog, als würde soeben die Demokratie beerdigt, hatte sich in den vergangenen Tagen und Wochen mehr und mehr von den anderen distanziert. Selbst Dollberger, der durchaus etwas dafür übrig hatte, mit harten Bandagen zu kämpfen, empfand eine gewisse Scham, wenn er bedachte, welch unlautere Mittel diesmal im Spiel gewesen waren.
Wodaz wurde das Gefühl nicht los, daß dies ein geschenkter Sieg

war, ein Sieg ohne richtigen Wert, Henninghaus dagegen machte sich um die Hintergründe nicht allzu viele Gedanken. Seine Wiederwahl war gesichert, etwas Wichtigeres gab es für ihn nicht, abgesehen von der Börse. Und auch dort zeichnete sich eine positive Tendenz ab. Die Geldmärkte reagierten schon jetzt auf die politische Entwicklung.
Nur Marie-Luise konnte sich freuen. Der nächste Bundestag mußte zwar ohne sie auskommen, aber von ihrer Parteispitze hatte sie bereits die Zusicherung, als Frauenbeauftragte eingesetzt zu werden. Sie hielt sich für die eigentliche Siegerin. Im moralischen Sinn. Schließlich hatte sie ein großes Opfer gebracht und damit größeren Schaden von ihrer Partei abgewendet. Sie war stolz darauf, sich so engagiert, solchen enormen Verzicht geleistet zu haben. Ihr persönliches Interesse dem der Partei untergeordnet zu haben.
»Unsere Entscheidung, nichts über Bakschisch verlauten zu lassen, war richtig«, setzte sie zur Verteidigung der gemeinsamen Strategie an. »Der Wähler wäre nur restlos verwirrt worden.« Weil keiner etwas dazu sagte, sprach sie weiter: »Außerdem mußte eine Schlammschlacht verhindert werden, und das ist uns gelungen. Und wir haben den Unbekannten dazu bewegen können, nicht an die Öffentlichkeit zu gehen.«
»Ob wir jemals erfahren werden, wer es war, der alle an der Nase herumgeführt hat?« wollte Dollberger wissen.
Niemand äußerte sich.
»Nur zwei kommen für mich in Frage. Der eine wäre unser Kanzler, der von allem gewußt hat und in einige Vorfälle sogar selbst involviert war.«
»Und wer wäre der zweite?«
Ohne rechtes Interesse richtete Öhlenschläger das Wort an Dollberger.
»Ihr Chef aus dem Saarland. Der Ministerpräsident.«
Öhlenschläger erschrak, das Blut wich ihm aus dem Gesicht.
»Der . . . mein . . . Ministerpräsident?«
Dollberger nickte mit ernstem Gesicht. »Sonst kommt niemand in Betracht.«
»Und wieso?« Öhlenschläger beugte sich nach vorn, um nichts zu versäumen.

»Weil er einen Sack voller Gründe hat. Es geht nur um die Motivation, um das Warum.«
Öhlenschläger tippte sich an die Stirn. »Sie spinnen. Ich kenne niemanden, der die eigene Partei derart ins Chaos treiben würde.«
Dollberger deutete nur schwach mit dem Kopf in Richtung Marie-Luise, in seinen Augen das beste Beispiel dafür, daß so etwas sehr wohl vorkam. Marie-Luise verstand nicht so recht, was vorging, ihr Blick hetzte vom einen zum anderen.
»Ich will wissen, warum!« bellte Öhlenschläger und starrte Dollberger an.
»Wie hat man Hofer vor vier Jahren mitgespielt? Erst konfrontierte man ihn mit den unrechtmäßig erworbenen Ruhestandsbezügen, dann mit dem Konto in Luxemburg. Und dann überredeten ihn auch noch seine vermeintlich engsten Freunde, gleich nach der Wahl in Urlaub zu fahren. Das hat ihn den Kopf gekostet. Ein Kanzlerkandidat, der eine Wahl verloren hat, stellt sich der Situation, statt zu kneifen.«
Öhlenschläger konnte Dollberger nicht folgen. »Aber das ist doch . . .«
»Moment.« Dollberger hob eine Hand. »Es waren nicht die äußeren Umstände allein, es war der Stachel, der in Hofer saß. Freunde hatten ihn verkauft und verraten. Die eigenen Parteifreunde, von denen er geglaubt hatte, er könne sich auf sie verlassen. So etwas arbeitet, mein lieber Öhlenschläger, das frißt an einem. Und Hofer ist dafür bekannt, daß er nichts vergißt.«
Öhlenschläger sprang auf und fauchte seinen politischen Gegner an: »Wenn Sie diese ungeheuerliche Verdächtigung nicht sofort zurücknehmen, dann . . . dann . . .«

Die Wahllokale schlossen um 18 Uhr, erste Hochrechnungen bestätigten bereits eine halbe Stunde später den Sieg der Regierungsparteien. Auf der einen Seite grinsende, übermütige Gesichter mit einem Ich-habe-es-ja-schon-immer-gesagt-Blick, auf der anderen bedrückte Mienen, hängende Köpfe, Sorgenfalten und verkniffene Münder. Die einen rissen Witze, klopf-

ten sich gegenseitig auf die Schulter und beglückwünschten einander, bei den anderen wich jeder jedem aus, höchstens einen flüchtigen Händedruck gab es hier und da, und man verdrückte sich möglichst schnell in eine stille Ecke.
Die Sieger gaben ihre ersten Statements ab. Alle Sprecher bedankten sich zuerst beim Wähler, der entschieden habe und dessen Willen man nun konsequent umzusetzen gedenke. Dies sei die oberste Pflicht. Helfer wurden für ihren unermüdlichen Einsatz gelobt; allen Beteiligten, die dazu beigetragen hatten, daß man das Ruder doch noch habe herumreißen können, wurde gedankt.
Auch die Verlierer bedankten sich bei den Wählern. Man sah ihnen an, es war eine Pflichtübung. Sie gestanden ihre Niederlage ein, sagten jedoch, dies sei nicht der Zeitpunkt, Gründe zu nennen oder Schuldzuweisungen auszusprechen. Man werde die Lage zu analysieren und die Ursachen zu erforschen haben, und dann sei es durchaus möglich, daß personelle Konsequenzen gezogen würden, die Spitze der Partei nicht ausgenommen.
Die Freien Demokraten fühlten sich als das Zünglein an der Waage und taten plötzlich so, als hätten sie noch keine endgültige Koalitionszusage gemacht. Sie kokettierten mit der Floskel, alles sei offen, man werde sich in Ruhe anhören, was die beiden möglichen Partner zu sagen hätten. Vor allem werde man selbstverständlich darauf drängen, die eigene Politik umzusetzen. Das könne auch bedeuten, daß man Anspruch darauf erhebe, einen Minister mehr aus den eigenen Reihen zu stellen.
Dann kam die Stunde des Kanzlers. In der Menge wegen seiner Größe kaum auszumachen, sprang er auf die provisorisch errichtete Bühne und parlierte in geschliffenen Formulierungen. Hinter einem Wust von Mikrofonen hervor schaute er in die Runde, ein schalkhaftes Blitzen in den Augen. Ob gewisse Gerüchte zu ihm durchgedrungen seien, wurde er gefragt. Auf Gerüchte gebe er nichts, erklärte er, er habe Wichtigeres zu tun.
Der Kanzler ließ sich durch keine noch so provozierend vorgetragene Frage aus der Ruhe bringen. Er demonstrierte die Stärke des Siegers. Und er zeigte sich zum Scherzen aufgelegt. Eine Wahl sei erst dann gewonnen, wenn alle Stimmen ausgezählt seien, sagte er und berief sich auf einen Fußball-Bundestrainer,

der die Spielregeln einmal so erklärt hatte: Um zu gewinnen, müsse man einfach ein Tor mehr schießen als der Gegner. Er selbst, so der Kanzler, habe in der Vergangenheit des öfteren auf diese einfache Regel hingewiesen, wenn die Demoskopen ihm und seiner Regierung ein Desaster voraussagten. Und was habe sich nun gezeigt? Das Volk habe die Bemühungen der Regierung anerkannt und sich für eine weitere Legislaturperiode solider Politik entschieden. Falls die Hochrechnungen aufgingen, entspräche das Ergebnis in etwa dem der letzten Wahl. Die Deutschen hätten sich klar zur Einheit bekannt, verkündete er, und zu den Kosten, die jede Ehe nun mal mit sich bringe. Einige der Umstehenden lachten beifällig.

Cullmann und Valeri standen in der ersten Reihe, gleich neben Kroninger, der mit dem Kanzler um die Wette strahlte.

»Das wird eine tolle Wahlnacht«, verkündete er, und Valeri flüsterte Cullmann zu: »Sebastian hat ein ganzes Hotel gemietet und seine Vasallen zum Feiern eingeladen.«

Wieder kam einer der Reporter auf Gerüchte zu sprechen, was der Kanzler jedoch mit einer Handbewegung wegwischte. Dadurch, daß man Gerüchte permanent wiederhole, gewännen sie nicht an Plausibilität.

Von den nach vorn drängenden Zuhörern mitgerissen, kam Cullmann näher und näher ans Rednerpult. Die wenigen Saalordner konnten dem Druck nicht standhalten und zogen sich bis auf die Bühne zurück.

»Richtig familiär geht es heute zu«, meinte der Kanzler, nachdem er einen innigen Blick in die Runde geworfen hatte. »Und ich freue mich, daß ich zumindest in der Stunde des Sieges wieder so viele Freunde um mich habe.«

Es war eine Spitze, aber keiner fühlte sich getroffen. In diesem Moment zählten die Querelen der Vergangenheit nicht; der Kanzler hatte das Unmögliche geschafft, nur darauf kam es an.

Cullmann kam neben den persönlichen Referenten des Kanzlers zu stehen, der bewundernd zu seinem Herrn aufsah. Cullmann entschuldigte sich, er hatte den andächtig Lauschenden angerempelt. »Pardon. Ganz schön eng hier, tut mir leid.« Der Referent lächelte verklärt.

Ganz zum Schluß, der Kanzler traf bereits Anstalten, das

Podium zu verlassen, fragte Cullmann so, daß alle es verstehen konnten: »Haben Sie Ihre Memoiren schon verfaßt?« Er hatte seinen Kassettenrecorder dabei und streckte nun dem Kanzler das Mikrofon entgegen.
Der Angesprochene blickte auf Cullmann herab. »Meinen Sie, es wäre schon an der Zeit?«
»Das nicht. Haben Sie?«
Der Kanzler lächelte in die Kameras. »Also, ich habe vor einiger Zeit damit begonnen«, gab er schließlich zu. »Aber Memoiren veröffentlicht man für gewöhnlich erst dann, wenn das letzte Kapitel geschrieben ist. Ist damit Ihre Frage beantwortet?«
»Halten Sie das bisher Geschriebene unter Verschluß?«
»Wie meinen Sie das?« Der Kanzler rückte seine Nickelbrille zurecht. Der intellektuelle Touch stand ihm gut.
»Könnte es nicht sein, daß manche Passagen Ihrer Memoiren den einen oder anderen Vorfall der Vergangenheit in einem völlig anderen Licht erscheinen ließen?«
Valeri stieß Cullmann an. »Idiot, jetzt ist es aber genug.«
Der Kanzler zeigte Verständnis. »Junger Mann, meine Memoiren, falls ich sie jemals veröffentlichen sollte, werden die Politik wiedergeben, die mitzugestalten ich versucht habe. Ich werde nichts verheimlichen, dazu habe ich nicht den geringsten Grund.«
Ein letztes Winken in die treu ergebene Menge, Beifall brandete auf, dann zwängte sich der Kanzler, seinen Referenten im Schlepptau, zum Ausgang.
Cullmann hatte es auch eilig. Während der Kanzler samt Begleitung in einem Raum verschwand, in dem er sich einen Augenblick entspannen und einen Schluck trinken konnte, suchte Cullmann die Toilette auf und schloß sich ein. Immer noch lief sein Aufnahmegerät; der Ton war zwar ausgeschaltet, aber am Ausschlagen eines Zeigers war zu erkennen, daß etwas aufgezeichnet wurde. Cullmann war mit sich zufrieden.

»Was sollte der Quatsch«, schimpfte Valeri, als sie im Auto saßen und über die Eifelautobahn zurück nach Luxemburg fuhren. »Welcher Teufel hat dich geritten? Leidest wohl unter Komplexen und hattest das unstillbare Bedürfnis, dich auch mal als Starreporter aufzuspielen?«

Cullmann, der die Lehne des Beifahrersitzes weit nach hinten gestellt und es sich bequem gemacht hatte, antwortete nicht.
»Wolltest auch mal in der ersten Reihe stehen, was?« Valeri warf ihm einen schnellen Blick zu. Inzwischen war es kurz vor Mitternacht. Im schwachen Lichtschein der Armaturen konnte sie ihn nur als Silhouette ausmachen.
»Sebastian hat zu mir gesagt, er sei heilfroh, nicht mit dir ins Geschäft gekommen zu sein, es wäre doch nur ein Reinfall geworden. So einen Schwachkopf wie dich, der den Kanzler nach seinen Memoiren fragt, könne er nicht brauchen.«
»Bedauerlich, daß dein Sebastian herhalten muß. Sonst versprühst du nur Gift gegen ihn, und jetzt auf einmal versteckst du dich hinter ihm.«
»Du verwechselst Fakten mit Emotionen.«
Cullmann, immer noch die Ruhe selbst, sah sie spöttisch an. »Ich weiß überhaupt nicht, warum du dich so aufregst. Alle Großen unserer Zeit veröffentlichen irgendwann mal ihre Memoiren. Ist nicht gerade dein entfleuchter Göttergatte unheimlich scharf auf gewisse Kapitel?«
Valeri drosselte die Geschwindigkeit. Allmählich beruhigte sie sich. »Du spielst auf die Situation in seinem Jagdhaus an?«
»Ja.«
»Das sei vorbei, hat Sebastian gesagt, aus dem Buch werde nichts.«
»Na, wer sagt's denn. Ist ja auch nicht mehr erforderlich. Die Wahl ist gelaufen.«
»Mensch, Bodo!« Valeri klopfte mit der flachen Hand aufs Lenkrad. »Komm wieder runter zu uns Sterblichen. Deine Theorie hat keinerlei Substanz.«
»Und was hast du selbst noch vor zwei oder drei Wochen gesagt, als ich dir alles gezeigt habe?«
»Bodo, habe ich wirklich alles gesehen? All deine Unterlagen?«
»Selbstverständlich.«
Valeri seufzte. »Ich gebe zu, einiges hat mich stutzig werden lassen. Aber damit kann man doch keine Wahl beeinflussen, wie du behauptet hast. Wir leben in einer Demokratie, die Wähler entscheiden, und die sind nun mal unberechenbar.«
»So? Bist du dir sicher?«

Valeri starrte auf die Fahrbahn.
»Und wenn es noch andere brisante Beschuldigungen gegen die Opposition gegeben hat, von denen wir gar nichts wissen, was dann?«
Valeri steuerte nahe der Ausfahrt Manderscheid eine Raststätte an. Bei einem Kaffee saßen sie sich gegenüber.
»Bodo, die Opposition lag so weit in Führung. Keine Partei würde so ein Spiel mitspielen, wenn sie die Chance hat, an die Macht zu kommen.«
Cullmann nickte. »Es sei denn, der Machtverlust, in diesem Fall die Wahlniederlage, ist das kleinere Übel. Welche Anschuldigungen müssen da erhoben worden sein, das frage ich mich!«
»Du steigerst dich in etwas hinein. Wenn du so weitermachst, dann zerfleischst du dich.«
»Also die Finger davon lassen und den eitlen Sonnenschein nicht stören.«
»Jedenfalls nur dann, wenn du einen triftigen Grund hast. Und stichhaltige Beweise.«
Valeris Hand kroch unter dem Tisch über Cullmanns Oberschenkel bis in den Schritt. »Komm, laß uns nach Hause fahren. Binnen einer Stunde werde ich dich auf andere Gedanken bringen. Auch ohne Videos.«

Die Augen geschlossen, den Kopf in die Hände gestützt, saß er am Tisch. Äußerlich ruhig, die personifizierte Konzentration, aber innerlich zum Zerreißen angespannt. Kein Detail durfte er sich entgehen lassen. Wieder und wieder hörte sich Cullmann das Tonband an. Deutlich war die Stimme des Kanzlers zu erkennen. Und die seines Referenten.
»Mensch, Rümmel, haben Sie den komischen Vogel gekannt?«
»Den mit den Memoiren?« fragte der Referent
»Ja. Sonderbar, was der alles wissen wollte. Woher diese seltsame Neugier?« Cullmann sah im Geiste vor sich, wie Rümmel unschlüssig mit den Schultern zuckte.
»Und dann diese Anspielung auf bestimmte Kapitel, Rümmel. Hat der sie noch alle?«
»Weiß nicht. Ich werde herausfinden lassen, für welche Zeitung er arbeitet.«

Eine Pause entstand, die Geräusche deuteten darauf hin, daß die beiden etwas tranken.
»Memoiren, Vorfälle aus der Vergangenheit, in einem anderen Licht . . .« Cullmann hörte den Kanzler lachen. »Wenn die wüßten, was, Rümmel?«
»Ja, Herr Bundeskanzler.«
»Wir könnten schon ein Liedchen singen, Sie und ich. Wir haben so einiges miterlebt.«
»Ja, Herr Bundeskanzler.«
»Erst vor drei Wochen der Bimbo mit seinen drei Frauen. Wollte unbedingt noch eine vierte haben. Und blond mußte sie sein. Was hat sie noch mal gekostet?«
»Zweitausend, für eine Nacht.«
»Donnerwetter. Ist sie im Preis hochgegangen?«
»Wegen der Sauereien, die er verlangt hat.«
Die beiden Männer kicherten.
»Oder unser Nato-Fritze«, hörte Cullmann den Referenten sagen. »Jetzt braucht er schon einen, der ihm hilft, sein Korsett zu schnüren. Er will ja immer so militärisch korrekt aussehen.«
»Mein lieber Rümmel, wie ich den kenne, trägt er neben seinem Strulli eine Handgranate in der Hose. Will endlich mal scharf sein.«
»Hahaha.« Rümmel lachte pflichtschuldigst.
»Eine Handgranate ohne Zünder. Pst, Leo kommt.«
Cullmann vernahm, wie die Männer einander begrüßten und Rümmel artig »Jawohl, Herr Finanzminister« sagte. Es folgten zwei Minuten nichtssagendes Geplapper, Albereien, Witze über die aufgescheuchten Hühner von der Opposition, die jetzt vollkommen ohne Orientierung seien, politisches Fallobst. »Daran werden die noch lange zu schlucken haben, was Leo?« Dann mußte Leo zu einem Interview.
»Sagen Sie mal, Sie haben doch meine privaten Aufzeichnungen unter Verschluß?«
»Selbstverständlich. Im Schließfach einer Bank, wie von Ihnen gefordert.«
»Na also. Wer kann da schon dran? Ist doch absolut sicher, oder nicht?«
Cullmann stellte sich Rümmels Nicken vor.

»Geben Sie mir bitte noch eines von Ihren Pfefferminzbonbons. Muß gleich wieder raus. Jetzt werde ich der Meute von Reportern mal die Meinung sagen, diesen großkotzigen Aufklärern der Nation, die Husten nicht von Furzen unterscheiden können.«
Cullmann malte sich aus, wie Rümmel in die Jackentasche griff. Dann knackte und knirschte es auf dem Band.
»Was ist denn das?«
»Ich weiß nicht, was Sie . . .«
»Dort auf dem Boden. Ist Ihnen gerade aus der Jackentasche gefallen.«
Und zwei Sekunden später: »Mensch, Rümmel, das ist ein Mikrofon. Wir werden abgehört. Rufen Sie sofort den Sicherheitsdienst!«
Das war der Augenblick, in dem Cullmann fluchtartig die Toilette verlassen hatte. Der Zeiger hatte wie wild ausgeschlagen, und das tat er nur, wenn man die empfindlichen Lauschgeräte direkt vor den Mund hielt und hineinsprach.

Was nach dem Abhören des Bandes folgte, war eine oft geübte Zeremonie. Und das Eingeständnis der eigenen Unfähigkeit. Cullmann setzte sich ins Theater und starrte hinauf zur Bühne. »George, was hättest du an meiner Stelle getan? Du bist doch der schlauere von uns beiden?«
Cullmann sah Gerard als George über die Bühne spazieren, gravitätisch, sich seiner Wirkung bewußt. »Nicht schlecht, wirklich nicht schlecht für dich, Lennie, der du nur mit deiner physischen Kraft bestehen kannst. Nicht schlecht. Aber warum soll ich denn schon wieder für dich denken? Warum deinen Kopf spielen? Du bist draußen in der weiten Welt. Beweise dich. Sieh zu, wie du zurechtkommst.«
»Aber ich bin hilflos ohne dich.«
»Gib du mir deine Kraft, und ich gebe dir meine Intelligenz.«
»Du weißt, George, das geht nicht.«
»Sicher, Lennie. Aber warum? Weil ich tot bin?«
»Auch. Aber es ginge auch sonst nicht.«
»Und wieso?«
»Man kann nicht Kraft gegen Intelligenz tauschen.«
Cullmann folgte George mit dem Blick. Der machte eine Wende

und kam wieder auf ihn, Lennie, zu. »Prima, mein starker Bruder. Du kannst ja richtig überlegen. Wenn das ginge, dann wollten alle Intelligenten auch noch stark sein. Aber möglichst, ohne etwas von ihrer Intelligenz abzugeben. Und glaube mir, Lennie, sie würden es schaffen. Dann hättest du noch nicht einmal mehr deine Kraft. Was wäre dann?«
»Ich weiß nicht«, antwortete Lennie kleinlaut. »Sag du mir, was ich tun soll.«
»Habe ich dir bisher nicht immer gesagt, was du tun sollst?«
»Ja, hast du.«
»Auch in diesem Fall habe ich es dir gesagt, Lennie. Leider hast du es nicht verstanden. Du bist eben nur stark.«
»Du hast es mir gesagt?«
George wandte sich ab und ging davon. Er warf noch einen spöttischen Blick über die Schulter und sagte: »Ja, habe ich.« Dann war er hinter dem schwarzen Tuch verschwunden.
Cullmann erhob sich schwerfällig und stieg auf die Bühne, als wollte er hinter George herlaufen. Er begann zu sprechen: »George hat es Lennie gesagt, und Lennie kann nichts damit anfangen. Lennie ist eben nur stark. Und ich bin noch nicht einmal das. George . . . Gerard, laß mich nicht dumm sterben. Was hast du mir bereits gesagt? Warum hat Karst sich für dich interessiert? Du bist clever, aber du bist auch der Labilere von uns beiden. Was hast du noch alles ausgefressen?« Und nachdem er einige Sekunden abwartend mitten auf der Bühne gestanden hatte, fuhr Cullmann fort: »Gerard, in einem einzigen Stück haben wir gemeinsam gespielt. Die gleichen Rollen wie im Leben. Das ist meine intensivste Erinnerung an dich, sie lebt in mir. Ich will dich nicht anders sehen, für mich bist du George. Komm, George, hilf Lennie!«
An diesem Tag half George Lennie nicht. Auch nicht in den nächsten. Und Cullmann steigerte sich in eine seltsame Verbissenheit hinein, er konnte nicht anders. Es wurde ihm zur fixen Idee, daß nur sein toter Bruder Gerard ihm helfen könne. Wobei helfen? Genau das war die Frage. Wobei konnte Gerard ihm helfen? Was wollte er von ihm wissen? Und wie sollte Gerard ihm helfen, wenn er selbst nicht einmal wußte, um was es eigentlich ging?
»Es geht um die Memoiren. Es geht um die Kapitel, es geht um

die Erpressung und um den Unbekannten«, stieß Cullmann wie im Trotz hervor, als er wieder einmal auf der Bühne stand und hinunter in den leeren Saal blickte. »Es geht um Sachen, die ich nicht verstehe. Es geht um meinen engen Horizont, der mich einengt und blockiert. Es geht um meine Begriffsstutzigkeit und um meine Beschränktheit, die mich nur Geschehnisse akzeptieren läßt, die in mein Weltbild passen. Und was hier vorgegangen ist, begreife ich nun mal nicht.«
»Aber ich dachte, mein lieber Lennie, du hättest den Fall gelöst? Auf geniale Art mit Hilfe eines Mikrofons gelöst«, hörte Cullmann George sprechen.
»Ja, das dachte ich zuerst auch. Aber ich glaube nicht mehr daran. Es wäre zu einfach. Es wäre nicht ein Stück aus dem Leben. Das Leben ist nun mal nicht einfach.«
»Wem sagst du das, Lennie! Wer kann das besser beurteilen als ich?«
»Und die Politik ist das Komplizierteste, was ich kenne. Menschen geben sich auf, um nach oben zu kommen. Sie gehen über Leichen. Sie reden, ohne etwas zu sagen. Und wenn sie was sagen, dann darfst du ihnen nicht glauben. Prinzipien werden zu Ballast, Freunde werden zu Ballast und sogar Familien. Dafür pflegt man Eitelkeiten. Und die perfekte Umsetzung der einstudierten Rollen, die man fortan zu spielen hat.«
»Erstaunlich, mein lieber Lennie, was du schon alles gelernt hast. Wirklich erstaunlich. Aber stell nicht immer bloß Fragen, gib dir auch einmal Antworten.«
Cullmann kannte die Fragen und suchte nach Antworten. Das Blatt mit Gerards vermutlich letzten Worten, die Kopie, die er von Schober erhalten hatte, war schon ganz abgegriffen. »Ich hatte einen Traum«, begann der Text und endete mit: »Dann schon lieber angestrahlt durch schwarzes Glas. So wie George, wenn er abtritt.«
Aber eine Antwort erhielt er auch jetzt nicht.
»Sag mir, was ich tun soll, George!«
»Du wiederholst dich.«
»Bitte, George.«
»Habe ich dir bisher nicht immer gesagt, was du tun sollst?«
»Ja, hast du.«

»Auch in diesem Fall habe ich es dir gesagt, Lennie. Leider hast du es nicht verstanden. Du bist eben nur stark.«
Cullmann sprang auf und lief wie ein Gehetzter im Theater umher. »Gerard, du lügst. Nichts hast du mir gesagt, nichts.« Cullmann schrie, Cullmann tobte und fluchte. »Gerard, du verarschst mich, du läßt mich leiden, du rächst dich. Warum das alles?«
»Komm, Lennie, wir spielen noch einmal gemeinsam.«
Cullmann stapfte wütend auf die Bühne. »Spielen willst du mit mir? Das kannst du haben. Ich baue die Kulissen auf, und dann spielen wir. Ich sagte: Wir spielen. Und zwar gemeinsam. Ich warne dich: Versuch nicht dein eigenes Spiel mit mir zu machen.«
Cullmann schob Requisiten beiseite und stellte das Bühnenbild für ›Von Mäusen und Menschen‹ nach, die Schlußszene für George und Lennie. Dann zog er sich um. Er schlüpfte in eine dunkle Hose, zog ein kariertes Hemd an und zerrte sich die breiten Hosenträger über die Schultern.
»Es kann losgehen, George. Ich bin bereit.«
»Das Licht.«
Cullmann schaltete das Licht ein, die Lampen im Saal löschte er.
»Gut so. Und jetzt auf deinen Platz, Lennie.«
Cullmann stellte sich in eine Ecke der Bühne, halb dem Saal, halb George zugewandt.
»Mehr nach links«, beschwerte sich George, »du mußt später noch den Scheinwerfer bedienen. Weißt du das denn nicht mehr?«
»Natürlich.«
Cullmann war so versunken in Georges Spiel, daß er gebannt zuschaute und seine eigene Rolle vollkommen vergaß. Immer wieder mußte George ihn ermahnen und ihm das Stichwort geben, aber dann lief Lennie zu ungewohnter Form auf. Frei trug er seinen Text vor, zum erstenmal wirklich frei, intuitiv fand er die richtige Körpersprache, die eines bärenstarken, schwerfälligen jungen Mannes, der oftmals Worte durch Gesten ersetzt.
Das Stück war zu Ende, George wollte gehen. »Der Scheinwerfer«, zischte er ungeduldig. »Schalt den Scheinwerfer an!«
»Verzeihung, George, ja, der Scheinwerfer.« Cullmann legte den Hebel um, nichts tat sich.

»Lennie, du starker dummer Lennie, den Scheinwerfer. Sonst kann ich nicht abtreten. Der Effekt gehört zu meiner Rolle.«
»Warte, George, einen Augenblick, ich bin schon dabei.« Cullmann lief dem Kabel nach, die Lampe war an den Stromkreis angeschlossen. Noch einmal legte er den Hebel um. »George, es funktioniert nicht. Der Scheinwerfer geht nicht.«
»Los, Beil dich, die Zuschauer warten. Sie werden ungeduldig.«
»Ja, George, ich beeile mich.« Cullmann schlug mit der flachen Hand gegen das Metallgehäuse. Nichts tat sich.
»George, was soll ich . . .«
»Sieh nach, ob die Birne fest sitzt.«
»Ist gut.«
Cullmann entriegelte die Klappe und schaute in das Gehäuse. »Die Birne ist es nicht, George, aber hier liegt eine Menge Papier rum. Viele Blätter, ein richtiges Bündel.«
»Lennie, habe ich dir bisher nicht immer gesagt, was du tun sollst?«
»Ja, hast du.«
»Auch in diesem Fall habe ich es dir gesagt, Lennie. Leider hast du es nicht verstanden. Du bist eben nur dumm.«

Cullmann hatte seine Lösung. Schwarzes Glas, der Scheinwerfer mit der undurchsichtigen Glasscheibe, die Georges letzte Szene verschluckte, wenn sie vor das Lichtbündel geschoben wurde. Und in dem Gehäuse ein Stapel Papiere, mit einem Heftstreifen zusammengehalten.
»Na, du starker, d . . ., lieber Lennie, hast du es gefunden?« stand auf dem obersten. Cullmann fragte sich nicht, woher Gerard gewußt hatte, daß er an dieser Stelle suchen würde. Wieso er überhaupt gewußt hatte, daß es eine Verbindung geben würde zwischen der Zukunft und der Vergangenheit, seiner, Gerards Vergangenheit.

»Mein lieber Bruder, ich habe noch wenige Tage. Und wenn ich schreibe, mein lieber Bruder, dann lüge ich. Ich müßte schreiben: An das Liebste, was es für mich je gegeben hat. An das Wichtigste, das Kostbarste, an meine Zukunft, denn ich will bei dir sein. Ich will, daß es in dir einen Ort für mich gibt, einen Raum, in den ich mich zurückziehen kann. Ich brauche deinen Schutz, Bodo, hilf mir. Ich will nicht sterben, ich habe Angst. Und ich bin nicht George, ich bin dümmer als Lennie, ich habe nur noch Angst. Keinem außer dir gestehe ich das Recht zu, über mich zu urteilen. Und wenn du sagst: Gerard, du bist das mieseste Schwein auf der Welt, ich akzeptiere es. Trotzdem liebe ich dich. Nein, dazu steht nicht im Widerspruch, daß ich dich ausgenutzt habe. Dazu steht nicht im Widerspruch, daß du dich vergeblich bemüht hast, aus mir einen halbwegs anständigen Menschen zu machen. Und am wenigsten steht dazu im Widerspruch, daß du den Griff in Vaters Kasse getan hast und nicht ich. Bodo, auch wenn du mir damals nicht beigestanden hast, ich war dir nicht böse. Im Gegenteil, einmal für dich die Prügel einzustecken verlieh mir ein gewisses Maß an Stärke. Und schenkte mir die Einsicht: Mein Bruder hat auch Schwächen. Und das machte dich mir noch sympathischer.

Wenn du diese Unterlagen findest – vielleicht findet sie auch ein anderer und hat die Freundlichkeit, sie dir, Bodo Cullmann, auszuhändigen –, dann werde ich längst tot sein.

Mit dem Abschluß meines Lebens, wenn du so willst, auf dem Höhepunkt meiner Krankheit, habe ich auch einen Höhepunkt als Auftrag angenommen. Wie man auf mich gekommen ist, ich weiß es nicht, aber es gibt gutes Geld. Ich brauche Morphium, anders halte ich die verdammten Schmerzen, die verdammten Gedanken nicht aus, und deshalb werde ich es tun. Meine Aufgabe ist es, diese Blätter (natürlich die Originale, was du in Händen hältst, sind Kopien), einem gewissen Klaus Öhlenschläger zu übergeben. Er hat sein Büro irgendwo beim Ministerpräsidenten in Saarbrücken. Ich habe die Unterlagen bei einem geheimen Treffen erhalten und mußte dem Kurier fünfzigtausend Mark aushändigen. Mir blieben zehn. Fast wäre ich mit dem Geld durchgebrannt, aber ich habe ja nicht mal mehr Zeit, es auszugeben. Mein Name war nicht Gerard Cullmann, sondern Gustav. Ich nannte mich Gustav, Gustav klingt noch dümmer als Lennie. Woher die Unterlagen kommen, weiß ich nicht. Was sie zu bedeuten haben, konnte ich nachlesen. Hier wird jemand fertiggemacht, anhand von Kontoauszügen und Belegen für Geldüberweisungen fertiggemacht. Du wirst es gleich sehen. Und wenn du

die Möglichkeit hast, dann mach meinen Fehler wieder gut. Ich muß das Bündel aushändigen, meine Schmerzen sind stärker als mein Verstand. Gott sei Dank kann ich mit Morphium beides betäuben.
Wenn ich diese Papiere abgeliefert habe, soll ich in die Nähe von Saarburg kommen. Zu einem weiteren Treffen. Vielleicht erteilt man mir dort noch einen Auftrag?
Ich verabschiede mich jetzt von dir.
Gerard
Gib mir mein Eckchen, ich will mich endlich ausruhen, Bodo. Das ist meine allerletzte Bitte an dich. Und deck mich bitte mit deinen Gefühlen zu. Ohne friert es mich.«

Cullmann liefen die Tränen über die Wangen. »George, Gerard, du hast deinen Platz. Tief in meinem Innern, in der Mitte meines Ichs.«

Cullmann verbrachte die schönste Nacht seines Lebens, allein mit sich und seinem Bruder. Eine seltsame Symbiose aus Wachen und Träumen, Vergangenheit und Zukunft, Leben und Sterben. Eine Mischung aus Fiktion und Realität, Wunschvorstellung und Wunscherfüllung. Er fühlte sich als Beschützer und der zu Beschützende, als Ratsuchender und Ratgeber. Ihn durchströmte ein Glücksgefühl, wie er es nie für möglich gehalten hatte. Gerard hatte ihn gemocht, ihn geliebt. Alles andere schrumpfte zusammen zur absoluten Bedeutungslosigkeit.
Mit einemmal fühlte Cullmann sich frei. Der Druck, den er jahrelang verspürt hatte, die Schuldgefühle, die an ihm gefressen hatten, weil er glaubte, seinem Bruder nicht genügend geholfen zu haben, sie vergingen in dieser Nacht.
Aber Gerard hatte ihm auch eine Aufgabe gestellt. Und sie lautete: Ich vererbe dir mein Problem. Löse es. Sei nicht Lennie, sondern mach es wie George. Nur dadurch gibst du mir Ruhe. Und dir selbst, denn ich bin in dir. Vergiß das nicht!
Cullmann studierte die Unterlagen, aus denen hervorging, daß der Ministerpräsident seines Landes für die Vermittlung eines Grundstücks an der belgischen Nordseeküste eine stattliche Zuwendung erhalten hatte. Die Summe war auf ein Konto seiner

Freundin bei einer luxemburgischen Bank überwiesen worden. Und allein Hofer war berechtigt, Geld abzuheben.
Warum habe ich davon nichts in Karsts Unterlagen gefunden, fragte sich Cullmann. Weil die Angelegenheit schon so lange zurückliegt, nicht in das Muster der Erpressungen hineinpaßt? Oder weil dieses Dossier längst seinen Zweck erfüllt hat, vor vier Jahren schon, und deshalb abgenutzt und ohne Bedeutung ist? Vor allem für die Amerikaner ohne Bedeutung ist, denn Karsts Dossiers waren, als Preis für einen Mord, ausschließlich für sie bestimmt.
Und noch etwas war aus den letzten Unterlagen zu ersehen: die Bank, auf die das Geld überwiesen worden war; diejenige, von der es kam; und die, die über ihr Datensystem nachgeforscht und den heimlichen Transfer aufgedeckt hatte.
Verdammt, Gerard, du hast mir eine Nuß zu knacken gegeben! Eine Nuß, die mir seit langem zu schaffen macht. Irgendwo hatte Cullmann einmal vom größten Puzzle aller Zeiten gehört, mit über zweihunderttausend Einzelteilen, die zusammengesetzt eine Fläche von 50 Quadratmetern ergeben sollten. Sein Puzzle war längst nicht so umfangreich, aber die Einzelteile waren auch keine zum Anfassen. Er konnte sie betrachten, aus dieser und aus jener Perspektive, und jedesmal ergab sich ein anderes Bild. Diese unterschiedlichen Blickwinkel zurechtzurücken und zu vereinheitlichen, sie zu einem Gesamteindruck zusammenzufügen, das war seine Aufgabe.
Gerard hatte ihm den entscheidenden Hinweis geliefert, daran mußte er sich orientieren. Was noch fehlte, war, daß Cullmann sich über seine Vorgehensweise Klarheit verschaffte, damit er die richtigen Schritte in der richtigen Reihenfolge tat. Cullmann stellte überrascht fest, daß er in den letzten Wochen eine wichtige Eigenschaft entwickelt hatte, die möglicherweise schon lange in ihm geschlummert hatte: Beharrlichkeit, der Wille, sich bis zum Ende vorzutasten. Nur so vermochte er sich zu erklären, warum er noch immer in die Geschichte involviert war. Er hatte sich festgebissen, die Herausforderung angenommen. Um es sich zu beweisen. So, wie George es auch getan hätte. Und wenn ich diesen Fall gelöst habe, sagte er sich, dann habe ich Ruhe. Endlich Ruhe. Dann muß ich nicht länger meiner Chance hinterherlaufen.

In den folgenden Wochen hatte Cullmann viel zu tun. Valeri sah ihn nur sporadisch und beschwerte sich. Schober erwischte ihn, wenn überhaupt, nur für Minuten, um mit ihm reden zu können. Und Öhlenschläger, dem ›Bakschisch‹ schwer und unverdaulich im Magen lag wie ein zu fettes Abendessen, rief unentwegt an und erklärte, er wolle sich endlich mal mit ihm treffen. Es gebe doch soviel zu bereden. Auch eine neue Art von Zusammenarbeit sei möglich. Nicht nur tageweise, sondern über einen längeren Zeitraum, und dazu weitaus profitabler als die bisherige.

War es zunächst ein Tunnel, dunkel und endlos lang, in den Cullmann hineinstolperte, mit jedem Schritt wurde schließlich der kleine helle Punkt am Ende größer. Und Schritt für Schritt löste er sein Problem. Lennie und George lösten das Problem, denn Cullmann befand sich in ständiger Zwiesprache mit seinem Bruder.

»Na, was sagst du nun?« fragte er ihn, wenn er auf ein Zwischenergebnis stolz war. »Wie würdest du jetzt vorgehen«, wenn ein Weg sich als Sackgasse entpuppt hatte. Der ständige Dialog zwischen Gerard und ihm, zwischen George und Lennie, half ihm weiter, und er schuf eine Bindung zwischen ihnen, die weit über Gerards Tod hinausreichte. Cullmann schlüpfte in verschiedene Rollen, um verschiedene Ansatzpunkte zu haben. Als George lobte er sich, als Lennie dagegen fluchte er über einen Mißerfolg. Gerard baute ihn auf, Cullmann selbst zog wieder alles in Zweifel.

Der Februar war vorbei, als das Licht am Ende des Tunnels ihn blendete. So blendete, daß er nichts mehr sehen konnte. Oder nichts mehr sehen wollte. Denn was da zu sehen gewesen wäre, übertraf seine Vorstellungskraft. Sogar George, der clevere George, war verblüfft und forderte Lennie auf: »Kneif mich, zeig mir, daß ich nicht träume.«

George und Lennie und Gerard und Bodo, sie träumten nicht. Aber die Helligkeit war undurchdringlich für sie.

Sie gingen im Waldgebiet des Senniger Bergs spazieren, wenige Kilometer vor der Stadt Luxemburg. Die Bäume kahl, der Atem weiß wie kleine Wölkchen, so kalt war es. Das Geräusch ihrer Schritte wurde gedämpft vom Polster des abgestorbenen Laubes, nur hier und da ein Knacken, wenn ein vertrockneter dünner Ast unter ihren Füßen brach. Valeri, in einen Mantel mit Pelzkragen gehüllt, blickte Cullmann an. Sie, die mit Schrecken registrierte, wie Cullmann sich mehr und mehr veränderte, wie er zur Geisel seiner eigenen Verbissenheit wurde, sein Körper gegenwärtig war, seine Gedanken aber in anderen Sphären schwebten, stellte ihn zur Rede.

»Du zerfleischst dich, du machst dich kaputt!«

Cullmann lächelte nur. Er hatte ein Ziel, und er wußte, daß es sich lohnte, nicht lockerzulassen, bis er es erreicht hatte.

»Und du wirst allmählich verrückt.«

»Ein wenig muß ich es sein, um Verrückte verstehen zu können«, entgegnete er.

»Was aber ist, wenn du nicht wieder auf die andere Seite findest?«

Cullmann beruhigte sie. Noch wisse er genau, was er zu tun habe.

»Valeri, du hast ein großes Potential an geistiger Kraft und Willensstärke. Wie sicher bist du dir, beides nicht falsch einzusetzen?«

»Kann man sich überhaupt jemals sicher sein? Was ist falsch und was richtig?«

»Genau das ist die Frage: Was ist falsch?« Cullmann betrachtete sie von der Seite. »Sebastian Kroninger, du haßt ihn unbeschreiblich. Ein solches Ausmaß an Haß kostet enorm viel Kraft.«

Trotzig schob Valeri ihr Kinn nach vorn. »Die habe ich. Haß ist ein gefräßiges Tier. Du mußt ihn immer füttern, damit er dich nicht auffrißt.«

»Wen oder was haßt du noch?«

Valeri sah vor sich auf den Boden. »Männer, die Frauen benutzen.«

»Daraus könnte ich für mich die Berechtigung ableiten, Frauen zu hassen, die Männer benutzen.« Spöttisch blitzten seine Augen.

»Wie soll ich das verstehen?«

»Valeri, müßte ich dich jetzt nicht auch hassen?«

Sie schüttelte irritiert den Kopf. »Wie soll ich das . . .«

»Du benutzt mich doch ständig.«
»Aber nein. Für dich empfinde ich sehr viel, und meine Gefühle setze ich nicht ein, um irgend etwas zu erreichen.«
»Es sei denn, du machst dir etwas vor.«
Sie gingen eine Weile einträchtig schweigend nebeneinander her.
»In wessen Auftrag hast du vor mehr als vier Jahren bestimmte Konten überprüfen lassen?«
Valeri blieb stehen. Aus weit aufgerissenen Augen sah sie ihn an.
»Was soll das, Bodo!«
»Deine Bank hat andere Banken abgefragt, sich Daten verschafft über einen speziellen Geldtransfer, der den Ministerpräsidenten des Saarlandes betraf. Und du allein hattest zu den Informationen Zugang.«
Zuerst flackerten ihre Augen, dann zuckten die Mundwinkel. Sie preßte die Kiefer zusammen, als wollte sie nie wieder ein Wort sagen. Und sie suchte sein Gesicht nach einem Hinweis ab, daß er möglicherweise bluffte.
Schließlich stieß sie hervor: »Woher weißt du davon?«
»Ich weiß es und habe Kopien der Auszüge. Das soll genügen.«
Mit gesenktem Kopf ging sie weiter, langsam und in sich gekehrt. Bei jedem ihrer Schritte raschelte Laub.
»Soeben hast du meinen Scheidungsgrund genannt. Ja, ich habe es getan, und zwar während einer depressiven Phase. Du mußt wissen, ich bin von jemandem enttäuscht worden.«
»Darf man wissen, von wem?«
Valeri ging nicht auf die Frage ein. »Sebastian hat mich um eine kleine Gefälligkeit gebeten. Damals war ich ihm noch hörig. Nein, nicht hörig, ich war fasziniert davon, wie er mit den Dingen umgehen konnte. Er entwickelte eine Leichtigkeit, die mich immer wieder verblüffte. Ich war weniger als Wachs in seinen Händen und versuchte ständig, es ihm gleichzutun. Und ich war versessen auf seine Anerkennung. Ich buhlte um ein Lob, glaub mir, alles hätte ich dafür gegeben. Eines Tages trat Sebastian an mich heran und nannte mir die Quellen, wie und wo ich zu suchen hatte. Durch einen guten Freund habe er von der Sache erfahren, das war alles, was er mir sagte. Ich zögerte, ließ mich von ihm hofieren, hielt ihn hin und wußte doch schon, ich würde ihm den Gefallen tun.«

»Und dein Mann hat die Unterlagen weitergegeben an die Partei, die er favorisierte. Das Ergebnis der vorletzten Wahl kennen wir.« Valeri nickte. »Ich bin erst ein halbes Jahr später dahintergekommen, was damals eigentlich abgelaufen ist. Es schockierte mich. Und ich fühlte mich benutzt, zum erstenmal fühlte ich mich richtig benutzt. Für mich ein gewaltiger Schock, denn ich war immer davon ausgegangen, daß Sebastian für mich dasselbe empfand wie ich für ihn. Als ich ihn darauf ansprach, ihm sagte, wie verletzt ich war, lächelte er nur höhnisch. ›Für mich sind Menschen nur eine Manövriermasse‹, verkündete er. ›Und Massen sind träge. Also muß ich sie bewegen.‹ Genau in diesem Moment begann ich Sebastian zu hassen.«
Cullmann beobachtete sie, und Valeri fühlte sich unbehaglich. Bisher hatte sie dem Blick eines Mannes immer standgehalten. Sie allein hatte den Zeitpunkt bestimmt, wann sie genug hatte. Meist dann, wenn der andere den Blick niederschlug. Dann hatte sie gewußt, daß er ihr auch in allen anderen Punkten unterlegen war. Nur bei Kroninger war es anders gewesen. Und nun auch bei Cullmann.
»Bodo, was . . . was ist mit dir?«
»Valeri, die Geschichte geht doch weiter. Warum erzählst du sie nicht einfach?«
Valeri biß sich auf die Lippen. Cullmann zog ein Foto aus der Tasche und reichte es ihr. Zögernd schaute sie es an.
»Woher hast du das?«
»Aus dem Archiv einer Zeitung. Erinnerst du dich?« Sie starrte an ihm vorbei ins Leere. »Bundespresseball 1991. Hier links bist du, leicht versetzt hinter dir Öhlenschläger. Und dein Mann beobachtet euch. Hattest du ein Verhältnis mit Öhlenschläger?«
Valeri antwortete mit tonloser Stimme: »Nicht sehr lange, ein paar Monate.«
»Habe ich mir gedacht, es war deine Art, dich an Sebastian zu rächen. Du würdest Öhlenschläger nicht kennen, hast du mir gesagt. Warum hast du mich belogen?«
»Und du?« Plötzlich funkelte sie ihn böse an. »Hast du mir immer die Wahrheit gesagt?«
»Aber dieses zweite Foto ist wesentlich interessanter. Du mit Rümmel und seiner Frau Suzette.«

Valeri griff nach dem Foto und sah Cullmann verstört an. »Wo . . .« Wortlos gab sie ihm das Bild zurück.
»Rümmel ist der persönliche Referent des Kanzlers. Und Suzette, seine Frau, eine Leidensgenossin von dir. Was hast du mit ihr besprochen?«
Valeri antwortete nicht.
»Sie ist immer noch mit Rümmel verheiratet. Du dagegen bist geschieden. Und ihr habt euch wiederholt bei offiziellen Anlässen getroffen. Wer sich so in der Öffentlichkeit bewegt, kann nichts verbergen. Willst du all meine Fotos sehen?« Er hielt ihr einen ganzen Stoß hin.
»Wie hast du das alles herausgefunden?«
»Du brauchst nur den richtigen Anfang für ein Puzzle, dann hörst du nicht mehr auf zu suchen, bis du die passenden Teile gefunden und das Bild zusammengesetzt hast«, entgegnete er ausweichend. Er wollte nicht alles offenlegen. »Es hat lange gedauert, bis ich den Anfang hatte. Der Rest war einfach.«
Cullmann wurde Zeuge des Kampfes, der in Valeri tobte. Ihre Augen verengten sich zu Schlitzen, nervös kaute sie auf ihrer Unterlippe herum. Ein Seufzer – für ihn das Signal der Kapitulation –, und dann begann sie zu sprechen.
»Suzette hatte, als ich sie kennenlernte, schon zwei Selbstmordversuche hinter sich. Sie ist das Opfer ihres Mannes, das Opfer der Politik. Sie haßt ihn genauso, wie ich Sebastian hasse. Ja, wir haben uns getroffen und miteinander geredet. Wir haben uns über unsere Männer beschwert und uns gegenseitig Mut gemacht. Wir sind Freundinnen geworden oder so was ähnliches. Damals liebte Suzette ihren Mann noch, anders als ich zu dem Zeitpunkt. Suzette beklagte sich über ihr Leben, das sie als eine Folge von Nichtigkeiten empfand. Die Falschheit der Leute, mit denen sie zu tun hatte, machte sie krank, das hohle Gesabbere, das sie sich bei all den Empfängen anhören mußte, die plumpen Komplimente, dümmlich, scheinheilig und gespickt mit Anspielungen. Aber am meisten litt sie darunter, daß ihr Mann sich in ein Geflecht aus Intrigen und Lügen verstrickt hatte und zum Vasallen seines Herrn und Meisters geworden war. Sobald der Kanzler pfiff, tanzte Rümmel. Und es machte ihm nichts aus, sich zu erniedrigen, seine Persönlichkeit aufzugeben und zum

Gespött zu werden, nur um seinem Herrn zu gefallen. Zu Hause jedoch reagierte er sich ab, behandelte Suzette wie Dreck, wie den letzten Abschaum. War er im Dienst nichts als eine Marionette, fühlte er sich zu Hause stark und groß, weil er im Schatten eines Starken und Großen atmen durfte. Und an seiner Frau ließ er das alles aus, sie bekam die geballte Ladung seines Frusts ab. Nur in einem einzigen Bereich hatte Suzette etwas Macht über ihn.«

»Im Bett.«

»Genau, im Bett.« Valeris Augen glänzten, als sie die Worte hervorstieß. Und ihren Gefühlen nachgebend, fuhr sie in einem aggressiven und verbitterten Tonfall fort: »Auch da wollte er den Pascha spielen, ihr seine Größe beweisen. Und da sein Schwanz die Versprechungen nicht halten konnte, machte er sich interessant und plauderte Geheimnisse aus. Suzette hörte zu. Alles hat sie sich gemerkt, alles. Und weil sie möglicherweise besondere Fähigkeiten hat, ihren angeheirateten Schlappschwanz zu befriedigen, fraß er ihr im Bett aus der Hand, machte immer wieder Männchen und prahlte, ohne es zu merken, mit seinem Insiderwissen. Auf diese Weise erfuhr sie die geheimsten und schmutzigsten Dinge.«

»Zum Beispiel von den Aufzeichnungen des Kanzlers.«

Abrupt blieb sie stehen. »Deshalb deine seltsamen Fragen am Wahlabend? Du weißt das alles schon länger?«

Cullmann antwortete nicht, denn die endgültige Lösung stand noch aus. Er hoffte, sie heute zu erfahren. »Suzette konnte es arrangieren, daß ihr Mann die Aufzeichnungen des Kanzlers herausrückte?«

Valeri schüttelte den Kopf. »Brauchte sie nicht. Rümmel hatte sich eigenmächtig eine Kopie gezogen und studierte jede Zeile. Das war sein Evangelium. Suzette machte Kopien von der Kopie. Ein Exemplar erhielt ich.«

Cullmann ahnte, wie es weiterging. »Und Rümmel hat die Aufzeichnungen vervollständigt, sie vom Januar 1991, als der Kanzler kurz nach der gewonnenen Wahl aufgehört hatte zu schreiben, bis in die Gegenwart fortgeführt. Ohne Wissen seines Chefs.«

»Ja.«

»Warum?«

Valeri lachte. »Bodo, du Dummerchen. Kannst du es dir nicht denken? Weißt du denn noch immer nicht, was in den oberen Etagen gespielt wird? Unten ein Tritt in die Eier, und oben lächelt man einander an.«

»Er wollte den Kanzler erpressen.«

»Was für ein schlimmes Wort! Rümmel hatte es nur darauf abgesehen, sich unentbehrlich zu machen, zu mehr fehlt ihm das Profil. Rümmel kann allenfalls in der zweiten Reihe mitmarschieren. Aber das bitte mit ganzem Herzen und nicht nur für ein oder zwei Jahre. Zu gegebener Zeit – sollte er wirklich einmal zur Disposition stehen – würde er diskret auf gewisse Unterlagen hinweisen können, die von ihm auf den neuesten Stand gebracht worden seien. Darum ging es ihm. Du mußt wissen, Speichellecker wie Rümmel sind unersetzlich und bei allen wichtigen Anlässen dabei. Manche entwickeln allein schon aus Selbstschutz ein phänomenales Gedächtnis, aber Rümmel tat noch mehr: Er führte in unnachahmlicher Akribie ein Protokoll über seine Arbeit, über alles, was ihm in seiner Funktion als Laufbursche begegnete. Der emsige Rümmel war oft unterwegs, zu jeder Tages- und Nachtzeit. Jedes Detail kannst du nachlesen. Was meinst du, wieviel Blatt Papier der Kanzler morgens auf der Toilette benutzt?«

Cullmann ging nicht darauf ein. »Und Suzette hat seine geheimen Aufzeichnungen gelesen. Und an dich weitergegeben.«

»Ja.«

»Gemeinsam habt ihr beschlossen, es den frauenverachtenden Paschas zu zeigen. Du deinem Sebastian und sie ihrem August Rümmel.«

»Genauso war es. Bodo, du kannst dir nicht vorstellen, was für ein euphorisches Gefühl wir hatten. Und wieviel Spaß! Wir haben uns ausgeschüttet vor Lachen über die Einfältigkeit der Männer. Tagsüber machten sie große Politik, sonnten sich im Rampenlicht der Öffentlichkeit, gaben Interviews, hatten Fernsehauftritte, genossen ihre Macht, wenn sie Karrieren demontierten. Und dann, in den schlappen zehn Minuten, die sie brauchten, um ihre armselige Geilheit abzureagieren, zerstörten sie alles wieder. Und das schönste war: Sie machten uns zu Mitwissern, weil sie auch noch im Bett den Applaus brauchten, die Bestätigung.«

»War Sebastian auch so?«

»N ... nein. Kein verräterisches Wort im Bett. Allerdings hatte ich es auch nie darauf angelegt. Und nach unserer Scheidung achtete er sehr auf das, was er sagte.«

»Im Bett?«

»Ja.«

»Du hast immer noch mit ihm ...«

»Warum nicht? Es hat uns Spaß gemacht, mehr als früher. Während unserer Ehe war es oft nur ein Notprogramm, Pflichterfüllung ohne jegliches Kribbeln. Hätte ich meine Liebhaber nicht gehabt, es wäre sehr triste gewesen.«

Cullmann schüttelte den Kopf. »Wenn nicht Sebastian, wer dann?«

Valeri lächelte überlegen.

»Etwa Öhlenschläger?«

»Eine Plaudertasche. Und ein Exhibitionist. Er fand sich so gut und so schön. Dauernd spazierte er im erigierten Zustand im Schlafzimmer auf und ab und beobachtete sich im Spiegel. Lanzelot, so nannte er sich selbst. Und dabei hat er so ein unscheinbares Spießchen.«

»Bei der Beerdigung deiner Schwester habt ihr so getan, als würdet ihr euch nicht kennen.«

Valeri zuckte nur mit den Schultern.

»Und du warst es auch, die Öhlenschläger sofort über den Tod deines Schwagers Friedrich Löbe unterrichtet hat. Deshalb kondolierte er deiner Schwester schon am nächsten Morgen.«

Valeri schüttelte den Kopf. »Er rief mich an.«

»Und wer hat ihn ...?«

»Kannst du dir das nicht denken?«

Sie setzten sich auf eine Bank. Valeri schlug den Mantelkragen hoch, sie fröstelte. Cullmann knöpfte sich die Jacke auf. Er blickte hoch zum wolkenverhangenen Himmel, die Sonne war eine diffuse hellere Fläche irgendwo dahinter.

»Wann bist du auf die Idee gekommen, Sebastian die einzelnen Kapitel zuzuspielen?«

»Nach meiner Scheidung. Im Herbst 1991 oder etwas später. Ich wollte seine Neugier wecken, ihn scharf machen auf die Enthüllungen. Und er ist voll darauf angesprungen. Sebastian hat einen Instinkt für solche Dinge.«

»Aber du hast ihm nicht alle Kapitel ausgehändigt.«
»Nein. Ich ließ bewußt Lücken, um ihn noch mehr anzustacheln.«
»Wollte Sebastian nicht wissen, wer ihm die Unterlagen zuspielte?«
»O doch.« Valeri lächelte in sich hinein. »Anfangs hat es ihn krank gemacht, den geheimen Absender nicht zu kennen und dadurch von ihm abhängig zu sein. Ich habe ihm schließlich eine passable Erklärung geboten, mit der er sich zufriedengab.«
»Welche?«
»Es sei bestimmt einer seiner Freunde, der ihn aus Dankbarkeit für geleistete Wahlhilfe mit Informationen versorge, aber – aus verständlichen Gründen – unerkannt bleiben müsse. Sebastian hat das geschluckt, hat sich aber weiterhin seine Gedanken gemacht, wer dahinterstecken könnte. Vor genau einem Jahr glaubte er nach dem Studium gewisser Passagen den Informanten erkannt zu haben. Und er war mehr als zufrieden, denn aus seiner Sicht konnte es nur der Kanzler sein. Alles andere hätte er allerdings auch nicht akzeptiert.«
»Wie passen Karst und der Verfassungsschutz in das Spiel?«
»Sebastian kannte Karst schon länger. Sie trafen sich oft, meist irgendwo außerhalb. Obwohl ich im Laufe der Zeit einiges mitbekommen habe – Sebastian hat stets meinen Rat hören wollen –, bin ich nie wirklich dahintergestiegen, was für eine Beziehung das war.«
Cullmann überlegte. »Zwei Möglichkeiten gibt es aus meiner Sicht. Entweder war Sebastian so staatsgläubig, daß er die Dossiers weitergereicht hat – an die Christdemokraten oder an den Verfassungsschutz . . .« Cullmann schüttelte den Kopf. »Hältst du das für möglich?«
»Nein. Dazu ist mein Verflossener viel zu gierig. Alles möchte er für sich haben. Sebastian konnte noch nie teilen, am wenigsten den Erfolg.«
»Dann bleibt nur die andere Möglichkeit: Der Verfassungsschutz ist ihm auf die Spur gekommen.« Einen Augenblick lauschte Cullmann den eigenen Worten nach, dann faßte er sich an den Kopf. »Verdammt, was bin ich blöd! Kroninger selbst hat den Verfassungsschutz für seine Interessen eingespannt, nur so kann es gewesen sein. Nein, nicht eigentlich den Verfassungsschutz, sondern Karst, der sicher wild darauf war, Karriere zu machen.

Valeri, könnte Karst nicht jener gute Freund gewesen sein, von dem Kroninger die Information über die Bank mit dem versteckten Konto erhalten hatte, der du nachgehen solltest?«
Valeri sagte nach einigen Sekunden erstaunt: »Möglich. Er sagte einmal, dieser Freund sei noch sehr jung.«
»Wie aber ist Karst ... Und durch wen?« Cullmann fand keine Erklärung. »Dein Exgatte hat jedenfalls in der Folgezeit den Beamten vom Verfassungsschutz in sein Spiel eingebaut.«
»Wie alle anderen auch.«
»Aber eines verstehe ich nicht, der Zusammenhang leuchtet mir nicht ein. Karst hat also die Kapitel erhalten. Und zwar über einen Schweizer Anwalt, der östliche Berufsverbrecher mit falschen Pässen ausgestattet hat. Karst wußte davon – wir kennen die langen Ohren des Verfassungsschutzes – und hat die Leute vor die Wahl gestellt: Entweder ihr tut das, was ich sage, oder ich lasse euch auffliegen. Oder Karst ...« Cullmann runzelte die Stirn. »Oder Karst hat den Anwalt eingeschaltet und ihm die Pässe ausgehändigt. Natürlich, so herum wird ein Schuh daraus. Karst erpreßte den in der Schweiz lebenden schwulen Deutschen und stellte mit seiner Hilfe eine Privatgang aus östlichen Verbrechern zusammen. Die streben nach dem goldenen Westen, die schnelle Mark lockt, und brutales Vorgehen haben sie vermutlich zu Hause gelernt. Teuflisch. Außerdem konnte Karst die kriminellen Typen in jeder Beziehung steuern, er konnte ihnen drohen: mit der Aufdeckung von Straftaten oder zumindest mit der Ausweisung aus dem gelobten Land.« Cullmann überlegte. »Falls dem so ist«, sprach er nach wenigen Sekunden weiter, »dann ... dann kann nur Karst der Inhaber des geheimen Telefonanschlusses in Düsseldorf gewesen sein. Die Kerle riefen dort an und erhielten per Anrufbeantworter ihre Anweisungen.«
Cullmann, der inzwischen vieles deutlicher sah, wandte sich zu Valeri um. »Vorausgesetzt, alles ist so abgelaufen, wie ich vermute, dann habe ich nur noch eine Lücke zu füllen. Wie kam Sebastian Kroninger an die Kuriere? Wer hat ihm geholfen, die abgehalfterten Lokalpolitiker gefügig zu machen und für seine Zwecke einzusetzen? Eigentlich ist das unsinnig, mit solchen kleinen Lichtern hat er sich doch nicht abgegeben.«

Valeri spielte mit ihrem Platinring, in der Mitte ein Zweikaräter, lupenrein. »Ich habe ihm geholfen.«
Zuerst dachte Cullmann, er habe sich verhört. »Du?«
Valeri nickte. »Ja.« Sie schaute auf und lächelte. Zufrieden und siegessicher. »Sebastian hat nach unserer Scheidung versucht, mich mit dem ersten Akt, den Informationen über ein bestimmtes Bankkonto, die ich ihm unrechtmäßig besorgt hatte, zu erpressen. Und ich habe mich gern erpressen lassen. Er dachte, er hätte mich in der Hand. Und dabei war ich es, die ihm alles zugespielt hat.«
»Deine Aktion ist mehr und mehr zu einem Privatduell mit deinem Mann geworden. Krieg zwischen zwei Intelligenzen. Er war der einzige, den du als Gegner akzeptiert hast, und genau das machte den Reiz aus. Nicht?«
»Bodo, es ist ein berauschendes Gefühl, die scheinbar Unterlegene zu sein und zu wissen, man hat den größten, korruptesten, infamsten und arrogantesten Egoisten aller Zeiten aufs Kreuz gelegt. Ein wirklich berauschendes Gefühl.«
»Aber Sebastian mußte doch zuerst einmal in den Besitz all dieser Unterlagen kommen.«
»Dazu hatte er einen speziellen Mann, einen Rechercheur für knifflige Fälle.«
»Giesbert Napf, den man in Frankfurt erschossen hat.«
»Gott sei Dank ist das Schwein tot!« Valeris Gesicht spiegelte tiefe Genugtuung. »Napf war durchtrieben und skrupellos, er hat seine Zuträger belogen, verarscht, unter Druck gesetzt und ganz nach Belieben fallenlassen, wenn es um die Recherche ging. Ihm habe ich meine Dossiers zukommen lassen, per Bankschließfach. Und ich erhielt das Geld auf dem gleichen Weg.«
»Und dein Medienmogul, der nicht wußte, daß du hinter allem steckst, hat dich beauftragt, die brisanten Dossiers in Umlauf zu bringen. Wie, das hat er dir überlassen.«
»Informieren mußte ich ihn schon. Aber er fand die Variante, fallengelassene oder gescheiterte Ex-Politiker als Kuriere einzusetzen, ausgezeichnet. Napf hatte überall seine Finger drin und fungierte auch hier als Zwischenglied. Auf Sebastians Veranlassung arbeitete er scheinbar als Quelle für den Verfassungsschutz, besser gesagt, für Karst. Und der ließ dann den gescheiterten Polit-

knechten die Kapitel zukommen, jeweils gegen eine Zahlung von fünfzigtausend Mark. Den größten Teil davon steckte Karst, wie ich vermute, in die eigene Tasche.«
»Du schicktest an Napf und damit auch an Kroninger, ohne daß beide wußten, wer sie bediente.«
Valeri nickte.
»Kroninger, nachdem er die entsprechenden Päckchen zusammengestellt hatte, reichte sie – wiederum über Napf – weiter an Wahlensiek und Mattern, also Leute von Karsts Privatgang; die übergaben sie an die von dir ausgewählten Kuriere und damit an die entsprechenden Stellen. Nicht schlecht ausgeknobelt, aber auch sehr umständlich. Warum nicht alles per Fax oder einfach in den entsprechenden Computer eingespielt? Wäre doch wesentlich bequemer gewesen.«
Valeri wußte es besser. »Bodo, je mehr Stationen bei der Übergabe, je mehr Vermittler und scheinbare Mitwisser, desto verwirrender das Szenario. Nur deshalb die vielen Kontakte. Falls einmal etwas durchgesickert wäre, hätte jeder seine Bedeutung herunterzuspielen versucht, möglichst alles abgestritten und die Schuld auf andere abgewälzt. Kein Ermittler hätte mit dem Sammelsurium an Teilinformationen etwas anfangen können.«
Das leuchtete Cullmann ein. Jahre wären vergangen, bis der Fall ein Ende gefunden hätte. Wenn das überhaupt jemals geschehen wäre. »Weshalb mußte Napf sterben?«
»Weil du ihm auf die Spur gekommen bist.«
»Wer hat das herausgefunden?«
»Karst. Er hat übrigens auch Öhlenschläger über Friedrichs Tod unterrichtet. Und Öhlenschläger hat dich daraufhin schon sehr früh kennengelernt. Vor dem Haus meiner Schwester und einige Tage später . . . in ihrer Wohnung. Natürlich hat er dann wieder Karst davon in Kenntnis gesetzt.«
»Aus allem, was du mir erzählst, auch über Öhlenschläger, kann ich nur schließen, daß du noch mittendrin steckst.«
Valeri nickte. »Ich bin die rechte Hand meines Verflossenen. Sebastian vertraut sonst niemandem.«
»Und um deine soziale Ader zu befriedigen, hast du auch deinem Schwager Löbe zu einem Auftrag verholfen.«
»Er brauchte nun mal das Geld, der arme Kerl.«

»Und dem Faschingsjecken Wipper.«
»Richtig.«
»Wie bist du auf den gekommen?«
Valeri zuckte nur mit den Schultern. »Sozialdemokrat. Auch ein Abgetakelter. Zu großes Mundwerk. Und dann hat er auch noch gedroht, mit seinem Wissen an die Öffentlichkeit zu gehen.«
»Wer hat ihn . . .«
»Keine Ahnung. Im Zweifelsfall Karst. Oder einer seiner Privatkiller.«
Valeris Kälte ließ Cullmann frösteln. »Andere Dossiers, zum Beispiel die, die ich bekam, wurden einfach in den Briefkasten geworfen, per Post verschickt oder in einem Auto hinterlegt.«
»Entscheidend war allein, daß sie das Ziel erreichten. Der Weg spielte keine Rolle.«
»Ja, der Weg spielt wohl nie eine Rolle«, sinnierte Cullmann. »Und ich bin nur durch Löbe, der einen Berg Schulden hatte, in die Angelegenheit hineingeraten.«
»Es ist doch gut ausgegangen, oder nicht?«
»Du meinst, ich bin mit dem Leben davongekommen?«
»Richtig.«
»Und stehe dir auch zukünftig abrufbereit zur Verfügung?«
Sie lächelte verlegen. »Ich weiß nicht, wer von uns beiden für wen abrufbereit zu sein hat.«
Lange schaute er sie an. »Und wie soll es jetzt weitergehen?«
»Mit uns?«
»Nein, mit den Dossiers, die die Regierung belasten. Du hast doch bisher mit wenigen Ausnahmen nur diejenigen in Umlauf gebracht, die der Opposition Schaden zugefügt haben.«
»Das können wir beide uns immer noch überlegen, Bodo. Komm, laß uns zu mir nach Hause fahren.«

Cullmann lag neben Valeri. Ihre gleichmäßigen Atemzüge bestimmten den Rhythmus seiner Gedanken. Er war Mitwisser eines Intrigenspiels geworden, in dem keiner und alle zugleich die Fäden zogen. Wer war der eigentliche Gewinner?
Die Regierung. Auf den ersten Blick sah es so aus. Sie hatte die Wahl für sich entschieden, konnte ihre Politik fortsetzen und in den kommenden vier Jahren neue Bastionen aufbauen, sich

wappnen für das nächste Gefecht mit dem politischen Gegner. Auch Kroninger durfte sich als Sieger fühlen, als Königsmacher. Seinem Einsatz war es zu verdanken, daß bereits vor Jahren ein Kanzlerkandidat vorzeitig aufgesteckt hatte und nur noch pro forma in den politischen Ring gestiegen war.
Oder war Valeri die heimliche Gewinnerin? Sie, die dieses Spiel initiiert und bis zu einem gewissen Punkt gesteuert hatte? Wohl kaum, denn letztlich stand sie unter dem Diktat ihrer Gefühle. Zwar ging sie logisch vor, aber eben diese Logik entsprang allein ihrem Haß. Das machte sie anfällig. Anfällig dafür, sich die Dinge zurechtzulegen. So, wie sie es am Nachmittag während des Spaziergangs mehrfach getan hatte. Valeri konstruierte sich ihre Welt, und der Maßstab ihrer Zufriedenheit war allein der scheinbare Sieg über ihren geschiedenen Mann. Aber gerade das zeigte Cullmann, wie sehr sie immer noch nach Kroningers Anerkennung lechzte, wie blind sie ihm auf ihre Art nacheiferte. So verwischten sich die Unterschiede, Valeri agierte in ihrem Bereich ähnlich wie Kroninger in seinem. Irgendwann, sagte sich Cullmann, wird sie das auch so sehen. Und dann wird sie anfangen, sich selbst zu verachten.
Cullmann war nicht bestürzt darüber, daß Valeri ihm vieles verschwiegen und in vielen Dingen nicht die Wahrheit gesagt hatte. Zum Beispiel in bezug auf Gerard. Im Auftrag von Medienzar Kroninger hatte sie nach einem zweiten Kurier gesucht – der andere war Karst, damals noch nicht auf eigene Rechnung agierend –, der die Bankunterlagen an Öhlenschläger weiterzuleiten hatte. Ihr Schwager Friedrich Löbe saß damals noch einigermaßen fest im Sattel der Politik.
Unerfahren, wie Valeri zu dem Zeitpunkt noch war, machte sie sich in Saarbrücken auf die Suche. Gerard war ihr offenbar empfohlen worden, so, wie es aussah, von Löbe. Sie beobachtete ihn, kam wahrscheinlich sogar ins Theater und sah Gerard als George. Und ihn, Cullmann, vielleicht als Lennie. Genau, sie mußte im Theater gewesen sein. Woher sonst hatte sie gewußt, daß Gerard den cleveren George gespielt hatte? Als er ihr das Theater zeigte, hatte er eingeräumt, aushilfsweise den bärenstarken Lennie verkörpert zu haben. »Und der andere? War das Gerard?« hatte Valeri gefragt. Und womit hatte sie sich herauszu-

reden versucht, als sie ihren Fehler merkte? »Weil ich Gerard so eine Rolle zutraue.«
Eine solche Vermutung hatte sie nur aufstellen können, weil sie Gerard selbst gesehen hatte. Denn er, Cullmann, hatte lediglich erwähnt, zwei Akteure seien nicht auf einer Schauspielschule oder vom Theater gewesen. Aber den stichhaltigsten Beweis dafür, daß sie seinen Bruder gekannt haben mußte, hatte sie geliefert, als sie ihn auf einem Foto des Ensembles sofort identifizierte.
»Valeri, das war einer deiner Fehler«, murmelte Cullmann leise vor sich hin.
»Das mit Gerard?« fragte sie.
Cullmann zuckte zusammen. »Du schläfst nicht?«
»Nein. Ich beobachte dich schon lange. Und ich kann trotz des schwachen Lichts an deinem Gesicht ablesen, wie es in dir arbeitet.«
»Du hast Gerard gekannt?«
»Ja. Durch meinen Schwager Friedrich. Gerard hat ihm Adressen von bestimmten Mädchen besorgt, auf die er scharf war. Manchmal auch etwas Kokain. Gerard hat die erste Sendung von Karst in Empfang genommen und weitergeleitet. Aber sag mir, was war mein zweiter Fehler?«
»Als du mit den Unterlagen zu mir kamst, den zehn Seiten Text, die deine Schwester dir angeblich geschickt hat.«
»Sie hat sie mir wirklich geschickt.«
»Dann aber nur auf deine Veranlassung. Genauso, wie sie mich auf deine Veranlassung engagiert hat, um hinter Friedrich Löbe herzuspionieren.«
»Der hatte doch Schulden. Außerdem bist du bei ihr aufgetaucht, um einiges über ihn zu erfahren.«
Cullmann lächelte. »Zwei Tage später wäre deine Schwester bei mir gewesen, um mich anzuheuern.«
»Und warum hätte sie das tun sollen?«
»Ich weiß es nicht. Vielleicht wegen Gerard? Hast du ihn sehr . . . persönlich gekannt?«
Valeri schwieg. Das war eine deutliche Antwort.
»Dir hat sein Leben gefallen, so außerhalb der Norm. War es das?«
»Nicht einfach gefallen, es hat mich sogar gereizt, auch so ein

Leben zu führen. Ich war oft mit Gerard unterwegs, in zwielichtigen Kneipen, in Bars und bei seltsamen Treffs.«
»Aber doch nur, weil du wieder nach Hause gehen und dich duschen konntest. Und schon hattest du alles abgespült.«
Mit leiser Stimme sagte sie: »Das war es nicht allein. Ich wollte Gerard helfen. Und ich wollte ihn verstehen. Ich habe zum Teil sogar von seinen Geschäften gewußt. Ab und zu gingen wir auch gemeinsam auf eine schöne Reise, dann gab es nichts Trennendes zwischen uns.«
»Rauschgift?«
Valeri nickte. Cullmann sah es im Gegenlicht des Fensters. Es wurde Tag.
»Du hast dir Gerard gehalten wie andere ein wildes Tier. Der Reiz lag allein im Nervenkitzel.«
»Du hast keine Ahnung, Bodo.«
»Und du hast mit ihm geschlafen.«
»Ich war die letzte Frau in seinem Leben.«
Sarkastisch entgegnete Cullmann: »Klar, wenn der eine stirbt, probiert man den anderen aus.«
»Bodo, so war es nicht. Damals zahlte ich es Sebastian auf meine Art heim. Jedes Fremdgehen war ein Schlag ins Gesicht seiner Eitelkeit. Und er hat so manchen Schlag hinnehmen müssen.«
»Am meisten haben ihn aus deiner Sicht wahrscheinlich die geschmerzt, die du ihm mit Leuten wie Gerard verpaßt hast. Mit Außenseitern, dem Schmutz und Abschaum unseres Wohlstandes. Ausgestoßene, die nach ihren eigenen Regeln leben, sich nicht um Konventionen und um das Morgen scheren.«
Valeri wollte sich an ihn kuscheln, aber er rückte an den Rand des Bettes.
»Du bist nicht mehr ganz klar im Kopf, Valeri. Der Privatkrieg gegen deinen Mann hat dich kaputtgemacht.«
»Möglich. Aber was ist nun mit dem zweiten Fehler?«
»Die Unterlagen über ›Jagdsaison‹, die du mir gegeben hast. Ich hatte vergessen, deiner Schwester die letzte Seite auszuhändigen. Aus Versehen war sie auf dem Kopierer liegengeblieben.«
»Ich dachte immer, sie hätte sie verschlampt.«
»Außerdem sah ich an den Kopien, daß sie von meinem Gerät stammen. Ich habe seit langem einen kleinen Tipp-Ex-Fleck auf

der Glasplatte, der ist auf allen Blättern zu sehen. Auch noch auf einer zweiten Ausfertigung.«
»Wie meinst du das?«
»Öhlenschläger hat mich engagiert, um ›Jagdsaison‹ aufzuklären. Ich habe dir davon erzählt. Dazu händigte er mir seine Kopie aus, und auf den Blättern waren die gleichen Flecken.«
Nach einigen Sekunden Schweigen fragte Valeri: »Was willst du damit sagen?«
»Ganz einfach: daß du sogar mit Öhlenschläger unter einer Decke steckst.«
Und als sie protestieren wollte, verbesserte er sich: »Oder ihn ausgenutzt hast, wenn dir das lieber ist. Wie hätte er sonst an diese Kopien kommen sollen? Das konnte doch nur über dich gelaufen sein.«
»Du bist gut, Bodo.«
»Danke. Also gehe ich recht in meiner Annahme.«
Sie nickte.
»Dann wird mir jetzt auch klar, durch wen die beiden Verbrecher, die mich in Belgien verfolgten, von meinem Vorhaben erfahren haben konnten. Allein mit dir, Valeri, habe ich über meine Reisepläne gesprochen. Und durch dich hat es Öhlenschläger erfahren, der nichts Eiligeres zu tun hatte, als Karst zu informieren. Wie du siehst, Valeri, bleiben nicht mehr viele Fragen offen. Und ich Depp habe die beiden Kriminellen unter anderem deswegen ausgeschaltet, weil ich verhindern wollte, daß sie dich hier in Luxemburg besuchen. Mein Gott, wie naiv ich war!«
Sie schaltete die Nachttischlampe ein, richtete sich auf und schaute lange in Cullmanns Gesicht.
»Bodo, das habe ich nicht gewollt. Bitte glaub mir.«
Cullmanns Grinsen verunglückte. Auch wenn er es sich nicht eingestehen wollte, er war bitter enttäuscht.
»Valeri, dein Einsatz ist verdammt hoch, du nimmst sogar den Tod anderer in Kauf. Ist es das wert?«
Sie biß sich auf die Lippe und drehte unentwegt ihren Ring hin und her.
»Du sagst, du magst mich, und trotzdem bringst du mich in Gefahr. Valeri, was soll ich von dir halten? Ist dein Haß wirklich stärker als alles andere?«

»Tut mir leid.«
»Das klingt wenig überzeugend. Überleg doch mal, du bist sogar – zumindest indirekt – für den Tod deiner Schwester verantwortlich.«
Fragend sah sie ihn an.
»Einer der beiden Kerle, die mich in Belgien verfolgt haben, ist ihr Mörder. Die Hautpartikel unter den Fingernägeln deiner Schwester stammen von ihm.«
»Wer sagt das?«
»Schober. Glücklicherweise hat Erich Wahlensiek, so heißt der Schurke, seine Aktivitäten detailliert aufgelistet. Ich habe ihm in Belgien ein Notizbuch abgenommen. Unter dem 2. Juni kannst du nachlesen: Frankfurter Baum gefällt. Damit war Giesbert Napf gemeint. Und am 18. Mai hat er vermerkt: Rose in Saarbrücken verblüht. Weißt du, was am 18. Mai letzten Jahres geschehen ist?«
Aufstöhnend ließ Valeri sich nach hinten fallen. Und dann begann sie zu weinen.
Es war schon fast hell draußen, als Cullmann aufstand und kurz darauf mit zwei Gläsern Cognac zurückkam. Gierig trank Valeri den Alkohol. Wenig später schlief sie ein.

Valeri bestätigte seinen Verdacht, daß sie ihm das Kapitel ›Ikarus‹ zugestellt hatte, und zwar persönlich, an jenem Morgen, als er zweimal kurz hintereinander den Briefkastendeckel klappern hörte. Sie hatte vermutet, er würde an Ort und Stelle in den USA recherchieren. Da sie mittlerweile durch Öhlenschläger von der Überwachung Cullmanns erfahren hatte, konnte sie sich leicht ausrechnen, daß auch Karst, und durch ihn automatisch andere Stellen, an ›Ikarus‹ herankommen würden. Ihre Kalkulation war aufgegangen. Als er den Anschlag erwähnte, der in den Vereinigten Staaten auf ihn verübt worden war, bekundete sie wiederum Bedauern, und diesmal war es echt. Überhaupt tat ihr im nachhinein vieles leid, allerdings nur in bezug auf Cullmann. Ansonsten entsprach der Verlauf der Dinge exakt ihren Vorstellungen. Besser hätte es nicht funktionieren können, ihr Plan sei in allen Punkten aufgegangen.
Warum Valeri in dieser Nacht so viele Hintergründe offenbart

hatte, Cullmann wußte es nicht. Möglicherweise war sie auf eine seltsame Art von Anerkennung aus, wollte Beachtung für ihre ganz spezielle Form der Genialität. Zweifellos war ihr durchtriebenes Vorgehen in gewisser Weise genial, wie Cullmann zugeben mußte. Außer ihm, das hatte sie mehrfach betont, gebe es keinen Zeugen. Und genau das gab Cullmann zu denken. Wurde er dadurch in ihren Augen nicht zur Gefahr? Zur Schwachstelle in ihrem unheimlichen Komplott?

Oder, fragte sich Cullmann, hat sie das alles erzählt, um ihr Gewissen zu erleichtern? Um sich die Schuld von der Seele zu reden? Um sich zu rechtfertigen? Nein, für Valeri gab es keine Schuld, weil ihr die Einsicht fehlte. Wie sollte sie, die unter dem Diktat so extremer und zum Teil einander widersprechender Gefühle stand, auch einsichtig sein? Wie ihre Grenzen erkennen? Das gesunde Maß finden?

Er machte sich nicht länger Gedanken darüber, was für Valeri ein gesundes Maß bedeutet hätte. Sie war in allem zu extrem, um von ihm eingeordnet oder verstanden zu werden. Ständig vermittelte sie den Eindruck, auf dem Sprung zu sein. Und alle Stationen, die sie durcheilte, waren lediglich Etappen auf dem Weg zu einem Ziel, das allein sie kannte. Selbst ihre Position bei der Bank hatte sie ausgenutzt, um dieses Ziel zu erreichen. Und Cullmann wußte: Ihr hoher Einsatz würde sich für Valeri erst lohnen, wenn sie mit Kroninger gleichziehen oder ihn sogar übertrumpfen konnte. Wie standen ihre Chancen? Cullmann wußte es nicht.

Oft hatte er den Eindruck gehabt, sie brauche ihren exzessiven Lebensstil, um sich von anderen Dingen abzulenken. Die Säule ihrer Lebensphilosophie schien der Genuß zu sein, an dem sich alles zu orientieren hatte. Darauf angesprochen, hatte sie erklärt, sie lebe immer so, als sei jeder Augenblick, den man durcheile, der letzte. Das Gefühl, nichts, aber auch gar nichts zu versäumen, verschaffe ihr Genugtuung. Schrecklich sei ihr die Vorstellung, sie müsse sich irgendwann vorwerfen, irgend etwas, das sie lockte, nicht gemacht zu haben. Und auf seine Frage, warum immer alles mit solchen Ausschweifungen verbunden sein müsse, hatte sie vage geantwortet: »Weil ich es will. Deshalb die teuren Kleider und das kostspielige Coupé. Geld bedeutet mir nichts, ich benutze es nur. Die Beerenauslese trinke ich, weil mir danach ist,

und meine Wohnung richte ich aus demselben Grund mit den wertvollsten Gegenständen ein. Wenn sie mir nicht mehr gefallen, werfe ich sie weg.«
»Genau wie deine Freunde«, hatte er entgegnet. »Wenn sie dir nicht mehr gefallen, dann gibst du ihnen einen Fußtritt.«
»Bei dir ist es was anderes, Bodo«, hatte sie widersprochen. »Und das macht mich mir selbst gegenüber hilflos.«
Er glaubte ihr nicht. Valeri, dieses Bündel an Widersprüchen, einerseits die Beherrschende, kühl Kalkulierende, und andererseits die Hemmungslose, die unentwegt neue Spielregeln der Maßlosigkeit erprobte. Aber genau das war es, was ihn an ihr faszinierte. Sie paßte in kein Schema, war keiner Konvention verhaftet, und ihre Unberechenbarkeit, ihre launenhafte Spontaneität – bestes Beispiel dafür ihre erste Nacht im Wald, nahe von Kroningers Jagdhaus, als es ihm nicht gelungen war, den Bus flottzumachen – waren in seinen Augen wesentlicher Bestandteil ihrer Persönlichkeit. Sich jetzt festlegen, welche ihrer Eigenschaften ihn anzogen, er konnte es nicht; keiner der Aspekte, die er sich nach und nach vergegenwärtigte, überzeugte ihn. Es handelte sich lediglich um Hilfskonstruktionen, er suchte verzweifelt nach einer Erklärung, nach einem Grund dafür, warum er soviel für sie empfand. Warum ihm ihre Beziehung trotz der Gegensätze, trotz allem, was vorgefallen war, mehr bedeutete als nur ein der Laune entsprungenes Abenteuer. Gegen seinen Verstand, der ihm sagte, laß die Finger davon, führte er jene besonderen Momente ins Feld, an die er sich gern erinnerte. Meist nur in Sekunden meßbar, viel länger dauerte der Zustand selten, konnte Valeri schutzbedürftig und sensibel sein, ein zerbrechliches Wesen. Dann mochte er sie mehr als alles andere auf der Welt. Aber diese kurzen Augenblicke, in denen er tief in sie hineinschaute, ihre innere Zerrissenheit sehen, den Schrei nach Verständnis hören konnte, kamen nicht an gegen eine Valeri, die ständig an sich arbeitete, sich hart machte, damit sie ihrer Idealvorstellung entsprach. Und zwischen ihrer beider Idealvorstellungen würde es keine dauerhafte Annäherung geben.

Er hatte sein Ziel erreicht. Alle Gegner aus dem Feld geschlagen, alle besiegt oder zur Kapitulation gezwungen. Kein zweiter war bisher so wirkungsvoll auf die Bühne, die sein Leben bedeutete, zurückgekehrt wie er. Mit offenen Armen hatten sie ihn aufgenommen und angefleht, an maßgeblicher Stelle die Geschicke der Sozialdemokraten zu bestimmen. Er hatte sich reserviert gegeben. Und dann hatten sie gebettelt, er möge doch bitte den Parteivorsitz übernehmen. 94 Prozent der Stimmen hatte er bekommen, letzte Woche auf dem Parteitag. All seine Favoriten waren in den Vorstand gewählt, seine Hausmacht schien unerschöpflich zu sein.

Er grinste, als er den kleinen Hang hinauflief. Jeden Morgen eine halbe Stunde joggen, um das Körpergewicht im Griff zu behalten. Und den Kopf freizumachen für andere Dinge. Während des Laufens wischte er sich mit einem Arm über die Stirn. Und er schmunzelte, wie nur ein Sieger schmunzeln kann, der alle Finessen der Schlacht vorausgesehen und sich zunutze gemacht hat. Seine Konkurrenten, Popeye und Charmy – die Spitznamen hatte er kreiert –, hatten sich aus allen Ämtern zurückgezogen. Die haushohe Wahlniederlage, ein politischer Weltuntergang nach den vorausgegangenen Umfrageergebnissen, hatte genügt, die beiden Herren dazu zu bewegen, daß sie sich für immer oder zumindest für längere Zeit aus den Schaltstellen der Politik verabschiedeten. Und was ihn besonders befriedigte, war der Umstand, daß es die richtigen getroffen hatte, die nämlich, die ihn vier Jahre zuvor allein gegen die Meute hatten ankämpfen lassen. Geschickt hatten sie sich im Hintergrund gehalten, den Dingen ihren Lauf gelassen und auf bessere Zeiten gehofft, denn sie hatten geahnt, daß sie neben ihm als Kanzler eines Deutschlands im Freudentaumel der Wiedervereinigung kleine Lichter sein würden.

Nein, er war kein Bauernopfer gewesen, dazu hatte er eine zu hohe Position bekleidet, aber als Königsmörder hatte er die beiden tituliert. Er hätte einen Kanzler ablösen sollen, dessen Fortune – wie sich schon kurz nach der Wahl zeigte – rapide nachließ. Und genau dazu war es nicht gekommen, weil ihn die eigene Partei, vor allem aber die beiden taktierenden Genossen, nicht unterstützt hatten. Der eigene Vorteil, das eigene Weiterkommen, der

Wunsch nach Macht, der Menschen so verändern kann, waren ihnen wichtiger gewesen. In jenen Tagen hatte er erkannt, daß er ohne politische Freunde leben konnte. Im Grunde genommen hatte er selbst in den eigenen Reihen nie welche gehabt. Wie sollte er auch, wo jeder doch nur darauf lauerte, den Fehler eines anderen für den eigenen Karrieresprung auszunutzen?

Als er die Anhöhe erreicht hatte, machte er ein paar gymnastische Übungen. Er ließ die Arme kreisen, den Rumpf, die Beine. Und er dachte daran, wer im Schlafzimmer im Bett lag. Gleich werde ich den warmen Körper wieder in die Arme nehmen. Den bärtigen Mann, der ihn mit einem Fernglas beobachtete, bemerkte der Frühsportler nicht.

Mit schnellen Schritten machte er sich auf den Rückweg. Ja, die Konstellation war günstig für ihn gewesen, das gestand er sich ein. Es waren seltsame Papiere aufgetaucht, die für Verwirrung gesorgt hatten. Und es war aus seiner Sicht richtig gewesen, den Erpresser ernst zu nehmen. Zuviel an Munition hatte er gegen die Opposition aufgeboten. Auch die Vorgehensweise, für die der Kreis sich entschieden hatte, fand er im nachhinein richtig. Nicht nur, weil sie sich zu seinen Gunsten auswirkte. Die Politik mußte stärkere Selbstreinigungskräfte entwickeln, nur dann konnte sie auch vor der Öffentlichkeit bestehen, davon war er überzeugt. Und für ein neues Ansehen der Politik würde er sich in den nächsten Jahren einsetzen. Bis zur nächsten Wahl in vier Jahren. Aber was hieß in vier Jahren? Ein Mißtrauensvotum gegen den amtierenden Kanzler konnte ihn schon wesentlich früher seinem Ziel näherbringen.

Er war wieder an dem Haus angelangt – es gehörte einem Bekannten –, in dem er sich regelmäßig und heimlich, ohne Bewacher, mit seiner Geliebten zu treffen pflegte. Alle zwei Wochen, seit mehr als einem Jahrzehnt. Mit einer längeren Unterbrechung vor gut vier Jahren, als er, den letzten wilden Zuckungen seiner Jugend nachlaufend, von Bett zu Bett turnte, unerkannt in fremden Landhäusern auf wilden Partys Bestätigung und Entspannung suchte, und sie rasend vor Eifersucht war. Ein dunkler Punkt in ihrer Beziehung. Geschickt hatte ihr Exmann damals ihre Gefühle ausgenutzt und sie dazu gebracht, ihm gewisse Insiderinformationen zu beschaffen. Aber die Reue

war schnell gekommen und hatte sich als enorm wirkungsvoll erwiesen. Für sie beide.
Für dieses Haus als Treffpunkt sprach außerdem, daß es jenseits der Grenze lag. Und von Saarbrücken war es ein Katzensprung nach Frankreich hinüber. Er schwärmte für dieses Land, seine Weine und die vorzügliche Küche. Auch ein Grund, warum er ständig auf sein Gewicht achten mußte.
Sie räkelte sich im Bett, als er das Schlafzimmer betrat. Ein Hauch von Parfüm lag in der Luft, nicht schwülstig, aber intensiv und anregend.
»Schatz, ich dusche nur schnell. Dann können wir frühstücken.«
Sie schaute ihn aus verschlafenen Augen an. »Aber vorher kommst du noch mal zu mir unter die Decke.«
Das tat er.
»Meine Liebe, ist das alles nicht zu aufregend für dich?« fragte er, als er ihr bei Kaffee und Croissants gegenübersaß.
»Nein, warum?«
»Dein Herz. Hast du die Tabletten schon genommen?«
»Natürlich«, sagte sie und wies auf ihr Tablettendöschen.
»Bitte nie vergessen, ich brauche dich noch eine Weile!« Er drückte ihre Hand.
»Wegen meiner Kontakte?«
»Nicht nur.«
»Aber auch. Da wir gerade dabei sind: Kannst du mit diesem Foto etwas anfangen?« Sie griff in ihre Jackentasche und legte den Abzug mitten auf den Tisch.
»Und ob. Von Kroninger?«
Sie nickte.
»Weshalb seine Großzügigkeit?«
»Er setzt immer auf den Sieger.«
Er betrachtete die abgebildeten Personen. »Wer hätte das gedacht. Popeye und Charmy in einem vertraulichen Gespräch mit dem Bürgermeister von De Haan, dieser touristisch höchst attraktiven Stadt an der belgischen Nordseeküste. So luftig, wie die drei angezogen sind, muß es mitten im Sommer sein. Juli oder August 1990. Und wenig später wurde mit dem Bau des Ferienparks begonnen. Ja, meine Freunde. Nicht gerade fein, wie ihr euch mir gegenüber verhalten und den Baubeginn forciert habt.

Aber jetzt seid ihr in die eigene Falle getappt. Die große Politik dürft ihr in Zukunft im Fernsehen anschauen. Eine späte Genugtuung, aber es ist eine.«
Valeri reagierte ungeduldig. »Halte dich doch nicht mit diesen Typen auf. Die können dir sowieso nicht mehr schaden. Laß uns lieber über wichtigere Dinge reden.«
»Zum Beispiel?« Hofer, einen verächtlichen Zug um den Mund, nahm das Foto an sich.
»Wann wir den Gegenschlag einleiten wollen.«
Er überlegte. »Frühestens im Herbst. Laß sie sich noch etwas in Sicherheit wiegen. Um so wirkungsvoller wird unsere Attacke sein.«
»Na gut. Die Regierung wird sich noch wundern.«
Er bestrich ein Hörnchen mit Butter. Beiläufig fragte er: »Was ist mit unserem Freund?«
Sie zuckte mit den Schultern. »Nichts. Kein Kontakt mehr.«
»Hat er nun Daten von deinem Computer abgezapft?«
Sie schüttelte den Kopf. »Unmöglich. Woher sollte er die Paßwörter kennen?«
Nach einer Weile sagte er mit tadelndem Unterton: »Warum mußtest du alles in deinem PC speichern? Ist das nicht zu riskant?«
Sie verwies auf die Sicherheitseinrichtungen, die, wenn überhaupt, nur ein Experte in langwierigen Operationen knacken könne. »Außerdem müssen die Informationen jederzeit greifbar sein.«
»Und er hat wirklich nicht . . .«
»Nein.«
»Kann er uns sonst irgendwie gefährlich werden?«
Sie lächelte ihn über den Tassenrand hinweg an. »Er ist gut. Verdammt gut. Beinahe hätte ich ihn unterschätzt. Aber da ich ihn genau kenne, weiß ich, daß er nicht gefährlich werden wird. Was sollte er auch ohne handfeste Beweise unternehmen?«
»Zu Sebastian Kroninger laufen und petzen.«
»Ph.« Sie stellte die Tasse ab. »Nein. Sebastian nimmt ihn nicht ernst. Aber eines mußt du mir versprechen.«
»Was ist denn, mein Liebes?«
Ihr Gesicht wurde hart, die Lippen dünn, und in ihren Augen

loderte unbändiger Haß. »Mach Sebastian fertig. Egal, wie du es anstellst, mach ihn fertig!«

Die Vergangenheit und das Erlebte hatten Spuren hinterlassen. Cullmann war verwirrt und an Unstetigkeit nicht mehr zu überbieten. Er fühlte sich innerlich zerrissen, schwankend und beeinflußbar. Verstand und Empfindungen widersprachen einander, und je nach Gefühlslage und Laune tendierte er zur einen oder zur anderen Seite. Und sein spontanes, sogar für ihn selbst unberechenbares Verhalten nährte die Unschlüssigkeit. Auf dem Weg, nach jahrelangen Irrungen und Einbahnstraßen ohne Perspektive endgültig zu sich selbst zu finden, reiste er an Orte der Vergangenheit. Unangemeldet fuhr er zu seinem Paten, einem Metzger, der, hocherfreut über den seltenen Besuch, nicht wissen konnte, daß Cullmann nur auf der Suche nach neuen Impulsen war. Impulsen, von denen er nicht wußte, wie sie sich auswirken würden oder wie er sie zu werten hatte. Cullmann ging in den Schlachthof und sah zu, wie der Bolzenschußapparat Schweine, Kälber, Kühe und Bullen zu im Todeskampf zuckenden, am Fleischerhaken verendenden Kreaturen machte. Er sah auch zu, wie ein Schlachter die Halsschlagader eines Tiers öffnete und das Blut in einem Bottich auffing, während der zweite schon den Körper der Länge nach teilte und die wabbernden Innereien herausschaufelte. Bei all dem empfand Cullmann Ekel, und die Respektlosigkeit, mit der man diese Lebewesen behandelte, stieß ihn ab. Aber er sah es sich an.
Cullmann suchte Abwechslung, ging mit Bekannten in den Wald, Brennholz machen, und tobte sich an den Stämmen aus wie ein Berserker. Blutende Finger und Schwielen beachtete er nicht, denn jeden Schlag in das harte Buchenholz empfand er wie eine Befreiung. Eine Befreiung von was?
Er brauchte einen Ortswechsel und fuhr seit Jahren zum erstenmal wieder zum Skilaufen. Ohne gymnastische Vorbereitung stürzte er sich die Hänge hinunter, als gelte es, ein Rennen zu gewinnen. Er ging bewußt über seine Möglichkeiten hinaus, tastete sich brutal an das Limit seiner Leistungsfähigkeit heran

und stürzte. Immer wieder. Aber jeder Sturz war ein Ereignis, auf das er gewartet hatte. War er nicht schon oft im Leben gestürzt?

Cullmann verabredete sich mit Sonja, seiner Exfreundin, die immer noch in der Existenz eines Taxigirls mit ausgewählter Privatkundschaft die Erfüllung sah. Er ging nicht mit ihr ins Bett, aber sie redeten stundenlang, während draußen der Taxameter weiter und weiter sprang. Er bezahlte, ohne zu murren.

Cullmann fuhr ziellos mit seinem Bus in der Gegend umher, Cullmann betrank sich, Cullmann diskutierte, provozierte Streit und prügelte sich. Und als ihm die Prügeleien nicht mehr genügten, reiste er nach Luxemburg auf einen Jahrmarkt und in andere Städte und stieg gegen Schläger der übelsten Kategorie, die sich Boxer nannten, in den Ring. Hundert Mark konnte er gewinnen, aber Beobachtern mußte es so vorkommen, als ginge es Cullmann vor allem um die Schläge, die seinen fast ungeschützten Kopf durchschüttelten. Jeden einzelnen empfand er als eine Art Selbstreinigung. Wenn er angeschlagen in den Seilen hing, wenn die Benommenheit den Schmerz dumpfer und schwächer werden ließ, die Konturen verschwammen, das verzerrte Gesicht seines Kontrahenten mit dem Killerblick ihm sympathisch erschien, dann genoß er diese masochistische Form, sich zu quälen, seinen Körper zu schinden, für einlullenden Nebel in seinem Gehirn zu sorgen.

Und just in dem Augenblick, in dem seine Knie keine Kraft mehr hatten und nachgeben wollten, erinnerte er sich stets an ein Gespräch mit Valeri, in dessen Verlauf er sich als schlagfertig bezeichnet hatte. Auch über seine studentische Vergangenheit hatten sie gesprochen, stolz hatte er seine Erfolge im Faustkampf erwähnt – immerhin war er Deutscher Hochschulmeister geworden, seine Nase bezeugte es –, und sie hatte gestichelt: »Schlagfertig? Pah, ein Schlag, und du bist fertig.«

Und aus dem wohligen, rauschhaften Zustand der Fast-Bewußtlosigkeit heraus rammte er seine Faust in die verzerrte Visage seines Gegners, meist nur einmal. Mit Genugtuung sah er ihn stürzen, sich auf dem Boden wälzen und vergeblich bemühen, wieder auf die Füße zu kommen. Langsam, sehr langsam zählte der Ringrichter, der auch der Besitzer der Schlägerhalle war, seinen

Mann aus. Und nur mit Widerwillen händigte er Cullmann die hundert Mark aus. Beim zweiten Mal weigerte er sich sogar, behauptete, Cullmann habe ihn ausgetrickst, sei ein Profi und die hätten nichts bei ihm zu suchen. Da schlug Cullmann erneut zu und verzichtete auf das Geld.

Irgendwann registrierte er, daß seine Unstetigkeit verschwunden war. Und mit ihr die innere Unruhe, die Zerrissenheit, die Gefühlsschwankungen. Mehr und mehr setzte sich sein Verstand durch, von dem er plötzlich den Eindruck gewann, er sei all die Jahre um Meilen unterfordert gewesen. Glasklare Prägnanz im Denken, im Konstruieren und im Kombinieren gewann in seinem Kopf die Oberhand, jede einzelne seiner grauen Zellen schien er unter Kontrolle zu haben, und darüber erschrak er. Wie ein Computer kam er sich vor, eine gefühllose Apparatur, unbeeinflußbar und ohne Fehler. Steril, kalt, automatisch funktionierend.

Nach Beendigung dieses kurzen Übergangsstadiums, das so ganz im Gegensatz zum vorherigen, selbstzerstörerischen stand, registrierte Cullmann eine weitere Veränderung. Er wurde beständig, erreichte einen Zustand – geläutert und befreit von allen negativen Einflüssen –, mit dem er sich auf Dauer anfreunden und identifizieren konnte. Er hoffte, die Zeit der Unruhe und des Chancen-Nachjagens sei vorbei. Abgeklärter fühlte er sich, empfand ungeahnte innere Ausgeglichenheit, die ihm Souveränität verlieh.

Und auf das Vergangene zurückblickend, empfand er Stolz. Zum erstenmal hatte er eine Arbeit vollständig zu Ende gebracht, mit einem mehr als akzeptablen Ergebnis. Er hatte Hintergründe aufgedeckt und Zusammenhänge erkannt, von denen er noch kurz zuvor nicht einmal geahnt hatte, daß sie in der Realität überhaupt existieren könnten. Und er hatte Menschen kennengelernt, extreme Menschen, die ihre eigenen Gesetze aufstellten und erwarteten, daß gefälligst alle sich danach richteten. Zum Beispiel Kroninger, der als Medienmogul die Macht besaß, bis in die Spitzen der Politik seine Vorstellungen von Demokratie umzusetzen. Wer fragte schon nach der Legalität seines Verhaltens? Wer fragte überhaupt noch nach Legalität, wenn auf den höchsten Ebenen Dinge abliefen, die für den Normalbürger absolut nicht nachvollziehbar waren?

Karst, auch ein Normalbürger, zumindest am Anfang, hatte das Bedürfnis verspürt, sich in die Kaste der Mächtigen hochzudienen. Er hatte seine Kompetenz mißbraucht und, ähnlich wie Kroninger, den Spielraum seines Agierens nach Gutdünken festgelegt. Das bedeutete: Er hatte alles, was ihm nützte, mit Hilfe von angeheuerten Kriminellen aus östlichen Staaten durchgesetzt. Und er hatte falschgespielt.
Zumindest unterstellte das Öhlenschläger, der Cullmann vor seinem Haus abpaßte und um eine Unterredung ersuchte. Cullmann erkannte sofort: Öhlenschläger war an seiner Absolution gelegen. Er wollte die Garantie, daß von ihm, Cullmann, keine Gefahr drohe. Man könne sich doch gegenseitig helfen, schlug der wie immer elegant gekleidete Mitarbeiter des Ministerpräsidenten vor. Eine Hand ... Auch Geld ... Oder zur rechten Zeit ein richtiges Wort ...
Cullmann lehnte ab. Seine Position war zu stark, er brauchte nicht zu verhandeln oder um etwas zu buhlen. Öhlenschläger, der das genau spürte, bemühte sich daraufhin, Cullmann mit Informationen zu ködern, nannte ihm den Namen eines ehemaligen Staatssekretärs im Verteidigungsministerium. Er sei für den illegalen Handel mit NVA-Waffen zuständig gewesen, allerdings makabererweise vor einigen Monaten in Mittelamerika erschossen worden. Falls Cullmann es wünsche, werde er, Öhlenschläger, jedoch einen Kontakt zu einem anderen politischen Beamten herstellen. Sicherlich gebe es interessante Dinge zu erörtern. Cullmann zeigte kein Interesse.
Dann ging Öhlenschläger auf Nilson, den Sicherheitsexperten des amerikanischen Repräsentantenhauses, und die Offerte ein, die dieser ihm, Öhlenschläger, schon frühzeitig, nach einem Besuch im Saarbrücker Zoo, gemacht hatte. Spezialisten hatte der Amerikaner angeboten, die den Deutschen diskret bei der Beseitigung ihrer Probleme beistehen sollten. Inoffiziell selbstverständlich, und im höchsten Maße vertraulich. Darüber habe er, Öhlenschläger, Karst unterrichtet.
Und Öhlenschläger erzählte von der Fahrt auf der Mosel, als Nilson – sie sprachen über Cullmanns Amerikareise und den Absturz eines deutschen Piloten – so drastisch die Liquidation von Cullmann gefordert hatte. Karst, der das Gespräch mitgehört

habe, sei später auf das Angebot und damit die Liquidation zurückgekommen, so Öhlenschläger, ohne allerdings ihn und andere davon zu unterrichten. Karst habe ihn getäuscht, auf eigene Faust und ohne jede Legitimation gehandelt, als er versuchte, Cullmann mit Hilfe der amerikanischen Agenten in Frankreich umzubringen. Leider, sagte Öhlenschläger weiter, wisse er nicht, welche Gegenleistung Karst den Amerikanern angeboten habe und ob sie erbracht worden sei. Cullmann hätte ihn beruhigen und auf die Aktenmappe verweisen können, die er in Karsts Auto gefunden und an sich genommen hatte. Aber er sah keine Veranlassung dazu. Immerhin war es Öhlenschläger gewesen, der Valeris Nachricht, er fahre nach Belgien, an Karst weitergeleitet hatte.

Obwohl er es nicht besonders darauf anlegte – für ihn war die Sache im Grunde abgeschlossen –, hatte sich Cullmann in den vergangenen Wochen viele der noch offenstehenden Aspekte zusammenreimen können. Er vermutete, daß Öhlenschläger sich das Kapitel über die Jagdsaison – Valeri war so frei gewesen, ihm eine Kopie auszuhändigen – selbst per Post geschickt hatte.

Löbe, mit dem alles angefangen hatte, blieb auf der Strecke, weil er die Überbringer um fünfzigtausend Mark prellen wollte. In seiner finanziellen Notlage war er leider an die Falschen geraten. Und damit war Löbe auch verantwortlich für den Tod seiner Frau.

Unklar blieb Cullmann nach wie vor, wie er den Hinweis des sterbenden Löbe auf schwarzes Glas zu verstehen hatte. Was hatte der davon wissen können? Wie intensiv war die Verbindung zwischen Gerard und Löbe gewesen? Hatte sie sich nicht auf die Beschaffung von einigen Gramm Kokain und käuflicher Mädchen beschränkt? War Schobers These richtig, daß Gerard oder einer seiner Helfer Löbes exklusives Auto auf Bestellung gestohlen hatte, um dem damals schon in Schwierigkeiten steckenden Nochunternehmer zu helfen? War möglicherweise Löbe derjenige gewesen, den Gerard an der Staustufe treffen sollte? Hatte Löbe Gerard vielleicht schon tot vorgefunden und dann, einer Eingebung folgend, die Leiche unter dem Holzstapel versteckt? Oder war dafür Karst verantwortlich? Dem hätte Cullmann es ebenso zugetraut. Nein, Löbe schien Cullmann plausibler zu

sein. Löbe, der gehofft hatte, durch Gerard einen Ausweg zu finden aus seinen finanziellen Unpäßlichkeiten. Löbe und Gerard ein Team?
Cullmann fand auf viele Fragen keine oder nur vage Antworten. Aber er entdeckte einen anderen Aspekt, eine Erklärung, die ihm stichhaltig erschien: Löbe hatte ihn, Bodo Cullmann, gekannt. Und kurz nach dem Unfall wiedererkannt. »Kenne ich Sie . . .« hatte der Sterbende angesetzt, ohne den Satz zu beenden. Wahrscheinlich hatte er sagen wollen: »Kenne ich Sie nicht?« Wenn dem so war, mußte Gerard den Expolitiker als eine Art Absicherung benutzt haben. Und als Tipgeber für seinen älteren Bruder, der leider erst sehr spät etwas mit dem Begriff schwarzes Glas anzufangen wußte. An diesem Punkt angelangt, hörte Cullmann auf zu kombinieren, denn er erging sich zu sehr in Spekulationen.

Geklärt war für ihn dagegen die Rolle von Wipper, dem frustrierten Mainzer Lokalpolitiker und Karnevalsjecken. Er hatte versucht, auf eigene Faust eine Erpressung zu starten, um es seinem Intimfeind Karl Herold, dem Landesvorsitzenden der rheinland-pfälzischen Partei, heimzuzahlen. Herold war maßgeblich beteiligt gewesen an der Sondergenehmigung für ein Chemieunternehmen, ohne große bürokratische Hürden eine neue Abtreibungspille zu testen.
Und Wipper hatte sich rächen wollen dafür, daß der Vorsitzende der eigenen Partei ihn ausgebootet und aus allen Ämtern gejagt hatte. Jemanden ausbooten, politisch mundtot machen – ein beliebtes Spiel derer, die die Macht dazu besaßen. Aber wehe, wenn ihre Macht eines Tages nachließ. Wehe, wenn sie über scheinbare Nichtigkeiten stolperten, die sie in ihrem Machtrausch für bedeutungslos gehalten hatten. Wenn es einen Bereich gibt, in dem etwas nie vergessen wird, dachte Cullmann, dann ist es die Politik.
Georg Wipper, der Kurier, der an seiner Rehabilitation und noch mehr bastelte, hatte sich zuviel Zeit gelassen mit der Weitergabe des Materials an Giesbert Napf. Daraufhin hatte Karst sich eingeschaltet, beziehungsweise einen seiner Vollstrecker. Ob wiederum Erich Wahlensieck zum Einsatz gekommen war, würde Cullmann nie erfahren. Zumindest war für den 14. Februar,

Georg Wippers Abgesang an die Narretei und zugleich sein Todestag, nichts in dessen Notizbuch vermerkt.

Nach und nach spürte Cullmann, wie er mit zunehmender Distanz zu den Vorgängen auch seinen inneren Frieden fand. Er fühlte sich freier und ausgeglichener, denn er hatte sich mit Gerard ausgesöhnt und zum erstenmal den jüngeren Bruder verstanden. Nicht, daß er sein Verhalten nachträglich akzeptierte, aber er verstand ihn. Zudem war er reicher geworden, und zwar um die Gewißheit, daß Gerard ihn gemocht hatte. War dies nicht die wichtigste Erkenntnis, die er während der vergangenen Monate gewonnen hatte?

Vielleicht entpuppte sich gerade diese Erkenntnis als die Chance, der er so lange hinterhergelaufen war? Hinterhergelaufen auf der Flucht vor der eigenen Unfähigkeit, auf der Flucht vor der Leere, auf der Flucht vor der Unbeständigkeit und der Einsicht, nichts im Leben zu haben, auf das er stolz sein konnte? Auf Gerard und/oder George war er stolz. Besonders wegen der Art, wie er ihm geholfen hatte, zu sich selbst zu finden.

Aber das Bild des neuen Cullmann zeigte auch noch einige Schatten. Der dunkelste wurde getilgt, indem er die sechzigtausend Mark, die er von dem sterbenden Löbe entgegengenommen hatte, anonym einer karitativen Einrichtung spendete. Zuerst hatte Cullmann geglaubt, er würde diesen finanziellen Verlust nie überwinden. Aber er war inzwischen abgeklärter geworden. Und als er eines Tages Gerard auf dem Friedhof besuchte, sich lange und ausgiebig mit ihm unterhielt, wanderte er anschließend einige Reihen weiter zu den Löbes. Er hatte das Gefühl, sie nahmen seine Entschuldigung an. Und seine Entscheidung.

Mit den anderen Schatten konnte er leben. Auch mit jenem, sich unrechtmäßig Zugang zu Valeris Computer verschafft zu haben, nachdem er ihrer Müdigkeit wirkungsvoll mit einem Schlafmittel nachgeholfen hatte, damals, in der Nacht der Offenbarung, als sie ihm so vieles gestand. Auch ungewollt das erste Codewort: Bettina, der Name ihrer Tochter. Und Hofer, das zweite Codewort. Benannt nach dem leiblichen Vater, einem Ministerpräsidenten, mit dem sie schon seit einem Jahrzehnt . . . liiert sei. Aber er wäre auch ohne ihre Hilfe darauf gestoßen.

Die Schatten benötigte Cullmann, weil sie ihn zwangen, sein Vorgehen auf bestimmte Dinge einzustimmen. Und er brauchte sie, weil er wußte, daß die Affäre »Schwarzes Glas« noch längst nicht beendet war. Im Gegenteil, sie ging erst richtig los. Nun aber mit dem großen Unterschied, daß er die Richtung bestimmte. Er allein. Und natürlich Gerard.
Verdammt, was sind wir für ein gutes Gespann. Es in der Versenkung verschwinden zu lassen wäre doch schade. Nicht wahr, Gerard?

Draußen tuckerte der Rasenmäher. Der erste Schnitt im Jahr, das Gras stand hoch. Und es war, wie es sich für eine Villa gehörte, ein großes Grundstück, das bearbeitet werden mußte. Einsam zog der bärtige Mann mit dem Mäher seine Kreise. Auf dem Kopf eine Mütze, die ihn vor der Frühlingssonne schützte. Ab und zu trank er einen Schluck Mineralwasser.
»Herr Ministerpräsident, eine Frau Surges läßt fragen, ob Sie jetzt schon Zeit hätten.«
Hofer schaute in seinem Terminkalender nach. »Wäre erst in einer halben Stunde fällig, aber lassen Sie sie ruhig rein, Bruno.«
Der Angestellte deutete eine Verbeugung an, und wenige Augenblicke später stand Valeri vor dem Ministerpräsidenten. Kaum daß die Tür geschlossen war, warf sie sich ihm an die Brust und küßte ihn.
»Nicht so stürmisch, meine Liebe. Wir sind hier nicht in Frankreich. Man könnte uns beobachten . . .«
Sie nahmen in den bequemen Ledersesseln Platz und schauten hinaus in den Garten. Und auf die hohen Bäume, die das Grundstück vor neugierigen Blicken abschirmten.
Sie ergriff seine Hand. »Ich mußte einfach früher vorbeischauen und dich sehen. Du fehlst mir.«
»Das kommende Wochenende haben wir für uns allein.«
»Ja, ich weiß. Aber die Zeit dazwischen . . .« Sie kramte in ihrer Handtasche, drückte eine Tablette durch die Alufolie und spülte sie mit einem Martini hinunter.
»Du sollst nicht soviel trinken«, tadelte er.

»Keine Angst, es hält sich in Grenzen. Übrigens habe ich gestern mit Suzette gesprochen, Rümmels Ehefrau.«
»Schreibt er noch eifrig?«
Valeri lachte. »Eifriger denn je. Ich habe den Verdacht, Rümmel möchte sich immer noch unentbehrlicher machen. Er ist auf dem Karrieretrip, und der Weg nach oben steht ihm offen. Vielleicht wird er Sprecher der Partei. Rümmel ist ein wandelndes Archiv. Alles, was er in Konferenzen und Besprechungen aufschnappt, hält er mit beamtenhafter Akribie fest. Die Regierung wird sich keine sechs Monate mehr halten können, meint Suzette.«
»Nicht so schnell, meine Liebe. Ein Jahr kann ich noch warten.«
»Aber ich nicht mehr. Sebastian ist verhaftet worden.«
»So? Wo denn?«
»Auf dem Düsseldorfer Flugplatz. Er kam aus Amsterdam.«
»Doch nicht etwa ...« Hofer grinste.
»Genau deswegen. Ein Kilogramm.«
»Hat er in der letzten Zeit soviel von dem Zeug genommen?«
»Er und seine Freunde. Außerdem ist die Steuerfahndung hinter ihm her. Unregelmäßigkeiten in der Umschichtung vom Firmen- zum Privatvermögen.« Valeri war die Zufriedenheit in Person. Endlich hatte sie es geschafft, ihren Exgatten zu überflügeln. Die Umstände interessierten niemanden.
Ohne die Stimme zu heben, sagte Hofer: »Öhlenschläger ist tot.«
»Wie bitte?« Aus weit aufgerissenen Augen starrte sie ihn an.
»Auf Kreta, in seinem Urlaub. Er ist in eine Schlucht gestürzt.«
Valeri trank einen Schluck und fing sich wieder. »Der sportliche Kerl stürzt in eine Schlucht?«
»Er war ... betrunken. Nach Aussage der dortigen Polizei.«
»Für Alkohol hatte er doch nicht soviel ...«
»In den vergangenen Monaten schon.«
Sie schwiegen, und jeder bewertete die sich für ihn günstig auswirkende Konstellation. Plötzlich schreckte Valeri aus ihren Gedanken hoch. »Sag mal, kann man nicht den Rasenmäher abstellen? Das Geräusch geht mir auf den Geist.«
Hofer blickte aus dem Fenster. »Er ist bald fertig. Nur noch der schmale Streifen vor dem Wohnzimmer.«
»Hast du einen guten Gärtner gefunden?«

Hofer nickte. »Der Bursche ist Spitze. Und verdammt zuverlässig.«
Als hätte der Angesprochene es darauf angelegt, den Beweis für seine Zuverlässigkeit zu liefern, eilte er an der großen Glasfront vorbei.
Valeri sprang auf und starrte dem Mann nach. »Ich möchte ihn kennenlernen«, stammelte sie.
»Du? Warum denn?«
»Nur so. Bitte!«
Hofer öffnete die Tür und brüllte gegen den Lärm des Rasenmähers an. Der Bärtige stellte das Gerät ab und trat auf die geöffnete Schiebetür zu. Unschlüssig blieb er mit der Mütze in der Hand stehen.
»Valeri, das ist der neue Gärtner. Er heißt George, George Steinbeck. Sein Bruder ist vor kurzem verstorben. Stimmt doch, nicht?«
»Ja«, antwortete George. »Lennie ist jetzt tot. Nicht der clevere George, sondern der bärenstarke Lennie.«
»Meine Liebe, weißt du, was George in seinem jugendlichen Alter schon macht? Er schreibt seine Memoiren. Das hat er mir erzählt.«
»Genau, Lennie und ich schreiben unsere Memoiren. Eine tolle Geschichte wird das, kann ich Ihnen sagen.«
Ein Röcheln, erschrocken wandte sich Hofer zu Valeri um, die eine Hand auf die Brust drückte.
»Was ist mit dir, meine Liebe?« Er eilte zu ihr. Sie lehnte sich an ihn und krallte sich mit einer Hand an seinem Hemd fest, als suche sie Halt. Ein Ratschen, Knöpfe sprangen ab, der Stoff riß. Hofer umklammerte ihren Oberkörper und konnte gerade noch den Sturz verhindern. Vorsichtig ließ er sie auf das Sofa gleiten.
»Ist dir nicht gut?«
»Das da, das ist . . .« Sie starrte den Gärtner an und begann zu husten. Schmerzverzerrt war ihr Gesicht.
»Ich rufe einen Arzt, meine Liebe.«
»Nein.« Sie hob eine Hand und deutete auf den Gärtner. »›Von Mäusen und von Menschen‹.«
»Was hast du gesagt?«
Ein Seufzer, Valeri streckte sich und war tot. Während Hofer auf-

geregt einen Arzt verständigte, fotografierte der Bärtige die Leiche mit dem Ministerpräsidenten im Hintergrund. Deutlich war auf dessen Brust eine Tätowierung zu sehen. Ein Adler, etwa vier Zentimeter im Durchmesser.

Wortlos wandte sich der Bärtige ab. Und im Weggehen murmelte er, ein verschmitztes Lächeln um die Augen: »Ja, Lennie und George schreiben ihre Memoiren. Und es werden ganz besondere Memoiren sein, nicht Lennie . . . äh, Gerard . . .äh . . .«